6⁰⁰

D0641496

Shhh...
I'm thinking

Christa Wolf
Kindheitsmuster
Roman

Luchterhand
Literaturverlag

Sammlung Luchterhand, April 1979
17. Auflage, Oktober 1988
Lektorat: Ingrid Krüger
Luchterhand Literaturverlag GmbH, Darmstadt, 1988. Lizenzausgabe mit
Genehmigung des Aufbau-Verlages, Berlin und Weimar. Alle Rechte für
die Bundesrepublik Deutschland, West-Berlin, Österreich und die Schweiz
beim Luchterhand Literaturverlag GmbH, Darmstadt. © 1976 by Aufbau-
Verlag, Berlin und Weimar. Umschlagentwurf: Max Bartholl. Druck:
Ebner Ulm. Printed in Germany.
ISBN 3-630-61277-6

Für Annette und Tinka

Inhalt

Wo ist das Kind, das ich gewesen,
ist es noch in mir oder fort?

Weiß es, daß ich es niemals mochte
und es mich auch nicht leiden konnte?

Warum sind wir so lange Zeit gewachsen,
um uns dann zu trennen?

Warum starben wir denn nicht beide,
damals, als meine Kindheit starb?

Und wenn die Seele mir verging,
warum bleibt mein Skelett mir treu?

Wann liest der Falter, was auf seinen Flügeln
im Flug geschrieben steht?

Pablo Neruda   Buch der Fragen

1

Das Vergangene ist nicht tot; es ist nicht einmal vergangen.
Wir trennen es von uns ab und stellen uns fremd.

Frühere Leute erinnerten sich leichter: eine Vermutung,
eine höchstens halbrichtige Behauptung. Ein erneuter Versuch, dich zu verschanzen. Allmählich, über Monate hin,
stellte sich das Dilemma heraus: sprachlos bleiben oder in
der dritten Person leben, das scheint zur Wahl zu stehen.
Das eine unmöglich, unheimlich das andere. Und wie gewöhnlich wird sich ergeben, was dir weniger unerträglich ist,
durch das, was du machst. Was du heute, an diesem trüben
3. November des Jahres 1972, beginnst, indem du, Packen
provisorisch beschriebenen Papiers beiseite legend, einen
neuen Bogen einspannst, noch einmal mit der Kapitelzahl 1
anfängst. Wie so oft in den letzten eineinhalb Jahren, in denen du lernen mußtest: die Schwierigkeiten haben noch gar
nicht angefangen. Wer sich unterfangen hätte, sie dir der
Wahrheit nach anzukündigen, den hättest du, wie immer,
links liegen lassen. Als könnte ein Fremder, einer, der außen
steht, dir die Rede abschneiden.

Im Kreuzverhör mit dir selbst zeigt sich der wirkliche Grund
der Sprachstörung: Zwischen dem Selbstgespräch und der
Anrede findet eine bestürzende Lautverschiebung statt,
eine fatale Veränderung der grammatischen Bezüge. Ich,
du, sie, in Gedanken ineinanderschwimmend, sollen im
ausgesprochenen Satz einander entfremdet werden. Der
Brust-Ton, den die Sprache anzustreben scheint, verdorrt
unter der erlernten Technik der Stimmbänder. Sprach-Ekel.
Ihm gegenüber der fast unzähmbare Hang zum Gebetsmühlengeklapper: in der gleichen Person. – Zwischenbescheide
geben, Behauptungen scheuen, Wahrnehmungen an die
Stelle der Schwüre setzen; ein Verfahren, dem Riß, der
durch die Zeit geht, die Achtung zu zollen, die er verdient.

In die Erinnerung drängt sich die Gegenwart ein, und der heutige Tag ist schon der letzte Tag der Vergangenheit. So würden wir uns unaufhaltsam fremd werden ohne unser Gedächtnis an das, was wir getan haben, an das, was uns zugestoßen ist. Ohne unser Gedächtnis an uns selbst.

Und die Stimme, die es unternimmt, davon zu sprechen.

Damals, im Sommer 1971, gab es den Vorschlag, doch endlich nach L., heute G., zu fahren, und du stimmtest zu.

Obwohl du dir wiederholtest, daß es nicht nötig wäre. Aber sie sollten ihren Willen haben. Der Tourismus in alte Heimaten blühte. Zurückkehrende rühmten die fast durchweg freundliche Aufnahme durch die neuen Einwohner der Stadt und nannten Straßenverhältnisse, Verpflegung und Unterkunft ›gut‹, ›passabel‹, ›ordentlich‹, was du dir alles ungerührt anhören konntest. Was die Topographie betreffe, sagtest du, auch um den Anschein wirklichen Interesses zu erwecken, könntest du dich ganz auf dein Gedächtnis verlassen: Häuser, Straßen, Kirchen, Parks, Plätze – die ganze Anlage dieser im übrigen kaum bemerkenswerten Stadt war vollständig und für immer in ihm aufgehoben. Eine Besichtigung brauchtest du nicht. Trotzdem, sagte H. Da fingst du an, die Reise gewissenhaft vorzubereiten. Der visafreie Reiseverkehr war zwar noch nicht eingeführt, aber schon damals wurden die Bestimmungen lax gehandhabt, so daß der nichtssagende Vermerk ›Stadtbesichtigung‹, in die zweifach auszufertigenden Antragsformulare unter der Rubrik ›Begründung‹ eingetragen, anstandslos durchging. Zutreffende Angaben wie ›Arbeitsreise‹ oder ›Gedächtnisüberprüfung‹ hätten Befremden erregt. (Besichtigung der sogenannten Vaterstadt!) Die neuen Paßfotos fandet ihr – im Gegensatz zu den Angestellten der Volkspolizeimeldestelle – euch unähnlich, eigentlich abscheulich, weil sie dem Bild, das ihr von euch hattet, um den entscheidenden nächsten Altersschritt voraus waren. Lenka war, wie immer, gut getroffen, nach eurer Meinung. Sie selbst verdrehte die Augen, um sich zu ihren Fotos nicht äußern zu müssen.

Während die Anträge auf Ausreise und bei der Industrie- und Handelsbank die Gesuche um Geldumtausch liefen, bestellte Bruder Lutz in der Stadt, die in deinen Formularen zweisprachig, unter verschiedenen Namen auftauchte, als ›Geburtsort‹ L. und als ›Reiseziel‹ G., vorsichtshalber telegrafisch Hotelzimmer, denn ihr kennt in deiner Heimatstadt keine Menschenseele, bei der ihr hättet übernachten können. Fristgerecht konntet ihr sowohl die Anlagen zum Personalausweis als auch die dreimal dreihundert Złoty in Empfang nehmen, und du verrietest dich erst am Vorabend des geplanten Reisetages, als Bruder Lutz anrief und mitteilte, er habe es nicht geschafft, seine Papiere abzuholen: Da machte es dir nicht das geringste aus, eine ganze Woche später zu fahren.

Es war dann also Sonnabend, der 10. Juli 1971, der heißeste Tag dieses Monats, der seinerseits der heißeste Monat des Jahres war. Lenka, noch nicht fünfzehn und an Auslandsreisen gewöhnt, erklärte auf Befragen höflich, ja, sie sei neugierig, es interessiere sie, doch, ja. H., sowenig ausgeschlafen wie du selbst, setzte sich ans Steuer. An der verabredeten Stelle beim Bahnhof Schönefeld stand Bruder Lutz. Er bekam den Platz neben H., du saßest hinter ihm, Lenkas Kopf auf deinem Schoß, die, eine Gewohnheit aus Kleinkindertagen, bis zur Grenze schlief.

Frühere Entwürfe fingen anders an: mit der Flucht – als das Kind fast sechzehn war – oder mit dem Versuch, die Arbeit des Gedächtnisses zu beschreiben, als Krebsgang, als mühsame rückwärtsgerichtete Bewegung, als Fallen in einen Zeitschacht, auf dessen Grund das Kind in aller Unschuld auf einer Steinstufe sitzt und zum erstenmal in seinem Leben in Gedanken zu sich selbst ICH sagt. Ja: am häufigsten hast du damit angefangen, diesen Augenblick zu beschreiben, der, wie du dich durch Nachfragen überzeugen konntest, so selten erinnert wird. Du aber hast eine wenn auch abgegriffene Original-Erinnerung zu bieten, denn es ist mehr als unwahrscheinlich, daß ein Außenstehender dem Kind zugesehen und ihm später berichtet haben soll, wie es da vor seines Vaters Ladentür saß und in Gedanken das neue Wort ausprobierte, ICH ICH ICH ICH ICH, jedesmal mit einem lustvollen Schrecken, von dem es niemandem sprechen durfte. Das war ihm gleich gewiß.

Nein. Kein fremder Zeuge, der so viele unserer Erinnerungen an die frühe Kindheit, die wir für echt halten, in Wirklichkeit überliefert hat. Die Szene ist legitimiert. Die Steinstufe (es gibt sie ja, du wirst sie nach sechsunddreißig Jahren wiederfinden, niedriger als erwartet: Aber wer wüßte heutzutage nicht, daß Kindheitsstätten die Angewohnheit haben zu schrumpfen?). Das unregelmäßige Ziegelsteinpflaster, das zu des Vaters Ladentür führt, Pfad im grundlosen Sand des Sonnenplatzes. Das Spätnachmittagslicht, das von rechts her in die Straße einfällt und von den gelblichen Fassaden der Pflesserschen Häuser zurückprallt. Die steifgliedrige Puppe Lieselotte mit ihren goldblonden Zöpfen und ihrem ewigen rotseidenen Volantkleid. Der Geruch des Haares dieser Puppe, nach all den Jahren, der sich so deutlich und unvorteilhaft von dem Geruch der echten, kurzen dunkelbraunen Haare der viel älteren Puppe Charlotte unterschied, die von der Mutter auf das Kind gekommen war, den Namen der Mutter trug und am meisten geliebt wurde. Das Kind selbst aber, das zu erscheinen hätte? Kein Bild. Hier würde die Fälschung beginnen. Das Gedächtnis hat in diesem Kind gehockt und hat es überdauert. Du müßtest es aus einem Foto ausschneiden und in das Erinnerungsbild einkleben, das dadurch verdorben wäre. Collagen herstellen kann deine Absicht nicht sein.

Vor dem ersten Satz wäre hinter den Kulissen alles entschieden. Das Kind würde die Regieanweisungen ausführen: man hat es ans Gehorchen gewöhnt. Sooft du es brauchtest – die ersten Anläufe werden immer verpatzt –, würde es sich auf die Steinstufe niederhocken, die Puppe in den Arm nehmen, würde, verabredungsgemäß, in vorgeformter innerer Rede darüber staunen, daß es zum Glück als die echte Tochter seiner Eltern, des Kaufmanns Bruno Jordan und seiner Ehefrau Charlotte, und nicht etwa als Tochter des unheimlichen Kaufmanns Rambow von der Wepritzer Chaussee auf die Welt gekommen ist. (Kaufmann Rambow, der den Zuckerpreis von achtunddreißig Pfennig für das Pfund um halbe oder ganze Pfennige unterbot, um die Jordansche Konkurrenz am Sonnenplatz auszustechen: Das Kind weiß nicht, wie seine Beklemmung vor Kaufmann Rambow entstanden ist.) Aus dem Wohnzimmerfenster hätte die Mutter nun das Kind zum Abendbrot zu rufen, wobei sein Name, der hier gelten soll, zum erstenmal genannt wird: Nelly! (Und so, nebenbei, auch der Taufakt vollzogen wäre, ohne Hinweis auf die langwierigen Mühen bei der Suche nach passenden Namen.)

Nelly hat nun hineinzugehen, langsamer als gewöhnlich, denn ein Kind, das zum erstenmal in seinem Leben einen Schauder gespürt hat, als es ICH dachte, wird von der Stimme der Mutter nicht mehr gezogen wie von einer festen Schnur. Das Kind geht am Eckschaufenster des väterlichen Ladens vorbei, das mit Kathreiner-Malzkaffee-Päckchen und Knorr's Suppenwürsten dekoriert sein mag und das heute (du weißt es, seit jenem Julisonnabend des Jahres 71) zu einer Garageneinfahrt erweitert ist, in der vormittags um zehn, als ihr ankamt, ein Mann in grünem Arbeitshemd mit aufgekrempelten Ärmeln sein Auto wusch. Ihr zogt den Schluß, daß alle die Menschen, die jetzt am Sonnenplatz wohnen – auch jene aus den neugebauten Häusern –, im Genossenschaftsladen unten an der Wepritzer Chaussee kaufen, ehemals Kaufmann Rambow. (Wepritz heißt Weprice, wie es vermutlich auch früher geheißen hat, denn selbst in deiner Schulzeit wurde zugegeben, daß Ortsnamensendungen auf -itz und -ow auf slawische Siedlungsgründungen hindeuten.) Das Kind, Nelly, biegt um die Ecke, steigt die drei Stufen hoch und verschwindet hinter seiner Haustür, Sonnenplatz 5.

Da hättest du es also. Es bewegt sich, geht, liegt, sitzt, ißt, schläft, trinkt. Es kann lachen und weinen, Sandkuten bauen, Märchen anhören, mit Puppen spielen, sich fürchten, glücklich sein, Mama und Papa sagen, lieben und hassen und zum lieben Gott beten. Und das alles täuschend echt. Bis ihm ein falscher Zungenschlag unterliefe, eine altkluge Bemerkung, weniger noch: ein Gedanke, eine Geste, und die Nachahmung entlarvt wäre, auf die du dich beinahe eingelassen hättest.

Weil es schwerfällt, zuzugeben, daß jenes Kind da – dreijährig, schutzlos, allein – dir unerreichbar ist. Nicht nur trennen dich von ihm die vierzig Jahre; nicht nur behindert dich die Unzuverlässigkeit deines Gedächtnisses, das nach dem Inselprinzip arbeitet und dessen Auftrag lautet: Vergessen! Verfälschen! Das Kind ist ja auch von dir verlassen worden. Zuerst von den anderen, gut. Dann aber auch von dem Erwachsenen, der aus ihm ausschlüpfte und es fertigbrachte, ihm nach und nach alles anzutun, was Erwachsene Kindern anzutun pflegen: Er hat es hinter sich gelassen, beiseite geschoben, hat es vergessen, verdrängt, verleugnet, umgemodelt, verfälscht, verzärtelt und vernachlässigt, hat sich seiner geschämt und hat sich seiner gerühmt, hat es falsch geliebt und hat es falsch gehaßt. Jetzt, obwohl es unmöglich ist, will er es kennenlernen.

Auch der Tourismus in halbversunkene Kindheiten blüht, wie du weißt, ob dir das paßt oder nicht. Dem Kind ist es gleichgültig, warum du diese Such- und Rettungsaktion

16

nach ihm startest. Es wird unbetroffen dasitzen und mit seinen drei Puppen spielen (die dritte, Ingeborg, ist eine Babypuppe aus Zelluloid, ohne Haar, mit einem himmelblauen Strampelanzug aus Flanell). Die Hauptmerkmale der verschiedenen Lebensalter sind dir geläufig. Ein dreijähriges normal entwickeltes Kind trennt sich von der dritten Person, für die es sich bis jetzt gehalten hat. Woher aber dieser Stoß, den das erste bewußt gedachte ICH ihm versetzt? (Alles kann man nicht behalten. Warum aber dies? Warum nicht, zum Beispiel, die Geburt des Bruders, kurze Zeit später?) Warum sind Schreck und Triumph, Lust und Angst für dieses Kind so innig miteinander verbunden, daß keine Macht der Welt, kein chemisches Labor und gewiß auch keine Seelenanalyse sie je wieder voneinander trennen werden?

Das weißt du nicht. Alles Material, aufgehäuft und studiert, beantwortet solche Fragen nicht. Doch sage nicht, es war überflüssig, wochenlang in der Staatsbibliothek die tief verstaubten Bände deiner Heimatzeitung durchzusehen, die sich, zu deinem und der hilfsbereiten Bibliothekarin ungläubigen Staunen, tatsächlich im Magazin gefunden hatten. Oder im ›Haus des Lehrers‹ zu jenem streng versiegelten Raum vorzudringen, wo bis an die Decke die Schulbücher deiner Kindheit gestapelt sind, als Gift sekretiert, nur gegen Vorlage einer Sonderbescheinigung entleihbar: Deutsch, Geschichte, Biologie.

(Erinnerst du dich, was Lenka sagte, nachdem sie die Seiten im Biologiebuch der zehnten Klasse betrachtet hatte, auf denen Vertreter niederer Rassen – semitischer, ostischer – abgebildet sind? Sie sagte nichts. Sie gab dir wortlos das Buch zurück, das sie heimlich genommen hatte, und äußerte kein Verlangen, es noch einmal zu haben. Dir kam es vor, als betrachte sie dich an diesem Tag anders als sonst.)

Erinnerungshilfen. Die Namenslisten, die Stadtskizzen, die Zettel mit mundartlichen Ausdrücken, mit Redewendungen

17

im Familienjargon (die übrigens nie benutzt wurden), mit Sprichwörtern, von Mutter oder Großmutter gebraucht, mit Liedanfängen.

Du begannst Fotos zu sichten, die nur spärlich zur Verfügung stehen, denn das dicke braune Familienalbum wurde wahrscheinlich von den späteren Bewohnern des Hauses an der Soldiner Straße verbrannt.

Nicht zu reden von der Unzahl von Zeitinformationen, die einem, wenn man darauf achtet, aus Büchern, Fernsehsendungen und alten Filmen zufließt: Umsonst war das alles sicher nicht. Wie es nicht umsonst sein mag, gleichzeitig den Blick für das, was wir ›Gegenwart‹ nennen, zu schärfen. ›Massive Bombenangriffe der USA-Luftwaffe auf Nordvietnam.‹ Auch das könnte ins Vergessen sinken.

Auffallend ist, daß wir in eigener Sache entweder romanhaft lügen oder stockend und mit belegter Stimme sprechen. Wir mögen wohl Grund haben, von uns nichts wissen zu wollen (oder doch nicht alles – was auf das gleiche hinausläuft). Aber selbst wenn die Hoffnung gering ist, sich allmählich freizusprechen und so ein gewisses Recht auf den Gebrauch jenes Materials zu erwerben, das unlösbar mit lebenden Personen verbunden ist – so wäre es doch nur diese geringfügige Hoffnung, die, falls sie durchhält, der Verführung zum Schweigen und Verschweigen trotzen könnte.

Sowieso bleibt zunächst vielerlei Unverfängliches zu beschreiben. Nimm bloß den Sonnenplatz, dessen alten Namen du, nicht ohne Rührung, ins Polnische übersetzt auf den neuen blauen Straßenschildern wiederfandest. (Alles, was verwendbar geblieben war, freute dich, besonders Namen; denn zu vieles, Namen wie Adolf-Hitler-Straße und Hermann-Göring-Schule und Schlageterplatz, war unverwendbar für die neuen Bewohner der Stadt.) Mag sein, der Platz war auch früher schon ein bißchen schäbig. Stadtrand eben. Zweistöckige Wohnblocks der GEWOBA (ein Zauberwort,

dessen Entschlüsselung als GEMEINNÜTZIGE WOH-
NUNGSBAUGENOSSENSCHAFT Nelly enttäuscht hat-
te), Anfang der dreißiger Jahre in den weißen Flugsand der
Endmoräne gesetzt, die die Wepritzer Berge, geologisch gesehen, darstellten. Eine windige Angelegenheit – dies die
Ausdrucksweise der Mutter –, denn die Sandwüste war so
gut wie immer in Bewegung. Bei jedem Sandkorn, das dir
zwischen die Zähne gerät, schmeckst du den Sand vom Sonnenplatz. Nelly hat ihn oft zu Kuchen verbacken und gegessen. Sand reinigt den Magen.
An jenem glutheißen Sonnabend des Jahres 71: Kein
Hauch. Kein Stäubchen, das sich gerührt hätte. Ihr kamt,
wie auch früher immer, von ›unten‹, das heißt von der
Chaussee her, wo unter mächtig erstarkten Linden die Linie
1 der Städtischen Straßenbahn endet, auf der immer noch
die alten rotgelben Wagen ihren Dienst versehen. Das Auto
hattet ihr an der Straße, vor der Südflanke der Pflesserschen
Häuser abgestellt, die – mögen sie heute heißen, wie sie wollen – als riesiges Quadrat von zweihundert Meter Seiten-
länge einen sehr großen Innenhof umschließen, in den ihr,
den Sonnenweg hinaufgehend, den gewohnten Einblick
durch Torbögen hattet: Alte Leute sitzen auf Bänken und
sehen Kindern beim Spielen zu. Feuerbohnen und Ringel-
blumen.
Wie einst – als in diesen Häusern, die ungestört um fast vierzig Jahre gealtert waren, Bruno Jordans schlecht zahlende
Kundschaft wohnte – galt das Verbot, einen dieser Torbögen zu durchschreiten, einen dieser Höfe zu betreten. Daß
kein GEWOBA-Kind seinen Fuß ungestraft auf Pflesserschen Grund setzte, war ein für allemal ausgemacht durch
ein ungeschriebenes Gesetz, das keiner verstand und jeder
hielt. Der Bann war gebrochen, der Haß zwischen den Kin-
derbanden vergangen. Doch an Stelle der Pfiffe und Stein-
würfe der ›Pflesserschen‹ bewachten die stummen Blicke

19

der Alten auf den Bänken ihre Höfe vor Fremden. Die alte Sehnsucht, einmal auf einer von diesen Bänken zu sitzen, über die Jahre hin lebendig geblieben, war heute so unerfüllbar wie einst, mochten die Gründe dafür auch gewechselt haben.

Merkwürdig, daß Bruder Lutz, der um vier Jahre Jüngere, diese Scheu nicht nur verstand, sondern zu teilen schien, denn er war es, der Lenka zurückhielt, als sie unbefangen durch den Torweg gehen wollte, der Beat-Musik nach, die von den Höfen kam, gezogen von der Lust auf Gleichaltrige. Laß, sagte Lutz, bleib hier. – Aber warum denn bloß? – Besser so. Im Weitergehen rechnetest du ihm vor, daß er mit genau vier Jahren den Sonnenplatz verlassen und ihn, da kein Anlaß vorlag, später nicht wieder besucht habe. Ja, sagte er, ohne sich zu einer Erklärung dafür herbeizulassen, woher er wußte, daß man die Pflesserschen Höfe nicht betreten darf. Nicht daß es an Aufforderungen dazu gefehlt hätte. Nelly hätte an der Seite ihres Vaters, der sie, anders als die Mutter, gerne beizeiten in die ›Usancen‹ des praktischen Lebens einführte, sonntagvormittags, wenn er mit seinem dicken schwarzen Kontobuch Schulden eintreiben ging, in jeden der übelriechenden Hausflure und in jeden beliebigen feuerbohnenbewachsenen Hof eintreten können. Aber aus übertriebenem Schamgefühl, das sie, wie alle Jordans fanden, von ihrer Mutter hatte, weigerte sie sich glatt, den Vater auf diesen Gängen zu begleiten; wie sie auch dem Ansinnen, bei Taufen, Konfirmationen, Hochzeiten und Beerdigungen im Kundenkreis Blumentöpfe und Gratulations- beziehungsweise Beileidskarten auszutragen, dickköpfig Widerstand entgegensetzte.

Gedächtnis. Im heutigen Sinn: ›Bewahren des früher Erfahrenen und die Fähigkeit dazu.‹ Kein Organ also, sondern eine Tätigkeit und die Voraussetzung, sie auszuüben, in einem Wort. Ein ungeübtes Gedächtnis geht verloren, ist nicht mehr vorhanden, löst sich in nichts auf, eine alarmierende Vorstellung. Zu entwickeln wäre also die Fähigkeit des Bewahrens, des Sich-Erinnerns. Vor deinem inneren Auge erscheinen Geisterarme, die in einem trüben Nebel herumtasten, zufällig. Du besitzt die Methode nicht, systematisch durch alle Schichten durchzudringen bis zum Grund, Energie wird verpulvert, ohne einen anderen Erfolg als den, daß du müde wirst und dich am hellerlichten Vormittag schlafen legst. Da kommt deine Mutter und setzt sich, obwohl sie ja tot ist, zu euch allen in das große Zimmer, ein insgeheim erwünschter Vorgang. Die ganze Familie ist versammelt, Lebende und Tote. Du bist die einzige, die die einen von den anderen unterscheiden kann, mußt aber selber in die Küche gehen, den großen Abwasch machen. Die Sonne scheint herein, aber du bist traurig und verschließt die Tür, damit niemand kommen und dir helfen kann.

Plötzlich ein Schreck bis in die Haarspitzen: Auf dem Tisch im großen Zimmer das Manuskript, auf dessen erster Seite in großen Buchstaben nur das Wort ›Mutter‹ steht. Sie wird es lesen, wird deinen Plan vollständig erraten und sich verletzt fühlen...

(Damit beginnen, riet H. Du weigertest dich. Mag sich ausliefern, wer will. Es war der Januar 1971. Du gingst in alle Sitzungen, Beiräte, Präsidien und Vorstände, die sich in jedem neuen Jahr zu fieberhafter Tätigkeit getrieben fühlen. Der Staub auf dem Schreibtisch blieb liegen, natürlich kam es zu Vorwürfen, die du nur zurückweisen konntest: mit dem Hinweis auf unabweisbare Verpflichtungen.)

Der Sonnenplatz ist, soviel du weißt, in deinen Träumen niemals vorgekommen. Nie hast du im Traum vor diesem Eckhaus Nummer 5 gestanden, das heute, sachlich den Tatsachen Rechnung tragend, diese seine Nummer zweimal bekanntgibt: durch die altbekannte, verwitterte, mit Zement an die Hauswand gespritzte 5 und gleich daneben durch das neue weiße Emailleschild mit derselben Zahl in Schwarz. Nie hast du von den roten Geranien geträumt, die heute wie damals vor fast allen Fenstern blühen oder blühten. Ungewohnt nur die weißen Sonnenlaken hinter den Scheiben. Charlotte Jordan hatte für ihr Wohnzimmerfenster die modernen Gitterstores angeschafft. Keine Erinnerung an die Gardine des Elternschlafzimmers. Im Kinderzimmer hing jener blau-gelb gestreifte Vorhang, der das Morgenlicht so filterte, daß Nelly lustvoll erwachte. Wenn nicht, wie einmal in Nellys fünftem Lebensjahr, sich in eben diesem Dämmerlicht ein Mörder in das Zimmer geschlichen hat, ein buckliges Männchen (›Will ich in mein Stüblein gehn, will mein Müslein essen, steht ein bucklig Männlein da, hat's schon halber gessen‹), sich über das Kopfende von Brüderchens Holzgitterbett beugt, ein blankes Messer in der Hand hält, dessen Spitze sich schon gegen das Herz des Bruders richtet und es durchbohren wird – es sei denn, Schwester Nelly höre in letzter Sekunde auf, sich schlafend zu stellen, fasse Mut (o mein Gott, sie tut es!) und schleiche sich unendlich langsam, unendlich vorsichtig hinter dem Rücken des Mörders hinaus in den Flur, alarmiere die Mutter, die im Unterrock, ungläubig, aus dem Badezimmer kommt und lachend mit einer Hand den Kleiderhaufen zusammenstukt, der sich auf der Stuhllehne an des Bruders Bett zu einem Kauzenmännchen aufgetürmt hat. (Sollte das die erste Erinnerung an den Bruder sein?)

Nicht erzählt wird, daß die Mutter Nellys Wange tätschelt, sie halb mitleidig ›brav‹ nennt, weil sie so an dem Brüderchen hängt, sich so ängstigt; daß Nelly in Tränen ausbricht, obgleich jetzt ›alles gut‹ ist. Wie konnte alles gut sein, wenn sie selbst nicht gut war.

In das Haus seid ihr nicht hineingekommen. Ohne ersichtlichen Grund bliebst du links von der Treppe stehen, an den neuen achteckigen Peitschenmast gelehnt, dicht neben dem

22

verfallenen niedrigen Lattenzaun, hinter dem ein Rest von Vorgarten sich erhält. Die Frau mit dem Kind auf dem Schoß, die auf der obersten Treppenstufe saß, hätte euch den Eintritt nicht verwehrt. Sie mag sich gedacht haben, warum ihr, halblaut in der ihr fremden Sprache miteinander redend, ein paar Fotos machtet, auf denen du jetzt, so scharf sind sie, die Stufen vor der rotbraunen Haustür nachzählen kannst: Es sind fünf. Du kannst auch, wenn es darauf ankäme, das Kennzeichen des Autos feststellen, das in dem zur Garage erweiterten ehemaligen Schaufenster gewaschen wird: ein alter Warszawa mit der Nummer ZG 84–61; und – wenn auch die Bildschärfe im Hintergrund nachläßt – du kannst auf dem an der Hauswand angebrachten Straßenschild die polnische Schreibweise des Wortes ›Sonnenplatz‹ erahnen: Plac Słoneczny, was du ohne Vermittlung durch das Russische kaum entziffert hättest.

Insgeheim arbeitest du, während du scheinbar unbeweglich dastehst, an der Zimmereinrichtung der Wohnung im Hochparterre links, von der sich trotz angestrengter Konzentration nur eine lückenhafte Vorstellung herstellen will. Orientierung in Räumen ist deine starke Seite nie gewesen. Bis dir ›zufällig‹ – Zufall nie anders als zwischen Anführungszeichen – jener bucklige Brudermörder erschien und dich einschleuste in das Kinderzimmer, in dem rechts neben der Tür also des Bruders Bett steht, links der weiße Schrank, an dem Nelly sich vorbeidrückt, hinaus in den Korridor, auf den aus der Badezimmertür schräg gegenüber das gelbe Licht fällt.

Und so weiter. Die Frau auf der Treppe – wie grüßt man auf polnisch? – wirst du nicht behelligen müssen. Ungesehen kannst du dich in die vergessene Wohnung einschleichen, ihren Bauplan ausspionieren, indem du dich den alten unplanmäßig ausbrechenden Leidenschaften noch einmal überläßt. So wirst du sehen, was das drei-, fünf-, siebenjährige Kind sah, wenn es vor Angst, Enttäuschung, Freude oder Triumph bebte.

Die Probe: Das Wohnzimmer. Am Ende des Flurs, das ist gesichert. Vormittagslicht. Die Wanduhr rechts hinter dem hellbraunen Kachelofen. Der kleine Zeiger rückt auf die Zehn. Das Kind hält die Luft an. Als die Uhr zu schlagen anhebt, ein helles, eiliges Schlagen, schneidet Nelly ihre gräßlichste Fratze; hofft und fürchtet, Frau Elste möge recht behalten mit ihrer Drohung: daß einem ›das Gesicht stehenbleibt‹, wenn die Uhr schlägt. Der Heidenschreck, den alle kriegen würden, voran die Mutter. Auf einmal würde man sie um ihr richtiges Gesicht anflehn; dann, wenn alles nichts half, steckte man sie wohl ins Bett und telefonierte nach Doktor Neumann, der so geschwind wie der Wind in seinem kleinen Auto vorfuhr und seine riesenlange Gestalt über ihr Bett beugte, um überrascht das stehengebliebene Gesicht zu betrachten, dem Kind das Fieber zu messen und Schwitzpackungen zu verordnen, die das Gesicht wieder auftauen sollten: Kopf hoch, Homunkulus, das kriegen wir.

Jedoch sie kriegten es nicht, und man mußte sich daran gewöhnen, daß ihr weiches, liebes, gehorsames Gesicht gräßlich blieb.

Der Mensch ist ein Gewohnheitstier, sagte Frau Elste.

Die Uhr hat zu Ende geschlagen, Nelly rennt zum Flurspiegel und glättet mühelos das Gesicht. (Da stand also schon die weiße Flurgarderobe mit dem viereckigen Spiegel.) Der Antwort auf die brennende Frage, ob Liebe wirklich um kein Stück kleiner wird, wenn man sie unter mehrere aufteilt, ist sie nicht nähergekommen. Dummchen, sagt die Mutter, meine Liebe reicht doch für dich und das Brüderchen. Die Butter, die sie im Laden verkaufte, reichte auch nicht für alle, denn Lieselotte Bornow aß Margarinestullen. Jetzt steht Nelly am Küchentisch (die einzige Gelegenheit, einen Blick in die Küche zu werfen, auf den mit grünem Linoleum bezogenen Tisch vor dem Fenster), beißt in das große gelbe Butterstück, fühlt den Klumpen im Mund schmelzen und als mildes fettiges Bächlein durch die Kehle rinnen, noch einmal, lutscht den Rest aus der Hand und leckt und schluckt, bis nichts mehr übrig ist.

Da war das Glück schon vorbei. Sie wurde nicht groß und stark und sofort erwachsen. Ihr war übel. Die herrliche gelbe Gier wurde ihr als Fettmangel ausgelegt und in viele widerwärtige Butterbrote zerstückelt. Die mußte sie aufessen, während Frau Elste am Kinderzimmertisch die Wäsche bügelte und ihr beibrachte, wie man Herrentaschentücher zusammenlegt: So, so, so und so – fertig.

Wenn Frau Elste sang: Morgenrohot, Morgenrohot, leuchtest mir zum frühen Tohod, quollen ihre sanften braunen Augen gegen ihren Willen beängstigend hervor, und die tennisballgroße Geschwulst an ihrem Hals vollführte die merkwürdigsten, auch für Frau Elste selbst unvorhersehbaren Bewegungen.

Die Lage der Räume hinter jenen drei Fenstern im Hochparterre ist so gut wie aufgeklärt, ewig kann man sowieso nicht hier stehenbleiben. Langsam setzt ihr euch in Richtung Wepritzer Berge in Bewegung. Blindschleichen! Hat jemand Blindschleichen gesagt? In den Wepritzer Bergen soll es vor Blindschleichen nur so gewimmelt haben, wenn man Frau Busch glauben wollte. (Die Buschen! Zum erstenmal seit sechsunddreißig Jahren erscheint die redselige Mutter von Ella Busch aus den Pflesserschen Häusern, verzieht mokant den Mund: Aber Mädel, Blindschleichen sind doch nicht blind!) Doch entging den Leuten, daß sie niemals eine einzige von all den Blindschleichen zu sehen, geschweige denn zu fassen kriegten. Die einzige Erklärung dafür lag auf der Hand: Die Blindschleichen waren verwunschene Königskinder, die sich versteckt hielten, zierliche goldene Krönchen auf ihren fingerschmalen Schlangenköpfchen balancierten und mit gespaltener Zunge lispelnd nach ihren ebenfalls verwunschenen Geliebten riefen.

Daß sie sich für blind ausgaben, bewies nichts als ihre verzweifelte Lage. Unsichtbar, das blieben sie allerdings, und das war nur allzu verständlich. Denn Nelly selbst sehnte sich inständig nach einer Tarnkappe, die ihr helfen könnte, Ungeheuern, bösen Menschen, Zauberern und Hexen zu entkommen, vor allem aber der eigenen aufdringlichen Seele. Die – bleich, blinddarmähnlich, sonst in Magennähe placiert – würde, des Körpers beraubt, allein, nackt und bloß in der Luft schweben, so daß man sie schadenfroh betrachten konnte.

Vielleicht käme die Feuerwehr, wie bei Frau Kaslitzkis entflohenem Wellensittich, um die unstete Seele einzufangen. Alle Welt würde sich auf die Suche nach dem Körper machen, in den die Seele gehörte. Nelly aber würde ihre Seele zu den verwunschenen Blindschleichen schicken und sie dort ihrem überaus öden Schicksal überlassen, während sie selbst, wie eben jetzt, in ihrem Bett liegen und unangefochten grelle, wilde, verbotene Gedanken denken konnte. Nichts würde von nun an in ihr zucken, wenn sie log, nichts sich vor Angst zusammenziehn können oder sich winden, wenn sie sich selbst so leid tun mußte, weil sie womöglich doch ein vertauschtes Kind war: Fundevogel, heimatlos, ungeliebt trotz aller Beteuerungen. (Auch wenn sie im Märchenbuch die Seite überschmiert hat, auf der die Eltern von Hänsel und Gretel den Plan aushecken, ihre Kinder in den Wald zu führen: Wort für Wort steht das ungeheuerliche Gespräch in ihrem Innern, so daß sie abends lauschen muß, wenn das wirkliche Leben der Erwachsenen beginnt, was im Wohnzimmer gesprochen werden mag.)

Ja: Der eigenen Seele ledig sein, der Mutter dreist in die Augen blicken können, wenn sie abends am Bett sitzt und wissen will, ob man ihr alles gesagt hat: Du weißt doch, daß du mir jeden Abend alles sagen sollst? Frech zu lügen: Alles, ja! Und dabei heimlich zu wissen: Niemals mehr alles. Weil es unmöglich ist.

Das vernünftige Kind vergißt seine ersten drei Jahre. Aus dem mit leuchtenden Figuren besetzten Dickicht der Märchen tritt es mit ehrpusseligem Gesicht vor die Fotolinse. Irgendwann hat es erfahren, daß Gehorchen und Geliebtwerden ein und dasselbe ist. Entstellt durch jene Frisur, die man ›Schlummerrolle‹ nennt, mit dem roten Bleyle-Pullover angetan, neben dem Kinderwagen des Bruders aufgebaut. Ein dümmliches Grinsen, Grimasse für Schwesternliebe. Das Gedächtnis, auf die rechte Weise genötigt (das heißt, nicht mit Strafe, nicht einmal mit Schuldgefühl bedroht), liefert Indizien für Bruderzwist, Bruderverrat und Brudermord, rückt aber ums Verrecken kein Bild der schwangeren Mutter heraus, keins von dem neuen Kind an der Mutter Brust. Keine Erinnerung an die Geburt des Bruders.

Da kommt ja auch Schneidermeister Bornow über den Sonnenplatz. Die neuen Häuser sind wie weggeblasen, dafür die alte unkrautbewachsene Einöde, Trampelpfade, Sandkuten. Kinder und Betrunkene haben einen Schutzengel, Schneidermeister Bornow fällt nicht hin. Er verliert auch seine schwarze Schirmmütze mit der Kordel nicht. Über dem Platz ist ein Gesang, der entweicht Schneidermeister Bornow. Durchaus falsch wäre es, zu sagen, Schneidermeister Bornow singt. Denn auf seinem Schneidertisch und auch sonst im Familienkreis singt er niemals, das wäre nicht vorstellbar, Nellys Freundin Lieselotte Bornow gibt es widerwillig zu. König Alkohol ist es, der ihn singen macht, und zum Gespött der Menschheit, sagt die Mutter. Nelly hat ihre eigene Vorstellung. Jeden Sonnabend, denkt sie, wartet der Gesang unten an der Chaussee vor der Eckkneipe auf den Schneidermeister, um sich auf ihm, nur auf ihm, niederzulassen, sobald er aus der Tür tritt – ein großer, schwerer Vogel, dessen Last Herrn Bornow torkeln und schwanken macht und immer ein und dasselbe Lied aus ihm herauspreßt: ›Du kannst nicht treu sein, nein, nein, das kannst du nicht, wenn auch dein Mund mir wahre Liebe verspricht.‹ Eine Klage, die Nelly zu Herzen geht und dieses Lied für immer unter die tragischen Gesänge einreiht. Die Sonne schien auf Herrn Bornow, weißt du noch, und er begann laut zu reden und zu schimpfen, und Lieselotte Bornow kam aus Nummer 6 gerannt, mit ihren dünnen, steif abstehenden Zöpfen, und zog ihren Vater am Ärmel ins Haus, ohne die Freundin eines Blickes zu würdigen. ›In deinem Herzen, da ist für viele Platz‹, sang Lieselottes Vater, und die Trauer, die ihn pünktlich jeden Sonnabendnachmittag ins Wanken brachte, zog sich auch über Nelly zusammen.

Nein, Lenka kann sich an ihren ersten Betrunkenen nicht erinnern. Ihr nähert euch dem Ende der kurzen GEWOBA-Häuserreihe, dem Rand der bewohnten Welt, damals wie heute. Du erkennst die Empfindung wieder, die jedesmal in Nelly aufkam, wenn sie den Fuß über diesen Rand setzte: ein Gemisch aus Verwegenheit, Neugier, Furcht und Einsamkeit. Du fragst dich, ob Nelly etwas abgegangen wäre, wenn sie in einer Mitte aufgewachsen wäre; hätte sie sich, weil sie diese Empfindung brauchte, ihren Weltrand gemacht? Lieselotte Bornow ist das erste Kind, das sich seines Vaters schämt, zu stolz ist, es zuzugeben, das launisch wird, anmaßend, gierig nach unmäßigen Freundschaftsbeweisen, um im Augenblick, da Nelly sie liefert, die Freundschaft aufzukündigen, dann darunter leidet, wie Nelly, aber nichts daran ändern kann. – Meine erste Erinnerung? Lenka erinnert sich, wie entsetzt sie war, als sie ihr Gesicht im Hohlspiegel ihres Kinderlöffels kopfstehen sah und kein Versuch, es wieder umzudrehen, helfen wollte. H. – das wird eine Umfrage nach den frühesten Erinnerungen deiner Begleiter – H. will sich nicht festlegen. ›Am ehesten‹ häusliche

28

Morgenszenen, Streitigkeiten zwischen den Eltern um zu hart gekochte Eier und verlegte Kragenknöpfe, das Aufatmen der Mutter, wenn der Vater aus dem Hause war und sie sich an die Nähmaschine setzen konnte. Bruder Lutz, nicht gewohnt und nicht gewillt, seinem Gedächtnis auf den Grund zu gehen, sagt nur ein Wort: Masern.

Aber da warst du schon dreieinhalb, sagtest du – und Nelly hat sich die Masern von dir geholt, und es war kurz nach dem Richtfest am neuen Haus, und du mußt doch irgendwas anderes, noch Früheres behalten haben. Tut mir leid, sagte Lutz. Gefühlvolle Einzelheiten könne er seiner Frau Schwester nicht bieten.

Hier, sagtest du dann, fangen also die berühmten Wepritzer Berge an, und du legtest genauso viel Ironie in den Satz, wie nötig war, jeden anderen daran zu hindern, ironisch zu werden. Heute führt unpassenderweise ein Stück Betonpiste direkt zu der nahen Hügelkette, wo irgendein ›Objekt‹ steht und das Profil des Horizonts leider verändert hat. Es hatte wohl keinen Sinn, in die Sandhügel hineinzustiefeln. Ginster gibt es auch anderwärts. Man hatte genug gesehen. Dir ging es auch bloß um die drei Akazien: Ob die drei Akazien noch dastehen. Robinien, vermutete H. auf gut Glück, weil hierzulande Robinien immer für Akazien gehalten werden. Akazien! sagtest du. Sie sollten noch dasein.

Das da vielleicht?

Von den drei Akazien, unter denen Nelly ihre Puppen erzogen und ihr erstes englisches Lied gelernt hat, steht eine, und es ist eine Robinie, worüber H. kein Wort verlor. Die Zeiten, da er mit seinen Naturkenntnissen auftrumpfte, waren lange vorbei. Gleichzeitig zwei sehr unterschiedliche Dinge aus verschiedenen Zeiten: Wie süß der Saft ist, den man als Kind aus den Trichtern der Akazienblüten saugt, und dein beleidigtes Schweigen auf einem frühen Spaziergang mit H., weil er dich, die sich etwas zugute hielt auf ihre Vorliebe für märkische Kiefernwälder, bei einer Verwechslung von Kiefer und Fichte ertappt hatte.

Gesagt hast du zu Lutz, daß deine ersten Erinnerungen an ihn alle mit Unrecht, Mord und Zank zu tun haben.

Da kann man nichts machen, sagte er, erinnere dich nun aber an die große Szene, die unter der Überschrift ›Wie Lutz verlorenging und wiedergefunden ward‹ in die Familienchronik eingegangen ist. Jene entsetzliche Stunde, da Nelly, zuerst allein, dann mit der Mutter im wehenden weißen Ladenmantel, schließlich inmitten einer Schar von Nachbarskindern und -frauen, auf der Straße, auf dem Sonnenplatz, in den GEWOBA-Höfen, endlich bis in die Wepritzer Berge hinein den Bruder suchte, alle Stufen von Unruhe über Angst bis zu Hoffnungslosigkeit und Verzweiflung erfuhr und sich immer den einen Satz wiederholen mußte: Wenn er tot ist, bin ich schuld.

(Dies als erster überlieferter Fall von ›Schwarzsehen‹ bei Nelly, eine Anlage, welche die Mutter ihr vererbt hatte; Bruno Jordan, dem das Bedürfnis abging, verstand darunter die innere Vorwegnahme zukünftiger unglücklicher Vorkommnisse und verwies es seiner Frau zeit ihres Lebens, immer so schwarzzusehen. Wenn du doch bloß nicht immer so schwarzsehen müßtest!)

Nach einer geschlagenen Stunde erst kam jemand auf die Idee, im Kinderzimmer den Tisch vom Sofa wegzurücken, und da lag denn der Bruder in seinen roten Strickhosen, und alle konnten herbeiströmen und sich über den schlafenden Lutz kaputtlachen, der von all dem Lärm nicht wach wurde und der nichts davon hatte, daß die Nachbarn mit Schnaps und die Kinder mit Brause auf sein Wiedererscheinen anstießen. Nelly aber lachte nicht und trank nicht, ihr unverwandt unglückliches Gesicht fing die anderen zu stören an, sie schlich sich weg und heulte, als die Mutter erklärend gesagt hatte, das Mädel hänge nun mal so an dem Jungen, es sei nun mal so gewissenhaft. Daß der Bruder gesund und glücklich war, anstatt tot zu sein, schaffte aber die Tatsache nicht aus der Welt, daß eine Schwester über ihren Schularbeiten den Bruder vergessen konnte, daß sie ihm, kaum von den Büchern aufsehend, ein gleichgültiges ›Geh schon raus!‹ hingeworfen hatte, er aber nicht, wie jeder annahm, eigenmächtig davongeschlichen war.

Doch das Geständnis, das aus der liebevollen, gewissenhaften Schwester ein kleines Ungeheuer gemacht hätte, würde nie über ihre Lippen kommen, soviel wußte sie schon. Und deshalb weinte sie. ›Ich bin klein, mein Herz ist rein‹ wollte sie am Abend nicht mehr beten. Sie bestand auf ›Müde bin ich, geh zur Ruh‹ – jenem Lied, das Heinersdorf-Großmutter zu singen pflegte, wenn sie ihr langes weißes Nachthemd angezogen, ihren dünnen grauen Zopf heruntergelassen und ihre Zähne in ein Wasserglas gelegt hatte. In der zweiten Strophe gab es die Zeilen, auf die es Nelly nun ankam: ›Hab ich Unrecht heut getan, sieh es lieber Gott nicht an.‹ – Denn mehr, wahrhaftig, durfte sie nicht hoffen.

Nelly im Schulkindalter, ein Vorgriff. Doch irrt sich, wer hofft, das Thema Brudermord könne ein für allemal verlassen werden. Später wird es keine Rolle mehr spielen: vielleicht – aber das mag eine abwegige Vermutung sein – hatte es sich erledigt, als es Nelly gelungen war, den Bruder zu verletzen, als die Erwachsenen ihre Tat endlich ernst nehmen mußten: Lutz, dessen rechter Arm in Kissen gepackt war, leise jammernd, Nelly ihm gegenüber, ihn leise anflehend, doch keine Schmerzen mehr zu haben. Die Mutter, im weißen Ladenmantel wie bei allen Unglücksfällen der Kindheit, die wortlos die Schere nimmt und Pullover und Hemd von des Jungen Arm herunterschneidet, das anschwellende Ellenbogengelenk freilegend. Die dann zum Telefon stürzt, verhandelt, wobei das fürchterliche Wort ›Krankenhaus‹ fällt, das Nelly aus dem Kinderzimmer ins

Wohnzimmer treibt, wo sie sich bäuchlings über das Sofa wirft und sich die Ohren zuhält. Die Mutter tritt ein, klopft ihr hart mit zwei Fingern auf die rechte Schulter und sagt einen jener übertriebenen Sätze, zu denen sie damals schon neigt: Du bist schuld, wenn sein Arm steif bleibt.

Schuld ist seitdem: eine schwere Hand auf der rechten Schulter und das Verlangen, sich bäuchlings hinzuwerfen. Und eine mattweiße Tür, hinter der die Gerechtigkeit – die Mutter – verschwindet, ohne daß du ihr folgen, Reue äußern oder Verzeihung erlangen kannst.

Damit wäre die letzte Lücke, die Anordnung der Zimmer in der GEWOBA-Wohnung betreffend, geschlossen: Das Schlafzimmer der Eltern, an das sich keine Erinnerung wekken läßt, ist vom Wohnzimmer aus zu erreichen, durch eben jene Tür, hinter der die Mutter sich hastig für die Fahrt ins Krankenhaus fertigmacht und neben der nun auch die Glasvitrine mit den leise klirrenden Sammeltassen auftaucht. Das Gedächtnis, wehrlos, wenn man seinen wunden Punkt getroffen hat, liefert das ganze Wohnzimmer aus, Stück für Stück: schwarzes Büfett, Blumenständer, Anrichte, hochlehnige schwarze Stühle, Eßtisch und gelbseidene Lampe darüber – unnötiger Aufwand für ein Kind, das nur den einen Stuhl brauchte, um einen Nachmittag lang darauf zu sitzen und zu beten, des Bruders Arm möge nicht steif bleiben, da es nicht ertragen könnte, sein Lebtag lang schuldig zu sein.

Doch folgenlose Schuld ist keine Schuld.

Am gleichen Abend noch soll Nelly Tränen lachen. Die erleichterte, gutgelaunte Mutter ahmt die Redeweise des jungen Krankenhausarztes nach, der mit zwei, drei geübten Griffen des Bruders Arm eingerenkt und sie, Charlotte Jordan, fortwährend mit ›gnädige Frau‹ angeredet hat. An Ihnen ist wirklich eine Krankenschwester verlorengegangen, gnädige Frau. Ein wilder Bengel, der Herr Sohn. Kein Wort von der Urheberin der Verrenkung. Nelly ist mit der Gnade der Eltern allein. Für die Angst, die sie ausgestanden hat, belohnt man sie mit Kakao und Eierbrötchen, während Lutz, das abwesende Opfer, zur Beobachtung im Krankenhaus bleiben muß. Gelernt soll werden: Sich freuen an falschem Lob. Die Lehre wird angenommen.

Hier, unter den drei Akazien, hat Anneliese Waldin, des Oberwachtmeisters Waldin älteste Tochter, Nelly gönnerhaft ihr erstes Lied in englischer Sprache beigebracht, das du zu Lenkas Erstaunen noch immer auswendig kannst und in kindlichem Ton mit falscher Aussprache vorsingst: Baba bläck schiep, häw ju änni wuhl, jes, master, jes, master, srie bäcks fuhl.

Das Lied geht noch weiter. Weiß Lutz eigentlich, daß die Mutter sich immer danach gesehnt hat, Ärztin zu werden? Oder wenigstens Hebamme? Er weiß es, sie hat es bis in ihre letzten Jahre wiederholt: Irgendwas Medizinisches, das wär mein Fall gewesen, und ich freß einen Besen drauf, daß ich mich dazu geeignet hätte. – Sie hätte sich geeignet, da wart ihr euch immer einig. Der Vater natürlich verwies ihr die Sehnsucht: Daß du nie zufrieden sein kannst. – So mach's doch! hat keiner von euch gesagt. Kinder wollen nicht, daß ihre Mutter ihr Leben ändert. 45, da wäre vielleicht eine Gelegenheit gewesen. 45 hätten sie auch eine nicht mehr junge Frau zur Hebamme ausgebildet. Auf dem Dorf? sagt Lutz. – Das ist es eben.

Unter den drei Akazien ist Nelly zum erstenmal verraten worden, und zwar, wie es sein muß, von ihrem besten Freund Helmut, dem jüngsten Sohn des Polizeioberwachtmeisters Waldin, Sonnenplatz 5, erster Stock rechts. Das Thema ›Freundschaft und Verrat‹ interessiert auch Lenka, sie hat Fragen, durch die sie sich bloßstellt. Seit Wochen läßt ihre Freundin Tina sich nicht mehr blicken, meidet Lenka alle Anlässe, sie zu treffen, aber besorgt bist du erst, seit sie nicht mehr zum Reiten geht, da sie doch Pferde mehr liebt als alles. Daß sie direkte Fragen niemals beantworten wird, wenn sie es nicht will, hast du lernen müssen und hoffst nun heimlich, auf dem Umweg über Nelly etwas über Lenka zu erfahren.

Der Verräter, wenn es ein Kind ist, braucht diejenigen, die ihn zum Verrat anstiften. Ja, sagt Lenka. Die haben nichts davon als vielleicht einen Spaß für zehn Minuten, das ist rätselhaft, nicht wahr. Lenka schweigt. Im Falle von Helmut Waldin waren es seine drei großen Brüder. Wozu hätten die – wenn es mehr war als Spaß – den Beweis gebraucht, daß der Mensch niederträchtig ist?

Es fing ganz harmlos an. Franz warf den Stein, der zufällig den kleinen Bruder traf, ebensogut aber Nelly hätte treffen können, die dicht neben Helmut auf der karierten Decke hockte, mit ihren Puppen, denn sie spielten hier immer Vater Mutter Kind. Als Helmut aufschrie und, genötigt von seinen Brüdern, den Grund für seinen Schrei nennen mußte, waren die maßlos verblüfft: Ein Stein! Von ihnen hatte ja keiner einen Stein nach dem kleinen Bruder geschmissen. Wenn der aber doch an der Schulter getroffen war; wenn aber doch ein kleiner Feuerstein als Beweisstück auf der Decke lag, erhob sich die Frage: Wer hatte ihn geworfen? Es konnte nur jemand sein, der in der Nähe war – logisch, nicht? Wer aber ist, außer uns natürlich, noch in der Nähe, Kleiner? Niemand? Langer, der ist blind, borg ihm mal deine Brille! – Blind? Glaub ich nicht. Der ist bloß ein bißchen schwer von Kapeh. Dem muß man beibringen, wer ihm fast die Bonje eingeschmissen hat.

Lenka scheint voll und ganz zu verstehen, daß Nelly nicht weglief. Aus persönlicher Erfahrung scheint sie zu wissen, daß man gewisse Vorkommnisse erst glaubt, wenn man sie mit eigenen Augen gesehen hat. Nelly muß also mit ansehen, wie seine drei großen Brüder ihren Freund Helmut knuffend und lachend auf die dritte Akazie zutreiben, bis er mit dem Rücken gegen den Stamm steht, während sie ihn – aus Spaß natürlich, denn sie lachen ja die ganze Zeit – immerzu fragen, wer denn außer ihnen noch in der Nähe sei. Aber es ist ja nur noch sie selbst in der Nähe, Nelly, und sie hat ja den Stein nicht geschmissen, das wissen sie doch alle, und Helmut weiß es auch. Also ist es Spaß.

Lenka sagt, nach ihrer Meinung ist es manchmal der pure Neid, wenn sie Verräter brauchen. Du wechselst einen leicht erstaunten Blick mit H., den sie registriert. Inzwischen hält einer der Brüder – das ist jetzt Kutti, der jüngere – dem Helmut die Spitze eines Stöckchens gegen die Kehle, damit er mit dem Getue aufhört. Sie wollen doch ihrem kleinen Bruder nicht zu nahetreten, er soll ihnen doch bloß den Namen sagen. Na? Na? Da hört Nelly, ungläubig, wie Helmut den Namen nennt: Es ist ihr eigener Name. Er weint dabei, sagt ihn aber: Nelly.

Irgendwann hört jeder seinen Namen wie zum erstenmal. Und als nun das Stöckchen von seiner Kehle wegkommt, da ruft Helmut diesen Namen gleich noch mal, denn nun lautet die Frage seiner Brüder, wer ihn also mit Steinen beworfen habe? Nelly! schreit Helmut, weinend zuerst, dann aber, als seine Brüder ihm freundschaftlich in die Seite boxen – na siehst du, Kleiner! –, brüllt er unverlangt immer weiter Nelly, fünfmal, zehnmal. Beim letzten Male lacht er schon.

Lenka schien zu wissen, wie sie lachen, wenn sie verraten haben. Gehen wir, sagtest du. Den Weg zurück, den Nelly damals heulend gerannt ist. Vorbei an dem Stückchen fensterloser Hauswand, an dem Nelly eisern Zehnerball trainierte, bis sie unschlagbar war und sich vor den Wettbewerben an Klopfstange und Kellergeländer – Klimmzug und Bauchaufschwung – drücken konnte, ohne an Ansehen zu verlieren. Vorbei, diesmal ohne Aufenthalt, an der Nummer 5, wo Nelly lange vor euch angekommen ist und nach Herrn

Waldin ruft, der schließlich über seine roten Geranien herunterblickt und sich dabei den Uniformrock zuknöpft, aber gleich das Fenster wieder zuknallt, als Nelly seine Söhne bei ihm verklagen will.

Dafür öffnete sich im Hochparterre links das Kinderzimmerfenster, Charlotte Jordan rief ihre Tochter herein und erwartete sie mit dem Ausklopfer hinter der Tür und schlug sie, ohne sie anzuhören, zum verhängnisvollen ersten und einzigen Mal in ihrem Leben (hin und wieder eine Ohrfeige, die rechnet nicht), schrie dabei ganz außer sich – während Nelly stumm blieb, wie immer, wenn ihr Unrecht geschah –, wer ihr das Petzen beigebracht habe, wer denn bloß, wer? Ließ sich dann auf einen Stuhl fallen, brach in Tränen aus, schlug die Hände vors Gesicht und sagte weinend: Mußt du uns ausgerechnet den zum Feind machen?

Was weiter? Die Perle.

(Verständliche, aber vielleicht gefährliche Lust auf Zusammenhänge, vor denen H. von Anfang an warnt, weniger durch Worte als durch seinen Gesichtsausdruck. Er mißtraut allem, was sich fügt.

Auf dem Weg zum Briefkasten, nach dem Abendbrot, saht ihr am sternklaren Himmel den Großen Wagen und den Orion, und du mußtest zugeben, daß das Gefühl, die Sternbilder bezögen sich in irgendeinem Sinn auf dich, dir noch nicht vollständig geschwunden sei. H. wollte dir einreden, eben das steigere deine Schwierigkeiten, Strukturen zu finden, in denen sich heute noch reden läßt; ernüchtert bis auf den Grund, in Verhältnissen, da Verzweifeln eher komisch wirke. – Nach Mitternacht ein dummer Anruf eines Menschen, der sich als Student vorstellt und in aufdringlichem, frechem Ton nach einem ›neuen Werk‹ fragt. Du legtest den Hörer auf, zogst das Telefonkabel heraus, konntest aber vor Erbitterung nicht einschlafen. Auf einmal bildeten sich Sätze, die du als brauchbaren Anfang ansahst; jemand war also mit ›du‹ anzureden. Der Tonfall hatte sich eingestellt. Du wolltest nicht glauben, daß du noch einmal von vorne anfangen solltest, aber am Morgen hatten die Sätze sich erhalten – wurden natürlich später getilgt –, der Tonfall war geblieben. Immer noch ungläubig, begannst du von neuem. Dir war, du hättest nun die Freiheit, über den Stoff zu verfügen. Schlagartig war dir auch klar, daß nicht ein schnell zu machendes Ergebnis zu erwarten war, sondern eine lange Zeit von Arbeit und Zweifel. Daß es nicht beim nächsten Buch Ernst würde, sondern bei diesem. Schön eigentlich, dachtest du.)

Kurz nach dem Zwischenfall mit Helmut Waldin muß Nelly sich die Perle in die Nase gesteckt haben, wovor sie oft und dringlich gewarnt worden war. Eine kleine gelbe Holzperle, wie man sie Kindern schenkt, zum Kettenaufziehn, die aber, einmal im Nasengang, durch kein Pusten und Schnauben wieder herauszubefördern ist, die immer höher zu wandern schien, womöglich bis dahin, wo die Mutter die Gehirnwindungen vermutete und von wo aus es für eine Perle kein Zurück mehr gab. Nelly setzte den für Katastrophenfälle üblichen Mechanismus in Gang: Frau Elste, die Mutter im weißen Kittel, fliegende Finger, Telefon, die Straßenbahn, eine Frau ihr gegenüber trieb die Geschmacklosigkeit so weit, dem lieben Gott dafür zu danken, daß dieses Kind sich keine Erbse in die Nase gesteckt hatte, die alsbald ins Quellen gekommen wäre, und dann ade, du mein lieb Heimatland!

Nelly hätte den lieben Gott gern aus dem Spiel gelassen. Es lag ihr nicht daran, daß er die Gedanken in ihrem von der Perle bedrohten Gehirn ablas und unter ihnen eine Art Wunsch vorfinden würde: den sträflichen Wunsch, die eigene Mutter zu Tode zu erschrecken, indem man schädigte, was ihr das Liebste war: sich selbst.

Der Arzt, ein Doktor Riesenschlag, nicht imstande, sich die verzwickte Bosheit dieses Kindes vorzustellen, ließ sie auf einem Lederhocker Platz nehmen, klapperte widerwärtig mit Metallinstrumenten auf Emailleschalen, bis er sich entschloß, eines dieser Instrumente in Nellys rechtes Nasenloch einzuführen, wo es sich, angeblich nach dem Regenschirmprinzip, auszudehnen begann und den Innenraum der Nase erweiterte, bis der Perle nichts übrigblieb, als mit einem Blutstrahl zusammen herauszuschießen und auf des Doktors glänzendes Linoleum zu fallen, wobei es ›klick‹ machte, was mit einem gleichmütigen ›Na also!‹ quittiert wurde. Nein, nach Hause nehmen wollte die Mutter diese Unglücksperle nicht, das fehlte noch, aber sie hoffte von Herzen, daß die ganze Kalamität dem Kinde eine Lehre sein werde. Eine Hoffnung, der Doktor Riesenschlag sich in sachlicher Freundlichkeit anschloß, nachdem er einen Zehnmarkschein entgegengenommen und eine Warnung vor kleinen Knöpfen, Bohnen, Linsen, Erbsen, Blumensamen und Kieselsteinen an Mutter und Tochter gerichtet hatte. Besichtigen wollten sie aber seine Sammlung derartiger aus Ohren und Nasen geförderter Fremdkörper – der nun Nellys Perle auch beigefügt würde – keinesfalls.

Eine Ohrfeige, ein scharfes Wort, sogar ein stummer Nachhauseweg wären nach Nellys Empfindungen jetzt am Platze gewesen. Statt dessen erfuhr Nelly, sie habe sich tapfer gehalten. Nicht geklagt, nicht geweint, nichts. Der Mutter schien es wohlzutun, ihre Tochter ›tapfer‹ zu nennen. Es lag ihr nicht daran, zu erfahren, wie sie in ihrem innersten Innern war. Nelly hatte das trostlose Gefühl, daß auch der liebe Gott selbst an dem tapferen, aufrichtigen, klugen, gehorsamen und vor allem glücklichen Kind hing, das sie tagsüber abgab. Wörter wie ›traurig‹ oder ›einsam‹ lernt das Kind einer glücklichen Familie nicht, das dafür früh die schwere Aufgabe übernimmt, seine Eltern zu schonen. Sie zu verschonen mit Unglück und Scham. Die Alltagswörter herrschen: iß und trink und nimm und bitte danke. Sehen hören riechen schmecken tasten, die gesunden fünf Sinne, die man beisammen hat. Ich glaube, daß fünf Pfund Rindfleisch eine gute Brühe geben, wenn man nicht zuviel Wasser nimmt. Alles andere ist Einbildung.

Während ihr zum Auto gingt, fiel dir noch das Spiel ein, das Nelly Lieselotte Bornow aufzwang, lange vor ihrem späteren Zerwürfnis. Sie nannten es ›Selbstverzaubern‹, und es bestand darin, im hellen gelben Sand des Sonnenplatzes sich auf ein Kommando hin in ein ekles Wesen zu verwandeln: Frosch, Schlange, Kröte, Käfer, Hexe, Schwein, Molch, Lurch. Niemals höhere Lebewesen, immer Ungetier, das in Schmutz und Schlamm lebt und einander rücksichtslos bekämpft. Zerkratzt und dreckig kamen sie abends nach Hause, ertrugen Vorhaltungen und Verbote. Auch die Eltern des Froschkönigs hatten erleben müssen, wie ihr feiner blondhaariger Prinzensohn sich mir nichts, dir nichts – und ganz gewiß nicht ohne seine heimliche Zustimmung – vor ihren Augen in einen glitschigen eklen Frosch verwandelt hatte. Das gab es eben.

Lenka begrüßt euer Auto, das euch vor Rambows ehemaligem Laden erwartet, mit einem dankbaren Blick. Als Nelly vor sechsundzwanzig Jahren und sechs Monaten, am 29. Januar 1945, auf der gleichen Straße ihre Stadt auf der Flucht vor den näher rückenden feindlichen Truppen schnurstracks in westlicher Richtung verließ, hat sie, soviel du weißt, im Vorbeifahren nicht einen Gedanken an den Sonnenplatz und an jenes Kind gewendet, das damals unter der dünneren Schicht von Jahresringen vielleicht tiefer verborgen war als heute, da es sich, unabhängig von gewissen Anweisungen, zu regen beginnt. Zu welchem Ende? Die Frage ist so unheimlich wie berechtigt. (Laßt die Toten ihre Toten begraben!) Ein Gefühl, das jeden Lebenden ergreift, wenn die Erde unter seinen Füßen sich bewegt: Furcht.

2

Wer gäbe nicht viel um eine glückliche Kindheit?

Wer Hand an seine Kindheit legt, sollte nicht hoffen, zügig voranzukommen. Vergebens wird er nach einer Dienststelle suchen, die ihm die ersehnte Genehmigung gäbe zu einem Unterfangen, gegen das der grenzüberschreitende Reiseverkehr – nur als Beispiel – harmlos ist. Das Schuldgefühl, das Handlungen wider die Natur begleitet, ist ihm sicher: Natürlich ist es, daß Kinder ihren Eltern zeitlebens dankbar sind für die glückliche Kindheit, die sie ihnen bereitet haben, und daß sie nicht daran tippen. – Danken? Die Sprache verhält sich, wie erwartet, und läßt ›denken‹, ›gedenken‹, ›danken‹ aus ein und derselben Wurzel kommen. So daß nachforschendes Gedenken und das dabei unvermeidlich entstehende Gefühl – für das eine Benennung allerdings zu suchen wäre – im Notfall doch auch als ›Äußerung dankbarer Gesinnung‹ gelten können. Nur eben fehlt wieder ausgerechnet jene Instanz, die den Notfall bescheinigen würde.

Über die Handlungsweise von Nellys Mutter im Januar 1945, bei der ›Flucht‹, in letzter Minute nicht das Haus, wohl aber die Kinder im Stich zu lassen, hast du natürlich oft nachdenken müssen. Fragen muß man sich, ob sich wirklich in derartig extremen Lagen zwangsläufig und zwingend herausstellt, was einem das Wichtigste ist: durch das, was man tut. Wenn aber der Betreffende nicht vollzählig die Informationen hätte, die ihm erlaubten, seine Entscheidung genau den Umständen anzupassen? Wenn Charlotte Jordan nicht erst nach der Abfahrt des Lastwagens, auf dem nicht nur ihre Kinder, sondern auch die übrige Verwandtschaft die Stadt verließen, die Gewißheit gehabt hätte: Ja, der Feind hat sich auf Kilometer der Stadt genähert; ja, die Garnison rückt im Eilmarsch ab, in Richtung Westen: Wäre sie nicht die erste gewesen, ihre Kinder selbst in Sicherheit zu brin-

gen? Ferner: Hätte sie, Charlotte, es auch nur im entfernte-
sten für möglich gehalten, daß sie ihr Haus nicht mehr betreten, kein Stück seines Inventars je wiedersehen würde –
hätte sie dann nicht das dicke braune Familienalbum einge-
packt, an Stelle des ganzen Plunders, den sie doch nach und
nach aufgaben, abstießen, verloren, bis Nelly an einem
schönen Sommermorgen nur noch Schlafanzug und Mantel
besaß, die sie natürlich beide am Leibe trug? Um vier Uhr
nachmittags die ersten Schüsse vom Stadtrand her (Städti-
sches Krankenhaus), da ist das Führerbild aus dem Herrenzimmer schon im Zentralheizungsofen verbrannt (das hat
mir wohlgetan, sag ich euch), da ist schon entschieden, daß
sie, Charlotte, mit nichts als einer Einkaufstasche, in der ein
paar gut belegte Brote, eine Thermosflasche mit heißem
Kaffee, einige Päckchen Zigaretten (zu Bestechungszwek-
ken) und eine dicke Brieftasche mit Papieren sind, ihr Haus
abschließen und weggehen wird. Das braune Album muß
entweder bei den Plünderungen verlorengegangen sein,
welche die ehemaligen Nachbarn natürlich in den verlassenen Häusern und Wohnungen unternahmen (und zuallererst verständlicherweise in einem Lebensmittelladen), oder
es wurde von den späteren polnischen Bewohnern des Hauses verbrannt. Klar, daß ihnen die Erinnerungen ihrer Vor-
gänger lästig sein mußten.
Doch Fotos, die man oft und lange betrachtet hat, brennen
schlecht. Als unveränderliche Standbilder sind sie dem
Gedächtnis eingedrückt, es ist bedeutungslos, ob man sie
als Beweisstück vorlegen kann. Jenes Foto, dein Leib-
und-Magen-Foto, steht dir auf Abruf zur Verfügung, und
zwar bis in Einzelheiten (die kleine, leicht nach links ge-
neigte helle Birke am Rande der dunkleren Kiefernscho-
nung, die den Bildhintergrund abgibt): Nelly, dreijährig,
splitterfasernackt, als Bildmittelpunkt, Pagenkopf und Körper mit Eichenlaubgirlanden umkränzt, ein Eichenlaub-

sträußchen in der Hand, mit dem sie in die Kamera winkt. Je, kleiner, desto glücklicher – vielleicht ist doch was dran. Vielleicht aber kommt der Reichtum der Kindheit, den jeder empfindet, zustande, indem wir diese Zeit unaufhörlich anreichern durch das Über-Denken, das wir ihr widmen? Familienleben.

Das Bildchen – vermutlich von Onkel Walter Menzel bei einem Familienausflug nach Altensorge am Bestiensee geknipst, denn Jordans besaßen keine Kamera – bringt Bewegung in das System der Nebenfiguren, dessen Gesetze dir geläufiger sind und einleuchtender als die Mechanik der Himmelskörper, die dir im Vergleich mit jenen zufällig erscheint. So daß du eine Ungeduld über die Konfusion von H., der immer wieder fragen muß: Wer ist das nun wieder? und die?, kaum unterdrücken kannst. Beispielsweise hieltest du es für angezeigt, H. und Lenka auf jener Fahrt durch das frühere L. am zweiten Wochenende des Juli 71 alle Wohnungen deiner sämtlichen Verwandten vorzuführen, die in dieser Stadt gelebt hatten. Lenka und H. kannten die neunzehn Personen – wenn man nur Verwandte ersten und zweiten Grades nimmt – nicht einmal alle dem Namen nach. Das Unternehmen endete mit einem Fehlschlag: Ermüdung, Unlust, Langeweile. Familiendschungel, sagte Lenka. (Sie gab sich einfach keine Mühe, die Übersicht zu behalten. Es kam dann dahin, daß du ihr eine Art Stammbaum in dein Notizbuch kritzeltest, das war gestern, wir schreiben Dezember 72. Nach Weihnachtsbesorgungen, in deren Strudel ihr doch wieder hineingerissen wart, saßet ihr im Café am Nauener Tor, das um diese Zeit von Studenten der Pädagogischen Hochschule besetzt ist, die Lenka nachzuahmen suchte. Sie bestand darauf, auch einen Wermut zu bekommen wie der Student an eurem Tisch, und bemühte sich, ihn mit dem gleichen düsteren Gesichtsausdruck hinunterzukippen. Wenn sie nämlich ihre Großtanten und Großonkel,

42

die alle im Westen leben, persönlich kennen würde, käme ihr der Familienstammbaum weit weniger albern vor, sagtest du, denn dir lag daran, daß sie sich später zurechtfand. Geh doch von den Großeltern aus, batest du sie: Die Menzels – Auguste und Hermann, Schnäuzchen-Oma und Schnäuzchen-Opa; und die Jordans – Marie und Gottlieb, Heinersdorf-Oma und Heinersdorf-Opa. Deren jeweils älteste Kinder, Charlotte und Bruno, werden das Ehepaar Jordan, als Großeltern bekannt. Und dazu, wie üblich, Geschwister und Geschwisterkinder: Liesbeth und Walter Menzel, Olga und Trudchen Jordan. Hör auf, sagte Lenka. Bis vor kurzem habe sie sich noch alle Erwachsenen als gleich alt, alle Leute über fünfzig als uralt vorgestellt. Sie ist sechzehn.)

Wen interessieren diese Leute? Der Vorgang der Namensgebung setzt ihre Bedeutung voraus, verleiht aber auch Bedeutung. Anonym sein, namenlos, ein Alptraum. Die Macht, die du dir über sie nimmst, indem du ihren richtigen Namen in die wirklichen verwandelst. Jetzt sollen sie sich näherkommen können, als es ihnen im Leben gelingt. Jetzt sollen sie ihr eigenes Leben führen dürfen. Onkel Walter Menzel, Charlotte Jordans jüngerer Bruder, der immer noch seine Kodak gezückt hält, gegen Nelly, seine Nichte. Direkt neben ihm wird Tante Lucie gestanden haben, glückstrahlend mit Walter verlobt – wir schreiben das Jahr 32 –, obwohl ihr Vater, Hausbesitzer und Rentier, seine Tochter partout keinem einfachen Schlosser hat geben wollen. Dann zieh ich eben so mit Waltern zusammen! soll sie geäußert haben, ein Ausspruch, den die Menzels nun wieder nur mit gemischten Gefühlen aufnehmen konnten. Einerseits zeigte sich, wie sehr sie an Walter hing; andererseits sprach aus solcher Redeweise doch auch ein gewisser Leichtsinn, wie ja überhaupt Lucie passabel war, adrett und flink, aber in mancher Hinsicht eben ein bißchen frei. Natürlich konnte sie froh sein, daß sie Walter bekam, aber dann wieder rieb sie ihren hübschen kleinen ondulierten Kopf in aller Öffentlichkeit an seinem Polohemd... Jetzt steht sie also und winkt Nelly mit ihrem weißen Taschentuch: Guck hierher, Nellychen! Hier in den schwarzen Kasten, gleich fliegt ein Vögelchen raus!

Zu denken, daß sie alle Ende Zwanzig, Anfang Dreißig waren! Und daß es eine Zeit gab, in der das Leben vor ihnen lag. Da auch Tante Liesbeth, die jüngere Schwester von Nellys Mutter, eine ausgelassene junge Frau war, die Nelly das von Schnäuzchen-Oma genähte Waschsamtkleid überstreift – das Kind verkühlt sich noch! – und sie dann zwischen sich und ihren Mann nahm – Alfons Radde, der schon immer strähniges blondes Haar und diese eisblauen Augen hatte, aber vielleicht noch nicht den kalten Blick –, um bis zu Krügers Kaffeegarten hin einszweidrei – hops! zu machen. Da wird Nelly noch einmal geknipst, wie sie zum erstenmal in ihrem Leben aus einem Riesenglas einen Schluck Weiße mit Schuß trinken darf. (Die gleichen Gläser handelt man heute antiquarisch für sechsunddreißig Mark.) Hinter dem Glas hervor Nellys berühmter schelmischer Blick. Augen hat die Kruke!

Friede Freude Eierkuchen.

Alfons Radde ist nicht beliebt im Familienkreis, das ist wahr. Zwar hat er Tante Liesbeth zur Frau genommen, die heute ein weißes Kleid trägt, mit Volants am Hals, es kleidet sie. Nach der müßte er sich alle zehn Finger ablecken. Aber in Wirklichkeit ist er mit der Getreide- und Futtermittelfirma Otto Bohnsack & Co. verheiratet und macht dem jungen Bohnsack den Paslack. Alfons Radde, dem der Staub in den großen Halsporen sitzt. Er mit diesem Unding von Nase. Doch Schönheit vergeht, Arsch besteht. Und unsere Liesbeth hat ihn ja partout haben wollen, genau wie sie jetzt partout ein Kind haben will – verständlich nach fast vierjähriger, von Fehlgeburten abgesehen, erfolgloser Ehe. Und wo Charlotte, ihre Schwester, nun schon ihr zweites erwartet, in zwei Monaten. (Leider gibt es kein Foto der schwangeren Mutter. Onkel Walter Menzel hat seine Schwester hinter den Kaffeetisch placiert, ehe er sie knipste.) Dafür betut sich Tante Liesbeth mit ihrer Nichte: Blonde Härchen auf dem Arm, Nelly, das bedeutet einen reichen Mann, garantiert! Da sagt Alfons, ihr Mann: Mach doch keine Mausescheiße mang den Pfeffer! Immer geradezu, Onkel Alfons. Wer's erlebt, wird noch zu hören kriegen, was Charlotte Jordan über ihn denkt und vorläufig für sich behalten muß – aber da wird man sich nicht mehr auf dem Boden der sogenannten Neumark, nicht im märkischen Kiefernwald am Bestiensee, sondern, für sie alle unvorhersehbar, im Flur eines mecklenburgischen Bauernhauses befinden. Er, Alfons, wird es seiner Schwägerin in unverblümter Rede heimzahlen, und zu seiner Schwiegermutter wird er ›Pollackenweib‹ sagen und seiner Nichte Nelly, nun sechzehn, Gelegenheit zu der Drohung geben, sie lasse ihre Großmutter nicht beschimpfen.

Und so weiter. Das ist es eben, wenn man im Bilde ist. Der Spielverderber, der schon immer weiß, wie es weitergeht oder endet: Schnäuzchen-Opa hat noch dreizehn, Schnäuzchen-Oma noch zwanzig Jahre zu leben, immer von jenem heiter-bewegten Sommernachmittag des Jahres 32 aus gerechnet. Ihr grauhaariger Langhaarterrier Schnäuzchen aber, mit dem Nelly als Kind unter dem Tisch ›buchstäblich am gleichen Knochen gelutscht‹ haben soll, wird schon im Jahre 38, blind und altersschwach, von Hermann Menzel in einem Sanella-Margarinekarton zum Serum-Institut getragen und als vergiftete Hundeleiche wieder zurückgebracht werden; worauf Schnäuzchen-Oma drei Tage lang nicht essen, nicht trinken und nicht schlafen wird.

(Wozu die Liste der Toten weiterführen? Wozu jetzt schon

45

erwähnen, daß Onkel Walter Menzel seine Schwester Charlotte Jordan, Nellys Mutter, als diese stirbt, zwölf, vierzehn Jahre nicht mehr gesehen haben wird, weil ihn keine zehn Pferde in die russische Zone brachten und Charlotte, acht Jahre schon im Renten- und Westreisealter, dann eben auch ihren Stolz hatte und nicht zu ihm fuhr?) Unter den vier Onkeln, die zur Auswahl stehn und nach und nach in Erscheinung treten werden, ist Onkel Walter Nellys Lieblingsonkel. Mit Abstand. Er spielt mit ihr Ri-ra-rutsch, wir fahren mit der Kutsch und nimmt sie huckepack auf die Schulter, wenn es nun endlich zu jener Kreuzung zweier Waldwege zurückgeht, an der er sein Auto abgestellt hat.

Bilder auf Chamois, an denen du dich nicht vergreifen willst. Die Hand, die verdorren möge oder aus dem Grabe wachsen, wenn sie sich gegen Vater oder Mutter erhoben hat. Prompt träumst du genau und ausführlich alle Stadien einer Operation, in deren Verlauf dir die rechte Hand – die Schreibhand – kunstvoll wegoperiert wird, wovon du, örtlich betäubt, Zeuge bist. Es geschieht, was geschehen muß, du lehnst dich ja nicht auf, aber angenehm ist es nicht, was denkst du beim Erwachen. Im Halbdämmer hältst du deine Hand hoch, drehst und wendest sie, studierst sie, als sähest du sie zum erstenmal. Sie sieht aus wie ein taugliches Instrument, aber da kann man sich täuschen.

Was das eigentlich bedeutet, Pollackenweib, will Lenka wissen. Sie kennt das Wort ›Pollack‹ nicht, sie kennt nicht das Wort ›Pollackei‹, nicht den Ausdruck ›polnische Wirtschaft‹. Muß sie das kennen? Bruder Lutz, der sich kurz umdreht, die Nichte gründlich ansieht, gibt eine knappe Erklärung, nach vorne, zur Autoscheibe hin. Wiederholt das Wort ›früher‹, auch ›damals‹. Du ertappst dich bei dem Gedanken: zu unserer Zeit, erschrickst, verschiebst es auf später, der Fehlleistung auf den Grund zu gehn. Lenka hat die Unterlippe vorgeschoben. Schweigen als Zeichen, daß man aufhören kann, daß sie kapiert hat und auf weitere Belehrung verzichtet. (Wird ihr euer Verhalten einmal in gleicher Weise seltsam vorkommen wie euch das Verhalten der vorhergehenden Generation?)

Sie hat Hermann Menzel, Schnäuzchen-Opa, nicht mehr gekannt. Du beschreibst die Weidenruten, in die er für Nelly mit seinem scharfen Schustermesser die schönsten Muster schnitzte, zumeist eine Schlangenlinie, die sich zur Spitze hin immer enger um den Stock ringelte. Mit Schlangen hatte er es überhaupt, fällt dir nachträglich auf. Eine von den beiden Geschichten, die er kannte, war ja die Schlangengeschichte, die womöglich in Nellys Gemüt noch tiefer eingegriffen hat als selbst die Aufzeichnungen der Gebrüder Grimm, die gewiß nicht ohne waren.

Schnäuzchen-Opas Geschichten hatten das Unglück, für wahr zu gelten. Es war Nelly unerträglich, sich das Entsetzen des jungen Holzfällerburschen vorzustellen, der in aller Ruhe – nach angestrengter Holzfällerarbeit – auf seinem laubbedeckten Baumstamm sein trocken Brot verzehrt, aus einer Flasche dazu klares Wasser trinke (feinere Kost ließ ja die Armut der Holzfäller nicht zu), und der plötzlich spürt, wie sein Baumstamm unter ihm in schlängelnde Bewegungen gerät, denn worauf er saß, das war eine Schlange, baumstammdick, mit gefährlichem Giftzahn, tückisch und lüstern auf des Burschen Blut, so daß der gut daran tat, sein Heil in der Flucht zu suchen. Das eigentlich Unheimliche war aber nun, daß der Schreck dem Burschen sein Lebtag anhing, so daß er von Stund an nicht mehr ganz richtig im Kopfe war und ein Zucken, das in Abständen über sein ganzes Gesicht lief, nicht beherrschen konnte. Nelly, schaudernd vor der Grimasse, mit der Schnäuzchen-Opa die zwanghafte Gesichtsverzerrung des Holzfällers nachahmte, trieb ihn doch unersättlich zur Wiederholung an. Durch ihn also, durch niemand anderen, hat sie zuerst die Lust am Schauerlichen kennengelernt: Wer hätte die Stirn, die Bedeutung dieses Großvaters für sie zu leugnen.

Viel später erst – genau: dreizehn Jahre nach dem schönen Familiensonntag am Bestiensee, der mit Gesang enden soll – viel später erfuhr Nelly durch Onkel Alfons Radde, der nun lange genug den Zorn über die Geringschätzung seiner Person durch die Verwandtschaft seiner Frau unterdrückt hat, daß Schnäuzchen-Opa, den sie zeit ihres Lebens als pensionierten Reichsbahnangestellten gekannt und nach dessen Schicksal sie nicht weiter gefragt hatte, weil Kinder in Großvätern kein Schicksal vermuten: daß er es niemals weitergebracht hatte als bis zum Fahrkartenknipser und daß er vorzeitig aus dem Dienst gewiesen war, und zwar wegen fortgesetzter Trunkenheit. Dies, damit die Menzels ihr Getue aufgaben und damit in allererster Linie Charlotte Jordan, geborene Menzel, des Fahrkartenknipsers älteste Tochter, einen Dämpfer kriegte. Andere Leute hat der Esel auch nicht im Galopp verloren.

(Nelly wieder mal die einzige, die keine Ahnung gehabt hat. Dachte sie sich vielleicht, ihr Großvater war Reichsbahnsekretär? Oder wenigstens Lokomotivführer? Pustekuchen. Nicht mal Zugbegleiter, der. – Nelly hat sich gar nichts gedacht, und Schnäuzchen-Opa tut ihr auf einmal leid.)

Hier H., bei dieser Reise auf deine Weisungen angewiesen, hält auf der Friedrichstraße, direkt bei der Gasanstalt, wo man das flache Haus mit den grünen Fensterläden sehen kann. Das ist es: Kesselstraße 7, das Eisenbahnerhaus, in dem Nellys Mutter, Charlotte, ihre Kindheit verlebt hat. Haus ist geprahlt, fast käme man auf die Idee, von zweistökkiger Baracke zu reden. Trostlos, das wäre das passende Wort, aber es wird einbehalten. Hier, in einer der gewiß dürftigen Wohnungen, da hat Hermann Menzel – im Suff natürlich – die Petroleumlampe nach seiner Frau Auguste geschmissen und ihr jene kleine Narbe auf dem rechten

48

Stirnhöcker beigebracht, deren Herkunft Nelly niemals beunruhigt hat, bis Tante Liesbeth eines Nachts – in den ersten Tagen der Flucht übrigens – ihre hysterischen Anfälle ausgerechnet mit Angst und Schrecken in der Kindheit rechtfertigen mußte: Wenn der eigene Vater die Lampe nach der Mutter wirft – den Schreck vergiß erst mal wieder, besonders wenn du zarte Nerven hast.

Da sagte Schnäuzchen-Oma zu ihrer Lieblingstochter Liesbeth: Wenn über eine alte Geschichte endlich Gras gewachsen ist, dann kommt bestimmt ein junges Kamel, das es wieder runterfrißt.

Solche Stimmen nun, haufenweise. Als hätte jemand eine Schleuse hochgezogen, hinter der die Stimmen eingesperrt waren. Immer Theater, sagt Schnäuzchen-Opa, immer dieses Theater. (Er ist wohl, wenn man es recht bedenkt, in seiner eigenen Familie der Fremde gewesen.) Alle reden durcheinander, manche singen auch. Onkel Alfons zum Beispiel singt, als sie alle nun quer durch den Wald auf Onkel Walters Auto zumarschieren – ein schwarzer, viereckiger Kasten – und Nelly mit ihrer geringelten Gerte Blumen und Gräser köpft, da singt er laut: »Mein Sohn heißt Waldemar, weil es im Walde war, Anne, Anne, Anne hopsassa, Annemarie.« Dies muß nun nicht sein vor dem dreijährigen Kind, das selber schon Lieder kennt und gerne bereit ist, mit seinem Vater ›Wir sind die Sänger von Finsterwalde‹ zu singen oder ›Mein Hut, der hat drei Ecken‹. Oder auch ›Hinaus in die Ferne, für'n Sechser fetten Speck‹. So daß man gegen Ende des sehr geglückten Ausflugs auch Bruno Jordans Stimme noch zu hören kriegt, die vielleicht allzu lange geschwiegen hat, so als hätte sie nichts zu sagen. Das ist aber nicht an dem. Nicht daß Singen gerade seine Stärke wäre: seit jenem Luftröhrenschnitt im frühesten Kindesalter, der ihn vor dem Ersticken durch Diphtherie bewahrt, aber auch die Stimmbänder beschädigt hat, nicht mehr. Jordan, setzen, Singen Vier.

Alles übrige Eins, beiläufig bemerkt. Klassenprimus. Aber ›Lippe-Detmold, eine wunderschöne Stadt, darinnen ein Soldat‹ kriegt er gut hin, besonders jenes ›Bumbum‹ nach der ergreifenden Zeile: Da fiel der erste Schuß. ›Und als er in die große Schlacht reinkam, da fiel der erste Schuß, bumbum.‹ Das kannte Bruno Jordan. Da konnte ihm nämlich keiner was vormachen, der nicht bei Verdun war. Der nicht in einem Unterstand verschüttet gewesen ist. Das hat ihm nämlich fürs Leben gereicht, und zwar voll und ganz. Seitdem kann er sich unter Krieg nur den allergrößten Scheibenkleister vorstellen.

Dies als Stimmprobe von Bruno Jordan. ›Ei, da liegt er nun und schreit nicht mehr, ei, da liegt er nun und schreit nicht mehr, weil der Soldat ist tot, weil der Soldat ist tot.‹

Das Kind weint. Weint? Wieso denn das nun wieder. Na wegen diesem toten Soldaten. Sie ist müde, und da ist sie noch empfindlicher, und da braucht man eben Fingerspitzengefühl, was man mit ihr singt. Alle vier Frauen – Auguste, Charlotte, Liesbeth und Lucie, in der Reihenfolge ihres Alters – lassen sich in puncto Empfindlichkeit von ihren Männern nichts sagen und stellen sich vor das Kind. Schluß jetzt. Und eingestiegen. Sechs Mann in Onkel Walters beinahe voll bezahltes Auto. Schöner Nachmittag, wirklich. Machen wir bald mal wieder. Hat man was, dran zu denken, wenn schlechtere Zeiten kommen. Man will ja nicht unken. Man kann ja auch nicht klagen. So gehn die Stimmen im Auto noch hin und her, werden leiser, hören überhaupt auf in der Dunkelheit. Etwas länger bleibt der Geruch von des Vaters grauem Überzieher, in den Nelly gewickelt ist, vermischt mit dem von Schnäuzchen-Omas Schoß, auf den sie, nicht zufällig, ihren Kopf gelegt hat. Schlaf du man, schlaf.

(Denk und gedenk, würde sie sagen, wenn du willst und mußt. Und dank, wenn du kannst. Mußt aber nicht. Wirst es schon wissen. Nelly war ihr Lieblingsenkel.) Schnäuzchen-Oma hat nie etwas für sich gewollt. Hier, Kesselstraße 7, ist sie es gewesen, die durch Schneidern und Gemüseanbau in einem Gartenstück und durch das Füttern einer Milchziege ihre Kinder durchgebracht hat. An jenen Wegrändern wuchs das Gras für die Ziege, und alle drei Kinder waren unter Androhung scharfer Strafen gehalten, genug Heu für den Winter einzubringen. Hier auch hat sie aus einem schneeweißen Bettlaken das Engelskostüm für ihre Tochter Charlotte geschneidert, die mit ihrer reinen, schönen Stimme zur Weihnachtsmesse in der Marienkirche ›Vom Himmel hoch, da komm ich her‹ singen darf.

Charlotte bevorzugt Lieder, die ihren immer noch schönen Sopran zur Geltung bringen. »Warum weinst du, holde Gärtnersfrau‹ oder auch ›Es fuhren drei Burschen wohl über den Rhein‹. Sie ist, wie alle drei Menzelschen Kinder, von Auguste zur Mittelschule geschickt worden, zehn Mark Schulgeld den Monat. Absolut schleierhaft, woher Schnäuzchen-Oma es genommen hat. Charlotte, bei ihren Leistungen, kriegte zwar Schulgelderlaß, den sie sich aber Jahr für Jahr neu verdienen mußte. Führ dich man gut, Lotteken, weißt ja, worum's geht. Hast es ja gelernt, dich zusammenzunehmen.

Das allerdings, sagte Charlotte Jordan, nicht ohne Bitterkeit. Wenn ich was gelernt hab – dann das. Nun kann sie, obwohl gerade ihre Französischlehrerin sie gehaßt haben soll, auf französisch sagen: Der Mond – la lune, die Sonne – le soleil. Und sie kann ihren Mann verbessern, der in der französischen Gefangenschaft gelernt hat, ›Brot‹ zu sagen: ›Peng‹ spricht er es aus, ohne Nasallaut. Du immer mit deiner Bildung, sagt Bruno Jordan.

(Charlotte, wenn du sie fragen könntest, würde wohl sagen: Tu, was du nicht lassen kannst. Nicht ganz der Satz, den du gerne hören würdest. Besser wäre: Tu es, wenn du es nicht lassen kannst.

Aber woran erkennt man, was man nicht lassen kann, mit tödlicher Sicherheit?

Vielleicht an der Unruhe, die wächst. An den nächtlichen Magenschmerzen, die nun wiederum die merkwürdigsten Träume auslösen. Das Haus des Architekten Bühlow, der jahrelang in L. Jordans Nachbar war, brennt. Du läufst hinüber, mit Eimern voll Wasser. Durch das Fenster siehst du, die Nachbarin liegt da, hat Schmerzen, du weißt: Magenkrebs. Sie ist schon von Rauch eingehüllt, kann sich nicht rühren. Eine Krankenschwester mit einem harten, bösen Gesicht unter einer Flügelhaube kommt an das Fenster und erklärt: Hier wird nicht gelöscht. Es brennt nicht.)

Vormittags trinkst du ein Gebräu aus warmer Milch, Kakao, Instantkaffee, Zucker und Rum. Du fütterst dich mit Nachrichten, die vergessen sein werden, wenn diese Seite gedruckt ist. In der durch Erdbeben vernichteten Hauptstadt Nicaraguas starben mindestens fünftausend Menschen, die anderen sind von Seuchen bedroht. Auf Hanoi und Haiphong ist in diesem Krieg bis jetzt eine Bombenmenge niedergegangen, die der doppelten Sprengkraft der Hiroshima-Bombe entspricht. Und wir, sagt Lenka, haben den schönsten Weihnachtsbaum, den wir jemals hatten. Der Sturm vom 13. November hat unsere Douglastanne geknickt.

Und andauernd das Gefühl, an Stelle eines Gesichts diese überanstrengte Maske zu tragen.

Tage mit Titeln, das gab es. Titel – lange nur im jambischen Versmaß denkbar, dadám, dadám –, die dann in unjambische Wortbildungen hinüberglitten. ›Erinnerung‹, als Beispiel, aber auch ihr Gegenteil: ›Vergessen‹. Und, was beides zuwege bringt, das Gedächtnis.

Gedächtnis: Funktion des Gehirns, ›die das aufnehmende Einprägen, verarbeitende Behalten und sinngemäße Reproduzieren früherer Eindrücke und Erfahrungen gewährleistet‹ (in: Meyers Neues Lexikon, 1962). Gewährleistet. Starke Worte. Das Pathos der Gewißheit. Das unergründliche ›sinngemäß‹. – Gedächtnisschwäche: Ausfall von Erinnerungsbildern (leichte Grade als Folge von Nervenschwäche). Von großer Wichtigkeit für Gedächtnisleistungen – neben vielen anderen Faktoren – die individuelle Ausbildung der Großhirnrinde.

Die vielen anderen Faktoren, die sich der Benennung entziehen. Fragen wie diese: Warum vergißt dieses Kind seine frühesten Jahre, um eine einzige Szene zu behalten, die ihm niemand je glauben wird. (Aber das kannst du nicht erinnern, du warst keine drei Jahre alt und hocktest noch im Kinderstühlchen.) Der Mutter dämmert etwas. Der Vater muß sich nicht erinnern. Er ist bei Verdun verschüttet gewesen und hat sich das Vorrecht erworben zu vergessen. Zum Beispiel: Namen. Frag mich bloß nicht nach Namen. Namen sind mir Schall und Rauch. Was er behalten hat: Schläge. Und daß er Klassenprimus war, was miteinander zusammenhing. Lehrer Rohrbeck, genannt Rohstock, bestrafte den Lärm der Klasse am aufsichtführenden Primus. Erster Fall: Bück dich, zweiter Fall: Hosen stramm, dritter Fall: Owehoweh, vierter Fall: Mein Popo tut weh. – Mitzählen, alle. Im Chor! – Das war dir vielleicht ein Heini.

Was Nelly nicht hören will, wird immer wieder erzählt. Das Wichtige dagegen: Reineweg vergessen.

Ein runder Tisch? Das war noch im Fröhlichschen Haus, das war in der Küstriner Straße. Das war die Hinterstube hinter unserem ersten Laden, in der wir alle drei essen und schlafen mußten. Die Wand lang waren Zuckersäcke gestapelt. Weiß gedeckt? Das Weiße war Wachstuch. Aber es ist unmöglich, daß du dich erinnerst.

Das Bild ist stumm, als uralt gekennzeichnet durch blasse Originalfarben, die zum Rand hin verschwimmen. In der Mitte das kräftige Goldgelb, das die Hängelampe (mein

Gott! Die alte Wachspapiertüte!) auf den weißen Tisch wirft. An Vollständigkeit mangelt es dem Bild, also kann es kein Foto sein. Die Tasse bleibt unsichtbar, aus der eine warme süße Flüssigkeit durch Nellys Kehle rinnt. (Muckefuck, gar nichts anderes. Eine hellblaue Henkeltasse übrigens, ein Emaillebecher, genau gesagt. Nein, du kannst es nicht wissen.) Die Mutter rechts. Nicht lachend: strahlend. Vom Vater nichts als dicke rotgefrorene Finger, seltsam und unheimlich verkürzt durch die grauen Wollhandschuhe mit den vorn abgeschnittenen Fingerlingen. (Herrgott im Himmel, die Handschuh hast du bei Frostgraden im Laden angezogen, die Fingerspitzen waren zum Geldzählen frei.) Arme Finger. Das Kind hat ein unbändiges, herzbeklemmendes Mitleid mit ihnen, bei allem Glanz, der über der Szene liegt, bei aller Freude, die von ihr ausgeht. (Diese Mischung, Freude und Mitleid, wird das Bild im Gedächtnis verankern.)

Des Vaters rote Finger zählen Geld auf den weißen Tisch. Der Mutter Hand streicht über des Vaters Joppenärmel. Der Glanz auf den Gesichtern heißt: Wir haben es geschafft. Banale Deutung, so viele Jahre danach: Der Vater hat seine erste Wocheneinnahme aus dem neuen Laden am Sonnenplatz auf den Tisch geblättert. Mitten in der Wirtschaftskrise – oder sagen wir: gegen ihr Ende hin – haben Bruno und Charlotte Jordan ihr Schicksal beim Schopf gepackt: neben dem bescheidenen, doch gesicherten Laden im Fröhlichschen Haus ein neues Geschäft in einem neuen Viertel eröffnet. Sich eine Existenz aufgebaut. Der Tochter, die die Hinterstube vergessen wird, eine Zukunft eröffnet, ein eigenes Kinderzimmer zunächst. Wie es sich gehört. Die neue Kundschaft hat mit Vertrauen geantwortet. Grund zu Glanz und Glück.

Vor 1350 soll ›gedaechtnis‹ nichts anderes gemeint haben als ›Denken‹ – das Gedachte – und auf diese Weise mit

›Danken‹ verwandt gewesen sein. Dann muß man ein kurzes Wort benötigt haben für ›Denken an früher Erfahrenes‹. Schönes Beispiel für den Gebrauch von ›Gedächtnis‹ in diesem Wortsinn: Albrecht Haller, ›Trauerode‹, beim Absterben seiner geliebten Mariane, 1736:

> Im dicksten Wald, bei finstern Buchen,
> Wo niemand meine Klagen hört,
> Will ich dein holdes Bildnis suchen,
> Wo niemand mein Gedächtnis stört.

Ein Nachruf. Nach-Ruf könnte im Titel vorkommen. Gedächtnis nicht.

Titelproben, beim Einkaufsweg mit H. In den Geschäften dieses Jahr immer noch die großen Apfelsinen, ›Navelfrüchte‹. Einkreisung des unbekannten Wortes, das unter einer hauchdünnen Schicht zu stecken scheint, aber von den Such-Organen des Gehirns nicht zu fassen ist. Grund-Muster. Verhaltens-Muster.

Kindheitsmuster, sagte H. beiläufig, es war vor der Apotheke, Ecke Thälmannstraße. Damit war das geregelt.

›Muster‹ kommt vom lateinischen ›monstrum‹, was ursprünglich ›Probestück‹ geheißen hat und dir nur recht sein kann. Doch werden auch Monstren im heutigen Wortsinn auftreten. Bald schon, jetzt gleich, der Standartenführer Rudi Arndt (ein Vieh, das glaub mir: nichts weiter als ein Vieh. Aussage von Charlotte Jordan). Bloß daß dieses Vieh dir nicht entfernt dasselbe Interesse abnötigt wie jene Masse von Halbmensch-Halbvieh, über die du, allgemein gesprochen, aus dir selber heraus besser Bescheid weißt. Und über die Angst, die aus dem dunklen Abgrund zwischen Mensch und Vieh hoch aufschießt.

Faschismus, schreibt der Pole Kazimierz Brandys, Faschismus ist ein weiterer Begriff als die Deutschen. Aber sie sind seine Klassiker gewesen.

Und du – unter deinen Deutschen – wirst den Mut nicht haben, dieses Motto vor den ersten Satz zu stellen. Wenn du aber nicht genau weißt, wie sie ihn aufnehmen würden, jenen verworfenen Vor-Satz: gleichgültig, befremdet, empört, betroffen – was weißt du von ihnen dann überhaupt? Die Frage stellt sich ja.

Daß sie begierig auf Klassiker sind? ›. . . seine Klassiker gewesen‹? Wer da wüßte, warum. Wer es über sich brächte, es wirklich wissen zu wollen.

(Man unterscheidet folgende Gedächtnisarten: mechanisches, Gestalt- und logisches, verbales, materiales, Handlungsgedächtnis.

Heftig vermißt wird die Gattung: moralisches Gedächtnis.)

Was jetzt und hier ansteht, ist ein technisches Problem: Wie die Familie Jordan – Vater, Mutter, Kind – von jenem glanzvollen Abend am Hinterstubentisch unmittelbar und ohne Übergang – es gibt weder Fotos noch Gedächtnisbilder – in jene Handlung versetzen, die, vermutlich im Herbst 1933, nachmittags in Nellys neuem Kinderzimmer spielt? Nachtrag zum Sonnenplatz.

Wiederum: Glanz und Heiterkeit und Übereinstimmung, die dem Gedächtnis so wohltun. Und doch möchtest du nicht mir nichts, dir nichts den Lebensmittelkaufmann Bruno Jordan, mit der blauen Schirmmütze des Marinesturms angetan, an das Kinderbett seiner Tochter Nelly treten lassen, die aus ihrem Mittagsschlaf erwacht ist und an einem freudigen Ereignis teilnehmen soll. Über ihr leuchten die Gesichter ihrer Eltern in der Unbefangenheit der Unwissenden.

Aber Zeitung werden sie doch gelesen haben. Wenigstens den ›General-Anzeiger‹ werden sie doch schon abonniert gehabt haben. Zum Zeitunglesen werden sie doch gekommen sein, auch in den Jahren, in denen sie übermäßig gearbeitet haben müssen. Er, Bruno Jordan, immer auf Achse vom Sonnenplatz zum Fröhlichschen Laden, den man nicht aufgab, solange es eben ging; sie, Charlotte, allein mit dem neuen Lehrling im neuen Laden im neuen GEWOBA-Haus. Und sonntags dann – er wieder– die ganze Buchführung für beide Geschäfte. Es war kein Zuckerlecken, das muß festgehalten werden.

In den Kyffhäuser-Lichtspielen gaben sie ›Der große Bluff‹ und etwas später ›Ein Unsichtbarer geht durch die Stadt‹, aber Frau und Herr Jordan wohnen zu weit weg und sind zu müde, um auszugehen, und so haben sie denn außer ihrem kleinen Mende-Radio nur die Zeitung, und mit der sitzen sie nach dem Abendbrot, ehe ihnen die Augen zufallen, noch am Tisch, um wenigstens den Fortsetzungsroman zu lesen (›Heirat durch die Zeitung‹ von Margarete Zowada-Schiller) oder die interessante Rubrik ›Stimmen aus dem Leserkreis‹, darunter die kleine, ans Herz greifende Abhandlung ›Tiere in Not‹ aus der Feder des Naturkundlers und Heimatforschers Studienrat Merksatz. Die Feststellung: JUNO-RAUCHER SIND OPTIMISTEN!, die in erfreulichem Fettdruck wochenlang den unteren Zeitungsrand entlanglief, bezog Bruno Jordan direkt auf sich: Er rauchte Juno, und er war Optimist.

Andere Mitteilungen wiederum hatten nichts mit ihnen zu tun. Die Beschränkungen gewisser persönlicher Freiheiten (nur als Beispiel), ihnen am 1. März 1933 kundgetan, würden sie kaum am eigenen Leibe fühlen, denn sie hatten ja auch bislang keine Publikationen geplant (Pressefreiheit) oder an Massenzusammenkünften teilgenommen (Versammlungsfreiheit): Sie hatten einfach nicht das Bedürfnis danach verspürt. Und was die Anordnung anging, daß ›Haussuchungen und Beschlagnahmen außerhalb der gesetzlichen Grenzen bis auf weiteres zulässig‹ seien, so richtete die sich gegen einen Menschenschlag, dem sie sozusagen von Natur aus nicht angehörten, um das, völlig wertfrei, einfach festzustellen.

Kommunisten waren sie nun mal nicht, wenn sie freilich auch sozial dachten und zusammen mit 6506 Einwohnern ihrer Stadt sozialdemokratisch wählten. Da fielen von 28 658 abgegebenen Stimmen schon 15 055 an die Nazis, aber man hatte doch noch nicht das Gefühl, daß jeder einzelne Stimmzettel kontrolliert werde. Die von 2207 Unentwegten – besonders in Brückenvorstadt – gewählten kommunistischen Abgeordneten waren auch noch nicht verhaftet (wie allerdings schon zwölf Tage später), und die Stadt hatte 3944 Arbeitslose – eine Zahl, die schon bis zum 15. Oktober 1933 auf 2024 absinken sollte. Doch soll man – kann man – allein daraus den rauschenden Wahlerfolg der NSDAP vom 13. November des gleichen Jahres erklären, als die Stadt L. mit beinahe hundertprozentiger Wahlbeteiligung und einem Minimum von ungültigen Stimmen im Gauabschnitt Ostmark an der Spitze der Ja-Stimmen stand? Bruno und Charlotte Jordan hatten sich der Stimme nicht enthalten. Man konnte nicht mehr anders.

Die hatten jetzt alles in der Hand.

(Wer sind wir, in solche Sätze, wenn wir sie zitieren, Ironie zu legen, Abneigung, Hohn?) Ob Charlotte und Bruno Jordan den nötigen Abscheu aufbrachten gegen die von den Kommunisten ›ganz systematisch vorbereiteten Terroraktionen‹, zu denen ›weitgehend Vergiftungen‹ gehört haben sollten und über die der Reichsminister Hermann Göring nicht eine oder zwei, nein: ›Hunderte von Tonnen Material‹ hätte vorlegen können, wenn dies nicht die Sicherheit von Reich und Staat gefährdet hätte – das ist zu bezweifeln. Der soll man auf dem Teppich bleiben, pflegte Charlotte in solchen Fällen zu äußern, aber ob sie es damals geäußert hat, ist nicht überliefert. Nie wird man erfahren, ob sie sich darüber den Kopf zerbrochen haben, wo denn in ihrer übersichtlichen Stadt jene ›Gewölbe und Gänge‹ sich befinden mochten, durch welche die Kommunisten ›überall‹ den Polizeiaktionen, der Gerechtigkeit, zu entschlüpfen trachteten. Gegen das neue Pausenzeichen im Deutschlandsender konnte ja kein Mensch etwas haben: ›Üb immer Treu und Redlichkeit‹ war eine der ersten Melodien, die Nelly vollständig und fehlerfrei sang und deren starker Text (›Dem Bösewicht wird alles schwer . . .‹) ihr schon früh den ohnehin tief eingewurzelten Zusammenhang zwischen Guttat und Wohlbefinden noch tiefer befestigte: Dann wirst du wie auf grünen Aun durchs Pilgerleben gehn. Ein nachwirkendes Bild.

Die NSDAP hat 1,5 Millionen Mitglieder. Das KZ Dachau, dessen Gründung am 21. März 1933 ordnungsgemäß im ›General-Anzeiger‹ bekanntgegeben wird, besitzt nur ein Fassungsvermögen von 5000. Fünftausend arbeitsscheue, gemeingefährliche und politisch unzuverlässige Elemente. Die sich später darauf beriefen, von KZs hätten sie nichts gewußt, hatten total vergessen, daß ihre Gründung als Nachricht in der Zeitung stand. (Verwirrender Verdacht: Sie hatten es tatsächlich total vergessen. Totaler Krieg. Totale Amnesie.)

Der Gedankenaustausch, der sonntagmorgens beim Hamburger Hafenkonzert und echtem Bohnenkaffee zwischen Charlotte und Bruno Jordan über Nachrichten dieser Art stattgefunden haben mag, bleibt, als der Vorstellungskraft entzogen, unbeschrieben. Beschrieben wird werden – zu seiner Zeit – der Blick jenes KZlers am Lagerfeuer von Schwerin in Mecklenburg im Mai des Jahres 45. Der Blick hinter der scharfen Brille mit den verbogenen Nickelbügeln. Der geschorene Kopf und das runde gestreifte Käppi. Der Mann, dem Charlotte, die ihm reichlich von ihrer Erbsensuppe zu essen gab, sagte: Kommunist? Aber bloß weil man Kommunist war, kam man doch nicht ins KZ! Und der Satz, den er erwiderte: Wo habt ihr bloß alle gelebt.

Dies war kein Fragesatz. Zu einem Fragesatz hat dem Mann

die Kraft nicht gereicht. In jenen Tagen mag – und nicht nur im Mecklenburgischen – ein deutlicher Mangel an Kraft und Zutrauen und Einsicht gewisse Möglichkeiten der deutschen Grammatik vorübergehend außer Betrieb gesetzt haben. Frage-, Aussage- und Ausrufesatz waren nicht mehr oder noch nicht zu gebrauchen. Manche, Nelly unter ihnen, verfielen in Schweigen. Manche redeten leise und kopfschüttelnd vor sich hin. Wo habt ihr gelebt. Was habt ihr getan. Was soll nun werden. – In dieser Art.

Bruno Jordan, der anderthalb Jahre später, bis zur Unkenntlichkeit verändert, mit geschorenem Kopf aus der sowjetischen Gefangenschaft kommt, sitzt an einem fremden Tisch in fremder Küche, schlürft gierig die ihm von Fremden gereichte Suppe und sagt, kopfschüttelnd: Was haben die mit uns gemacht.

(Lenke sagt: Das versteht sie nicht, solche Sätze. Von Leuten, die die ganze Zeit dabeigewesen sind. Sie will nicht – noch nicht – erklärt haben, wie man zugleich anwesend und nicht dabeigewesen sein kann, das schauerliche Geheimnis der Menschen dieses Jahrhunderts. Sie setzt Erklärung noch mit Entschuldigung gleich und lehnt sie ab. Sie sagt, man müsse konsequent sein, und meint: rigoros. Du, sehr bekannt mit diesem Verlangen, fragst dich, wann der Schwund der unbedingten Strenge bei dir begonnen hat. Was man dann ›Reife‹ nennt.)

Im Spätsommer des Jahres 33 tritt der SA-Standartenführer Rudi Arndt in Bruno Jordans Laden im Fröhlichschen Haus. Eine erste Schilderung dieses Auftritts erhält Nelly, achtzehnjährig, als die Jordans jene Stadt, die inzwischen ihren polnischen Namen bekommen hat, längst verlassen haben, als das Fröhlichsche Haus längst zerstört ist (aber noch nicht durch den neuen Betonbau, den ihr auf eurer Fahrt durch die Stadt steht, ersetzt), und als ihr Vater es über sich bringt, auf einem langen Spaziergang am Südabhang des

Kyffhäusers mit seiner erwachsenen Tochter die Frage zu besprechen, ob man aus jedem Menschen ein Vieh machen kann. Er neigt zu der Ansicht: Ja. Man kann. Er hat in seinem Leben zuviel gesehn. Zweimal Krieg. Zweimal Gefangenschaft. Von Verdun nicht erst zu reden. Aber dann. Die Franzosen in Marseille mit ihrem ›Bosch-Bosch‹-Geschrei und den Steinwürfen auf wehrlose Gefangene. Und in der letzten Gefangenschaft die eigenen Kameraden, die den Studienassessor Alex Kuhnke fast totgeschlagen haben um ein Stück Brot.

Und dazwischen Arndt. Dieser Heini. Das Vieh. Auf tritt das Monstrum in der braunen Uniform des SA-Stadartenführers, mit blankgewichsten Langschäftern. Harmlos. Bloß, um mal kurz von dem Einzelhändler Bruno Jordan zu hören, ob der von den ›Handgreiflichkeiten zwischen politischen Gegnern‹, die jüngst auf der Küstriner Straße vorgefallen und bis in die Spalten des ›General-Anzeigers‹ gedrungen sind, irgendeine Notiz genommen hat. Die Antwort lautet schlicht: Nein. Denn besagte Vorfälle – in deren Verlauf auch ein Schuß fiel – hatten bekanntlich in den späten Abendstunden stattgehabt, zu einer Zeit also, da er, Bruno Jordan, längst friedlich in seinem Bett am Sonnenplatz schlief. – So. Woher wußte er dann die Sache mit dem Schuß? – Der Schuß? Ja hatte der nicht überhaupt in der Zeitung gestanden? – Das würde den Standartenführer aber wundern. – Hier irrte sich Arndt, oder, wahrscheinlicher, er bluffte. Der Schuß stand tatsächlich in der Zeitung. Unglaublicherweise, von heute aus gesehen, ebenso wie die Eröffnung des ersten Konzentrationslagers, oder die Rede, die der Standartenführer kurze Zeit später im Lokal ›Weinberg‹ halten wird, oder die Annonce, die er kurze Zeit vorher, zur Zeit der Boykottierung der jüdischen Geschäfte, gewiß nicht auf eigene Kosten hatte einrücken lassen: Achtung HAVA! Das Kaufverbot bei der HAVA ist nicht aufgehoben, weil es sich nachweisbar um eine jüdische Schiebung handelt. Der Führer der Standarte 48. Rudi Arndt, Standartenführer. – Fürchterlich gute Gewissen.

Bruno Jordan hat gewußt, wer da in seinem Laden stand. Er wußte: Der Mann hat mich auf dem Kieker. Zu Rudi Arndt war ein bedauerliches Gerücht gedrungen: Die Frauen bestimmter Kommunisten würden bei Jordan unbegrenzt anschreiben lassen können. – Das war nur das erste, was Bruno Jordan hörte. Anschreiben lassen sie ja alle, Herr Standartenführer, und besonders natürlich die Arbeitslosen. Aber unbegrenzt? Welcher Geschäftsmann kann sich das leisten? Und woher sollte er wissen, welchen Parteien seine Kundschaft angehörte? Allerdings hatte er sein Anschreibebuch gerade nicht parat.

Auf diesem Anschreibebuch bestand der Standartenführer nicht. Er hatte Einblick in Listen, die ihm bei Liquidierung der Kommunistenlokalitäten rein zufällig in die Hände gefallen waren. Wußte der Volksgenosse Jordan eigentlich, wieviel er in den letzten Jahren für die sogenannte Rote Hilfe gespendet hatte? Nein? Nun, er, Arndt, konnte es ihm sagen, auf Heller und Pfennig. Beschiß ist nicht bei uns.

Einen Stuhl hat es in Bruno Jordans Laden nie gegeben. Setzen konnte man sich nicht, wenn einem die Knie weich wurden. Man konnte nur – wie ein hypnotisiertes Kaninchen, kann ich dir sagen – in die scharfen Pupillen hinter dem Kneifer starren. Man mußte noch froh sein, wenn, nach angemessener Pause, ein Angebot kam. Also schönchen. Man muß nicht alles und jedes gleich an die große Glocke hängen. Auch ein Standartenführer kann vergessen – Zahlen, Listen, alles mögliche. Unter gewissen Bedingungen. Ein halber Sack Mehl, ein halber Sack Zucker für das Kreistreffen der SA übernächsten Sonntag in Vietz. Das ist kulant gedacht und zeitgemäß gehandelt. Was nicht heißen sollte, daß er ein paar zusätzliche Schachteln Zigarretten mit Abscheu von sich weisen würde. Und daß der Volksgenosse Jordan nicht in Zukunft etwas sorgfältig auf die exakte Durchführung des Deutschen Grußes in seinem Geschäft achten müsse.

Auch kein Fragesatz, nebenbei bemerkt.

Mein lieber Freund und Kupferstecher, das waren dir Heinis! Aussage von Bruno Jordan, vierzehn Jahre nach jenem persönlichen Eintritt des Viehs, des Monstrums in seinen Laden und in sein Leben. Einziger Zuhörer: seine gottlob erwachsene Tochter Nelly, die mit dem Deutschen Gruß aufgewachsen ist und es zwei Jahre zuvor mühsam hat lernen müssen, ›Guten Tag‹ und ›Auf Wiedersehn‹ zu sagen. Daß dein Gruß ein deutscher sei, grüße stets mit Hitler Heil. Die mangelhafte Form des Verses hat sie gestört, nicht sein Inhalt. Vielleicht hat sie, da sie sich doch auf Gelegenheitsdichtung verstand, sogar versucht, einen besseren Reim zu finden. Dies erzählte sie ihrem Vater nicht. Sie hält ihren Beitrag zu der Frage zurück, ob man nicht doch aus jedem Menschen ein Vieh machen kann. Man muß ihn bloß genug zwiebeln. Angst ist nämlich... Also Angst ist, weißt du... Nelly ist wohl ein bißchen unnahbar geworden. Ein bißchen verschlossen. Denkt wohl zuviel, man weiß nicht recht, was. Charlotte Jordan, die die Schublade kannte, in der die Tochter ihr Tagebuch verwahrte, mochte besser informiert sein. Doch was sie da zu lesen kriegte, besprach sie wohl kaum mit ihrem Mann.

Das Wort ›Konzentrationslager‹ hat Nelly – in der volkstümlichen Variante als ›Konzertlager‹ – mit sieben Jahren gehört, ob zum erstenmal, muß ungeklärt bleiben. Der Mann der Kundin Gutschmitt war aus dem Konzertlager entlassen worden und sprach mit keinem Menschen ein Wort. Warum nicht? Wird wohl was haben unterschreiben müssen. (So Heinersdorf-Großvater.) Was denn unterschreiben? – Ach Kind.

Was weiß denn ich.

Auch kein Fragesatz. Kein Satz, der eine Frage zuließ. Doch eh du dich auf die Vorgeschichte der unterbliebenen, unterbundenen Fragen einläßt – aussichtsloses Unterfangen –, beendest du endlich jene angefangene Szene, ob du scharf darauf bist oder nicht. Immer noch stehen die Eltern an Nellys Bett, um sie an einem freudigen Ereignis teilhaben zu lassen. Nelly blickt direkt in ihre Gesichter, die, das sei wiederholt, ›leuchteten‹.

Die blaue Schirmmütze würde der Vater sonst im Kinderzimmer nicht tragen, extra für Nelly hat er sie aufgesetzt. So sehr unterschied sie sich ja nicht von der Vereinsmütze seines Ruderclubs ›Schnelle Riege‹, doch konnte man sie mit einem Lederriemchen unter dem Kinn befestigen. Das führt der Vater vor. (Im ›General-Anzeiger‹ ist nachzulesen, wann sämtliche Sportvereine der Stadt in die entsprechenden Gliederungen der NSDAP übernommen wurden. Der deutschen Vereinsmeierei einen tödlichen Stoß!)

Soweit wie üblich. Wer aber hat mit freudiger Stimme zu Nelly gesagt: Siehst du! Jetzt ist dein Vater auch dabei. Oder: Siehst du, jetzt gehören wir auch dazu.

Immer unter der Voraussetzung, daß es sich nicht um eine folgenschwere Fehlleistung der Erinnerung handelt, muß diese Mützenvorstellung und die überströmende – auf Nelly überströmende – Freude der Eltern sich aus folgenden Bestandteilen zusammengesetzt haben: Erleichterung (der unvermeidliche Schritt ist getan, ohne daß man ihn selber hat tun müssen): gutes Gewissen (die Mitgliedschaft in jener vergleichsweise harmlosen Organisation –›Marinesturm‹ – hätte man folgenlos nicht ablehnen können; welche Folgen? Zu genau gefragt); Übereinstimmungsglück (es ist nicht jedermanns Sache, draußen zu stehen, und Bruno Jordan, wenn er zu wählen hatte zwischen einem diffusen Unbehagen in der Magengegend und dem vieltausendstimmigen

Geschrei aus dem Radio, nun dann wählte er, als geselliger Mensch, für die Tausende und gegen sich).

Nelly aber lernt so das zusammengesetzte Gefühl der Dankbarkeit kennen – ähnlich demjenigen, das sie abends überkommt, wenn die Mutter an ihrem Bett singt: ›Guten Abend, gute Nacht, mit Rosen bedacht, mit Näglein besteckt . . .‹ Ob es sich um wahrhaftige kleine Nägel handeln konnte, fragte sie lieber nicht.

Ein und dasselbe Gefühl – Dankbarkeit – kann also unterschiedlichsten Anlässen gelten. Späte Einsicht in die innere Ökonomie der Gefühle.

Jetzt aber der angekündigte Versammlungsbericht aus dem ›General-Anzeiger‹, den der mit A. B. zeichnende Lokalreporter am 2. Juni 33 in das Blatt hat einrücken lassen. Das hat also – am Vorabend – der Standartenführer Rudi Arndt in aller Öffentlichkeit erklärt, daß der Versicherungsangestellte Benno Weißkirch nicht an den Mißhandlungen durch Männer seines SA-Sturmes, sondern an den Folgen eines Herzversagens gestorben ist. An einem bißchen Prügel ist noch kein Mensch gestorben (wörtliches Zitat). Der Weißkirch, der sein blutschänderisches Verhältnis mit einer Jüdin nicht hat abbrechen wollen, hat sich dem Volkszorn durch Flucht in Richtung Bürgerwiesen zu entziehen gesucht, ohne auf sein bekanntermaßen schwaches Herz Rücksicht zu nehmen. Das nationalsozialistische Gewissen des Standartenführers ist mehr als rein.

Nelly hat im Jahr 1935 lesen gelernt und sich frühestens seit 39/40 für Zeitungen interessiert. Im vorigen Jahr, 1971, im kühlen Sonderleseraum der Staatsbibliothek Berlin, sind Annoncen wie die folgenden dir zum erstenmal unter die Augen gekommen. Auf diese Feststellung wird Wert gelegt, ehe hier Texte erscheinen, die sich niemand ausdenken würde.

Die Losung ›Gemeinnutz geht vor Eigennutz‹ ist bereits populär, da beginnt am 1. April 1933 der Boykott der jüdischen Geschäfte und freien Berufe. In L. – heute polnisch G. – kommen 9 Ärzte (1 Tierarzt) und 9 Rechtsanwälte für diesen Boykott in Frage, dazu eine höhere, nicht genannte Zahl von Geschäftsleuten. Während vor ihren Türen Doppelposten der SA aufziehen und Klienten wie Kunden am Betreten der Wartezimmer und Ladenräume hindern (obwohl ja die betroffenen Lokalitäten in jenen Tagen von ihren Besitzern schon freiwillig geschlossen werden), sitzen andere Bürger von Nellys Heimatstadt zu Hause an ihren Küchen-, Eß- und Schreibtischen und entwerfen Annoncen, die sie tags darauf dem ›General-Anzeiger‹ übergeben.

Sie teilen einander mit, daß sie – und ihre Väter – von Geburt an preußische Staatsbürger waren und daß sie niemals Mitglieder des Soldatenrats gewesen sind. Johannes Mathes, Friedrichstraße. Sie erklären ihr Tuchgeschäft für ein rein christliches Unternehmen. Sie tun sich als christliche Schuhhändler zusammen: ›Zur Aufklärung! Schuhhaus Conrad Tack ist trotz rosaroten, nach innen gekehrten Firmeneinschlagpapiers kein christliches Unternehmen. Nur die ganz feinen Leute tragen so markierte Schuhkartons auf den Straßen. Wir bitten, darauf besonders achten zu wollen. Die christlichen Schuhhändler von L.‹ – Der eine der beiden Tanzlehrer der Stadt bestätigt dem anderen öffentlich, daß er bewährter Kriegsflieger und aus deutscher und erster Tanzlehrerfamilie sei. Er selbst ist Oberleutnant d. R. a.D. i. Feldart. Regt. 54.

Der Kreisleiter der NSDAP persönlich teilt mit: ›Die gegen Herrn Rechtsanwalt und Notar Dr. Kurt Meyer in L., Friedeberger Straße 2, am Sonnabend von der SA eingeleitete Boykottierung beruht auf einem Irrtum und ist zurückgenommen.‹

Was sonst noch passierte: Der Jude Landsheim hat sich über die SA-Standarte 48 beschwert. – 28. April 33: Schaffung eines Geheimen Staatspolizeiamtes. – Bomben über L.: eine Flugveranstaltung der SA-Fliegerstaffel.

Die Fenster auf, der Lenz ist da, per Autor wird die Ferne nah!

Als die Bibliothekarin an deinen Platz trat, um dir einen Bleistift zu borgen, legtest du schnell ein weißes Blatt über die Annoncenseite. Sie wunderte sich, daß dir warm war, wo sie selbst doch auch im Sommer eine Strickjacke überziehen mußte in diesen dickmaurigen Räumen. Einmal springst du auf, gibst den Zeitungsband zur Aufbewahrung, läufst lange durch die Straßen, Unter den Linden, Friedrichstraße, Oranienburger Tor, und starrst den Leuten in die Gesichter, ohne Ergebnis. Zurückverwiesen auf die Wandlungen des eigenen Gesichts.

Jetzt: Ein Vorgriff auf das Thema: ›Gläubigkeit‹.

Den Führer hat Nelly niemals zu Gesicht gekriegt. Einmal wurde der Laden – das war am Sonnenplatz, Nelly ging noch nicht zur Schule – vormittags geschlossen. Der Führer wollte dem Gau ›Ostmark‹ seinen Besuch abstatten. Alle Leute liefen zur Friedrichstraße, unter die großen Linden bei der Endhaltestelle der Straßenbahn, die selbstverständlich stilllag, weil der Führer bedeutender war als die Straßenbahn. Wichtig wäre zu wissen, woher die fünfjährige Nelly nicht nur wußte, sondern fühlte, was der Führer war. Der Führer war ein süßer Druck in der Magengegend und ein süßer Klumpen in der Kehle, die sie freiräuspern mußte, um mit allen laut nach ihm, dem Führer, zu rufen, wie es ein patrouillierender Lautsprecherwagen dringlich forderte. Derselbe Wagen, der auch bekanntgab, in welchem Ort das Auto des Führers soeben unter den Begeisterungsstürmen der unaussprechlich glücklichen Bevölkerung eingetroffen war. Die Leute konnten verfolgen, wie langsam der Führer vorwärts kam, sie kauften Bier und Limonade beim Eckkneipenwirt, schrien, sangen und fügten sich den Anordnungen der absperrenden Polizei- und SA-Kette. Sie blieben geduldig stehen. Nelly hat weder verstanden noch behalten, was sie miteinander redeten, aber die Melodie des mächtigen Chores hat sie in sich aufgenommen, der sich durch viele kleine Schreie hineinsteigerte zu dem ungeheuren Schrei, in den er endlich ausbrechen, zu dem er sich mächtig vereinigen wollte. Wenn sie auch zugleich ein wenig Angst hatte, verlangte es sie doch sehr danach, diesen Schrei zu hören, auch von sich selbst. Wollte wissen, wie man schreien und wie man sich mit allen eins fühlen konnte, wenn man den Führer sah.

Er kam dann nicht, weil andere Volksgenossen in anderen Städten und Dörfern gar zu begeistert von ihm gesesen waren. Es war jammerschade, und doch hatten sie nicht umsonst den Vormittag lang da an der Straße gestanden. Um wie vieles schöner und besser war es doch, mit allen zusammen erregt an der Straße zu stehn, als allein im Laden Mehl und Zucker abzuwiegen oder den ewig gleichen Staublappen über den Geranien auszuschütteln. Sie fühlten sich nicht betrogen, als sie sich zerstreuten und zu ihren Häusern liefen über das damals unbebaute Gelände, auf dem heute die neuen Blocks stehen und polnische Frauen sich von einem Balkon zum anderen etwas zurufen, was leider nur versteht, wer Polnisch kann.

Aber das kannst du nicht, und darum wirst du auch nicht erfahren, welche Bestimmung dem nagelneuen Gebäude aus Beton und Glas zugedacht ist, das heute an Stelle des Fröhlichschen Hauses in der Küstriner Straße steht. Von Lang- und Kurzzeitgedächtnis ist noch nicht die Rede gewesen. Wie das jetzt seit siebenundzwanzig Jahren zerstörte Fröhlichsche Haus ausgesehen hat, weißt du noch genau. Du kämest in Verlegenheit, solltest du den neuen Betonbau beschreiben, den du doch erst vor kurzem eingehend betrachtet hast.

Wie funktioniert das Gedächtnis? Unser Wissen – unvollständig und in sich widersprüchlich – besteht darauf, daß ein Grundmechanismus nach dem System Einlesen – Speichern – Abrufen arbeite. Ferner soll die erste, leicht löschbare Spur durch bioelektrische Vorgänge zwischen den Zellen aufgezeichnet werden, während die Speicherung, die Übernahme in das Langzeitgedächtnis, wohl eine Angelegenheit der Chemie ist: Gedächtnismoleküle, im Dauerspeicher fixiert... Übrigens soll nach neueren Erkenntnissen dieser Vorgang nachts stattfinden. Im Traum.

3

Sehnsucht nach Dauer – als Vorwand oder als Grund? Voraussetzung: Jene Unbedingtheit, die den Alltag verletzt. Dicht unter der Oberfläche der tödliche Verdacht, daß nie und nirgends die täglichen Handgriffe sich sinnvoll verdichten. Im Zug, im Bus vor dir Dutzende Gesichter, dürr von Geheimnislosigkeit. Aber das Mädchen mit der runden Stirn, dessen spöttischer Blick dich trifft. Und der junge Mann am Fenster mit Kutte, Kollegmappe und der randlosen Brille, der die Fingerspitzen an die Augen drückt, müde, nicht blicklos. Die dunkelhaarige Frau, der man Enttäuschungen ansieht und die Mühe, sich nicht zu ergeben; die gierig, ohne aufzublicken, liest. Als wäre es deine Pflicht, sie, diese drei wenigstens, zusammenzuführen, daß sie einander begegnen, die zufällig und vielleicht nur dieses eine Mal in einem Bus sitzen, hintereinander, so daß sie sich nicht sehen können. Das flache Land fährt vorbei, sehr vertraut, fremd bis zur Unkenntlichkeit. Es ist die Stunde zwischen Tag und Abend, der unsichtbare Sonnenuntergang spiegelt sich in einem hohen roten Wolkenstreifen. Einer der seltenen Augenblicke, da du zu wissen glaubst, wovon zu reden und wovon zu schweigen wäre und auf welche Weise.

Die hohen Temperaturen, die nötig wären, die Jahre wegzu-
schmelzen, lassen sich nicht erzeugen. Das Kind wird nicht
reden. Wollen wir hoffen, daß der, der sich seiner bemäch-
tigt, an seiner Ohnmacht nicht skrupellos wird, wie es so
leicht geschieht. Über die Gebirge, die Schluchten, die Wüsten der Jahre hinweg... Dein Herz klopft stark. Dir ist eingefallen, in welchem Ausmaß dein Jahrhundert die alte Erfindung der Folter erneuert hat, um Menschen zum Reden
zu bringen. Du wirst schon reden. Kein Satz, fast kein Satz
dieser Sprache ohne schauerlichen Hintersinn, den das
Herz, ein simpler Hohlmuskel, hartnäckig signalisiert.
Es war dir bewußt, daß die Hinreise nach G. – vormals L. –
eigentlich eine Rückreise war. Denn Reisen sind paarig. Auf
bestimmten Strecken der Deutschen Reichsbahn hat Anspruch auf Fahrpreisermäßigung, wer Hin- und Rückreise
innerhalb von zehn Tagen antritt. Deine Heimatstadt zum
Beispiel, L., war in deiner Kindheit durch Sonntagsrück-
fahrkarten mit der Reichshauptstadt verbunden, in der es
Schloß und Dom mit grünglänzenden Türmen gab. Ein
zweites Reisepaar brachte Nelly – gemeinsam mit Lutz – bis
in jenen kleinen Ort hinter Brandenburg, wo noch heute das
Reichsbahnausbesserungswerk steht, in dem ihr Großonkel
als Sattler arbeitete. Der See von Kirchmöser war das west-
lichste Gewässer, das sie sah, bis sie fünfzehn war. Die Elbe,
Losungswort der Flüchtlingstrecks, ließ noch lange auf sich
warten, zu schweigen von der Seine oder vom Hudson Ri-
ver, von dem man allerdings schwer sagen kann, ob er westlich oder nicht schon wieder östlich von der Oder liegt. Hier
soll die Rede von der Oder sein.
Ein drittes Reisepaar – fünfte und sechste Überquerung der
Oder bei Küstrin (Kostrzyn) – bestand aus kostenloser Hin-
und Rückreise in ein Ausbildungslager des Jungmädelbun-
des (JM), das in der Nähe von Frankfurt lag. Die siebente
Flußüberquerung erfolgte am 29. Januar 1945 auf dem An-

hänger eines Lastwagens, Rückfahrt nicht garantiert. Der Fluß, den Nelly trotz allem betrachten wollte, war gefroren und hob sich nicht ab von dem tief verschneiten Land, in das er überging. Sechsundzwanzig Jahre später wird aus entgegengesetzter Richtung ein neues Paar von Hin- und Rückreise in Angriff genommen. Plötzlich wolltest du die Reise um keinen Tag mehr verschieben können, wenn auch die Zeitungen vor der Hitzewelle warnten, da nicht jeder Kreislauf auf Temperaturen von über dreißig Grad gleichmütig reagiert und ein Ansteigen der Unfallziffern vorauszusehen war. Später hat man von kollabierenden Fahrern und heißlaufenden Reifen reden hören, aber euch ist kein Unfall begegnet oder zugestoßen. Schnell seid ihr am Schönefelder Kreuz und schon auf der Autobahn nach Frankfurt (Oder) gewesen, schnurgerade gen Osten, die Sonne von rechts vorne und linker Hand auf der Gegenspur nicht zu häufig ein Fahrzeug. Dafür auf fünfundsechzig Kilometer Strecke mindestens drei, vier immer noch zerstörte Brückenstümpfe. Hackenberger, sagte Lenka. Bei jeder zerstörten Brücke sagte sie Hackenberger, den Bruder Lutz nicht kannte. Lenka sagte ihm, daß der Feldwebel Hackenberger eine uralte Schallplattenbekanntschaft von ihr ist, Willy A. Kleinau als eingesperrter monologisierender wahnwitziger Feldwebel, der sich seiner in letzter Kriegsstunde gesprengten Brücken rühmt und seiner Gerissenheit, renitente Rekruten ihrer Renitenz zu überführen: Macht den Mund auf, singt aber nicht. – Lenka hat ein Nachahmungstalent auch für männliche Stimmen.

Dicht aufeinander folgen die Abfahrten Königs Wusterhausen, Storkow, Fürstenwalde, Müncheberg, Müllrose; Teile der großen Waldstücke zwischen den kleinen Ortschaften sind Truppenübungsplätze, in deren Nähe das Fotografieren verboten ist. Manchmal gibt es überraschende Durchblicke auf blanke stille Seen. Letzte Tankstelle vor dem Grenzübergang. In Polen ist das Benzin billiger, aber ihr wart nicht reichlich mit Złotys versehen. Die Abfertigung an beiden Grenzkontrollpunkten ging zügig vonstatten.

Die Zahl der Westwagen hielt sich die Waage mit der aus der volkseigenen Produktion. Ihre Besatzungen maßen sich stumm mit Blicken. Am Steuer saßen, die in Küstrin, L., Friedrichswalde, Friedeberg, Schwerin, Posen mit dir zur gleichen Zeit Kinder waren. Hinter ihnen die heute Jungen, aufgewachsen in Köln, Bochum, Hannover, Potsdam, Magdeburg oder Halle. Zehn Minuten im Schrittempo Seite an Seite mit einem Opel aus Düsseldorf. Zwei Männer zwischen dreißig und vierzig vorne, weiße Nylonhemden. Im Fond eine Frau um vierzig und ein fünfzehnjähriges Mädchen mit dunklem krausem Haar. Als Lenka sie lange genug gemustert hatte, zog das Mädchen – genau in dem Augenblick, als ihre und eure Papiere nach der Kontrolle durch die heruntergekurbelten Wagenfenster wieder zurückgereicht wurden – einen Lippenstift aus seiner knallroten Lacklederstasche und schminkte sich die Lippen. Spießer, sagte Lenka. Frankfurt (Oder) und Słubice sind durch die wiederaufgebaute Oderbrücke miteinander verbunden, von der aus man auf die in Wiesen und Weidengestrüpp sich verlierende Oder hinabsieht, ein östlicher Fluß, breit, unreguliert und versandet, ruhiges schönes Wasser, das du freudig erkanntest. Bäume, die einst das Ufer markiert haben mochten, schienen mitten im Fluß zu stehen, in diesem selben Fluß, den das Kind Nelly, wenn auch an anderer Stelle, siebenmal überquert hat. Ihre Mutter, Charlotte Jordan, hielt dafür, daß man es einem Menschen anmerke, ob er in seiner Kindheit lange genug auf einen Fluß habe blicken können. Es ändere den Blick. Die Weichsel! sagte sie, ja, das ist ein Fluß!, wenn sie an der bescheideneren Warthe standen und vom Damm aus den Flößen nachsahen. Flößer, von wo kimmt de Wind? – Ut 'n Orschloch, min Kind!

72

Ach, an der Weichsel! Stolz glitten die Flöße vorbei auf der Mitte des Stroms, und ein Ruf wie dieser erreichte sie nicht. Hinter den Kindern – Charlotte und ihre beiden Geschwister Liesbeth und Walter – mähte Großvater Johann Heinrich Zabel sein Stück Wiese, das ihm, zusammen mit der winzigen Kate, das Recht gab, sich im Kirchenbuch als ›Eigentümer‹ einzutragen, und wenn er tausendmal von seinem Eigentum nicht leben konnte, sondern als Streckengänger bei der Bahn Dienst tat, auf der Strecke zwischen Schwetz und Grutschno, im Kulmer Land, am Südrand der Tucheler Heide. Bis an ihr Lebensende hat Charlotte das Bild bewahrt, wie ihr Großvater, mit rötlichem Haar und Bart, seinen festen Stock in der Rechten, ein Bündel aus rotkariertem Tuch in der Linken, in das seine Tochter, Tante Lina, ihm Brot und Speck eingeschlagen hatte, im Wald verschwand, bis zu dessen Rand die Kinder ihn begleiten durften. Und wie dann die Kuscheln hinter ihm zusammenschlugen. Er lief manchmal in Richtung Therespol, manchmal in Richtung Parlin.

So steht es auf den sieben Seiten in dem grauen Heft, die Charlotte Jordan gegen Ende ihres Lebens, von der Sehnsucht nach Dauer gepackt, ihrem Großvater gewidmet hat. Der Traum fällt dir ein, den sie Nelly erzählt hat, dreißig Jahre nachdem sie ihn zum erstenmal träumte. Sie ist wieder das Kind, das seine Ferien beim Großvater verbringt, in der Fachwerkkate des Dörfchens Wilhelmsmark, und das, wie allsonntäglich, aufgerufen wird, sein Lied zu singen. Der Fußboden aus Tannenholz ist mit Schmierseife weiß gescheuert und kunstvoll mit feinem Sand bestreut, der Tisch mit Plüschdecke und Tischläufer belegt, und auf erhöhtem Platz liegt die Bibel, aus der der Großvater sich, seiner Familie und ein paar Nachbarn das Sonntagsevangelium vorgelesen hat. Un nu dat Mäken. – Da steht Charlotte auf, besten Willens, ihr Lied vorzutragen. Sie kennt nur eins: Vom

Himmel hoch, aber es fällt ihr nicht ein. Der Großvater, den alle fürchten, runzelt die Brauen. Heute wird er keinen Grund haben, seiner Tochter Lina nach dem Gottesdienst einen Wink zu geben: Lina, een Streusel für die Kinger! Heute muß er selber einspringen, muß seiner Enkeltochter vorsagen, nein: vorsingen. Die Schande. Kein Mensch hat ihn noch singen hören. Er verwechselt auch die Lieder, singt zittrig, was Charlotte gar nicht kennt, so daß sie nicht mitsingen kann, so schrecklich es sie anrührt: Und weiche keinen Finger breit von Gottes Wegen ab.

Nein, sagt Charlotte eingeschüchtert, aber der Großvater versteht es als Weigerung. Wütend steht er auf und geht vors Haus. Alle folgen ihm und müssen traurig mit ansehen, wie er eigenhändig Halme aus seinem Rohrdach zieht. Er, der jedem auf die Finger klopfte, der sich an dem Dach vergriff, er mit seiner ewigen Angst, es könnte dünn und regendurchlässig werden. Damit nicht genug. Nun geht er den Weg zum Dorf. Was sucht er denn? Schrecklich zu sagen: Das Spielgeld sucht er, die Pfennige, die er gestern abend in der Wirtschaft beim Kartenspiel gewonnen und wie immer mit dem Ruf: Spielgeld – Deiwelsgeld! des Nachts in die Wiesen geworfen hatte: Da sammelt er sie unseligerweise wieder ein. Da geht er, der Gerechte, am hellerlichten Sonntagvormittags ins Wirtshaus, um Bier zu trinken. Und sie, Charlotte, in ihrer Vergeßlichkeit ist an allem schuld.

Aufgewacht ist sie dann, das sagte sie Nelly, immer mit ein und demselben Gedanken, der also wohl noch zu dem Traum gehören mußte: Alles ist verkehrt. Dazu der tiefe Schrecken, der ihr den Traum bedeutsam machte, bis hin zu der Versuchung, mitten in der Nacht aufzustehn und ihn aufzuschreiben. Aber wie kann sie, die Frau eines Lebensmittelkaufmanns, mitten in der Nacht aufstehn und einen Traum aufschreiben. Wie konnte ich das, fragt Charlotte ihre Tochter, dreißig Jahre später, als es keine Frage mehr ist. Der bleibt nichts übrig, als ihr zu bestätigen: Das konntest du nicht, nein.

Auf der Straße von Słubice nach Kostrzyn – einer guten, wenn auch schmalen Straße – brachte Lenka die Rede auf den Glauben der Tasadai, einen vierundzwanzigköpfigen Volksstamm, der, wie sie in der Zeitung gelesen hatte, auf der Philippineninsel Mindanao entdeckt worden war. Sie haben sich, sagt sie, im Laufe von sechstausend Jahren nicht zu der allerkleinsten Erfindung herbeigelassen, und wißt ihr, was sie glauben? Sie glauben, daß weiße Zähne tierisch sind, und haben die ihren bis fast auf die Wurzeln abgeschliffen und mit Pflanzensäften schwarz gefärbt. – Immerhin, sagte H. Ihr spracht von den unendlich vielen Möglichkeiten, sich vom Tier zu unterscheiden. Irgendwo müsse man wohl anfangen, fandet ihr.

Dann schwiegt ihr lange. Durch eine abwegige Gedankenverbindung kamst du auf das Mädchen Elvira. Ob Bruder Lutz sich noch an Elvira erinnerte. Elvira mit dem ewig beleidigten Lächeln.

Warum?

Weil Elvira aus einer Kommunistenfamilie kam. – Das hatte Lutz nicht gewußt. Elvira hat es aber der achtjährigen Nelly erzählt, an einem heißen Sommernachmittag, als durch die heruntergelassenen Jalousien ein Sonnengitter auf Küchentisch und Linoleum fiel. Da hat Elvira, das Dienstmädchen, Nelly gesagt, sie alle – Vater, Mutter, sie selbst und ihre zwei Brüder – seien an jenem Abend vor vier Jahren zu Hause geblieben, als sie auf dem Hindenburgplatz die Fahnen der Kommunisten verbrannten. Sie hätten in ihrer Kellerwohnung neben dem Schlachthof gehockt und hätten alles vor sich gesehen, als wären sie dabei. Und sie hätten geweint. – Geweint? fragte Nelly. Ja aber – wart ihr denn Kommunisten? – Ja, sagte Elvira. Wir waren Kommunisten und haben geweint.

Nelly hat die Geschichte für sich behalten, ohne sie allerdings zu vergessen. Sie war beunruhigt. Kommunisten waren Leute, die SA-Männer auf den Straßen niedergeschlagen oder heimtückisch abgeknallt hatten. ›Kameraden, die Rotfront und Reaktion erschossen ...‹ Kommunisten heben die Faust und schreien dazu: ›Rotfront!‹

Warum hat Nelly keinem Menschen erzählt, was Elvira ihr anvertraute? Fürchtete sie für Elvira? – Diesmal, obwohl es unmöglich scheint, willst du diesem Kind auf die Schliche kommen.

Zuerst die Fakten.

Hat es in L. überhaupt eine Fahnenverbrennung gegeben? Darüber läßt der ›General-Anzeiger‹ keinen Zweifel: ›Generalsäuberung auf dem Hindenburgplatz!‹ Datum: 17. März 1933. Die Führer der Kommunistischen Partei hätten sich, heißt es da, ›von ihr abgewandt‹. Dies ist der SS und SA Grund genug, das Endergebnis ihrer wochenlangen Säuberungsaktionen in einem ›Triumphzug‹ durch L. festzulegen. ›Tausende werden Standartenführer Arndt zujubeln.‹ Die Fensterplätze rund um den Hindenburgplatz seien vermietet. Jeder Vermieter werde aufgefordert, das vereinnahmte Geld restlos der Kassenverwaltung der SA abzuliefern.

Der 17. März also Tag der nationalen Erhebung in L. Das Frühstück bei Jordans, die sich vielleicht die Schlagzeile aus dem ›General-Anzeiger‹ vorlesen, verläuft normal. Womöglich liest Charlotte ein paar Sätze zuviel, mit jener besonderen Betonung, die Sätze in ihrem Mund annehmen können. Hör doch auf, sagt vielleicht Bruno Jordan. Wir werden nicht jubeln, und damit basta. – Die Fensterplätze um den Hindenburgplatz ... Du, hör mal! Ob auch Lucie und Walter? (Walter Menzel, Charlottes Bruder, der mit seiner jungen Frau Lucie am Hindenburgplatz wohnte: Ob also auch er seinen Balkon vermietete?) – Unsinn, sagte vielleicht Bruno Jordan. Was du immer redest.

Ob die Nacht des 17. März auch die Nacht war, in der Charlotte zum erstenmal mit Schrecken dachte – oder träumte –: Alles ist verkehrt!, das wird niemand je erfahren. Aber gerade diese Art Tatsachen, die keine Zeitung berichtet und keine Statistik erfaßt hat, sind es, die dich heute interessieren könnten. Nicht, daß es in jeder Stadt die nationale Erhebung gegeben haben muß. Nicht einmal nur, daß – laut ›General-Anzeiger‹ – die Bevölkerung von L. dicht bei dicht die Hauptstraßen gesäumt hat, auf denen in der achten Abendstunde, vom Adlergarten herkommend, der Fackelzug von SS und SA sich näherte. Marschmusik und Gesang. Die Fahnen der Bewegung. Das Hochreißen der Arme. Bekannte, allzu bekannte Gesten. Was man da gedacht und gefühlt haben mag, ohne selbst davon wissen zu wollen: Dies wäre es, was du gerne wüßtest.

Bruno Jordan mag sich eine leichte Grippe zugezogen haben, die ihn an das Bett fesselte. Auch wäre ihm der Text des Horst-Wessel-Liedes, das sicher gesungen werden würde, noch nicht geläufig gewesen. Lucie und Walter Menzel sahen vom Balkon ihrer Wohnung aus den Zug kommen. Sie sahen in dessen Mitte Angehörige des Rotfrontkämpferbundes von L., zum letztenmal in ihren Uniformen, einen Wagen mit den ›Symbolen des Kommunismus‹ begleiten. Vom Balkon aus haben sie den Ausdruck in den Gesichtern dieser Leute nicht erkennen können. (Du siehst ihn, bildest du dir ein.) Hatten sie eine Fensterfront an Schaulustige vermietet? Die Frage bleibt ungeklärt, denn die offenherzige Tante Lucie hat niemals ein einziges Wort über diesen großen Volksaufmarsch verloren.

Der Oberbürgermeister spricht nun zur Einwohnerschaft. ›Am 50. Todestag von Karl Marx wird seine Gedankenwelt im eigenen Geburtslande zerschlagen.‹ Der Stadt-Kreisleiter der NSDAP kündigt an, daß die Führer und Angehörigen der Kommunistischen Partei selbst ihre Fahnen und

Abzeichen verbrennen werden. Der kommunistische Jugendführer, dessen Name ungenannt bleiben soll, geht davon aus, daß seine Führer geflohen seien. ›Kameraden! Einer Idee, die sich nicht verwirklichen läßt, kann man nicht mehr nachlaufen.‹ (Es ist, beinahe genau, der Zeitpunkt, da euer jetziger Freund F., ein junger Kommunist, der sich in Moskau befindet, die entsprechende Stelle der Komintern bittet, zur Jugendarbeit nach Deutschland geschickt zu werden, mit der fast sicheren Aussicht, im KZ zu landen. Was auch geschah.)

›Deutschland muß leben, und wenn wir sterben müssen!‹ soll der Standartenführer gebrüllt haben, ehe er das Kommando gab, den Scheiterhaufen, auf dem die Fahnen der Kommunisten lagen, zu entzünden. (Auf dem Hindenburgplatz, auf dem jetzt kurzes mildes Gras wächst, an dessen Rand Bänke stehen, auf denen sonnabendnachmittags Männer Karten spielen, die Flasche unter der Bank, aus der sie sich ab und an zutrinken.) Für das Mädchen Elvira ist der Augenblick gekommen, zu weinen. Für den Korrespondenten des ›General-Anzeigers‹ ist es der Moment, zu notieren: ›Auf dem Amboß zerschlagen die Kommunisten mit dem offensichtlichen Wonnegefühl alten Zerstörungsdrangs ihre Schalmeien.‹ Der Moment für Deutschland- und Horst-Wessel-Lied, einen Wald erhobener Arme, den einheitlichen Herzschlag der Zehntausend und den Jubelschrei aus allen Kehlen.

Heute, fast auf den Tag genau vierzig Jahre später, ist es der Zeitpunkt für einige Fragen, deren Schärfe mit bedingt ist durch Nellys Unschuld: Sie war vier Jahre alt. (Du kommst nicht umhin, auf die Tatsache aufmerksam zu machen, daß in diesem Land Unschuld sich fast unfehlbar an Lebensjahren messen läßt.) – Fragen folgender Art: Wie viele Anlieger des Hindenburgplatzes haben am nächsten Morgen ihre für die Überlassung von Fensterplätzen vereinnahmte Miete weisungsgemäß der SA-Kassenverwaltung übergeben?

(Was kann es schon groß gewesen sein: ein, zwei Mark pro Stehplatz, mehr doch auf keinen Fall, in Anbetracht der Tatsache, daß L. wenige Wochen später zum Notstandsgebiet erklärt und daß vor Zuzug gewarnt werden wird.) Ferner: Wieviel Prozent der Bevölkerung von L. (48 000 Einwohner) haben an jenem Abend – außer der Familie des Dienstmädchens Elvira, deren Vater auf dem Schlachthof arbeitete – geweint? Müßige Frage, da es niemals eine Meßlatte geben wird, an der sich ablesen ließe, wie viele aus einer Bevölkerungsgruppe weinen müssen, um das Gelächter der übrigen – der überwältigenden Mehrheit – ungültig zu machen. Fünf Prozent? Drei Komma acht? Oder reicht eine einzige Familie aus, eine ganze Stadt zu retten? Fünf Gerechte auf Fünfzigtausend?

Du neigst zur Gegenrechnung: Und hätte nur einer gelacht, nur einer gejubelt und aus vollem Halse gesungen!

(Ein moralischer Rigorismus, der nichts nützt, weil er über nichts Aufschluß gibt. Der Verdacht, daß du Gelegenheiten suchst, verblassende moralische Maßstäbe aufzufrischen . . .)

Die Zahl der Leute am Straßenrand und auf dem Hindenburgplatz (oder wie er geheißen haben mag) ist nicht überliefert. Die Wegstrecke vom Adlergarten zum Hindenburgplatz läßt sich auf drei, vier Kilometer schätzen. ›Dicht bei dicht‹, heißt es, habe man gestanden. Gut. Aber in welcher Tiefe? Einreihiges oder vielreihiges Spalier?

Statistiken wären in jedem Fall für deine Zwecke zu grob. Selbst angesichts genauer Zahlen kämest du mit neuen Wünschen nach Angaben, die nun mal auf dieser Welt nicht zu erbringen sind. Und nach den Tränen würdest du die Schweißtropfen zählen wollen, die unter den jubelnden Massen an diesem Abend einzelnen als Angst auf die Stirnen traten. Die Hände, die vor Ekel feucht wurden. Die Herzschläge, die stockten, mitten im Höherschlagen. – Mag sein, auch diese Angaben fielen ungünstig aus. Mag sein, es ist wahr: Wie ein Mann haben sie dem Standartenführer Arndt zugejubelt, und sie hätten jedem zugejubelt, wie er auch geheißen hätte. Wenn er auch nicht diesen spreizbeinigen Gang, diese kurzen Arme und Beine gehabt hätte und dieses Doppelkinn, das der Sturmriemen zerteilte. Aber sie hatten keinen anderen, sie hatten den. Und da sie nicht so sehr ihn wie ihren Jubel brauchten, nahmen sie ihn und jubelten.

Grund genug, die Reise in die einst jubelnde und jetzt verlorene Heimat auf die lange Bank zu schieben? Denn Desinteresse solltest du nicht heucheln. Vielleicht zieht es dich nicht – sowenig wie jeden anderen – über Grenzen, hinter denen alle Harmlosigkeit aufhört. Es ist übrigens merkwürdig, wie eine einzelne Bauersfrau, die ihr weißes Kopftuch auf eine bestimmte Weise gebunden hat und die Heuharke über der Schulter trägt, eine bekannte Gegend – es war die beiderseits von flachen Feldern gesäumte Landstraße hinter Górzyca (früher Gohritz) – in eine östliche Landschaft verwandelt, auf die du neugierig wirst. Nicht im Widerspruch dazu zähltest du auf, was du am Straßenrand erkanntest: Schafgarbe, Wiesenschaumkraut, Johanniskraut, die blaue Wegwarte, Huflattich, Beifuß, Wegerich und das Hirtentäschelkraut. Wie es eben überall vorkommt, behauptete H., und Lenka, die mit ihm so etwas wie eine Fraktion zu bilden begann, mußte ihm recht geben. Da sei auch nicht die Spur von etwas Besonderem. Du sahst aber, und jeder mußte es doch sehen, daß auf diese Weise, in dieser botanischen Zusammensetzung, nur ein Straßengraben jenseits – oder vielmehr: diesseits – also jedenfalls östlich der Oder bewachsen sein kann. Ihr Protest, eine Spur zu heftig, sollte dich vor Sentiment warnen, überflüssigerweise. Ihr Verdacht, daß Warnungen am Platz wären, verstimmte dich natürlich. Laß doch, sagte Lutz.

Das verstehen sie nicht.

Du wolltest es aber erklären. Daß du niemals Heimweh gehabt hättest, hast du ja nicht behauptet. Du würdest auch nicht leugnen, daß du zuzeiten gewaltsam dagegen vorgegangen bist und daß, was die möglichen Nachwirkungen betrifft, gewaltsames Vorgehen in Gefühlsdingen immer bedenklich ist. Wenn aber nun schon seit vielen Jahren auch nicht ein einziges Mal die Straßen deiner Heimatstadt im Traum vor dir erschienen sind (wie es doch vorher häufig geschehen war, verbunden immer mit der Aufforderung, sie zu benennen, was dir nicht möglich war im Traum; im Erwachen dann konntest du alle Namen am Schnürchen hersagen, die du schlafend verweigern mußtest: Adolf-Hitler-Straße und Bismarckstraße und Schlageterplatz und Moltkeplatz und Hermann-Göring-Schule und Walter-Flex-Kaserne und SA-Siedlung; denn das Straßennetz der Kindheitsstadt ist dir, wie jedem, ein für allemal eingedrückt, als Muster für die naturgewollte Anlage von Marktplätzen, Kirchen, Straßen und Flüssen. Hier kann es, weil zu verräterisch, weil Spuren weisend, die doch verwischt werden müssen, nur teilweise, nur verändert, vertauscht, verwendet werden; denn du bist gehalten, die Fakten zu verwirren, um den Tatsachen näherzukommen): Daß dieser Traum so lange ausgeblieben ist – welchen überzeugenderen Beweis für Distanz sollte es geben als diesen? Später soll gefragt werden, wofür es ein Beweis ist, daß du nach dem Besuch der Stadt wieder angefangen hast, von ihr zu träumen.

Die meisten Straßen der Stadt waren gepflastert, teils mit Katzenköpfen, meist aber doch schon mit Großflächenpflaster aus der sogenannten Grauwacke, einem unverwüstlichen Stein, der womöglich noch heute unter der Asphaltdecke der modernen Straßen liegt, zum Beispiel auch unter der einen Hälfte der zu zwei Fahrbahnen erweiterten und mit Teersplitt überzogenen Soldiner Straße, an der übrigens linker Hand – wenn man von der Stadt kommt – der heute vernachlässigte Adlergarten, etwa vierhundert Meter weiter oben aber (die Straße steigt ja an) zur Rechten jenes Zwei-familienhaus liegt, das Bruno Jordan im Jahre 1936 bauen ließ und in dem die Familie zuletzt, das heißt bis zur Flucht, neun Jahre lang gewohnt hat. Es war ebenderselbe Adler-garten – eine Kneipe mit Saalbau und einem sogenannten Kaffeegarten: Gartentische und -stühle auf einem kiesbe-streuten Hof –, von dem aus sich nicht nur jener fatale Zug am Abend des 17. März 1933 formierte, sondern auch jener andere: die Marschkolonne von wehrpflichtigen Männern des Stadtbezirks Nordwest, die am Morgen des 26. August 1939 mobilisiert worden waren und zu denen Bruno Jordan gehörte. Eine knappe Woche später zog er in seinen zweiten Krieg.

Alles zu seiner Zeit. Gefragt war, warum die achtjährige Nelly die Mitteilung des um sechs Jahre älteren Mädchens Elvira – sie seien Kommunisten gewesen und hätten geweint – als wichtiges Geheimnis erkannte und bewahrte.

Vorläufige Antwort: aus Scheu. (Vorläufig, weil sie nichts erklärt, obwohl sie doch schon die frühere Voraussetzung bestreitet, daß Schweigen eine Tugend sein kann.) Ja – wenn sie geschwiegen hätte, da Reden Elvira schaden konnte. Das war nicht der Fall: Nelly kam nicht auf die Idee, Elvira und die Ihren könnten inzwischen nicht zu getreuen Anhängern des Führers bekehrt sein. Nein: Nicht Elvira zu schützen galt es, deren maliziöses Lächeln Nelly oft störte, weil sie es zu-gleich bewundern mußte als Zeichen von Eingeweihtsein in Lebensbezirke, die ihr selbst verschlossen waren. Es galt, vielleicht, den eigenen geheimen Bezirk zu erweitern. Denn dieses Kindes gerader, wahrheitsliebender Sinn – du bist für mich durchsichtig wie eine Fensterscheibe, pflegte Charlotte zu ihrer Tochter zu sagen – hatte ihm selbst verborgene Trü-bungen und Verstecke ausgebildet, in die es sich zurückziehen konnte, um mit sich alleine zu sein. Die Zudringlichkeit der anderen ist der Ursprung für das Geheimnis, das sich zum Bedürfnis, schließlich zur Gewohnheit entwickeln, üble Laster und große Gedichte erzeugen kann.

Du mußt mir alles sagen.

Die tiefe Spur, die Schuld und Verschweigen, welche sich unauflöslich und für immer ineinander verfilzten, in Nellys Gemüt zogen, ist mit Glitzerworten besetzt. Den Erwachsenen, die sie aussprachen, begannen die Augen zu glitzern. Man mußte ihnen nicht auf den Mund, sondern auf die Augen schauen, wenn sie sprachen, um herauszufinden, nach welchen Wörtern man nicht fragen durfte.

Unnormal zum Beispiel. Charlottes wiederholter Ausruf: Ja seid ihr denn noch normal!

Es durchfuhr Nelly, sie könnte recht haben. Nicht normal sein ist das Schlimmste überhaupt, jeder fühlt es, wenn er einen Jungen namens Heini ansieht, der von seiner unglücklichen Mutter oder einem seiner unwirschen Brüder in einer ausgepolsterten, mit Rädern versehenen Margarinekiste vorbeigezogen wird, der mit seinen falsch eingesetzten dürren Händen schlenkert, mit den Füßen rudert und seine Spucke am Kinn entlangfließen läßt, wobei er jedem, den er wahrnimmt, seine drei einzigen Worte entgegenlallt: Mamma arme Tante.

Heini, genannt Mamma arme Tante, der immer lacht, ohne je lustig zu sein, ist nicht normal. Nelly aber, Gott sei Dank gesund, Gott sei Dank bei normalem Verstand, wird es nicht dahin kommen lassen, daß ihr die Glieder an den Gelenken schlottern, was sie heimlich ausprobiert, und daß irgendwelche sinnlosen Wörter ihr wieder und wieder aus dem offenen Mund rutschen. Sie wird sich also zusammennehmen. Das ist es, was jeder Mensch lernen muß, sonst ist er kein Mensch, sagt die Mutter. Man muß sich doch beherrschen können! sagt sie, als Waldins Anneliese, nicht älter als siebzehn, mit einem Bäckergesellen des Abends öfter in den Wepritzer Bergen spazierengeht. Die Brötchen möcht ich mal sehen, die der ihr bäckt! Dieses Mädel ist triebhaft, das sieht ein Blinder mit dem Krückstock. Oben hui, unten pfui. Triebhaft ist ein Glitzerwort. Auch Schwindsucht ist ein Glitzerwort, allerdings ein schwächeres. Eines, das Nelly selber ausprobieren kann. Sie wird hinausgeschickt, weil sie Milch auf den Frühstückstisch verschüttet hat. Geh raus spielen.

Draußen steht Christel Jugow mit ihrem schuldbewußten blassen Gesicht und ihrem unerträglichen Korbpuppenwagen. Spielst mit mir?

Heute nicht.

Tränen, das Übliche. Wo ich doch mit dir am liebsten spiel. – Als ob ich was dafür kann. – Warum spielst du denn nicht mit mir!

Da beschließt Nelly, sofort, in diesem Augenblick das mitleidig-heuchlerische Verhältnis zu Christel Jugow ein für allemal zu beenden. Sie teilt ihr mit, ihre Mutter, Frau Jordan, habe ihr jegliches Spielen mit Christel Jugow verboten, weil diese eine Schwindsucht habe, die sich gewaschen hat, und zwar in der Lunge, was bekanntlich rasend ansteckend sei. Der Frau Jugow, die zehn Minuten mit ungekämmtem Haar und aufgelösten Schürzenbändern vor Jordans Wohnungstür steht, leugnet sie jeden dieser Sätze ins Gesicht und läßt sich dafür ›verdorben‹ nennen. Der Mutter, die sie hinter den Schrank zieht, gibt sie ohne weiteres und reuelos alles zu, lehnt es aber ab, eine Erklärung für ihr Verhalten zu liefern. Sie erhält den ungläubig strafenden Blick, mit dem sie gerechnet, auf den sie vielleicht alles angelegt hat, und setzt sich ans Fenster.

Doch Sonntage sind lang, und Nelly sah ihren kargen Vorrat an Selbstzufriedenheit abnehmen und mit den Stunden zergehen, bis sie vor der Frage stand, warum sie wirklich mit der blassen Christel Jugow gebrochen hatte: Weil sie nicht mehr lügen wollte – wofür sie schamlos zu lügen bereit war – oder weil sie den Vorwand lange gesucht hatte, die langweilige Trantunte loszuwerden. Jedesmal, wenn es ihr gelungen war, sich freizusprechen von Schuld, mußte sie erleben, daß in einer tieferen, dunkleren Schicht in ihr die Frage neu geboren wieder aufstand, daß die Antwort schon anders ausfiel, und wieder anders beim nächsten Mal, bis jede Gewißheit über sie selbst in einem bodenlosen Trichter zu versinken drohte. Ein Vorgang von unheimlicher Faszination, den sie wiedererkannte: Die weiße Krankenschwester auf den Banderolen der Libby's-Milch-Büchsen, die dem Betrachter, Käufer, Milchtrinker eine zweite Libby's-Milch-Büchse auf der flachen Hand entgegenhält, auf deren Banderole eine zweite Krankenschwester, nun schon recht klein, mit einer dritten Büchse genau das gleiche tut. Und so fort. Bis Krankenschwestern und Büchsen eine Winzigkeit erreicht haben, die kein Pinsel mehr malen, aber Nellys gequältes Gehirn sich übergenau vorstellen konnte, gestochen scharf, bis ihr rechts über dem Auge ein stecknadelgroßes Pünktchen zu glühen und zu zingern begann.

Was hast du denn. Ist dir was? Was heißt hier Kopfschmerzen. Zeig mal her. Na also: Fieber. Das Kind hat ja Fieber. Das Kind muß ja stehenden Fußes ins Bett. Nun ist ja klar wie Kloßbrühe, warum sie heute so komisch war. Sie hat was ausgebrütet.

Windpocken, sagte Doktor Neumann, seien nicht ernster zu nehmen als Fliegenschisse. Nur daß der Homunkulus Charakter zeigen und sie nicht abkratzen dürfe.

Es war Nelly nicht unlieb, daß Charakter nur unter Schwierigkeiten zu zeigen war; daß inzwischen draußen das große GEWOBA-Geländespiel lief, zu dem sie sich die Teilnahme durch einen tiefen Griff in des Vaters Bonbongläser hatte erkaufen müssen; daß Christel Jugow, wie sie hörte, in Begleitung einer neu Zugezogenen namens Hildchen, die nach dem Urteil der Mutter ebenfalls aussah wie Braunbier und Spucke, nun ihren hellbraunen Korbpuppenwagen gemächlich über die Höfe schob und sie selbst unter Anleitung von Frau Elste in aller Ruhe ein ein paar Topflappen häkeln konnte. Frau Elste, die ihre Windpocken hinter sich hatte (und manches andere auch, ach, wenn du wüßtest!) und sich daher furchtlos an Nellys Bett setzen und unter heftigen Bewegungen des Tennisballs an ihrem Hals ›Es geht bei gedämpfter Trommeln Klang‹ singen konnte. ›Wie weit noch die Stätte, der Weg wie lang. / O wär er zur Ruh und alles vorbei. / Ich glaub, es bricht mir das Herz entzwei.‹

Da ließ Nelly, geschwächt natürlich durch das Fieber, ihren Tränen endlich freien Lauf.

Artfremd war auch ein Glitzerwort. Ob es nicht wahrscheinlich ist, daß Bruno Jordan seiner Frau hin und wieder solche Wörter aus der Zeitung vorlas, die sie selbst nie und nimmer gebraucht hätte? Das Gesetz zur Verhütung erbkranken Nachwuchses. Oder Sterilisierung, die, wie die Zeitung betonte, nicht gleichzusetzen war mit Kastration.

Bruno! Ich bitte dich. Denk an das Kind. Ein Hin und Her von Redewendungen, mit Glitzerworten besetzt, unter denen der Mutter auch das hochinteressante ›unfruchtbar‹ entschlüpfte. Deine beiden Schwestern sind nun mal unfruchtbar, traurig, aber wahr. Da hilft kein Singen und kein Beten. Des Vaters jüngere Schwestern sind: Tante Olga, die in Leipzig mit Onkel Emil Dunst verheiratet war (Emil Dunst, der angeblich Kosmetika für eine renommierte Firma ›vertrat‹, wozu Charlotte nur bemerken konnte: Wenn der das selber glaubt, heiß ich Moritz), und Tante Trudchen, die mit ihrem Gatten, dem Autoreparaturwerkstattbesitzer Harry Fenske, in Plau am See lebte. Plau am See, wenn nicht die schönste, so doch die wundersamste Stadt der Welt, wo feines zerbrechliches Spielzeug in allen Schaufenstern lag

(Spitzentänzerinnen zum Beispiel mit Organdy-Röckchen, die Tante Trudchen Nelly mitbrachte, um dann selbst den ganzen Nachmittag mit ihnen zu spielen), wo reizende Menschen wohlerzogen miteinander verkehrten und die Ehemänner – besonders Onkel Harry, Tante Trudchens Mann – ihre Gattinnen auf Händen trugen. Wie es aber angehn kann (das kann doch wohl nicht angehn! ist einer von Tante Trudchens Lieblingsaussprüchen), daß auf das Stichwort ›Plau am See‹ heute noch weißgekleidete Damen mit Sonnenschirmen und weiße Segel auf dem See vor deinem inneren Auge erscheinen und nicht jene wirkliche, wenig auffällige Stadt, durch die ihr inzwischen häufig gefahren seid, auch mal gehalten habt, um Eis zu essen: Wie das angehen kann, verstehe, wer will. Oder wer einen Beweis für die Macht des Unwirklichen, Vorgestellten, Gewünschten über die tatsächlichen Dinge des Lebens sucht.

Soviel fürs erste zu Trudchen Fenske, die also unfruchtbar war – ein Wort, das Nelly nicht gehört haben durfte, um nicht sofort des Zimmers verwiesen zu werden; Tante Trudchen, die ihrer Nichte eines Tages, wenn viel über sie hingegangen sein wird und die Ehemänner auch in Plau am See aufgehört haben, ihre Frauen auf Händen zu tragen, die Geschichte mit dem Matrosen Karl erzählen wird, die zugleich die Geschichte ihrer Unfruchtbarkeit ist. Vorläufig aber und zunächst suchen Tante Trudchen und Onkel Harry Fenske ein Kind zum Annehmen. Einen Säugling, genauer gesagt. Nämlich Tante Trudchen liebt Babys. Charlotte will ja nicht unken, aber sie möchte bei ihrer Schwägerin Trudchen nicht Säugling sein. Warum? Weil ein Kleinkind seine Ordnung braucht, Pünktlichkeit vor allem, auf die Minute. Und deine Schwester, das wirst du nicht bestreiten, ist nun mal eine Plachanderjette.

Der Säugling, der drei Tage lang von einem Kinderarzt beobachtet und nicht nur für normal, sondern für besonders intelligent erklärt wurde, sei das Kind einfacher Eltern, die aber beide ihre Verzichterklärung unterschrieben haben und über den Verbleib ihrer Leibesfrucht nichts erfahren dürfen. Rückforderung ausgeschlossen, das ist ja auch das mindeste. Übrigens reicht der rein arische Stammbaum des Vaters weit zurück, während die Herkunft der Mutter, eines Dienstmädchens, sich schnell im Ungewissen verliert. Genau und deutlich gesagt: Auch die Mutter des Knaben ist unehelich geboren. Na. Kann ja im Leben alles vorkommen. Aber Anlage bleibt Anlage.

Was ist das, eine Anlage? Ein Park mit Rasen, oder was? Das verstand Nelly noch nicht. Überhaupt besprach man viel zuviel vor den Kindern, die dasaßen und lange Ohren machten. Guck sie dir doch an.

Dann also wieder die Zeitung.

Eugenische Lebensführung. Die Schulen haben die Kinder künftig im Sinne eugenischer Lebensführung zu erziehen. Was wäre denn das nun wieder.

Was soll schon sein. Verbieten werden sie, daß ein gesundes Mädchen wie deine Tochter einen kranken Jungen wie diesen Heini heiratet.

Aber das versteht sich doch wohl von selbst!

Bitte, hier steht es: Wer soll nicht heiraten? Geschlechtskranke, Schwindsüchtige, Geisteskranke, Vierhunderttausend sollen sofort sterilisiert werden.

Bruno. Ich bitte dich.

Vierhunderttausend. Streng freiwillig natürlich.

Was sind Geschlechtskranke?

Ein Glitzerwort. Fragen verbieten sich. Friedrich der Große aus dem Geschlecht der Hohenzollern. Weißes Emailleschild in der Richtstraße: Facharzt für Haut- und Geschlechtskrankheiten. Es kam also vor, daß ein ganzes Geschlecht erkrankte und dadurch heiratsunfähig wurde. Nelly mußte sich sagen, daß auch ihr Geschlecht erkranken konnte, an Schwindsucht oder an Geisteskrankheit. Es erkrankt das Geschlecht der Jordans, wird foosch, und auf ihr bliebe es sitzen: Sie wäre es schließlich, die nicht heiraten könnte. Genauere Auskünfte über den Gesundheitszustand ihres Geschlechts konnte sie nur von einer arglosen Person bekommen. Schnäuzchen-Oma.

Aber gewiß doch kannst bei mir schlafen, Nellychen. Laß doch das Kind. Und warum sollt ich ihr nicht Kliebensuppe kochen, wo sie die nun mal so gerne ißt?

Schnäuzchen-Oma und Schnäuzchen-Opa wohnen jetzt in der Adolf-Hitler-Straße. Achgottja, der Mensch gewöhnt sich. Krank? sagt Schnäuzchen-Oma. Wir und krank! Als ob wir Zeit dazu hätten. Oder meinst du vielleicht meine Galle. Nein, die Galle nicht. Sie war ja auch frühzeitig entfernt worden. Schwindsüchtige? Jesses Kochanni, nicht daß ich wüßte. Geisteskranke? Was nicht gar! Onkel Ede? Der Mann von Tante Lina in Grutschno im Polnischen Korridor? Mein Schwager Ede geisteskrank? Wer dir nun das wieder eingeredet hat. Dacht ich's doch. Deine Mutter redet auch viel, wenn der Tag lang ist.

Tante Lina in Grutschno, die hat einen Mann mit einem Tülüttütü, und zwar nicht zu knapp. Onkel Ede.

Die Nachricht wird bestätigt, durch zwei Zeugen, die soeben durch den Polnischen Korridor gereist sind, um Tante Lina und Onkel Ede zu besuchen: Schnäuzchen-Omas Bruder Heinrich und seine Frau, Tante Emmy, beide wohnhaft in Königsberg (Ostpreußen).

Oijoijoi, meine Lieben, bei der Lina, da tut sich was. Aber man bloß nichts Guts.

Nelly legt sich im Schlafanzug auf den Bauch neben Omas Wohnzimmertür, um durch den Türspalt mit anzuhören, warum Tante Lina – eine ulkige Kruke übrigens, und kinderlieb, nur einmal – nun um ihr Leben fürchten muß. Dabei ist Ede kein schlechter Kerl, nie gewesen; wer das sagt, lügt.

Bloß daß ihm der Selbstgebrannte immer schnell zu Kopf stieg. Und Schnäuzchen-Oma – Gott ist ihr Zeuge – hat ihm schon mehr als einmal gesagt: Nimm doch Vernunft an, Ede, hat sie ihm gesagt. Das kann kein gutes Ende nehmen. Onkel Ede aber, den Nelly sich als einen kleinen, traurigen Mann mit einem runden Kopf dachte, hat ihr nur immer erwidern können: Guste, Guste, wenn du wüßtest. Diesen tiefen Ausspruch wollte Nelly sich auf alle Fälle merken. Mit beklommener Genugtuung hörte sie, daß Onkel Ede, wenn er seine Touren kriegte, auf Tante Lina mit dem Beil losging, doch später, wenn er wieder bei sich war, den Kopf auf ihren Schoß zu legen und zu weinen pflegte: Luscheken, mein Luscheken!

All diese nicht alltäglichen Vorkommnisse hatte man sich inmitten des Polnischen Korridors vorzustellen, der wegen der bekannten polnischen Wirtschaft niemals aufgeräumt sein konnte wie ihr eigener deutscher Korridor, in dem man seine schmutzigen Schuhe nicht abstellen durfte, weil Korridor und Badezimmer nun mal die Visitenkarte einer Wohnung waren.

An dem Tulpenbaum, der vor Großmutters Haus wuchs, würdest du das Haus aus allen Häusern der langen Straße herauskennen, dachtest du, und so war es auch. Der Baum, der im Juli nicht mehr blüht, war gewachsen, das Haus dahinter geschrumpft. Die blaßblauen Fensterläden hingen schief in den Angeln, der Torweg war brüchig, ein zahnloses Maul – flüchtiger Eindruck, weil ihr, wenn auch langsam, so doch ohne Halt vorbeifuhrt. Lutz aber, der vier Jahre alt war, als die Großeltern hier wegzogen, erkannte weder Tulpenbaum noch Fensterläden. Kannst mich totschlagen, sagte er. Absolutes Nirwana.

Da schwiegst du von der Schlange. Aber hier geschah es, daß sie in Nellys Leben trat – oder kroch, sich schlängelte: ein ekelhaftes Tier. Baumstark natürlich, damit der Holzfällerbursche in Schnäuzchen-Opas Geschichte sie für einen Baumstamm halten konnte. Hier, auf dem bräunlich gemusterten Sitzsofa in der Wohnstube, hat Nelly diese Geschichte empfangen, denn ›gehört‹ wäre zu schwach gesagt. Diese Schlange, die dann Nacht für Nacht vor Nellys Bett lag. Die nie Anstalten machte, Nelly zu nahe zu treten, die sie aber hinderte, nachts ihr Bett zu verlassen. Schlangen sind keine Tiere, mit denen man handeln oder irgendwie sonst in Kontakt treten kann. Stumm legen sie sich vor das Bett und verlassen sich darauf, daß man mit der Hellsichtigkeit des schlechten Gewissens ihr Anliegen versteht. Zur Großmutterwohnung haben sie keinen Zutritt, weil man da Rücken an Rücken mit der Großmutter liegt, in einem breiten knarrenden Holzbett, das Gesicht zur Wand gekehrt, auf die eine Straßenlaterne das Blättermuster des Tulpenbaumes als Schattenzeichnung wirft. Den großen weißen Nachttopf vor dem Bett kann man unbesorgt benutzen, während Schnäuzchen-Opa aus seinem Bett heraus laut und anhaltend schnarcht. Nelly liegt wach und versucht, ihre Gedanken beim Entstehen zu ertappen. Sie macht ihren Kopf leer. Dann läßt sie sich denken: Es ist dunkel. Doch jedesmal ist da vor dem voll ausgebildeten Gedanken eine Art inneres Geflüster, das sie nicht zu fassen kriegt.

(Ruth, die ältere Tochter, ruft an: Sie habe von dir geträumt. Du seist auf einer spiegelglatten Wasserfläche zu weit vom Ufer weggeschwommen, mit der Absicht, dich umzubringen. – Warum erzählst du mir das? sagst du. Willst du mich anstacheln? Vorsichtiger als ich jetzt könnte man kaum lavieren. – Vielleicht, sagt Ruth, deute ich mir im Traum deine manchmal unsinnigen Anfälle von Mut als heimliche Aufforderung an andere, dich zu vernichten? Damit du es nicht selbst tun mußt? – Zu einfach, sagst du. Wenn nämlich am anderen Ende des Sees ein anderes Ufer wäre, so möchte ich es schon sehn. – Dir fällt die Angst ein, die du als Kind um deine Mutter hattest. Wiederholt sich alles? Muß die Einsicht, wie man den Kreislauf unterbrechen könnte, immer so spät kommen, daß der Schaden angerichtet und man selbst zu alt ist für durchgreifende Veränderungen?)

Warum hat Nelly nur so großen Wert darauf gelegt, für tapfer zu gelten? Onkel Heinrich aus Königsberg, ein mokanter Mensch, führt ihren rechten Zeigefinger langsam, langsam durch die Flamme einer Kerze. Nelly zuckt nicht, auch wenn ihr die Tränen in die Augen treten, und trotzdem sagt Onkel Heinrich: Neenee, Marjallchen. Tapfer ist anders. Tapfer ist, wenn du mir sagst, daß du jetzt eine Wut auf mich hast und daß ich häßlich bin. – Onkel Heinrich mit seinem langen gelben blanken Pferdeschädel, mit seinen großen gelben Zähnen. – Also sagst es nun? – Nein, sagt Nelly. – Kannst es mal sehn. Mitleidig bist vielleicht, aber tapfer ist anders.

Die nächste Probe folgt auf dem Fuße. Es klingelte. Herein trat, hundertmal sich entschuldigend – fast hätte Nelly gedacht: Endlich! –, eines jener Geschöpfe, ohne die die Welt nicht wäre, was sie ist, die es aber aus verständlichen Gründen vermeiden, im Alltag offen aufzutreten: Eine Hexe. Alt wie Methusalem und häßlich wie die Nacht. Unterwürfig empfangen von Onkel Heinrich: Madamchen vorne und Madamchen hinten. Ein Täßchen Kaffee für die gnädige Frau. Na was ist denn, Nellychen. Sei so freundlich. Dieses Kind ist übrigens meine Großnichte, sehr wohlerzogen, und heißt Nelly.

Die Hexe sagte, das sei ihr angenehm, und sog an der Warze auf ihrer Oberlippe. Nicht, daß es Nelly nicht aufgefallen wäre, daß diese Hexe ihre Warze an genau der gleichen Stelle trug wie die übrigens zufällig abwesende Tante Emmy. Oder daß sie sich eine Brille mit aufgeklebten Schielaugen aufgesetzt hatte, an der eine widerlich rote Pappnase hing. Nur begriff sie: Wer andere wirklich täuschen will, geht so plump nicht vor. Es handelte sich hier um einen jener feinen doppelten Tricks, die Nelly zu kennen glaubte: Einer legt sich eine häßliche Maske zu, damit keiner zu vermuten wagt, um wie vieles häßlicher er in Wirklichkeit noch ist. Nur daß diese Vorspiegelung bei Nelly nicht verfing, sowenig wie Tante Emmys grünes Umschlagtuch, das die Hexe um die Schultern gelegt hatte. Die Hexe wollte, daß man sie für Tante Emmy hielt, die sich einen Scherz machte. Sie sprach, wie Tante Emmy sprach, wenn sie ihre Stimme verstellte. Aber es half ihr nichts. Zwar brachte Nelly – höflichkeits- halber – mehrmals hintereinander leise hervor: Aber das ist ja Tante Emmy! Aber von der ersten Sekunde an war sie nicht im Zweifel, mit wem sie es hier zu tun hatte. Denn es gibt untrügliche Zeichen, an denen man eine Hexe erkennt. Es haftet ihr nämlich die Fähigkeit an, die Zusammenset- zung der Luft zu verändern: Gewisse Ungehörigkeiten wir- ken nun natürlich, bisher Natürliches erscheint im höchsten Grade lächerlich.

Ein Beispiel: Die Hexe, die sofort den Ehrenplatz auf dem Sofa eingenommen hat, wagt es, Schnäuzchen-Opa dafür zu verhöhnen, daß er auf seinem Holzbrettchen mit scharfem Messer in Millimeterabstand Dutzende von Schnitten in die Brotrinde macht, damit sein zahnloser Gaumen sie zermal- men kann. Die Hexe, der Respekt und Mitleid fremd sind, nennt ihn dafür Hermann Scharfzahn, hoho, und Onkel Heinrich läßt sein breites Lachen hören, jeweß doch, Ma- damchen. Schlimmer und ungehöriger: daß auch Schnäuz- chen-Oma hinter vorgehaltener Hand kichern muß wie ein junges Mädchen, und vor allem, daß es ihr selber in der Kehle kitzelt. Du aber auch! Du aber auch! sagt Schnäuz- chen-Oma. Sie steht mit der Hexe auf du und du.

Die Hexe fängt nun an – nachdem sie unter heftigem Mä- keln alles in sich hineingestopft hat, was Onkel Heinrich ihr auf den Teller gelegt –, sich zu winden und zu krümmen, zu stöhnen und sich den Leib zu reiben, bis sie zu ihrer eigenen Erleichterung und zu Nellys Pein eine nicht enden wollende Reihe von unanständigen Tönen von sich geben muß. Hexen haben kein Gefühl dafür, was peinlich ist, so daß sie es fertigbringen, mit falscher Stimme ein zufällig anwesendes Kind zu fragen: Na und das Fräuleinchen? Ekelt es sich auch schön vor mir? – Aber nein doch, aber gar kein bißchen, eigentlich sogar im Gegenteil (Aussagen, die zu einer Unterabteilung der erlaubten Notlügen gehörten, zu den Mitleidslügen, die man gegen alles Mißgestaltete zu richten hat). Doch Hexen, die niemals zu lügen gezwungen sind, weil sie von Berufs wegen unverschämt sein müssen, nehmen Lügen unerbittlich für bare Münze (das ist der zweite Punkt, an dem man sich von Menschen unterscheiden kann) und fangen also an, einem mit ihrer runzligen, gekrümmten Hand endlos die Wangen zu tätscheln. Eine Hand, an der Nelly zu ihrem unaussprechlichen Verdruß Tante Emmys in Gold gefaßte Perle erblicken muß.

Die Hexe, die sich nach dem Gesetz ihrer Gattung erst zufriedengibt, wenn sie die Leute um sich herum zu Zerrbildern ihrer selbst gemacht hat, verschafft sich einen von übertriebenen Danksagungen strotzenden Abgang. Sie wünscht noch allen Anwesenden ein langes Leben, weil die Hinterbliebenen beim Tod eines Angehörigen immer zuerst an ihre Trauerkleider dächten, was sie später nicht sich selbst, sondern dem Verstorbenen übelnähmen. Aber so sind die Menschen, und wie sie sind, müssen sie auch verbraucht werden.

Was fällt dir ein, Lutz, wenn du ›Tante Emmy‹ hörst?

Eine Warze. Königsberg. Ein Strickzeug. Sie muß unheimlich schnell gestrickt haben.

Tante Emmy, wie sie in deinem Gedächtnis zum letztenmal auftritt, sitzt mit ihrer Schwägerin Auguste – Schnäuzchen-Oma – an einem heißen Sommernachmittag emsig

strickend auf dem Sockel vor der Haustür des neuen Jordanschen Hauses. Nelly turnt am Treppengeländer. Es hat sich
um das Jahr 41 oder 42 gehandelt, nach dem Einmarsch in
die Sowjetunion, aber vor Stalingrad. Tante Emmy in keiner
Verkleidung. Jemand, ein weibliches Wesen, kommt die
Treppe heraufgehuscht, die seitlich am Haus zum ersten
Stock hochführt und in eben jenem Steinpodest endet, auf
dem die Frauen sitzen und stricken. Nelly erkannte das ver-
blichene Drillichzeug, das weiße Kopftuch, den großen
Buchstaben O auf Brust und Rücken: ›Ostarbeiter‹. Sie erkannte das ukrainische Dienstmädchen von Frau Major
Ostermann. Es kam, auf besonderen Wunsch von Charlotte
Jordan, immer erst kurz vor Ladenschluß für die Frau Major
einkaufen und war im Fremdarbeiterlager am Stadion untergebracht.
Warum es sich aber am hellerlichten Tag die Außentreppe
hochwagte und dringlich verlangte, die ›Frau‹ zu sprechen –
das konnte Nelly sich durchaus nicht vorstellen.
Tante Emmy, kaum von ihrer Strickerei aufblickend, be-
schied die Fremde, die Frau sei im Geschäft unabkömmlich.
Dann sagte sie zu Nelly ungewöhnlich streng: Geh mal weg!
und verfiel übergangslos, kaum die Lippen bewegend, den
Blick nicht hebend und das Stricken nicht eine Sekunde un-
terbrechend, in ein flinkes, unverständliches Murmeln in einer Sprache, die wohl Polnisch sein mußte und in der sie in
weniger als einer Minute Rede und Gegenrede mit der
Ukrainerin wechselte, die darauf, als wäre sie nie dagewe-
sen, grußlos und wie ein Schatten die Treppe wieder hinun-
terglitt und verschwand.
Was wollte sie?
Die? Was die wollte? Ach du mein liebes Herrgöttchen von
Tschenstochau, was wird die schon gewollt haben. Hab sie ja
selber kaum verstanden. Irgendeine Bestellung von ihrer
Frau Major.

Das war gelogen, Nelly vertrug das nicht. Erst heute wunderst du dich, daß Nelly, die als neugierig verschrien war, nicht darauf bestand, die Wahrheit zu erfahren. Sie setzte ›ihr Gesicht‹ auf, doppelt bockig, weil Tante Emmy keine Notiz davon nahm, und zog sich zu ihrem Zufluchtsort zurück, die Kartoffelfurche im Garten unter der Schattenmorelle, um sich in ihr Buch aus der Schulbibliothek, vielleicht ›Die Stoltenkamps und ihre Frauen‹, zu vergraben.

Ein paar Jahre früher noch hatte sie sich Geheimnistuerei nicht gefallen lassen. Hatte die Tür zum Wohnzimmer, aus dem sie mit Bruder Lutz gerade verwiesen worden war, noch einmal aufgerissen, um hineinzurufen: Man solle sie bloß nicht für dumm halten. Sie wisse ja doch, was jetzt besprochen werden solle: Tante Trudchens Ehescheidung. – Anhaltende Genugtuung über die Wirkung, die sie erzielte.

Hat ihre Neugier inzwischen abgenommen? Nimmt Neugier ab, wenn sie lange ins Leere stößt? Kann man eines Kindes Neugier vollkommen lahmlegen? Und wäre dies vielleicht eine der Antworten auf die Frage des Polen Kazimierz Brandys, was Menschen befähigt, unter Diktaturen zu leben: Daß sie imstande sind zu lernen, ihre Neugier auf die ihnen nicht gefährlichen Gebiete einzuschränken? (›Jedes Lernen beruht auf Gedächtnis.‹)

Zu fragen wäre: Ist Neugier nicht so beschaffen, daß sie entweder ganz oder gar nicht erhalten bleibt?

Dann würde Nelly – ›instinktiv‹, wie man gerne sagt, gefährliche Gebiete mit ihrer Neugier meidend – nach und nach das Unterscheidungsvermögen für Gefährliches und Ungefährliches verlieren müssen und das Fragen allmählich überhaupt einstellen? So daß die Mitteilung des Mädchens Elvira – sie habe an dem Abend geweint, als sie die kommunistischen Fahnen verbrannten – vielleicht nicht weitergegeben wurde, weil Nelly erfahren hatte, daß die Erwachsenen Sätze mieden, in denen die Wörter ›Kommunist‹ und

›kommunistisch‹ vorkamen? Daß auch die offenherzige
Tante Lucie, die ihr auf einem anderen, von der Mutter ver-
pönten Sektor – dem des Geschlechtlichen – nützliche Hin-
weise gab, niemals jenen Abend erwähnte, den sie als An-
wohnerin des Hindenburgplatzes ja miterlebt haben mußte.
– Tante Lucie schwieg sogar überzeugender als andere, weil
sie mit ihrem freien, natürlichen Wesen gar keinen Verdacht
aufkommen ließ, sie könnte etwas zu verschweigen haben.
So ungefähr, könnte man sich vorstellen, werden die Grund-
lagen für Scheu gelegt, die sich in wenigen Jahren zu Trotz
und Undurchdringlichkeit verdichten wird.
Nelly hat jedenfalls erst lange nach dem Krieg erfahren, daß
ihre Mutter an jenem immer noch warmen Sommerabend
ein paar Fetzen Weißzeug und Windeln und alte Flanelltü-
cher heraussuchte; daß Schnäuzchen-Oma – genau wie an
dem Tag, als sie Lutzens nach einem Radsturz heftig bluten-
des Knie verband – kurzerhand ein altes Laken zerriß und
die Stücke unten in den Korb legte, den das ukrainische
Dienstmädchen von Frau Major Ostermann am nächsten Tag
abholen kam. Niemand aber, auch die Mutter nicht, hat erfahren, ob das Kind, das die Freundin der Ukrainerin oben
in der Fremdarbeiterbaracke zur Welt brachte, lebte, ob
und wie lange es in Charlotte Jordans Weißzeugfetzen gelegen hat und wann es – was nur zu wahrscheinlich ist – starb.
Sorgfältig war darauf geachtet worden, daß kein Zeichen
die Herkunft der Lappen verriet, in die das Kind gewickelt
werden sollte, kein Monogramm etwa; sonst wären die beiden Herren, die Charlotte Jordan im vorletzten Kriegsjahr
aufsuchten, schon eher erschienen. Einmal hat sie, Charlotte, sehr früh am Morgen einen Feldblumenstrauß vor ihrer Ladentür gefunden. Sie hat die Ostarbeiterin niemals
nach dem Kind gefragt, und die hat niemals ein Wort darüber verloren. Und am wenigsten von allen durfte Charlottes zwölfjährige Tochter Nelly ahnen, daß im Frauenla-

ger beim Stadion ein winziger Säugling in ihren alten Windeln lag und wahrscheinlich starb. Es ging nämlich das Gerücht, daß die Russen im Männerlager, das neben dem Frauenlager lag, starben wie die Fliegen. (Der Ausdruck fiel, Nelly muß ihn gehört haben: wie die Fliegen.) Zu diesem Satz nichts als ein dunkler, erschrockener Blick der Mutter. Kein Wort. Nelly weiß, was zu tun ist. Sie stellt sich taub und unwissend.

Dann wurde sie es. Behielt nur eine Erinnerung an diesen Blick, für die kein Zusammenhang sich finden ließ. Der Anlaß war vergessen. Du mußt auf die Wiederbegegnung mit dem Stadion warten. Es werden die Spitzen der Pappeln, die das Stadion umgeben, über dem Rand der Hügelkette aufsteigen, silbern schimmernd, und du wirst nicht, wie zu erwarten, zuerst an die Sportwettkämpfe der Hitler-Jugend denken, die hier im Stadion alljährlich stattfanden und bei denen Nelly einmal als eine der zehn Besten in den Disziplinen Laufen, Springen, Schlagballwerfen abschnitt. Sondern du wirst denken: Das Lager! Den Ort, auf dem die Baracken gestanden haben, findet man nicht mehr. Die Baracken sind abgerissen. Die polnische Armee hat hier Lastwagen stehen, der aus Nellys Kindheit bekannte Truppenübungsplatz ist erweitert. Geschütze unter Tarnplanen, Soldaten mit nacktem Oberkörper beim Sport. – Auf einmal wirst du wissen, daß man wußte. Auf einmal wird die Wand zu einem der gut versiegelten Hohlräume des Gedächtnisses einbrechen. Wortfetzen, gemurmelte Sätze, ein Blick, denen nicht erlaubt war, sich zu einem Vorgang zusammenzufügen, den man hätte verstehen müssen. Wie die Fliegen.

Ja. Es war ein Hitzetag wie dieser 10. Juli des Jahres 1971. Ja, die Luft war flüssig wie heute und roch nach heißem Sand und Beifuß und Schafgarbe, und in der Kartoffelfurche fand Nelly ihren Körperabdruck vor, eine Form, in die sie sich legte wie in einen Sarg. Du aber, neunundzwanzig Jahre später, wirst dich fragen müssen, wieviel verkapselte Höhlen ein Gedächtnis aufnehmen kann, ehe es aufhören muß zu funktionieren. Wieviel Energie und welche Art Energie es dauernd aufwendet, die Kapseln, deren Wände mit der Zeit morsch und brüchig werden mögen, immer neu abzudichten. Wirst dich fragen müssen, was aus uns allen würde, wenn wir den verschlossenen Räumen in unseren Gedächtnissen erlauben würden, sich zu öffnen und ihre Inhalte vor uns auszuschütten. Doch das ist das Abrufen der Gedächtnisinhalte – die sich übrigens bei verschiedenen Leuten, die akkurat das gleiche erlebt zu haben scheinen, bemerkenswert unterscheiden – wohl keine Sache der Biochemie und scheint uns nicht immer und überall freizustehen.

Wäre es anders, träfe zu, was manche behaupten: Daß die Dokumente nicht zu übertreffen sind und den Erzähler überflüssig machen.

4

Brauchen wir Schutz vor den Abgründen der Erinnerung? Unaufschiebbare Frage, zu der die anstrengende Bewegung in verschiedenen Zeiten unvermeidlich führt. In diesem milden Januar des Jahres 1973, da die Meldungen über einen nahe bevorstehenden Waffenstillstand in Vietnam sich erneut verdichten und der Präsident der Vereinigten Staaten von Amerika – perfekt in jener im letzten Drittel dieses Jahrhunderts zur Vollkommenheit getriebenen Form der Heuchelei, die außerstande ist, sich selbst zu erkennen – der Welt eine lange Epoche dauerhaften Friedens prophezeit, ohne vom Ausbleiben der weltweiten Erleichterung zu erfahren, die ja von seinen Geheimdiensten nicht registriert wird, schon weil sie nicht instand gesetzt wurden, danach zu fragen: In diesen Tagen setzt du, an die täglichen Arbeitsstunden ebenso gebunden wie an die Willkür einer Kapiteleinteilung, eine 4 oben auf die neue Seite, um dieses Kapitel, deinem Plan gemäß, der Schilderung einer Tauffeier und der Legende vom Zustandekommen einer Hochzeit zu widmen: Ereignisse, die in die Jahre 1935 und 1925/26 fallen, in Zeiten, die Nelly überhaupt nicht oder als so kleines Kind erlebt hat, daß ihr Zeugnis kaum brauchbar ist. Man kennt ja das nachlässige Gedächtnis der Kinder, das nur die bunten, strahlenden und die schrecklichen Ereignisse der Aufbewahrung für wert hält, nicht aber die alltäglichen Wiederholungen, die das ›Leben‹ sind.

Heute ist heute, und gestern ist dahin, kein Zweifel.

Falls es strafbar ist, die Grenzen zu verwischen . . . Falls es strafbar ist, auf die Grenzen zu pochen . . . Falls es stimmt, daß es niemandem gelingt, das eine zu tun und das andere nicht zu lassen . . .

Nelly ist die Vorstellung, daß sie einmal nicht auf der Welt war, immer unerträglich gewesen. (Dieser Satz, der als ›wahr‹ gelten kann, muß unter eine Menge halbwahrer oder erfundener Sätze vermischt werden, welche ihrerseits, mehr noch als die ›wahren‹, wie bare Münze klingen müssen. Der Hochmut, sich nicht täuschen zu wollen, führt auf geradem Weg in die Sprachunmächtigkeit. Das ist dir bekannt.) ›Realitätssinn‹. Kaum ein Wort, das heutzutage häufiger gebraucht würde: Realitätssinn als Forderung, als Leistung, die man sich selbst bescheinigt – vielleicht hätte er sich gerade an jenen Splittern zu beweisen, die die Zeitgeschichte in uns ablagert und die wir sorglos als ›Realität‹ zu nehmen gewohnt sind: dann nämlich, wenn das Material, eine Art Urschlamm, durch Verformung jene Struktur angenommen hat (ebenfalls hochmodern, das Wort), mit der wir ›etwas anfangen können‹. Ein Buch zum Beispiel. Daß vor seiner Entstehung schon, vielleicht unbemerkbar, die Verfälschung beginnen könnte . . . Gegenstandslose Fragen, als Vorwand für tatenlose Melancholie.

Zwangspause schon zu Beginn – Januar 1971. Stunden vor dem Fernsehschirm, auf welchem dem Raumschiff Apollo 14 nach fünf vergeblichen Koppelungsmanövern schließlich das sechste glückt. Die Versicherung, unter allen Umständen würden die Astronauten Shephard und Mitchell auf dem Mond landen. Aus Prestigegründen schon. Die Känguruhsprünge der beiden vor der auch nicht mehr neuen Kraterlandschaft konnten dir dann kein wirkliches Interesse mehr abnötigen. Alarmierendes Symptom, vielleicht, aber du warst nicht alarmiert.

Ein brennendes Interesse hättest du – was nun wirklich unrealistisch ist – an einem simplen Fernsehinterview mit Bruno Jordan aus dem Jahre 34, in dem der Reporter den Einzelhändler höchstwahrscheinlich über seine Meinung zu bestimmten staatlichen Losungen befragt hätte. Was er beispielsweise von der Parole halte: ›Mit der Neuordnung der Fettwirtschaft setzt ein Generalangriff gegen die Auslandsfette ein!‹ Oder: ›Das Volk muß wieder kaufen können. Kaufen ist die Hauptaufgabe.‹

›Wer jetzt kauft, am Aufbau hilft!‹

›Wenn aus dem Kasten springt die Mark, wird Arbeit, Wirtschaft, Umsatz stark!‹

Ausrufezeichen, hinter die Bruno Jordan nur sein eigenes Ausrufezeichen hätte dazusetzen können. Übrigens liegt in schnell wechselnden Zeiten wie den unseren der technische Fortschritt – zum Beispiel der, daß man Stimme, Gesicht und Meinung jedes x-beliebigen über die Jahrzehnte hin auf Zelluloidkonserven bannen kann – nicht immer im Interesse des kleinen Mannes von der Straße. (Noch weniger übrigens im Interesse der großen Männer: Vor zwei Jahren – beweist der Fernsehschirm – hat Präsident Nixon sich einfach nicht zu den Anschuldigungen äußern wollen, daß er Truppen vor der Südgrenze von Laos konzentriere.)

Du schlugst dir den Hinterkopf so nachdrücklich an einer

Eisenkante, daß wieder Tage durch Kopfschmerz, Arztbesuch und Röntgen verloren – oder, wie du heimlich fühltest: gewonnen – waren. Euer Freund F., der mit seinem Herzinfarkt im Krankenhaus lag, sagte dir unverschämt grinsend auf den Kopf zu, auch du habest gewiß Herzschmerzen: Was ausgerechnet ihm, der soeben sechzig Stunden lang an einem Tropf zur Blutverdünnung gehangen hatte, nicht zur Beurteilung unterlag. Ihr kamt ins Streiten, worauf er es angelegt hatte. Und erst als euch am Schluß noch die übrigen Vorwürfe und Ermahnungen an einen Kranken einfielen, sagte er, man müsse immer gegen den Schafpferch anrammeln. Sonst wachse er auf einen zu.

Den Schlaf, der natürlich nachließ, versuchtest du nach der Schoberschen Methode zu erzwingen, die, anders als das autogene Training, auf einer Ermüdung des Geistes durch Überanstrengung beruht. Man zwingt sich, einen Satz – den ersten besten übrigens – mit einer bis zum Schmerz sich steigernden Intensität zu denken, um ihn auf dem Höhepunkt, in voller Fahrt sozusagen, schockhaft abzubremsen. Dies vier-, fünfmal wiederholt, mit jeweils anderen Sätzen – so Professor Schober –, führe zu völliger Erschöpfung und daher mit Sicherheit zum Schlaf.

Dir fallen Sätze ein: Der grüne Baum kommt auch schon. Himmel, ich sehe dich gerne an. Dreimal werden wir noch wach. Alle reden mir zu. – Dann warst du auch schon wohlverwahrt – so dachtest du – in einem alten Haus mit abgebrauchten Möbeln. Kein Stück bekannt, aber alles vertraut. Durch die Tür siehst du über Feld und Wiese eine Frau auf dich zugerannt kommen, die von einem blindwütigen Mann verfolgt wird. Unendlich langsam, dieses Näherkommen in Zeitlupe. Keine Hilfe möglich, kaum daß du ihr winken kannst. Endlich steht sie auf der Schwelle, dicht hinter ihr der Mann, sein keuchender Atem streift ihren Nacken und dein Gesicht. Gerade noch, in letzter Anstrengung, kannst du die Tür zuschlagen, den Schlüssel umdrehn. Er, draußen, wummert gegen das morsche Holz, tritt es mit Füßen und wirft sich mit seinem ganzen gewichtigen Körper dagegen. Ihr angstvollen Frauen wißt nicht, ob der schwache Riegel standhalten wird.

Beim Erwachen lagst du auf der linken Seite, die du im Schlaf zu meiden hast, die Beine angezogen, daß sie schmerzten, die Arme taub, eingeschlafen. Lange Zeit verbrachtest du damit, dir sichere Riegel und festere Türen vorzustellen. Für jenes einsame Haus wäre, dachtest du, eine innere Doppeltür aus starkem hellem Holz das beste gewesen, die man mit Schlüssel und eisernem Riegel zuverlässig hätte absperren können. H. aber hielt dir ein halbes Dutzend Techniken entgegen, denen es heutzutage ein leichtes ist, durch jede Tür zu kommen – als Bild, als Gerücht, als allgegenwärtiges Ohr; er empfahl, von den Verbarrikadierungswünschen abzusehen und sich auf ein Leben mit weit offenen Türen einzurichten, das am ehesten, wie die Dinge einmal lägen, den Schutz der wenigen verbergenswerten Geheimnisse garantiere. Am gleichen Tag sagtest du die einzige vielleicht wichtige Sitzung des Monats unter einem Vorwand ab und wandtest dich endgültig deinen Papieren zu.

An dieser Stelle kann, so gut wie anderswo, berichtet werden von der Entdeckung des Herzens, die Nelly in eine ganz ungewöhnliche Aufregung versetzte. Das Herz war einer der wenigen versteckten Körperteile, dessen Entdeckung nicht nur erlaubt, sondern ausdrücklich gefördert wurde. Es hatte einen unanstößigen Namen, nach Herzenslust konnte man ihn aufsagen, sogar singen. Vor allem aber: Es war abbildbar. Eines Sonntagsmorgens entdeckte Nelly, die in ihres Vaters Bett lag, das aufklappbare Herz in einem roten Heft der Reihe ›Natur und Leben‹, auf die Bruno Jordan abonniert war. Der Artikel, der daneben stand und die enorme Lebensleistung eines Herzens beschrieb, mußte ihr vorgelesen werden. Soviel begriff sie: Etwas war in ihr, das schlagen mußte, sonst war sie auf der Stelle tot. Der Vater führte ihr die Hand, bis sie das Pochen auf der linken Brustseite fühlte. Etwas ähnlich Großartiges und zugleich Schreckliches war ihr noch nicht vorgekommen. Sie ließ die Hand nicht mehr von der Stelle, und sofort leuchtete ihr ein – was der Artikel nebenbei bemerkte –, daß es Leute gab, die linksseitig nicht schlafen konnten, aus Furcht, ihr Herz einzuengen. Von Stund an gehörte Nelly zu diesen Leuten. Soviel ist sicher. Ob sie aber wirklich zu ihres Vetters Manfred Tauffeier zugelassen war, bleibt ungewiß, denn die zahlreichen Bruchstücke verschiedener Familienfeiern, die das Gedächtnis bewahrt, lassen sich nur in seltenen Fällen einem bestimmten Anlaß zuordnen.

Wenn der man bloß durchkommt, sagte Charlotte Jordan, als sie am Sonnabendnachmittag von der Nottaufe kam, die der gefährliche Zustand des Säuglings, eines Siebenmonatskindes, nötig gemacht hatte, und ihren weißen Ladenmantel einfach über das schwarze Kleid mit den durchbrochenen Spitzenärmeln streifte, was nach Nellys Erinnerung noch niemals vorgekommen war. Zu gönnen wär's der Liesbeth, nach all den Jahren. Sonst dreht sie durch, du, da kannst du Gift drauf nehmen.

Nach alldem ist sehr wahrscheinlich, daß Nelly ihre Teilnahme an der regulären Feier durchgesetzt hat, denn interessanter als der neugeborene Vetter Manfred konnte nichts sein. Du beschließt also: Sie durfte als einziges Kind an der Kaffeetafel in Tante Liesbeths engem Wohnzimmer Platz nehmen (alle Wohnzimmer, die Tante Liesbeth je bewohnt hat, waren eng und dunkel), nachdem sie von der Schlafzimmertür her einen Blick auf ein krebsrotes, verschrumpeltes Säuglingsgesicht hatte werfen können. Vetter Manfred, außer Gefahr dank Schwester Marias Aufopferung, die ihn teelöffelweis aufgefüttert hat, war und blieb zart, sehr zart, und einen Kontakt mit Keimen irgendwelcher Art vertrug er durchaus nicht. Verfrüht wäre es, jetzt schon zu beschreiben, was Tante Liesbeth Radde anstellen mußte, um ihren Entschluß zu verwirklichen, ihr Sohn sei ein zartes Kind, und wie sie es fertigbrachte, ihn unmündig zu halten. Doch der Eindruck soll nicht verschwiegen werden, der sich in Nelly festsetzte und mehr als alles andere zu beweisen scheint, daß sie dabei war: Einer Taufe haftet etwas Zweideutiges, Undurchschaubares, dumpf Trauriges, ja sogar leicht Unanständiges an.

Soviel steht fest: Tante Liesbeth hat gestrahlt und gesprüht – Tätigkeiten, oder besser: Zustände, die niemand, der sie später sah, ihr zugetraut hätte. Eine Abnahme an Strahl- und Sprühkraft setzte ein, die man rapide nennen kann und für die als Grund einen einzigen Namen zu nennen – Alfons Radde – doch nicht hinreichend sein mag. Seit kurzem ist der natürlich haltlose Verdacht aufgekommen, daß daneben versuchsweise ein anderer Name stehen könnte – wenn auch in ganz und gar anderem, sogar entgegengesetztem Sinn –, der des Doktor Leitner nämlich, der übrigens, als Tante Liesbeths Hausarzt, an der Familienfeier im engsten Kreis teilnehmen mußte und rechts neben die glückliche junge Mutter placiert wurde, während ihr Gatte, Onkel Alfons, natürlich links von ihr an der Stirnseite der Tafel saß. Ein Arrangement, das Charlotte Jordan (die die Flöhe husten hörte) gleich nicht ganz koscher vorgekommen war, obwohl sie da noch nicht wissen konnte, daß ihre Schwester Liesbeth die Teilnahme des Doktor Leitner gegen den ausdrücklichen Wunsch ihres Mannes durchgesetzt hatte. Dieser nämlich wollte die Feier des Sohnes dazu benutzen, sich seinem Chef, dem jungen Otto Bohnsack (Getreide und Futtermittel), und dessen Gattin Elfriede Bohnsack als Vater, Familienvorstand und Gastgeber zu präsentieren, mit Sammeltassen in der Glasvitrine und einer schlanken Sofapuppe in grün-schwarzem Seidenanzug, die auf der äußersten Ecke eines filetgestickten, hochgradig kunstvollen Kissens balancierte.

Diese Puppe grub sich in Nellys Erinnerung ein, beweist aber nicht, daß die Tauffeier stattgefunden hat, sowenig wie der bemerkenswert gute Streuselkuchen, den Schnäuzchen-Oma zu allen Familienfeiern buk und dessen Butterstreuseldecke Nelly mit leichtem Hebeldruck des Teelöffelstiels vom Hefeteigboden zu lösen wußte, um am Ende mindestens zehn gehortete Streuselquadrate auf einmal essen zu können – eine Angewohnheit, die Charlotte Jordan auf die Frage brachte, ob ihre Tochter etwa ein Genußmensch sei. Angestrengtes Nachdenken darüber, wen sie nach der Bedeutung des rätselhaften Wortes ›Siebenmonatskind‹ fragen könnte, ohne eine Abfuhr gewärtigen zu müssen, hat Nellys Aufmerksamkeit wohl teilweise von den Vorgängen dieses Nachmittags abgelenkt, die aus heutiger Sicht viel verwickelter gewesen sein müssen, als sie ihr damals erschienen. Charlotte Jordan jedenfalls, ihren späteren Andeutungen zufolge, muß alle Hände voll zu tun gehabt haben, damit alles ›einigermaßen im Rahmen‹ blieb, so daß sie sich ausnahmsweise den Charakterfehlern ihrer Tochter kaum widmen konnte.

Der Rahmen war der natürliche Abstand, den ein Mensch besitzt oder nicht besitzt. Jene Zigeunerin, die nach kurzem herrischen Klopfen eintrat, als man schon bei den Likören und Schnäpsen war, besaß ihn leider nicht im wünschbaren Maß; sooft sie sich nämlich in unterwürfiger Weise entschuldigen mochte, sie bestand doch darauf, einzutreten und sich den Kräuterschnaps, mit dem man sie an der Tür abspeisen wollte, erst zu verdienen. Wie das? Durch Weissagung aus den Handlinien der geschätzten Herrschaften.

Das konnte ja nicht gutgehn. Charlottes dringliches Flüstern blieb ohne Eindruck auf die Zigeunerin (die natürlich – es ausdrücklich zu sagen ist wohl überflüssig – in Tante Emmys grünem Schultertuch und mit Tante Emmys Warze auf der Oberlippe auftrat). Daß dieses ganze Theater den Eltern des Täuflings bis zur Verzweiflung peinlich war, verstand Charlotte Jordan auch noch dreißig Jahre später, nachdem die schrecklichsten Auseinandersetzungen und das endgültige Zerwürfnis mit ihrer Schwester Liesbeth hinter ihr lagen und ihr Urteil über sie und ihren Mann nicht mehr von falscher Rücksichtnahme getrübt war. Man war schließlich nicht unter sich, Doktor Leitner war immerhin anwesend, ein wirklich vornehmer Mensch, und vor allem waren Bohnsacks doch noch gekommen, die dafür bekannt waren, daß sie keinen Spaß verstanden, und nach deren Händen dieses Monstrum von einer Zigeunerin natürlich zuallererst grapschen mußte. Sie war ja wenigstens höflich genug, den Bohnsacks Wohlstand und Reichtum weiszusagen – was sie übrigens beides besaßen; aber Kinder nicht, nein, keine Kinder. Und es hätte doch Tante Emmy nicht das Schwarze unterm Nagel gekostet, Frau Bohnsack Kinder zu prophezeien, es hätte deren Stimmung gehoben und auch Alfons Raddes Wut besänftigt.

Tante Liesbeth genierte sich vor ihrem Ehrengast, Doktor Leitner. Ihr Mann konnte sich ihretwegen diese gewöhnlichen Bohnsacks sauer braten lassen. Doktor Leitner nahm hinter seiner feinen Goldrandbrille das Erscheinen einer Zigeunerin vorurteilsfrei zur Kenntnis, stieß auf Tante Liesbeths Wunsch sein Eierlikörglas an das ihre und wurde erst verlegen, als sie die Situation nutzte, ihm zu danken, daß ihr Sohn auf der Welt war; denn dies sei sein Verdienst.

Eine unglückliche Formulierung, fand Charlotte.

Konnte Nelly die Zigeunerin unter vier Augen fragen, was ein Siebenmonatskind ist?

Der fröhlichen Tante Lucie Schicksal war und blieb nichts

und niemand anders als Onkel Walter, der Mann ihres Lebens. Gut zu wissen, auch für Walter. Dem nun wieder, Onkel Walter Menzel, hatte das Schicksal wie jedem rechten Mann seine Arbeit als Lebensziel zugedacht, sein Fortkommen, das für die Zigeunerin auf der offenen Hand lag. Er würde es ihnen zeigen, wohin ein Schlosser es bringen konnte. Meister bei Anschütz & Dreißig zu werden war ja gewiß beachtlich, aber für Walter doch nur der Anfang (womit die Zigeunerin recht hatte, obwohl damals noch niemand wissen konnte, daß Walter Menzel in der gleichen Firma, in die er als Lehrling eingetreten war, zum Bereichsleiter, zum stellvertretenden Betriebsleiter, ja zum Betriebsleiter aufsteigen würde, was ihm im Krieg die u. k.-Stellung einbrachte, da Anschütz & Dreißig dazu übergegangen waren, an Stelle von Landmaschinen irgendwelche verzwickten Einzelteile herzustellen, deren kriegswichtige Bestimmung sogar der alte Anschütz – Gott sei Dank, sagte er – nicht kannte). Selbst Onkel Walter, bei weitem Nellys Lieblingsonkel, kam nicht in Frage als Auskunftsperson über den Begriff Siebenmonatskind.

Dann war ja die Zigeunerin auch schon bei Onkel Alfons Radde, dem Kindesvater, der zu ihr herausfordernd: Na, junge Frau? sagte, was unpassend war. Das Unanständige und Traurige folgte später. – Na, junger Mann? gab sie ihm zurück und betrachtete lange seine linke Innenhand, während er mit der Rechten schnell noch einen Kognak kippen mußte. Bei der Taufe unseres Sohnes lassen wir uns nicht lumpen, in keinster Weise. Später kommt Sekt.

Jaijaijai, junger Mann.

Das sollte eine Wahrsagung sein? Die ziert sich ja wie die Zicke am Strick.

Jewißdoch, sagte die Zigeunerin. Gleich doch. – Es kam aber nichts mehr. Die Zigeunerin hatte Alfons Raddes Hand fallen lassen wie eine heiße Kartoffel, fand Charlotte

Jordan. Kann ja immer auch alles gutgehn, sagte sie bloß noch. Muß aber nicht.

In Liesbeth Raddes Hand wollte sie erst gar nicht blicken. Die drückte sich nur mit ihren beiden schrumpligen Händen und sagte, was ja jedermann wußte: Ihr Schicksal war das Kindchen nebenan, das groß und gesund und stark werden wird, und schön und begabt dazu.

Hören Sie das! rief Tante Liesbeth aus, sprühend schon wieder, und machte Miene, Doktor Leitner um den Hals zu fallen, der sie allerdings zur Besinnung brachte, indem er heftig an seiner Brille rückte. Daß ein Mann erröten konnte, hätte Nelly nicht gedacht. Dadurch schied auch Doktor Leitner, zu dessen stillem, vornehmem Wesen Nelly ein Zutrauen gefaßt hatte, aus der Reihe möglicher Ratgeber zum Problem Siebenmonatskind aus.

Er wollte der Zigeunerin nicht erlauben, ohne Weissagungen an ihm vorüberzugehen. Auch er habe, obwohl hier allerdings Gast, immerhin ein Recht auf ein Schicksal. Oder nicht?

Jesses Kochanni. Beschrei es nicht, mein Sohn.

Vetter Manfreds Taufe fiel in den Frühherbst des Jahres 35. Es war der allerletzte Monat, in dem Otto Bohnsack (Getreide und Futtermittel) es sich, nach einigem Zögern, nach Beratung mit seiner Frau, leisten konnte, sich mit einem Juden an einen Tisch zu setzen. (Du wirst doch vermerkt haben, daß Doktor Leitner Jude war?) Nun sagte also die Zigeunerin du zu ihm, und Nelly entschied bei sich, daß es nicht unpassend war. Nein.

Gutgut, sagte die Zigeunerin weiter zu Doktor Leitner. Gar nicht so dumm bist du, auch beinah weitsichtig, könnte man sagen.

Was meinen Sie, gnädige Frau?

In allem Ernst sagte Doktor Leitner ›gnädige Frau‹ zu der Zigeunerin, auch das war nicht unpassend. Keiner lachte.

Ach du mein Sohn. Was werd ich schon meinen. Junggeselle bist doch. Bist und bleibst es. Unverheiratet, unbeweibt, ungebunden. Kannst kommen und gehen, wie du willst und mußt. Verstehst das?

Wenn aber einer gar nicht gehn will, liebe gnädige Frau?

Ach du heilige Mutter Gottes. Bist noch recht jung. Will und will – so redet die Jugend. Wirst wollen, eines Tages. Wirst gehn. Unstet werden. Wirst gehen wollen müssen. Wirst dir die Sorgen um Nachkommenschaft aus dem Kopf schlagen. Was soll Ahasver, der durch die Welt irrt, mit Weib und Kind.

Schluß! sagte endlich Alfons Radde. Schluß mit dem Blödsinn.

Nelly muß noch ihren Anteil an der Prophezeiung gefordert haben. Richtig: Sie muß bei Vetter Manfreds Taufe gewesen sein, denn niemals vergaß sie, was das alte Weib, das ernsthaft und gründlich ihre Handlinien studierte, ihr weissagte: Nun sieh einer das Marjallchen. Du sei mir man ganz ruhig. Da kann man ganz ruhig sein. Du bist in einer Glückshaut geboren, weißt das? Dir wird kein Haar gekrümmt werden. So war es. Zweideutig, undurchschaubar, unheimlich. (Und alles ist eingetroffen. Oder etwa nicht!)

Zuletzt wurde es noch unanständig. Die Zigeunerin nahm am Ende der Tafel auf ihrem Sitzkissen Platz und entließ alsbald Töne, die nun wirklich nicht hierhergehörten. Das fanden alle, und Charlotte Jordan sprach es aus. Alles muß schließlich im annehmbaren Rahmen bleiben.

Jaja, sagte die Zigeunerin. Mit der Verdauung immer. Haben tut sie ja jeder, aber wer gibt es schon zu?

Tante Emmy trieb es wie immer ein bißchen weit – Charlotte Jordan hat mit den Jahren manches milder betrachten gelernt –, aber an jenem Nachmittag war wirklich nicht sie das Schlimmste. Der ganze Nachmittag, die ganze Feier fand auf des Messers Schneide statt. Beide Eltern des Täuflings laden sich Ehrengäste ein, von denen nicht zu ahnen ist, wie sie aufeinander reagieren werden.

Eine Familie, sagt H. (ihr seid, immer noch auf der Landstraße, immer noch unterwegs nach L., heute G., auf Vetter Manfred zu sprechen gekommen), eine Familie ist eine Zusammenrottung von Menschen verschiedenen Alters und Geschlechts zur strikten Verbergung gemeinsamer peinlicher Geheimnisse. Lenka gefällt der Ausspruch, obwohl sie ihm nicht zustimmen kann. Oder welches wären die Geheimnisse, die ihre Eltern ihr vorenthalten? Du siehst: Auch H. überlegt. (Das Geheimnis, kein Gesprächsgegenstand zwischen euch, existiert. Es wissen und annehmen.) Lenka, in diesem mühseligen Alter zwischen Kindheit und Erwachsensein, will nicht mit fremden und kann nicht ohne eigene Geheimnisse leben. Sie hofft und fürchtet zu gleichen Teilen, daß man auch von den Nächsten nicht ›das Letzte‹ wissen muß. – Nicht alles, sagst du, was man für sich behält, ist ein Geheimnis. – Woran man das Geheimnis dann erkennt. – An dem Druck, sagst du, den es auf dich ausübt. Dabei fällt dir auf, wie stark sich Familiengeheimnisse von einer zur anderen Generation verändern.

Doktor Leitner soll seine Praxis genau über der Wohnung von Tante Liesbeth gehabt haben, in der Innenstadt, das Haus wird ja abgebrannt sein. (Nachtrag von der Reise: Es ist abgebrannt; derjenige Teil der Straße, zu dem es gehörte, ist mit einer Doppelzeile neuer Wohnhäuser bebaut, in deren Erdgeschoß große Schaufenster Elektrowaren, Kühlschränke, Waschmaschinen, Küchenherde präsentieren.) Vor der sogenannten Machtübernahme war es also im wahrsten Sinn des Wortes naheliegend, daß Tante Liesbeth eben diesen Arzt konsultierte und keinen anderen: Wir hatten nichts gegen Juden. Nach außen hin mag ihre spätere krankhafte Abhängigkeit von Ärzten noch verdeckt gewesen sein, und die gelegentlichen Wutanfälle ihres Mannes disqualifizieren nur ihn, nicht sie. Die Wutanfälle häuften sich natürlich nach den ersten offiziellen Maßnahmen gegen die Juden, aber Tante Liesbeth blieb ihrem Arzt treu. Das wäre ja noch schöner, hat sie wahrscheinlich in ihrem unnachahmlichen Tonfall gesagt, gegen den ihr Mann einfach nicht aufkam – auch später nicht, als sie schon nervös, sehr nervös geworden war – und gegen den er nur anbrüllen konnte, ohne Erfolg.

Wie nun im einzelnen am 1. April des Jahres 1933 der fällige Boykott der SA gegen die Arztpraxis des Juden Jonas Leitner durchgeführt wurde – darüber wußte auch Charlotte nicht Bescheid, hatte ihre Schwester also nicht befragt. Am wahrscheinlichsten: Der SA-Doppelposten hat sich unten vor der Haustür postiert, neben dem weißen Emailleschild, und hat diejenigen Personen, die Einlaß begehrten, ohne sich als Hausbewohner ausweisen zu können, daran gehindert, ihren arischen Körper einem Nichtarier auszuliefern. (Nicht registriert ist natürlich, ob auch nur ein einziger Patient an jenem Tag versucht hat, den Doktor Leitner aufzusuchen. Vermutung: Die beiden SA-Männer standen arbeitslos herum und langweilten sich.) Vielleicht hatte Leitner einfach seine Praxis geschlossen und war, was er gerne tat, die zwei D-Zug-Stunden in die Reichshauptstadt gefahren, wo man noch Hotelzimmer an Juden vermietet haben soll und wo er mit Vorliebe am Theaterleben teilnahm. (Wie du diesen Mann, den du bewußt niemals gesehen hast, inzwischen zu kennen glaubst, hat er, im Zug sitzend, etwas wie ein vertracktes Lächeln aufgebracht bei der Vorstellung, daß nun zwei stramme SA-Männer den ganzen Tag lang seine leere Wohnung bewachen mußten.)

Liesbeth und Alfons Radde sind ja dann sehr bald nach der Taufe von Manilein umgezogen, und zwar in die Ludendorffstraße, in ein Eckhaus jenseits des Stadtparks. Genau wußte keiner, warum. Größer war die Wohnung kaum, drei kleine Zimmer. Und dunkel, wie gesagt. Alfons hatte es sogar ein Stück weiter zum ›Geschäft‹ (so pflegte er Otto Bohnsacks dreckigen Getreidehof nun mal zu nennen).

Doktor Leitner hat ja noch lange nicht daran gedacht, unstet zu werden, wie die Zigeunerin es ihm nahegelegt hat. Er ist schon zehn Jahre hier. Es gefällt ihm soweit ganz gut, die Stadt ist nicht schlechter als andere Städte, auch nicht besser. Nicht alle Leute grüßen ihn noch, die ihn früher gegrüßt haben. Es gibt aber einige, die es beibehalten haben, sogar in der Öffentlichkeit. Doktor Leitner zieht den Hut vor jedem Bettler; aber wenn er von ferne spürt – und er spürt es –, daß einer, der ihn zwar kennt, der vielleicht sogar abends mal in seine Sprechstunde schleicht, ihn am hellerlichten Mittag vor allen deuten und vor den weißen Schwänen im Stadtpark nicht grüßen möchte, dann nimmt er rechtzeitig seine Goldrandbrille ab, dreht sich zur Seite und putzt die Brille lange mit seinem Batisttaschentuch. Oder er stellt sich an den Rand des Teiches und wirft den Schwänen und Enten Weißbrotbrocken zu, die er in einem Beutelchen bei sich hat. Doktor Leitner besitzt, was man Herzenstakt nennt. Übrigens kommt es vor, daß ihn plötzlich einer wieder grüßen will, der lange weggesehen hat. Dann zieht Doktor Leitner – so stellst du ihn dir vor –, der auch das spürt, freundlich als erster den Hut.

Der Stadtpark, hat man euch erzählt, sei im allerbesten Zustand. (Er ist es.) Ihr werdet ihn bald aufsuchen müssen, da man euch im Hotel am Bahnhof bedeutet, daß ihr das Zimmer nicht vor sechzehn Uhr beziehen könnt, und man bei dieser Hitze nicht lange durch die Straßen laufen kann. Eine schattige Bank im Stadtpark schwebt Lutz und dir vor. (Daß die Sonne früher ganz anders schien als heutzutage, scheint belegt durch aller älteren Leute Erinnerung. Jetzt aber zeigte sich: Anderwärts hat sie ihre Qualität behalten. Es erfüllte dich merkwürdigerweise mit Genugtuung: Kaum

113

hatte man die Oder hinter sich, da gab es wieder den Kindheitssommer, den du für unwiederbringlich dahin hieltest: Den vor Hitze knisternden, trockenen, kontinentalen Sommer, von dem du von alters her etwas verstandest und an dem du jeden anderen Sommer seitdem unwillkürlich gemessen hast.)

War es denn möglich, daß dir all die Jahre über nicht ein einziges Mal die Trauerweide hinter Café Voley erschienen war? Ihr Anblick versetzte dir den Stoß, den du nicht an diesem Ort, eigentlich gar nicht erwartet hattest. (Lenka, sattelfest in den Märchen aller Völker, zitierte auf Verlangen sofort den Spruch des getreuen Heinrich, aus dem du nur die eine Zeile brauchtest: Es war Reif von meinem Herzen . . . Warum? fragte sie. – Nur so.)

Was blieb dir zu wünschen: Hier, im Halbschatten unter dieser Weide, die du immer für den schönsten Baum auf der Welt gehalten hast, hinter dir das verfallende ehemalige Café Voley, im Ohr das Plätschern der Cladow, die natürlich sehr wenig Wasser führt. Sitzend auf den immer noch gleichen Planken derselben Bank, auf der – das stellst du dir vor – Liesbeth Radde und Doktor Leitner mittags manchmal für kurze Zeit gesessen haben.

Zwar konsultiert sie den Doktor Leitner nun nicht mehr, Tante Liesbeth. Ihr Mann hat es ihr schließlich doch untersagt. Doktor Leitner versteht ihren Mann ganz gut und betrachtet freundlich das Kind. Eines Tages, das spürt er schon, wird er doch unstet werden müssen, Jonas Leitner, Gott sei Dank noch rechtzeitig.

Zwei, drei Briefe wird er aus Amerika an Tante Liesbeth schreiben, nichtssagenden Inhalts, der sie nicht politisch kompromittieren kann. Sie wird unverfängliche Postkarten schicken, auf denen womöglich Schwanenteich und Trauerweide zu sehen sein werden.

(Auch heute kann man am Zeitungskiosk neben dem Eingang zum Stadtpark Postkarten mit Motiven des Parks erwerben, und das tust du auch.)

Ja. Wie auch immer Doktor Leitner nach dem Krieg die neue Adresse seiner früheren Bekannten Liesbeth Radde herausgefunden hat – über den Suchdienst des Roten Kreuzes vermutlich –: Daß sich Manfred Radde im Alter von elf, zwölf Jahren (gesund war er, aber doch immer noch zart, sehr zart), in der gröbsten Hungerzeit, in Magdeburg an der Elbe mit Milchpulver, Kakao und Büchsenfleisch nähren würde, die in Paketen über den Großen Teich kamen – dies hätten sie alle beide, Liesbeth Radde und Jonas Leitner, im Sommer des Jahres 1936 nicht gedacht.

Das hätte nicht einmal Tante Emmy gedacht, obwohl sie sagte und – was mehr bedeutet – daran glaubte, daß dem lieben Gott kein Ding unter der Sonne unmöglich ist. Unter einer Sonne wie dieser allerdings, die, statt zu ermatten, das Lebensfieber anstachelte und den Schleier zerriß, der sich unbemerkt, daher unaufhaltsam Jahr für Jahr verdichtet hatte und (bei unverändertem klinischem Augenbefund) das Sehen behinderte. Dieses Ereignis – die Wiedergewinnung der vollen Sehkraft –, das vielleicht das wichtigste der ganzen Reise war, begab sich während der halbstündigen Rast vor Witnica (früher Vietz) – von Słubice 44, von Kostrzyn 21 Kilometer entfernt –, am Rande der Straße nach G., die, ohne Hauptverkehrsstraße zu sein, in vorzüglichem Zustand ist. Es war ja übrigens deine Erinnerungsstrecke: Linker Hand, gen Norden, der teils sanft und kuschelbewachsen, teils in sandigen, gelb-ockerfarbigen Brüchen steil abfallende Saum der Endmoräne, rechter Hand die Bahnlinie und gleich hinter ihr Sumpfland und Weidengebüsch, das den Fluß leider oder glücklicherweise noch verdeckte. Unerwartet der Anfall von freudigem Heimweh, ein paradoxes Gefühl aus entgegengesetzten Bestandteilen. Du erklärtest, Durst zu haben, und bestandest auf Rast. H., der während

115

dieser ganzen Fahrt nicht ein einziges Mal mit dir zu handeln suchte, hielt sofort im Schatten eines der den Straßenrand säumenden schiefen Kirschbäume.

Den Feldweg hin bis zum Weidengebüsch waren es ein paar Schritte. Jenseits der Straße flaches Feld – Futtergetreide – und rechts die kleine Häusergruppe. Lenka, die aus der roten Thermoskanne kalten Tee mit Zitrone trank. H. und Lutz, die das Auto umwanderten und mit den Schuhspitzen prüfend gegen die Reifen stießen. Dies war der Augenblick: Du konntest wieder sehen. Farben, Formen. Die Landschaft, wie sie aus ihnen gemacht ist. Neben der Freude der Schrecken darüber, was man verlieren kann, allmählich, ohne es zu vermissen. Es überwog die Heiterkeit.

Sie wurde, als gute Laune, gebührend bemerkt.

Wie es ihnen denn nun gefiel.

Nicht übel, sagte H. Lenka, an diesem Tag zu Konzessionen bereit, sagte großmütig: Einwandfrei.

Sie erinnert sich nicht daran. Daß sie aus der Kanne getrunken hat, wird sie nicht bestreiten, es ist durch das Foto belegt. Du hast es schon mit der zweiten Generation von Fotos zu tun; unaufhörlich geht die Zeit in Vergangenheit über und bedarf der Anhaltspunkte, des belichteten Zelluloids, der Schriftzüge in vielerlei Papieren, der Notizbücher, Briefe, Ausschnittmappen. Immer muß ein Teil des heutigen Tages dazu herhalten, den gestrigen im Gedächtnis zu befestigen. Du weißt – aber ist dir klar, was du da weißt? –: Dein Unterfangen ist aussichtslos. Niemals, jedenfalls lebend nicht, kann einer erreichen, was er vielleicht insgeheim anstrebt: Die Zeit im gleichen Augenblick durch Beschreibung verewigen, in dem sie schon vergeht: vergangen ist. Wie aber – da man doch seinen Tod nicht wünschen kann – sollst du wünschen, die Zeit stünde still? Zwischen zwei Unmöglichkeiten, wie immer, der banale Weg des Kompromisses: Einen Teil des Lebens – aber eben nicht das ganze – opfern,

sich abfinden mit den unvermeidlichen Lücken der Bericht-
erstattung, mit den Notbehelfen. Stufen, die man in den un-
bezwungenen Berg schlägt und an denen die Erinnerung
sich zurücktasten kann.

So ist es wahrscheinlich, daß dieser trübe, kaltnasse Sonntagvormittag, an dem du diese Seite schreibst, dir erinnerbar
bleiben kann: Nicht wegen des nassen Silberglanzes auf dem
Stamm der Fichte vor deinem Fenster, nicht wegen der dünnen wäßrigen Schneedecke drüben unter den Birken oder
wegen der schwarzen Amseln, die unter dem Schnee im alten Laub wühlen; vielleicht auch nicht wegen der Nachricht,
daß, eine Stunde nach dem Inkrafttreten des Waffenstill-
standsabkommens in Vietnam, südvietnamesische Regie-
rungsflugzeuge die Straße nach Saigon heftig bombardiert
haben. Sondern allein wegen der merkwürdig lustvollen Anstrengung, die aufzubringen ist, um jene Stunde auf der
Bank unter der Trauerweide, die nun eineinhalb Jahre zurückliegt, so zu schildern, als säßest du jetzt dort, in der Mit-
tagshitze, im Stadtpark; und zugleich so, als sei diese Stunde
eine von vielen, an die man sich gleichzeitig erinnern kann,
so daß man weiß, wohin jede von ihnen gehört.

Überzahl der Bilder, die teils von außen hereinstürzen, teils
von innen aufsteigen, im Halbtraum. Rot grün blau gelb.
Glühbirnen. Ketten von bunten Glühbirnen, die hängen
über der Eisbahn, in schönen Bögen. Die billigsten Farben
der Welt, Bonbonfarben, die Nelly, wenn sie vor dem
schwarzen Winterhimmel plötzlich aufsprangen, diesen
Stich beibrachten, Entzücken oder Schmerz, den du nie
wieder bei Farben gefühlt hast, nie wieder fühlen wirst.
Freude, das ja, Andacht sogar, Bewunderung, Lust. Aber
was ist das alles gegen dieses mächtige Signal: ROT GRÜN
BLAU GELB, an das sich sogar die Eisbahnschallplatten-
musik halten mußte: Ali, Holzbudenwirt, Schlittschuhver-
leiher, Heißgetränkhersteller, verließ auf der Stelle die The-

ke und legte ›Hörst du mein heimliches Rufen‹ auf, und die besten Läufer formierten sich zum großen äußeren Kreis und umrundeten in herrlichen Holländerschwüngen die Eisbahn, als wäre es nichts, und wußten um die Welle von Bewunderung und glühendem Neid, die ihnen vom Innenkreis her, wo man auf den Schlittschuhen herumfuhrwerkte, entgegenschlug. In den letzten zwei Jahren war Nelly unter den Läufern im Außenkreis, und es gab nur wenige Dinge, die sie für diesen Holländerwalzer unter den Glühbirnenschnüren nicht hergegeben hätte. Eine dumme Sehnsucht danach bleibt, nicht totzukriegen, die – albern oder nicht – ausgerechnet an diesem Hitzetag, so nah dem Ort ihres Ursprungs, sich melden muß.

Allerlei Leute gehen heute durch den Park. Eine junge Tante Liesbeth, Kinderwagen schiebend, würde nicht so übel hierherpassen. Ein Gedanke, der zu Lasten der Hitze geht, der Halbschlafmüdigkeit. Tante Liesbeth muß in jener westdeutschen Stadt hocken, ihrem Mann – wiederum Expedient bei der verlagerten Firma Otto Bohnsack, Getreide und Futtermittel – mit vielfältigen hysterischen Krankheiten das Leben vergällen. Die beiden blondzopfigen Mädchen neben dir auf der Bank, die sich ihre Geheimnisse zuflüstern, weil sie nicht wissen können, daß du kein Wort ihrer Sprache verstehst, würden sicher gleich aufstehn, wenn eine Frau mit Kinderwagen sich niederlassen wollte; würden – wie eben jetzt – untergehakt und kichernd über das Brückchen aus rohen Birkenstämmchen davongehen und den strengen Alten in schwarzer Jacke, mit schwarzem Hut überholen. Tante Liesbeth würde neben dir Platz nehmen ... und weiter darfst du es selbst im Halbschlummer, selbst im Traum nicht treiben, denn niemals mehr wird Tante Liesbeth neben dir auf einer Bank sitzen, du wirst sie niemals mehr sehen, obwohl sie lebt (›Man soll nie nie sagen!‹), das ist so gut wie sicher. Sie wird aufhören, zum

Trauersonntag ihr Grabgebinde für das Grab ihrer Schwester Charlotte zu schicken, die an jenem glutheißen 10. Juli des Jahres 1971 bald drei Jahre lang tot ist.

(Verfestigung der Personen; das Schrumpfen ihrer Möglichkeiten – oder ihrer Illusion von Möglichkeiten, die sie niemals besessen hatten. Und ausgerechnet eine einzige, ausgerechnet Seine Majestät das Ich soll davon unbetroffen bleiben? Verräterisches Gefühl von Unverletzlichkeit; Romangefühl.)

Dort, wo am Schwanenteich das Liebespärchen hockt, dort oder doch ganz in der Nähe hat Bruno Jordan einmal einen Rausch ausgeschlafen. Dieser Rausch wurde – ganz im Gegensatz zu anderen Räuschen vor- und nachher – für wert befunden, in die Familienlegende einzugehen, zusammen mit dem Ausspruch (der allerdings von Tante Liesbeth Radde stammen muß): Für Charlotte hat es ein Kavalier sein müssen, unter dem tat sie's nicht. Du hast dich also zu fragen, warum Nellys Mutter – als Fünfundzwanzigjährige erste Buchhalterin in der Käsefabrik Mulack – auf einen Kavalier aus war. Wer sie nur in ihrem weißen Ladenmantel gekannt hat, wie sie vor keiner Arbeit zurückschreckte, wie sie Zuckersäcke ins Lager zog, Heringe abpackte, den Fußboden mit IMI-Lauge scheuerte – der wird sich bloß wundern, weiter nichts. Wenn man aber gegen ihren Charakter – der stolz und unbeugsam war – die Umstände hält, auf die er stieß: Nicht nur die Armut. Nein: die Demütigung auch ...

Zum Beispiel die Episode vom Fußfall. Nelly konnte es nicht vertragen, wenn Charlotte – selten genug übrigens – auf sie zurückkam. Aber Charlotte möchte, daß endlich jemand sich vorstellt, was ein Kind empfindet, welches die Mutter kurz vor Weihnachten sauber schrubbt, dem sie, wie auch seinen Geschwistern, die Haare bürstet, um als ordentliche und vertrauenswürdige Familie vor dem Herrn Eisenbahnoberinspektor Witthuhn zu erscheinen: jenem Mann, der die Macht hatte, Hermann Menzel, Schnäuzchen-Opa, vor dem Fest noch auf die Straße zu setzen oder ihn weiter in seinem Knipserhäuschen die Fahrkarten knipsen zu lassen. Frau Auguste hatte jenem Herrn schluchzend zu versprechen, ihr Mann werde hinfort nur nüchtern, stocknüchtern zum Dienst erscheinen; die Kinder aber hatten auf ein Zeichen ihrer Mutter vor Herrn Inspektor Witthuhn stumm in die Knie zu sinken.

Die Tochter will der Mutter wohl glauben, daß sie ihrem Vater diese Szene nie vergessen konnte. Doch reden will sie mit ihr darüber nicht. Es gehört sich nicht, spürt sie, daß sie die Scham des Kindes nachempfindet, das später ihre Mutter werden soll.

Andererseits, wenn von glücklicheren Vorfällen die Rede ist, muß sie ihren brennenden Neid verstecken, daß es Zeiten gegeben haben muß, an denen sie nicht teilhatte. Da warst du einfach noch nicht da – das ist schnell behauptet, doch schwer zu begreifen. Wo, wo konnte sie denn gewesen sein? – Jeder Mensch ist zuerst nicht da, befindet Frau Elste, bis seine Eltern heiraten. – So ist es also denkbar, daß zwei Eltern sich gar nicht treffen, auch nicht heiraten und einem bestimmten – zum Leben bestimmten – Menschen die Möglichkeit, auf die Welt zu kommen, einfach entgeht? – Dummchen! So was passiert alle Tage. Nimm doch bloß mal die vielen Kinder, die nicht geboren werden konnten, weil ihre Väter als junge Soldaten gefallen sind. – Was denken die Kinder, die nicht geboren werden? – Aber nichts! – Nichts? – Begreif doch endlich: Was nicht da ist, kann auch nicht denken, nicht fühlen, überhaupt nichts.

Das war nun das Trostloseste, was man ihr hätte mitteilen können. Nelly mußte ernste Vorkehrungen treffen, daß sie nicht davon vernichtet wurde. Sie sah ein, daß sie ihre Phantasien nicht jede Nacht an den Punkt treiben konnte, wo sie selber in Gefahr kam, in den Großen Teich zurückzusinken.

Es war mehr als eine einfache Gesetzesübertretung, das spürte sie genau. Es war ein ernster, vielleicht der ärgste Frevel, sich Nacht für Nacht die Rückführung aller ihrer Körperteile ins Nichts vorstellen zu müssen und dabei in Kopf und Gliedern jenes flimmernde Kreisen zu empfinden, das durchaus nicht nur lästig war, sondern je schneller es wurde, recht schön. Recht süß, recht wonnevoll, recht verlockend.

Den Knall, würde sie ihn noch hören, der sie sprengen mußte, ließe sie sich nur um ein winziges schneller kreisen?

Das Risiko war zu groß. Eines Abends drohte sie sich selber damit, daß sie sich am nächsten Tag ein Bein brechen werde – wovor ihr schauderte, das Krachen der Knochen! –, wenn sie nicht aufhören würde mit dem Spiel. Gegen Gedanken konnten nur andere Gedanken helfen. Wenn es den Kitzel der Selbstzerstörung gab, gab es doch auch die Wonne der Selbsterschaffung. Es gab eine Zauberkette, deren einzelne wunderbare Glieder der liebe Gott persönlich zusammengefügt hatte, um eines schönen Tages ein Kind aus dem Großen Teich zu ziehen, an dem ihm anscheinend wirklich gelegen war und das sie dann Nelly nannten. Für eine Person, die ihm gleichgültig gewesen wäre, hätte er sich kaum die Mühe gemacht, zwei schier endlose Reihen glücklichster Zufälle so geschickt miteinander zu verknüpfen, daß sie in ein Wunder mündeten.

Der liebe Gott scheute sich nicht, dem großen Wunder eine Anzahl kleinerer vorauszuschicken. Denn ein Wunder war es, das sagte Bruno Jordan selbst, daß er vor Verdun aus dem Schlamassel gekommen war; daß Wildfremde, Handlanger der höheren Absicht in verdreckter Soldatenuniform, den Vater, der noch kein Vater war, aus seinem eingestürzten Unterstand herausbuddelten, in dem er bewußtlos lag; daß sie ihn ins Lazarett schleppten, so daß er zwar Teile seines Erinnerungsvermögens, nicht aber sein Leben verlor;

daß auch seine beiden Ausbruchsversuche aus der französischen Gefangenschaft zwar mit seiner Ergreifung, mit Hungerkarzer, nicht aber mit seinem Tode endeten. Und daß er auch die erste Erbsensuppe, die im ›Weinberg‹-Saal an die verhungerten Heimkehrer ausgegeben wurde, überlebt hatte – qualvoll würgend zwar, in der Angst, sein letztes Stündlein habe geschlagen, doch überlebt. (Immerhin war er, zweiundzwanzig Jahre alt und um seine beste Jugend betrogen, bei seiner ersten Heimkehr kenntlich für seine Angehörigen; bei seiner zweiten, achtundzwanzig Jahre später, war er es nicht.)

Die Aufgabe war: Diesen geretteten Soldaten, der als kaufmännischer Angestellter in das Kontor einer Großhandelsfirma eintritt, sich ein Spazierstöckchen mit Elfenbeingriff zulegt und einen runden Strohhut, Kreissäge genannt, und so angetan in den Lokalen der Stadt erscheint (›flott‹, das war das Wort, das auf ihn paßte, er hat es oft benutzt, sich selber zu beschreiben), von dem Versuch besessen, seine verpaßte Jugend doch noch zu erwischen, als sei sie ein D-Zug, den man mit einem guten Rennauto einholen könnte – die Aufgabe war, diesen Menschen mit einer gewissen Charlotte Menzel zusammenzubringen: unverheiratet, fünfundzwanzig, erste Buchhalterin, bekannt für Tüchtigkeit und eiserne Grundsätze. Ein schönes Stück Arbeit. Nelly, die sich die Geschichte von ihrem glücklichen Ende her erzählen kann, kichert in ihrem Bett: Schlauer hätte sie selber es auch nicht einfädeln können.

Bruno Jordan tritt in die Ruderriege ein. Dort muß er sich mit einem gewissen Gustel Stortz befreunden, der beim Katasteramt arbeitet und ein fideles Haus ist; dieser wiederum hat, wenn auch nur flüchtig (flüchtig! darauf kam es an!), die Mieze Heese zu kennen – ein gerissenes Stück, katholisch übrigens, daher falsch –, die zweite Buchhalterin bei Alfred Mulack ist, wenn auch nicht mehr lange, weil sie dem Juniorchef nachstellt, der allerdings schon ohne sie auf die schiefe Bahn geraten ist. Jedenfalls: Ihren fünfundzwanzigsten Geburtstag kann sie noch ganz groß feiern, Gott segne sie, Mieze Heese, falsch, wie sie war, intrigant, scharfzüngig, mannstoll und so weiter. Zwei Tischherren benötigt sie noch: Ihren flüchtigen Bekannten, den Gustel Stortz, der versprechen muß, seinerseits irgendeinen seiner Freunde mitzubringen, einen x-beliebigen – so lautet die Formel –, wenn er bloß tanzen kann. Bruno Jordan. Den, wohlgemerkt, das Geburtstagskind nicht von Angesicht, nicht einmal mit Namen kennt. (Auch Paule Madrasch wäre durchaus in Frage gekommen, Sparkassenangestellter, der auffallenderweise gerade an jenem Abend ›unpäßlich‹ ist.) Bruno Jordan, den Mieze ihrer eingebildeten Kollegin Charlotte als Tischherrn zuweist, welche sie anstandshalber hat einladen müssen, obwohl sie ihr gestohlen bleiben konnte.

Man kann wohl sagen: Das Gröbste war getan, und der liebe Gott konnte sich eine Pause gönnen.

Bruno Jordan kam als Kavalier gekleidet, in Frack und Klack. Er brachte der Gastgeberin Rosen, er stand auf, wenn seine Tischdame sich erhob, er schob ihr den Stuhl zurecht, wenn sie sich zu setzen wünschte, und er legte ihr von den Salaten vor. Er tanzte häufig mit ihr, und er wußte sich nach dem Tanz zu verbeugen. Dies alles muß Balsam auf ihre Seele gewesen sein, die – stolz, aber nicht unverwundbar – sich geschworen hatte: Alles kann er sein, bloß kein gewöhnlicher Mensch. Noch als Betrunkener – denn das war er gegen Mitternacht – muß er eine erträgliche Figur gemacht haben, wenn auch der selbstgemachte Johannisbeerwein ihm glatt die Beine wegschlug, als er an die frische Luft trat. Doch bestand er darauf, seine Dame zu begleiten.

Erstaunlich, daß sie sich bringen läßt. Doch dem lieben Gott, der weiß, was er will, ist kein Ding unter der Sonne unmöglich. Auch unter dem Mond kein Ding. Der scheint ja auf die Steinbalustrade vor dem Haus Küstriner Straße 95, die du im Vorbeifahren besichtigt hast, denn es steht alles noch: die Balustrade, dahinter der kümmerliche Vorgarten mit Buchsbaum und Rhododendron, das Haus selbst. Der Torweg, durch den es zur Mulackschen Käsefabrik geht, welche sich auf dem Hof befunden hat. Auf dieser Balustrade also setzt Charlotte Menzel in einer warmen Juninacht des Jahres 1925 ihren, gelinde gesagt, angetüterten Tischherrn ab, peest selber zur Haustür, die sie eilig auf- und hinter sich wieder zuschließt, rast die Treppe hoch (erster Stock), schließt, wieder brandeilig, die Wohnungstür auf und zu, schleicht leise, aber so schnell sie kann, den Flur entlang zu ihrem Zimmer, stürzt ans Fenster, blickt hinunter und sieht – na? (Nelly muß unter die Decke kriechen, um ihren Bruder nicht durch lautes Kichern zu stören.) Na? Was sieht Charlotte? – Nichts. Kein Bruno auf der Balustrade. Der blanke bleiche Mondschein streicht über die Steine. Sonst nichts. Bis an ihr Lebensende wird Charlotte sich nicht erklären können, wohin ihr Tischherr so schnell geraten ist. Und auch er, Bruno Jordan, wird es ihr nie erzählen können. Denn es beginnt – Nelly glaubt es, o ja, brennend glaubt sie es – die zweite Erinnerungslücke im Leben ihres Vaters. Sie umfaßt den Zeitraum von fünf Stunden und dreißig Minuten, denn Punkt sechs Uhr dreißig beginnt zur Sommerzeit im Stadtpark der Dienst der städtischen Parkwächter: Abfälle einsammeln, Wege harken, Papierkörbe leeren, Verbotsschilder aufrichten und so weiter. Derjenige, welcher an jenem Morgen fünf Meter vom Rand des Schwanenteiches entfernt auf eine Wasserleiche stieß, war Parkwächter Nante, Nante mit der roten Neese, Suffkopp Nante, der mit erhobener Schaufel unter die Leute stürmt, wenn er seinen Namen rufen hört: So jedenfalls wird Nelly ihn kennenlernen, die fürs erste noch mehr als dreieinhalb Jahre im Großen Teich schwimmen muß. Nante aber, welcher es für seine

Pflicht gehalten hat, den offenbar Ertrunkenen wenigstens probeweise an der Schulter zu rütteln, sieht mit einigem Entsetzen die junge Wasserleiche sich erheben, zum Teichesrand gehen, um sich Gesicht und Hände zu waschen und das Haar glattzustreichen, auf das dann akkurat die Kreissäge zu sitzen kommt, die der verdatterte Nante dem Auferstandenen zureicht, wofür ihm, da Hartgeld nicht zur Verfügung steht, eine angebrochene Schachtel JUNO in die Hand geschoben wird. – Un ick dacht, du wärst 'ne Leich, soll der arme Nante im ersten Schrecken mehrmals laut vor sich hin gemurmelt haben. Er war ein gänzlich uneingeweihter Handlanger der höheren Absicht.

Nun aber kommt überhaupt erst das Wichtigste. Um sieben Uhr dreißig, als Charlotte Menzel ihr Büro betritt, klingelt auf ihrem Schreibtisch das Telefon. Es meldet sich ihr Tischherr von heute nacht und wünscht mit klarer, flotter, ausgeschlafener Stimme einen recht schönen guten Morgen. Wie es sich gehört. Bedankt sich für den wunderschönen Abend, den sie ihm gewidmet hat. Und stellt dann die Frage, die – wenn man den Ton bedenkt, in dem Charlotte sie über die Jahrzehnte hin wiederholt hat – alles entschieden haben muß: Wo, glauben Sie, Fräulein Menzel, habe ich heute nacht geschlafen?

Etwas Unwiderstehliches war an dem Menschen, das fand auch seine künftige Schwiegermutter, Auguste Menzel, Schnäuzchen-Oma, die mit den beiden Verlobten und dem Hund Schnäuzchen (einer Art Verlobungsgabe des Käsefabrikanten Alfred Mulack, dem ein Geschäftsfreund vom Balkan dieses für ihn unverwendbare Tier mitgebracht hatte) vierzehn Tage im Ostseebad Swinemünde verbrachte, wo ihr Schwiegersohn, der die kleine rundliche Frau um mehr als Haupteslänge überragte, sich vor Strandkörben mit ihr fotografieren ließ, in der linken Hand schon wieder die Kreissäge, den rechten Arm frank und frei um ihre Schulter gelegt. Dieses Foto hat Nelly irritiert, sooft sie es betrachtete. Es war dieselbe Irritation, die sie von den Märchenschlüssen her kannte, wenn sich der Befriedigung, daß alles sich so wohl gefügt, daß man sich nach Aufregungen und ausgeklügelten Prüfungen in die Arme gesunken war, doch, kaum eingestanden, ein kleines bißchen Enttäuschung beimengte, spätestens bei der Schlußbemerkung: Und wenn sie nicht gestorben sind, so leben sie heute noch – die, ehrlich gesagt, doch ein wenig trocken, schal und nichtssagend war. Womöglich hätte sie unterbleiben können. So wie vielleicht auch Bruno Jordans Arm auf seiner Schwiegermutter großgeblümtem Sommerkleid hätte unterbleiben können; oder wenigstens die Kreissäge in seiner linken Hand. Nelly wußte es nicht genau, und sie wollte es auch nicht genau wissen. Wer war sie, an den Schlüssen der Märchen herumzumäkeln? Es mochte übrigens vor allem an den Strandkörben liegen. Als ob die sich hinter dem Rücken der Fotografierten zu einem Chor zusammentaten, der flüsterte: Und wenn sie nicht gestorben sind . . .

Nein. Es lag daran, daß jedesmal zugleich mit jenem Swinemünder Strandbild ein anderes Foto vor Nellys innerem Auge erschien: ein im Jahre 1923 bei Richard Knispel, Richtstraße 81, hergestelltes Kunstporträt ihrer Mutter, das – zufällig oder nicht – über lange Jahre unter Glas in Schnäuzchen-Omas Wohnstube hing. Nelly hat es auswendig gelernt, für Zeiten wie diese, da es nicht mehr existiert. Daß der sanfte Braunton über dem Ganzen zu Lasten des Herrn Fotografenmeisters Knispel geht, ist ihr klar. Trotzdem verfehlt er nicht seine Wirkung auf sie. Vor allem aber: Ist es denkbar, daß ihre Mutter Lebenszustände gekannt hat, da sie es über sich brachte, in einem solchen bräunlichen Kleid mit weißem Brusteinsatz und Spitzenkragen, vor allem aber mit einem derartigen Wagenrad von Hut (der ihr stand – und wie er ihr stand! doch seit wann achten Mütter

darauf, was ihnen steht?) – so angetan also über die Richtstraße zu wandeln und in Knispels Fotoladen einzutreten,
um ein Kunstporträt zu verlangen. Mit Hut.

Daß ihre Mutter in jeglicher Aufmachung schön war, sah ein
Blinder mit dem Krückstock. Warum es Nelly aber derartig
tröstete, daß sie es einstmals darauf angelegt hatte, schön zu
sein (nicht nur der Hut. Nein: der Blick vor allem, dieser
Blick schräg unter dem Hut hervor!) – das wußte sie nicht.
Jedenfalls nahm dieser Blick mit den Jahren einen schmerzlichen Ausdruck an, zu dem Nelly gegen ihren Willen zwei
Zeilen aus Frau Elstes Lieblingslied einfallen: ›Und Mar-
morbilder stehn und sehn dich an: Was hat man dir, du ar-
mes Kind, getan?‹

Soviel dazu, und vielleicht schon zuviel. Nur noch, daß die
Erinnerung an dieses Foto viele Jahre später den Widerspruch der Tochter ersticken wird, wenn ihre Mutter zu ihr
sagt: Wie du mir ähnlich bist, ach, wenn du wüßtest! Obwohl
die Tochter nicht zugeben wird, daß der Zwang, sich der Gesten, Blicke, Worte der Mutter zu bedienen, sich mit dem
Alter verstärkt. Sie ertappt sich bei Nachahmungen, die sie
nicht für möglich gehalten hätte.

Ein Foto mit Hut aber besitzt sie nicht von sich.

5

Mit Gewalt ist kein Bulle zu melken: Beliebter Ausspruch
von Charlotte Jordan.

Die Schicksale der Vernunft – Vernunft als Übereinstimmung – über die Jahrzehnte hin. Vernunft als Dämpfer: Ein
Regelungssystem, das, einmal eingebaut, hartnäckig darauf
besteht, das Signal für ›Glück‹ nur im Zustand vernünftiger
Übereinstimmung aufleuchten zu lassen . . .

Ein vernünftiges Kind bekommt auch seinen Gutenachtkuß.

Einmal wirft Nelly alle fünf Geranientöpfe, die vor dem Fenster ihres Kinderzimmers stehen, nacheinander hinunter auf den Bürgersteig und weigert sich dann, die Scherben zusammenzufegen. Sie muß verrückt geworden sein. Spätabends ist sie imstande, eine Erklärung abzugeben: Sie hat eine solche Wut gehabt, weil Herr Warsinski behauptet, man schreibe ›Führer‹ groß. – Aber erbarm dich, das tut man doch! – Wieso! Zuerst hat er gesagt, man schreibt groß, was man sehen und anfassen kann. Den Führer kann Nelly weder sehen noch anfassen (es war im Jahr 36, vor der Erfindung, jedenfalls vor der allgemeinen Verbreitung des Fernsehens). – Nimm doch Vernunft an! Du kannst nicht, aber du könntest. Dummchen. – Dummchen hat Herr Warsinski auch gesagt. Nelly aber kann es auf den Tod nicht leiden, wenn ihr Lehrer sich selbst widerspricht. Als Probe für ihn, nicht ohne böse Vorahnung, schreibt sie ›Wolke‹ klein (sehen, aber nicht anfassen . . .), gegen den erbitterten Widerstand der Eltern. Lehrer Warsinski lügt nicht. Er vergißt auch nichts. Wie soll Nelly nachgeben, wenn sie recht hat? Bald stellt sich heraus, daß es in der Klasse kein zweites Dummchen wie Nelly gibt, das ›Wolke‹ klein schreibt. Da dürfen alle mal tüchtig über sie lachen: Eins zwei drei: los! – ›Wut‹ schrieb Nelly schon auf eigene Verantwortung groß, obwohl sie Wut nicht sehen und anfassen, nicht hören, riechen oder schmecken kann. Jetzt hat sie endlich Vernunft angenommen.

Einsicht haben und Vernunft annehmen. Auch: Zu sich kommen. (Komm zu dir.) Die Episode mit den Geranientöpfen war die letzte, die dir am Sonnenplatz einfiel, als ihr schon wieder in das glutheiße Auto einstiegt, und Lenka zeigte kein Interesse. Erst etwas später – ihr fuhrt nun die ehemalige Friedrichstraße hinunter, Nellys ersten Schulweg – erkanntest du, nicht ohne inneren Widerstand, die Wiederholung: Nellys Abwehr gegen gewisse Erinnerungen ihrer Mutter. Du verlorst dich in Betrachtungen über die Wechselfälle, denen Vernunft ausgesetzt sein kann; wie, beim Umschlag der Zeiten, Vernunft und Unvernunft plötzlich die Plätze wechseln; wie, ehe sie jede ihren festen Platz wieder eingenommen haben, ein Unmaß an Unsicherheit sich ausbreitet. Aber das alles gehört nicht hierher; daß unbenutzte Vernunft verkümmert wie irgendein untrainiertes Organ; daß sie, unmerklich zuerst, sich zurückzieht; daß eines Tages, zum Beispiel bei einer unerwarteten Frage, sich erweisen kann: Wichtige Zonen der inneren Landschaft sind von Resignation besetzt, zumindest von Gleichgültigkeit (die Frage, Lenkas Frage, auf die eine Antwort aussteht: Woran ihr eigentlich glaubt. Das wollte sie wissen, nicht herausfordernd übrigens) – das gehört wohl nicht hierher. Behauptung auf Widerruf. Wieso soll nicht hierhergehören, was der Präsident der Vereinigten Staaten, Richard Nixon, gestern (am 20. Februar 1973) gesagt hat: Noch zu keinem Zeitpunkt der Nachkriegsentwicklung seien die Aussichten auf einen dauerhaften Frieden so günstig gewesen wie in diesem Augenblick. Wieso sollst du die Frage unterdrücken, ob das Abklingen der Katastrophenerwartung, das du auch an dir selbst in den letzten Jahren beobachtet hast und das, deutlicher als alle Verlautbarungen, bestätigte: Die Nachkriegszeit ging zu Ende – ob also diese allgemein neue Stimmungslage deine Stoffwahl beeinflußt, sie vielleicht erst möglich gemacht hat. Doch behält der Zeitpunkt etwas Willkürliches: Muß nicht der Berichterstatter zögern, eine Vergangenheit von sich abzutrennen, die in ihm selbst noch arbeiten mag, die noch nicht fertig ist, daher nicht beherrschbar? (H. sagt: Natürlich. So kannst du bis an dein Lebensende dasitzen; dich erinnernd, das aufzeichnend; lebend und darüber nachdenkend. Aber das wird gefährlich. Man muß irgendwo Schluß machen, ehe mit einem selber Schluß ist.

›Das Leben, gelebt als Stoff einer Lebensbeschreibung, gewinnt eine gewisse Wichtigkeit und kann Geschichte machen.‹ Lange redet ihr über Brechts Grundsatz, am Ende lehnt ihr ihn ab. Es ist nicht Größe, was angestrebt werden kann. Was sonst? Kaum zu benennen. Einsicht?)

Gefährlich ist's, den Leu zu wecken. – Charlotte Jordan kennt Gedichte. Schillers ›Glocke‹ allerdings hat auch Bruno Jordan in der Volksschule auswendig lernen müssen und als unbeschädigten Erinnerungsblock über die Zeiten gerettet. Heute muß die Glocke werden! Auf, Gesellen, seid ... Es heiße: *Frisch,* Gesellen, seid zur Hand. – Bruno Jordan: Mußt du mich immer bestoßen! – Außer pain kann er anderes in französisch sagen, ganze Sätze. Den zum Beispiel, den seine Quartierwirtin in Versailles zu ihm sagte, nachdem sie entdeckt hatte, daß seine Kameraden ihr den Schinken aus dem Rauch gestohlen hatten, während er, Bruno, sie durch Kartenspiel ablenkte: Oh, Monsieur Bruno, un filou! Mußt du dich vor den Kindern mit Diebstahl brüsten?

Krieg ist Krieg, Herrgott noch mal.

Beinah alles gehört hierher: Dahin ist es gekommen. Es verstärkt sich der Sog, der von dieser Arbeit ausgeht. Nun kannst du nichts mehr sagen, hören, denken, tun oder lassen, das nicht an dieses Geflecht rühren müßte. Der leiseste Anruf wird registriert, weitergeleitet, verstärkt, abgeschwächt, umgelenkt – auf Bahnen, die in seltsamer Weise miteinander verknüpft sind, nicht voraussehbar, nicht beeinflußbar und, was du bedauerst: nicht beschreibbar. Unvermeidlich die Anfälle von Entmutigung vor dem unauflösbaren Dickicht, das nun auch die Sekunde verschlingt, in der hinter diesen Satz der Punkt gesetzt wird. Überlegend, sich erinnernd, beschreibend Schneisen durch den Dschungel schlagen (und dabei Rechenschaft geben wollen nicht nur über den Befund, auch über das Befinden) – dazu bedarf es einer bestimmten, leicht störbaren Balance von Ernsthaftigkeit und Leichtfertigkeit. Ein Notbehelf bleibt es. Und ein Kunstgriff, der andere Kunstgriffe nach sich zieht. Immer ist der Entwurf um so vieles schöner als die Ausführung.

So daß aus gleichen Teilen von Lust und Unlust, von Selbstvertrauen und Selbstzweifel schnell jenes Patt sich aufbaut, das nach außen als Faulheit in Erscheinung tritt und, solange die wahren Ursachen der Lähmung nicht ans Licht zu treten wünschen, Ausreden hervorbringt. Ausflüchte. Am Fernsehschirm waren die drei Astronauten von Apollo 14 gerade hinter dem Mond verschwunden (am 3. Februar 1971; niemand merkt sich mehr irgendein Datum). Auf die Sekunde genau war die Dauer der Funkunterbrechung mit der Erde vorausberechnet. Die Ausführenden hatten sich bei Strafe des kosmischen Todes an ihren Entwurf zu halten. Abweichungstoleranz plus minus null. Das bedeutet: Das Istmaß sämtlicher in Kapsel und Landefähre verwendeten Einzelteile hat mit seiner Begrenzung durch Größt- und Kleinstmaß zusammenzufallen. (Auch dir schwebt, zugegeben oder nicht, die alleinseligmachende Form vor, schlank, unangreifbar und treffsicher wie jene Projektile, die ihre Erbauer mit zärtlichen Namen und zärtlichen Blicken bedenken. Deine Sache, wenn technische Perfektion dir nichts als kühle Bewunderung, sogar ein Befremden abnötigt, das leicht in Desinteresse umschlägt, während die Aussicht, du könntest das Ziel dieser Beschreibung zu weit verfehlen, dich nicht kalt läßt.)

›Kitty Hawk‹ rast auf Präzisionskurs der Erde zu. Dir kann keiner die optimale Kurve berechnen, an die du dich nur zu halten brauchtest. Auch würde es jenen Raumschifferbauern gewiß nicht einfallen, ihre Konstruktionen im Fluge auseinanderzunehmen, um ihre Funktionsweise zu erläutern, wozu du dich unsinnigerweise verpflichtet fühlst. Ein Mißlingen deiner Bemühungen wird allerdings auch keine Toten fordern und daher kein Aufsehen machen. (Es ist ja kein Trost, daß die Namen der Weltraumtoten, denen die Zeitungen am Tage nach dem Unfall ihr ›auf immer unvergessen‹ nachschickten, schon zehn Tage später in der gleichen Zeitung nicht mehr erwähnt werden. Du hast dich davon überzeugt, als du unterwegs in den mitgenommenen Zeitungen vom 9. und 10. Juli 1971 blättertest: Die Namen der drei sowjetischen Kosmonauten, die am 30. Juni ›in der planmäßig gelandeten Landekapsel tot aufgefunden wurden‹, kamen nicht mehr vor. Du mußt sie dir in der Bibliothek aus dem Zeitungsband heraussuchen, um sie hierhersetzen zu können, sie, deren Unglück dir einmal die Tränen in die Augen trieb: Georgi Dobrowolski, Wladislaw Wolkow, Viktor Pazajew. Ein beliebiger Mann auf der Straße würde eher Namen aus dem zweiten Weltkrieg hervorbringen, doch das ist schon eine Generationsfrage. Die Jugend – Namen ihrer musikalischen Idole?) Parallelaktionen.

Die Friedrichstraße ist für die Beine der sechsjährigen Nelly lang. Für das Auto sind das alles keine Entfernungen. Ihr wollt ja auch zuerst mal ins Hotel. Also trennen sich beim oft zitierten Fröhlichschen Haus eure Wege: Nelly muß links daran vorbei, die Schlachthofgasse hoch, muß die Viehherde vorüberlassen, die ins Schlachthoftor getrieben wird. Muß die Soldiner Straße überqueren, in die Hermann-Göring-Straße einbiegen, um, pünktlich wie immer, die Mädchenvolksschule III (am Beginn der Adolf-Hitler-Straße) zu erreichen. Die erste Stunde heute soll Religion bei Herrn Warsinski sein.

Ihr dagegen laßt den neuen Bau aus Glas und Beton, der da an Stelle des zerstörten Fröhlichschen Hauses steht, links liegen, habt zweihundert Meter der ehemaligen Küstriner Straße zu fahren. Und das dauert nicht länger, als Lenka braucht, um mit ihrer hohen klaren Stimme zu singen: O *freedom, o freedom, o freedom.* – Rechter Hand, irgendwo hier hinter der ersten Häuserreihe, lag übrigens die Bonbonfabrik von Onkel Emil Dunst. – Ein Onkel, der eine Bonbonfabrik hatte!

And before I've been a slave, I've been buried in my grave. Onkel Emil ist ja in den dreißiger Jahren mit Tante Olga, Bruno Jordans Schwester, aus Leipzig, der sächsischen Metropole, mit Sack und Pack nach L. zurückgekommen. Pleite natürlich. Wieder mal angewiesen auf die paar tausend Mark, die seine Schwiegereltern ihm um ihrer unglücklichen Tochter willen vorstreckten, damit er einen neuen Anfang machen und die Bonbonfabrik des Juden Geminder kaufen konnte. Eine miese Bude, wenn man Charlotte Jordan hörte; aber Emil Dunst und sein Geschäftspartner, der im Gegensatz zu ihm Kenntnisse in der Bonbonkocherei besaß, kriegten sie ja für billiges Geld, weil der Jude Geminder es eilig hatte, außer Landes zu gehen. Man schrieb das Jahr 37. Unrecht Gut gedeihet nicht. Da redete Schnäuzchen-Oma wieder mal, wie sie's verstand. Ein anderer hätte dem Juden Geminder vielleicht überhaupt nichts gezahlt, so heiß, wie dem der Boden unter den Füßen war. Trotzdem, sagte Charlotte Jordan, die mit so was nichts zu tun haben wollte und wie Pilatus ihre Hände in Unschuld wusch. Pilatus aber, das hatte Nelly in der Religionsstunde von Herrn Warsinski persönlich erfahren: Pilatus hatte den Juden Jesus Christus ans Kreuz geliefert. Charlotte mochte es nicht, wenn ihre eigene Tochter ihr über den Mund fuhr.

And go home to My Lord and be free! Später, Lenka, suchen wir auch den Eingang zu Emil Dunsts Bonbonfabrik, und ich erzähle dir, mit welch festlichen Gefühlen Nelly zugesehen hat, wie die roten und grünen Eisbonbons, frisch geschnitten, noch durchsichtig, warm und klebrig aus der Maschine kamen, in die sie als heiße, zähflüssige Massen aus großen Bottichen hineingeflossen waren. Und wie sie abends gesessen – Nelly, die Mutter, Schnäuzchen-Oma und manchmal auch Lutz – und Bonbons gewickelt haben, die Onkel Emil Dunst am nächsten Morgen versandfertig mit seinem Dreiradlieferauto abholen wollte. – Klasse, sagt Lenka. – Oder wie die Weinbrandbohnen, in Sechserreihen, frisch mit glänzendem Schokoladenguß überzogen, auf einem Transportband quer durch die Produktionshalle liefen, wobei sie getrocknet wurden, daß sie nebenan von zwei Packerinnen in Kartons verpackt werden konnten. Diese beiden standen übrigens durch eine Glaswand unter der Aufsicht von Tante Olga, die im Kontor thronte und die Bücher führte. Tante Olga, die vor unseren Augen dick und dicker wurde, was manchmal auf eine Über-, manchmal auf eine Unterfunktion gewisser nicht näher bezeichneter Drüsen zurückzuführen war; Tante Olga, die sich nun zu einer königlichen Kinnhaltung gezwungen sah, aber all die Jahre über flinke schlanke Finger behielt. Die eine der beiden Packerinnen war ja übrigens Frau Lude: ein penetranter Name, der allmählich in die Familienatmosphäre eindrang und sie verdarb. Die Lude hat schon wieder ... Er hat mit diesem Weibsstück, der Lude ... Tante Olga aber saß, den Kopf königlich auf ihr Doppelkinn gestützt, steil aufgerichtet auf Jordans Sofa, und eine einzelne Träne, die Nelly niemals vergessen wird, rann ihr unter der randlosen Brille hervor die Wange hinunter. Nelly weiß, diese Träne hat niemand anders als Frau Lude auf ihrem leichtfertigen Gewissen – jene Frau, die Charlotte Jordan nicht mit der Feuerzange anfassen würde, die aber nichtsdestotrotz mit einem einzigen Blick die Männer kirre kriegt. Weil diesem Weib, nach einer Aussage von Heinersdorf-Opa, der Schwanz aus den Augen guckt: Eine Bemerkung, die er natürlich nicht wiederholen darf, die Nelly aber auch im Wiederholungsfalle nicht verstanden hätte.

O freedom, o freedom o freedom.

Später, Lenka, erzähl ich den Rest, die Tragikomödie. Jetzt haltet ihr erst mal vor dem Hotel, das früher ›Bahnhofshotel‹ hieß und von dem aus das ehemalige ›Central-Hotel‹ auf der anderen Straßenseite mit verwaltet wird, in dem Bruder Lutz telegrafisch die Zimmer bestellt hat. Der Empfangsraum ist bescheiden, die Empfangssekretärin, eine freundliche Frau mittleren Alters, spricht etwas Deutsch. Von telegrafischen Zimmerbestellungen, von einer zustimmenden telegrafischen Rückantwort ist ihr nichts bekannt. Aber das ist kein Grund, nervös zu werden. Sie telefoniert längere Zeit, während du dir die Bilder an den Wänden besiehst. Ein handgezeichneter Stadtplan, der, wie du sofort erkennst, dem ein für allemal in dein Gedächtnis gedrückten Stadtplan nicht in allen Punkten entspricht. Ein Verzeichnis der Cafés, Restaurants, Tankstellen. (Das Spruchband fällt dir ein, das früher über eine ganze Innenwand der Bahnhofshalle lief: Besuchen Sie die Stadt der Seen und Wälder! Der Bahnhof ist neu, also anders, wieder aufgebaut. Der, den du kennst, soll kurz nach dem Einmarsch der Roten Armee von deutschen Flugzeugen zerbombt worden sein.) Ein großes Foto der Marienkirche, eins vom Stadttheater, wo sie zu Weihnachten den Froschkönig, die Schneekönigin oder das Tapfere Schneiderlein spielten und Nelly, die vor Aufregung Fieber hatte und nach der Vorstellung jedesmal krank wurde, ihr weißes Fellkrägelchen um die Schulter legen und in einer der vorderen Reihen sitzen durfte. Das Fell – weißgefärbtes Kaninchen – mit seinem Geruch fiel dir nach so vielen Jahren in dem Augenblick wieder ein, als die Sekretärin euch sagte, zwei Zimmer seien frei, beziehbar um sechzehn Uhr.
Es war genau zwölf Uhr mittags.
War das Lächeln auf dem Gesicht der Sekretärin ein Zeichen dafür, daß sie den Grund eurer Reise erraten hatte (was nicht schwer war), daß sie verstand, warum du dich so

lange vor dem Foto eines Provinztheaters aufhalten konntest? Übrigens muß sie ja in deinem und Bruder Lutzens Ausweisen euren Geburtsort gelesen haben. Sie und ein junges Mädchen trugen eure Personalien in die Meldezettel ein. In Polen, sagte die Frau, bekämen die jungen Leute erst mit achtzehn Jahren einen Personalausweis, nicht schon mit vierzehn, wie Lenka. Das junge Mädchen nickte dazu.

Beide nett, sagt Lenka, als ihr wieder auf die Straße tretet. Die Sonne jetzt rechter Hand, genau über der Bahnhofsuhr. Die Hitze hat gewartet.

Wohin also jetzt?

Nach Hause: Lutz und du wie aus einem Mund.

Nelly – um zu ihr zurückzukehren – ist inzwischen in ihre Klasse eingetreten. Beklommen begibt sie sich unter die sicht- und anfaßbaren Gegenstände, über deren Schreibweise Herr Warsinski alleine befindet. (Weil Herrn Warsinskis Name sich hinten mit i schreibt, kommen manche Leute auf die Idee, daß er polnischer Abstammung sein könnte. Wenn er sich mit y schriebe, wäre das nicht der Fall. Die Hüftgelenkverletzung, von der er heute noch hinkt, hat ihm übrigens der Franzmann im Weltkrieg beigebracht. Jeder Stoß ein Franzos, jeder Schuß ein Ruß.)

Nelly liebt Herrn Warsinski. Er ruht unbeschädigt im Gedächtnisspeicher, und zwar in verschiedenen Posituren. Auf Kommando tritt er an. Brustbild: Die Warze links neben dem Kinn, die vollen, um nicht zu sagen, schlaffen Wangen, der Schwung der aschblonden Haarsträhne über dem rechten, übrigens wäßrig-farblosen Auge. Oder ganze Gestalt: Dann allerdings meist gehend, mit leicht nachschleppendem linkem Bein. Redend: Ich bitte mir Ruhe aus, und zwar gleich. Wir sind doch hier nicht in der Judenschule, zum Kuckuck noch mal! – Mit und ohne braune Uniform, mit und ohne Schulterriemen quer über einem leichten Bauchansatz. Wer mir bei der Flaggenehrung Schande macht, der kann aber was erleben. Unser Führer arbeitet Tag und Nacht für uns, und ihr wollt nicht mal zehn Minuten lang die Klappe halten können?

Mit den zehn Minuten hatte Herr Warsinski sich etwas verschätzt, aber das machte überhaupt nichts und wird nur der Ordnung halber vermerkt. Zu Führers Geburtstag dauert die Flaggenehrung inklusive Ansprache von Rektor Rasenack gut und gerne ihre fünfundzwanzig Minuten. Dem Rektor und Amtswalter der NSDAP ist es sehr ernsthaft um die nordische Seele zu tun. Nelly friert ja nicht in ihrem grauen Krimmermantel. Sie hat auch schon zwei Rattenschwänze mit gelben Zopfspangen drin. Das ist natürlich an des Führers siebenundvierzigstem Geburtstag nicht von Wichtigkeit, aber Gundel Neumann, die Tochter des Arztes, hat richtige Zöpfe, übrigens sogar blonde. Ihr gelingt alles mit Leichtigkeit, was andere sich vergeblich wünschen. Ihr legt zum Beispiel Herr Warsinski ohne besonderen Grund nur so im Vorbeigehen die Hand auf die Schulter. Seele ist Rasse von innen gesehen. Rasse ist Seele von außen gesehen. Rektor Rasenack hat einen runden Kopf, ein kleines dunkles Bürstenbärtchen auf der Oberlippe und eine kleine, doch allmählich sich vergrößernde Glatze. Da kommt ihm die Kniescheibe durch, würde Bruno Jordan sagen, wenn es sich nicht gerade um den Rektor handelte. Wer wirklich ergriffen ist, denkt jetzt sicherlich nicht daran, daß er im Zeigefinger des rechten roten Wollhandschuhs ein Loch hat und diesen Handschuh abkriegen muß, ehe die Flaggenehrung beginnt und alle rechten Hände in die Luft fliegen. Wer wirklich ergriffen ist, sieht sicherlich nicht, daß dem Jungmädel, welches nun zur Fahne tritt, rechtsseitig der Unterrock mindestens zwei Zentimeter vorguckt; der würde den Blick auf des Mädchens leuchtende Augen heften. – Mein Wille ist euer Glaube. Adolf Hitler.

Heißt Flagge.

Danach dann wieder, all die Zeit über erwartet, die Kalamität mit Nellys rechtem Arm. Daß ihre Armmuskeln immer etwas schwach bleiben, soll wahr sein. An Barrenschwünge und Liegestütze war auch später kaum zu denken. Jedoch ihn hundert Sekunden lang nach vorne oben gestreckt zu halten – solange Deutschland- und Horst-Wessel-Lied eben andauern –, das mußte sie ihrem Arm wohl abverlangen können. Bei Maas und Memel, Etsch und Belt ging es noch an. Deutschland, Deutschland, über alles riß auch lahme Arme jubelnd wieder hoch. Aber die Wiederholung der ergreifenden Behauptung: Kameraden, die Rotfront und Reaktion erschossen, marschiern im Geist in unsern Reihen mit! – die zwang Nelly, mochte kommen, was da wollte, ihren rechten Arm mit dem linken zu stützen, und dies war unfehlbar die Sekunde, da Herr Warsinski zu ihr herüberblickte. – Die Hakenkreuzfahne wird in hundert Jahren das Herzblatt der deutschen Nation geworden sein. Adolf Hitler. Den Befehl, ihren Arm gefälligst zu Hause zu trainieren, befolgt Nelly getreulich und bringt es dahin, daß sie alle drei Strophen beider Hymnen mit erhobenem rechtem Arm durchgestanden hätte. Nur wird das leider niemals von ihr verlangt. Sowenig wie Herr Warsinski auf die naheliegende Idee kam, in seiner Klasse einen Wettbewerb im Luftanhalten zu veranstalten. Da wäre denn zutage getreten, daß Nelly es in dieser Disziplin auf Rekordzeiten brachte, anderthalb Minuten und mehr. Oder daß sie den schwierigen Satz ›Der Potsdamer Postkutscher putzt den Potsdamer Postkutschkasten‹ zehnmal hintereinander fehlerfrei und in atemberaubender Geschwindigkeit aufsagen konnte. Oder daß eine Persönlichkeit wie Blendax-Max sich speziell für sie interessierte. Nachdem sie ihm die erforderliche Menge von zehn Blendax-Bildern zugesandt hatte, gratulierte er ihr pünktlich zu jedem Geburtstag. Blendax-Max zur Stelle ist, Blendax-Kinder nicht vergißt. Die Zähne mit

Chlorodont zu putzen wäre ihr, als Verrat, undenkbar gewesen. Blendax-Kinder nah und fern haben Blendax-Maxe gern.

Alle ihre Fähigkeiten bedeuten vor Herrn Warsinski rein gar nichts, während er jede ihrer Schwächen tadelnd vermerkt. Eines Tages marschieren ihre Dreien nicht aufrecht in Reih und Glied in den roten Kästchen der Schiefertafel, sie schweben über den Zeilen wie gutgläubige Schwalben, und was das schlimmste ist: Nelly begreift überhaupt nicht, was da beanstandet wird, bis Ursels ordentliche Dreiermarschkolonne ihr das Ausmaß ihrer Verirrung vor Augen führt und Herr Warsinski sich veranlaßt sieht, eine seiner gefürchteten Fragen zu stellen, auf die sie nicht antworten kann, weder durch begütigend verlegenes Lächeln noch durch beschwichtigende Gesten, am wenigsten durch ein Wort: Er fragt, ob sie ihn vielleicht verhohnepipeln will?

Warum nur ist es ihr nicht gegeben, das Gegenteil zu beteuern. Oder nach seiner Hand zu fassen, was die demütige Christel Jugow fertigbringt, sogar wenn er ihr eine Ohrfeige gegeben hat, und was ihm nicht unlieb zu sein scheint, auch wenn er sie wegzieht, die Hand. Manchmal denkt Nelly, er merkt, daß sie etwas von ihm weiß. Dann muß sie schnell die Augen niederschlagen, um sich nicht zu verraten. Das kann von ihm wiederum als schlechtes Gewissen ausgelegt werden. Kannst du einem nicht in die Augen sehen, zum Kukkuck noch mal. Hast wohl was zu verbergen!

Herr Warsinski merkt alles. Einmal will er wissen, wer sich morgens den Oberkörper eiskalt wäscht, um sich abzuhärten, wie es sich für ein deutsches Mädel gehört. Nelly ist nicht unter denen, die stolz die Hand heben können, und wird einzeln getadelt: Was, auch du nicht? Das enttäuscht mich aber, und zwar besonders von dir. Der sportlich erzogene Mensch beider Geschlechter ist der Staatsbürger der Zukunft. Adolf Hitler.

Ist es ein Fortschritt, daß Nelly sich bei Herrn Warsinski immerhin durch die Enttäuschung auszeichnet, die sie ihm bereitet? Fragen dieser Art kann sie der empörten Mutter nicht unterbreiten, die ihr zu beweisen sucht, daß das Wasser, das früh aus ihrem Badeofen läuft, beinahe kalt ist. Eigentlich überhaupt kalt. – Aber eben nicht eiskalt. – Eiskalt! Na und? Das mußt du vor der ganzen Klasse ausposaunen, ja? Hier, halt die Hand drunter: Ist das kalt oder nicht? Lauwarm, sagt Nelly.

Aber doch mehr kalt als warm!

Jedenfalls nicht eiskalt.

Charlotte muß sich Gedanken machen über den Wahrheitsfimmel ihrer Tochter, während Nelly, vielleicht ohne es zu merken, ihre Anstrengungen vergrößert, Herrn Warsinskis Erwartungen an sie zu erraten. Es erweist sich als schwierig, mit Lenka darüber zu reden: Ihre Versuche, sich in dieses Kind hineinzudenken, müssen fehlschlagen. Der Gedanke, man könne sich nach einem Beweis von Lehrergunst verzehren, ist ihr einfach fremd, sie hält es für einen blühenden Schwachsinn. Und was ihr Verhältnis zur Wahrheit betrifft, so war es von früher Kindheit an lax. Sie hat, wenn sie es für richtig hielt, schon immer auf beinahe unglaubliche Weise lügen können, ohne je zu zweifeln, daß sie im Grunde ein ehrlicher Mensch ist: Sie unterscheidet zwischen Haupt- und Nebensachen.

Du erinnerst dich an ihre Empörung, als Ruth, ihre ältere Schwester, eines Tages einen Grundsatz unterbreitete, den ihr Deutschlehrer, Herr M., unter vier Augen allen Ernstes vertrat: Daß man imstande sein müsse, ein schwaches Gedicht, nur weil es zu den Themen der Abituraufsätze gehörte, durch scharfsinnige Interpretation aufzuwerten. Hauptsache, man selber halte das Gedicht am Ende nicht für gut. Ruths Verwirrung, über die Lenka sich stärker entrüstete als über die Persönlichkeitsspaltung des Lehrers, war nur durch die Faszination zu erklären, die dieser Mensch auf sie ausübte. Er konnte der Klasse jede These beweisen, und in der nächsten Stunde ihr Gegenteil. Und er lächelte auf eine irritierende Art, wenn sie erfahren wollte, was er wirklich dachte. Dann wieder besteht er im Deutschkabinett auf einer neuen Sitzordnung, auf Auflösung der konventionellen Bankreihen, die jeden zwingen, seinem Vordermann auf den Hinterkopf zu sehen anstatt ins Gesicht; er läßt die Tische in Viereckform aufstellen und sitzt nun selbst nicht mehr an herausragender Stelle. Zwei Tage nachdem er sich umgebracht hat – Ruth hatte die Schule inzwischen verlassen –, findet Lenkas Klasse im Deutschkabinett die althergebrachte Sitzordnung vor: Die Aufräumefrau habe sich beschwert. Die Klasse stellt die Bänke zum Viereck auf, wird aber gezwungen, sie wieder in Reihen zu rücken. Lenka weint zu Hause. Kaum ist einer tot, machen sie alles kaputt, was er hinterlassen hat. Sogar den Zettel haben sie von der Tür abgenommen, auf dem er bat, die Sitzordnung nicht zu verändern.

Später hat die Klasse sich doch durchgesetzt.

Als die Nachricht von Herrn M.s Selbstmord kam, hat nicht sie geweint, sondern Ruth.

Nellys Klassenzimmer. Du könntest es nicht beschreiben. Wahrscheinlich ein beigefarbener Wandanstrich. Gesichert die Wipfel der drei Linden vor den Fenstern. Die Klasse muß im zweiten Stock gelegen haben, nach vorne hinaus, zur Adolf-Hitler-Straße. In der Ecke gleich neben der Tür der Eisenständer mit der Emailleschüssel, in der sich niemals jemand die Hände wusch, in die man aber die Silberpapierkugel legte, die man die Woche über zusammengebracht hatte: für die Buntmetallsammlung lauter kleine Stanniolkugeln, die Herrn Warsinskis Lieblingsschülerin am Montag in der ersten Stunde (Religion) auseinanderzerren durfte. Auf den Bänken brennen, falls gerade Winter ist, die blauen

Kerzen des Volksbundes für das Deutschtum im Ausland. Herr Warsinski ist davon überzeugt, daß Jesus Christus, wenn er noch einmal auf unserer Erde wandeln sollte, ein Anhänger unseres Führers wäre. Im Vorbeigehen legt Herr Warsinski seine Hand auf manche Schulter. Auf die von Gundel Neumann sowieso, aber auch auf die von Usch Gaß, ihrer Freundin, deren Vater Rechtsanwalt ist, sogar auf die von Lori Tietz, der Tochter des Nudelfabrikanten, der er ein neues Rezept zur Herstellung von Makkaroni empfiehlt: Einfach ein Loch in die Luft bohren und den Nudelteig drum rumwickeln. Niemals legt er auf Nellys Schulter seine Hand. Wer hilfsbereit zu ärmeren Volksgenossen ist, hilft dem Führer. Kling, Glöckchen, klingelingeling, singt die Klasse. Mädchen, ihr, und Buben, öffnet mir die Stuben, öffnet mir die Türen, laßt mich nicht erfrieren. – Die Mutter von Nelly Jordan zum Beispiel hat der Mutter von Ella Busch getragene Sachen von Nelly geschenkt, das ist ein gutes Werk. Unter die Bank kriechen kann man nicht. Ella Busch, die Nelly bis jetzt mit Freundschaftsangeboten verfolgt hat, organisiert für den nächsten Mittag zusammen mit ihren Brüdern vor der Knabenvolksschule am Schlachthof einen Überfall auf Nelly. In die Schneebälle, die als Wurfgeschosse dienen, sind Steine eingeknetet. Nelly weiß, sie muß durch. Sie schnallt sich die Schulmappe vor die Brust, hält die Brottasche über den Kopf und durchbricht mit gräßlichem Gebrüll die Sperre. Ein anwesender Lehrer der Knabenvolksschule stellt Nellys Personalien fest. Drei Tage später wundert sich Herr Warsinski vor der Klasse, daß ein Mädchen wie Nelly sich auf eine Prügelei mit Jungen einläßt. Gundel, die wieder mal bei der Waschschüssel mit dem Stanniolpapier beschäftigt ist, streckt Herrn Warsinski die Zunge raus. Es gibt immer welche, die kichern müssen, und auch immer welche, die ihren Mund nicht halten können. Zum Beispiel die käsige Ursel, Offizierstochter. Gundel hat

142

Ihnen die Zunge rausgestreckt, Herr Warsinski. – Nelly hebt den Arm: Nein, mir!

Gundel wird auf ihren Platz verwiesen, Nelly darf an die Waschschüssel. Gundel zeigt der Nelly hinter Herrn Warsinskis Rücken einen Vogel. Von dem Platz an der Waschschüssel hat sie sich auch zuviel versprochen. In der Pause versichert sie Gundel, sie habe sie raushauen wollen. Danke für Backobst, sagt die und geht mit Usch davon.

Diesmal warten Ella Buschs Brüder vor der Knabenvolksschule, um Nelly zu Schneewittchen mitzunehmen. Freddi Schwalbe, genannt ›die Schwalbe‹, ist wie immer Anführer. Zu Nelly, die ihn bewundernd anstarrt, sagt er, ob sie noch keinen Menschen gesehen hat. Ella Buschs Brüder schreien: Mensch, du mußt in'n Kintopp gehn, Mensch, da kannste Menschen sehn. – Extratouren verbittet die Schwalbe sich.

Das winzige Hexenhaus liegt in dem kleinen Querweg neben der Gasanstalt, den Nelly bisher gemieden hat, weil es vorkommt, daß einzelne Kinder beim Vorübergehen von Schneewittchen, der Hexe, ohne weiteres verzaubert werden. Mit der Schwalbe zusammen ist es etwas anderes. Ich übernehme die Verantwortung, sagt er. Das Hexenhäuschen ist windschief und häßlich, es hat eine kleine Brettertür und zwei winzige Fensterluken, hinter denen die Töpfe mit jenem Grünzeug stehn, aus dem Schneewittchen ihre Zaubertränke braut. Alle versammeln sich in gebührender Entfernung, die Schwalbe macht den Vorsänger: Hexe, Hexe Kaukau, alte dreckche Sau, Sau. Dann schrein alle im Takt: Schnee-witt-chen! Dreimal. Da fährt auch schon die klapperdürre Alte aus der Tür und schwingt den Besenstiel. Und hinter den grünen Töpfen am Fenster erscheinen zwei Köpfe: der vom blöden Alwin und der von der dummen Edith, Schneewittchens Enkelkinder. Enkelkinder! keucht die Schwalbe, als sie sich nach wilder Flucht alle wieder auf der Friedrichstraße versammelt haben und eine Abzählung

ergeben hat, daß keiner fehlt: Pustekuchen, Enkelkinder!
Es ist doch klar wie Schifferscheiße, daß sie die beiden verzaubert hat. Eines Tages mach ich mich bei und hol die da
raus.

Zu Hause kraucht Nelly in die Höhle, die Bruder Lutz sich
aus Decken unter dem Tisch gebaut hat, und bringt ihm ein
neues Gedicht bei, nachdem er hoch und heilig geschworen
hat, daß er es niemals laut aufsagen wird: Haste nicht 'nen
Mann gesehn, mit 'ner blauen Jacke, hinten guckt das
Hemde raus, mit 'nem Zentner Kacke.

Nelly ist sich darüber klar, daß sie in mehrere Kinder zerfällt, zum Beispiel in ein Vormittags- und ein Nachmittagskind. Und daß die Mutter, die das sauber gewaschene
Nachmittagskind an die Hand nimmt, um mit ihm an einem
ihrer seltenen freien Nachmittage konditern zu gehen, von
dem Vormittagskind nicht die blasse Ahnung hat. In der
Richtstraße bleibt sie mit ihrer Tochter stehn: Kannst du die
Schrift da drüben schon lesen, Nelly? Nelly weiß sowieso,
wie jenes Café heißt, und ›liest‹, anstandshalber stockend:
Kon-di-to-rei Stae-ge. Fein. Die Mutter setzt sich mit ihrer
klugen Tochter an eines der kleinen runden Marmortisch-
chen, genau neben den Holzkübel mit der staubigen Palme,
bestellt bei Frau Staege persönlich Liebesknochen und Kakao, zur Belohnung für meine Tochter hier, die Nelly. Der
schmeckt es, als hätte sie es verdient.

Daß Nelly Herrn Warsinski am nächsten Vormittag, als er
Gefühlswörter hören will, und zwar um ein für allemal diesen Heckmeck mit der Groß- und Kleinschreibung aus der
Welt zu schaffen, ›Verstellung‹ als Gefühlswort anbietet, erfährt Charlotte Jordan nicht, aber es ist die Wahrheit. Überhaupt war Herrn Warsinskis Test eher ein Reinfall. Daß
Gundel mit ›Fröhlichkeit‹ sogleich ins Schwarze traf, war zu
erwarten gewesen. Die Offizierstochter Ursel nannte ›Gehorsam‹, das war schon etwas zweifelhaft, während Lori

Tietz, die Tochter des Nudelfabrikanten, mit ›Bescheidenheit‹ glatt durchging. Nun brachte aber Ella Busch ›Armut‹ an. Armut als Gefühlswort. Armut ist ein Zustand und kein Gefühl. Armut, sagte Lieselotte Bornow, die Schneiderstochter, Armut ist ein Gefühl, und man kann sie auch sehen, riechen und schmecken. Aber nein doch. Armut kann man nicht eigentlich sehen oder anfassen; ein Gefühl ist es auch nicht, aber groß geschrieben wird das Wort trotzdem, weil man nämlich ›der‹, ›die‹ oder ›das‹ davorsetzen kann. Mit ›Angst‹ hatte Christel Jugow Glück. Nun wollte Herr Warsinski aber gerne noch ›Mut‹ hören, ›Tapferkeit‹ und ›Treue‹.

Da muß Nelly ›Verstellung‹ anbringen. Eine einzige Enttäuschung wieder mal. Seine Lieblingswörter schreibt Herr Warsinski am Ende eigenhändig in deutscher Sütterlinschrift an die Tafel.

Das Gedächtnis wird seinen Grund haben, auf ein gewisses Stichwort hin unerwartete Bilder anzubieten. Das Häuserspiel ist belegt – auch Lutz, der höchstens vier Jahre alt war, als es in Blüte stand, hat eine dunkle Erinnerung daran bewahrt. Daß es unter dem Kennwort ›Die Verstellten‹ lief, ist dir eben erst wieder eingefallen. Ein veritables Puppenhaus mit vier Räumen, Wohn- und Schlafzimmer, Küche und Bad, mit Gardinen an den Fenstern und sehr kleinen Blumentöpfchen davor, mit Lämpchen an der Decke und mit Tellerchen und Täßchen in einem Schränklein und mit einem hübschen kleinen Schornstein auf dem roten Dach. Das Haus wird von sieben Zelluloidpüppchen bewohnt, die in bunte Fetzchen hübsch gekleidet sind und allerliebste Namen haben: Leierkasten, Fallada, Eierkuchen, Holderbusch, Liebesperle, Rosenduft und Wundertüte – angemaßte Namen, wie sich gleich herausstellen wird. Denn alle sieben sitzen sie im Häuschen und singen mit ihren zirpenden Stimmchen frech: Hannefatzke Domino, hat geschissen und weiß nicht wo, in der Ecke stinkt es so, da hat geschissen Hannefatzke Domino.

Eine Provokation. Nelly und Lutz stürzen zum Puppenhaus. Die Verstellten sind schon verstummt und gehen ihrem eigentlichen Gewerbe nach, sich zu verstellen. Nelly und Lutz, die sie natürlich bis auf den Grund durchschaut haben, schütteln sie durch und nennen sie bei ihren wirklichen Namen: Rippenspeer und Eulenzeh, Flederbiest, Ekelkotz, Fratzenhans, Blödian und Schinderbold. Da gibt es ein Heulen und Zähneklappern. Für die Bestrafung gilt aber ein Grundsatz: Verstellte werden verstellt. Arme und Beine umwickelt man ihnen fest mit Wollfäden, man schleudert sie in irgendeine Ecke, und Ekelkotz muß seinen Kopf ins Klosett stecken. Alles Eßbare wird aus dem Haus geschafft. Lutz, der die Batterieanlage bedient, ist für strengste Stromsperre verantwortlich. Die offene Rückwand der ›Villa Hundsfott‹ wird mit Korkplatten aus ›Meister Hämmerlein‹ zugenagelt. Schwarze Lappen verhängen die Fenster. Drinnen aber, die dreisten Unbelehrbaren, singen im Kanon: O wie wohl wird mir am Ahabend, mir am Ahabend, wenn zur Ruh die Glocken läuhäuten, Glocken läuhäuten, bimbam, bimbam – während draußen der Chor der Rächer schauerlich heult: Bereuet!

Das tun die Verstellten erst nach Stunden, und dann werden sie unter heißen Tränen ans Herz gedrückt. Danach aber gehen sie von offenen Untaten zu den Gedankensünden über, die allerdings der klugen Nelly im gleichen Augenblick, da sie verübt werden, schon bekannt sind: Gib zu, du hast Böses über mich gedacht! – Gnade! flehen die Überrumpelten. – Lügen ist zwecklos! – Hexenfuß windet sich, bis er jammernd zugibt, daß er auch Nelly für eine Verstellte hält. Hexenfuß wird zu lebenslänglicher Haft im Schuhkasten verurteilt.

Die Fahrt vom Bahnhofshotel bis zum Galgenberg dauert

146

auch bei gedrosseltem Tempo nicht länger als fünf Minuten. Die Familie Jordan, die sich im Frühjahr des Jahres 1935 zu ihrem ersten Gang vom Sonnenplatz zum Galgenberg rüstet, wird vierzig Minuten brauchen. Im Begriff, diesen Weg zu beschreiben, siehst du dich zu einer langen Pause innerhalb dieses fünften Kapitels gezwungen. Verantwortlich für sie ist die Nachricht vom Tod jenes M., des Deutschlehrers, der in einem vorher nicht erwarteten Sinn das Wort ›Verstellung‹ erneut aufbrachte.

Daß M. sich an jenem letzten Abend verstellen mußte – es war Mittwoch, der 31. Januar 1973 –, als er, gemeinsam mit seiner um vieles jüngeren Freundin, einer ehemaligen Schülerin von ihm, nach langer Zeit überraschend kam, um ein geborgtes Buch zurückzubringen (Musil: ›Der Mann ohne Eigenschaften‹), lag in der Natur der Sache. Er hat gewußt, daß es der letzte Abend seines Lebens war. In dem Anorak, den das Mädchen draußen im Flur anhängte, muß der Brief gesteckt haben, den sie noch am gleichen Abend abschickten: Sie könnten sich nicht aufhalten, sie müßten noch zur Post. Der letzte Satz des Briefes, der übrigens keine Erklärung der Tat, nur eine nüchterne Abrechnung ihrer finanziellen Hinterlassenschaft enthielt, lautete: Wenn Ihr das lest, leben wir nicht mehr. Geheuchelt – wenn man das so nennen kann – war also M.s Interesse an eurem neuen Bild, das er mit Recht ›unheimlich‹ nannte. Dieser Aufmarsch der Pappeln, sagte er. Über das Blau, das, wie er ja wußte, auch deine Farbe ist, machte er eine kurze Bemerkung. Fraglich bleibt, wieso er Kleist erwähnte und die Fernsehsendung vom Vorabend, in der, auch nach seiner Meinung, der Doppelselbstmord des Kleist und der Frau Henriette Vogel schlecht dargestellt war, verlogen, sentimental. Hat er den Verdacht abwehren wollen, daß seine spätere Tat von jener Sendung, die seinem Geschmack nicht genügt hatte, mitbestimmt worden war? Oder wollte er einen Hinweis auf große

Vorbilder hinterlegen, dort, wo er damit rechnen konnte, der Hinweis würde nachträglich verstanden werden?

Er hätte sich verrechnen können. Merkwürdig genug: Gerade dieser Teil eures kurzen Gesprächs entfiel dir. Achtundvierzig Stunden lang, nachdem du die Nachricht von dem Doppelselbstmord empfangen hattest, konntest du steif und fest behaupten, an jenem letzten Abend habe es nicht die Spur einer Andeutung auf seine Absicht gegeben. Am Montagmorgen erst, als du an dem Haus vorbeikamst, in dem er ein Zimmer bewohnte (und von dessen Gartentür er sein Namensschild am letzten Nachmittag noch eigenhändig abgeschraubt hat) – erst da fiel dir der Name Kleist wieder ein, gebunden an den Klang der spröden, spöttischen Stimme von M.

M. lispelte leicht. Die Tabletten, die die Freundin vielleicht aus der Klinik mitgebracht hatte, in der sie arbeitete, hatten schon angefangen zu wirken, obwohl sie noch in einer der Schubladen seines Zimmers lagen. Aus großer Entfernung hat er mit euch über die Psychologie seiner Schüler gesprochen, über die Ursachen jener weitverbreiteten Erscheinung, die er ›Leistungsunwillen‹ nannte. Und ihr, die ihr euch hinterher sagtet: Nicht dumm, der M., und macht sich Gedanken! – ihr konntet oder wolltet nicht merken, daß er gerade das aufgegeben hatte; daß er nur noch dasitzen konnte und Ergebnisse hervorbringen, die weder ihn noch irgend jemanden verändern sollten. – Hat er innerlich gekichert, als die Freundin, die um mehr als zwanzig Jahre Jüngere, den Wermut ablehnte: sie sei Antialkoholikerin? Übrigens solle man nicht schon wieder über die Schule reden. Sie war zum zweitenmal nicht zum Medizinstudium zugelassen, obwohl sie alle Voraussetzungen glänzend erfüllte. Beide sprachen sie nun abwechselnd, spöttisch und ohne sich zu erregen, über die undurchsichtige Handhabung der Zulassungsbestimmungen. Die Empörung, die du äußertest, lag hinter ihnen. Nein, weitere Eingaben würden sie nicht machen. Sie sagten noch ja und nein an den Stellen, an denen man es von ihnen erwarten konnte, aber im stillen dachten sie wohl: Die Dummen. Oder: Die Armen. Oder: Die armen Dummen.

In dem Musil, den er zurückgebracht hatte – es war eines seiner Lieblingsbücher –, fandest du, erschreckt von dem Gedanken, er könne als letzten Rettungsversuch eine Botschaft zwischen die Seiten gelegt haben, am zweiten Tag nach seinem Tod einige Anstreichungen, die nur von ihm sein können, unter ihnen diesen Satz, mit Ausrufungszeichen am Rand markiert: ›Man hat nur die Wahl, diese niederträchtige Zeit mitzumachen (mit den Wölfen zu heulen) oder Neurotiker zu werden. Ulrich geht den zweiten Weg.‹

Du mußt dir sagen, auch dieser Satz, wenn du ihn gleich gefunden hättest, hätte dich nicht veranlaßt, alles stehen- und liegenzulassen, die zwei Minuten bis zu seiner Wohnung zu rennen – im Laufe des Donnerstags, bis Donnerstag abend, als es noch Zeit gewesen wäre –, Sturm zu läuten, dir auf jegliche Weise Einlaß zu verschaffen und, auf die Gefahr hin, dich lächerlich zu machen, das Schlimmste zu verhindern. Zu perfekt hatte seine Verstellung funktioniert, die ihren Höhepunkt beim Abschied erreichte. Das Buch, sagte er, habe er so lange bei sich stehenlassen, um abzuwarten, ob er nicht doch noch einmal Lust darauf bekäme. – Es folgte eine Reihe von Sätzen im Konjunktiv: Wenn es dir zu lange gedauert hätte, sagtest du, hättest du es dir geholt. – Darauf lachte er sparsam und meinte, also hätte er ruhig abwarten sollen, wie lange du ihm noch Zeit gelassen hättest. – Auf der Treppe ließ er Ruth grüßen, seine ehemalige Schülerin, die du ja gewiß eher sehen würdest als er. (Als er, der wußte, daß er sie überhaupt nicht mehr sehen würde.)

Da traf seine Verstellung genau auf die deine. Du machtest eine scherzhafte Bemerkung, während du dachtest, das

Mädchen habe ihn nun wohl doch von seinen Selbstmord-phantasien abgebracht. So hatte er dich sehen machen, was du sehen wolltest, und dies ist das Wichtigste, was Verstellung erreichen kann. Den zu täuschen, der die Wahrheit nicht fürchtet, das vermag sie auf die Dauer nicht. Da aber jeder irgendeine Wahrheit zu fürchten hat, werden die Verstellungen des einen meist auf die Verleugnungen des anderen passen, und dies ist dann, was man Zueinander-Passen nennt. In diesem Sinne, nimmst du nachträglich an, hat jenes Paar, als es den Tod suchte, zueinander gepaßt.

M. mag nicht erwartet haben, daß nach der ersten Betroffenheit, nach dem Schreck eine Nachricht wie die von seinem Tod Lebenslust auslösen kann, später Zorn. Ganz richtig hat er den Unterschied gespürt zwischen deiner gelegentlichen Verzweiflung und seiner andauernden Unfähigkeit, das Leben zu ertragen: Immer, wenn er kam, fand er deinen Tisch mit frisch beschriebenen Blättern bedeckt, während er lange schon seine Nachmittage untätig verbrachte und, abgeschirmt durch seine großen Kopfhörer, liegend Musik hörte. Er kam nicht mehr, jetzt weißt du, warum. Dem Zweifel an der Verzweiflung hat er sich nicht mehr aussetzen wollen oder können. Sein Lächeln, wenn du ihm begegnetest, war, von heute aus gedeutet, das Lächeln für eine Abtrünnige, die nicht bis zuletzt durchhält. Mitleid für einen, der auf die absolute Einsicht nicht angemessen, das heißt: mit absolutem Unglauben antworten kann. Unzweifelhaft ist, daß er sich an jenem letzten Abend gefragt hat, wie das Ereignis, über das nur er verfügte und niemand sonst, auf dich wirken werde. Vielleicht war ihm sogar bewußt, daß ein Element von Eitelkeit in diesem Abgang von einer Bühne lag, auf der die Rolle, die zu ihm gepaßt hätte, ihm nicht angeboten wurde. Zu stolz für Appelle an anderer Leute Mitgefühl, mag dies sein letztes Mittel gewesen sein, sich Herrschaft über sie zu verschaffen, und sei es für Stunden oder Tage. Es ist ihm zuzutrauen, daß er damit rechnete, wie nach seinem Tode einige seiner Bekannten sich ausmalen würden, was er gedacht hat, während er die Tabletten in dem Glas mit Wasser auflöste, aus dem zuerst sie, dann er getrunken haben mag; wie er dann – belehrt von ihrer Klinikerfahrung – ihr und sich die Plastebeutel über den Kopf zog, die er unter dem Kinn zuband; nichts anderes vielleicht als ein zweckmäßiger Versuch, den Tod zu beschleunigen, doch dazu angetan, in jedem, der davon hörte, das Grauen zu steigern.

Lenka drückte eine verbreitete Stimmung aus, als sie sich fragte: Soll er mir nun eigentlich leid tun oder nicht? Ich weiß nicht ... Enttäuschung beherrschte die Schüler, die auf ihn gerechnet hatten; Unverständnis, Selbstgerechtigkeit seiner meist jüngeren Kollegen; alle aber kamen sich betrogen vor. Zeichen dafür, daß man die Leute zu durchschauen wünscht, mit denen man lebt, damit man sich die eigenen Verstellungen nicht bewußtmachen muß. Du bemerktest in den nächsten Tagen an dir einen Zuwachs an Aufmerksamkeit auch für nebensächliche Erscheinungen, besonders aber für die Gesichter von Menschen und für die allerersten Anzeichen von Leben in der Natur, die nach dem sehr milden Winter dieses Jahr schon Anfang Februar an den Birken vor deinem Fenster zu spüren waren.

Manchmal hattest du Sehnsucht nach der Zeit, in der noch nichts entschieden war, der Zeit vor dem Anfang, als du noch hoffen konntest, daß die Entscheidung für eine der Möglichkeiten nicht alle anderen unerbittlich ausschließen würde. Es kann ja nicht darum gehen, die Notizen von damals über die sogenannte glückliche Landung der drei Astronauten Roosa, Mitchell und Shephard auf diese Blätter zu übertragen. Nur eine Frage, die dir kam, als du die drei mit entblößten Köpfen an Bord des Flugzeugträgers vor Millionen Zuschauern ein Dankgebet murmeln sahst: Was glauben die Astronauten? Glauben sie, den Millionen, die es nicht besser wissen, ihre Frömmigkeit schuldig zu sein? Denn daß Gott es war, der seine Hand über – oder unter – sie gehalten hat, das, dachtest du damals noch, glauben sie nicht. Am nächsten Tag, als du zum Strahleninstitut gehst, um nun endlich – wegen der nach dem Stoß an der Stahlkante des Kamins nicht nachlassenden Kopfschmerzen – die Halswirbelsäule röntgen zu lassen; während du nach Aufruf hinter einer Halbwand aus Milchglas verschwindest, die dich zwar der Sicht, nicht aber dem Gehör der draußen Wartenden entzieht; während die alte Behandlungskarte in riesigen, mit Schiebetüren versehenen Wandschränken gesucht wird; während du auf einem der Stühle im Flur wartest und dich, wie alle, bemühst, nicht zu zeigen, daß du die über Lautsprecher an andere gerichteten Anweisungen mithörst: Herr A, Kabine I, Bauch frei machen, Frau B, Kabine 2, Oberkörper frei machen; während du dir Herrn A und Frau B, die verlegen in ihre Kabinen geschlichen sind, mit freiem Bauch und freiem Oberkörper vorstellen mußt; während du selbst in Kabine 3 sitzt – Haarklemmen entfernen, Brille abnehmen! –, während viermal dein Kopf in verschiedenen Positionen geröntgt wird und es dir auf einmal schwerfällt, nicht zu schlucken, wie befohlen: Während all dieser Ereignisse, an denen du nur als Objekt beteiligt bist, dachtest du immer wieder, ohne der Antwort näherzukommen: Was glauben die Astronauten?

Einige Seiten entstanden in jener unkonzentrierten Manier, die natürlich nicht befriedigt, aber Verwerfung und Rückzug noch offenläßt. Absichtlich brachtest du H. gegen dich auf: Es sei noch gar nicht gesagt, daß du das Buch machen würdest. Seine Entrüstung hat sich deiner Verstellung im Lauf der Jahre angepaßt.

Das Haus, auf das man zufährt, wenn man rechts die Häuserblocks der ›Gelben Gefahr‹ und links, weiter oben, die vier Bahrschen Häuser hinter sich gelassen hat, ist natürlich kleiner geworden, auch grauer, ganz wie erwartet. Einst war es strahlend weiß. Das wurde frühzeitig festgelegt, als es noch nicht einmal Baupläne gab, als Charlotte Jordan sich noch zierte wie die Zicke am Strick. Bauen! Sind wir denn größenwahnsinnig! Und wennschon: wieso dann mitten in die Wüste. Uns muß ja jeder für nicht ganz richtig im Kopf halten.

Es ist wohl schon gesagt, daß Charlotte zum Schwarzsehen neigt? Jedenfalls war sie öfter zur Unzeit traurig oder widerspenstig und hatte ihre Launen. ›Stimmungen‹ könnte man auch sagen. Sie ist einfach nicht in Stimmung, am Sonntagvormittag den weiten Weg vom Sonnenplatz bis zur Soldiner Straße zu machen, bloß weil ihr Mann sich mit einem aberwitzigen Projekt trägt. Erstens ist der ganze schöne Nachmittag futsch, wenn man erst so spät zum Essen kommt. Zweitens will sie nicht wieder das Theater mit dem Jungen haben – Lutz –, der bei jeder kleinsten Regenhusche wie am Spieß Wasser! Wasser! schreit.

Da weiß Bruno Jordan schon wieder genug. Wenn einer sich an einem wolkenlosen Herbsttag mit Regen rausredet, dann weiß er genug und bleibt lieber zu Hause.

Jetzt wird aber gegangen, und wenn es Schusterjungen regnet. Damit der Vater seinen Willen hat. Und ein Regenschirm wird nun auf gar keinen Fall mitgenommen. Beim Laufen, während noch ein bißchen gestritten wird, bessert sich doch die Stimmung. Denn es handelt sich um einen strammen Weg von einer Dreiviertelstunde, die Nelly von ihres Vaters Taschenuhr ablesen muß, obwohl sie die Uhr in der Schule noch gar nicht durchnehmen. Aber am besten ist: Den andern immer um eine Nasenlänge voraus. Und überhaupt: Pünktlichkeit ist das halbe Leben. Stillstand ist Rückschritt. Man muß aus seinem Leben etwas machen.

Aber (fangen denn damals schon viele Sätze von Charlotte

mit Aber an?) – aber jeder, den wir gefragt haben, rät ab. Bangemachen gilt nicht.

Aber wir haben das Geld doch noch gar nicht zusammen.

Du immer mit deinem Wenn und Aber.

Aber wenn sich schon ein anderer Kaufmann neben die Kaserne setzt.

Nimm du mir man bloß immer den Wind aus den Segeln.

Die Schlucht – ein Einschnitt in die Endmoränen-Hügelkette – verbindet Friedrichstraße und Soldiner Straße miteinander. Ihr letztes Drittel, eine reich gegliederte, doch gut überschaubare Hügellandschaft, ist das ideale Sommer- und Wintergelände für Kinder. Hier erfährt Nelly, daß wir nun also wieder Soldaten haben werden.

Aber wenn sich die anderen das nicht gefallen lassen.

Siehst ja, Frechheit siegt.

Aber ein Mädchen soll nicht zwischen zwei Kasernen aufwachsen. Soldaten sind sinnlich.

Nun bleib aber auf dem Teppich. Soldaten brauchen Zigaretten und Bier, wenn sie Ausgang haben. Und die Frauen der Offiziere sind froh, wenn ihnen einer die Ware ins Haus liefert.

Aber wer soll denn das machen?

Stell dir vor: wir. Herrgott noch mal! Ein bißchen Unternehmergeist! Ein kleines bißchen Selbstvertrauen!

Charlotte Jordan läßt sich nicht in der Öffentlichkeit von ihrem Mann den Arm um die Schulter legen. – Da rackert man sich ab und macht und tut, und dann kommt wieder Krieg und schlägt alles in Klump.

Manchmal ist es schon zum Verzweifeln mit dir.

Nelly hat nur ›Krieg‹ gehört. Es ist eines der Worte, die sie aus jeder Unterhaltung herausfischen würde. Krieg ist, das weiß sie aus des Vaters altem braunem Album, wenn Reihen von Pickelhaubensoldaten Reihen von anderen Soldaten mit roten Hosen – den Franzmännern – ihre aufgepflanzten

Bajonette in den Bauch stoßen, bis die Gedärme zu Boden hängen. Zwar handelt dieses Bild nicht vom Weltkrieg, sondern von 70/71, aber des Vaters Nahkampfreglement, das er auswendig aufsagen kann wie die ›Glocke‹, paßte darauf wie die Faust aufs Auge. Überaus geläufig war Nelly die Überzeugung, daß Krieg und Angst und Tod ein und dasselbe waren, und das konnte sie auch Herrn Warsinski nicht ganz verhehlen, zu dessen Enttäuschung wieder mal.

Hier also. Na?

Anhalten, sagtest du zu H., der wendete und hielt im Schatten bei den Bahrschen Häusern. Weil sonst nichts zu sagen war, gabst du Nellys Ausruf wieder – der berühmt wurde –, als der Vater ihnen zum erstenmal die Stelle zeigte, an der ihr Haus stehen sollte: Aber hier ist ja ein Berg!

Tja, soll Bruno Jordan, der Bergeversetzer, gesagt haben. Der kommt weg.

Berg war die reine Übertreibung. Der Firma Andersch und Söhne, die ein halbes Jahr später die Ausschachtungsarbeiten übernahm, hat es nicht die geringste Schwierigkeit gemacht, den Rand der Sandhügelkette abzutragen, in die das Haus hineingebaut wurde, da sie ja das Ende der winterlichen Frostperiode des Jahres 36 abwarten konnte, ein geringfügiger Zeitverlust, der durch Bruno Jordans Bemühen, einen Bankkredit zu bekommen, mehr als gerechtfertigt war.

Übrigens scheint es, wie es Kurzzeit- und Langzeitgedächtnis gibt, auch Kurzzeit- und Langzeitrechthaber zu geben. Zu den ersteren gehörte Bruno Jordan: Sein Haus wurde gebaut, und zwar, wie sich bald herausstellte, in geschäftsgünstiger Lage (zwischen den beiden Kasernen, deren eine, die Walter-Flex-Kaserne, selber noch im Bau war), und auch in günstiger Zeit. Die Zahl der Arbeitslosen in Deutschland war auf zwei Millionen gesunken, das hieß: Auch Arbeiterfamilien waren für eine Wochenendeinkaufssumme von zwanzig bis dreißig Mark gut. Das Geschäft blühte, so daß die Hypothek praktisch abgezahlt war, als Jordans das Haus nach achteinhalb Jahren verlassen mußten: Diesen Umstand – daß sie schuldenfrei waren – hat Charlotte später nie zu erwähnen vergessen. Sie war ein Langzeitrechthaber. Damals sagte sie: Aber der Boden! Der reine Sand, Menschenskind! Ja, das war nun mal nicht anders. Am Abschreiten der Grundstücksfront beteiligte sie sich schon. Aber soviel steht fest: Eine elektrische Rolle wird eingebaut. Und Kohlen- und Kartoffelkeller getrennt. Anders fang ich gar nicht erst an.

Genehmigt. Und genau hierher, an diese Ecke, setzen wir eine Pappel.

Aber die bricht der Wind doch um!

In solchen Einzelheiten hat sie wieder unrecht behalten. Die Pappel steht. Einst eine magere Rute, heute ein kräftiger fünfunddreißigjähriger Baum, wenn auch seine Spitze irgendwann durch einen Blitz gespalten worden sein muß, so daß die zwei ungleich langen Enden, in die er ausläuft, seiner Schönheit Abbruch tun. Das Haus steht auch. Der Krieg – mit dem nun wieder Charlotte recht behielt – hat es nicht in Klump geschlagen, denn die paar Bomben, die in der Stadt herunterkamen, waren Angst- oder Verlegenheitswürfe einzelner Maschinen der Royal Air Force, die von Berlin, ihrem eigentlichen Ziel, durch Flakbeschuß oder Jägereinheiten der Deutschen Luftwaffe abgedrängt waren. Bis hierher, an den Nordwestrand der Stadt, haben sich auch die Kämpfe bei Kriegsende, die den Stadtkern zerstörten, nicht hingezogen. Die Häuserverbrennungen, die vorkamen, waren gezielte Aktionen befreiter polnischer Fremdarbeiter, angeführt durch eine gewisse Frau Bender, die den Versuch, einen schwerkranken Sohn mit Hilfe gestohlener Lebensmittelkarten zu retten, im Gefängnis hatte büßen müssen: Sie ließ nach Kriegsende die Häuser der Nazis in der ihr bekannten Wohngegend niederbrennen. So verbrannten Jordans beide Nachbarhäuser, das Haus von Architekt Bühlow und das von Terrazzoleger Julich. Auf deren Grundmauern sind neue, etwas kleinere Häuser entstanden. Sie bringen natürlich einen fremden Zug in das Gesicht dieser Gegend. Im übrigen aber ist geschehen, was kein Mensch für möglich halten konnte: Der Sandberg ist abgetragen und, wie es scheint, in jenen tiefen Einschnitt der Schlucht geschüttet worden, der einst, als Ab- und Auffahrt zwischen zwei dicht beieinander stehenden Erhebungen, im Winter die gefährliche Teufelsbahn ergab, die nicht jeder zu meistern verstand. Auch alle anderen Profile sind verändert. Neue Wiesen befinden sich an einst steinigen Talsohlen, auf denen an jenem glutheißen Sonnabend des Jahres 71 Scharen von Kindern spielten, deren Rufe und Liedfetzen, die du nicht verstandest, dir wohltaten wie lange nichts, während du auf dem Rand der Schlucht standest – genau da, wo Nelly mit ihrer Freundin Hella Prinz und Prinzessin spielte – und zu den neuen Häuserblocks hinübersahst, welche dicht an dicht die Fläche besetzten, die einst der Sandberg einnahm: jener ehemalige Galgenberg, dessen Gipfel lange schon abgetragen war und der damals, ein stumpfer Kegel aus reinem Sand, ein riesiger, durch nichts zu ersetzender, durch nichts zu übertreffender Spielplatz von 150 Meter Durchmesser war.

Daß Häuser altern, hast du gewußt. Auch daß sie schrumpfen mit der Zeit. Aber das macht nichts. Auch daß es Häuser gibt, die mit einem Bann belegt sind, so daß man sie nicht betreten darf, ist bekannt. Dort drüben das, jenseits der Soldiner Straße, vertraut, fremd, gealtert – es gehört nun dazu. Aber das macht nichts. Bis an das Schaufenster kannst du herantreten – obwohl auch das ungewöhnlich sein mag – und die Auslagen betrachten: Reklamemilchflaschen und Reklamekäsepackungen. Du könntest auch in den Laden hineingehen und, indem du mit dem Finger auf sie zeigtest, eine Flasche Milch verlangen, aber das käme dir schon wie eine bewußte Irreführung des Verkäufers vor. Vermutlich würde er dich höflich bedienen, genau wie die einheimischen Kunden, deren Anzahl sich durch die dichte Besiedlung des Sandbergs vermehrt haben muß.

Daß sie aber die Berge versetzen würden ...

Während nun im Jahre 36 ihr Haus gebaut wird und Nelly erfährt, wie Baukalk riecht, wie man den Mörtel mischt und wie man auf schräg ansteigenden Brettern balanciert; auch – da war schon Richtfest –, wie man aus einem großen Kessel Würstchen herausfischt: all die Zeit über muß sie den Zauberkorken mit sich herumgetragen haben. Er muß dasein, wenn sie in die Manteltasche faßt. Unter der Schulbank muß sie nach ihm greifen können. Rundum ist er spiralförmig mit kleinen Messingnägelchen beschlagen, und wenn sie einen bestimmten Nagelkopf berührt, ist sie gefeit. Sie hat keine Angst mehr vor Herrn Warsinskis Blick (oder vor seiner Nichtachtung), sie löst jede Rechenaufgabe und kann sich auch gegenüber Gundel behaupten. Zu schweigen, daß der Unterschied zwischen Ding- und Tuwörtern ihr kein Problem aufgibt. Sie ist kein Außenseiter mehr, wenn ihre Hand den Korken umschließt. Das einzige, was man ihm nicht antun darf – er verliert dann seine Wirkung –, ist: ihn verleugnen. Überflüssig wäre er allerdings, wenn es ihr gelänge, Gundel auf ihre Seite zu bringen. Sie spielt ihr den Korken in der Pause zu, so daß sie danach fragen muß und Nelly, ganz gleichmütig, antworten kann: Zauberkorken. Nichts Besonderes.

Das Gerücht verbreitet sich in der Klasse. Der Korken geht von Hand zu Hand. Als es zur Stunde klingelt und Herr Warsinski auch schon in der Tür steht, ist er spurlos verschwunden. Erst viel später blitzt er zwischen Lieselotte Bornows Fingern, als sie wieder mal nach vorne gehen und ein Lied singen soll, was sie doch ein für allemal nicht kann. Aber diesmal stellt sie sich einfach hin und singt los, leise zwar noch und zittrig, aber jedenfalls hörbar:

Meine Mu, meine Mu, meine Mutter schickt mich her,
ob der Ku, ob der Ku, ob der Kuchen fertig wär.
Wenn er no, wenn er no, wenn er noch nicht fertig wär,
käm ich mo, käm ich mo, käm ich morgen wieder her.

Na siehst du. Herr Warsinski hat immer gesagt: Man kann alles, wenn man bloß will. Aber was hast du denn da in der Hand?
Herr Warsinski will es nicht wirklich wissen. Wenn Lieselotte imstande gewesen wäre, den Korken stumm vorzuweisen und ein schuldbewußtes Gesicht zu machen, wäre er zufrieden gewesen, hätte sie ermahnt und den Korken in dem Fach des Klassenpultes eingeschlossen, in dem jegliches Spielzeug verschwand, das nun mal in der Schule nichts zu suchen hatte. Er hatte eigentlich gute Laune. Wenn nur Lieselotte nicht, bockig wie immer, behauptet hätte, der Korken gehöre ja gar nicht ihr. – Nicht? Also bitte: Wem denn sonst? Das ist immer noch leichthin gefragt.
Da fällt Nellys Name.
Ach. Dir also? – Der Ton bleibt fast neutral, aber Herr Warsinski hat seine rechte Augenbraue hochgezogen. Das muß Nelly nicht gesehen haben: Die Versuchung ist stark. Sie kann einfach sagen: Ja, das ist mein Korken, und ihn in der Schultasche verschwinden lassen. Herr Warsinski aber wird sie für immer wegen Verspieltheit verachten. Er sagt schon – und es klingt verächtlich –: Dann nimm ihn gefälligst und steck ihn weg, deinen Korken. Vier, fünf aus der Klasse kichern schon. Gleich wird die ganze Klasse über sie lachen. Da hört sie sich sagen: Nein. Mein Korken ist das nicht. – Ein bedeutsamer Augenblick: Nelly lügt, und sie weiß es und will es.

Übrigens ist es leicht. Es war ganz falsch, zu glauben, daß ein tiefer Graben das Reich der Wahrheit von dem der Lüge trennt. Die Gegend, in der sie sich wiederfindet, ist der früheren zum Verwechseln ähnlich; nur ist das Licht in der früheren Welt anders gewesen. Sie begreift sofort, daß es nur in ihrer Erinnerung weiterleben wird, und hat eine starke, trotzige Sehnsucht nach diesem verlorenen Licht, während sie minutenlang, nicht verstockt, sondern ruhig, ihr NEIN zu wiederholen hat.

Denn nun will der bestürzte Herr Warsinski endlich wissen, was Sache ist.

Man kann böse sein, ohne Reue zu fühlen.

Es ist kinderleicht, man muß nur anfangen und dabei bleiben. Eine Befragung durch den lieben Gott selbst konnte auch keine andere Antwort hervorbringen.

Wieso erfuhr sie erst jetzt, daß dies der Weg war, ihnen allen überlegen zu sein? Die Gundel verlegen, Herrn Warsinski ratlos zu sehen: Daß eine so lügt in dem Alter, um nichts und wieder nichts – das gibt es doch nicht. Fast bittend fragt er ein letztes Mal: Nicht wahr, er gehört dir wirklich nicht. Nein.

Nun. Dann werden wir uns um diesen dummen Korken nicht weiter kümmern, und wer ihn haben will, soll es mir in der Pause sagen. Und du, Nelly, sagst uns jetzt wohl das Gedicht vom Riesenspielzeug.

Aber gerne. Gedichte aufsagen immer. Kühl bis ans Herz hinan, wie die Mutter zu sagen pflegte. Hier ist Zement, da kannst du kratzen. Wer lügt, siegt.

Es sprießt der Stamm der Riesen aus Bauernmark hervor. / Der Bauer ist kein Spielzeug, da sei uns Gott davor!

Du, sagte Gundel Neumann in der Pause, du, Nelly, ich hab doch wirklich nicht gewußt, daß es nicht deiner war! Und Nelly, zum erstenmal eingehakt mit Gundel, sagt ruhig: Es ist aber meiner! und genoß das Unverständnis und die Bewunderung der anderen, die endlich, als seien sie Freundinnen, auf dem Schulhof mit ihr hin und her ging. Alles, was so lange schiefgelaufen war, kam ins rechte Gleis, wenn man nur einmal im Leben standhaft blieb und log.

Der liebe Gott hatte dagegen nichts einzuwenden: Er strafte nicht, eher belohnte er noch. Allerdings bestand er darauf, daß man wiederholte, was man einmal fertiggebracht hatte. Daß man es immer wieder tat, und immer wieder aus dem gleichen Grund: aus Stolz.

Erst jetzt aber taucht aus der Erinnerung der Anlaß für jene erbitterte Schlägerei auf, die zwischen Lutz und Nelly eines Tages entstand und in deren Verlauf sie des Bruders Arm verrenkte, so daß er, wie beschrieben, einige Tage im Krankenhaus blieb und sich die Masern holte, die ihn dann hinderten, beim Richtfest des neuen Hauses dabeizusein: Es ging um eine entscheidende Verletzung der Spielregeln durch Nelly beim Marienkindspiel. Das Märchen ist ja bekannt. Nelly ist das Marienkind. Aus untilgbarer Neugier öffnet sie auch die verbotene dreizehnte Tür im Himmelreich. Bruder Lutz ist abwechselnd die Jungfrau Maria und der Aufsichtsengel, der Nelly Marienkind unter heftigem Flügelschlagen den Eintritt verwehren will. Natürlich überwältigt sie ihn, öffnet die Tür und steht vor der verbotenen strahlenden Dreifaltigkeit, die sie nicht nur sieht, sondern sogar berührt, wovon ja dann ihr Finger dauerhaft vergoldet ist und die gewaltige Angst über sie kommt, die schließlich, nachdem die überaus grausame Jungfrau Maria dem Marienkind dreimal das Kind genommen, nachdem man es deshalb zur Hexe erklärt und auf den Scheiterhaufen gebracht hat, in letzter Sekunde zum rettenden Geständnis führt.

An dieser Stelle wich Nelly auf empörende Weise von der Vorlage ab. Sie ist schon an den Bettpfosten gebunden, feuerrotes Buntpapier regnet als Flammenmeer auf sie herab, sie brennt also lichterloh, ihr Finger ist immer noch vergoldet, doch schüttelt sie weiter den Kopf: Nein, nein, nein. Ich bin es nicht gewesen! Sie gesteht nicht, wie vorgeschrieben. Bruder Lutz verfällt in einen seiner gefürchteten Jähzornanfälle. Nelly verrenkt ihm, um ihn zu bändigen, den Arm. Durch Reue geläutert, nimmt sie am Richtfest teil. Der Rohbau des Hauses steht genau an der Stelle, wo sie vor Jahresfrist die Vorderfront abgeschritten haben. Nelly sitzt auf Brettern, die sich biegen, unter den Maurern, die ihr zeigen, wie man Bier aus der Flasche trinkt, und die zu ihrem Vater ›Chef‹ sagen. Das erste Schuljahr ist auch vorbei, und so schlimm ist es doch wirklich nicht gewesen. Als die Eltern das Zeugnis gelesen haben, sagen sie, sie hätten immer gewußt, daß sie stolz auf ihre Tochter sein könnten.

Am 1. September 1936 wird der neue Laden eröffnet. Bruno Jordan hat in einem scharfsinnigen Schriftsatz dem Magistrat der Stadt bewiesen, daß ›Am Galgenberg‹ für einen Lebensmittelladen eine geschäftsschädigende Adresse ist, und erhält die Erlaubnis, sich als Anlieger der Soldiner Straße zu betrachten und zu benennen – eben jener heute zu doppelter Spurbreite erweiterten nordwestlichen Ausfallstraße, auf der Nelly die zum Exerzieren, später die ins Feld ausrückenden Kolonnen beider Kasernen hat marschieren, schließlich die Flüchtlingstrecks hat entlangziehen sehen.

Ein Foto zeigt Bruno und Charlotte Jordan, beide in ihren weißen Ladenmänteln, am Tage der Geschäftseröffnung vor ihrem neuen Haus. Bruno ist neununddreißig, seine Frau Charlotte sechsunddreißig Jahre alt, ihr Leben ist Mühe und Arbeit, und ihre Kinder, beide gesund und wohlgeraten, zählen sieben und vier Jahre.

Alle – außer Charlotte – sind nicht daran gewöhnt, Wörter wie ›Glück‹ ohne weiteres in den Mund zu nehmen, oder höchstens in Zusammensetzungen wie Glückssträhne, Glückspilz, Glücksfall und so weiter.

Nelly aber hat Glück empfunden, als sie an einem strahlend schönen Augustmorgen zum erstenmal in ihrem neuen Kinderzimmer erwachte. Die Sonne schien auf die Blumentapete, die sie selbst aus dem Musterbuch mit ausgesucht hatte und die du bis heute aufzeichnen könntest; da dachte sie – und wiederholte es laut: Jetzt fängt ein neues, schönes Leben an.

6

Es ist der Mensch, der sich erinnert – nicht das Gedächtnis. Der Mensch, der es gelernt hat, sich selber nicht als ein Ich, sondern als ein Du zu nehmen.

Ein Stilelement wie dieses kann nicht Willkür oder Zufall sein. Der Sprung von der dritten Person in die zweite (die nur scheinbar der ersten nähersteht) am Morgen nach einem lebhaften Traum.

Er spielte – lange nach jenem Sommerbesuch in L. – in einer Stadt, die deine Heimatstadt nicht war, sie aber sein sollte, das wußtest du im Traum. Die Stadt ist unordentlich, im Umbruch, so, wie du sie vorgefunden hast. Du kaufst etwas, trägst es in einem Netz, schöne gelbe Äpfel. Ein Mann kommt und wirft dir vor, du habest ein Ding unterschlagen, das dir zur Aufbewahrung übergeben worden sei. Du beteuerst, du habest es ›woanders‹ hinterlegt. Der Mann ist nicht unfreundlich, er will dich nicht demütigen. Er hat blondes, welliges Haar. Du kannst ihm nicht böse sein, daß er dich verdächtigt. Du begreifst: Dies ist sein Amt. Gemeinsam geht ihr durch ein verwahrlostes Gehölz. Ein Polizist mit weißer Mütze springt brutal mit einer alten Frau um, die Holz gestohlen haben soll, einen einzigen Ast. Dein Begleiter weist dich darauf hin, wie schon ein geringer Diebstahl der Ordnung halber schwer geahndet werden muß – und nun erst deine ernste Unterschlagung! Du nickst. Du führst ihn in ein großes, graues, quadratisches Haus, das am Rand des schütteren Gehölzes liegt: So waren Wälder bei Kriegsende verwüstet. Dort gibt es eine Art Garderobe und eine Frau, die sich lautstark mit einer anderen unterhält, über Alltagsdinge. Den Gegenstand, nach dem du fragst, will sie absolut nicht kennen. Du bestehst verzweifelt darauf, daß du ihn hier aufbewahren läßt. Schließlich zeigt sie auf ein Netz, in dem außer ein paar eingewickelten Päckchen eine schlanke schöne Flasche ist. Ja, das! rufst du, unendlich erleichtert, obwohl dir dunkel bewußt ist, daß du etwas anderes gesucht hast. Auch dein Begleiter ist zufrieden. Er hält die Flasche gegen das Licht: Sie ist hellgrün und durchsichtig, rein und makellos, daß es dich schmerzt. Sehen Sie, sagt der Begleiter, das war eine echte Erinnerungslücke! – Wie froh du bist, für alles eine Erklärung zu haben, die dich entlastet und mit der du übereinstimmen kannst.

Die Schlucht. Nelly, deren Spielfeld dieser Hügelrand, dieser mit Gras bewachsene und von Eidechsen bewohnte Abhang gewesen ist, scheint eine Neigung zu haben, sich zu verkriechen und die Schauplätze zu fliehen, auf denen sie zu finden man hoffen konnte oder fürchten mußte. Dir ist jetzt klar, warum du sechsundzwanzig Jahre lang nicht erpicht gewesen bist, hierherzukommen. Unausgesprochene und uneingestandene Vorwände – Heimatverlust, möglicher Wiedersehensschmerz – hielten nicht länger stand. Du scheutest eine Begegnung, die unvermeidlich sein würde. Vielleicht sind es nicht die beneidenswerten Leute, die das nicht kennen: Verlegenheit gegenüber einem Kind.

Bis hierher, bis zu diesem Haus hattest du dich vorgearbeitet, nicht in gerade Linie, sondern scheinbar ziellos, im Zickzackkurs, um das Kind – womöglich mit Hilfe eines Gedächtnisses, das, hilflos dem Anprall von Einzelheiten ausgesetzt, erstaunliche Nebensächlichkeiten auszuliefern beginnt – ›in den Griff‹ zu kriegen. Hier aber mußtest du einsehen, daß du nie wieder sein Verbündeter sein konntest, sondern ein zudringlicher Fremder warst, der nicht eine mehr oder weniger markierte Spur, sondern am Ende es selbst verfolgte: Sein inneres, niemanden sonst betreffendes Geheimnis.

Es war kein Spiel mehr, und dir sank der Mut. Das Kind würde, wenn du darauf bestündest, aus seinem Versteck hervorkommen. Es würde sich Schauplätzen zuwenden, auf die du ihm ungern folgtest. Du hättest ihm auf der Fährte zu bleiben, rücksichtslos seine vollständige Einkreisung zu betreiben, während der Wunsch, sich von ihm abzukehren und es zu verleugnen, in dir immer stärker werden würde. Der Weg, den du eingeschlagen hattest, war durch Verbote versperrt, die niemand ungestraft verletzt.

Es war einer jener Momente vollkommener Klarheit, die wir schätzen, sogar suchen müssen – selbst dann, wenn aus der Suche Sucht zu werden droht und jene hellsichtigen Augenblicke uns endgültige Beweise für die Unausführbarkeit derjenigen unserer Pläne liefern, von denen abzulassen uns unmöglich ist. Es herrschte die grelle, aber ungewöhnliche Beleuchtung, die eine heiße Julisonne zu liefern imstande ist. Das ›Licht der Kindheit‹ – wie hattest du hoffen können, es wiederzufinden! – blieb unsichtbar.

Du ließest dir von Lutz die Belichtungswerte ansagen, denn dies war der Standort, von dem aus man deutlich sehen konnte, um wieviel die gespaltene Pappelspitze das Dach des Hauses überragte und wie dick der Stamm dieses Baumes geworden war. Ist schon erzählt worden, daß Nelly selbst einst die Pappelrute pflanzen durfte? Der alte Gensicke, Gärtnerei und Baumschule, hat das Bäumchen mitsamt Wurzelballen von seinem Schiebekarren gehoben und in das Loch gesenkt, aber Nelly ist es gewesen, die die Grube mit Muttererde zuschüttete und die Erde festtrat, bis um das Bäumchen herum eine sanfte Kuhle entstanden war, in die sie dann das Wasser goß, das sie zusammen mit dem kleinen Maurerlehrling im Kalkeimer herbeischleppte. Der alte Gensicke ließ einen seiner Sprüche vom Stapel, der das Gedeihen des Baumes betraf und das Gedeihen dessen, der ihn gepflanzt und aus dem Keller, wo die Maurer Richtfest feierten, sangen sie ›Kornblumenblau‹. Lebensgipfel. Eindrücke, die keinem normalen Gedächtnis entfallen können. Ähnlich, sagt Lenka, wie sie sich immer an den Tag erinnern wird, an dem den Kindern die halbverrottete Laube in einem ihrer früheren Gärten zur beliebigen Verwendung übergehen wurde. So denke sie also, fragst du sie, auch an die alte Laube, wenn sie das Wort ›Heimat‹ höre? – Nein. – Woran aber sonst? – Heimat ist für mich kein Wort, bei dem ich mir was denken kann, sagt Lenka.

Du überlegst. Es könnte wahr sein.

Zuhause, sagt Lenka: Ja. Das sind ein paar Leute. Wo die sind, ist Zuhause.

Sie will wissen – fast erstaunt über ihren Verdacht –, ob etwa ihr, Lutz und du, heimatliche Gefühle hegt. Hierher, zum Beispiel.

Ihr zögert. Es habe sich ja vieles sehr verändert. Aber andererseits . . . Natürlich sehne man sich nicht hierher zurück, das nicht.

Lenka schweigt. Du sagst ihr, daß Nelly sich nie hat vorstellen können, jemals woanders zu leben als hier.

Lenka verlangt Einzelheiten über Nellys Spiele zu wissen. Sie hat doch, wie Lenka weiß, in einem bestimmten Alter Prinz und Prinzessin gespielt, mit Leidenschaft, wie sie selbst, Lenka, auch. Du erinnerst dich an lange Gänge und Ritte über die harte Grasnarbe dieses Hügels, Schleier und Tücher wehen hinter Nelly im Winde, sie ist die Prinzessin, und Hella Teichmann, ihre neue Freundin, angetan mit einem Samtbarett und einer Feder, ist der Prinz und, je nach Kopfbedeckung und Bedarf, der ganze übrige Hofstaat.

Immer fielen Verbrechen vor. Auf den gräßlichen Verrat eines Dieners, auf Entdeckung und Verfolgung folgten die schauerlichsten Strafen, die alle hier, an diesem sonnenüberfluteten Sandhügel, in vorgestellten Höhlen und Grotten vollstreckt wurden und sich durch ausgesucht langwierige und qualvolle Prozeduren auszeichneten, die übrigens Lenkas Prinzessinnenspiel vollkommen gefehlt haben müssen. Sie weiß nur von der dunkelgrünen Höhle unter dem Holunder, die ihr als Schloß gedient hat, und von dem schmerzlichen Versagen vieler Prinzen, denen es einfach nicht gelang, die drei Aufgaben zu meistern und sie zu erlösen.

Hier hat auch Sigi Deickes großer Auftritt stattgefunden. Der Junge, kleiner als Nelly, wohnte im ersten der Bahrschen Häuser. Er schlich sich an sie heran, brach dann plötzlich hervor, um sich am äußersten Rand des Hügels zu postieren (dort, wo ihr standet), den rechten Arm hochzureißen und in einem unheimlich ekstatischen Ton aus Leibeskräften zu brüllen: Ich bin euer Führer Adolf Hitler, ihr seid mein Volk und müßt mir gehorchen. Siegheil! Siegheil! Siegheil! – Er war es zufrieden, wenn Nelly und ihre Freundin Hella in den dreifachen Ruf einstimmten, stärkere Beweise ihrer Unterwerfung verlangte er nicht.

Der war nicht ganz richtig im Kopf, sagte Lenka. – Wieso denn? sagte Lutz. Der wiederholte nur, was er im Radio hörte. – Der Arme, sagte Lenka.

Es war nun angebrochen, was die älteren Leute heute noch ›Friedenszeiten‹ nennen: Drei oder vier Jahre, die ihr Bewußtsein maßlos dehnt.

Warum ist dieses Gefühl niemals wiedergekehrt, in achtundzwanzig Friedensjahren nicht? Unterminieren die Kriege in anderen Teilen der Welt, in die der Brennpunkt der Weltgeschichte sich verlagert hat, nun doch die Ruhe der wenig Betroffenen? Das wäre ein Fortschritt. Oder genügten – was wahrscheinlicher ist – die Spannungen auf unserem eigenen Erdteil, auch wenn sie nur zum kalten, nicht zum heißen Krieg führten, ein dauerndes Gefühl von Gefahr in uns wachzuhalten?

Es war ein Fehler, sich auf einen Winterurlaub in diesem bekannten Reisebüro-Heim einzulassen. Für vierzehn Tage festsitzen inmitten von Leuten der gehobenen Mittelklasse, inmitten von Familien, deren Väter mit ›Herr Professor‹ anzureden sind, deren Mütter Westtextilien tragen, die sich miteinander langweilen und eine mörderische Sterilität ausstrahlen. Nachts träumst du, daß du mit dem Auto durch eine saubere, viereckige Stadt fährst in den Farben Weiß und Rot, daß du überall in Sackgassen gerätst, schließlich tief verschneite Gebirgsstraßen hinaufkurvst, ins Schleudern kommst, am Ende mit den Vorderrädern über einem Abgrund hängst.

Was soll nun dieser Traum in diesem friedlichen Tal, unter diesen friedlichen Leuten? Am Morgen steht die Todesnachricht, auf die du gewartet hast, in der Zeitung, nun doch zu früh. Du wiederholst dir, was B., die jetzt tot ist, vor fünf Tagen zu dir gesagt hat. Optimistische Trauer, sagte sie, ob so etwas möglich wäre? Du warst nicht bei der Sache, weil du wußtest, daß du sie zum letzten Mal sahst.

H. willigt ein, in die Stadt zu fahren. Er läßt dich allein losgehen, verliert kein Wort über die sinnlosen Einkäufe, die du gemacht hast. Kleid, Bluse, Handtasche. Dein Genuß, in einem durchschnittlichen Café zu sitzen. Auf der Rückfahrt der Genuß an den unendlich vielen verschiedenen Schattierungen von Grau am Himmel. Du bemerkst sie, weil du lebst. Du schläfst ein und erwachst mit dem Gedanken an ihren Tod, aber du lebst.

Friedenszeiten. Als es uns gut ging. Friedensware: Wollstoff ohne Holzstückchen drin. Als ein Pfund Zucker achtunddreißig Pfennig kostete, ein Stück Butter eine Mark, und als die Bananen einem hinterhergeschmissen wurden. Als Bruno Jordans dickes Anschreibebuch zu einem dünnen Heft zusammengeschmolzen war, in das kaum noch zahlungsunfähige, sondern nur vergeßliche Kunden eingeschrieben wurden. (Am 12. Mai 1937 ist die Zahl der Arbeitslosen im Reich auf 961 000 gesunken.) Als man zum Backen nur gute Butter nahm.

Vergessen ist: Die Bewirtschaftung der Haushaltfette hat mitten in Friedenszeiten begonnen, und die Einkaufsgenossenschaft Deutscher Kaufleute – EDEKA –, die ihr bewährtes Mitglied Bruno Jordan soeben als Schriftführer in den Vorstand gewählt hat, muß die ›geschaffene Lage‹ auf dem Fettmarkt mit dem Parteigenossen Schulz von der Hauptabteilung des Reichsnährstandes besprechen; Bruno Jordan äußert sich vor den versammelten Kolonialwarenhändlern zu Fragen des Vierjahrplanes, der Marktordnung und der Fachpresse – seine einzige Gelegenheit, namentlich im Lokalteil des ›General-Anzeigers‹ erwähnt zu werden. Der Winter von 36 auf 37 war mild, das ist dokumentarisch belegt. Bruno Jordan hat nach jener im ganzen sehr erfolgreichen Sitzung vom 3. Januar 1937 gewiß noch länger mit seinen Vereinsfreunden – womöglich sogar mit dem Parteigenossen Schulz aus Berlin – zusammensitzen müssen, so daß es nicht spät, sondern früh war, als er, leicht schwankend, in der Schlafzimmertür stand und sein Bett von seiner Tochter Nelly besetzt fand: Eine Vorsichtsmaßregel von Charlotte Jordan, die ihrem Mann kühl mitteilte, er werde sein Bettzeug auf der neuen Couch im Wohnzimmer finden, und die ihm dann, da er sich weitschweifig zu erklären suchte, mit einem einzigen Wort die Rede abschnitt: Vagabund. Vagabund hat sie zu ihm gesagt, dachte Nelly, ehe sie wieder einschlief, und verschloß das Wort gegen jedermann. Behielt es so durch ihren Gedanken. Eine gute Ehe, so wird es Charlotte später nennen, im ersten Nachkriegsjahr, wenn

Bruno Jordan sich noch in sowjetischer Kriegsgefangenschaft befinden und Charlotte Jordan ein Familienfoto herumzeigen wird, auf dem auch er, in Unteroffiziersuniform, zu sehen ist. Wir haben eine gute Ehe geführt. Ein Geschäftsmann, mein Mann, wie er im Buche steht. Was der anfaßte, klappte. Zwischen den Eheleuten steht – auf dem Foto – der neue niedrige Couchtisch, mit sechzehn Kacheln belegt (in ›bleu‹), von denen die Eckkacheln je ein Segelschiff bei bewegter See aufweisen. Hinter ihm, steil aufgerichtet, auf der rostfarbenen geblümten Couch die Kinder. Wir haben immer gut zusammen gelebt.

Lenka, nicht sonderlich interessiert an der Ehe ihrer Großeltern, hätte doch aufgehorcht bei dem Wort ›Vagabund‹, aber es wurde ihr nicht mitgeteilt. Alles kann und soll nicht gesagt werden, darüber muß Klarheit herrschen. Wohin auch das Wort noch vordringen mag, man soll sich nicht vornehmen, alles zu sagen, was sich benennen ließe, damit in der Zone der unausgesprochenen Wörter Scham und Scheu und Ehrfurcht sich halten können.

Es scheint erwiesen, daß Kinder nicht alles aus dem Leben ihrer Eltern zu wissen wünschen. Nelly, überdurchschnittlich neugierig und ihre ganze Kindheit über gezwungen, diese kostbare Eigenschaft zu verstecken – sogar vor sich selbst, so daß sie in Gefahr kam, verlorenzugehen –, hatte nicht die mindeste Lust auf Enthüllungen, die ihre Eltern in ihren Augen hätten herabsetzen können. Sie litt, wenn die Stimmungen, die ihre Mutter immer häufiger befielen und die sich immer häufiger gegen ihren Vater richteten, über den Rahmen der engeren Familie hinausdrangen, in dem sie geduldet und verschwiegen werden konnten. Wenn – was vorkam! – sich Tante Liesbeth und Tante Lucie in Jordans Herrenzimmer um die weinende Charlotte bemühten, während oben an Schnäuzchen-Omas Kaffeetisch alle darauf warteten, daß die Geburtstagsfeier losgehn konnte. Sie kommt und kommt einfach nicht. Ein Achselzucken rund um den Tisch, ehe man mit dem Kaffee-Eingießen begann, ehe Tante Liesbeth, die noch fröhlich und natürlich sein konnte, ihre Nichte Nelly ermunterte, nicht so ein Gesicht zu ziehen und ihr Gedicht aufzusagen. Daß Nelly also aufstand und loslegte: Liebe gute Omama, heute bist du fünfundsechzig Jahr ...

Das hat sie nun selber verfaßt, es ist beinah nicht zu glauben. Charlotte Jordan hält es aus, mit ihrem Mann tagelang kein Wort zu sprechen, oder nur das Nötigste. Geschäftliches, und das in einem eisigen Tonfall, den Nelly mehr fürchtet als alles, was sie kennt. Ein dutzendmal, während der Morgen vor der Schule in diesem Schweigen vergeht, das die Eltern gegeneinander, nicht aber gegen die Kinder wahren, so daß unnatürliche Partnerschaften sich ergeben; während die große Szene endlich doch stattfindet, die zum Anlaß nicht mehr braucht als einen verlorenen Handschuh, ungeputzte Schuhe, Liederlichkeit der Kinder; wenn dann endlich die Haustür hinter ihr zufällt: Ein dutzendmal schwört Nelly sich, ihren Kindern dies nicht anzutun. (Ein dutzendmal schluckst du das heftige Wort hinunter, das dir am frühen Morgen auf der Zunge liegt gegen die unermeßliche und untilgbare Unordnung der Kinder – das Wort, ja. Aber nicht die Gereiztheit, die sich ihnen mitteilt. Gegen die sie allerdings, anders als Nelly, aufbegehren können; Nelly mußte entweder schweigen oder frech werden.)

Warum lieben eigentlich Eltern ihre Kinder? fragt Lenka. Ausgerechnet jetzt, ausgerechnet hier. Ihr steht immer noch am Rande der Schlucht; vier, fünf Minuten, mehr sind ja nicht vergangen.

Dir fällt auf, daß H. noch kein Wort gesprochen hat. Du sagst: Frag deinen Vater. H. greift seiner Tochter ins Genick, schüttelt sie. Aus Egoismus, Kaninchen. – Klar, aber sonst noch? – Wann ist Nelly auf solche Fragen gestoßen? Über

171

die Maßen spät. Elternliebe war unantastbar wie auch Gattenliebe.

Lutz möchte seiner Nichte einen historischen Abriß der Entwicklung von Elternliebe geben. Liebe, sagt er zu Lenka, hat ja einen ganz bestimmten Sinn in einem ganz bestimmten Entwicklungsstadium der Gattung. Wir sind daran gewöhnt und halten sie für ›natürlich‹. Aber denk doch nicht, daß Elternliebe sich entwickelt hätte, wenn die Menschheit dadurch dezimiert worden wäre.

Und warum begraben die Elefanten ihre Toten an ihrem Heimatort? fragt Lenka. Sie hat es selbst im Fernsehen gesehen: Ein toter Elefant wird von seiner Herde oft viele Kilometer weit zum Begräbnisplatz der Sippe geschleppt und dort unter einem bestimmten Zeremoniell begraben. Wem nützt das? Ist das nun tierisch, oder was? Was glauben die Elefanten?

Lutz ist überzeugt, daß man den Ursprung dieses tierischen Instinkts schon noch entdecken werde. Lenka solle sich nicht in übernatürliche Deutungen verrennen.

Seit wann ist Elternliebe so eng mit Angst verkoppelt? Erst seitdem jede neue Generation leugnen muß, woran ihre Eltern geglaubt haben?

Bruder Lutz, der einem so ausgefallenen Jahrgang angehört, daß er mitten in Europa, mitten in diesem Jahrhundert nicht einen einzigen Tag lang regulär Soldat sein mußte, hatte sich mit elf, zwölf Jahren als Jungvolkjunge auf die Pappköpfe von Churchill, dem Lügenlord, und Stalin, dem Bolschewistenhäuptling, eingeschossen. Das aber gehört in ein anderes Kapitel, denn einstweilen bereiten wir uns noch nicht auf den richtigen Krieg vor, sondern führen die Erzeugungsschlacht, betreiben den Geburtenkrieg und organisieren den Kampf dem Verderb: Schlachten, Kriege und Kämpfe, an die man sich gewöhnt wie an die gelegentlichen Verdunkelungsübungen.

Ist unser Keller eigentlich bombensicher? – Mach dich nicht lächerlich. Die Kosten!

Am ›Tag der Deutschen Wehrmacht‹ ißt Bruno Jordan mit seinen beiden Kindern in der General-v.-Strantz-Kaserne eine vorzügliche Erbsensuppe aus der Gulaschkanone, aber die Pappfiguren auf dem Schießstand trifft er doch nicht mehr so gut wie zwanzig Jahre früher, als er als einziger aus seiner Kompanie wegen hervorragender Ergebnisse drei Tage Sonderurlaub bekam. Seine Augen haben weiter nachgelassen, besonders das linke – ein Übel, das er seiner Tochter Nelly vererbt hat, die es aber erst mit vierzehn bemerken wird.

Nelly hat nach der ersten trostlosen einsamen Zeit in der neuen Wohngegend ›auf den Tonnen‹ eine Schule aufgemacht, die kleinere Kinder aus der Nachbarschaft in die Anfangsgründe des Rechnens und Lesens einführt, ihnen Text und Melodie des englischen Liedes ›Ba, ba, bläck schiep‹ überliefert und von Religion die Weihnachtsgeschichte und die Kreuzigung. ›Die Tonnen‹ sind in Wirklichkeit übriggebliebene Kanalisationsrohre, die nicht abtransportiert wurden und regellos auf dem freien, unkrautbewachsenen Platz zwischen Sandberg und Jordanschem Haus umherliegen. Eines der beliebtesten Pausenspiele der Tonnenschule ist: ›Ziehe durch, ziehe durch, durch die goldne Brücke . . .‹ Gestört, für immer besudelt durch den starken Rudi aus der Fennerstraße. Der starke Rudi, der nie mit Mädchen spielte, kam in die Tonnenschule, weil ihn Nelly, diese dämliche Zicke, ankotzte: Das sagte er sofort frei heraus. Er drängelte sich in die Pausenspiele. ›Sie ist entzwei, sie ist entzwei, wir wolln sie wieder flicken.‹ Rudi ließ das ›l‹ im letzten Wort weg, er grölte einen Text, vor dem die Lehrerin Nelly, ohne ihn selbst recht zu verstehen, ihre kleineren Schülerinnen wohl hätte bewahren müssen.

Das wird sie auch tun.

Es folgt eine glühend rote Szene – rot trotz der Dunkelheit vor Nellys Augen –, gräßliches heiseres Gebrüll, das nicht nur von Rudi, nein, auch von ihr ausging, ein stechender Schmerz an der Nasenwurzel und die wutschäumende Lust, endlich in weiches Fleisch schlagen zu können. Dann sitzt sie käseweiß, heftig aus der Nase blutend, auf der untersten Treppenstufe in ihrem schönen neuen Haus. Die Mutter, alarmiert, trifft ihre Maßnahmen – das Kind flach aufs Sofa, einen kalten Lappen ins Genick, in Essig getränkte Wattebäusche in beide Nasenlöcher –, Schnäuzchen-Oma legt ihre krumme rissige Hand auf Nellys Stirn: Das wird schon wieder, laß man.

Keiner versteht, warum sie untröstlich bleibt. Sie wissen nicht, was Nelly begriffen hat, ehe es ihr dunkel vor den Augen wurde: Daß der starke Rudi sie haßte und daß er mit kalter, genauer Berechnung gekommen war, um sie zu demütigen und fertigzumachen. Und daß sie selbst von einem scharf umrissenen Augenblick an das Verlangen mit ihm teilte: den anderen unterkriegen! Wäre sie stärker gewesen! Hätte sie es sein können, die ihn zusammenschlug! Da ließ er von ihr ab: Er hatte sein Ziel erreicht. Er hatte sie sich gleichgemacht.

Die Schule auf den Tonnen konnte nie mehr werden, was sie gewesen war. Niemand auf der Welt konnte Nelly ihr altes stolzes Bewußtsein wiedergeben, daß sie anders war als solche wie Rudi. Obwohl sie von jetzt an bewundert wurde und es nicht mehr vorkommen konnte, daß sie beim Völkerball zusehen mußte. Sie war es nun, die eine Mannschaft wählen durfte, und wenn sie keine Lust hatte, dann hatte sie eben keine Lust und mußte, Gott mochte wissen, warum, auf ihrem alten Fahrrad in der Gegend umherrasen, das sie sich noch am Abend ihres Kampfes mit dem starken Rudi heftig und gegen ihre Art hartnäckig und unbescheiden ausbedungen hatte, bis ihre Mutter seufzend hinging und das Rad, diese alte Klapperkiste, von einer ihrer Kundinen für zwanzig Reichsmark kaufte.

Nelly trainierte täglich, bis sie das Vehikel vollkommen beherrschte. Nun stand es ihr frei, zu fahren, wohin sie wollte, überall anzuhalten, wo sie Kinder sich schlagen sah, und zugunsten des Schwächeren einzugreifen, die Auskunft über ihr Kommen und Gehen zu verweigern und danach am Abend mit den anderen wieder ruhig auf den Findlingen am Fuße des Sandbergs zu sitzen oder gar in Schnäuzchen-Omas Stube, wenn weit hinter der Schlucht die Sonne unterging und Schnäuzchen-Oma mit zittriger Stimme zu singen anhob: ›Goldne Abendsonne, wie bist du so schön, nie kann ohne Wonne deinen Glahanz ich sehn.‹

War schon die Rede davon, daß Schnäuzchen-Oma sang? Sie wohnte ja mit Schnäuzchen-Opa nicht mehr in der Adolf-Hitler-Straße, sondern im oberen Stockwerk des Jordanschen Hauses. Zwei Zimmer, Küche, Toilette, alles Ofenheizung, für zweiunddreißig Reichsmark Miete im Monat, die sie ihrem Schwiegersohn pünktlich am Abend eines jeden Ersten brachte, was sie sich in einem Oktavheft quittieren ließ.

Nach langer Zeit ist sie dir heute nacht im Traum erschienen. Merkwürdigerweise war sie fast erblindet – sie und nicht Nellys Mutter, bei der man zuletzt den grünen Star feststellte, zu einem Zeitpunkt allerdings, als eine Krankheit zum Tode jeden anderen Befund bedeutungslos machte. Erblindet: Sie, Schnäuzchen-Oma, die für ihre Tochter Liesbeth bis zuletzt das feinste Zeug zusammenstichelte. Vielleicht drückt diese Traumblindheit nichts anderes aus als einen Selbstvorwurf, daß du es versäumt hast, ihr rechtzeitig vor ihrem Tod Ruth, ihre erste Urenkelin, zu bringen, für die sie ein weiches wollenes Jäckchen mit Kapuze gestrickt hat, das sie selbst um Jahre überdauern und bei den Neugeborenen in der Familie die Runde machen sollte ...

Denkbar wäre auch, Auguste Menzels ›Blindheit‹ sollte nur bedeuten, daß sie den Wohnort ihrer letzten Lebensjahre und den Fluß, an dem er lag – die Elbe –, nicht mehr hat wahrnehmen wollen. Meine Augen haben genug gesehen, hat sie oft gesagt. Unerklärlich blieb die wildfremde Wohnung, durch die sie dich im Traum führte, ebenso der Eifer, mit dem du die fremden blankpolierten Möbel abzustauben begannst, während sie untätig wartend in einem Sessel saß: ein absurder Vorgang. Dabei sprach sie ganz natürlich mit dir, und du freutest dich, daß jemand, der so lange schon tot ist, in alter Weise noch mit einem reden kann, und du wolltest ihr endlich auch sagen, daß sie immer noch vermißt wurde. Aber sie ließ dich nicht zu Worte kommen, sondern machte dich darauf aufmerksam, daß es schönes Wetter gebe, wenn man von Toten träume, und daß man schon vom Verlust eines Zahnes träumen muß, wenn es den Tod bedeuten soll. Das meiste, was sie sagte, ging verloren. Nur daß sie sich nicht mehr über Dampf beugen dürfe, wegen ihrer Augen, das behieltest du: Sie, die du so oft in den dicken Dampfwolken in der Waschküche hast stehen sehn.

Dann aber saßest du plötzlich – nicht du: Nelly, das Kind – im Elternhaus, in dem schmalen Durchgang zwischen elektrischer Rolle und Laden auf einem Zuckersack, und Schnäuzchen-Oma, erblindet, stand neben Nelly und stützte sich ungebührlich schwer auf ihre Schulter.

Von dem Druck bist du erwacht. Du konntest diesen Druck nicht abschütteln.

Ein deutsches Mädel muß hassen können, hat Herr Warsinski gesagt: Juden und Kommunisten und andere Volksfeinde. Jesus Christus, sagt Herr Warsinski, wäre heute ein Gefolgsmann des Führers und würde die Juden hassen. – Hassen? sagte Charlotte Jordan. War wohl nicht gerade seine Stärke. – Abends fragt sie ihren Mann: Ist es nicht hanebüchen, was der den Kindern in Religion erzählt? – Laß den doch erzählen, was er will. Wenn man sich da überall einmischen wollte!

Die Jordans hingen nicht an der Kirche. Sie hingen an ihren Kindern und an ihrem Geschäft und an dem neuen Haus. Bruno hing zusätzlich an der EDEKA, Charlotte hing zusätzlich an ihrem Steingarten, den sie terrassenförmig an der einst wüsten Böschung anlegte und allmählich so geschickt bepflanzt hatte, daß er vom Frühjahr bis zum Herbst blühte. Meine einzige Erholung, sagte sie, von dem verfluchten Im-Laden-Stehen. Das Wort ›verflucht‹ im Zusammenhang mit dem Laden.

Nelly haßt den starken Rudi. Einen Juden hat sie ihres Wissens noch nie gesehen, auch einen Kommunisten nicht. Der Haß gegen diese unbekannten Menschengruppen funktioniert nicht nach Wunsch – ein Defekt, den man verbergen muß. Ausgleichsversuch: An Stelle eines Aufsatzes über das Thema: Wer hat am Ende des Weltkrieges das deutsche Volk verraten? bietet sie Herrn Warsinski ein selbstgemachtes Gedicht an. Was? sagt Herr Warsinski, dessen Augen immer noch nicht die rechte Wärme ausstrahlen, wenn sie Nelly anblicken: Das hast du doch nicht selber gemacht! Das hast du doch aus der Zeitung abgeschrieben! (Von Feinden umringt war das deutsche Volk / beim großen Weltenbrand, / doch unser tapferer deutscher Soldat / ließ keinen Feind ins Land. / Da wurde durch schnöden Judenverrat / mit Deutschland Frieden geschlossen . . .) Ungewollte Aussage über die Qualität der Zeitungsgedichte und über Herrn Warsinskis Geschichtsunterricht. (Reime bewahrt das Gedächtnis treulich und lange.) Donnerwetter! sagt Herr Warsinski. Allerhand. Nun stell dich mal hierher und lies das laut vor. Daran könnte sich mancher ein Beispiel nehmen.

Nelly steht unter einem Spruchband, das eine höhere Klasse im Zeichenunterricht als Schriftprobe für Antiqua hergestellt hat: ›Ich bin geboren, deutsch zu fühlen / Bin ganz auf deutsches Denken eingestellt / Erst kommt mein Volk, dann all die andern vielen /Erst meine Heimat, dann die Welt!‹ – Ja, sagt Herr Warsinski wehmütig. Soweit sind wir noch lange nicht. Die Menschen sind für das Vollkommene nicht geschaffen. Nelly und ihre Freundin Hella Teichmann, die so glücklich ist, einen Buchhändler zum Vater zu haben, werden sich in der Pause einig: Sie wollen die Vollkommenheit erleben. Es schreckte sie nicht. Neue Menschen wollen sie sein.

Endlich kamst du drauf: Der Geruch. Lutz, wie riecht es hier? Lutz grinste: Längst gemerkt. Wie früher. – Der alte Sommergeruch über Schlucht und Sandberg und Jordans Garten, in dem Nelly lesend in der Kartoffelfurche liegt, und die Eidechse kommt, sich auf ihrem Bauch zu sonnen, und sie denkt, oder fühlt (jedenfalls glaubtest du, das habe sie damals gedacht oder gefühlt): Wie es jetzt ist, wird es nie wieder sein. Wenn man das beschreiben könnte, dachtest du, langsam hinter den anderen am Rand des Hügels zum Schluchtinnern hin gehend. Wie sie hier zu Hause war. Wie sie oft, irrsinnig vor grundloser Freude, den Sandberg rauf- und runterrennen mußte. Oder sich an Schnäuzchen-Omas Wohnzimmerfenster stellen und lange über die Stadt sehen, bis hin zur Flußniederung, wenn es dunkel wurde. Oder sich auf den Bauch in eine flache, von der Sonne durchglühte Kuhle legen, hier in der Schlucht, und den Körper und das Gesicht gegen die trockene, bröcklige Erde und das harte Gras pressen, aus dem dieser Geruch kam, den du später nie wieder gerochen hast. Oder die Wolken. Im Kornfeld auf dem Rücken liegen und in die Wolken sehen. Nellys Körper, der ihr fremd war, hatte sich eingenistet und gab dem Kopf Signale, die sich zu dem Satz verdichteten: Hier will ich nie weg.

Gefällt's dir denn, Lenka? – Doch doch, ja. – Höflichkeit der Kinder.

Wo sie gerade geht, Lenka, hat Nelly, an ihre Mutter gelehnt, in jener Juninacht gestanden, als der Hitler-Jugend-
Standort seine Sonnenwendfeier veranstaltete. Fackelschnüre auf allen Hügelrändern, ein Holzstoß, der plötzlich
hoch aufloderte, und der Schrei aus vielen Kehlen.
›Deutschland, heiliges Wort / Du voll Unendlichkeit.‹ (Die
Information über die Programmfolge stammt aus dem 36er
Jahrgang des ›General-Anzeigers‹ in der Staatsbibliothek,
die Bilder – ›Fackelschnüre‹, ›lodernder Holzstoß‹ kommen
aus dem Gedächtnis.) Das Motto der Feierstunde lautete:
›Glühen wollen wir, daß wir in unseren Werken noch kommenden Geschlechtern Wärme geben.‹ Und der Gebiets-
führer erklärte, es genüge nicht mehr, zu rufen: Deutsch-
land, erwache! Jetzt müssen wir rufen: Europa, erwache! –
Als Nelly fror, wickelte ihre Mutter sie in ihre warme Jacke.
Zum Schluß hat sie vor Müdigkeit geweint, weil ›das alles
zuviel für sie war‹. Sonst weinte sie selten. Ein deutsches
Mädel weint nicht.
Aber es geht ja darum, ob einer hassen kann oder nicht.
Nelly mußte Gewißheit haben, mochte die noch so schmerz-
lich für sie sein. Unvermutet verschaffte der Abend nach der
Geburtstagsfeier bei Lori Tietz ihr Klarheit.
Zuerst muß sie hingehen, obwohl sie sich drücken möchte.
Was hast du eigentlich gegen die? – Die sind komisch. –
Auch ein Grund!
Die technischen Einzelheiten schon! Was Nelly anziehen,
was sie Lori Tietz schenken sollte. Ein Buch? – Die liest
nicht. – Na hör mal! – Nelly merkte es ja doch, daß der Mut-
ter an der Geburtstagsfeier bei Tietzens mehr lag als an je-
der anderen Einladung, und sie wußte auch, warum: Loris
Vater war der einzige Fabrikbesitzer in der Klasse. – Be-
nimm dich, wie du es gewöhnt bist, und red, wie dir der
Schnabel gewachsen ist!
Dann regnete es auch noch, Nieselregen. Nudelfabriken

sind unschön, das freute Nelly. Die Villa lag hinter der roten Backsteinfabrik, man ging durch einen gewölbten Mauerbogen. Nelly hätte gerne gewußt, was eine Villa von einem Haus unterscheidet. Der rote Treppenläufer ist mit blitzblanken Messingstangen festgemacht, vielleicht war es das. Und es öffnete ein Mädchen in schwarzem Kleidchen, mit weißem Häubchen und weißem Schürzchen, wie die Kellnerinnen im Café Staege. Loris Mutter erschien. Du bist also die kleine Nelly. Ich habe ja soviel Gutes von dir gehört ... Lori selbst mit aufgedrehten Löckchen, in kariertem Taftkleid mit großer Schleife. Nun, Lori, kümmere dich um deinen Gast. Papa – sie betonte das Wort auf der letzten Silbe – hat angerufen; er wird später zu uns hereinschauen. – Ach, die armen Männer. Arbeitet dein armer Vater auch soviel? – Ziemlich viel, sagte Nelly. Aber meine Mutter arbeitet vielleicht noch mehr. – Köstlich, das Kind.

Beim warmen Kakao fängt Nellys Nase zu laufen an. Ihre Freundin Hella, die mit schwierigen Lagen leichter fertig wird als sie, bittet höflich, ihr Taschentuch aus dem Mantel holen zu dürfen, und wird beschworen, sich doch um Himmels willen keinen Zwang anzutun. Reizend! sagt Frau Tietz zu ihren Freundinnen, als Hella draußen ist. Jetzt kann Nelly doch nicht auch noch aufstehn. Sie zweifelt auch stark, ob sie das Taschentuch eingesteckt hat, das ihr die Mutter zurechtgelegt hatte. Sie trinkt fünf Tassen Kakao, damit sie ihre Nase immer in die Tasse stecken kann. Das freut uns aber wirklich, wie wir deinen Geschmack getroffen haben ...

Bei der ›stillen Post‹, die Frau Tietz mit dem schönen Satz: Alle Kinder feiern gerne Geburtstag angefangen hat, gibt Nelly an die Offizierstochter Ursel die Botschaft weiter: Britta und Sylvia sind doof. Ursel, ein Mädchen wie aus Semmelteig, wagt nicht zu verstehen. Hella verkündet am Ende: Komm mit mir auf den Schwof.

Reizend, sagt Frau Tietz. So ungezwungen, die Kinder heute! Und nun könnt ihr gerne ›Hänschen, piepe mal‹ spielen oder ›Mein rechter Platz ist leer . . .‹.

Herr Direktor Tietz, der dann wirklich erscheint, ist ein kleiner, fast rundlicher Mann mit dünnem, fadem, zurückgekämmtem Haar und einer gewaltigen dunklen Hornbrille. Nelly hat noch nie einen Mann gesehen, der einen Ring mit einem schwarzen Stein am kleinen Finger trägt, den er abspreizt, während er im Stehen aus einem winzigen Täßchen Kaffee trinkt, den Frau Tietz ›Mokka‹ nennt. Herr Tietz fragt Nelly nach ihren Zensuren und vergleicht sie mit denen seiner Tochter Lori. Er seufzt vorwurfsvoll und kann sich den Unterschied nicht erklären, obwohl die Erklärung kinderleicht ist und Nelly auf der Zunge liegt: Lori ist dumm und faul.

Die Erkenntnis schlägt ein wie ein Blitz. Tatsächlich: Lori ist einfach dumm, und Herr Warsinski, der es längst gemerkt hat, kann es nur hin und wieder durch einen Blick zu verstehen geben und durch den süßlichen Ausdruck seiner Stimme, wenn er freundlich mit ihr spricht. Aber Dumme verstehen ja Blicke nicht, das ist es eben. Sie aber, Nelly, begreift genau, was der Blick bedeutet, den Herr Direktor Tietz mit seiner Frau wechselt, ehe er Nelly vorschlägt, Lori doch ab und an zu besuchen und bei der Gelegenheit gleich ein paar Schularbeiten mit ihr zu machen. Herr und Frau Tietz stellen sich das reizend vor, Kakao gibt es natürlich jedesmal, und anschließend würde man in Loris schönem Kinderzimmer spielen, das Nelly doch gut gefallen hat, nicht wahr! Frau Tietz hat es genau gesehen.

Da widerfährt Nelly – nicht zum erstenmal, aber selten vorher so deutlich –, daß sie sich in zwei Personen spaltet; die eine der beiden spielt harmlos mit allen zusammen ›Der Jude hat ein Schwein geschlacht’, was willste davon haben!‹, die andere aber beobachtet sie alle und sich selbst von der Zimmerecke her und durchschaut alles. Die andere sieht:

Hier will man etwas von ihr. Man ist berechnend. Man hat sie eingeladen, um ihr etwas zu stehlen, was man auf keine andere Weise bekommen kann.

Nelly, zu einer Person vereinigt, steht plötzlich im Flur und zieht ihren Mantel an. Ein Griff, mechanisch: Na also. Taschentuch in der linken Tasche. Frau Tietz hat ihre Augen überall. Aber Nellychen, was ist denn? Es gibt ja noch Götterspeise mit Sahne, und meine Freundin kann dich dann mit ihrem Auto nach Hause fahren.

O nein. Nelly ist entschlossen zu gehen, und wenn sie, um wegzukommen, ein bißchen unverschämt werden, ein bißchen schwindeln muß, so mag das bedauerlich sein, ist aber nicht zu ändern. Götterspeise, behauptet sie, kriegt sie partout nicht runter, und von Schlagsahne wird ihr regelmäßig schlecht. Leider, leider. Und was das Autofahren betrifft: Mit einer Frau am Steuer fährt sie nun mal nicht, da ist nichts zu machen. Seltsam, seltsam. Also geh schon, wenn du nicht zu halten bist.

Das tut Nelly. Die Mutter, telefonisch unterrichtet, sieht sie prüfend an, faßt ihr sogar an die Stirn. Fieber hast du nicht etwa? Nein, sagt Nelly. Ich geh da nicht mehr hin.

Die Mutter schmiert ihr ein Leberwurstbrot. Auf einmal treffen sich ihre Blicke, und sie müssen beide lachen, erst verstohlen, dann platzt es heraus, am Ende schreien sie vor Gelächter, schlagen sich auf die Schenkel, wischen sich mit dem Handrücken die Lachtränen vom Gesicht. Ach du Schwindelmeier, sagt Charlotte Jordan. Na warte, du!

Nun darf Nelly noch eine halbe Stunde aufbleiben. Bruder Lutz schläft schon, und morgen ist Sonntag. Sie darf sich die Stehlampe im Erker anmachen, darf sich in den runden Klubsessel setzen, der ein Geschenk der Firma ›Kathreiner‹ an den Vater für guten Malzkaffee-Absatz ist, und sie darf ihr Buch auf das Nähtischchen der Mutter legen. Nebenan ist Besuch: Vaters Freund Leo Siegmann mit seiner Frau

Erna. Leo Siegmann hat einen hohen kahlen Schädel und eine Störung in der Luftzirkulation des Nasen-Rachen-Raumes, die ihn zwingt, mehrmals in jeder Minute ein knakkendes Geräusch auszustoßen (sich ›freizuknacken‹, wie Charlotte Jordan sagen kann, die an Leo Siegmann, dem Buchhändler, die Bildung, aber sonst nichts respektiert). Er sitzt dem Führerbild genau gegenüber, das über dem Schreibtisch hängt und das er selbst seinem Freund Bruno Jordan verkauft hat (Format 80 × 60; Halbprofil mit Schirmmütze, der Kragen des Wettermantels hochgeschlagen, den Blick der stahlgrauen Augen in die Ferne gerichtet, hinter ihm ein gräuliches Durcheinander, Gewölk und Gebräu, das den Führer ›sturmumtost‹ zeigen soll und auch zeigt); hinter sich hat Leo Siegmann den neuen hochglanzpolierten Mehrzweckschrank, in dessen Mittelteil noch Bücher fehlen, die Leo Siegmann nach und nach liefern wird. Diesmal hat er ›Soll und Haben‹ gebracht, bloß um mal Klarheit zu schaffen, daß da vor uns einer schon eine ganze Menge übers Geschäft gewußt hat, mein Lieber. Zwei Bände. Die stellen wir neben den ›Kampf um Rom‹, und für das nächste Mal hab ich was in petto, da frag ich gar nicht erst lange, das muß einfach jeder kennen: ›Volk ohne Raum‹. Wenn Nelly nicht liest, kann sie mühelos dem Gespräch drüben folgen. Erstens: Siegmanns haben eine Rheintour mit KdF gemacht, alte Parteigenossen unter sich, einmalig schön. Zweitens: Nationalsozialistische Bildung und Erziehung, weil das Leo Siegmanns Steckenpferd ist. Er ist sehr für die Durchdringung des gesamten Fachunterrichts mit biologischem Denken, was ja nichts anderes heißt, als dem gesunden Volksempfinden die wissenschaftliche Untermauerung zu geben. Was ihn betrifft . . . Auf einmal wird das Bild-Gedächtnis ganz scharf, wie die Linse einer Kamera, und verharrt auf einer einzigen Einstellung: Leo Siegmann, leicht vorgebeugt, die Hand am Weinglas, seitlich von der

Stehlampe angestrahlt, die auf seinem blanken Schädel Reflexe macht: Was ihn betrifft, hatte er in seiner Klasse – Realgymnasium, Kaiserzeit, wohlgemerkt! – einen Itzig, einen Judenbengel. Woran es eigentlich lag, könnte er bis heute nicht genau sagen. Aber jedenfalls, wenn sie morgens in die Klasse kamen und der Itzig hockte da schon in seiner Bank wie ein nasser Sack, dann mußte jeder erst mal an ihm vorbei und ihm eine reinhaun. Das war Instinkt, da kann einer sagen, was er will. Er roch einfach widerlich, oder was es war. Dies war nun – natürlich ganz gegen Leo Siegmanns Absicht – der erste Jude, den Nelly näher kennenlernen sollte. Zuerst stürzte noch die Mutter herein, in voller Fahrt. Ab ab ins Bett, los los, keine Widerrede. Hast du etwa zugehört? Der Judenjunge. Nelly sah ihn deutlich. Er ist blaß, hat ein spitzes Gesicht, welliges dunkles Haar, ein paar Pickel. Aus irgendeinem Grund trägt er immer Knickerbocker. Hockt da wie ein nasser Sack, und jeder, der vorbeikommt... Auch sie muß vorbeigehen. Auch sie wird ihm also ›eine reinhaun‹. Oder vielleicht nicht? Er denkt nämlich, sie kriegt es nicht fertig. Darauf kalkuliert er nämlich: Alle Juden sind Spekulanten. Da hat er genau herausgefunden, was sie erst so richtig auf ihn wütend macht. Sie nimmt Anlauf, weiß: Sie muß vorbei, sie muß es tun, es ist ihre Pflicht. Sie strengt sich sehr an. Sie läßt den Film schneller laufen. Aber niemals, nicht ein einziges Mal in der ganzen Zeit, da sie den Judenjungen gut kennenlernt, alles weiß, was er denkt – vor allem, was er über sie denkt –, nicht ein einziges Mal gelingt es ihr, an ihm vorbeizukommen. Immer reißt im entscheidenden Augenblick der Film. Immer wird es dunkel, wenn sie ganz dicht vor ihm steht, er schon den Kopf hebt, die Augen leider auch. Sie erfährt nicht, ob sie imstande wäre, ihre Pflicht zu tun. Was sie erfährt, aber lieber nicht wissen will, ist: Sie möchte nicht in die Lage kommen, ihre Pflicht tun zu müssen. Jedenfalls nicht bei diesem Jungen, den sie so genau kennt und daher nicht hassen kann. Das ist ihr Fehler. ›Blinder Haß‹, ja, das ginge, das wäre das einzig Richtige. Sehender Haß ist einfach zu schwierig.

Der Führer muß sich blind auf euch verlassen können, darauf kommt es an.

Ein Unbehagen, das du dir nicht erklären kannst. Du beginnst auf den Weg zu achten: Ihr gingt den Weg am Grunde der Schlucht und nähertet euch der Stelle, die Nelly niemals mehr ohne Unbehagen und nie mehr ohne Eile passieren konnte. Warum sie an jenem späten Nachmittag überhaupt in Richtung Gasanstalt unterwegs war, läßt sich nur noch raten; man ging durch die Schlucht zur Haltestelle, wenn man in Richtung Wepritz fahren wollte, aber wann kam das schon vor? Aus welchem Anlaß ihr der Mann erschien, bleibt rätselhaft.

›Erschien‹ – der Ausdruck soll stehenbleiben, obwohl das Erlebnis gewiß nichts Überirdisches, wenn auch etwas Unwirkliches hatte, sicherlich vor allem dadurch, daß Nelly es gar nicht verstand. Daß man sich vor den Pennern zu hüten hatte, die sommers gerne in der Schlucht übernachteten, das wußte jedes Kind. Dieser Mann aber . . . Ein Penner schien er nicht zu sein. Er war gut angezogen, gekämmt, sicherlich auch gewaschen. Keiner von denen, die in Heuhaufen schliefen. Nur daß er ausgerechnet am Rande der Müllkippe stand – linker Hand, vor den ersten Eisenbahnerhäusern, war früher ein illegaler Müllabladeplatz – und ihr entgegensah, mit einem Blick . . . Saugend, so stellt er sich heute dar. Jedenfalls konnte Nelly nicht einfach umkehren und weglaufen, nach Hause, wie sie es gewollt und gemußt hätte. Dieser dringliche, klebrige Blick zog sie weiter, wie am Schnürchen vorbei an diesem fürchterlichen Menschen, der etwas Weißliches, Langes aus seiner Hose herausgeholt hat und daran zieht und zieht, daß es immer länger wird, eine weißliche widerliche Schlange, auf die Nelly starr den Blick

185

heften muß, bis sie die zehn, zwanzig Schritte geschafft hat und der Bann gebrochen ist und sie losrennen kann, hetzen, jachtern.

Obwohl sie keinen Augenblick lang fürchtet, der Mann werde ihr folgen.

Wie sie nach Hause kam, weiß niemand mehr. Auch nicht, ob Charlotte etwas ›gerochen‹ hat (ich rieche das, wenn was faul ist!); fest steht, Nelly sagte nichts, weil sie ihr Erlebnis – das sie wirklich nicht verstand, sondern als bildhaften Vorgang aufbewahrte, den sie viel später erst zu deuten wußte – sofort unter diejenigen Vorfälle einordnete, über die strenges, unverbrüchliches Stillschweigen zu bewahren war. Wieso eigentlich? Das wäre eine der Fragen, auf die zu antworten fast unmöglich ist, denn die Antwort könnte sich auf nichts Handgreifliches stützen, müßte sich auf Blicke berufen, ein Flattern der Augenlider, ein Sich-Abwenden, die Veränderung des Tonfalls mitten im Satz, das Abbrechen der Rede, nicht oder falsch zu Ende geführte Gesten: Jene zahllosen Einzelheiten eben, die strenger als Gesetze regeln, worüber zu reden, was unwiderruflich zu verschweigen ist und wie.

Es kostet Nelly nun Überwindung, ihre Freunde, die Eidechsen, in die Hand zu nehmen; sie tut es aber, bis ihr einmal ein Eidechsenschwanz zwischen den Fingern bleibt, das schwanzlose Tier entschlüpft und ihr jene Gänsehaut über Hinterkopf und Nacken läuft, die in ihrem Leben seltenen Gelegenheiten vorbehalten ist; wenn Ekel und Grauen sich miteinander mischen. Es kann sogar ein Problem werden, Spinnen zu greifen. Zwar muß sie es hin und wieder tun – nie drückt sie eine Spinne tot –, um ihren Ruf nicht aufs Spiel zu setzen: Die Nelly faßt alles an; Spinnen, Kröten, Fliegen – einfach alles. Kröten und Fliegen bleiben vom Ekel einstweilen verschont.

(Heikel bis heute, der Verbindung nachzugehen, die sich

186

damals zwischen dem namenlosen Judenjungen, den Nelly durch Leo Siegmann kannte, und der weißen Schlange hergestellt haben muß. Was hat der blasse, picklige Junge mit Kröten, Spinnen und Eidechsen zu tun? Was diese wiederum mit der gläubigen fanatischen Stimme, die in jener Sonnenwendnacht vom brennenden Holzstoß her rief: ›Rein wollen wir uns halten und unser Leben reifen lassen für Fahne, Führer und Volk!‹ – Nichts, möchtest du sagen, nichts haben sie miteinander zu tun. So muß die richtige Antwort lauten, und was gäbest du darum, wenn sie auch noch wahr wäre. Ein Mann deines Alters, dem nach seiner eigenen Aussage seine Kindheit ins ›Nichts‹ versunken ist, erklärt: Bis heute könne er nicht unbefangen – das heißt ohne Schuldgefühl – mit einem Juden reden. Du überlegst, wie man ohne die Kenntnis der eigenen Kindheit Bildnisse machen kann – der Mann ist Bildhauer –, zum Beispiel für Kinder. Kein Vorwurf. Eine Frage.)

Wie, weiß man also nicht. Doch es geschah, daß sie, Nelly, durch eine Vermischung und Verquickung scheinbar entlegener Bestandteile das Wort ›unrein‹ nicht mehr hören konnte, ohne gleichzeitig Ungeziefer, die weiße Schlange und das Gesicht jenes Judenjungen zu sehen. Wir wissen wenig, solange wir nicht wissen, wie dergleichen geschieht; solange man sich nur wundern kann, daß in Nelly mit jenen Bildern nicht Haß oder Abscheu aufkam, sondern Scheu – ein Gefühl, sehr nahe den Vorstufen der Angst.

Jedenfalls mied sie das Unreine, auch in Gedanken, und stimmte laut, vielleicht überlaut, in ein Lied ein, das sie kannte wie jedermann; man mußte es nicht lernen, es lag in der Luft (›Maikäfer, flieg‹ braucht auch kein deutsches Kind zu lernen oder ›Ri-ra-rutsch, wir fahren in der Kutsch‹ oder ›Ein Jäger aus Kurpfalz, der reitet durch das Gänseschmalz‹): ›Judenköpfe rollen, Judenköpfe rollen, / Judenköpfe rollen übern Bürgersteig, / Blut, Blut, Bluhuhut, /

Blut muß fließen knüppelhageldick, / wir pfeifen auf die Freiheit / der Sowjetrepublik.‹

Nelly – hat sie je den Kopf des blassen Judenjungen, des ihr schmerzlich bekannten, rollen sehen? Die Antwort lautet nein, und zum Glück ist sie wahr.

Der Giebel des Jordanschen Hauses taucht über dem Hügelrand auf (ihr seid umgekehrt). An dem Giebel, Lenka – müßtest du sagen, sagst es aber nicht – pflegte Schnäuzchen-Opa zu Fest- und Feiertagen die Hakenkreuzfahne zu hissen. Er steckte sie aus dem Bodenfenster und mußte sie innen mit einem komplizierten System von Schnüren befestigen, weil keine Haltevorrichtung für eine Fahnenstange angebracht war, am ganzen Haus nicht. Die Tatsache beweist nicht viel. Nelly hat nie ein Wort für oder gegen die Fahne gehört. Es war selbstverständlich, daß sie hing, seit wann übrigens? Irgend jemand aus der Familie – wahrscheinlich Charlotte, denn Bruno Jordan tätigte keine Einkäufe in Textilläden – muß sie einmal gekauft und das Tuch Schnäuzchen-Opa übergeben haben, mit der Weisung, es bei entsprechenden Anlässen aus dem Fenster zu hängen. Die Worte, Lenka, und den Gesichtsausdruck bei solchen Anlässen kann man sich ganz gewöhnlich denken, nicht ›zerrissen‹, wie schlechte Bücher uns glauben machen wollen. Der Alltag, Lenka... Aber du schweigst.

Die Bahrschen Häuser, die ›Gelbe Gefahr‹, die ›Rote Burg‹ waren von Hakenkreuzfahnen übersät, obwohl sie doch einst Brutstätten der Kommune gewesen sein sollen, wie Jordans Nachbar Kurt Hesse – einst Sparkassenangestellter, jetzt Kassenwart bei der Kreisleitung der NSDAP – bei gelegentlichem Gespräch am Maschendrahtzaun Bruno Jordan wissen ließ.

Nelly, deren Amt es war, allabendlich die Tomatenstauden zu begießen und, wenn notwendig, anzubinden, fing das Wort auf, das sofort in ihr zu arbeiten begann. An Brutstätten kannte sie: Vogelnester (gelegentlich im höheren Gras der Schlucht, meist mit leeren Eierschalen, von Katzen zerstört), Eidechsengelege und die Karnickelnester in den Koben, die Schnäuzchen-Opa in einer Ecke des Gartens aufgestellt hatte. In den Bahrschen Häusern kannte sie zwei Wohnungen: die vom alten Lisicky, der Jordans mit Spargel und Erdbeeren belieferte, und die von den Schwestern Martha und Berta Puff, deren eine – Berta – das Gesund- und Warzenwegbeten verstand, was sich an einer Stirnflechte bei Bruder Lutz bestens bewährte. (Tatsächlich, sagt Lutz, denn über die Schwestern Puff läßt sich vor Lenka reden: Nie wieder eine Flechte!) Martha, die Jüngere, die eine mächtige Warze auf der Oberlippe trug, nahm die Aufträge entgegen, führte ihre Schwester zur Kundschaft, machte die Reklame und regelte das Finanzielle. – Zwei Wohnungen kannte Nelly in der ›Gelben Gefahr‹: die von Irma Huth und die von Christa Schadow, die beide in ihre Klasse gingen. – Eine in der ›Roten Burg‹: die des taubstummen Schusters, der wunde Kehllaute ausstieß, reinen Fusel aus einer Flasche trank, welche neben dem Tischbein stand, und dessen barfüßige, schmutzige Kinder hinter seinem Rücken mit Topfdeckeln und Stöcken einen Höllenlärm machten. Für eine ›Brutstätte‹ konnte Nelly keine dieser fünf Wohnungen halten. Zwei von ihnen – die in der ›Gelben Gefahr‹ – erreichte man auf ausgetretenen, weißgescheuerten Hoztreppen, zwei – die in den Bahrschen Häusern – auf ausgetretenen, mit abgewetztem Linoleum belegten Holztreppen. Zum taubstummen Schuster mußte man sechs Steinstufen hinuntersteigen, er wohnte im Keller und hatte Fußboden aus roten Ziegelsteinen. Überall kam man hinter der zerkratzten braunen Wohnungstür gleich in die Küche, deren Einrichtungen sich wenig, deren Sauberkeit sich stark voneinander unterschied: blitzblank bei Huths und Schadows, schmuddelig, von Kräutern verhangen bei den Schwestern

Puff, dreckig beim alten Lisicky, der seit langem allein lebte, vollkommen verwahrlost beim taubstummen Schuster, dessen Frau, hieß es, den ganzen Tag in den ungemachten Betten lag und trank.

Alle diese Wohnungen waren eng und ärmlicher als die Jordansche, und Nelly betrat sie beklommen und verließ sie mit schlechtem Gewissen. Doch Brutstätten . . . Hier mußte ein Mißverständnis walten.

Wie überhaupt jene Jahre, von heute aus gesehen, an Mißverständnissen reich gewesen sein müssen. Als schwerer Irrtum stellte sich zum Beispiel heraus, was Nelly sich bis jetzt über die Herkunft der Kinder zusammengereimt hatte; im Familienkreis Auskünfte einzuholen war ja ein Ding der Unmöglichkeit, und auch die Erfahrungen mit der Karnikkelzucht hatten nicht die entscheidende Erleuchtung gebracht. Ihre Freundin Dorle aus ›Villa Heimat‹, einem unscheinbaren Haus, das aber geheimnisvoll war, weil es, weit von der Straße zurückgesetzt, fast unsichtbar am Hang lag (und heute noch liegt) – sie hat Nelly auf den Leibesumfang der Nachbarin Frau Julich aufmerksam gemacht, der Frau des Terrazzolegers, die sonst eine Bohnenstange, schon mit offenem Mantel gehen mußte, weil es ›bald soweit war‹. Nelly, die sich wissend stellte, holte alle erforderlichen Informationen aus Dorle heraus und probierte, ob sie das gleiche schiefe, anzügliche Lächeln zustande brachte, wie die. Sie hielt es auch für angebracht, sich bei Elli Julich, der rotblonden Nachbarstochter, über Einzelheiten zu vergewissern. Es zeigte sich, daß jedermann im Bilde war, nur sie nicht. So wurde ›Brüderchen‹, Julichs rotblond gelockter Sprößling und Stammhalter, der die Nachfolge in seines Vaters Terrazzolegerfirma allerdings nicht hat antreten können, das erste Kind, mit dessen Geburt Nelly annähernd zutreffende Vorstellungen verband und für das sie daher ein gewisses Wohlwollen bewahrte, sosehr ihr diese ganze rothaarige Julich-Familie, besonders aber die gleichaltrige Elli mit ihrer kieksigen Stimme und ihren wasserblauen, von kurzen hellblonden Wimpern umrahmten Augen, sonst auf die Nerven ging.

Das kann sich keiner aussuchen, wie er aussieht, sagte Charlotte. Sonst gäbe es lauter schöne Menschen auf der Welt. – Nelly konnte nicht einsehen, wo da das Unglück wäre.

Am gleichen Tag, als du in Materialien über die Konzentrationslager gelesen hattest (noch nicht den Lebensbericht von Rudolf Höß, der kam viel später); als du psychiatrische Gutachten gesehen hattest, die Adolf Eichmann – zweifellos zutreffend – als ›ordnungsliebend, pflichtbewußt, tierliebend und naturverbunden‹ bezeichneten, als ›innerlich veranlagt‹ und ausgesprochen ›moralisch‹; vor allem aber als normal (normaler jedenfalls, als ich es bin, nachdem ich ihn untersucht habe, soll einer der Psychiater gesagt haben; seine Einstellung zu Familie und Fremden sei ›nicht nur normal, sondern höchst vorbildlich‹, und der Gefangenenpfarrer fand in Eichmann einen ›Mann mit positiven Ideen‹. Übrigens nicht nur Höß, der Kommandant von Ausschwitz, auch Eichmann hat ausgesagt, daß er kein Antisemit war); am gleichen Tag, da die Wiederholung des einst renommierten Wortes ›normal‹ eine feine, doch penetrante Übelkeit in dir erzeugte, als habe die Anpassungsbereitschaft des Körpers an eine Art von Dauervergiftung ganz plötzlich nachgelassen (du gingst mit Alkohol dagegen vor, was deinen Zustand nicht hob): Am gleichen Tag fiel dir, nach so vielen Jahren, jene Normalszene wieder ein, die in der ersten Zeit im neuen Haus passiert sein muß, also etwa in den Jahren 36 oder 37.

Tante Trudchen aus Plau am See ist angekommen. Sie hat für Nelly eine feine kleine Spieluhr mitgebracht, die zieht sie ihr zehn-, auch zwanzigmal hintereinander auf, damit ›Ach, du lieber Augustin!‹ immer wieder zu hören ist. Aber beim zwölften Mal fängt Tante Trudchen zu schnüffeln an, beim dreizehnten Mal zückt sie ihr feines kunstseidenes Taschentuch, beim vierzehnten Mal fließen endlich die Tränen. Am Kaffeetisch ist es Charlottes Aufgabe, ihre Schwägerin zum Reden zu bringen, die unzusammenhängenden Aussagen zu ordnen und sie zu dem Satz zusammenzufassen: Was! Irgendein Schweinehund verbreitet hinter deinem Rücken das Gerücht, du bist Jüdin!

Tante Trudchen hat harte Worte nie vertragen können. Halbjüdin, schluchzt sie; sie sagen: Halbjüdin. – Das ist dasselbe, findet Charlotte. Die Halbierung der Verleumdung mindert ihre gerechte Empörung nicht. Sie zählt die Merkmale auf, die dem abscheulichen Verdacht Nahrung geben könnten: Schwarzes Haar, leicht gebogene Nase, feines Profil. Diese Schafsköpfe, sagt Charlotte.

Zwar hat Bruno Jordan seinen Ahnenpaß noch nicht vollständig beisammen. Noch reicht er nicht zurück bis ins Jahr 1838 wie späterhin, aber die drei, vier letzten Generationen, auf die es ankommt, sind als ›absolut astrein‹ ermittelt und können Tante Trudchen zur Verfügung gestellt werden. Ob es was nutzt, ist die andere Frage.

Was da betrieben wird, ist ja Rufmord, und hinter Rufmord steckt doch meistens eine andere Absicht als die, die obenauf zu liegen scheint. Da will dir jemand an den Kragen, Trude, und zwar womöglich einer aus deiner nächsten Umgebung. Überleg doch mal!

Aber nein, sagte Tante Trudchen. Um Himmels willen! Das sind doch alles so riesig nette Leute . . .

Nelly flüchtet in die Küche.

Sie hockt sich auf den Kohlenkasten und preßt die quatschnassen Hände zusammen. Sie ist außer sich, aber sie weint nicht. Feucht werden ihr die Augen erst, als die Mutter sie aufstöbert, die natürlich etwas gerochen hat, und wissen will, was los ist.

Da äußert Nelly den bemerkenswerten Satz: Ich will keine Jüdin sein!, und Charlotte richtet an eine nicht zu benennende Instanz die nicht weniger bemerkenswerte Frage: Woher um alles in der Welt weiß dieses Kind, was eine Jüdin ist?

Auf diese Frage ist eine Antwort nicht zu ermitteln.

7

Was heißt: sich verändern?

Nachdem der Grundriß skizziert ist, sind es die wirklichen Fragen, die anstehn. Fast gleichgültig, von welcher Seite her du dich ihnen näherst. Es ist richtig in Gang gekommen, was wir später ›Vorkrieg‹ nennen werden. Später, das ist heute, im August 73, da die Nachkriegszeit unter Schwierigkeiten zu Ende geht.

Sich verändern heißt zum Beispiel: Eine andere Stellung annehmen. Frau Elste, die immer noch zur Aushilfe zu Jordans kommt, will sich verändern: Sie wird in die Jutefabrik arbeiten gehn, jenseits der Warthe, wo sie ja wohnt.

Nelly will sich nicht verändern. Ihr ist es recht, daß der Schauplatz, den wir nun achteinhalb Jahre nicht verlassen werden, die Tendenz zeigt, sich zum festen, unveränderbaren Hintergrund zu verdichten. Nelly – gewissenhaft und nachhaltig, wie ihre Gefühlsbindungen sich von klein auf gestalteten – hing an diesem Schauplatz, den sie nie zu verlassen wünschte; du dagegen, da du dir einschneidende Veränderungen nicht nur vorstellen kannst, sondern daran gewöhnt bist, von einer einschneidenden Veränderung zur nächsten zu leben, beeilst dich, bei den ersten Anzeichen von Verfestigung einen alten Schauplatz fluchtartig zu verlassen. Über die Beharrlichkeit, mit der Nelly daran festhielt, eine mittelmäßige Provinzstadt von knapp 50000

Einwohnern (ES GRÜSST SIE DIE PARKTSTADT DER MARK BRANDENBURG!) für den Ort zu halten, der ihr ein für allemal zugewiesen war, kannst du nur Befremden äußern.

Eine Neue, die aus dem norddeutschen Husum in ihre Stadt und in ihre Klasse verschlagen wurde, prägte sich ihr dadurch ein, daß sie – ununterbrochen Brote und Kuchenstücke kauend, deren Krümel ihr am Kinn hängenblieben, ohne daß sie es bemerkte – in gelassenem norddeutschem Tonfall diese Stadt ›langweilig‹ nannte, ›sterbenslangweilig‹ sogar.

Das verstand Nelly nicht. Sie hielt es für ausgeschlossen, daß die heimatkundlichen Gänge, die Herr Warsinski mit seiner Klasse unternahm – Marktplatz, Marienkirche, Stadtkern mit dem Rest der alten Stadtmauer –, auf Inge, so hieß die Neue, ohne Eindruck bleiben sollten. Herr Warsinski las aus den Aufsätzen eines Heimatforschers vor, eines gewissen Bachmann, daß es der ›kluge Askanier Johann I.‹ war, dem sie um 1260 die Gründung der Stadt verdankten, die, ›rings von Sumpf und Wasser schützend umgeben und ihrer strategischen Bedeutung entsprechend mit Palisaden, Gräben und Wehren versehen, zum Hort des Deutschtums dieser Gegend‹ wurde und sich ›sowohl gegen die verheerenden Raubeinfälle der Polen (1325–1326) wie später gegen den wilden Ansturm der Hussitenhorden trefflich bewährte‹.

Dann kam der Volksdichter Adolf Mörner zu Wort, der mit Recht gesungen hatte:

> Wie schön im Kranze blüh'nder Gärten,
> Mein trautes Städtchen, liegst du da!
> Nie kann wohl dem das Herz erhärten,
> Der dich im Blütenschmucke sah!

Man soll nie nie sagen, war eine von Charlottes stehenden Redewendungen.

Personen sind ja auch schon da. Personen mit personenge-bundenem Gedächtnis, dessen Unzuverlässigkeit leicht zu testen wäre; beispielsweise an dem Stichwort ›Vorkrieg‹. Was fällt dir – oder Ihnen – bei ›Vorkrieg‹ ein?

Die Antworten sind ausgedacht, daher doppelt tendenziös. Bruno Jordan würde vielleicht ›Volkswagen‹ sagen. – Wir wollten ja erst nicht; aber dann, dämlich, wie wir waren, ha-ben wir doch angefangen, die Marken zu kleben und dem Adolf seinen Krieg finanzieren zu helfen: Eine Aussage von Charlotte Jordan aus den frühen fünfziger Jahren, als sie sich entschloß, das Klebeheft mit den VW-Marken im Wert von 500 Reichsmark zu verbrennen.

Bruno Jordan könnte sagen: Ruhe und Ordnung! Dann aber würde er seine Aussage einschränken: Dabei war schon was im Gange, wir wußten's bloß nicht.

Charlotte Jordans Antworten hätten sich in den vierund-zwanzig Jahren, die ihr Leben nach 1945 noch dauern sollte, bemerkenswert verändert. Vorkrieg? Ach, glückliche Zei-ten! hätte sie zuerst gesagt. Später vielleicht: Viel Arbeit. Und zum Schluß: Ein einziger großer Beschiß. – Nur um klarzustellen, daß das Gedächtnis kein festgefügter Block ist, der in unserem Gehirn unveränderlich festsitzt; eher schon, falls große Worte erlaubt sind, ein wiederholter mo-ralischer Akt. (Was heißt: sich verändern?)

Nellys Assoziation zu dem Stichwort ›Vorkrieg‹ würde wohl lauten: Das weiße Schiff.

Das muß erklärt werden.

Wurde schon gesagt, daß das Erinnerungsvermögen dieses Kindes sich mit Vorliebe an unheimliche, beängstigende und demütigende Stoffe klammerte? Das weiße Schiff ist ein unheimliches und beängstigendes Motiv, zugleich aber ist es ein leuchtendes sommerliches Bild in deinem Phantasiege-dächtnis, welches diejenigen Gegenstände aufbewahrt, die man nicht wirklich gesehen oder erlebt, sondern sich nur vorgestellt, heiß gewünscht oder gefürchtet hat. Es ist wahr, dem Phantasiegedächtnis ist noch weniger zu trauen als dem Wirklichkeitsgedächtnis, und du konntest dir ja auch dieses Bild so lange deuten, bis du im ›General-Anzeiger‹ vom 31. Mai 1937 die Lösung fandest und darüber so aufgeregt wurdest, daß du am liebsten die freundliche Frau am Aufsichtstisch des Lesesaals davon benachrichtigt hättest. Die Einsicht, du würdest ihr unmöglich im Flüsterton alle Zusammenhänge erklären können, in deren Mittelpunkt das weiße Schiff stand, hemmte dein Mitteilungsbedürfnis; ›stand‹ ist schon gar nicht das richtige Wort. Es fuhr unter wolkenlos blauem Himmel in einem leicht bewegten, ebenfalls blauen Wasser mit weiß schäumender Bugwelle, und es war sehr schön und bedeutete Krieg. Und bis auf den heutigen Tag – mehr als zwei Jahre sind seit der unverhofften Entdeckung in der Staatsbibliothek vergangen – denkst du nicht anders als mit Triumph an die Aufklärung dieses für unlösbar gehaltenen Rätsels. An die Minute, da sich erwies, daß dein Gedächtnis nicht irgendwelchen Unsinn aufbewahrt, sondern eine wenn auch vielfach verschlüsselte Realität.

Man muß nämlich wissen, daß das Reizwort ›weißes Schiff‹ nicht nur Kriegsangst bedeutete, sondern auch noch Heimweh, unverkennbar Heimweh, und alle diese Einzelteile, wie du sie auch drehen und wenden mochtest, wollten nun einmal nicht zueinander passen.

›Heimweh‹ reimte sich allerdings auf ›Ostsee‹, auf die erste größere Trennung der achtjährigen Nelly von der Mutter. (Vielleicht fuhren einfach weiße Dampferchen im Sommer 37 von Swinemünde aus zu den anderen Ostseebädern? Insgeheim wußtest du: Die Spur war falsch.)

Wenn Nellys Einschulung in das Jahr 35 fiel – Ostern 1935, sie war mit knapper Not sechs Jahre alt und blieb die Jüngste in der Klasse –, dann mußte ihre erste Ostseereise, die zu

Beginn der dritten Klasse stattfand, sich auf den Juni 37 datieren lassen. Ärztliche Atteste bescheinigten eine Anfälligkeit für Bronchialkatarrhe, umständliche Beurlaubungsanträge an die Schulbehörde wurden nötig. (Als Nelly zurückkam, zwei Wochen versäumt hatte, zeigte sie sich außerstande, in dem Satz: ›Alle Deutschen lieben unseren Führer Adolf Hitler‹ die Satzergänzung zu bestimmen, und Herr Warsinski unterstellte ihr, daß ihr noch die Badekappen im Kopf herumspukten. Das kränkte sie schwer. Herr Warsinski sah es ungern, wenn Extrawürste gebraten wurden; den Bronchialkatarrh hatte er noch nicht kennengelernt, der in ihrem guten reinen märkischen Klima nicht zur Ausheilung gebracht werden konnte.)

Tante Liesbeth und Onkel Alfons Radde hatten einen gebrauchten kleinen DKW erworben. Der Notsitz war für Nelly. Sie fuhr, mit Schals und Tüchern umwickelt, im Freien bis nach Swinemünde, wo sich auf der Veranda ein Notbett für sie finden wird. Seeluft kräftigt, passieren tut ihr nichts, Tante Liesbeth legt ihre Hand dafür ins Feuer. Nelly läßt ihre Schalenden im Winde flattern, Vetter Manfred, Manni, der noch sehr klein ist, winkt ihr durch die winzige DKW-Rückscheibe zu, Nelly singt laut: ›Halihalo, wir fahren!‹ und entdeckt den Satz ›Zu beiden Seiten flogen die Bäume vorbei‹ als persönliche Erfahrung. An Swinemünde war nichts auszusetzen. Annehmbares Quartier, Sandstrand, auch das Wetter passabel. Nelly wirft sich in die Wellen, wasserscheu ist sie nicht. Mit Manni spielt sie auch gerne. Also, was fehlt ihr noch?

Nichts. Rein gar nichts fehlt ihr, und ein undankbares Kind sein, das wäre das Letzte. Es ist bloß, sie träumt jede Nacht von ihrer Mutter, und zwar, daß sie tot im Sarg liegt. Dann erwacht sie natürlich und muß weinen und kann lange nicht wieder einschlafen. Sie weiß selber nicht, warum sie gerade immer das träumen muß. Heimweh ist es ja bestimmt nicht.

Heimweh haben nur kleine Kinder, und es äußert sich doch gewiß ganz anders.

Da haben sich Tante Liesbeth und Onkel Alfons aus reiner Gutmütigkeit was eingebrockt. Aber die Sache mit dem weißen Schiff ist schlimmer und stellt alle anderen Sorgen in den Schatten. Den Kindern wird natürlich nicht mitgeteilt, woher auf einmal diese Aufregung und worum es sich da im einzelnen handelt; aber Nelly, mucksmäuschenstill, die sich angeblich nicht satt sehen kann, wie die See mit immer neuen freundlichen kleinen Schaumkronen auf ihre Strandburg zukommt, Nelly hört mehrmals die Wörter ›Schiff‹ und ›Krieg‹ im gleichen Atemzug nennen, und sie hört auch Tante Liesbeths Frage, ob man nicht lieber abreisen solle, da doch alles auf des Messers Schneide stünde. (Abreisen! Nach Hause! Die Mutter lebend antreffen!) Aber Onkel Alfons, der weiß, es wird nichts so heiß gegessen wie gekocht, macht das überlegene Gesicht, das Männer machen müssen, wenn Frauen Angst vor Krieg haben.

Das Wort ›Panik‹ kennt Nelly nicht.

›Guernica‹ auch nicht. (Das Wort, den Namen ›Guernica‹ hast du fünfzehn bis zwanzig Jahre später zum erstenmal gehört, im Zusammenhang mit dem Bild, dessen gute Absicht nicht bezweifelt, dessen realistische Ausführung aber heftig umstritten wurde; nun hast du – unvermeidlicher Vorgriff in der Chronologie – in jenem Saal im Museum of Modern Arts in New York vor den Blättern gestanden, die Vorstufen zu dem großen Bild waren und an denen sich ablesen läßt, auf welche Weise aus einer naturgetreu gezeichneten Kuh ein Tier hervorgeht, fähig, die Anklage allen Getiers gegen die Überhebung des Homo faber auf sich zu nehmen.) Im April 37 hat also der ›General-Anzeiger‹ die Nachricht verbreitet, Guernica sei nicht bombardiert, sondern von den Bolschewisten mit Benzin übergossen und angezündet worden. Kein Foto natürlich. Dagegen ist der Stapellauf des

KdF-Schiffes ›Wilhelm Gustloff‹ fotografiert worden, und der ›General-Anzeiger‹ bringt das Bild, das dir, wie du es so ansiehst, gar nicht fremd vorkommt. Ganz im Gegenteil sogar. Ein weißes Schiff, aus dessen Schornstein freudiger Rauch quillt und dessen Bugwelle ein weiß schäumendes Dreieck bildet ...

Schneller blätterst du die großen brüchigen Blätter um: Lief hier nicht Nellys weißes Schiff vom Stapel?

31. Mai 1937. ROTE SPANISCHE FLUGZEUGE BOMBARDIEREN EIN DEUTSCHES PANZERSCHIFF!

Der Name: Panzerschiff ›Deutschland‹. Die Zahl der Toten: 23. In einer Vergeltungsaktion beschossen deutsche Kriegsschiffe am 1. Juni – Nelly ist nach Swinemünde abgereist – den spanischen Hafen Almería und zerstörten die Hafenanlagen. Der Kreuzer ›Leipzig‹ lief nach Spanien aus. Die Urlauber am Ostseestrand verfielen in Kriegsfurcht. Ein Kind, das Heimweh hat, behält zwei Bilder: das eine vom weißen Schiff, das sie in der Zeitung gesehen hat und mit der falschen Nachricht verbindet; das andere von der toten Mutter im Sarg. Sonst: daß es gelben Sand gibt und daß man über Holzplanken an den Strand geht. Weiter nichts. Dann erst wieder, bei der Heimkehr am Abend, das weiß leuchtende Gesicht der Mutter, die in der Dunkelheit im Fenster liegt. Auch das bleibt. Ach du mein Dummerchen du, wie sollte ich denn gestorben sein, wenn du weg bist?

Alles andere höflichkeitshalber eingeräumt: Ja, die schöne Sandburg. Das gute Essen, ja, die schöne gesunde reine Luft. Aber Erinnerungen wurden das nie.

Dagegen ist nichts zu machen.

Zurückblätternd nach dieser wichtigen Entdeckung im Jahrgang 1937 des ›General-Anzeigers‹, den Nelly täglich in den Händen ihrer Großmutter und allabendlich in denen ihrer Eltern sah und der sich als ein wüstes Blatt entpuppte, das dich in die Nähe wüster, mutloser Gedanken brachte –

zurückblätternd, gingst du nun genauer vor, den ganzen Jahrgang von Anfang an.

Mensch, sei kein Tor, fahr Brennabor!

Wer sein Vesperbrot nicht schafft, der gebe es zurück! – Es gibt auch geistige Rassenschande! Deutsche Volksgenossen meiden den jüdischen Arzt!

Sodann, in fetten Buchstaben: ›Bucharin, der Letzte der Leningarde, in GPU-Haft.‹

Ein paar Seiten weiter: ›Beginn des Moskauer Prozesses gegen Radek und andere.‹ 17 Todesurteile.

Am 14. Mai teilt der ›General-Anzeiger‹ mit, Bucharin und Rykow seien verurteilt. – Stalin säubere die Wissenschaft.

Anstatt nun – wie es zuerst selbstverständlich schien – diese Meldungen als nicht zur Sache gehörig zu übergehen, scheint ein Versuch nötig, zu schildern, wie du im Mai des Jahres 71, vierunddreißig Jahre nach den Ereignissen, auf deinem ruhigen, sicheren Stammplatz im Lesesaal der Staatsbibliothek von Berlin, Hauptstadt der DDR, auf sie reagiert hast. Mag sein, der Versuch muß scheitern, und daß du dich gerade nach ihm drängen würdest, wäre gelogen. Doch fragte – nur ein Beispiel zu nennen – wenige Wochen später, während eurer kurzen Polenreise, Lenka, damals vierzehnjährig, beim Mittagessen in der neuen Gaststätte am Markt von G.: Nun sagt mir bloß mal, wer war denn eigentlich dieser Chrustschow!

Ein nicht gelinder Schrecken fuhr dir in die Glieder, und es wurde dir klar, daß gewisse Pflichten keinen Aufschub mehr dulden, unter ihnen die Pflicht, anzudeuten, was mit uns geschehen ist. Es wird uns nicht gelingen, zu erklären, warum es so und nicht anders gekommen ist, doch sollten wir nicht davor zurückscheuen, wenigstens die Vorarbeiten für künftige Erklärungen zu leisten.

Im Bücherschrank des Jordanschen Wohnzimmers stand auf dem obersten Regal rechts, hinter Glas, geliefert von

Leo Siegmann, ein Buch mit dem Titel ›Der verratene Sozialismus‹. Es zeigte farbig auf dem Schutzumschlag ein in Mordlust verzerrtes Gesicht unter einer Mütze mit Hammer und Sichel und war von Charlotte Jordan zum verbotenen Buch erklärt worden.

(Übrigens: Welche Art Pflicht besteht oder soll angeblich bestehen, derartige Einzelheiten auszupacken? Verantwortung – davon könnte reden, wer alles wüßte und imstande wäre, es den Richtigen richtig zu sagen. Verantwortung kann zur Formel werden, unverantwortlich zu handeln. Es bleibt aber: die Pflicht des Schreibers, der zum Beispiel erklären muß, wie Nelly sich all die Jahre ihrer Kindheit einen Rotarmisten vorgestellt hat und warum gerade so. Trug nicht der Mann auf dem Schutzumschlag noch ein Bajonett zwischen den Zähnen? Aber ist es nicht zu früh, darüber zu reden? Du beobachtest dich, wie du Gründe dafür suchst, jene leider zutreffenden Nachrichten, die Moskauer Prozesse des Jahres 1937 betreffend, im Gegensatz zu der Meldung über Guernica übergehen zu können.)

Signale, die jeder kennt, zeigen ja an, was ein Tabu ist. Ohne Not wird man es nicht verletzen. Doch außer Scheu, einer Vorstufe der Angst, empfandest du einen vertrackten Zorn. Den Leuten, die den ›General-Anzeiger‹ mit Nachrichten belieferten, gönntest du den hämischen Ton nicht, den sie anschlugen. Sie sollten kein Recht auf Schadenfreude, sollten überhaupt kein Recht haben, am wenigsten in diesem Punkt, in dem du, da er dich so stark betrifft, mehr als gewöhnlich empfindlich bist. Was bedeutet: angehalten, womöglich mehr als gewöhnlich genau zu sein.

Moskau, 14. Juni 1937: ›Acht Sowjet-Generale hingerichtet!‹ Wie es dazu gekommen ist, daß eine solche Meldung in dieser Zeitung dich traf – die Gebeine der Generale sind schon vermodert –, als sei sie neu, vor allem, als ginge sie dich persönlich an, während du von den Zeitungsschreibern des ›General-Anzeigers‹ und von den Leuten, die die Zeitung lasen und unter denen Nelly ja aufwuchs, zu denen sie ja gehörte, ›die‹ und ›denen‹ dachtest, als seien es Fremde (denen soll ihre Heuchelei im Halse steckenbleiben): Das wäre schon eine andere Geschichte.

Was heißt das: sich verändern? Ohne Wahn auskommen lernen. Den Blicken der Kinder nicht ausweichen müssen, die unsere Generation treffen, wenn – selten genug – von ›früher‹ die Rede ist: Früher, in den dreißiger, früher, in den fünfziger Jahren.

Hier wird von Gedächtnis gehandelt. Ein Pfund macht zwei satt! Dies behält, wer es selber im Sprechrohr mit gerufen hat. Saubere Menschen in sauberen Betrieben! Volksgenossen, räumt eure Böden auf!

Aus welchem Stoff sind unsere Erinnerungen?

Ohne Eiweißkörper kein Gedächtnis. Der Fernsehwissenschaftler im weißen Kittel glaubt den Gedächtnisstoff, ein Peptid, in der Hand zu haben. Peptide seien Ketten von Aminosäuren, deren unterschiedlich angeordnete Reihenfolge den Inhalt der Information darstellen. Er spritzt naiven, das heißt: bisher nicht manipulierten Ratten mit artgemäßem Verhalten ein aus Gehirnen manipulierter Ratten gewonnenes Präparat – Skotophobin – ein, welches, wie man sich selbst überzeugen kann, die Information: Fürchte dich vor dunklen Räumen! auf sie überträgt und sie veranlaßt, in widernatürlicher Weise helle Räume aufzusuchen. Das bedeutet, diese Ratten hätten den durch schmerzhafte Dressur erworbenen Gedächtnisinhalt – Furcht – von einer anderen Gruppe ihrer Art in Form einer materiellen Substanz und ohne Dressur übernommen.

Zukunftsmusik, würde Charlotte Jordan sagen. Als ob Angst gespritzt werden müßte!

Aber hatten sie überhaupt schon Angst? (Später ja. Da hat es gewisse Besuche gegeben . . . Zwei Herren jeweils, in unauffälligem Trenchcoat, bei deren Erscheinen Charlotte die Knie schlotterten.)

Spanien. (Wer nicht kämpft, verfault.) Ein Stichwort, auf das Bruno, Charlotte und Nelly Jordan die gleiche Antwort geben würden: Hannes. Onkel Hannes. Ein Vetter der Mutter. Ein Prachtmensch, dem es nicht schwerfiel, Angehöriger der neuen Deutschen Luftwaffe zu werden und seine Nichte Nelly – der Einfachheit halber bist du meine Nichte, Nelly – bei jedem Urlaub, auch wenn sie immer größer und schwerer wurde, bis fast an die Decke zu werfen. Der ihnen die Nachricht zukommen ließ, sie sollten sich nicht sorgen, wenn er nun eine Weile nichts von sich hören ließe. Er nehme an einer Übung teil.

Da ist was faul im Staate Dänemark, sagte Charlotte, die sich das Mißtrauen nicht abgewöhnen konnte. Du mußt ja immer die Flöhe husten hören: Bruno Jordan. Bis dann nach ruhmreich beendetem Spanienkrieg Onkel Hannes mitsamt der übrigen Legion Condor in Berlin am Führer vorbeimarschierte, wobei er natürlich beide gesunde Beine zum Stechschritt hochschmiß. Er hatte sie noch, da er das linke erst Jahre später bei einem Fallschirmabsprung über der Mittelmeerinsel Kreta verlor. Er warf also seine Nichte, die inzwischen groß und stark geworden war, an die Decke und strahlte sie mit seinen blauen Augen aus dem braungebrannten Gesicht an. Ja, die spanische Sonne! Das kann sich hier ja gar keiner vorstellen.

Man kann drauf Gift nehmen, daß keiner aus der ganzen Familie den Vetter, Sohn, Bruder und Onkel Hannes in eine verschwiegene Ecke gezogen und ihm in vertraulichem Ton Fragen gestellt hat. Der spanische Krieg genügte ihnen so, wie er sich im ›General-Anzeiger‹ und im Deutschen Rundfunk abgespielt hatte. Neugier war ihre Schwäche nicht, obwohl nicht etwa ein Stoff, der die Information: Fürchte dich vor Neugier! eingetrichtert hätte, unter der

Bevölkerung zur Anwendung kam. Nicht ein Mal – kein einziges Mal! – sind sie in Versuchung gewesen, auf ihrem neuen Radioapparat, einem MENDE mit grünem Auge, dessen Anschaffung möglich wurde, als die rotbraune Sesselgarnitur und der Bücherschrank bezahlt waren, die Skala nach verbotenen Stationen abzusuchen.

Was ich nicht weiß, macht mich nicht heiß.

Was sie nicht wußten, machte sie lau. Übrigens hatten sie Glück. Keine jüdische oder kommunistische Verwandt- und Freundschaft, keine Erb- und Geisteskranken in der Familie (auf Tante Jette, Lucie Menzels Schwester, kommen wir noch), keine Auslandsbeziehungen, keine nennenswerten Kenntnisse in irgendeiner Fremdsprache, überhaupt keinen Hang zu zersetzenden Gedanken oder gar zu entarteter und anderer Kunst. Festgelegt durch das, was sie nicht waren, wurde ihnen nur abverlangt, nichts zu bleiben. Und das scheint uns leichtzufallen. Überhören, übersehen, vernachlässigen, verleugnen, verlernen, verschwitzen, vergessen.

Nachts, im Traum, soll nach neueren Erkenntnissen die Übernahme von Erlebnisstoffen vom Kurzzeit- in das Langzeitgedächtnis geschehen. Du stellst dir ein Volk von Schläfern vor, ein Volk, dessen Gehirne träumend den ihnen gegebenen Befehl befolgen: Löschen löschen löschen. Ein Volk von Ahnungslosen, das, zur Rede gestellt, später wie ein Mann aus Millionen Mündern beteuern wird, es erinnere sich nicht. Und der einzelne wird sich nicht erinnern an das Gesicht des Juden, dessen Fabrik – eine kleine verkommene Zuckerwarenfabrik, Lenka, eine Bonbonbude, mehr war es ja wirklich nicht, kein Wertobjekt; und wenn Onkel Emil Dunst nicht hinterhergewesen wäre, hätte sie ein anderer mit Kußhand genommen und weniger dafür bezahlt –, dessen Fabrik also ihr am Abend in G. suchen und endlich auch finden werdet, hinter einer stillgelegten Tankstelle an der ehemaligen Küstriner Straße. Es ist nicht einmal gesagt, daß

Onkel Emil Dunst das Gesicht des Juden Geminder je angesehen hat, so daß er nicht zu lügen brauchte, wenn er später in seiner großtuerischen Art sagte, er erinnere sich überhaupt nicht an ihn. Ein alter Mann eben, auf dem absteigenden Ast, der froh war, wenn er davonkam. Direkt dankbar ist der mir ja noch gewesen, wollen wir doch bei der Wahrheit bleiben, wolln wir doch. Onkel Dunst hatte die Angewohnheit, wichtige Teile eines Satzes noch einmal zu wiederholen, in der Art: Mag ja manches passiert sein, mag es ja, was nicht vollkommen seine Ordnung hatte, aber bei mir doch nicht, doch nicht bei mir. Unsereins hat doch nichts gewußt, und wenn einer ein gutes Gewissen haben kann, dann bin ich das wohl, bin ich, jawohl.

Guten Gewissens verstarb er Ende der fünfziger Jahre in einem Dörfchen in der Altmark, versöhnt mit seiner Frau, Tante Olga, versorgt, gepflegt, begraben, von ihr beweint und unvergessen.

Und manches wäre einfacher, wenn er schlicht gelogen hätte. In der Nacht vor der Reise nach Polen hast du nicht schlafen können: Die Nacht vor dem 10. Juli 1971 – erinnert man sich? Das Zimmer, das nicht auskühlen will. Die Mücken. Die Kindheitsnächte am Ende der großen Ferien. Schlaflos, aber noch ohne Kopfschmerzen, die sich jetzt unweigerlich einstellen werden. Titretta analgica, unterdrücken Schmerz und Schlaf. Mir platzt der Schädel, wer sagte das doch immer? Bruno Jordan. Er nimmt Aspirin. Seine Frau, Charlotte, kennt merkwürdigerweise den Kopfschmerz nicht. Charlotte, von der Nelly doch das meiste geerbt hat, weiß gar nicht was das ist: Kopfschmerzen. Die Glückliche. Ihr Mann denkt, ihm springt der Kopf. Er verzieht das Gesicht zu einer Schmerzgrimasse und legt vorsichtig eine Handfläche an die Stirn, die andere an den Hinterkopf. Migräne ist es also nicht gewesen, woran er litt. Was das nur immer ist.

Spannung also. Eine Art Angst, zugegeben. Ein Halswirbel

kann ausgerenkt sein. Die zunehmende Versteifung der Schulterpartie kann ihren Schmerzdruck an den Kopf weitergeben. Aber auch ein Zwiespalt kann keine andere Möglichkeit finden, sich auszudrücken ... Wenn man erst ›dort‹ war, ist es kein Spiel mehr, es war dir klar. Dann gibt es kein Zurück mehr, nichts läßt sich ungeschehen machen. Wenn du die Straßen betreten, die Hauswände berührt, die Hügel und den Fluß wiedergesehen, dich ihrer Wirklichkeit vergewissert hast ...

Was zwingt dich, hast du dich gefragt – nicht mit Worten, das gibt es selten: durch Kopfschmerz –, was zwingt dich, zurückzusteigen? Einem Kind gegenüberzutreten (sein Name war noch nicht festgelegt); dich erneut auszusetzen: dem Blick dieses Kindes, der gekränkten Abwehr aller Betroffenen, der puren Verständnislosigkeit, vor allem aber: der eigenen Verschleierungstaktik und dem eigenen Zweifel. Sich absondern, was soviel heißt wie ›in Opposition‹ gehen.

(Nach einer Lesung in einem Betrieb versuchst du herauszufinden, welches Interesse die Anwesenden – eine Brigade aus der Ökonomie-Abteilung – jener Zeit entgegenbringen. Ein blondes junges Mädchen liest gerne Bücher von früher, weil sie daraus ersehen kann, wie gut es ihr heute geht und weil sie ihre Eltern dann besser versteht. Andere, Ältere, wollen schon auch mal darüber lesen, aber zu schwer dürfte es nicht sein, etwas Humor müßte auch schon eingestreut werden.)

Eine Frau, die dir nahesteht, um fünf Jahre jünger als du selbst, sagt unumwunden: Die Zeit ist für mich Tertiär. Tertiär: Erdgeschichtliche Periode, an deren Ende die Umrisse der Festländer und Meere bereits denen der Jetztzeit ähneln, die Gebirgsbildung im wesentlichen abgeschlossen ist, an Stelle der früheren Saurierformen Säugetiere die Erde bevölkern und Insekten und Vögel sich vielfach ihrer heutigen Gestalt genähert haben. Der Mensch ist noch abwesend.

Warum also abgelagerte, zur Ruhe gekommene Gesteinsmassen wieder in Bewegung bringen, um womöglich auf organische Einschlüsse – Fossilien – zu stoßen. Das feingeäderte Flügelwerk der Fliege in einem Stück Bernstein. Die flüchtige Spur eines Vogels, in einstmals lockeren Sedimenten durch günstige Lagerung verfestigt und verewigt. Paläontologe werden. Mit Versteinerungen umgehen lernen, aus Abdrücken auf das frühere Vorhandensein lebendiger Formen schließen, die man nicht zu Gesicht bekommt.

Die Frau, die dir nahestand, ist gestorben. In jener Nacht vor der Reise lebte sie noch, hatte aber ihren Satz über das Tertiär schon gesagt. Zu den letzten Visionen, die sie zu ihrer Qual sehen und immer wieder sehen mußte, gehörte das Bild eines herrischen blonden Weibs in schwarzen Schaftstiefeln; mit einer Lederpeitsche klatschend, jagte sie, gefolgt von ihrer Hundemeute, durch die Flure des Krankenhauses, in dem die junge Frau starb.

Ach: Tertiär!

Mit einem Auto vom Typ Wartburg ins Tertiär reisen.

Eine Angstpartie, würde Charlotte Jordan sagen. Sonst war ihr Thema eher das Glück. Glückliche Ehe, glückliche Familie. Meine Kinder hatten jedenfalls eine glückliche Kindheit. – Nur daß sie das Glück für allzu zerbrechlich hielt. Glück und Glas, wie leicht bricht das. So daß ihre Kinder dazu übergingen, sich im Krankheitsfalle selbst zu kurieren, um der Mutter die Angst zu ersparen, bis Lutzens geschwollene Mandeln sich durch seine kloßige Redeweise verrieten. Glücksbesessenheit, an deren Grund wie ein trüber Bodensatz immer neu der Verdacht sich sammelte, daß alles vergeblich war.

Einmal, als sie den ganzen Abend Wassereimer zu ihrem Steingarten geschleppt hatte – wenn der mir jetzt vertrocknet, war doch alles umsonst –, erschienen in Charlottes Armbeugen blaugrüne Flecken, die sich ausbreiteten und

Nelly zu Tode erschreckten. Mit einer merkwürdigen Befriedigung, als bestätige sich nur, was sie sich schon lange gedacht hatte, vernahm Charlotte, daß sie still liegen, sich nicht rühren dürfe: wegen der Emboliegefahr, wegen der Blutgerinnsel, die sich selbständig machen konnten, von denen eines vielleicht schon auf dem Weg zum Herzen war. Siehst du, mein Kind, so schnell kann das mal gehn, sagte sie, immer noch mit dieser seltsamen Genugtuung, die Nelly ihr übelnahm, warum, hätte sie sich nicht eingestanden. Welches Kind wünscht sich eine Mutter, die ihren Tod auf die leichte Schulter nimmt? Die vielleicht einen unauffälligen Weg sucht, es im Stich zu lassen?

Diese Sprach-Unmächtigkeit. Gut beleuchtete Familienbilder ohne Worte. Sprachloses Gebärdenspiel auf ordentlich aufgeräumter und abgestaubter Bühne. Wann hat Charlotte ihrem Mann am Abendbrottisch zum erstenmal das Rauchen vorgehalten und, die linke Hand an den noch kaum geschwollenen Hals gelegt, anklagend geäußert, sie kriege keine Luft? Was dann ein Alltagsvorgang wurde: die Mutter, am Tisch nach Luft schnappend, der Vater, den Rauch aus den Fenstern wedelnd, Durchzug aber vermeidend, weil Charlotte ihn nicht vertrug. Stummfilm an Stelle der Rede. Keine Aussagen, auch später nicht. Wir hatten alles, was wir uns wünschen konnten. Der Sprache mächtig zu sein stand nicht auf ihrem Wunschzettel. Wenn wir nicht zufrieden gewesen wären – Dresche hätte uns da gehört. Wer das Gegenteil behauptet, muß nicht bei Troste sein. Charlotte, die Hand an der immer stärker anschwellenden Schilddrüse, Türen werfend, den Laden verfluchend, war nicht bei Troste, doch wußte sie es nicht und vergaß es später vollständig über dem dringenden Wunsch, glücklich gewesen zu sein. In dieser Nacht erst – gegen Morgen, als der Kuckuck im Wäldchen am Kanal zu rufen anfing – wurde dir klar, daß du die Erinnerung, dieses Betrugssystem, zu fürchten, daß du, indem du sie scheinbar vorzeigst, in Wirklichkeit gegen sie anzugehen hast. Die Nachrichtensperre ist noch nicht aufgehoben. Was die Zensur passiert, sind Präparate, Einschlüsse, Fossilien mit einem furchtbaren Mangel an Eigentümlichkeit. Fertigteile, deren Herstellungsprozeß – an dem du, wie du nicht leugnen wirst, beteiligt bist – zur Sprache gebracht werden muß.

Im Zeitalter universalen Erinnerungsverlustes (ein Satz, der vorgestern mit der Post kam) haben wir zu realisieren, daß volle Geistesgegenwart nur auf dem Boden einer lebendigen Vergangenheit möglich ist. Je tiefer unsere Erinnerung geht, um so freier wird der Raum für das, dem all unsere Hoffnung gilt: der Zukunft. (Nur daß es, wie dir in jener Nacht deutlich bewußt war, um so vieles leichter ist, Vergangenheit zu erfinden als sich zu erinnern; und daß die Frage, ob denn die volle Geistesgegenwart wirklich benötigt werde und wozu, dir als möglicher Einwand dämmerte.)

Was bedeuten übrigens Wörter wie ›tief‹ und ›flach‹, auf unsere Erinnerung bezogen? Ist es ›flach‹, zu registrieren, daß jenes Kind (her mit dem fremden Namen; mit einer Person, deren Leben dir einfallen kann wie ein fremdes; an die man Hand legen, in die man eindringen kann – wie ein Mörder. Ein Arzt. Ein Liebhaber), daß Nelly Jordan anfing, ihre Schritte abzuzählen? Was man Zählzwang nennt. Auf der Grundlage der Glückszahl Sieben bewältigte sie den Schulweg: die sieben Schritte von einem Baum bis zum nächsten; von einem Zaunpfahl, einem Stein zum anderen; die sieben Schritte zwischen zwei Schatten, zwischen zwei starken Herzschlägen.

Die Zahl Sieben trat ungefähr um die gleiche Zeit ihre Herrschaft über Nelly an, da Lehrer Borchers in ihrer Klasse den Religionsunterricht übernahm. Borchers, der, ein hagerer, düsterer Mensch, kein Mittel scheute, in seinen Klassen das strikteste Redeverbot durchzusetzen. Nelly, nicht schwatzhaft, durchbrach das Verbot (mit einem einzigen Wort, das sie Gundel Neumann zuflüsterte, die vor ihr saß: Endlich!), als eine Schülerin aus einer höheren Klasse mit dem ›Umlauf‹ eintrat, einer blauen Mappe, in der Mitteilungen der Direktion an die Lehrer verbreitet wurden.

Lehrer Borchers sah alles, hörte alles, ahndete alles. In einem Ton, den man ›schneidend‹ nennen muß, rief er Nellys Namen auf, befahl ihr, der ein unbändiger Schrecken in die Glieder fuhr, vorzutreten. Sieben Schritte bis zur Tafel, vor der Strafen verkündet und sofort vollstreckt wurden. Lehrer Borchers in aller Ruhe mit der fremden Schülerin beschäftigt; Nelly, deren Gehirn in rasender Schnelle immer wieder bis sieben zählt, die Hände befehlsgemäß auf dem Rücken, der Mund, der grinst (o make me a mask!): Was tut sie ›danach‹? Ein Mensch, der öffentlich geschlagen wurde, kann nicht weiterleben, das weiß sie. Lehrer Borchers, der sich ihr endlich zuwendet, stellt ihr die törichte Frage, ob sie gesprochen habe, und Nelly antwortet wahrheitsgetreu, wenn auch leise, mit Ja. Worauf Borchers, der präzis und hart zuzuschlagen pflegt, zum sprachlosen Staunen der Klasse eine Schülerin, die eines seiner Verbote verletzt hat, unbestraft gehen läßt: Weil du dein Vergehen ehrlich zugegeben hast. Die Klasse, die die trotz allem Geschlagene für einen Sieger hält (ein Vorgang, zu dessen Wiederholung sie bis ins Endlose verurteilt scheint). Doppelt gedemütigt, weil belobt für Ehrlichkeit, wo jedes Leugnen sinnlos gewesen wäre: Und wie sie geleugnet hätte!

Der Kuckuck, immer noch. Sieben und wieder sieben Kuckucksrufe. Es wurde hell. Du zähltest die Vogelrufe erst bis zur Sechsundfünfzig – eine Zahl, die, in Jahren gerechnet, deine Lebenszeit auf hundert aufrunden würde. Der Kuckuck hielt bei hundertzweiundvierzig an, und du lachtest über deine Maßlosigkeit. Keine Rede von Lebensüberdruß. Ist Sich-Erinnern an Handeln geknüpft? Das würde ihren

Gedächtnisverlust erklären, denn sie handelten nicht. Sie arbeiteten so schwer, daß sie manchmal unheimlich treffsicher sagten: Man ist ja kein Mensch mehr, doch sie handelten nicht und vergaßen ihre Nicht-Handlungen sofort – Schläfer, die nicht zu erwachen wünschten –, behielten aber die ihnen zugeteilten dosierten Aufregungen. Maxe Schmeling gegen Joe Louis – das behielt ein jeder. Nelly, gerade neun Jahre alt, wird in dieser Nacht geweckt. Der Sessel am Radio. Die Decke, in die man sie wickelte, das Glas mit der heißen Zitrone. Die erregte Stimme des Radioreporters, die sich überschlug. Die dreißig Sekunden Gebrüll aus dem Lautsprecher. Dann: Des Sprechers Geheul und des Vaters Verzweiflung. Mit beiden Händen hielt er sich den Kopf, wie er es noch nie getan hatte. Die Neger müssen sich Blei in die Boxhandschuhe stopfen, um unseren großen deutschen Boxer k. o. zu schlagen. Schiebung, rief Bruno Jordan. Schiebung! Schiebung!

Luftschiff ›Hindenburg‹ bei Landung in Amerika explodiert: Behält auch jeder. Eine Umfrage unter Leuten über fünfzig würde sich lohnen.

Dieser furchtbare Mangel an Eigentümlichkeit.

Zu schweigen von den Einmärschen. Ein Volk, das an Einmärsche und Sportsiege gewöhnt wird. Den möchte ich doch mal sehen, der nicht heilfroh ist, wenn der Führer ihn heim ins Reich holt. Da hat Herr Warsinski wieder mal recht. Wie immer. Daß Nelly keine Klimmzüge kann, ist eine Affenschande, die auch durch leichtathletische Hochleistungen kaum zu tilgen ist. Lobenswert war es immerhin, daß sie, Angehörige einer Schwimmernation, mit sieben Jahren – im Jahr der Olympiade – schwimmen lernte: in der Warthe, beim alten Bademeister Wegner, der seine Schüler noch beim Freischwimmen an der Leine gegen die Strömung zog. Nur hätte Horstel Elste, Frau Elstes kleiner Sohn, nicht gerade im gleichen Fluß, wenn auch am anderen Ufer, ertrinken dürfen. Fluß bleibt Fluß. Wie soll man wissen, was einem da zutreibt, wenn man unter Wasser die Augen aufmacht. Leider hat Nelly die Beschreibung des Unglücks, die Frau Elste der Mutter gibt, mit angehört: Wie Horstel unter lose am Ufer treibendes Floßholz geraten sein muß und sich zwischen zwei Stämmen verklemmt hat, wie ihr Mann wieder und wieder nach ihm getaucht ist, ehe er ihn endlich fand, tot; und wie sie, seinen Namen rufend, am Ufer auf und ab lief: O Frau Jordan, meinem schlimmsten Feind wünsch ich das nicht!

Nun will Nelly nicht mehr in der Warthe baden gehen, überempfindlich, wie sie ist. Zu viel Phantasie. Zu Weihnachten, als sie das Akkordeon bekommen und in ausreichendem Maß Überraschung und Freude geheuchelt hat (Annemarie, das neue Mädchen, hatte ihr längst den schwarzen Kasten unten im Kleiderschrank der Eltern gezeigt, und Nelly hatte sich längst eingestanden, daß sie eigentlich keine Lust hatte, Akkordeon spielen zu lernen); als der von Schnäuzchen-Oma gekochte Grünkohl gegessen ist (Gänseklein, fettes Schweinefleisch, eine Handvoll Grütze zum Binden); als eine friedliche Müdigkeit sie ergriff, kam einer der aufgeregten Alarmanrufe von Tante Liesbeth Radde, ihren nun dreijährigen Sohn Manfred betreffend; Vetter Manni fieberte. Tante Liesbeth, vor Angst fast von Sinnen, war beinahe sicher, ihr Sohn sei von einer ›ansteckenden Gehirnhautentzündung‹ befallen. Der Schrecken hieb Nelly die Beine weg: Gestern noch hatte der befallene Vetter auf ihrem Schoß gesessen. Sie mußte sich nun vorstellen, wie ihre Familie Glied für Glied von der ansteckenden Krankheit hinweggerafft wurde. – Vetter Manni hatte dann eine kleine Erkältung. Nelly hat ihn und alle schon tot gesehn.

Ob es denn wahr sei, daß die Grundstruktur eines Menschen bis zu seinem fünften Lebensjahr festgelegt ist. Keiner, sagt der Fernsehpsychologe, erwarte auf diese Frage wohl die eindeutige Antwort ›Ja‹ oder ›Nein‹. Grundmuster allerdings würden früh eingeritzt. Zum Beispiel die Erfahrung, daß man sich beliebt machen muß, um geliebt zu werden. Früher übrigens hat man die Zirbeldrüse für den Sitz der Seele gehalten.

Das Grundgerüst – man könnte auch Wahrnehmungsmuster sagen – solle man sich notfalls als ein Netz aus fest miteinander verbundenen Nervenfasern vorstellen, das allerdings tatsächlich in den ersten Lebensmonaten geknüpft wird: Später wächst das Gehirn nicht mehr. Es sei von Familie zu Familie, von Kultur zu Kultur unterschiedlich, je nach Art und Intensität der Kommunikation mit der Außenwelt, die der Fernsehwissenschaftler als ›ausschlaggebend‹ bezeichnet. Übrigens aber stimme der Bauplan der zehn bis fünfzehn Milliarden Nervenzellen des Gehirns (deren jede mit zehn- bis fünfzehntausend anderen Zellen verdrahtet ist) bei allen Individuen der Gattung Mensch zu neunundneunzig Prozent überein. Die Unterschiede stecken im letzten Prozent.

In jenem Jahr 1937 ist also auf der ganzen beachtlichen Strecke von 500 000 Kilometern – so lang nimmt man ja die Nervenfasern zwischen den Zellen an, länger als die Verbindung zwischen Erde und Mond – bei den Individuen in Nellys Umkreis und bei ihr selbst das Signal ›Angst‹ aufgeflackert, nicht aber der Reflex ›Mitleid‹, den wir uns phylogenetisch allerdings erst viel später erworben haben.

Was heißt denn das?

Das heißt anscheinend, daß die in der Hirnrinde – besonders im Stirnhirn – lokalisierten Reaktionen, die wir als ›typisch menschlich‹ empfinden, unter gewissen Umständen zugunsten der vom Stammhirn aus gesteuerten Reflexe entfallen (abgeworfen, getilgt, verlernt werden; verblassen, entschlüpfen, entschwinden; überlebt, überholt, einfach weg sind: verschollen. Tertiär).

213

Schwamm drüber. Aus den Augen, aus dem Sinn, Papier-
schiffchen auf dem breiten Strom Lethe.
(Was heißt: sich verändern? Die unkontrollierten Reflexe
des vor-menschlichen Stammhirns beherrschen lernen,
ohne sie durch brutale Unterdrückung bösartig zu machen?)
Warum sie nicht gelitten haben? Die Frage ist falsch gestellt.
Sie litten, ohne es zu wissen, wüteten gegen ihren Körper,
der ihnen Signale gab. Mir springt der Schädel. Ich ersticke.
(›Wenn die Funktionen der Hirnrinde ausgeschaltet werden, dann geht das Erinnerungsvermögen verloren. Aber
auf äußere Reize vermag auch ein derartiges Individuum
noch zu antworten. Wenn wir es stechen, zuckt die entsprechende Extremität zurück, wenn wir ihm ins Auge leuchten,
schließt es die Augenlider, und die Pupillen verengen sich,
und wenn wir ihm Essen in den Mund stecken, beginnt es zu
essen.‹)
Die Straße, an der das Haus liegt, das einst Jordans gehörte,
heißt jetzt ›ulica Annuszka‹. Der Name gefällt euch beiden,
Lutz und dir. Ihr überlegt, ob Annuszka, das man womöglich auf der ersten Silbe betont, ein Mädchenvorname sein
könnte.
Aus der Schlucht kommend, seid ihr wieder eingestiegen.
Das Auto ist eine Hitzekammer. Alle Fenster herunterge-
kurbelt, fahrt ihr in Richtung Stadion und Walter-Flex-Kaserne. ›Wildgänse rauschen durch die Nacht‹, erinnert Lutz.
Eine Kaserne, die nach einem Dichter heißt. H. kennt das
ganze lange Gedicht über Hermann Löns auswendig, zitiert
es, durch übertreibende Betonung Distanz andeutend: ›Als
Hermann Löns aus der Heide nach Frankreich zog, /
Markwart, der Häher, ihm schwatzend zur Seite flog. /
Löns – ! Wohin? In den Krieg und fast fünfzig Jahre? / Unterm Rekrutenhelm ergraut dir das Haar!‹
Ist ja schon gut, sagt Lenka. Sie liebt es nicht, daß ihre Eltern
solche Zeilen aufsagen. Guckt mal her. Guckt euch das mal

an und sagt mir mal, wer solche Fotos macht. Sie hat in der Zeitung ein Foto gefunden. Eine alte Vietnamesin ist zu sehen, an deren Schläfe ein G.I. seinen Gewehrlauf hält, den rechten Zeigefinger auf Druckpunkt am Abzugshahn.

Solche Fotos, sagt ihr, machen Leute, um damit Geld zu verdienen. Warum, fragt Lutz, hältst du dich mit deiner Wut nicht an den Soldaten?

Lenka ist ein Kind des Jahrhunderts. Sie weiß, es gibt Mörder, und interessiert sich nicht für deren Innenleben. Was einer empfindet, der die Mörder bei ihrer Berufsarbeit fotografiert, anstatt ihnen in den Arm zu fallen: Das möchte sie wissen. – Nichts, sagt ihr. Vermutlich nichts.

Schweine, sagt Lenka. Sie kann nie lange auf Bild- oder Filmdokumente starren, die Folterszenen zeigen oder Sterbende oder Selbstmörderinnen am Dachrand des Hochhauses. Immer muß sie an den Mann denken, der hinter der Kamera steht und dreht oder knipst, anstatt zu helfen. Sie lehnt die gängige Einteilung ab: Einer muß sterben, ein zweiter bringt ihn dazu, der dritte aber steht dabei und beschreibt, was der zweite mit dem ersten tut.

Sie fordert bedingungslose Einmischung.

Daß du schweigsam wirst, fällt nicht auf. Tema con variazioni. Heraustreten aus der Mörderreihe – wohin? In das Zuschauerpeloton, das die fälligen Zwischenrufe, Beschwichtigungen und Schlachtenbeschreibungen liefert?

Man kann entweder schreiben oder glücklich sein.

In der Nacht vor diesem Hitzetag, vor dem kurzen Morgenschlaf, als dir alles klar war, sahst du auch ein, daß man unerschrocken und zugleich behutsam würde vorgehen müssen, um die geologischen Schichten (bis hin zum Tertiär) abzutragen. Mit ›kundiger Hand‹, dachtest du ironisch, die sich nicht fürchten dürfte, Schmerz zuzufügen, wohl aber, es überflüssigerweise zu tun. Und daß nicht nur diese Hand: daß auch die Person, der sie angehört, aus der Schutzfarbe werde heraustreten müssen und sichtbar sein. Denn man erwirbt sich Rechte auf ein so beschaffenes Material, indem man sich mit ins Spiel bringt und den Einsatz nicht zu niedrig hält. – Wußtest doch aber zugleich, daß es ein Spiel bleiben werde und bleiben müsse. Daß keine Hexenproben – die Füße ins Feuer, Gift drauf nehmen – vorkommen, die Geständnisse nicht mit Gewaltandrohung erpreßt würden; wußtest sogar für kurze Zeit und gabst es dir zu, was es eigentlich war, das dieses Spielchen in Gang brachte: Neugier. Schließlich kann man ein Spiel mit sich um sich beginnen. Ein Spiel in und mit der zweiten und dritten Person, zum Zwecke ihrer Vereinigung.

Zwei Brände beschließen dieses Kapitel, einander so ungleich wie Brände es nur sein können, in Nellys Erinnerung aber unlösbar miteinander verkoppelt: In solchen Dingen kann man sich nicht helfen.

Die später so genannte ›Kristallnacht‹ wurde vom 8. zum 9. November durchgeführt. 177 Synagogen, 7500 jüdische Geschäfte wurden im Reichsgebiet zerstört. Im Verfolg staatlicher Maßnahmen wurden die Juden nach diesem spontanen Ausbruch des Volkszorns enteignet, ihre Söhne und Töchter der Schulen und Universitäten verwiesen. In Nellys Klasse geht kein jüdisches Mädchen. Jahre später wird ein Mädchen ihrer Klasse sich weigern, das Weihnachtslied ›Tochter Zion, freue dich‹ zu singen, wegen der Verherrlichung des Judentums in diesem Lied. Der Musiklehrer Johannes Freidank, dessen Sohn in den ersten Kriegstagen in Polen gefallen ist, wird einen Wutanfall bekommen und seiner Lieblingsklasse, die einen hervorragenden Chor abgab, vorhalten, daß jüdische Mädchen sich früher niemals geweigert hätten, christliche Lieder zu singen. Nellys Klassenkameradin wird es sich verbitten, mit einer Jüdin verglichen zu werden. Der Musiklehrer, schäumend vor Wut, wird seine Schülerin auffordern, ihn also anzuzeigen.

Sie wird es nicht tun.

Doktor Joseph Goebbels hat im Jahre 1937 in einer Rede, die auch Nelly am Radio gehört haben kann, folgende Sätze gesagt: »Unerschrocken wollen wir mit Fingern auf den Juden zeigen als den Inspirator, Urheber und Nutznießer dieser furchtbaren Katastrophe: Sehet, das ist der Feind der Welt, der Vernichter der Kulturen, der Parasit unter den Völkern, der Sohn des Chaos, die Inkarnation des Bösen, das Ferment der Dekomposition, der plastische Dämon des Verfalls der Menschheit.«

Irgend jemand muß zu Nelly gesagt haben: Die Synagoge brennt. Ein Name kann nicht genannt werden. Es erscheint allerdings Charlottes Gesicht, ›ratlos-erschrocken‹, bei dem Stichwort Synagogenbrand. Geh hin! hat niemand zu Nelly gesagt, ganz gewiß nicht ihre Mutter. Eher wurde das eindeutige Verbot ausgesprochen: Daß du dir ja nicht einfallen läßt . . .

Daß sie dorthin ging, ist unglaublich und unerklärbar, aber du kannst es beschwören. Wie sie überhaupt den kleinen Platz in der Altstadt fand. Soll sie vorher schon gewußt haben, wo in ihrer Stadt die Synagoge stand? Und daß sie niemanden danach gefragt hat, steht fest.

Was hat sie hingezogen, da es nicht Schadenfreude war? Sie wollte es sehen.

Der 9. November 1938 scheint nicht kalt gewesen zu sein. Es gab eine bleiche Sonne auf dem Katzenkopfpflaster, in dessen Ritzen Gras wuchs. Wo das Pflaster zu Ende war, begannen die kleinen schiefen Häuser. Nelly wußte, daß der kleine Platz, den diese Häuser umstanden, ihr sehr gefallen hätte, wenn nicht in seiner Mitte die Ruine gestanden hätte. Sie rauchte noch. Es war die erste Ruine, die Nelly in ihrem Leben sah. Vielleicht kannte sie das Wort noch nicht, ganz sicher nicht die Zusammensetzungen, die es später erfuhr: Ruinenstadt, Ruinenlandschaft. Zum erstenmal sah sie, daß die Mauern eines Steinhauses nicht gleichmäßig abbrennen, daß eine bizarre Silhouette entsteht.

In einem der kleinen Häuser muß es einen dunklen Torweg gegeben haben, in den Nelly sich zurückziehen konnte. Sie wird sich an die Wand oder an einen der Torflügel gelehnt haben. Sie wird ihren dunkelblauen Trainingsanzug angehabt haben. Der Platz war leer, auch die Fenster der kleinen Häuschen rundum waren leer. Nelly konnte nicht dagegen an: das verkohlte Bauwerk machte sie traurig. Sie wußte aber nicht, daß es Trauer war, was sie empfand, weil sie es nicht wissen sollte. Sie hatte längst angefangen, ihre wahren Gefühle vor sich selbst zu leugnen. Das ist eine üble Gewohnheit, die sich schwerer als jede andere rückgängig machen läßt: Sie bleibt, kann nur ertappt und von Mal zu Mal gezwungen werden, sich zurückzuziehen. Dahin, für immer dahin ist die schöne freie Entsprechung der Gefühle mit den Vorgängen. Auch das wäre, recht bedacht, ein Grund zur Trauer.

Zu Nellys großem Staunen und Schrecken kamen Leute aus der Tür der abgebrannten Synagoge. Es konnte also der untere Raum, in dem die Juden sicherlich, wie in anderen Kirchen üblich, eine Art Altar hatten, nicht vollkommen ausgebrannt oder durch herunterstürzendes Mauerwerk verschüttet und zerstört sein. Man kann also in rauchende Trümmerhaufen unter Umständen noch hineingehen – alles vollkommen neu für Nelly.

Gäbe es diese Leute nicht – ein inneres Bild, dessen Authentizität unleugbar ist –, würdest du nicht mit dieser Sicherheit behaupten können, daß Nelly, ein Kind mit Phantasie, an jenem Nachmittag bei der Synagoge war. Aber Gestalten wie diese, die da schnell, doch nicht hastig die zwanzig Schritte von der Tür der Synagoge zu dem genau gegenüberliegenden kleinen Fachwerkhaus liefen – vier oder fünf Männer mit langen Bärten, schwarzen Käppis auf dem Kopf und schwarzen, langen Mänteln –, solche Menschen hatte Nelly weder auf Bildern noch in Wirklichkeit je gesehen. Sie wußte auch nicht, was ein Rabbiner ist. Die Sonne bekam zu tun. Sie fiel auf die Geräte, die jene Männer in den Händen trugen (›retteten‹, dachte Nelly unwillkürlich). Eine Art von Kelch muß dabeigewesen sein – ob das möglich ist? Gold! Die Juden, in Nellys Erinnerung beinlos wegen ihrer langen Kaftane, gingen unter Lebensgefahr in ihre zerstörte Synagoge und holten ihre heiligen goldenen Schätze heraus. Die Juden, alte Männer mit grauen Bärten, wohnten in den kleinen armseligen Häuschen am Synagogenplatz. Ihre Frauen und Kinder saßen vielleicht hinter den winzigen Fensterchen und weinten. (Blut, Blut, Bluhuhut, Blut muß fließen knüppelhageldick...) Die Juden sind anders als wir. Sie sind unheimlich. Vor den Juden muß man Angst haben, wenn man sie schon nicht hassen kann. Wenn die Juden jetzt stark wären, müßten sie uns alle umbringen.

Um ein Haar wäre Nelly eine unpassende Empfindung unterlaufen: Mitgefühl. Aber der gesunde deutsche Menschenverstand baute seine Barriere dagegen, als Angst. (Vielleicht sollte wenigstens angedeutet werden, welche Schwierigkeiten ein Mensch in Sachen ›Mitgefühl‹ haben muß – auch, was das Mitgefühl mit sich selbst betrifft –, der als Kind gezwungen wurde, Mitgefühl mit Schwachen und Unterlegenen in Haß, in Angst umzumünzen; dies nur, um auf Spätfolgen früher Geschehnisse hinzuweisen, die man zu Unrecht oft nur in der zwar zutreffenden, doch nicht erschöpfenden Rechnung zusammenfaßt: 177 brennende Synagogen im Jahre 1938 ergeben ungezählte Ruinenstädte im Jahre 1945.)

Nelly war es peinlich, an ihrem Platz stehenzubleiben. Charlotte hatte ihr beigebracht, was Takt ist: allermeist das, was man nicht tut. Man starrt einem Hungrigen nicht beim Essen auf den Mund. Einem Kahlen redet man nicht von seiner

Glatze. Tante Liesbeth teilt man nicht mit, daß sie nicht bakken kann. Man stellt sich nicht hin und weidet sich an fremdem Unglück.

Nelly hat die fremden bärtigen Juden unter die Unglücklichen eingereiht.

Jetzt also der Rohrsesselbrand. Ob er vor oder nach dem 9. November stattgefunden hat, ist nicht feststellbar. Bruder Lutz hat keine Erinnerung an dieses Ereignis aufbewahrt. Er hat die Zeit seines Lebens, in der er wegen heftiger Anfälle von Jähzorn für ein bockiges Kind galt, total vergessen. Vielleicht rechtfertigt ein Wort, das Wort ›angekohlt‹, wenigstens äußerlich den Sprung von der Synagoge in Jordans Kinderstube? Aus der Türritze quellender Rauch alarmiert das Mädchen Annemarie. Sie holt die Chefin, Charlotte, die stürzt in fliegender Eile hinauf. Schnäuzchen-Oma auf ihren krummen Beinen kommt sowieso bei den geringsten Anzeichen von Unordnung herunter. Nasse Handtücher schlagen das Feuer aus. Als Nelly aus der Schule kommt, findet sie den angekohlten Rohrsessel, einen schon abgestraften, verstockten Bruder, der also seine Laufbahn als Brandstifter eingeschlagen hat und anders anzusehen ist als gestern noch, und eine bis in ihre Grundfesten erschütterte Mutter, vor deren innerem Auge zum erstenmal die Möglichkeit aufgetaucht ist, eines ihrer Kinder könnte verdorben sein.

Am nächsten Tag greift Bruder Lutz mit der rechten Hand auf die noch heiße Kochplatte am elektrischen Herd. Auf allen vier Fingerkuppen kann er Blasen vorweisen. An der Hand, die den Brand legte. Schon wieder muß die Mutter gerufen werden. Klage- und Mitleidslaute erfüllen die Wohnung, der armen kranken Hand wird ein Ölbad bereitet, das Jungchen sitzt auf dem Schoß der Mutter und läßt sich wiegen. Ist ja alles nicht so schlimm, wird ja alles wieder heil. Nelly hockt auf dem Sandberg. Sie hat eine Streichholzschachtel voller Marienkäfer gefangen. Sie hat den Marienkäfern eine Stadt aus Sand gebaut, Straßen, Plätze, Bäume aus Schachtelhalmen. Die Marienkäfer haben ihre Dankbarkeit für diese schöne Stadt zu beweisen, indem sie sich strikt an die vorgeschriebenen Straßen und Wege halten. Das tun sie nicht. Sie rennen kreuz und quer durchs Gelände und müssen bestraft werden. Nelly hat unterirdische Sandhöhlen gebaut, das sind die Gefängnisse für die Marienkäfer. Da habt ihr's, sagt Nelly in ihrem großen gerechten Zorn, als sie die Marienkäfer unter die Erde gebracht hat, da habt ihr's, da habt ihr's. Ihr Bösen, Verfluchten, Ungehorsamen. Einzelne Marienkäfer, die ja übrigens zu Nellys Lieblingstieren gehören, welche sich aus der Erde herausarbeiten, schüttet sie heftig und hastig mit losem Sand zu, wieder und wieder, sooft die versuchen, sich zu befreien. Euch werd ich's zeigen. Es wäre kein Grund, zu heulen, da sie ja Lust empfindet.

Lenka, sagst du im Auto, die Pappelspitzen des Stadions werden sichtbar: Mach ein paar Griffe. Lenka stöhnt, beginnt aber doch, dir die Schultern zu massieren. Wie Eisen, sagt sie anklagend. Steif, steif. Mach dich doch nicht immer so steif. – Wann hat das angefangen?

8

Mit meiner verbrannten Hand
schreibe ich von der Natur des Feuers.
Ingeborg Bachmann

Der Hang zur Authentizität nimmt zu.
Nachmittags um vier schon die Lampe, verfluchter Herbst.
Mit dem Herst fangen Kriege an. Im August 64, als die US-Luftflotte ihre ersten Bomben über Vietnam abwarf, ging uns auf eingeschliffenen Nervenbahnen eine Alarmwarnung zu: Krieg! (Wir meinten: Krieg bei uns.) Die Jahre 56, 61,

68 und dieses Jahr 73 stützen die Theorie der Herbstkrisen, während andere Jahre sie widerlegen ...

Die Tonbandstimme eines ermordeten Präsidenten. Das Bild des in den Trümmern seines verwüsteten Hauses aufgebahrten Dichters.

Um 16 Uhr 30 mitteleuropäischer Zeit ist es in Chile 11 Uhr 30 vormittags. Wer dies in frühestens drei Jahren liest – wird sich anstrengen müssen: Wer war Corvalán? Einer der vielen, denen wir nicht haben helfen können?

Einer jedenfalls, der in diesen Wochen nicht nach einem Buch, nach beschriebenem Papier greifen würde, sondern, wenn er könnte, nach dem Gewehr.

Das und die Befürchtung, die zunimmt, erklärt die Pause zwischen den Kapiteln: Die Beschreibung der Vergangenheit – was immer das sein mag, dieser noch anwachsende Haufen von Erinnerungen – in objektivem Stil wird nicht gelingen. Der Doppelsinn des Wortes ›vermitteln‹. Schreibend zwischen der Gegenwart und der Vergangenheit vermitteln, sich ins Mittel legen. Heißt das: versöhnen? Mildern? Glätten? Oder: Eins dem anderen näherbringen? Der heutigen Person die Begegnung mit jener vergangenen möglich machen, vermittels geschriebener Zeilen?

Dieses Kapitel, seit langem dazu bestimmt, von Krieg zu handeln, wird wie jedes andere auf Blättern vorbereitet, die Überschriften tragen wie: Vergangenheit. Gegenwart. Reise nach Polen. Manuskript. Hilfskonstruktionen, erdacht, um das Material zu organisieren und es, wenn schon nicht durch den simplen Mechanismus von Ursache und Wirkung, so durch dieses System ineinandergreifender Schichten von dir abzutrennen. Form als Möglichkeit, Abstand zu gewinnen. Die niemals zufälligen, niemals beliebigen Formen des Abstand-Gewinnens. Die nackte Willkür, die im Leben waltet: Hier hätte sie nichts zu suchen.

(Nachricht vom 20. September 1973: Hitlers Schirmmütze,

die er vor 1933 getragen hat – ihre Echtheit wurde von Menschen, die dem Führer nahestanden, bezeugt –, wird in Köln zur Versteigerung kommen. Ausgangspreis 75 000 DM.) Authentischer Ausspruch des Doktor Goebbels, betreffend den sogenannten Anschluß des Sudetenlandes und der Ostmark – früher Österreich – an das nunmehr Großdeutsche Reich: »Es ist endlich erstanden, das germanische Reich deutscher Nation!« Nelly hat am Lautsprecher gehockt, als in einer Stadt namens Wien ein Jubel losbrach, der sich von einem Geheul nicht mehr unterschied und der anschwoll, als stieße eine Naturgewalt ihn hervor, der aber Nellys Innerstes bewegte wie kein Naturereignis vorher, so daß sie zittern mußte und auf des Vaters brauner Schreibtischplatte Schweißflecke von ihren klitschnassen Händen blieben.

Charlotte Jordan, durch den verfluchten Laden daran gehindert, sich in gehöriger Weise ihren Kindern zu widmen, versprach, den Apparat zu zertrümmern; das Mädel dreht mir ja durch.

Sie sollte um Himmels willen die Kirche im Dorf lassen. Immer bloß schwarzsehen.

Kassandra, hinterm Ladentisch, Kassandra, Brote schichtend, Kassandra, die Kartoffeln abwiegend. Aufblickend manchmal, mit diesem Blick, den ihr Mann nicht sehen will. Zufall, was man tut. Zufällig dieser Mann. Zufällig diese zwei Kinder, um die sie sich so sehr ängstigen muß. Dieses Haus hier, und die Pappel da draußen, fremd.

Charlotte, die mit der Jahrhundertjahreszahl mitgeht, ist nun neununddreißig. Sie hat zugenommen. Sie trägt jetzt die sogenannte Olympiarolle, ihr Mann hat ihr letztes Weihnachten einen Silberfuchs geschenkt, rausgeschmissenes Geld, denn wann soll sie ihn ausführen? Neuerdings färbt sie sich das Haar, im Badezimmer auf der Glaskonsole liegt eine Zahnbürste mit schwarzen Borsten neben der Tube mit Haarfarbe. Deutschlands Chemie war auch damals schon hochentwickelt, doch lassen sich die Haarfarben jener Zeit nicht mit den heutigen vergleichen, Charlottes Haaransatz bekommt einen Braunstich. Nelly besieht sich die schwarze Zahnbürste, als verriete sie ihr ein Geheimnis der Mutter. Sie stellt sich vor den Spiegel im Badezimmer, löst ihre Zöpfe auf, probiert Frisuren aus und schneidet Grimassen. Dann blickt sie sich selber starr in die Augen und sagt deutlich und langsam: Mich liebt keiner. (Ein authentischer Satz, natürlich nicht durch Abdruck verbürgt wie der des Doktor Goebbels vom germanischen Reich. Wie soll jemand begreifen, daß nach deiner Meinung diese beiden so ganz und gar verschiedenen Sätze auf irgendeine Weise miteinander verbunden sind? Das aber wäre gerade die Art Authentizität, die dir vorschwebt, und da siehst du es, an einem unscheinbaren Beispiel, wohin der geriete, der sich ernstlich darauf einließe: ins uferlose, und das ist noch wenig gesagt.) Schwarzsehen kann ja dann, vier, fünf Jahre später, mit dem Tode bestraft werden, weil, je trüber eine Lage ist, die Maßnahmen um so drastischer sein müssen gegen die, die sie ›trübe‹ nennen. Im Jahr 44 wird Charlotte Jordan öffentlich – das heißt in ihrem Ladengeschäft – in Gegenwart von drei Kundinnen, die sie gut zu kennen glaubte, deren eine aber eine leitende Stelle in der NS-Frauenschaft innehatte, verlauten lassen: Den Krieg haben wir verloren, das sieht doch ein Blinder mit dem Krückstock.

Drei Tage später, es war ein Sommerabend, Charlotte saß mit ihrer Tochter Nelly und mit ihrer Mutter in der Rasenecke hinter der Veranda und wickelte für Onkel Emil Dunsts Bonbonfabrik Eisbonbons ein, da erschienen zwei Herren im Trenchcoat, trotz der Wärme, und verlangten sie zu sprechen, möglichst im Haus. Bruno Jordan, der dazukam, legte seiner Frau eine Decke über die Beine, um den beiden Herren den Anblick ihrer schlotternden Knie zu entziehen: Seine Frau sei leidend, sie fröre so leicht.

Zu den Kindern: Die? Achgott, zwei Herren vom Finanz-
amt. Eine Auskunft, wie es im Geschäftsleben vorkommt.
Zu den Herren: Nie! sagte Charlotte. Nie habe ich so etwas
gesagt. Der Krieg verloren! Da muß sich jemand verhört
haben, und zwar gründlich.
Wo hat Nelly ihre Augen gehabt, daß sie nicht gemerkt hat,
daß ihre Mutter vor Angst innerlich flog – bei jedem Klingeln zum Beispiel, insbesondere abends – und daß sie wenig
schlief, fünf, sechs Wochen lang, bis jene abschließende
Aussprache im Haus der Gestapo stattgefunden hatte, wo
ihr mitgeteilt wurde: Man lasse die Angelegenheit auf sich
beruhen, da die anderen beiden Zeuginnen die fragliche
Äußerung nicht gehört haben wollten und der Leumund der
Frau Jordan bisher untadelig sei. – Leo Siegmann, des Vaters alter Freund mit dem Goldenen Parteiabzeichen, hatte
›alle Minen springen lassen‹.
Vermuteter Dialog zwischen Bruno und Charlotte Jordan
am Abend dieses Tages. Bruno: Nun sei um Gottes willen
vorsichtig, kannst von Glück sagen.
Charlotte: Glück? – Sie hatte eine herausfordernde Art,
Wörter, an denen sie zweifelte, zu wiederholen. Ich danke
für Backobst. Aber fest steht: Lieber beiß ich mir jetzt die
Zuge ab . . .
Dann war es ja gut.
Dabei war die beanstandete Äußerung sehr maßvoll im
Vergleich mit jener anderen, mit der sie den Krieg begann.
Die nämlich lautete: Ich scheiß auf euern Führer!
Die Szene hat man sich folgendermaßen vorzustellen:
Handlungszeit ist der späte Abend des 25. August 1939,
Handlungsort: Jordans spärlich beleuchtetes Treppenhaus.
Die Personen: ein Briefträger; Bruno Jordan, dem Briefträ-
ger gegenüberstehend; Nelly, wie immer in solchen Fällen
stumm, in der Wohnungstür; auf halber Treppe Charlotte,
und höher, über das Geländer gebeugt, Schnäuzchen-Oma.

Warum sagt sie euern? dachte Nelly. Euern Führer?

Während Bruno Jordan seine Frau am Oberarm packte, wahrscheinlich mit einem ›festen Griff‹, und zwei Sätze sagte. Den einen zu Charlotte: Mädel! Du redest uns um Kopf und Kragen! Den zweiten zum Briefträger: Das müssen Sie nicht so genau nehmen. Meine Frau ist nervös.

Worauf der abwinkte und ging.

Ein authentischer Vorgang, der der Deutung bedarf.

Charlotte vermied streng und verbot auch ihren Kindern den Gebrauch fäkalischer Schimpfwörter. Sie sagte ›Ferkel‹, aber niemals ›Schwein‹. Sagte ›Dummkopf‹, doch nicht ›Idiot‹. Nicht überliefert ist, ob sie abends, wenn die Kinder schliefen und die Eheleute Jordan unter der Wohnzimmerlampe die Zeitung lasen, dem Führer still bei sich oder halblaut ihrem Mann gegenüber womöglich eine Stufenleiter immer gewagterer Worte beigelegt hat; denkbar wäre, daß sie an jenem Abend gleich die für sie höchste Steigerungsstufe erreichte, die später, nach Kriegsende, allerdings durch den Titel ›verfluchter Verbrecher‹ überboten wurde. Der Abend hatte alle Steigerungsstufen in sich. Es war ja der siebte Geburtstag von Bruder Lutz, eine heitere Feier im Familienkreis hatte stattgefunden, am Abend hatten die Onkel ihre Frauen und Kinder abgeholt, die schon am Nachmittag um den Kaffeetisch gesessen, Schnäuzchen-Oma für den Streuselkuchen gelobt und einander Freundliches gesagt hatten: Nach einer Zeit unerquicklicher Mißverständnisse zwischen den Verwandten schien man sich endlich versöhnen zu wollen. Tante Liesbeth lobt die kunstvoll gesteckte Frisur von Tante Lucie, diese kann sich nicht genug wundern, wie sich Klein Manfred (Vetter Manni, das Siebenmonatskind) in jüngster Zeit herausgemacht hat. Und nach dem Abendbrot erheben sich alle drei Schwäger – Bruno Jordan, Walter Menzel, Alfons Radde –, um miteinander anzustoßen, und zwar, was naheliegt, auf das Gedeihen ihrer Familien. Nelly, schweigsam, aber empfindlich für Schwingungen, empfindet Erleichterung, vielleicht ›Entzücken‹, Schnäuzchen-Oma wischt sich die Augen mit dem Schürzenzipfel. Jedermann hat das Gefühl, daß man auf der Welt ist, um ein derart friedvolles und gelassenes Leben miteinander zu führen. Verschämt wird irgendwo der Satz geäußert: Na seht ihr, so geht es auch! – Und ob! sagt Bruno Jordan.

So trennt man sich denn. Jordans legen sich Kissen ins Fenster, um den Abend ausklingen zu lassen. Jetzt keine großen Worte. Am liebsten überhaupt keine Worte. Am liebsten bloß Stille und Abendfrieden.

Da kommt einer, sagt Charlotte. Eine schwarze Gestalt in der Dunkelheit auf der menschenleeren Straße. Komisch, wie der in alle Häuser geht. (In alle nicht, aber in viele, denn es wurden gleich mehrere Jahrgänge ›mobil‹ gemacht.) Was klopft der denn überall? Sieht beinah aus wie ein Briefträger. Du, das ist auch einer. Was will der denn, mitten in der Nacht? Du, weißt du, was ich glaube, was der bringt?

Schwarzsehen, immer bloß schwarzsehen. Anstatt erst mal Ruhe zu bewahren. Anstatt erst mal abzuwarten, ob er auch zu uns kommt. Dann ist ja immer noch Zeit, ein Wort wie ›Gestellungsbefehl‹ auszusprechen. Dann ist es vielleicht immer noch zu früh, von Krieg zu reden. Aber nein. Charlotte muß es gleich loswerden, alles auf einmal: Du! Der bringt Gestellungsbefehle! Du! Es gibt Krieg!

Dann, wie gelähmt, dem Mann mit Blicken folgen, wie er jetzt die Bahrschen Häuser abklappert, wie Lichter in einigen Wohnungen angehen, wie er schließlich akkurat im rechten Winkel die Soldiner Straße kreuzt, ohne zu zögern, auf ihren Treppenaufgang zusteuert – da löst Charlotte sich vom Fenster und rennt zu Schnäuzchen-Oma hoch, um sie von dem bevorstehenden Ereignis zu unterrichten –, Schritt für Schritt, da er ja müde ist, die Treppe heraufkommt, an der Haustür nicht zu klingeln braucht, weil Bruno Jordan ihm schon öffnet, und das schmutziggelbe Kuvert hinreicht: Ich hätte da was für Sie.

Bruno, gefaßt: Ist es also wieder mal soweit.

Der Briefträger, müde: Ja. Soll wohl so sein.

Und danach von halber Treppe her Charlottes Ausruf: Ich scheiß auf euern Führer!

Die Mutter läßt also den Führer im Stich. Der Vater muß in den Krieg. Krieg ist das Allerschlimmste. Der Vater kann ›fallen‹. Der Führer weiß, was er tut. Jetzt muß jeder Deutsche tapfer sein.

Der Gestellungsbefehl lautet auf den nächsten Vormittag, neun Uhr. Treffpunkt: Adlergarten. An einem solchen Tag bleiben die Kinder der Schule ›fern‹. »Ich bitte, das Fernbleiben meiner Tochter von der Schule zu entschuldigen. Sie hat ihren Vater, der eingezogen wurde, an den Bahnhof begleitet.« – Leicht veränderter Text einer Traueranzeige, wenn man für ›eingezogen‹ ›abberufen‹, für ›Bahnhof‹ ›auf seinem letzten Weg begleitet‹ setzen würde. Und Nelly konnte nicht umhin – das Erbteil ihrer Mutter, schwarzzusehen, war nicht zu unterdrücken –, sich wie auf einem letzten Weg zu fühlen. O wär er zur Ruhuh und ahalles vorbei ... Keine Tränen, das nicht.

Heinersdorf-Opa kam mit dem Fahrrad, um sich von seinem Sohn zu verabschieden. Ja, brauchen die denn Veteranen? Bruno Jordan war zweiundvierzig. Im Adlergarten wird erst mal gewartet. Fast die Hälfte seines Lebens wartet der Soldat vergebens. Gartenstühle und -tische stehen zur Verfügung. Bierausschank ist natürlich verboten. Mehr Zivilisten als künftige Soldaten, die sich durch den verschnürten Persil-Karton verraten, den sie herumtragen oder vor die Füße stellen. Das Kommando ›Antreten!‹, jedem vertraut, fährt ihnen doch anders in die Knochen als sonst. Der Vater, tadellos ausgerichtet, ım zweiten Glied. Verlesung einer Namenliste. Kommandos, welche die Kolonne in Bewegung setzen, in Richtung Bahnhof, ein kurzes Stück.

Ein Lied! ›Die Vöglein im Walde, die singen so wunderwunderschön, in der Heimat, in der Heimat...‹ Singen konnte der Vater nie.

Die Familien, Frauen und Kinder, auf den Bürgersteigen zu beiden Seiten der Marschkolonne. Ecke Bahnhofstraße dreht Bruno Jordan sich um. Die Geste, die er mit der Hand macht, soll heißen: Bleibt jetzt zurück. Charlotte gehorcht wider Erwarten. Sie bleibt stehen und bricht in Schluchzen aus. Der Vater hat das Gesicht der Männer, die sich das Weinen verbeißen müssen. Auf dem Rückweg – Charlotte weint, wenn die Katastrophe in ihrer Familie zuschlägt, immer laut in aller Öffentlichkeit, Nelly muß daher die Zähne zusammenbeißen, sie zieht den Bruder hinter sich her –, genau vor dem Milchladen, tut Heinersdorf-Opa einen erstaunlichen Ausspruch: Euern Vater seht ihr nicht mehr wieder, mein Tochter. Denk an meine Worte.

Prophezeiungen sind Heinersdorf-Opas Sache sonst nicht. Nelly, die des Vaters letzten Satz im Ohr hat: Steht der Mutter bei!, muß nun auch des Großvaters Satz noch in sich aufbewahren und verschließen. Manchmal schienen sich solche Sätze zu häufen. Wo käme sie hin, wenn sie mit ihnen fahrlässig umginge?

Die Mutter aber, Kassandra, fährt den Vater ihres Mannes heftig an. Wie kannst du so was sagen!

Zu denken, daß an jenem Montag vor vierunddreißig Jahren einer hinter seiner Schreibmaschine gesessen haben mag – einer, der jetzt vielleicht tot ist, von dem du nicht mal den Namen kennst –, irgendwo in der Welt, und, mit seiner eigenen Arbeit beschäftigt, kopfschüttelnd die Nachricht von einer Mobilmachung in Deutschland gehört hat. Kein Gedanke an ein zehnjähriges Kind oder einen verzweifelten alten Mann. Und daß jetzt du dieser Jemand bist, im Verhält-

229

nis zu den Kindern in Israel und Ägypten, die gestern ihre Väter zu den Sammelplätzen geleiteten (wir haben Sonntag, den 7. Oktober 1973) und denen ein alter Mann – vielleicht hat er das Nazi-KZ überlebt; vielleicht ist er Fellache und kann weder lesen noch schreiben – in hebräisch oder arabisch sagt, daß sie darauf gefaßt sein müssen, ihren Vater nicht wiederzusehen. Und daß du an deiner Schreibmaschine sitzen bleibst, mit eigenen Angelegenheiten beschäftigt, während am Suezkanal ›die Kämpfe mit unverminderter Heftigkeit andauern‹.

Dieser fatale Hang der Geschichte zu Wiederholungen, gegen den man sich wappnen muß.

In dieser Nacht bist du zwischen zwei und drei Uhr aufgefahren. Die Gewohnheit, täglich ein Stück Text auf weiße Seiten zu schreiben, war in Frage gestellt.

Du warst, im Traum, in einem weitläufigen ländlichen Haus, einer Art Gasthaus, in dem es von Menschen wimmelte: bärtige, weißgesichtige Männer in wilder Aufmachung, die du alle nicht kanntest, von denen du aber angesprochen wurdest, so als wäret ihr alle zu einem gemeinsamen Zweck hier zusammengekommen, über den man nicht weiter reden mußte. Zu deiner Überraschung fandest du in einem weißgekalkten, übrigens recht primitiven Zimmer, in das du dich zurückzogst, einen kleinen, mißgestalteten Mann vor – er hatte einen eiförmigen Oberschädel –, der aber auf deine Bitte hin sofort ging. Allerdings wurde er Minuten später auf gräßliche Art wieder hereingeschleudert, durch die zersplitternde Tür durch, kopfunter an einer schaukelartigen Strick-Vorrichtung hängend, die von Folterknechten hin und her geschwungen wurde, wobei sie den kleinen Mann schlugen und brüllend bestimmte Auskünfte von ihm verlangten. Da sahst du zu deinem unbeschreiblichen Entsetzen: Dieser Mann konnte nicht sprechen, er hatte keinen Mund. Seine untere Gesichtshälfte, die bei jedem zweiten

Schaukelschwung dicht vor dir hochschwang, war glatt und weiß und stumm: Er konnte seinen Folterern nicht zu Willen sein, selbst wenn er es gewollt hätte. Verzweifelt dachtest du – und verleugnetest den Gedanken sofort vor dir selbst –, schreiben müßten sie ihn lassen, um etwas von ihm zu erfahren. Im gleichen Augenblick banden die Folterer ihn los, setzten ihn auf dein Bett und gaben ihm einen Bleistift und schmale weiße Papierstreifen, auf denen er seine Antworten niederschreiben sollte. Die arme Kreatur stieß Laute aus, daß dir das Blut in den Adern erstarrte. Das schlimmste aber war, du verstandest ihn: Er wisse nichts. – Sie fuhren fort, ihn auf deinem Bett zu foltern.

Das Entsetzen hielt Stunden nach dem widerwilligen Erwachen an. Es konzentrierte sich auf den Augenblick, da du vorausdachtest, was die Folterer tun müßten, um ans Ziel zu kommen: den Stummen schreiben lassen. Und daß du gelähmt, festgelegt auf die Beobachterrolle, daneben standest und nicht vortreten konntest, um dem Gepeinigten beizuspringen. Du gäbest etwas darum, den Traum vergessen zu können.

In einem deutschen Konzentrationslager gab es einen SS-Mann namens Boger, der ein Folterinstrument erfand, das dann nach ihm ›Boger-Schaukel‹ benannt wurde. Es war wohl zu erwarten, daß die Schreibarbeit das Unterste nach oben bringen würde. Es geht wohl über die Kraft eines Menschen, heute zu leben und nicht mitschuldig zu werden. Die Menschen des zwanzigsten Jahrhunderts, sagt ein berühmter Italiener, seien sich selbst und einander gram, weil sie ihre Fähigkeit bewiesen haben, unter Diktaturen zu leben. Aber wo beginnt die verfluchte Pflicht des Aufschreibers – der, ob er will oder nicht, Beobachter ist, sonst schriebe er nicht, sondern kämpfte oder stürbe –, und wo endet sein verfluchtes Recht?

Wo sind die Zeiten, da die raunenden Beschwörer des Imperfekts sich und andere glauben machen konnten, sie seien es, die die Gerechtigkeit verteilten. O über diese Zeit, da der Schreibende, ehe er zur Beschreibung fremder Wunden übergehen darf, die Wunde seines eigenen Unrechts vorweisen muß.

Falls es sich bewahrheitet hätte, daß das letzte Manuskript des toten Pablo Neruda geraubt worden wäre, wäre nichts und niemand auf der Welt imstande gewesen, den Verlust zu ersetzen. So daß plötzlich das Recht, auch an einem Tag wie diesem ein leeres weißes Blatt mit Schriftzeilen zu füllen, zu einer Pflicht wird, die jeden anderen Imperativ übertrifft.

Auch wenn Gegenstände noch einmal zur Sprache gebracht werden müssen, über die alles gesagt zu sein scheint und über die die Reihen der Buchrücken in den Bibliotheken nicht mehr nach Metern, sondern nach Kilometern zu messen sind. Der Krieg ist trotz allem bis heute etwas nicht Aufgeklärtes oder nicht genügend Besprochenes. Wir sind übereingekommen, über ein gewisses Bild des Krieges, in einem gewissen Stil vom Kriege zu schreiben oder ihn zu verdammen, doch fühlt man darin irgendein Verschweigen, ein Vermeiden jener Dinge, die immer wieder eine seelische Erschütterung verursachen. Der Pole Kazimierz Brandys, den du ohne Anführungszeichen zitierst, spricht auch von einer wahnsinnigen Veränderung der Verhältnisse durch den Krieg.

Von einer Entblößung der Eingeweide.

Doch kann auch das Ausbleiben wahnsinniger Veränderungen enttäuschen.

Die immer schneller und lauter wie in einem Wirbel sich wiederholenden Ausrufe: Danzig! Polnischer Korridor! Volksdeutsche! Mord! Lebensraum! steigerten sich für Nelly zwar folgerichtig zu dem Schrei: Sender Gleiwitz! Westernplatte! und zu dem Satz: Von heute morgen an wird zurückgeschossen. Ein Satz, der das Herz anhob und es spürbar wieder zurückfallen ließ, als sei das Herz ein Tennisball und ein Satz des Führers könnte es springen lassen.

Herr Gaßmann, ihr Geschichtslehrer (Nelly war in die erste Klasse der Oberschule aufgerückt), erschien in brauner Amtswalteruniform und verkündete: Dieser Art seien die Sätze, mit denen der eherne Mund der Geschichte selber spräche.

Studienrat Gaßmann sprach aus, was Nelly empfand, aber er verschwieg, ob nicht auch er insgeheim enttäuscht war über die Fortdauer des schönen Herbstwetters, das den ganzen Polenfeldzug über anhalten sollte. Ob nicht auch er sich, wenn schon Krieg war, das Leben als Dauersondermeldung gewünscht hätte und nicht ein ganz kleines bißchen die Fortdauer alltäglicher Verrichtungen bedauerte.

Nelly war rauschsüchtig geworden.

Vielleicht hätte der Jubel entlang der Soldiner Straße beim Auszug der Garnisontruppen aus der Walter-Flex-Kaserne lauter sein können, aber man mußte bedenken, die Straße war schwach besiedelt. Und nicht nur daß Nelly und Charlotte Jordan Zigarettenpäckchen auf die Militärwagen warfen, auf denen in Reih und Glied die Soldaten saßen, die Enden ihrer Gewehrläufe schnurgerade in Nasenhöhe ausgerichtet – auch andere Anwohner waren zur Stelle, in der Mehrzahl Leute, denen sich von August 14 her die Vorstellung eingeprägt hatte, Kriege begännen mit der Verteilung kleiner Herbststräuße an die ins Feld rückende Truppe. Was stand denn an den Lastwagen? ›Zu Weihnachten auf Wiedersehn!‹ stand da. Das las sich gut.

Man hatte es ja, was das Informationswesen betrifft, mit einer unterentwickelten Epoche zu tun. Heutzutage gehen die ersten lebenden Bilder von jeglichem Kriegsschauplatz – sogar von Chile, wo natürlich die Junta gleich nach dem Standrecht die Zensur verhängte – über die Sender. Die heimlich aufgenommenen Filmstreifen verlieren das Professionelle, sind unscharf, verwackelt, heftig bewegt. Der Kameramann filmt seinen eigenen Mörder, den Mann, der das Gewehr auf ihn anlegt. Zusammen mit ihm selbst schwankt die Kamera, fällt, das Bild erlischt. Dann: Verkrümmte Leichen am Rand einer staubigen Straße, auf der, an den Leichen vorbei, zwischen ihnen hindurch, Leute gehen, ohne zu ihnen hinzublicken.

Zu keiner Zeit zwischen 1933 und 1945 haben die Korrespondenten westlicher Nachrichtenagenturen ihren Lesern derartige Bilder aus Deutschland liefern können. Die Leute lagen nicht draußen herum. Sie starben in Kellern und Baracken. Es war ein Entgegenkommen der Totschläger an die europäische Mentalität, das auch nicht ganz und gar unbelohnt blieb. Der Lohn hieß Nichteinmischung.

Historiker frohlocken über das reiche Dokumentenmaterial aus der Zeit, die hier zur Rede steht. Allein für die dreizehn Nürnberger Gerichtsverfahren, liest man, seien 60 000 Dokumente zusammengetragen worden, deren vollständige Aufarbeitung oder gar Veröffentlichung Unsummen verschlingen würde. Dokumente scheinen es doch nicht zu sein, an denen es uns fehlt oder an denen es jenen damals Lebenden, den Jordans und Menzels und Raddes, gefehlt haben mag. Vorausgesetzt, die Anwohner der Soldiner Straße hätten durch Zufall oder durch das Abhören feindlicher Sender (die sich womöglich über diesen Punkt auch ausgeschwiegen haben, solange ihre Regierungen in Geheimverhandlungen mit der Reichsregierung standen) Zugang gehabt zu gewissen Noten, Zusicherungen, Forderungen, Ablehnungen, Ultimaten, Garantieerklärungen, Protokollen von Geheimbesprechungen. (›Danzig ist nicht das Objekt, um das es geht‹: Adolf Hitler vor den Oberbefehlshabern der Wehrmachtteile.) Gesetzt den Fall, sie hätten Einblick bekommen in die Texte der in letzter Stunde unterzeichneten Nichtangriffspakte und nicht nur die Bedingungen des 16-

Punkte-Programms an die Polen gekannt, das ja über alle Reichssender verbreitet wurde, sondern wären auch in die Alibifunktion dieses Programms eingeweiht worden: Am späten Abend des 31. August, als die 16 Punkte gesendet wurden, war der Beginn des Überfalls auf Polen für den 1. September 4 Uhr 45 festgesetzt, wurden die Sonderkommandos, welche polnische Überfälle auf den Sender Gleiwitz, das Zollhaus Hochlinden, Kreis Ratibor, und das Forsthaus Pitschen, Kreis Kreuzberg, vorzutäuschen hatten, schon in polnische Uniformen gesteckt. Vorausgesetzt, sie hätten wirklich Kenntnis bekommen von dem Brief Mussolinis, der den ursprünglich auf den 26. August angesetzten Kriegsausbruch um sechs Tage verschob, weil die Italiener sich als nicht genügend vorbereitet erklärten, ihre Bündnispflichten gegenüber dem deutschen Achsenpartner zu erfüllen: Angenommen, diese und andere Geheime Kommandosachen wären in alle Häuser gelangt: Was hätte sich geändert?

Die Frage stellen heißt sie beantworten.

Es gibt ein Jordansches Familienfoto, angefertigt vom Unteroffizier Richard Andrack, der nach dem Polenfeldzug, als die älteren Jahrgänge in den Heimatdienst versetzt worden waren, mit Bruno Jordan an einem Schreibtisch im Wehrbezirkskommando saß und der von Berufs wegen Fotograf, nebenberuflich Hypnotiseur war. Das Foto wurde unter Anwendung der Blitzlichttechnik im Herrenzimmer hergestellt, und zwar so, daß die Kamera auf ihrem Stativ in der Verbindungstür zum Wohnzimmer stand und genau die Sitzgruppe um den Kacheltisch herum erfaßte. Auf zwei Sesseln und der Couch sitzen Eltern und Kinder nebeneinander und einander gegenüber. Eine gewisse Steifheit vor der Kamera kommt auf Kosten der Ungeübtheit der Fotoobjekte. Immerhin: Steil aufgerichtet blicken sie lächelnd aneinander vorbei, in die vier Ecken des Herrenzimmers.

Niemals wird man beweisen können, daß Millionen solcher Familienfotos, übereinandergelegt, etwas mit dem Ausbruch eines Krieges zu tun haben können.

Es ist schon so, wie Onkel Emil Dunst, der die Bonbonfabrik des Juden Geminder so lange betrieb, bis alle zur Bonbonherstellung benötigten Grundstoffe hoffnungslos ›verknappt‹ waren, zu seiner Schwägerin Charlotte sagte: Was wir Deutschen zusammenschuften, das geht auf keine Kuhhaut geht das. Das soll uns erst mal einer nachmachen. Mit der ganzen übrigen Bagage bleib mir zehn Schritte vom Leib!

Gleichzeitig höchste Genugtuung über die Meldung, deutsche Heeresverbände hätten ›Feindberührung‹. Nelly mußte sich fragen, wie man sich den Feind zugleich vom Leibe halten und mit ihm in Berührung kommen sollte. Die Antwort war einfach: Man berührt den Feind, um ihn zu vernichten. Man versetzt ihm mit gepanzerter Faust tödliche Schläge.

Nelly hatte fünfundzwanzig Minuten zu laufen, um sich in den Kyffhäuser-Lichtspielen nachmittags die letzte Ausgabe der Tobis-Wochenschau anzusehen, inmitten von Kindern und alten Leuten, die einen wollüstigen Laut ausstießen und die Köpfe einzogen, wenn deutsche Flugzeuggeschwader über den Wochenschauhimmel donnerten, und die ein abfälliges Gemurmel von sich gaben, wenn die Kamera über die Gesichter polnischer Untermenschen schwenkte, die in Gefangenschaft getrieben wurden. In der Hauptvorstellung liefen ›Robert Koch, der Bekämpfer des Todes‹, ›Der Mustergatte‹ mit Heinz Rühmann, ferner ›Charleys Tante‹ und ›Es war eine rauschende Ballnacht‹. Das Stadttheater eröffnete seine Spielzeit mit ›Wiener Blut‹. Zufällig waren in den Zeitungen, die während eurer zweitägigen Polenreise am 10. und 11. Juli 1971 hinten neben dem uralten gelben Wachstuchlöwen, dem Maskottchen, im Auto lagen, Auszüge aus den Pentagon-Papieren veröffentlicht, die ein Mann namens Elsberg entwenden und den gewöhnlichen Amerikanern zugänglich machen konnte.

Lenka, die irgendwann in die Zeitungen gesehen haben mußte, kam aus heiterem Himmel darauf zu sprechen, und zwar, indem sie zuerst die Frage stellte: Kennt ihr eigentlich irgendeinen erwachsenen Menschen, der vollkommen glücklich ist?

Damals fingt ihr wohl an, auf die Sätze Lenkas zu horchen, in denen ein ›Eigentlich‹ oder ein ›Übrigens‹ vorkam. Es lag euch aus irgendwelchen Gründen daran, daß sie euch für glückliche Erwachsene hielt, während Lutz, ihr Onkel, die Zeit für gekommen glaubte, seiner Nichte ein paar Takte über die Differenz zwischen jugendlichen Glücksansprüchen und dem realen Leben zu sagen. Ihr hieltet gerade vor dem Eingang des Stadions und wart im Begriff auszusteigen. Du hattest darum gebeten – angeblich, um einen eingeschlafenen Fuß zu vertreten, in Wirklichkeit, um das Holz des Drehkreuzes neben dem Kassiererhäuschen noch einmal in der Hand zu spüren und um dich noch einmal an das eiserne Geländer zu hängen, das den pappelumsäumten Hauptweg an beiden Seiten begleitet und dessen rauhes Eisen einem gleich in den Handflächen brennt.

Erinnert man sich der Hitze dieses Tages? Jetzt war es beinah ein Uhr mittags, und ihr hofftet, sie könnte nicht mehr höher steigen. Das Drehkreuz in der Hand, es unbewußt, spielerisch hin und her drehend, zuerst gar nicht, dann sehr verwundert, daß es an der gleichen Stelle wie vor siebenundzwanzig Jahren auf die gleiche Weise knarrte (mußte das nicht eine Täuschung sein? Eine Täuschung heute oder damals?); dich schließlich anlehnend, so daß du die Drehung des Kreuzes blockiertest, schlugst du, zögernd zwar und natürlich spaßhaft, deiner Tochter Lenka H. und dich selbst als ›glückliche Erwachsene‹ vor.

Lenka, geübt, ging auf den Spaß ein, verbarg, was sie dachte oder im Innern sah, zog übertrieben die Augenbrauen hoch und sagte: Ihr?

Warum soll es ein Makel sein, bei den eigenen Kindern nicht für ›glücklich‹ zu gelten? Es begann ein Feilschen gegen das altmodische Wort. Es war euch bewußt, daß ihr Lenkas Blicke wenigstens einmal noch, wenigstens diesen Tag lang zweifelsfrei, also kindlich sehen wolltet. Mit unlauteren Mitteln brachtest du sie zu der Erklärung, sie hielte euch doch wahr und wahrhaftig nicht für ›unglücklich‹ – im Gegenteil sogar. Was aber das Gegenteil von unglücklich ist, sagte sie nicht. (Sie sagt nicht, was sie nicht sagen will, im Gegensatz zu dir; Nelly, in Lenkas Alter, hat auch kein Wort gesagt, das sie nicht sagen wollte. Es wäre des Überlegens wert, wann man anfängt, die ungewollten Wörter zu sagen.) Im Stadion haben alljährlich im Herbst die Reichsjugendwettkämpfe im Laufen, Weitsprung und Schlagballwerfen stattgefunden. Nellys Werte waren beachtlich und wurden mit Siegernadel und Urkunde anerkannt, Nelly war auf der Höhe ihrer sportlichen Leistungsfähigkeit und gehörte zu den zehn Besten des Jungmädelstandorts, die an den Bannmeisterschaften teilnehmen durften, ebenfalls in diesem Stadion. Alle Rasenflächen und Aschenbahnen wimmelten von Mädchen und Jungen in schwarzen Turnhosen und weißen Turnhemden, auf denen der Rhombus mit dem Hakenkreuz in der Mitte aufgenäht war, und die Zuschauertribünen und Umkleidebaracken waren von braunen Hemden und weißen Blusen, blauen Röcken und kurzen Hosen, schwarzen Dreiecktüchern und geflochtenen Lederknoten, Jungvolkdolchen und Schulterriemen überschwemmt; schreiende, eifrige, verschwitzte Massen, die zu Trupps geordnet und in die Wettkämpfe geschickt werden, gezähmt und gebändigt durch Sekundenbruchteile und Millimeterdifferenzen.

Den Körper stählen. Körper und Geist stählen durch Sport.

Die Elsberg-Papiere also, für deren Entwendung und Veröffentlichung jener Elsberg inzwischen seinen Prozeß und seinen Freispruch bekommen hat. Ob es denn menschenmöglich sei, wollte Lenka wissen, daß durch eine Reihe von Geheimdienstmanipulationen und eine Kette haarsträubender Nachlässigkeiten und durch das unglaubliche Versagen allerhöchster Personen wie des Präsidenten der Vereinigten Staaten – John F. Kennedy – jene Folge von Putschen, Gegenputschen, Ermordung bisheriger Verbündeter ausgelöst werden könne, die man von einem bestimmten Augenblick an ›Krieg‹ nennen mußte, Vietnamkrieg.

Menschenmöglich – ja. Unter bestimmten Bedingungen, sagtet ihr. Von denen ihr einige nanntet. Es muß, unter anderem, der weiße Präsident eines großen und mächtigen Landes die Lebensweise seiner Schicht und seiner Rasse für die einzig menschliche Art zu leben halten, dann kann er ein Telegramm nachlässig unterschreiben, über dessen Tragweite für eine Bevölkerung anderer Hautfarbe und Lebensweise er sich erst später klar wird.

Lenka gebrauchte Ausdrücke wie ›irre‹, ›mies‹, ›widerlich‹, ›beschissen‹; die Garnitur von Wörtern, die ihr in eurer Jugend benutzt habt, ist durch die Kriege und andere Vernichtungsaktionen verschlissen. Schrecklich, gräßlich, abscheulich, furchtbar hat man zu oft sagen müssen, man kann es nicht mehr gebrauchen.

Nur Menschen wie Tante Trudchen – Trudchen Fenske, die sich ja in den ersten Kriegsjahren hat scheiden lassen, was natürlich furchtbar war – nehmen immer dieselben Wörter in den Mund, wenn auch die Anlässe immer geringer werden, für die sie sie benutzen.

Du hast plötzlich verstanden, warum Lenka euch nicht glücklich nennen wollte (beide zusammen am ehesten, aber einzeln? Kaum . . .) und warum sie darauf aus war, ihre eigene Art Glück zu finden. Euer Gang mußte ihr als Indiz genügen, die unfreie Haltung, die mechanische Bewegung der untrainierten Beine, die verfestigte Zielstrebigkeit. Konnte etwa Neid in dir hochkommen, als du ihr zusahst, wie sie, sich leicht mit einer Hand abstützend, seitlich über die Eisenbarriere schwang? (Ein Hochsprungtalent, sagte ihr Sportlehrer, leider ungenutzt wie alle ihre Talente, da wäre was draus zu machen gewesen; ihr lässiges Abwinken: Leistungssport etwa? Geschenkt!) Wie sie, übergangslos, in einen Tanzrhythmus fiel, der ihr angeboren zu sein scheint, vor euch her tanzte, das Holzkreuz in Schwung brachte.

Dein flüchtiges Bedauern über zu früh erzwungene und nun fortschreitende Versteifungen, Schlackeablagerungen in den Muskelpartien, Abfälle heißer und kalter Kriege, an denen man nicht ungestraft teilnimmt, aus denen man nicht ungezeichnet hervorgeht – während die Nachricht dieser Minute aus dem kleinen Transistorradio auf deinem Schreibtisch lautet: Das amerikanische Verteidigungsministerium habe am Abend bekanntgegeben, daß eine begrenzte Zahl amerikanischen Militärpersonals im Zusammenhang mit der amerikanischen Waffenhilfe nach Israel entsandt worden sei.

Die Meldung wurde später dementiert.

Selten kennt man das Gewicht der eben angebrochenen Stunde. Es ist Freitag, der 19. Oktober 1973, ein kühler, regenreicher Tag, 18 Uhr 30 Minuten. In Chile hat die Militärjunta den Gebrauch des Wortes ›compañero‹ verboten. Es gibt also keinen Grund, an der Wirksamkeit von Wörtern zu zweifeln. Auch wenn jemand, auf dessen ernsthaften Umgang mit den Wörtern du seit langem zählst, keinen Gebrauch mehr von ihnen machen kann, sich gehenläßt und diese Tage zeichnet mit dem Satz: Mit meiner verbrannten Hand schreibe ich von der Natur des Feuers. Undine geht. Macht mit der Hand – mit der verbrannten Hand – das Zeichen für Ende. Geh, Tod, und steh still, Zeit. Einsamkeit, in die mir keiner folgt. Es gilt, mit dem Nachklang im Mund, weiterzugehn und zu schweigen.

Gefaßt sein? Worauf denn? Und von Trauer nicht übermannt? Erklär mir nichts. Ich sah den Salamander durch jedes Feuer gehen. Kein Schauer jagt ihn, und es schmerzt ihn nichts.

Ein ferner, früher, nun denn: schauerlicher Tod. (›Sollt ich die kurze schauerliche Zeit ... ‹) Ein dunkler Faden schießt in das Muster ein. Unmöglich, ihn fallen zu lassen. Ihn aufzuheben beinah noch zu früh.

Das Gebot ist: Sich verlassen, in des Wortes Doppelsinn. Nach kurzem Taumeln, verursacht durch die vermehrte Last auf den Schultern, sich straffen. Es muß geredet werden. Erzählt muß werden von des Vaters aschgrauem Gesicht und von Gründen, die die Zahl Fünf lange Zeit zu etwas Bedrohlichem machen, wie Fleischerhaken ...

Fronturlaube werden gewährt, wenn die allgemeine Lage die Entfernung von der Truppe grundsätzlich erlaubt. Diese Lage war in Polen, unter das ›ein Strich gezogen war‹, im Oktober 39 schon gegeben. 10572 Gefallene, 30322 Verwundete, 3403 Vermißte deutscherseits. Zwei neue Reichsgaue, Danzig und Posen, waren ›aus dem Feuer der Schlacht gehoben‹. Da war es November. Ein Nebelnachmittag, Nelly kam vom ›Dienst‹. Da hingen im Korridor an der Flurgarderobe ein fremder, schwerer feldgrauer Mantel, eine Soldatenmütze und ein braunes Lederkoppel mit silbrig glänzender Schnalle, dem eingravierten Adler und der Aufschrift: Gott mit uns. Der Geruch des Mantels, in den Nelly ihr Gesicht vergrub, ehe es ihr möglich war, ins Eßzimmer zu gehen, wo nach so vielen Wochen endlich wieder Zigarettenrauch in der Luft hing, wo der Vater am Tisch saß, Bruder Lutz auf dem Schoß, die Mutter ihm gegenüber, während der Hauptgeschäftszeit am Sonnabend nachmittag. Sie goß dem Vater Kaffee ein und sah ihn an ... Nelly brach so-

fort in Tränen aus: Wie fast immer wurden ihre Tränen miß-
verstanden und ihr als maßlose Freude über die Heimkehr
des Vaters ausgelegt, wie fast immer empfing sie falsche
Tröstungen und verfehlte Küsse. Es war ihr aber blitzschnell
der Gedanke durch den Kopf geschossen: Jetzt wird das
Stück ›Heimkehr‹ gespielt; der war der Tränen wohl wert.
Wovon man nicht sprechen kann, darüber muß man allmählich zu schweigen aufhören. Wir kommen auf das aschgraue
Gesicht des Vaters.
Allmählich muß man abkommen von den Wetterbeschrei-
bungen. Es blieb nämlich in jenem November nicht bei Nebel, es gab sonnige Tage. Der Tag von dem zu schweigen du
aufhören mußt, war sonnig. Es hat sich um einen Sonntag
gehandelt, einen Sonntagvormittag zwischen zwölf und halb
eins, denn um halb eins wird bei Jordans gegessen, und der
Anruf kam kurz vorher. Das Telefon wurde am Abend und
sonntags aus dem Laden ›umgesteckt‹ in den Wohnungsflur,
wo es auf dem weißen Garderobentischchen stand.
Nelly, wie üblich im Kinderzimmer in ihre Bücher vergraben, hörte an des Vaters Stimme, wie er ›Leo!‹ rief, daß er
sich freute über den Anruf seines Freundes Leo Siegmann,
der ja in der gleichen Schreibstube der gleichen Infante-
rieeinheit in einem ›öden Kaff‹ am Westufer des Bug hockte
und sich eben Sonntagvormittag aus reiner Langeweile
(klar, bei uns scheint auch die Sonne!) mit seinem Freund,
dem Obergefreiten Bruno Jordan, zur Zeit auf Urlaub, verbinden ließ.
Weiter.
Das Gespräch hat seine fünf Minuten gedauert. Charlotte
Jordan, leicht ungehalten über die Störung ihrer Mittagszeit,
rief die Kinder zum Essen. Als Nelly in der Kinderzimmer-
tür genau hinter dem Vater stand, sein Gesicht daher im
Flurspiegel sehen konnte, hörte sie ihn ein paar Worte in einem von Grund auf veränderten Tonfall sagen, Frageworte

zumeist, die am anderen Ende der Leitung ausführlicher beantwortet wurden.

Was habt ihr?

So, wann denn?

Ach, vorgestern.

Wieviel, sagst du?

Dann wiederholte er eine Zahl, die Leo Siegmann ihm wohl
genannt hatte. Bürgen könntest du nicht für sie, aber dir
scheint, sie lautete: Fünf. (Die Fünf als Fleischerhaken.)
Weiter.

Hier erscheint das aschgraue Gesicht des Vaters. Nelly will
es im Spiegel gesehen haben. Ein graues, verfallenes Gesicht. Sie besteht darauf: Er habe nach dem Ärmel seines
feldgrauen Mantels gegriffen, um sich daran festzuhalten.
Er habe ganz eilig das Gespräch mit Leo Siegmann beendet.
Er sei, knieweich und ohne von ihr Notiz zu nehmen, ins Eßzimmer gegangen und habe sich auf seinen Stuhl fallen lassen. Von hier ab verschlägt es die Sprache. Es wird nicht erinnert und soll nicht erfunden werden, in welchen Worten,
auf Grund welcher Fragen Bruno Jordan seiner Frau den
Inhalt des Gesprächs mit Leo Siegmann mitteilte.

Der Inhalt war: Vorgestern hatte seine Einheit polnische
Geiseln exekutiert.

Unverbürgt soll hier stehen: erhängt. Die Zahl Fünf. Und
Leo Siegmanns Satz: Schade, daß du nicht hier warst.

Diesen Satz könntest du wieder in wörtlicher Rede auf deine
Kappe nehmen: Schade, daß du nicht dabei warst, hat er gesagt.

Und daß Charlotte Jordan aufhörte zu essen.

Und daß er noch später, ebenfalls ungefragt, sagte: So etwas
ist nichts für mich.

Und daß Blicke zwischen den Eltern hin und her gingen,
nicht für die Kinder, kaum für einander bestimmt. Eheleute,
die ihre Augen voreinander verstecken.

Das Wort ›schauerlich‹ – es wäre also noch brauchbar? So wollen wir nicht anstehen, nicht nur diese Szene, auch Nellys Empfindungen in dem ihr unbekannten Wort zusammenzufassen: schauerlich.

Sie schlug die Augen nieder und verriet sich nicht.

Kein Sterbenswort, ihre Worte. – Weiter. Entblößung der Eingeweide.

Vielleicht zu den wahren Antworten auf Lenkas Fragen gelangen, die eben, Ende Oktober 73, eine genaue Beschreibung der Judenverfolgung in einer deutschen Kleinstadt liest; die, seit längerem, aus ihrem Wortschatz das Wort ›deutsch‹ verloren hat und dafür sich steigernde Begründungen gibt: Sie brauche es nicht; sie mache sich nichts daraus; sie lege absolut keinen Wert darauf; sie finde es einfach übertrieben; es sei ihr, genaugenommen, ziemlich zuwider. Die nun, während sie, wie fast immer in den Herbstferien, krank im Bett liegt, hustet, aber Tee, Schals und Einreibungen verweigert und Bücher um sich stapelt, wissen will, wie man ›danach‹ weiterleben kann.

Dies als Frage. Ein Aussagesatz dagegen: Ihr verlangt eigentlich ziemlich viel von uns.

Derartiges hat sie vor zwei Jahren nicht gesagt, aber wie soll man wissen, wann sie angefangen hat, es zu denken? Vielleicht in jener Sekunde, als sie im Stadion von L. – heute G. – das Holzkreuz des Eingangs vor euch herumwirbelte? Sie hat die Angewohnheit, neue Schlüsse, zu denen sie gekommen ist, lange für sich zu behalten, um sie dann überraschend, ohne die Zusammenhänge zu erklären und rücksichtslos freizulassen, wie man einen lange eingesperrten wilden Hund auf einmal laufen läßt.

Daß wir das alles verstehen sollen. Ich jedenfalls, sagte Lenka, ich versteh es nicht.

Und bei euch, ich meine, in deiner Generation, könnte nichts Ähnliches . . .

Bei uns? Das?

Lenka hat die Frage, warum es keine vollkommen glücklichen Erwachsenen gibt, in den letzten zwei Jahren nicht wiederholt. Die Szene, in deren Mittelpunkt Bruno Jordans Satz steht: So etwas ist nichts für mich!, erfährt sie immer noch nicht. Beneidest du sie darum, daß sie niemals in die Lage kam, ihres Vaters Gesicht sich ins Aschgraue verfärben zu sehen? Ja. Eigentlich ja.

Du erzählst ihr von Nellys Gang zu der niedergebrannten Synagoge, während das Radio, das sie im Hintergrund immer laufen läßt, leise meldet, die USA hätten ihre Truppen in den Staaten, im Pazifischen Ozean und in Europa in eine niedrige Stufe von Alarmbereitschaft versetzt, um einer einseitigen Entsendung sowjetischer Truppen in das Kriegsgebiet Nahost jederzeit gewachsen zu sein. In Chile seien weitere vier Anhänger Allendes zum Tode verurteilt und von einem Hinrichtungskommando erschossen worden. (Wir haben nun auch die Tonbänder mit dem Schreien und Heulen der Frauen aus dem Leichenschauhaus von Santiago noch gehört. Dies ist Fortschritt. Aus einem deutschen Gestapokeller gibt es kein Tonband. Die Zahl der chilenischen Opfer innerhalb von sieben Wochen übertrifft die der deutschen in den ersten sechs Jahren: In Chile wurde bewaffneter Widerstand geleistet.)

Dabei spürst du, wie durch deine Erzählung nichts verständlicher, eher alles noch verworrener wird. Daß die Akzente sich unaufhaltsam verschieben, auf Schwerpunkten lasten, die erst jetzt, im Laufe des Erzählens, sich bilden...

Wie Lenka begreiflich machen, daß an diesen Schwerpunkten vorbei, sogar ohne sie zu beachten, in kräftigen Farben die Kindheit weiterlief? Zum Beispiel die Sammelepidemien, denen Nelly verfiel wie jedermann: Glanz- und Hauchbilder zusammentragen und aus alten Heften, deren Seiten man längs in der Mitte faltete, Steckbücher herstellen, die man zum Tausch der Trophäen benutzte, in jeder Pause, in den Stunden auch unter der Bank, auf die Gefahr hin, das wertvolle Buch könnte konfisziert werden. Blumen gegen Tiere, Abziehbilder gegen Zigarettenbilder.

In die Poesiealben aber schrieben wir dasselbe wie ihr, Lenka: ›Kerker, Stahl und Eisen bricht, aber unsre Freundschaft nicht!‹ (Während ja, als der Krieg fortschritt und gewisse unglaubliche Informationen die lange Zeit ungläubige Welt erreichten, Überlegungen angestellt wurden, ob es nicht angebracht, ja vielleicht notwendig sein würde, nach dem Kriege alle deutschen Kinder zu vernichten. Der Pole Brandys schildert, wie ein älterer Verwandter diese Idee ausspricht und wie seine Mutter ihn nachdenklich ansieht und dann sagt: Aber du bist ja anomal . . .) Schrieben aber auch Sprüche des Führers hinein. Nellys Freundin Hella Teichmann bevorzugte den folgenden: ›Wer leben will, der kämpfe also. Und wer nicht kämpfen will in dieser Welt des ewigen Ringens, verdient das Leben nicht!‹

Was beweist das alles? Nichts. Für die zähe Fortdauer der Wonnen der Gewöhnlichkeit bedarf es heutzutage keines Beweises mehr, und Erklärungen scheint man aufgegeben zu haben. Die Bücher jedenfalls, die sich auf deinen Tischen häufen und die du gewissenhaft, aber nicht mehr neugierig durchliest, berühren diesen Punkt nicht (von Ausnahmen abgesehen). In ihren richtigen Verallgemeinerungen muß sie niemand wiederfinden, könnte Lenka niemanden wiederfinden. Keinen einzigen Hinweis, wie man derartige Szenen aus deutschen Familienzimmern (aus zahllosen deutschen Familienzimmern, steht zu vermuten, aber da versagt die Statistik) zu beenden hat. Tischgebete gab es bei Jordans nicht, kaum die gängige Formel ›Mahlzeit‹ oder die Frage der Kinder, ob sie aufstehn dürften. Formlos wurden die Mahlzeiten eingenommen, formlos beendet. Man stand auf und schob die hochlehnigen schwarzen Stühle unter den

Tisch. Die Kinder räumen ab. Annemarie, das Mädchen, hat in der Küche gegessen, sie wird das Geschirr abwaschen – Nelly trocknet ab –, um dann endlich an ihren freien Sonntagnachmittag zu kommen. Die Eltern haben sich zur Mittagsruhe zurückgezogen. Der Saucenfleck, den Nelly auf das frische Tischtuch gemacht hat, ist gebührend gerügt worden, Ungeschickt läßt grüßen. Es ist nicht denkbar, daß irgendein Handgriff geändert oder unterlassen würde, bloß weil die Nachricht einging, der Vater wäre um ein Haar zum Mörder geworden. Ordnung muß sein.

Lutz, der von sich sagen kann, daß er Überspanntheiten ablehnt, warnte vor Übertreibungen. Während H. und Lenka am Stadionrand Beifußstengel abrissen, die sie mitnehmen, trocknen und als Fleischgewürz verwenden wollten (und inzwischen verwendet haben); während du dich an die unbeliebten Heilkräutersammelaktionen erinnertest (hier, am Stadion, standen und stehen riesige Flecken Schafgarbe, auch Johanniskraut und Kamille; die prall gefüllten Beutel am Rad; der mit Zeitungspapier ausgelegte Dachboden, die stickige Hitze, durchsetzt vom scharfen Duft der trocknenden Kräuter; der Blick über die Stadt aus der Bodenluke, Fluß und jenseitige Wiesen, Panorama mit Sonne und großen schnellen Wolkenschatten, überaus deutliches und schönes Bild), hält Lutz sich in deiner Nähe. Kurzer schneller Wortwechsel über die Gefahr, zu weit zu gehen, halblaut geführt. Einigen deiner Bemerkungen glaubt er Absichten entnehmen zu können, mehr noch deinem Schweigen, mehr noch deinem Gesichtsausdruck, den er also immer noch überwacht: seit der Zeit, als er vom jüngeren zum größeren Bruder wurde und eine Art von besorgter Aufmerksamkeit für seine Schwester entwickelte, die niemand ihm aufgetragen hat. Er ist weit davon entfernt, sich einzumischen, Geständnisse zu entlocken, sehr weit davon entfernt, Ratschläge zu erteilen. Was er will – und muß –, ist: warnen. An die Grenzen erinnern. Er spricht behutsam, wie er niemals spricht, wenn er in die Lage kommt, dir ein technisches Problem zu erläutern, die Vorgänge im Innern eines Kraftwerkes zum Beispiel, die ihm keine Geheimnisse zu bieten haben. Versteh mich nicht falsch, sagt er, und du verstehst ihn richtig: Er muß sich Sorgen machen, weil er gezwungen ist zu lieben, was er nicht ganz und gar billigen kann; er will es nicht anders haben, aber er will es ungefährdet haben, nicht verletzbar, nicht ausgesetzt, sondern gewappnet. Also doch anders. Halb und halb ist er sich bewußt, warum du lächelst, wenn er in dieser Art mit dir zu reden beginnt. Halb und halb ist er sich der Unerfüllbarkeit seiner Wünsche bewußt, das macht ihn manchmal etwas hilflos, manchmal ein wenig ärgerlich.

Welche Grenzen also? Halblaut: Zum Beispiel Grenzen dessen, was man mit Lenka bespricht. Und in welcher Weise. Man kann Kinder auch überfordern. Man kann ihnen auch zuviel zumuten. – Du fragst: Und uns? Als wir Kinder waren? Und man uns immer nur diese halben Sätze zumutete? Unverständliche Blicke, an uns vorbei? Geschlossene Türen? Und diese mörderischen Szenen?

Nun. Von diesen Szenen weiß Lutz nichts. Er war im November 1939 sechs Jahre alt, Nelly immerhin zehn, und nicht zum erstenmal tritt dieser Unterschied als bedeutsam hervor. Du gibst ihm also – halblaut, und nach so langer Zeit – ein paar Stichworte. Viel braucht er nicht. In irgendeinem Sinn war er ja doch dabei, ganz überrascht scheint er nicht zu sein. Trotzdem, sagt er schließlich. Ich glaube, daß es für alles Grenzen gibt. Daß sie – die Eltern – jenseits der Grenzen zu bleiben haben, tabu sind.

Eine Forderung, die du, das mindeste zu sagen, verstehst. Als Lenka und H. ihre Pflanzenstengel im Kofferraum unterbringen, liegen eure vier Hände für ein paar Sekunden nebeneinander auf der Kofferklappe. Da seht euch an, sagt

Lenka. So was Verschiedenes . . . Sie ärgert sich, wie immer, über die Form ihrer Fingerkuppen: Viereckig, sagt sie, und zu dir: Warum hast du mir nicht deine vererbt? H. entdeckt, daß ihre Finger denen von Lutz ähneln. Pervers! sagt Lenka, das Wort liebte sie damals gerade. Aber sie gibt sich zufrieden. Gegen Lutz hat sie nichts, man merkt es daran, daß sie nicht auf die Idee käme, ihn ›Onkel‹ zu nennen. Es kommt vor, daß jeder den anderen in dessen Abwesenheit ›anständig‹ nennt. Allerdings meinen sie mit diesem Wort nicht genau dasselbe.

Lenka meint am ehesten ›gerecht‹. Gerechtigkeitssinn war vor zwei Jahren diejenige Eigenschaft, die sie am meisten an einem Menschen schätzte. Lutz, wenn er Frauen und Mädchen ›anständig‹ nennt, meint am ehesten ›unverdorben‹; bei Männern sagt er, ›in Ordnung‹. Lenka ihrerseits wußte es zu schätzen, wenn er ihr Haar mit beifälligen Blicken musterte und sie dann fragte, wie lang sie es nun eigentlich noch wachsen lassen wollte; oder wenn er ihr erzählte, wie ihre Eltern sich in ihren jungen Tagen – als du noch ganz tief im Großen Teich geschwommen bist – abends, wenn sie zu dritt aus einem Kino kamen, immer ausgerechnet unter den Straßenlaternen küssen mußten.

Was er aber jetzt zu erzählen anfing, wußte sie gar nicht zu schätzen, sie versuchte sogar, ihn am Weiterreden zu hindern. Aber Lutz hatte es sich in den Kopf gesetzt, diese Geschichte ausgerechnet jetzt zu erzählen, und sei es, um zu zeigen, daß auch er manches gesehen hatte, als er zehn war. Er behauptete übrigens steif und fest, du müßtest sie kennen, aber du kanntest sie nicht, und euren Streit darüber suchte Lenka auszunutzen, ihn von der Geschichte abzubringen, die ihr nach den ersten Andeutungen schon gründlich mißfiel. In der ersten Oberschulklasse mußte es wohl gewesen sein, als Lutzens Klassenkamerad Kalle Peters seinem anderen Klassenkameraden Dieter Binger, genannt

›Dingo‹, beim Soldatenspielen nachmittags in den Bauch schoß, mit einem alten Armeerevolver, den er hier oben, auf dem Truppenübungsplatz hinter dem Stadion, gefunden haben wollte. Da kanntest du die Geschichte wieder, und der Schweiß brach dir aus.

Lutz erzählte, wie Kalle Peters vor der Klasse vom Klassenlehrer systematisch verprügelt wurde, wie sie ihn dann vor den Direktor schleppten, der ihn schlug, bis er nicht mehr stehen und nicht mehr gehen konnte. Mit Dingo stand es indessen auf des Messers Schneide, aber er kam durch, du wußtest es wieder. Dir fiel sogar ein, warum sie ihn ›Dingo‹ nannten, und du wußtest nun auch, warum du diese Geschichte von einem zum anderen Mal vergessen mußtest: Weil dir nichts so zuwider ist wie die Vorstellung, daß ein Mensch systematisch geprügelt wird und nichts dagegen machen kann, und auch keiner von denen, die zusehen – fast immer sehen welche dabei zu –, etwas dagegen tut.

Ein Blick auf Lenka überzeugte dich, daß sie vielleicht nicht deine Hände, wohl aber diesen beinahe krankhaften Widerwillen von dir geerbt hat, den sie jetzt hinunterschluckte, denn die Zeit, da sie von euch verlangte, ihr solltet die schrecklichen Ereignisse rückgängig machen, von denen sie Kenntnis bekam – den toten Vogel wieder lebendig, den bösen Zauberer gut machen –, die Zeit war lange vorbei.

Irgendwann im Laufe dieses Tages würde sie einen unerklärlichen, übertriebenen Wutausbruch haben – er kommt mittags, als einer der zahlreichen Westwagen euch rücksichtslos die schattige Parklücke wegnimmt, auf die ihr gewartet hattet, und als sie das Seitenfenster hinunterdreht und zu dem grinsenden Fahrer hinüberschreit: Sie gottverdammter blöder Heini, Sie! –, aber über diese Geschichte wird sie nie wieder ein Wort verlieren. Du weißt inzwischen genauer als damals, wie selten du dabei bist, wenn ihr etwas zustößt, worauf sie nur mit Schweigen antworten kann, und

wie sehr es, in ihrer Sprache ausgedrückt, ›geprahlt‹ wäre,
wenn du behaupten würdest, sie durch und durch zu kennen.
Lutz sagte noch – bei dem Wortwechsel vor dem Stadion –,
es habe keinen Sinn, die Weltgeschichte allzu stark auf sich
zu beziehen. Es sei sogar eine wenn auch komplizierte Art
von Selbstüberschätzung, sich als persönlich betroffen aus-
zugeben und nach dem genauen Ausdruck dafür zu suchen.
Du wieder – mit der Versuchung, in seine Interpretation
auszuweichen, wohl vertraut – hältst ihm, wenn auch immer
seltener, entgegen, er sei nicht bescheiden, sondern unver-
bindlich. Nüchtern, sagt er, bloß nüchtern, und daher weniger anfällig für die politischen Räusche.
Übrigens hat er in den meisten Voraussagen, auf die er sich
einließ, recht behalten, soweit es die Sache betraf und entgegen deinem Wunschdenken. Er hat den nüchternen Blick,
den er dir nicht zutraut oder nicht zumuten will, als könnte
Nüchternheit dir schaden. Vielleicht ist er auch argwöh-
nisch, weil sich deine Nüchternheit deiner Natur gemäß auf
andere Gegenstände richtet als die seine und weil jeder von
euch auf einem anderen Gebiet romantisch, sogar sentimental ist: Bei ihm ist es zum Beispiel die Kindheit. Die will er
sich nicht beschädigen lassen.
Und in der Tat: Wem würde es schaden, wenn du die Sache
auf sich beruhen ließest? Wer würde etwas vermissen?
Denn in dem nüchternen Gegenwartsblick, den du auf die
Vergangenheit richtest und der vor nicht langer Zeit von
Abneigung, ja Haß getrübt gewesen wäre, liegt Ungerechtigkeit in Hülle und Fülle. Mindestens soviel wie Gerechtigkeit. Objekte, hilflos unter Glas gefangen, ohne Kontakt zu
uns nachgeborenen Besserwissern. Und wenn du dich fragst,
ob du es aushieltest, diesen selben Blick ungemildert gegen
dich selbst zu richten ...
Bruno Jordans Aussage: So etwas ist nichts für mich! ist bemerkenswert. Heute erst bist du imstande zu sehen, daß das

Gesicht jenes Novembertages, das Nelly für Sekunden im Flurspiegel sah, sieben Jahre später ausgeprägter wieder hervortrat, als er aus der Gefangenschaft kam. Die Unkenntlichkeit des eigenen Vaters war es, die Nelly erschütterte. Erst Jahre später begriff sie, daß er in jenen kurzen Zeiten kenntlich gewesen war.

Das ist nichts für mich, sagt man schnell, aber nicht in diesem – wie bezeichnet man ihn: verzweifelten? – Ton.

Man muß wissen, daß Bruno Jordan gewisser Worte nicht mächtig war. Natürlich konnte er exakt und mit Bestimmtheit – die sonst seine Stärke nicht war – den Vertretern der großen Firmen, die alle sehr bescheiden in seinen Laden kamen und in dem schmalen Durchgang beim Telefon auf ihn warteten, bis er seine Kunden bedient hatte, und die alle taten, als sei er ihr enger Freund (was er manchmal zu glauben schien): natürlich konnte er ihnen die genauen Zahlen nennen, was die Nachbestellung von Zucker, Nudeln und Maggi's Suppenwürze betraf; natürlich sprach er am Sonnabend mit seiner Frau sachkundig über die Wochen›losung‹, die sich übrigens auf einer befriedigenden, keineswegs schwindelnden Höhe hielt, wenn man von den Gewinnabnahmen als Folge der Zwangsbewirtschaftung von Lebensmitteln in den letzten Kriegsjahren absehen will. Natürlich waren die Verhältnisse seiner Kundschaft ihm ein geläufiger Gesprächsstoff. Mit Kindern sprach er kindertümelnd und nicht über ernsthafte Gegenstände – so wie Erwachsene, die sich nicht vorstellen, daß Kinder jemals Erwachsene werden, mit Kindern eben reden. Als sei nur der Erwachsene ein vollwertiger Mensch.

So hielt er es, um ein Beispiel zu geben, für angezeigt, seine Kinder – besonders aber seine Tochter Nelly, deren Angst um die Mutter er zur Genüge kannte – nicht davon zu unterrichten, als Charlotte Jordan sich endlich zur operativen Entfernung ihres Kropfes hatte entschließen müssen, die im

Städtischen Krankenhaus unter der sachkundigen Leitung des Chefarztes, eines Doktor Leisekamp, bei örtlicher Betäubung vorgenommen wurde, wobei die Patientin, um eine Verletzung ihrer Stimmbänder weitgehend auszuschließen, ununterbrochen sprechen mußte, zwei Stunden lang, von denen sie eine mindestens auf eine Konversation mit dem Operateur verwendete. (Nur bei den Höhepunkten des Eingriffs, wenn der Arzt sich konzentrieren mußte, bat er sie, zu zählen oder Gedichte aufzusagen, was sie unerschrocken tat: ›Urahne, Großmutter, Mutter und Kind in dunkler Stube beisammen sind‹ – ein Text, den der Arzt nicht kannte und zweimal zu hören wünschte: ›Vier Leben tötete ein Schlag. / Und morgen ist Feiertag.‹) Eine Konversation, die dem Chefarzt am Ende die Bemerkung abnötigte: Diese Frau kann mehr als Brot essen (was sie allerdings danach mindestens drei Wochen lang nicht konnte, man flößte ihr Suppen aus Schnabeltassen ein). Dieser Satz verknüpfte ihre Mutter in Nellys Kopf auf vertrackte Weise mit der Königin Luise, die ihr gerade zum erstenmal im Geschichtsunterricht begegnete: Jeder Zoll eine Königin!

Was die Kinder zu hören kriegten, war: Ihre Mutter war zu Tante Trudchen Fenske nach Plau am See gefahren. Eine plausible Erklärung. Man konnte, ohne sie direkt zu erwähnen, an die Gerüchte anknüpfen, die in der Familie über Tante Trudchens bröckelnde Ehe umliefen und auch den Kindern zu Ohren gekommen sein mußten. Niemand, auch Nelly nicht, konnte sich einen besseren Helfer in allen Familienangelegenheiten vorstellen als Charlotte.

Nun beging eben leider Erwin, der Lehrling, die Ungeschicklichkeit, seinem Chef – der sich für kurze Zeit an den Geburtstagskaffeetisch von Schnäuzchen-Oma, seiner Schwiegermutter, gesetzt hatte: es war also Oktober, Oktober 40 – in Gegenwart von Nelly mitzuteilen, er solle gleich nochmals zum Krankenhaus fahren, um der Chefin frische

Nachtwäsche und Handtücher zu bringen, die sie dringend benötigte.

Wo war die Mutter?

Nelly machte eine große Szene. Die Mutter war also im Krankenhaus. Operiert. Man hatte sie belogen. Die Mutter hätte sterben können, und sie hätte nicht einmal geahnt, daß sie in Gefahr war. Sie schrie und heulte, bis sie nicht mehr konnte.

Es war einer ihrer letzten Ausbrüche in Gegenwart anderer Leute, ratloser Verwandter, die sie umringten und ihr zuredeten, vernünftig zu sein. Sich zu beruhigen. Und die, nicht ohne sich kopfschüttelnd mit Blicken untereinander zu verständigen, schließlich von ihr abließen, zuletzt der Vater, Bruno Jordan, der ihr den Kopf streichelte und ein ums andere Mal versicherte, er habe ihr Bestes gewollt.

Nelly heulte weiter. Sie wollte den Gedanken nicht erst aufkommen lassen, ihr Vater habe nicht ihr, sondern sein Bestes gewollt: Weil er keine Worte gefunden hätte, um ihr die Wahrheit zu sagen, und weil er sich unter ihren Augen nicht zu benehmen gewußt hätte an dem Tag, an dem die Mutter operiert wurde.

Diese Art von Wortunmächtigkeit. Die einen Menschen in sich selbst einsperrt, ohne daß er über dieses Selbst etwas Näheres wissen kann. Alle diese Leben, über die dir ein Urteil nicht zusteht. Über die man schweigen könnte, wenn nicht sie, gerade sie von den mörderischen Zufällen dieser Zeit besonders abhängig wären.

(Hilflose Gespräche mit Lenka über ihren Großvater.)

Und, auch das noch zu sagen: daß sie sich ein für allemal nicht eignen, ins Kreuzfeuer einer epischen Darstellung zu geraten, Bewährungsproben unterworfen zu werden, sie durchzustehen oder zu versagen...

In jenem Jahr, als ihr nach Polen fuhrt – das rechnet ihr euch im stillen aus –, seid ihr so alt wie eure Eltern bei Kriegsanfang. Sollte Lenka, wie damals ihr das Leben eurer Eltern, so euer Leben im Grunde für abgeschlossen, euch selbst für ältere Leute halten?

Euch dreien wird auf einmal – und gleichzeitig – klar, daß nirgends geschrieben steht (so würde Charlotte sich ausdrücken), daß das meiste oder ›das Beste‹ schon hinter euch liegt. Es ist ein kurzes, unbegründetes Aufleuchten von Lebensfreude, ein Vertiefen aller Farben, das minutenlang anhält. Es ist nichts, gar nichts, worüber sich etwas sagen ließe. Es ist ein langer Atemzug, es sind ein paar Blicke hin und her (H.s Blick im Rückspiegel). Es ist, daß du deine Hand auf seinen Nacken legen kannst und er seinen Kopf an ihr scheuert. Daß Lutz, der immer singen muß, mit seinem mächtigen Baß losschmettert: Mit dem Pfeil, dem Bogen. Und daß Lenka versteht und nicht versteht und nur den Kopf schütteln kann.

Nichts Schönres unter der Sonne, als unter der Sonne zu sein.

9

Vorgestern, in einer Aprilnacht 1973 – du kommst, einer Umleitung wegen, nicht auf der Hauptstraße, sondern über die Dörfer allein im Auto nach Hause, etwas müde, daher angespannt aufmerksam –, hast du beinahe eine Katze überfahren. Es war auf dem Katzenkopfpflaster einer Dorfstraße. Sie kam langsam von links, du fuhrst nicht schnell, doch reagierte sie überhaupt nicht, wie Tiere sonst, auf das näher kommende Auto; zu stark konntest du nicht bremsen, die Straße war feucht. Du sahst, wie sie sich im Schreck duckte. Was du noch tun konntest: sie zwischen die Räder nehmen. Sie kam unter das Auto. Es gab einen gar nicht lauten, aber gräßlichen Schlag. Du mußtest weiterfahren. Hieltest an, sahst dich um. Da lag sie auf der Straße, erhob sich mühsam. Auf beiden Hinterpfoten hinkend, schleppte sie sich zur anderen Straßenseite, verschwand, anscheinend wieder normal laufend, in der Hecke.

Weit und breit auf der spärlich erleuchteten Dorfstraße kein Mensch, kein Tier, auch kein Verkehr um diese Zeit. Fünf Sekunden zu früh hat sich die Katze oder fünf Sekunden zu spät hast du dich auf den Weg gemacht. Du willst es nicht glauben oder wenigstens nicht wahrhaben, daß dir das passiert sein soll, mußt noch einmal halten, um ruhiger zu werden. Im Schleichtempo nach Hause, kein Wort über den Vorfall. Du gehst schlafen. In einem kurzen englischen Text, den du noch zu lesen versuchst, spricht eine der Figuren, betrunken, untröstlich, immer den gleichen Satz: But I was a nice girl.

Mitten in der Nacht erwachen. Das unstillbare Weinen. But I was ... Alle für immer verlorenen Möglichkeiten versammelten sich in jener Nacht um dich.

Zum ›Dienst‹ in der Hitler-Jugend muß Nelly sich gedrängt haben. In der langen Schlange steht sie vor der Turnhallentür, hinter der die bedeutsame Prozedur der Einschreibung vor sich ging: Bald darauf sitzt sie in einem Klassenzimmer. Der erste Heimabend findet statt, mit den anderen singt sie: ›In dem Walde steht ein Haus‹, ein Kinderlied, dessen sehr einfacher Text mit Handbewegungen begleitet wird. Der Vorgang war peinlich, und Nelly genierte sich, aber sie unterdrückte ihre Befangenheit und lachte laut – vielleicht überlaut – mit, als die Führerin in fröhliches Gelächter ausbrach. Es war eine Genugtuung, der Führerin zu Gefallen zu lachen und den eigenen unangemessenen Zustand – Verlegenheit – nicht zu beachten. Es war eine Lust, die Leutseligkeit der Führerin zu genießen, die ein lustiges Mädchen war und Marianne hieß, sich aber Micky nennen ließ. Nennt mich Micky wie alle, ich sehe ja doch aus wie eine Mickymaus. Eine andere Art von Lust, sich am Ende des Heimabends, die Scheu überwindend, mit den anderen um Micky zu drängen, ihre Hand zu ergreifen, die unerhörte Vertraulichkeit auszukosten. Und auf der Heimfahrt sich durch häufigen inneren Gebrauch des neuen Wortes zu versichern: Kameradschaft.

Ein gehobenes Dasein stand ihr also bevor, jenseits des kleinen, rundum mit Fischbüchsen, Zuckersäcken, Broten, Essigfässern, Würsten verstellten und verhängten Ladenraumes, jenseits der hellen Lichtvierecke, die er auf das kurz geschorene Rasenstück hinauswarf; jenseits und abseits auch von der weißen Gestalt im Ladenmantel, die vor die Tür getreten war und sicher schon lange nach ihr, Nelly, Ausschau hielt. Wo sie denn so lange bleibe. Sie solle sich bloß gründlich die Schuhe abputzen, man habe sie ja wohl durch sämtliche Pfützen gejagt. Was sie denn gemacht hätte. Gesungen? Singen kannst du auch zu Hause.

Kein Wort von ›Kameradschaft‹. Sie putzte sich die Schuhe ab. Dort, wo Micky mit ihnen sang und spielte und marschierte und Geländespiele machte – da gab es etwas, was die Mutter ihr nicht geben konnte und was sie nun mal nicht missen mochte, obwohl oder gerade weil sie niemals aufhörte, sich unter den anderen fremd zu fühlen. Weil immer wieder diese Verlegenheit in ihr aufkam, bei allen möglichen Gelegenheiten, die die anderen gar nicht als Prüfung erkannten, und weil diese Verlegenheit und die Selbstüberwindung, die sie immer wieder aufzubringen hatte, ihre Schwäche aufdeckte und die ungeheure Strecke anzeigte, die sie noch zurückzulegen hatte, ehe sie der Mensch war, den Micky aus ihr machen wollte.

Es ging um Härte. An dem Tag, als die Mutter aus dem Krankenhaus entlassen wurde, fand ein Geländemarsch statt. Nelly hatte sich auf die Rückkehr der Mutter gefreut wie auf nichts sonst. Der Vater erbot sich, sie bei Micky wegen Rückkehr der kranken Mutter nach einer gefährlichen

Operation zu entschuldigen. Nelly haßte Geländemärsche, bei denen sie sich sehr langweilte. Aber sie bestand natürlich darauf, an diesem Marsch teilzunehmen, ungeachtet der Verstimmung, die sie dadurch verschuldete. Sie lehnte auch das Angebot von Schnäuzchen-Oma ab, vorsorglich ihre Hacken zu bepflastern, weil man sich doch bei diesen Märschen immer die Füße wund lief.

Als sie nach Hause kam, lag die Mutter auf der Couch, und sie mußte quer durch das Zimmer auf sie zuhumpeln. Mutters besorgte Frage und die aufgebrachte Erklärung von Schnäuzchen-Oma. Nelly stritt ab. Sie ereiferte sich am Widerspruch, steigerte sich zu der Behauptung, die Blasen an ihren Füßen seien von vorgestern, sah, wie die Mutter sich aufregte, konnte nicht aufhören, nicht einlenken, duldete keine Kritik an dem widerwärtigen Geländemarsch. Bis schließlich sie, dann Charlotte, die sich schonen sollte, in Tränen ausbrach und Schnäuzchen-Oma, die selten eine Handlungsweise ihrer Lieblingsenkelin mißbilligte, Nelly ins Kinderzimmer folgte, um ihr zu sagen, wenn sie ihre Mutter derart aufrege, werde die kaum verheilte Wunde wieder aufbrechen.

Nelly fühlte scharf die Zwangslage, aus der es keinen Ausweg gab. Was sie auch tat, es wäre schlecht. Eine Art Sackgasse. (Viel später erst, heute, weißt du, was jene ›unlösbaren‹ Konflikte bedeuten: Daß man sich zwischen zwei einander ausschließenden Arten von Moral, die man beide auf sich bezieht, entscheiden muß, um nicht zerrieben zu werden.) Nelly, fassungslos, hörte zu schluchzen auf, gewöhnte sich das Weinen beinahe ab. Sie wurde tapfer und beherrscht. Das wurde anerkannt, auch von ihrer Mutter.

Im Herbst wurde sie krank. Sie muß sich bei einem längeren Appell unter freiem Himmel erkältet haben, auf der Spielwiese im Zanziner Wäldchen, das ihr am Nachmittag eures ersten Reisetages besuchen werdet. Diesmal verstand es sogar Charlotte nicht. Der Nachmittag war warm gewesen, selbst sie hätte gegen einen längeren Aufenthalt im Freien nichts einzuwenden gehabt. Aber Nelly fieberte schon, als sie nach Hause kam, und zeigte eine seltsame Abneigung, zu sprechen oder sich überhaupt zu bewegen. Eine Bronchitis, fand Doktor Neumann, sei nichts Weltbewegendes, doch sei ihr Verlauf mit Sorgfalt zu beobachten. Diese Schlaffheit wollte ihm an der Göre nicht gefallen. Oder war da vielleicht noch etwas, außer der Krankheit?

Nicht daß Charlotte gewußt hätte.

Die Versammlung unter freiem Himmel war ein Strafgericht. Eine Kameradin namens Gerda Link hatte die Ehre der Hitler-Jugend beschmutzt: Sie stahl einer anderen Kameradin aus deren Manteltasche in der Umkleidekabine des Sportplatzes Klosepark fünf Mark neununddreißig und leugnete den Diebstahl vor der Gruppenführerin Christel, als diese sie zur Rede stellte. Man hatte sie überführen können. Jetzt stand sie allein neben der Gruppenführerin an der Schmalseite des Karrees, dessen drei andere Seiten durch die in Reih und Glied aufgestellten drei Scharen der Jungmädelgruppe gebildet wurden.

Am Anfang sangen sie: ›Nur der Freiheit gehört unser Leben.‹ (›Freiheit ist das Feuer, ist der helle Schein, solang sie noch lodert, ist die Welt nicht klein.‹) Danach stellte sich die Scharführerin Micky mit ihrem krausen rotblonden Haar, ihrer scharfen Brille, ihrer Himmelfahrtsnase und dem geflochtenen Zopf in die Mitte und rief:

Vom Ich zum Wir. Von Heinrich Annacker.
Einst schien das Ich der Angelpunkt der Welt,
und alles drehte sich um seine Leiden.
Doch mählich kam erkennendes Bescheiden
und hat den Blick aufs Ganze umgestellt.
Nun fügt das Ich dem großen Wir sich ein
und wird zum kleinen Rad an der Maschine.

Nicht, ob es lebe – ob es willig *diene,*
bestimmt den Wert von seinem eignen Sein!

(Diesen Text schreibst du ab, die Lieder fallen dir ein, wenn auch nicht mühelos, wenn auch manchmal nicht alle Strophen, oder gerade die Anfänge nicht mehr. Auf H. ist kaum Verlaß, in seinem Gedächtnis sind die ungeliebten Texte verwittert bis auf wenige, meist verballhornte Zeilen, die er nie verstanden und ohne Verstand gesungen hatte, stumm sich wundernd. Lenka verträgt diese Lieder nicht, auch nicht als Beweisstücke, vertrug sie nie. Stellte sich taub, als ihr auf der Rückfahrt aus L., das heute G. heißt, die Texte zusammensuchtet, die den Zug, den Ritt, den Marsch der Germanen, der Deutschen nach Osten verherrlichten oder forderten: ›Gen Ostland geht unser Ritt.‹ – ›Siehst du im Osten das Morgenrot?‹ – ›In den Ostwind hebt die Fahnen.‹ Und so weiter. Lenka sagte: Die müssen ganz schöne Komplexe gehabt haben. – Dankbar vermerktet ihr ihren Takt, nicht ›ihr‹, sondern ›die‹ zu sagen. Und die Polen? Wie viele Lieder hatten sie, die sie aufriefen, ihre Fahnen in den Westwind zu heben?)

Doch es steht noch immer die Jungmädelgruppe Nordwest im Zanziner Wäldchen angetreten, und es wartet Gerda Link auf ihr Urteil, das von Christel, der Gruppenführerin, selbst verkündet werden wird. Als Christel nun einen Schritt vortritt und zu reden beginnt, läuft Nelly der Schweiß in Strömen den Rücken hinunter (das ist es, was Charlotte Jordan nicht einkalkulieren konnte: Schweißausbruch im Stehen, bei leichtem Wind von hinten). Christel hat farbloses Haar, trägt eine Innenrolle, hat leuchtende Augen. Im Zustand der Begeisterung bekommt sie eine hohe, klingende Stimme und zieht die Vokale pathetisch lang, doch ist ihre Redeweise durch einen Zahnregulierungsapparat behindert. Sie lispelt. Neben Christel ist Micky eine untergeordnete Gottheit.

Christels Aufmerksamkeit auf sich zu ziehen ist das Höchste oder, falls es im Zorn geschieht, das Schlimmste, was einem widerfahren kann.

Aber Christel weiß ihren Zorn zu bändigen und zeigt Trauer und Enttäuschung, die viel schrecklicher sind. Sie dämpft ihre Stimme, sie erträgt den Schmerz fast nicht, den Gerda Link ihr, ihr ganz persönlich angetan hat; die Schmach, die sie auf jedes einzelne Glied ihrer Gemeinschaft gehäuft, die Schande, die sie über alle, besonders aber über ihre Führerin gebracht. Sie ist weit davon entfernt, ein Jungmädel für immer aus der Gemeinschaft ausstoßen zu wollen, was es auch getan haben mochte. Doch hält sie es für notwendig und angemessen, der Gestrauchelten für ein Vierteljahr das Zeichen ihrer Zugehörigkeit zum Jungmädelbund, das schwarze Dreiecktuch und den Lederknoten, zu entziehen. Es tritt die Schaftführerin von Gerda Link vor, eine dralle kleine Person mit krummen Beinen, gegen die Gerda Link schön ist: Sie hat ein längliches Gesicht, bräunliche Haut, eine schmale, feine Nase und dunkles langes Haar. Die Schaftführerin nimmt der Gemaßregelten Schlips und Knoten ab, während wiederum Micky mit lauter, angestrengter Stimme über die Spielwiese ruft: Deutsch sein heißt treu sein!

Bleibt noch ein Lied zu singen, das Lied der Hitler-Jugend: ›Vorwärts, vorwärts, schmettern die hellen Fanfaren, vorwärts, vorwärts, Jugend kennt keine Gefahren, Deutschland, du wirst leuchtend stehn, mögen wir auch untergehn . . .‹

(Ein paar Bemerkungen darüber, wie diese Lieder teilweise doch recht behielten: Untergegangen sind viele, die sie sangen. ›Unsre Fahne führt uns in die Ewigkeit, unsre Fahne ist mehr als der Tod.‹)

Nellys Empfindungen beschreiben, als sie nach Hause fuhr, mit ihrem alten klapprigen Rad, die Adolf-Hitler-Straße

runter, dann die Anckerstraße hoch, eine beachtliche Steigung, die sie nahm, ohne absteigen zu müssen, schwitzend
natürlich und die Kletterweste nicht zugeknöpft, tief die gegen Abend rauhere Luft einholend: Ihren Zustand schildern
erübrigt sich fast. Schrecken, Verzweiflung zu sagen wäre zu
stark, und daß sie Angst hat, darf sie nicht wissen wollen.
Nach ihrer eigenen Überzeugung hätte sie Abscheu gegen
Gerda Link fühlen müssen, nicht dieses weichliche Mitleid,
und Begeisterung über die Gradlinigkeit der Führerin anstatt eben Angst. Wie öfter schon handelte es sich um die
Unmöglichkeit, sich Klarheit zu verschaffen. Da kam das
Fieber, sie konnte sich zu Bett legen.
Im Fieber sah Nelly das bräunliche Gesicht von Gerda Link,
ihr krauses Haar, das aus den grellgrünen Zopfhaltern
sprang, ihre tiefroten Lippen. Sie war bestürzt, als sie sich
eingestand, daß sie nicht zum Dienst gehen wollte, bis Gerda
Link Dreieckstuch und Knoten wiederbekommen hatte. Sie
förderte es durch Verstellung, daß Doktor Neumann, mit
dem die Mutter im Flur eine geflüsterte Unterhaltung geführt hatte, ihr ein Attest ausstellte, das sie wegen ›chronischer Anfälligkeit der oberen Atemwege‹ für den ganzen
Winter von der Teilnahme am Dienst entband. Sie ging allen
aus dem Wege. Einmal stieß sie auf Micky; der erklärte sie
wortreich, sie sei schwerkrank gewesen, der Arzt habe eine
›doppelseitige Lungenentzündung‹ befürchtet. Dann fragte
sie sich gleich ärgerlich, warum doppelseitige, warum durch
Übertreibung die Glaubwürdigkeit der Aussage in Frage
stellen? Der Verdacht, Micky könnte sie durchschaut haben, quälte sie lange. Es war ihr ganz klar, daß sie versagt
hatte. Im März, an einem der letzten kalten Tage, fing Micky
sie ab und eröffnete ihr, man wolle sie als Führerinanwärte-
rin vorschlagen.
Die Wahrheit über sich selbst nicht wissen zu wollen, behauptet der Pole Brandys, sei der zeitgenössische Zustand

der Sünde; solche Aussagen, die genausoviel über ihren Autor wie über ihren Gegenstand verraten, sind nicht überprüfbar, auch nicht widerlegbar. Dir leuchten sie ein; was nicht bedeutet, jene ›Erlösung durch Selbstbewußtsein‹, die er anstrebt, müsse gelingen, und man werde sich der Demaskierung durch die Wirklichkeit gewachsen zeigen.

Wie allmählich die einander überschneidenden und überlagernden Notizbücher, Tagebücher, Zettel auf deinem Schreibtisch sich häufen, die begrenzte Zeit, die dir gegeben ist, von einer Arbeit verbraucht wird, deren Ergebnis derart zweifelhaft bleibt, ein wachsender Papierstapel zunehmend Druck auf dich ausübt: Währenddes offenbart sich immer deutlicher die Unfähigkeit, das stetig und unbeirrbar weiterwuchernde Material (der Hirsebrei, der dem Kind aus dem Töpfchen kocht und zuerst sein Zimmer, dann sein Haus, schließlich die Straße füllt und die ganze Stadt zu ersticken droht) zu bewältigen im Sinn von ›deuten‹.

Dabei würde im Augenblick nichts anderes benötigt als eine Erklärung ›ohne Umschweife‹ für die Tatsache, daß Nelly, gegen den erklärten Widerstand der Mutter, Mickys Angebot annahm.

Bezeichnend, daß diese Erklärung immer noch nicht fertig vorliegt. Ehrgeiz, Geltungsbedürfnis wären erprobte Stichworte, klängen nach Aufrichtigkeit, und daß sie es nicht auch träfen, soll ja nicht behauptet werden. Doch treffen sie es eben nicht ganz. Und gerade der Rest, der nicht durch Ehrgeiz, nicht durch Geltungsbedürfnis gedeckt wird, interessiert. (Schön wäre es, du wüßtest, ob es im Leben des Kindes einen Augenblick gab, da es zum erstenmal aus eigenem Antrieb vor die anderen trat und Lust verspürte, als sie sich seinen Befehlen unterwerfen mußten. Schön – im ästhetischen, nicht im moralischen Sinne schön – wäre es, ein entsprechendes Bild, oder eine Reihe von Bildern, hier einfügen zu können. Nichts dergleichen. Du siehst nichts.)

Das dritte Stichwort wäre: Kompensation (›Ausgleich‹, ›Erstattung‹, ›Vergütung‹). Dazu lassen die Bilder nicht auf sich warten. Nelly ließ sich auf ein Kompensationsgeschäft ein, und man möchte fast annehmen, sie wußte es, denn sie weinte, als sie sich von der Mutter die Erlaubnis dazu ertrotzte: Anerkennung und verhältnismäßige Sicherheit vor Angst und übermächtigem Schuldbewußtsein werden ihr garantiert, dafür liefert sie Unterwerfung und strenge Pflichterfüllung. Sie hat erlebt, daß sie den Zweifeln nicht gewachsen ist. Sie nimmt sich jede Möglichkeit zu zweifeln, vor allem an sich selbst. (›Das Schwache muß weggehämmert werden.‹ Adolf Hitler.) Den Preis muß die Ware ihr wert gewesen sein: Kein Wort davon, auch im Innern nicht. Nur die unerklärlichen Tränen und Charlottes erschrockene Blicke, die hastig gegebene Erlaubnis. Daß dir soviel daran liegt!

Ungefähr um jene Zeit hat Nelly einmal wieder ihre Tante Lucie am Hindenburgplatz besucht – was sie übrigens gerne tat, denn Tante Lucie war lustig, manchmal, wie gesagt, ein wenig ›frei‹, und sie konnte Wörter wie ›Konfirmandenäpfel‹ für den dürftigen Brustansatz sehr junger Mädchen in Gegenwart der Kinder benutzen. Nelly hat bei Tante Lucie mit Astrid gespielt. Astrid, die Gleichaltrige, die sie, nicht ganz korrekt, ihre Cousine nannte, die anscheinend keinen Vater hatte und deren Mutter man nicht zu Gesicht bekam. Von dieser Mutter hatte Nelly aber flüstern hören, sie sei eine ›unglückliche‹ Zwillingsschwester der glücklichen Tante Lucie. Astrid, die Nelly anzog und abstieß, weil sie immer auf Spiele oder Handlungen drang, denen ein Hauch von Unanständigkeit anhing. Gemeinsam auf die Toilette gehen und sich dort gegenseitig betrachten zum Beispiel. Oder in der Dämmerung, wenn unten um den Hindenburgplatz herum die Laternen angezündet wurden und die Liebespaare sich im Schatten der Bäume aneinanderdrückten, vom Balkon herunter laut ›Pfui!‹ zu rufen.

264

An jenem Abend aber saß am Abendbrottisch eine fremde Frau Nelly gegenüber und sah sie unverwandt, sogar bohrend an. Diese Frau hatte Tante Lucies Gesicht, aber jemand hatte dieses Gesicht zum Einsturz gebracht. Das war Tante Jette, Astrids Mutter, Tante Lucies Zwillingsschwester, die ›auf Urlaub‹ hier war. Nelly kannte nur Soldaten auf Urlaub, und es brauchte eine Zeit, ehe sich aus der Verwirrung in ihrem Kopf das Wort ›Anstalt‹ herauslöste: Tante Jette war auf Urlaub von der Anstalt. (Es handelte sich um die Brandenburgischen Heil- und Pflegeanstalten an der Friedeberger Chaussee, deren Gebäude ihr am Sonntag, dem 11. Juli 1971, als ihr ein Stück in Richtung des ehemaligen Ortes Friedeberg fuhrt, linker Hand habt liegen sehen.) Tante Jette hatte einen Verlangsamer in sich. Oder sie lebte in einer anderen, zäheren Luft, die ihr keine schnellen Bewegungen gestattete. Nelly wurde an Zeitlupenaufnahmen erinnert. Sie fragte sich, ob Tante Jette es fertigbrächte, unendlich langsam vom Pferd zu fallen, ohne sich dabei zu verletzen, und auf diese Weise vielleicht Nutzen aus ihrer eigentümlichen Beschaffenheit zu ziehen.

(Seit ein paar Tagen, seit Lenka Tag und Nacht eine dunkle Melodie singt, steht jene Tante Jette, die eigentlich ›Johanna‹ hieß, wie du später erfuhrst, und sich den herabsetzenden Namen Jette in der Kindheit schon durch auffällige Ungeschicklichkeit zugezogen hatte, dir wieder deutlicher vor Augen. Lenka singt: ›Sometimes it seems to me things move too slowly, is there no answer or I cannot hear? Sometimes it seems to me things move too slowly, nothing is near . . .‹)

Nelly fuhr zusammen, als Tante Jette ihr Schweigen brach und mit brüchiger Stimme sie, gerade sie anredete: Ob sie ihr ein Brot streichen dürfe. Nelly nickte, ehe der Protest der anderen laut werden konnte. Wie die Dinge lagen, hatte sie längere Zeit auf ihr Brot zu warten, so daß nicht nur ihre, sondern auch die Aufmerksamkeit der anderen nachließ.

Als Tante Jette ihr die sorgfältig zurechtgemachte Schnitte über den Tisch zureichte, stellte sich heraus, daß sie Schmalz und Butter übereinandergestrichen hatte: Zwei Schichten, die man an der Bißfläche deutlich ausmachen konnte. Ein Tumult brach aus. Jeder, am lautesten Astrid, Tante Jettes Tochter, beschimpfte Jette; da sehe man wieder, daß es keinen Zweck habe, sie könne sich einfach nicht zusammennehmen. Tante Jette machte konfuse Abwehrbewegungen. Man wollte Nelly das Brot gewaltsam vom Teller reißen. Natürlich mußte sie nicht essen, was die Verrückte ihr da gemacht hatte. Tante Jette sah Nelly an. Nelly hielt das Brot fest, sie tat einen großen Biß, sie kaute und sagte, es schmecke ihr aber. Sie steigerte sich dann: Schmalzbutterbrote gehörten überhaupt zu ihren Lieblingsspeisen.

In der Stille, die sich ausbreitete, aß sie ganz allein und mußte aufpassen, daß sie nicht schmatzte und daß sie nicht aufsah, um wiederum dem Blick der Verrückten zu begegnen. Sie sah auf. Sie begegnete Tante Jettes Blick. Dann schlug sie die Augen nieder und fühlte sich rot werden. War es denkbar, daß Verrückte Dankbarkeit in ihren Blick legen können?

Sie mußte sich irren. Es war bezeichnend für sie, daß sie es fertigbrachte, sich vor einer Irren zu schämen. Der Begriff ›lebensunwertes Leben‹ war ihr geläufig, wie er jedermann geläufig war, man lernte ihn in der Schule, man las ihn in der Zeitung. In Nellys Biologiebuch erzeugten gewisse Bilder ein Grauen vor jenen Menschen (wie vor den Angehörigen der ostischen oder gar der semitischen Rasse), und Fräulein Blümel, ihre blonde Biologielehrerin mit dem großen, weichlichen, grellrot geschminkten Mund (sie kam aus Berlin!) und der großporigen Haut zog Vergleiche zwischen dem Leben der Vögel, Säugetiere, Fische und Pflanzen – wo die überaus weise Natur dafür sorgte, daß das Schwache ausgemerzt wurde, um nicht die Art zu mindern – und dem

Leben der Menschen, die, zu falscher Humanität verweichlicht, ihr ehemals reines, gesundes Blut durch minderwertige
und kranke Beimischungen verdarben: Man denke an die
Vernegerung der Franzosen, an die Verjudung der Amerikaner.

Dem Euthanasieprogramm, das vom Februar 1940 – dies
war die Zeit, da Nelly Tante Jette begegnete – bis zum
Herbst 1941 durchgeführt wurde, fielen 60000 Menschen
zum Opfer. Nelly kannte den Namen nicht, natürlich auch
nicht die Namen der drei Tarnorganisationen, die mit der
reibungslosen Abwicklung des vom Führer befohlenen,
aber ›aus politischen Gründen‹ nicht zum Gesetz erhobenen
Programms beauftragt wurden: die ›Reichsarbeitsgemein-
schaft Heil- und Pflegeanstalten‹, der die Ermittlung der
Kranken oblag, zu welchem Zweck sie Fragebogen versen-
dete und dann auswertete; die ›Gemeinnützige Stiftung für
Anstaltspflege‹, der die finanzielle Sicherung des Unter-
nehmens anvertraut war: Der Apparat zur Ermittlung, zum
Transport der Geisteskranken kostete Geld; an Ärzte und
anderes medizinisches Personal waren Gehälter zu zahlen,
die Industrie lieferte das Monoxydgas auch nicht umsonst.
Schließlich: die ›Gemeinnützige Krankentransportgesell-
schaft m.b.H.‹, die sich um die ›Verlegung‹ der Opfer bemühte und hinter deren mit Tüchern zugehängten Omni-
bussen die Kinder zum Beispiel von Hadamar in Hessen –
einem Ort, in dessen Nähe eine ›Heilanstalt‹ mit einer Vor-
richtung zur Vergasung von Kranken lag – herriefen: Da
werden wieder welche vergast!

Was Nelly wußte oder spürte – denn in Zeiten wie diesen
gibt es viele Stufen zwischen Wissen und Nichtwissen: Mit
Tante Jettes Tod stimmte etwas nicht.

Daß Tante Lucie weinte, war normal. Tante Lucie, patent in
allen Dingen, half ihrer Schwägerin Charlotte seit der Ein-
berufung von Bruno Jordan im Geschäft; daß sie nur im Flü-

sterton mit der Mutter vom Tod ihrer Zwillingsschwester sprach, blieb merkwürdig. Dabei hatte die Familie durch die Heilanstalt Brandenburg (Havel) eine ordnungsgemäße Benachrichtigung bekommen – jene Anstalt, in die ihre Tochter im Juli 1940 ›im Rahmen von Maßnahmen des Reichsverteidigungskommissars‹ verlegt worden war und wo sie plötzlich und unerwartet an einer Lungenentzündung verstarb.

(Es passierte den Behörden keiner jener haarsträubenden Fehler, über die sich der Kreisleiter von Ansbach schriftlich beschweren muß: daß man der Familie gleich zwei Urnen mit der Asche der – oder des – Verstorbenen zuschickt; daß man Blinddarmentzündung als Todesursache bei einer Patientin nennt, deren Blinddarm zehn Jahre zuvor entfernt worden ist; daß man eine Todesanzeige schickt, während die angeblich Tote noch körperlich gesund in der Anstalt lebt.)

Verdächtiger als alles andere aber war, daß Charlotte, die, wie sie selbst gerne sagte, sonst aus ihrem Herzen keine Mördergrube machte, über den Tod von Tante Jette eisern und unnachgiebig schwieg.

Für Bruchteile von Sekunden hatte Nelly auf dem Gesicht der Mutter einen ungewohnten Ausdruck von Bestürzung, Unglauben und Furcht gesehen.

»Give me an answer and I want to hear«, singt Lenka.

Tante Lucie aber bekam einen heftigen Migräneanfall, tagelang lag sie regungslos im abgedunkelten Zimmer, erbrach sich häufig, aß nicht und trank nicht. Als sie wieder aufstand und unter die Menschen ging, war ihr Gesicht dem ihrer toten Zwillingsschwester ähnlicher geworden.

Es ist nicht zu entscheiden, was zuerst dasein muß: die Bereitschaft vieler, aus ihrem Herzen eine Mördergrube machen zu lassen, oder Mordkisten, die durch die Landschaft fahren und aus den Herzen Mördergruben machen. Nicht alle 60 000 Geisteskranken – unter denen sich auch ›idioti-

268

sche Kinder‹ befunden haben – sollen durch das Gas getötet worden sein. (›Nach der Ankunft solcher Wagen beobachteten die Hadamarer Bürger den aus dem Schlot aufsteigenden Rauch und sind von dem ständigen Gedanken an die armen Opfer erschüttert, zumal wenn sie je nach der Windrichtung durch die widerlichen Düfte belästigt werden‹, schreibt der Bischof von Limburg im August 1941.) Nein: Auch später noch, als das Vergasungsprogramm abgebrochen war, gibt es Tötungen durch Veronal, Luminal, Morphium-Skopolamin.

Die eigentlich originale Erfindung der mit der Durchführung des Führererlasses beauftragten Herren aber waren die Gaskammern, ›Zimmer normaler Größe und Art im Anschluß an die übrigen Räume der Anstalt‹. Sie wurden später zur weiteren Verwendung in den Osten geschickt, zum Beispiel in die polnische Stadt Lublin. Rudolf Höß, Kommandant von Ausschwitz, weiß nur ein Jahr später den Erfindern dieser Räumlichkeiten, besonders aber den Erprobern des Gases Dank: Dies alles, zur Sache, aber nicht zur Person gehörig, nochmals notiert für die Kinder der damaligen Kinder von Hadamar in Hessen, Hartheim bei Linz, Grafeneck in Württemberg, Brandenburg (Havel) und Sonnenstein bei Pirna.

Der Gedanke, jedermann in Deutschland hätte das zwingende Bedürfnis haben müssen, seine Wohnung – Zimmer normaler Größe und Art – auszuräumen, einzureißen, von Grund auf zu verändern, damit sie nicht einer Gaskammer gliche: Dieser Gedanke ist gewiß wirklichkeitsfremd und wird Unwillen hervorrufen, denn eher machen wir aus unseren Herzen eine Mördergrube als eine Räuberhöhle aus unseren gemütlichen vier Wänden. Leichter scheint es, ein paar hundert, oder tausend, oder Millionen Menschen in Un- oder Untermenschen umzuwandeln als unsere Ansichten von Sauberkeit und Ordnung und Gemütlichkeit.

Nelly war liederlich und unordentlich. Charlotte Jordan wußte manchmal nicht, wie sie es ihrer Tochter beibringen sollte, sich wie ein ›normaler Mitteleuropäer‹ zu benehmen. Sich jeden Tag gründlich waschen. Jeden Abend die Schuhe putzen. Die Wäsche im Schrank auf Kante legen. Die Füße vor der Wohnungstür sorgfältig abputzen. Die Schulmappe abends packen. Ungegessene Schulbrote mittags auspacken und abends aufessen. Zähne morgens und abends putzen. Zerrissene Kleider sofort stopfen oder flicken. Morgen, morgen, nur nicht heute, sagen alle faulen Leute. Was du heute kannst besorgen, das verschiebe nicht auf morgen. Langes Fädchen, faules Mädchen. Was Hänschen nicht lernt, lernt Hans nimmermehr. Ich verlange wirklichen und wahrhaftigen Gottes nur das allermindeste.

Im Jungmädellager kontrollierten die Lagerleiterin oder die von ihr ernannten Stellvertreterinnen jeden Morgen den Schlafsaal, die Schränke und die Waschräume der Jungmädel. Einmal wurde die Haarbürste einer Schaftführerin öffentlich ausgestellt, weil sie voller langer Haare war. So dürfe die Haarbürste einer Jungmädelführerin nicht aussehen, sagte die Lagerleiterin beim Abendappell. Nelly versteckte ihre Haarbürste von Stund an im Seitenfach ihres Koffers, weil es ihr nicht gelang, sie von jedem einzelnen Haar zu befreien, und weil die Lagerleiterin nicht ausgerechnet bei ihr andere Saiten aufziehen sollte. Als sie selbst Kontrolldienst hatte, meldete sie drei Paar ungeputzter Schuhe und einen im Schrank ihrer Freundin Hella Teichmann verfaulenden Apfel. So tat sie ihre Pflicht, wie es sich gehörte, ohne Ansehen der Person. Auch Hella sah bis zum Abend ein, daß sie so und nicht anders handeln mußte. Beim Gutenachtsagen drückte die Lagerleiterin Nelly fest die Hand. Zwei Jungmädel spielten vom Flur aus auf Blockflöten das Gutenachtlied: ›Kein schöner Land in dieser Zeit‹. Am nächsten Morgen würde Nelly beim Fahnenappell den

Flaggenspruch sagen, den sie sich vor dem Einschlafen ein dutzendmal wiederholte: ›Ihr müßt die Tugenden heute üben, die Völker brauchen, wenn sie groß werden wollen. Ihr müßt treu sein, ihr müßt tapfer sein, und ihr müßt untereinander eine einzige große, herrliche Kameradschaft bilden.‹ Adolf Hitler. Die Lagerleiterin sagte, und Nelly hörte es gerne: Sie alle, künftige Führerinnen, würden zur Elite der Nation gehören.

Selbstbezichtigungen und Entschuldigungsversuche halten einander die Waage.

Statistiken – zum Beispiel die über Selbstmordraten – weisen aus, daß der Krieg eine beträchtliche Verbesserung der öffentlichen Gesundheit der Zivilisten mit sich brachte. Es mag sich um eine Art Gesundung durch Autosuggestion gehandelt haben, um einen Befehl an sich selbst, bloß jetzt nicht schlappzumachen, wo der einzelne sich sagen konnte, er werde gebraucht. Charlotte stellte ihre Klagen fast ein und ›schmiß‹ den Laden, und da der Staat ihr offensichtlich mehr aufhalste als zumutbar, verlor er merkwürdigerweise von seiner Macht. Dem Polizisten, der an einem Winterabend kurz nach sieben ihr Geschäft betrat, um sie an die Ladenschlußzeiten zu erinnern – ein Relikt aus der Epoche der sogenannten freien Konkurrenz –, warf sie mit großer Geste ihr umfangreiches Schlüsselbund vor die Füße: Hier, solle er selber abschließen. Solle er doch gleich ihren Laden übernehmen, gerne, liebend gerne sogar! Solle er sie doch anzeigen. Solle er doch ihren Laden zumachen und sich nach einem anderen Geschäftsführer umsehen. Sie, Charlotte Jordan, würde sich zu gerne mal auf ihren vier Buchstaben ausruhn und von ihrer Rente als Kriegerfrau leben ...

Nelly sah den Polizisten sich unter beschwichtigenden Gesten zur Ladentür zurückziehen, und sie sah, als er gegangen war, den Triumph in ihrer Mutter Gesicht.

Warum stört es dich immer mehr, daß all diese Leute dir

ausgeliefert sind? Nimm Charlotte. Sie kann keinen Einspruch erheben, nichts klar- oder richtigstellen, das Wort ›Triumph‹ nicht verbessern, falls sie es unzutreffend fände. Du kannst über sie erzählen, was dir einfällt und was du willst. Kannst Meinungen kundtun, die durch Verbreitung nicht richtiger werden müssen. Kannst an einem ihrer letzten Sätze herumrätseln, den Charlotte sagte, ehe sich ihr Bewußtsein trübte und nachdem sie die in ihrem Todesjahr – 1968 – sehr aufgeregten Radionachrichten endgültig abgeschaltet hatte: Es gibt Wichtigeres.

Spott: Ja: Spott war es, was Nelly in Charlottes Gesicht sah, als sie den Polizisten in die Flucht geschlagen hatte. Nur weil Charlotte selten spöttisch aussah, konnte Nelly sich diesen Ausdruck merken. Lenka ist an Spott gewöhnt, sie weiß sich zu wehren. Sie muß ihrem Vater Bescheid geben, der den Wagen jetzt in die pralle Sonne auf dem Marktplatz von G. lenkt, der ihr den Wutausbruch gegen den unhöflichen Fahrer des Westwagens nicht durchgehen läßt, sich selbst anbietet, sein Kreuz hinhält, damit sie ihre Aggressionen daran auslasse; der ›Aggressiönchen‹ sagt und dafür mit Faustschlägen traktiert wird. Schuft, Hund, Verräter, die familienübliche Steigerung von Schimpfwörtern, Lutz bietet ›stinkender Kojote‹ an und wird zurückgewiesen. Woher soll Lenka Karl May kennen?

Am späten Nachmittag, als ihr im Hotel die Koffer öffnet, zeigt sich, daß Lenka ein Buch mitgenommen hat, obwohl sie wußte, daß sie kaum lesen würde. Sie verreist nie ohne Buch. Sie liest dann keine Zeile, denn ihr redet bis in die Nacht hinein; aber auf ihrem Nachttisch liegt ›Hiob‹ von Joseph Roth, und nachträglich fällt dir ein, beide, Buch und Autor, hätten in euer Gespräch gepaßt. Als Nelly vierzehn Jahre alt war, war dieser Autor schon vier Jahr lang tot, aber sie kannte nicht einmal seinen Namen oder gar seine Geschichte von diesem Juden Mendel Singer, über die Lenka weint, sooft sie sie liest. Wie viele endlose Jahre, von ihrem vierzehnten Jahr an gerechnet, hat Nelly noch verlieren müssen, bis ihr der Gedanke zu Herzen ging, ein Schriftsteller deutscher Sprache, Joseph Roth, sei, aus seiner österreichischen Heimat wegen seiner jüdischen Abstammung vertrieben, fünfundvierzigjährig in einem Pariser Armenhospital gestorben. – Es wäre unrecht, das weißt du, Lenka mit der Trauer um jene vergeblichen Jahre zu belasten. Du schweigst. Aber immer unabweisbarer die Einsicht, daß vergeudete Zeit nicht wettzumachen ist.

Mittags umrundet ihr zum erstenmal die Marienkirche. Sie steht freier als früher, die Häuser um den Markt wurden bei Kriegsende zerstört und sind durch neue Häuserzeilen ersetzt, die weiter von der Kirche abgerückt sind. Sie kommt nun besser zur Geltung. Du überprüfst dein Erinnerungsbild, findest es bestätigt. Du bist froh, daß H. und Lenka die Kirche bewundern, die, wie sich herausstellt, bis in ihr letztes Turmfenster in rein romanischem Stil gebaut ist. Wurdest du nicht hier konfirmiert? fragt Lutz. – Gewiß.

Gegenüber dem Westeingang der Kirche ist das neue Restaurant am Markt. Lutz führt einen polnischen Sprachführer mit sich, der aber vor der fast unleserlich gedruckten Speisekarte versagt. Die Serviererin mit ihrem hoch auftoupierten schwarzen Haarhelm gibt sich Mühe, ihr gebt euch Mühe, am Ende heuchelt ihr Einverständnis mit Vorschlägen, deren Inhalt euch nicht aufgegangen ist.

Es gibt eine gute kalte Sauermilchsuppe, gefüllten Rinderbraten und ein vorzügliches Rosineneis. Lutz hat gleich gesagt, daß man hier anständig ißt. Von eurem Platz aus seht ihr durch die großen Fenster auf den Bauzaun, der den ganzen Markt umgibt: Springbrunnen und Brunnenmarie und das alte Katzenkopfpflaster, auf dem an den Sonnabenden die Marktstände aufgeschlagen waren, und die uralten Kastanien, deren Kronen den Zaun natürlich weit überragen.

Erinnert Lutz sich an die italienische Eiskonditorei am Markt? Lutz erinnert sich. Am liebsten aß er Zitroneneis, und es will dir unglaubhaft vorkommen, daß er sich an das Malaga-Eis nicht erinnern soll, das nur hier verabreicht wurde und sonst nirgendwo auf der Welt. Das Malaga-Eis, das Horst Binder – woher springt dir auf einmal dieser Name in den Kopf? – eines Nachmittags der Akkordeonschülerin Nelly Jordan spendiert, nachdem er ihr, wie gewöhnlich, vor der Haustür ihrer mopsgesichtigen Akkordeonlehrerin in der Altstadt aufgelauert hat.

Bei der Gelegenheit offenbart sich die schier unglaubliche Tatsache, daß Lutz mit dem Namen Horst Binder kaum eine Vorstellung verknüpfen kann. Er schmeckt den Namen mehrmals auf der Zunge: Binder, Binder... Der muß doch in der Nähe von uns gewohnt haben? – Im mittleren der Bahrschen Häuser, parterre links. – Es ist nur, sagt Lutz, weil der nie rauskam, glaube ich. Oder hat der mal irgendwo mitgespielt, Völkerball oder Räuber und Gendarm oder Indianer? Das wüßte ich nämlich.

Nein. Horst Binder kam nie raus. Horst Binder hat nicht mitgespielt. Er setzte seinen Fuß nur vor die Tür, um zur Schule oder zum Jungvolkdienst zu gehen – beunruhigend genug – im Frühling 1943, um Nelly in einem Abstand von zehn bis zwanzig Metern zu ihrer Akkordeonstunde zu folgen, dienstagnachmittags um sechzehn Uhr. Zu dem mopsgesichtigen Fräulein Mieß, der es nicht gegeben war, ihrer Schülerin nennenswerte Leistungen auf dem Instrument abzuringen. Während Nelly im verstaubten Plüschkabinett der Musiklehrerin ›Lustig ist das Zigeunerleben‹ spielen mußte, ein Lied, das trotz der Verfolgung der Zigeuner durch die Behörden nicht verboten war, schlich Horst Binder um den Eingang herum, und wenn sie, ihre Notenmappe unter dem Arm, endlich herauskam, vertrat er ihr den Weg und ›glumerte‹ sie an.

Erinnert Lutz sich wenigstens an diesen glumrigen Blick? Nein. Wenn er sehr scharf nachdenkt, erinnert er sich bestenfalls an eine Haartolle, an eine dunkle glatte Haarsträhne, die von einem schnurgerade gezogenen Scheitel über die Stirn bis beinahe ins linke Auge fiel. Ja? Erinnert er sich richtig?

Ganz genau richtig. Horst Binder hat nämlich in beinah gotteslästerlicher Weise die Frisur des Führers nachgemacht. Alle Leute grinsten hinter ihm her, wenn er, den Rücken leicht gekrümmt, mit seinem langen, etwas schleppenden Schritt die Soldiner Straße hinunterging und den Arm ernst und gemessen zum Deutschen Gruß erhob. Aber ins Gesicht gelacht hat ihm keiner. Wie ihn auch keiner je hat lachen sehn.

Lenka will ja niemandem zu nahetreten, am wenigsten Anwesenden, aber sie möchte doch mal sagen, daß ein Jüngling wie dieser nicht das vorteilhafteste Licht auf das Mädchen wirft, das er mit seiner Anhänglichkeit belästigt. Oder? Habe ich nicht recht in der Annahme, man müßte ihn sich schnellstens vom Halse schaffen?

Ach Gott, ach Gott. Was heißt hier vom Halse schaffen. Du willst ja nicht behaupten, daß Nelly gerade beglückt war, wenn Horst Binder ihr in den Weg trat und sie mit seinen braunen Hundeaugen stumm und dringlich anglumerte: Der Junge, sagte Charlotte, die nicht alles wußte, ist einfach meschugge. Sie wäre imstande gewesen, den Nachstellungen ihrer Tochter durch ein kurzes, eindeutiges Gespräch mit ihrer Kundin Frau Binder ein Ende zu setzen, hätte sie ihr Ausmaß gekannt. Wenn auch die Rede ging, Horst Binder ließe sich von seiner Mutter nichts sagen, einer unscheinbaren, allem Anschein nach unglücklichen Frau, und selbst sein Vater, der Reichsbahnsekretär Eberhard Binder, verliere allmählich jeden Einfluß auf ihn. – So wäre Nelly ein abruptes Ende dieser unheimlichen Beziehung (denn unheimlich, das war sie, weiß Gott!) auch wieder nicht recht gewesen? Die Antwort muß lauten: Nein. Nicht unbedingt. Ja, aber warum denn nicht!

Wer das erzählen könnte. Nicht, daß Nelly blind war. Nicht, daß sie außerstande gewesen wäre, ihren aufdringlichen Begleiter lächerlich und lästig zu finden. Doch schmeichelte seine klebrige Anhänglichkeit ihr ja auch, und sein düster glimmendes Auge hinter der dunklen Haarsträhne schien auf ungewöhnliche Verstrickungen hinzudeuten, und es war doch ein zwar verwerflicher, aber entsetzlich verführerischer Kitzel, einen Menschen, der so viele an der Strippe hatte (so drückte Charlotte sich aus: Der hat sie doch alle an der Strippe!), nun selbst an der Leine zu führen.

So was geht nie gut, sagte Lenka ganz richtig, und sie verbittet sich euer Grinsen. Sie wisse nämlich, was sie sage.

Wenn du ahntest, wie genau ich dich kenn! So sprach Charlotte Jordan zu ihrer Tochter, als die erwachsen war und sich nicht den Kopf darüber zerbrach, ob sie von ihrer Mutter gekannt wurde oder nicht; die vierzehnjährige Nelly jedenfalls hatte sich davor zu hüten. Sie leugnete, daß Horst Binder sie jemals nach der Akkordeonstunde belästigte. Hat er dich denn wieder belästigt? Das ist doch einfach unglaublich. Laß dich bloß nicht mit diesem dummen Bengel ein, Kind.

Nelly übte jetzt kurze Zeit lang heftig die Stücke für Fräulein Mieß und brachte es zu einer gewissen Virtuosität im ›Zigeunerleben‹ und besonders in ›Es hatt' ein Bauer ein schönes Weib‹. Fräulein Mieß öffnete das Fensterchen ihrer Mansarde, um den Frühling hereinzulassen, und sang, beflügelt von den unverhofften Fortschritten ihrer Schülerin, mit ihrer Piepsstimme den verfänglichen Text mit: ›Er sollte doch fahren ins ha-ha-ha, ha-ha-ha, Heu, juchhei, ins Heu, juchhei, er sollte doch fahren ins Heu.‹ Nelly spielte, was das Zeug hielt, und bediente die Bässe, als müßte es so sein. Ob

Horst Binder jenseits der Straße im Torweg stand und das Fenster mit der weißen Scheibengardine und den beiden Fleißigen-Lieschen-Töpfen im Auge behielt? Ob er ihr schmissiges Spiel hörte und den lächerlichen Gesang von Fräulein Mieß? Ob er irgend etwas in der Welt lächerlich finden konnte? Ob er jemals lachte?

Lachte der Führer denn?

Mit Horst Binder konnte man nur über den Führer sprechen. Er lebte Nelly ein Leben im Dienste des Führers vor, und sie müßte sich in ein Mauseloch verkriechen, wenn sie sich mit ihm vergleichen wollte. Horst Binder glaubte – nein, eben das war das faszinierend Unheimliche: Er wußte, daß der Führer Tag und Nacht an Deutschland dachte und daß er Menschen wie ihn, Horst Binder, brauchte wie die Luft zum Atmen, damit sie das Gefäß seiner Gedanken seien. Horst Binder sprach, und Nelly hörte zu. Sie mußte sich fragen, ob sie ein ›Gefäß‹ sein könnte. Vor ihr tauchte das Bild einer altgermanischen Schnurkeramikvase auf, denn natürlich mußte es sich um ein würdiges Gefäß handeln; etwas aus der neuzeitlichen Massenproduktion kam nicht in Frage.

Sie fragte Horst Binder schüchtern, ob sie vielleicht über den Markt gehen könnten. Er zog flüchtig erstaunt die Augenbrauen hoch und bog wortlos in die Richtstraße ein. Es war ihm egal, wo man ging, wenn er nur über den Tagesablauf des Führers sprechen konnte, den er sich aus hundert einzelnen Informationen lückenlos zusammengesetzt hatte. Aus seinen Andeutungen erriet Nelly, daß Horst Binder sich bemühte, zur gleichen Stunde möglichst das gleiche wie der Führer zu tun, und sie mußte sich schämen, daß ihre Gedanken abschweiften zu der Frage, ob aus ihrer Klasse wohl jemand in der italienischen Eisdiele sein würde, in die sie, koste es, was es wolle, Horst Binder in seiner Jungvolkuniform mit der grünen Schnur des Jungzugführers hineinlotsen mußte.

Es war leichter als gedacht. Ach, sagte sie, bei der Gelegenheit könnt ich schnell ein Malaga-Eis essen! und ging schnurstracks in die Eisdiele, wo ein wirklicher Italiener die blanke Eismaschine bediente und seine Frau, eine wirkliche Italienerin, verkaufte. Im Hintergrund hatte Nelly drei Mädchen aus ihrer Klasse sitzen sehen, Fahrschülerinnen, deren Züge nach Driesen, Schwerin oder Königwalde erst nachmittags fuhren und die sich ihre freie Zeit mit gleichaltrigen Schülern der Oberschule für Jungen in der Eisdiele vertrieben. Nelly konnte ihre Blicke im Rücken spüren. Sie mußte handeln, da man sich in praktischen Fragen auf Horst Binder nicht verlassen konnte. Sie bestellte zwei Portionen Malaga-Eis zum ›Hieressen‹, da ja ein Jungzugführer in Uniform auf der Straße nicht Eis lutschen durfte. Sie veranlaßte Horst Binder durch eine geschickte Frage, zu zahlen, drängte sich zu einem der hinteren Tische durch, grüßte lässig zu den Fahrschülern hinüber, ließ sich nieder und dirigierte auch Horst Binder auf seinen Stuhl. Nun mochte er weiterreden, und das mußte er auch, denn gerade eben war ihm das Wort eingefallen, das auf sein Verhältnis zum Führer paßte: Er war ihm hörig, und dies war seine Ehre und sein Stolz.

Du beruhigst Lenka: Ja, Nelly hat ihn nach einiger Zeit abgewimmelt. Das ist nicht die ganze Wahrheit, die Lenka, so hoffst du, nicht verstünde. Beim Eisessen konnte es ja nicht bleiben. Es mußte ja dazu kommen, daß Horst Binder nach Nellys Hand griff – das war in der Wollstraße, die vollkommen vom Erdboden verschwunden ist – und daß Nelly ihm ihre Hand entzog, weil die seine feucht und glitschig war; daß sie den Kopf wegbog, wenn sein Atem ihr Gesicht streifte, weil sein Atem übel roch. Das war nun schon in einem Torweg der Richtstraße, der erhalten geblieben ist. Es mußte dahin kommen, daß Horst Binder mit einem schmerzlichen Zug von Entsagung und einer schmerzlich enttäuschten Stimme ihre Beziehung zur ›rein geistigen‹ erklärte, worauf beide sehr lange schwiegen, er vorwurfsvoll, sie schuldbewußt. Das ging den ganzen langen Weg vom Schlachthof bis zu ihrem Haus. Danach sprach Horst Binder ihr häufig vom schönen Sinn des Selbstopfers an eine höhere Sache oder einen höheren Menschen, und Nelly, die sich selbst bestrafen wollte, duldete seine Begleitung sogar noch freundlicher als vorher.

Es mußte noch dahin kommen, daß sie in Horst Binders Haus geschickt wurde – in dem auch der alte Lisicky wohnte, von dem sie Spargel holen sollte – und daß sie in den Keller ging, wo sie den Alten vermutete, und daß sie dort Horst Binder antraf, der mit dem Kopf gegen einen Mauervorsprung lehnte und sich von Bucker, dem gefürchteten rohen Anführer der Lehmannstraßenbande, mit einer Rute schlagen ließ, daß ihrer beider Blicke sich trafen, was vorher niemals geschehen war, und daß sie in Horst Binders Augen einen Ausdruck sah (eben nicht Schmerz oder Angst oder Wut – etwas ganz anderes, ihr nicht Bekanntes), der sie zwang, davonzulaufen.

Horst Binder hat sie niemals wieder belästigt. Er hat sie nie wieder gegrüßt oder angesehen oder gekannt. Allmählich sah sie ihn von ferne ohne besondere Empfindung. Erst als sie erfuhr – das war im Frühjahr 45, da sie unterwegs Nachzügler aus ihrer Heimatstadt trafen, Flüchtlinge wie sie selbst –, Horst Binder habe vor dem Einmarsch der Russen mit der Dienstpistole seines Vaters zuerst seine Eltern, dann sich erschossen: Erst da kam ihr eine Erinnerung, der sie jetzt, als sie aufgefrischt wurde, einen Namen geben konnte. Das Ende von Horst Binder erzählst du Lenka, während ihr über den backofenheißen Marktplatz zu eurem Auto zurückgeht. Irre, sagt Lenka. Auf Einzelheiten ist sie nicht erpicht. Da fällt dir auf, daß du die Einzelheiten nicht kennst, weil du kein Bedürfnis hattest, sie dir auszumalen. Jetzt, in der Gluthitze des Autos, das lansam einen Kreis um den Marktplatz zieht (während du ein paar Stichworte mit Bruder Lutz austauschst: die Bahnbögen, früher Lagerhallen; die Zufahrt zur Gerloffbrücke; hier rechts war ein Haushalts- und Eisenwarengeschäft, da hab ich dir zu Weihnachten dein erstes Taschenmesser gekauft; an das erinnere ich mich, du!) – jetzt findet vor deinem inneren Auge der Tod der Familie Binder statt.

Schauplatz: das Schlafzimmer. Ein Personal aus der Vorzeit: Frau Binder, ein graues, ängstliches Mäuschen. Herr Binder, ohnmächtiges Allerweltsgesicht über der Eisenbahneruniform. Sohn Horst, nun gut sechzehnjährig, finster entschlossen, seine letzte Tat zu tun. Deutsche Familien bringen einander im Schlafzimmer um. Werden sie gesprochen haben? Nirgendwo wird so abgrundtief geschwiegen wie in deutschen Familien. Wird denn nicht wenigstens Horst Binder irgend etwas gesagt haben, zum Beispiel: Also ich mach jetzt Schluß. Oder: Also ich bring uns um. (Sein teigig bleiches Gesicht mit der ewigen Haarsträhne über dem Auge, das vielleicht in jenen letzten Minuten endlich in zügellosem Selbsthaß glüht.) Der Fähnleinführer Horst Binder ist im Gebrauch von Waffen unterwiesen, nur war nicht vorgesehen, daß deutsche Eltern und ein Hitlerjugendführer das Ziel seiner Schüsse sein sollten. Hieß es nicht, er habe die Eltern frühmorgens in den Betten überrascht? Hat er dann vielleicht noch das Auslaufen tiefroter Flecke auf dem blütenweißen Bettzeug genossen? Oder sich sofort auf dem geblümten Bettvorleger ausgestreckt und sich den Pistolenlauf in den Mund geschoben?

Der alte Lisicky, der als Luftschutzwart zu allen Wohnungen des Hauses einen zweiten Schlüssel hatte, drang gegen Abend bei Binders ein und sah sich durch den Anblick, der sich ihm bot, veranlaßt, die Nachbarn zusammenzurufen, die noch nicht geflohen waren. Die Schwierigkeiten, mitten in einer klirrenden Frostperiode drei Leichen unbemerkt zu beseitigen. Auch durch Blut verdorbenes Bettzeug bietet einem die unangenehmsten Probleme; sie warfen es dann wohl in die Abfallgrube in der Schlucht.

Jetzt kommt es auf Genauigkeit an. Was empfand Nelly, als sie im April des Jahres 1945 in dem Dorf Grünheide bei Nauen die Nachricht vom Tode der Familie Binder empfing? Abscheu? Grauen? Entsetzen? Gewiß nicht. Sehr viel später, mitten in anderen Beschäftigungen, die sie ganz in Anspruch zu nehmen schienen, holten die verpaßten Gefühle sie ein.

Das Stichwort ›hörig‹ blieb unerledigt liegen. Nelly soll es gekannt haben? Doch. Ihre Mutter hatte es zweimal in Familienangelegenheiten geäußert, beide Male mit gebührender Verachtung, und beide Male auf die Familie ihres Mannes gemünzt: auf die Männer seiner Schwestern.

Bruno Jordans Schwestern hatten mit ihren Männern Pech. Gräßlich zu sagen – besonders vor den Kindern –, aber sie betrogen ihre Frauen. Wer daran nun schuld sein mochte, das soll heute und hier gar nicht bis auf den letzten Fliegenschiß untersucht werden. Aber fest steht: Das Mädel muß da raus, da hilft kein Singen und kein Beten. So sprach Charlotte bei einer Kaffeetafel in Heinersdorf unter freiem Himmel, in diesem Fall über ihre Schwägerin Trudchen Fenske, geborene Jordan, die in letzter Zeit – wir schreiben den Sommer 1940 – traurige, ja verzweifelte Briefe aus dem schönen Plau am See schreibt: Die rothaarige Sekretärin ihres Mannes, des Autoreparaturwerkstattbesitzers Harry Fenske, scheint sich geschworen zu haben, diesen Mann seiner rechtmäßigen Ehefrau wegzunehmen. Das sagte sie Tante Trudchen direkt ins Gesicht, und neuerdings behauptete sie sogar, sie erwarte ein Kind von Harry (Bruno! Die Kinder!), und dieser, zur Rede gestellt, gebrauche nichts als faule Ausreden.

Nun, diese Sache war für Charlotte klar wie Schifferscheiße. Wenn es ist, wie es ist, dann heißt die Parole: Nischt wie weg. Trudchen wird nicht wollen.

Was? Nicht wollen? Ja worauf wartet sie denn noch? Daß er sie aus dem Hause prügelt?

Sie denkt, er wird sich besinnen und zu ihr zurückkommen. Der? Aber der ist dieser Rothaarigen doch hörig!

In Heinersdorf-Omas Garten wuchsen Erdbeeren und Schattenmorellen in streng nach dem rechtwinkligen Drahtzaun ausgerichteten Reihen, die Regentonne hatte einen runden Deckel aus Holz, und Blumen wurden in schnurgerade angelegten Beeten vor dem Haus gezogen. Wenn Heinersdorf-Oma anders wäre – zum Beispiel verschwenderisch, aber dieses Wort kann man ja nicht mal versuchsweise auf sie anwenden –, dann hätten die alten Jordans nicht, was sie jetzt Gott sei Dank haben. Sie kackt auf den Pfennig, mag sein. Aber mußte sie das nicht tun, wenn sie endlich aus der Kellerwohnung in der Schönhofstraße rauskommen, ein eigenes Häuschen besitzen wollte (Kostenpunkt: 16000 Reichsmark), endlich was Grünes um sich rum und ihr eigener Herr sein?

Der Hund Bubi, ein nackter brauner Köter, fährt den Kindern zwischen die Beine. Die Hühner sind in ihrem Gehege, die Karnickel in ihren Buchten untergebracht. Alles hat seine Ordnung. Nur Heinersdorf-Opa, den Kopf voller Dummheiten wie immer, führt die Kinder zur Waschküchentür, erweckt in ihnen die Erwartung auf etwas Besonderes, schreit in die leere Waschküche hinein: Schimmel, rum!, bis Bruder Lutz bemerkt, da sei ja kein Schimmel. Da sagt Heinersdorf-Opa: Nee. Ich meine ja bloß, wenn einer drin wär, damit er nicht schlägt.

Solchen Unsinn aber auch immer.

Daß ihr mir nicht mit 'nem Balg nach Hause kommt! Dies hat Heinersdorf-Oma zu ihren heranwachsenden Töchtern ein um das andere Mal gesagt. Tante Trudchen hat immer schon ein gutes, aber einfältiges Herz gehabt, das bei einer Silvesterfeier ohne weiteres dem Matrosen Karl zufiel, als er ein wenig von der Einsamkeit auf See und ein wenig von seinem Unglück mit Frauen erzählt hatte. Und da passierte es eben: So sagte es Tante Trudchen, die eines Nachts während der Flucht, als sie in einem ausgeräumten Klassenzimmer einer fremden Stadt nebeneinander auf dem Stroh lagen, ihrer sechzehnjährigen Nichte Nelly die tragischen Zufälle und Ereignisse ihres Lebens erzählte.

Es passierte also. Der Matrose verschwand. Tante Trudchen sah sich gezwungen, ihre Leibesfrucht bei einer weisen Frau abzutreiben (meinem ärgsten Feind wünsch ich das nicht!) und diese Tatsache ihrer Mutter zu verheimlichen. Die Nacht mit ihr und der Schwester im gleichen Zimmer. Die Schmerzen. Das Blut. Das zerbissene Kissen. Noch größere Angst vor der Mutter als vor dem Tod. Die Jordans sind immer eine anständige Familie gewesen.

Kinder hat Tante Trudchen danach nicht mehr bekommen können. Doch Harry Fenske war ein nobler Mensch. Einmal beichtete seine Zukünftige ihm ihre Vorgeschichte, er verzieh ihr und kam nie wieder auf diese Angelegenheit zurück. Nur später eben diese unglückselige Sache mit der Rothaarigen, und daß zu dieser Zeit die Behörden so sehr auf Kinder aus waren. Ein deutscher Mann, hat der Scheidungsrichter gesagt, soll mit der Frau zusammen leben, die ihm Kinder gebären kann.

Nachdem Tante Trudchens Bruder, Bruno Jordan, und Heinersdorf-Opa, ihr Vater, sie aus dem Sündenbabel herausgeholt hatten (halb und halb immer noch gegen ihren Willen); nachdem die Scheidung abgewickelt, die Wohnzimmereinrichtung in Schleiflack mitsamt dem Lieblingsteppich von Tante Trudchen aus Plau am See eingetroffen war, bewohnte sie mit ihrem Adoptivsohn Achim, der gerade zur Schule kam und sich beim Lernen nicht sehr anstellig zeigte, eine Zweizimmerwohnung im dritten Stock eines Hauses in der Hauptstraße. Sie nahm eine Arbeit als Verkäuferin im Textilkaufhaus Bangemann an und kannte alsbald Gott und die Welt. Wenn ihre Nichte Nelly zu ihr kam, sprach sie über alles mit ihr wie mit einer Erwachsenen. Im vierten Kriegsjahr tauschte sie ihr von einer Kundin gegen Butter, die Charlotte gab, Unterwäsche ein. ›Reizwäsche‹, sagte sie, als sie sie Nelly mit einem wehmütigen Lächeln übergab.

Erst drei Jahre später erhielt Charlotte Jordan Gelegenheit, ihren zweiten Schwager, den Onkel Emil Dunst, mit dem Bannwort ›hörig‹ zu belegen.

Im Fernsehen läuft eine Dokumentation über die Rauschgiftbekämpfung in Amerika. Ein Mädchen namens Barbara wird von einer Kommission ehemaliger jugendlicher Drogenabhängiger dazu gebracht, weinend und schreiend zu rufen: I need help!, weil ihre vollständige Kapitulation die Voraussetzung für mögliche Heilung sei.

Wie sind wir so geworden, wie wir heute sind?

10

Das Kind – Nelly – soll also für dich durchs Feuer gehn. Seine Haut zu Markte tragen. Ist es nicht Selbsttäuschung, zu denken, dieses Kind bewege sich aus sich selbst heraus, nach seinen eigenen Gesetzen? Leben in vorgegebenen Figuren – das ist das Problem.

Das schnurpst, sagte Bruno Jordan, sobald etwas von alleine lief. Sonnabends schnurpste das Geschäft. Es schnurpste der Verkauf von Bananen zu herabgesetzen Preisen. Erwin, der Lehrling, hatte das Lieferrad der Firma Bruno Jordan zu schmieren, daß es schnurpste.

Der Mensch ist das Produkt seiner Umwelt, sagt Bruder Lutz. Keine Bange, das schnurpst: Marionetten.

Das Kind, sobald es schnurpst, ist dein Vehikel. Zu welchem Ende? Rein zufällig, hoffst du, hast du in diesen Tagen deutlich und in Einzelheiten deinen eigenen Tod geträumt; richtiger: dein langsames unaufhaltsames Absterben und die Gleichgültigkeit der anderen, besonders eines Arztes, der sich in routinemäßigen Hilfeleistungen und herzzerreißend sachlichen Kommentaren erging; besonders aber deine eigene Unterwerfung unter das Urteil – das lautete: eine Stunde noch – und die ohmächtige Empörung über deine Unfähigkeit, dich wenigstens in der Todesstunde aufzulehnen gegen die Übereinkunft, daß man keinen übertriebenen Anteil an sich selber nehmen soll, weil man damit – was schlimmer zu sein scheint als Sterben – das Befremden der anderen wecken und ihnen womöglich lästig fallen würde. Das wäre das Letzte. Jemandem zur Last fallen wäre das Letzte. Charlotte Jordan jedenfalls zog es vor, niemandem Dank zu schulden. Lieber mit fliegenden Fahnen untergehen, als von anderen Hilfe erwarten.

Das Kind – Nelly – erscheint dir allerdings hilfsbedürftig, und du hast es, man kann wohl sagen: vorsätzlich, in diese Lage gebracht. Nun kannst du sie schon mit keinem anderen Namen mehr anreden: Dabei ist es dein Wunsch und Wille gewesen, sie so und nicht anders zu nennen. Je näher sie dir in der Zeit rückt, um so fremder wird sie dir. Und das nennst du merkwürdig?

(Und das nennst du aufgeräumt? konnte Charlotte Jordan sagen, wenn sie Nellys Zimmer betrat. Und das nennst du sauber? Und das nennst du aufgegessen?)

Nelly ist nichts anderes als ein Produkt deiner Scheinheiligkeit. Begründung: Wer sich zuerst alle Mühe gibt, aus einer Person ein Objekt zu machen und es sich gegenüberzustellen, kann nur scheinheilig sein, wenn er sich später beklagt, daß er sich diesem Objekt nicht mehr aussetzen kann; daß es ihm immer unverständlicher wird.

Oder glaubst du, man könnte den verstehen, dessen man sich schämt? Den in Schutz nehmen, den man mißbraucht, um sich selber zu verteidigen?

Liebst du sie denn?

O Gott, nein, müßte die richtige Antwort lauten, aber nun kommen dir Zweifel, weil, was man gängig unter Liebe versteht, der Art und Weise nahekommt, wie du sie behandelt hast: ein Netz ihr über den Kopf, nach deinem Muster geknüpft, und wenn sie sich darin verfilzt: ihr Pech. Soll sie auch erfahren, was das heißt: gefangen sein. (Nämlich: eingeklemmt sein zwischen zwei unannehmbaren Alternativen – alternative-los.) Soll sie beizeiten lernen, zu fühlen, was ihr beherrschtes Gesicht ausdrückt. Soll sie die Angst, herauszufallen, auskosten bis zum Grund.

›Sympathie‹ definiert das Lexikon als ›Mitempfinden; Gefühl der Zuneigung und Anteilnahme‹. Wie aber – so muß man sich fragen – soll man um Sympathie werben für ein Kind, das anfängt zu stehlen? Und das darin fortfahren wird über Jahre, mit immer geringeren Gewissensbissen? Es handelt sich um Mundraub, aber Charlotte Jordan, unerbittlich in Fällen von Kriminalität, würde den stärkeren Ausdruck wählen, wenn sie je erfahren hätte (doch auch sie kann ja nur sehen, worauf sie gefaßt ist), daß ihre Tochter angefangen hat, sich im Vorbeigehen Konfektstücke aus den Glasbehältern am Ladentisch zu greifen; zuerst von der billigen, später nur noch von der teuersten Sorte. Diebstahl also. Doppelter Bruch von Verboten: Im Wohnzimmer am Fenster sitzen – auf dem Couchende –, die gestohlenen Süßigkeiten in sich hineinschlingen und dabei das ›Schwarze Korps‹ lesen.

Denn das ›Schwarze Korps‹ fällt unter die strikten Verbote, die Charlotte erläßt, niemals Bruno Jordan, den das Seelenheil seiner Tochter weniger kümmert. Über die beiden Bände ›Der Mann‹ und ›Das Weib‹ braucht kein Verbot ausgesprochen zu werden. Ihre Aufbewahrung in des Vaters Wäscheschrank unter den säuberlich gestapelten Unterhosen rückt sie wortlos in den Bereich des nicht Existierenden. Die Vorstellung, sie hervorzuziehen und öffentlich zu lesen, kann nicht aufkommen. Die Bände enthalten je eine großformatige Tafel einer nackten Frau und eines nackten Mannes, deren innere Organe sich durch Hochklappen darüberliegender Papierschichten freilegen lassen. Eine gewagte Sache (so drückt Charlotte sich aus, wenn sie auf ein Risiko zu sprechen kommt); denn die Farben gewisser innerer Organe, welche die Farben der Natur erfolgreich zu übertreffen suchen, können einer überhitzten Phantasie leicht einen andauernden süßlichen Ekel eingeben.

Nelly gibt sich vor sich selber informiert und ist sich zugleich des Gegenteils bewußt. Ihren Bruder weist sie entschieden zurecht – ohne ihn allerdings bei der Mutter zu verpetzen –, als sie ihn am Drahtzaun zu Terrazzoleger Julichs Grundstück mit der rothaarigen Elli aufstöbert.

Sie nennt Elli, die Ältere, entrüstet ein Ferkel (dem Bruder billigt sie sofort die Rolle des Verführten zu) und wird dafür alte Sau geheißen.

Nachts verlangt Bruder Lutz scheinheilig Aufklärung, damit er sich nicht an Fremde wenden müsse. Er will jetzt mal genau wissen, wie Kinder gemacht werden. Nelly, scheinheilig (wenn ein Wort erst einmal aufgekommen ist!), spielt mit, ziert sich, stellt sich moralisch besorgt und ist zugleich geschmeichelt, verlangt aber jedenfalls Sicherungen. Bruder Lutz gibt sie: Er pocht auf sein absolut unzuverlässiges Gedächtnis. Was man ihm am Abend erzählt, hat er am Morgen spurlos vergessen, darauf kann man Gift nehmen. – Kann er das schwören? – Er kann es, guten Gewissens. Woraufhin noch eine uralte Verabredung aus Kindertagen zu erneuern ist: Wer ›danach‹ noch reden muß, was allerdings sehr unerwünscht wäre, hat die Erlaubnis des anderen durch drei Schläge an die Wand einzuholen. Auch das wird von dem Bruder zugestanden. Dann endlich erfolgt eine in drei, vier Sätzen zu fassende Übermittlung des ersehnten Wissens, vage Sätze vermutlich, dem Informationsstand entsprechend. Sätze, die bedauerlicherweise verlorengingen, nicht aber der unnachahmliche Tonfall von Bruder Lutzens abschließender Äußerung: Ach so ist das!

Ein Ton zwischen Enttäuschung und Genugtuung. In der Schwebe. Wenn dir recht ist, war ihm eine allerste Spur männlicher Überlegenheit beigemischt. Und dann nie wieder davon.

Danach kann es nicht mehr lange gedauert haben, bis Charlotte und Bruno Jordan sich darüber einig wurden, daß ihre Kinder ihres unterschiedlichen Geschlechtes wegen nicht länger in einem Raum schlafen konnten: Das Ereignis war eingetreten, auf das Nelly seit Monaten gewartet hatte und das sie dann, als wüßte sie es nicht zu deuten (scheinheilig!), ihrer Mutter berichtete, worauf sie von dieser um die Schulter gefaßt und ›mein großes Mädchen‹ genannt wurde; nun habe sie erst recht auf sich aufzupassen und immer sehr sauber zu sein. Nelly war knapp dreizehn, und Charlotte fand ›das alles verfrüht‹; dies sagte sie zu ihrem Mädchen Annemarie, die es Nelly wiedererzählte, und zu Tante Lucie. Nelly durfte am nächsten Tag im Laden nicht auf die Leiter steigen, um die Brote im oberen Fach einzuschichten. Sie empfand darüber eine Befriedigung der Art: Alles geht seinen richtigen Gang.

Frau Kruse, welche in der oberen Etage des Jordanschen Hauses für fünfundzwanzig Mark Monatsmiete neben Hermann und Auguste Menzel die zweite, kleinere Wohnung – Stube und Küche – bewohnte, mußte also gekündigt werden, der Vermieter und Hausbesitzer Bruno Jordan wollte anderweitig über seine Räumlichkeiten verfügen. Frau Kruse fand ein derartiges Ansinnen in Kriegszeiten unzumutbar und verwies in einem Brief, den natürlich ihr u.k.-gestellter Sohn aufgesetzt hatte (der, nebenbei gesagt, selbst reichlich Wohnraum besaß), auf die entsetzlichen Wohnverhältnisse, die unsere Soldaten im Osten anträfen (sieben Kinder in einem Raum!), worauf Bruno Jordan sich den Vergleich seiner deutschen Kinder mit russischen oder polnischen verbat. Frau Kruse zog aus.

Nelly hatte ihr eigenes Zimmer, in dem sie an einem mit schwarzem Wachstuch bedeckten Tisch ihre Schularbeiten machen und dabei aus dem Fenster über die ganze Stadt, den Fluß und die Ebene blicken konnte; die ehemalige Krusesche Küche wurde zum Lagerraum für verknappte Artikel, darunter für Schokolade.

Zwar war dieser Raum im Normalfall abgeschlossen, doch Nelly wußte sich in den Besitz des Schlüssels zu bringen, sie spezialisierte sich auf Borkenschokolade und wurde mehr als dreist, sie sich anzueignen. Im Bett liegen, lesen und Borkenschokolade essen. Jaja! rufen, wenn die Mutter die Treppe hoch: Licht aus! befiehlt, für Minuten das Licht löschen, es dann mit einem Tuch verhüllen und weiterlesen, manchmal bis ein, zwei Uhr nachts, so daß zufällig so spät vorbeikommende Kundschaft gelegentlich bei Charlotte Jordan die nicht ganz korrekte Verdunklung am Fenster ihrer Tochter beanstandet. – Das war nur gestern mal so spät, sagt Nelly, zur Rede gestellt. Eine Ausnahme, wirklich. Kommt nicht wieder vor.

Ob Bruder Lutz sich erinnert, wer ihn aufgeklärt hat, oder hat sein Gedächtnis fertiggebracht, wofür er es rühmte: Vergessen?

Nach dem Mittag wart ihr alle müde. Lutz schlug vor – erfahrungsgemäß nimmt in einer Stadt die Hitze mindestens bis drei Uhr noch zu, durch die Ausstrahlung der Steine –, ihr solltet ›auf die andere Seite‹ fahren. Also über die Brücke in die Brückenvorstadt. Beide mußtet ihr zugeben: Kein Stadtteil des früheren L. war euch so unbekannt wie dieser. Früher, wenn man hörte: Brückenvorstadt, dann wußte man, die Leute arbeiteten in der Jutefabrik oder Seilerei. In der Brückenvorstadt wohnten die Armen. Sie wohnten in kleinen alten Häuschen, die zusammenrutschten, oder in schlechten Mietskasernen. Im Frühjahr stand das Wasser in den Kellern. Die Kinder dieser Leute gingen nicht in die gleichen Schulen wie ihr, sie badeten nicht an den gleichen Stellen im Fluß, sondern außerhalb der Badeanstalt, wo es Sandbänke und Strudel gab und von wo aus sie mit Flößern und Schiffern in vertrauten Kontakt traten. ›Strauch Nachf.‹ stand als verblaßte Inschrift an einer aus Backstein gemauerten Fabrikhallenwand. Strauch, Strauch, überlegte Lutz, war das nicht…

Ja. Das war der Vater oder Großvater von Dr. Juliane Strauch – derselbe, der als einer der reichsten Unternehmer der Stadt die Figur für den Marktplatzbrunnen gestiftet hatte, die die Leute nach ihm ›Strauch-Marie‹ nannten. Mehr nicht über Fräulein Dr. Strauch, noch nicht. Du erinnerst dafür den Bruder, während ihr langsam durch die kleinen Straßen jenseits der Warthe fahrt, die du zum erstenmal wieder siehst, wer ihn aufgeklärt hat. Ganz dunkel, sagt er, wo du es jetzt sagst, dämmert mir was. Lenka fand, etwas mehr Dank hätten so wackere schwesterliche Bemühungen wohl verdient.

Von einer unerwarteten Seite her kamt ihr auf einmal zum Uferdamm, einer sanft abfallenden, schattigen Grasböschung. Hier bleiben wir erst mal, sagte Lenka.

Über das Panorama warst du selbst überrascht. Der Fluß, der gerade hier zu seinem großen Bogen ansetzt und sich nach Osten hin verbreitert, in Ufergestrüpp verliert. Und jenseits des Flusses die Himmelslinie der Stadt – Bahnbögen, Speicherhäuser, die Kirche, Wohnhäuser –, wie es heute am Kiosk als Postkarte verkauft wird. Im Vordergrund die hoch in die Luft gebaute moderne Betontreppe zur neuen Badeanstalt.

Und ausgerechnet jetzt, bei diesem Anblick, den du selbst kaum kanntest, der auch dich unvorbereitet traf – (›Aus der Finsternis / kommst du, mein Strom, / aus den Wolken. . .‹) das Wort ›Größe‹ hättest du in Gedanken auf deine Landschaft nie angewendet –, ausgerechnet jetzt glaubten sie, Lenka und H., zu begreifen. Doch, sagten sie. Ja. Das sei natürlich etwas. Das habe schon was. Eine Stadt am Fluß, damit ließe sich etwas anfangen, auch als Erinnerungsbild, Dichter fielen ihnen ein, sie zitierten Zeilen. ›Hinter den Feldern, weit / hinter den Wiesen / der Strom. . .‹

Ihr beide, Lutz und du, schwiegt.

Die alten Kutten von H. und Lenka wurden auf dem Rasen ausgebreitet. Es soll nicht verschwiegen werden, daß du den Kopf sehr gerne auf die Erde legtest. Daß du die Augen im Wechsel schlossest und wieder öffnetest, bis das Bild – Stadt am Fluß – hinter den geschlossenen Lidern in allen Einzelheiten festsaß. Es gab auch den Geruch des Wassers und, obwohl totale Windstille war, ein leise glucksendes Geräusch. Den Glanz auf dem Wasserspiegel sowieso und das Blinken einzelner Wellen. Nur daß keine Aufzählung der Welt – und würdest du jedes einzelne der grausilbernen Weidenblätter nennen können – die volle Genugtuung einer jener seltenen Lebensstunden hervorbringen kann, da alles stimmt und richtig an seinem Platze ist.

Unzweifelhaft – das siehst du erst heute – traf das Bild kein unvorbereitetes Auge. Die Grundierung, Jahrzehnte früher aufgetragen, schlug durch und gab der Wahrnehmung die Tiefe. Einmal hatte Nelly an einem frühen Sonntagmorgen, in eine Decke gehüllt, von ihrem Zimmerfenster aus den Sonnenaufgang über der Stadt und dem Fluß betrachtet.

(Charlotte, deren Schlafzimmer ja unter Nellys Zimmer lag, ertappte die Tochter, verwies ihr das frühe Aufstehen, prophezeite eine Erkältung, bestand schließlich darauf, daß sie wenigstens Socken überzog – genau dasselbe, worauf du bestehen würdest, träfest du Lenka in der gleichen Lage.) Aber gerade dieser unvergeßliche Morgen, dazu die anderen tausend Blicke aus diesem Fenster oder aus dem von Schnäuzchen-Oma, etwa sechs Meter weiter rechts, an dem Nelly nachmittags oft und oft gestanden hat, einmal weinend, weil ihre Mutter ihr den Besuch des Films ›Der große König‹ mit Otto Gebühr verweigert hatte: Dies alles zusammen gab den Grund, auf dem die Farben jenes um so viele Jahre späteren Nachmittags frei und – fast hättest du jetzt gesagt: kühn – hervortreten konnten.

Lenka, mit dem untrüglichen Sinn aller Kinder für die Stimmungen ihrer Eltern, lag mit ihrem Kopf dicht an deiner Schulter auf ihrem alten Anorak, sie schlief sofort. Du konntest noch mit ansehen, wie zwei Kinder, Junge und Mädchen, Hand in Hand die hohen Stufen der neuen Schwimmbadtreppe hinaufkletterten und dabei ihre Schritte zählten, auf polnisch. Du zähltest mit, auf deutsch, bis zu einer nicht mehr erinnerlichen Zahl. Dann kamen dir auf einmal – eine gewisse Zeit mochte immerhin vergangen sein – in einem ungewissen Wetter auf einer unbekannten grauen Straße drei Menschen entgegen, die, wie du scharf empfandest, überhaupt nicht zusammengehörten: Vera Przybilla und Walpurga Dorting, zwei Mädchen aus deiner ehemaligen Klasse, mit denen du nie befreundet warst, und zwischen ihnen dein alter Freund Jossel. Sie kamen, in ein ruhiges Gespräch vertieft, auf dich zu, sahen dich wohl, schienen aber keine Lust zu haben, dir zu erklären, wie und warum ausgerechnet sie, die sich doch niemals kennen konnten, hier zusammenkamen.

Der Milizionär weckte euch mit leisem Anruf. Durch höfliche, aber bestimmte Gesten machte er euch mit dem Verbot bekannt, sich auf dem Uferwall zu lagern. Ihr, ebenfalls gestisch, gabt zu verstehen, daß ihr die Verbotstafel – die ihr freilich nicht hättet lesen, wohl aber begreifen können – nicht gesehen hattet und daß ihr bereit wart, durch eiligen Aufbruch die Konsequenzen zu ziehen. Das Angebot wurde akzeptiert, der Aufbruch abgewartet. Ein paar Passanten und Bewohner umliegender Häuser sahen dem Vorgang zu, ohne Schadenfreude, mit sachlichem Interesse. Die beiden Kinder – Junge und Mädchen – kletterten immer noch oder schon wieder die Treppe hoch. Eine knappe halbe Stunde Zeit war vergangen. Der Milizionär grüßte und warf sein Beiwagenmotorrad an. Bye-Bye, sagte Lenka. Lieb von dir, daß du nicht früher gekommen bist.

Was jetzt? – Schule, sagtest du. Böhmstraße. – Findest du hin? – Im Schlaf.

Im Schlaf hatten also diese beiden – Vera und Walpurga, Freundinnen seit Walpurgas verspätetem Eintritt in Nellys Klasse – Jossel angezogen, den sie im Leben nicht kennen konnten. Was hatte nun wieder das zu bedeuten? Zu schweigen von anderen Ungereimtheiten: daß die beiden Mädchen das Aussehen von Sechzehnjährigen behalten hatten – Vera ihren Mozartzopf, Walpurga ihr langes offenes Haar –, Jossel aber in seinem heutigen Alter erschien. Und diese Vertrautheit der drei, die doch den wahren Sachverhalt verzerrte, weil ja Jossel seit Jahren dein Freund ist und die beiden anderen – Gott weiß, wo sie sein mögen! – Nelly nie nahestanden und nicht einmal wissen, daß es ihn gibt. Wäre er euch allerdings damals begegnet, als ihr Mädchen sechzehn Jahre alt wart – darin hatte der Traum nun wieder recht –, damals, als Jossel jung war, nicht diesen Bart hatte und nicht diesen Ausdruck in den Augen, für den man nicht leicht ein Wort findet: ›verloren‹ kommt ihm am nächsten; damals, als sie ihn, den Wiener Juden, in Frankreich geschnapp und nach Buchenwald transportiert hatten: Wäre er damals in diese Stadt gekommen – was allerdings undenkbar war –, dann hätte er eher noch mit Vera Przybilla, der Baptistin, und mit ihrer Freundin Walpurga, der Tochter eines christlichen Missionars (die Jahre ihres Lebens in Korea verbracht hatte und ein zwar fließendes, aber niemandem, auch der Englischlehrerin nicht verständliches Englisch sprach), irgendeine Straße entlanggehen können als mit Nelly.

Falls es die Absicht des Traumes gewesen war, auf diese bestürzende Tatsache hinzuweisen, hätte er seinen Zweck erfüllt. Die Wächter vor den Toren des Bewußtseins abziehen. Gerade jetzt, da Aufrichtigkeit sich lohnen würde, was ja nicht immer, vielleicht nicht einmal häufig der Fall ist, stößt du auf eine neue Art Erinnerungsverlust, nicht gleichzusetzen mit den Gedächtnislücken, welche die frühe Kindheit betreffen und die sich von selbst zu verstehen scheinen, jene verschwommenen oder weißen Flecken auf einer merkwürdigen, besonnten Landschaft, über die das Bewußtsein dahintreibt wie ein Fesselballon im wechselnden Wind, der natürlich seinen eigenen Schatten wirft. Jetzt aber scheint das Bewußtsein selber, verstrickt in die Vorgänge, über die es sich erinnernd erheben sollte, einer Teil-Verdüsterung zu unterliegen. Es scheint Mit-Urheber jener Verdunkelungen zu sein, die du mit seiner Hilfe erhellen willst. Die Aufgabe wird unlösbar. Doch bleibt es dabei, daß Erfindungen ausscheiden und die Erinnerung an Erinnerungen, die Erinnerung an Phantasien nur als Informationen aus zweiter Hand verwendet werden können, als Spiegelungen, nicht als Realität.

(Adolf Eichmann, so liest du, habe ein außerordentlich schlechtes Gedächtnis gehabt.)

Es kann doch einfach nicht wahr sein, daß plötzlich weniger geschah. Es ist, als schippe man in der Wüste Sand gegen den

Wind, damit eine bestimmte Spur nicht vollständig verweht. Nelly muß, knapp zwölfjährig, in die Reihen der Führerinnenanwärter übergewechselt sein, die nicht in den Klassenräumen einer Schule, sondern in einem eigenen ›Heim‹ ihren Dienst taten: drei, vier karge Räume unter dem Dach des ehemaligen Wohlfahrtshauses, welches heute noch am alten Platz steht. Gewiß gab es Aufnahmezeremonien, gewiß strengere Regeln, die man einzuhalten hatte, um sich in den Pflichten eines künftigen Vorbildes zu üben. Ganz sicher ist Nelly alles andere als unberührt davon geblieben. Aber keine dieser an Gewißheit grenzenden Vermutungen läßt sich in ein Bild bringen, als Satz wörtlich zitieren. Nur ein Bild und ein Satz haben sich für diesen Zusammenhang erhalten, die aber mit aller Deutlichkeit: Vor der Tür des Bibliotheksraumes ihrer Schule trifft Nelly mit Dr. Juliane Strauch zusammen, die die Bibliothek verwaltet, erschrickt, wie immer, wenn ihr Fräulein Strauch begegnete (obwohl sie ja heimlich diese Begegnung sucht), grüßt mit Heil Hitler!, wird aber nicht einfach wiedergegrüßt, sondern von der Lehrerin um die Schulter gefaßt und durch eine klingende Anrede ausgezeichnet: Bravo Mädel. Von dir hätte ich auch nichts anderes erwartet.

Wenn einer sagen würde, Nelly hätte, um diesen Satz zu hören, noch ganz anderes auf sich genommen als den Beginn einer Führerrolle in der Hitler-Jugend, hätte er wohl recht. Und was Juliane Strauch, Deutsch- und Geschichtslehrerin, genannt Julia, betrifft, könnte das Gedächtnis überhaupt nicht besser intakt sein. Ihr Gesicht, ihre Gestalt, ihr Gang und ihr Gehabe sind seit neunundzwanzig Jahren unversehrt in dir erhalten, während sonst die Erinnerung an jene Zeit, die von ihr beherrscht wurde, eher fetzenhaft geblieben ist. Als hätte sie Nellys gesammelte Aufmerksamkeit allein auf sich gezogen.

(Vielleicht darf man aus solchen Beobachtungen keine voreiligen Schlüsse ableiten, am wenigsten Analogieschlüsse. Aber könnte es nicht sein, daß – abgesehen einmal von den besonderen Gesetzen der Gedächtnisbildung in der Kindheit – ein langsamerer, gewissermaßen gründlicherer Gang des Lebens eine bessere Voraussetzung zur Entwicklung jener Gehirnpartien ist, die sich das Leben einzuprägen haben, als die immer noch zunehmende Eile, mit der Personen, Gegenstände, Ereignisse an uns vorbeitreiben und die ›Leben‹ zu nennen wir uns fast scheuen? Die Ukrainerin, die in diesen Tagen, aufgeschreckt durch die Nachricht vom Tod ihrer Mutter, aus ihrem zwanzigjährigen lethargischen Schlaf erwacht ist, wäre vielleicht imstande, Aussagen zu machen über die womöglich verwirrende Nichtübereinstimmung ihrer inneren Uhr mit dem Verschleiß der Zeit, an den ihre Umgebung sich inzwischen gewöhnt haben mag. Mit einer seltsamen Rührung hört man sie ja einen Satz sagen, der, obwohl scheinbar eine Allerweltsaussage, doch aus einer anderen, uns unwiderruflich versunkenen Welt aufzusteigen scheint: Ich möchte gerne leben. – Vielleicht, denkt man, setzt eine bestürzende Erfahrung wie die ihre einen Menschen instand, diesen Vorsatz auszuführen. Schwächere Mittel scheinen bei uns nicht mehr anzuschlagen.)

Wie dem auch sei: Wenn du auch nicht gerade behaupten willst, du könntest Nellys erste Begegnung mit Julia Strauch beschreiben – es wird ein flüchtiges Aneinandervorbeigehen auf der Schultreppe gewesen sein –, für die wahrheitsgetreue Wiedergabe ihrer letzten Begegnung kannst du dich jedenfalls verbürgen. (Nach dieser hat es nur noch flüchtige Zusammentreffen in der Turnhalle der Hermann-Göring-Schule und im großen Tanzsaal des Lokals ›Weinberg‹ gegeben – Örtlichkeiten, die im Januar 45 für die Aufnahme von Flüchtlingen aus dem Osten hergerichtet waren, bei deren Betreuung Dr. Juliane Strauch als NS-Frauenschaftsleiterin eine bedeutende Rolle spielte, während Nelly zu Hilfleistungen angehalten war, die zu ihrer Zeit beschrieben werden sollen.)

Der Winter von 44 auf 45 war von Anfang an kalt, und er konnte nirgends kälter sein als in den bleichen, kahlen Straßen in der Gegend des Schlageterplatzes, durch die zwischen zwei schnurgerade ausgerichteten Häuserzeilen ungehindert der Wind fuhr. Nelly fror in ihrem Konfirmationsmantel, während sie vor Julias Haus hin und her ging und die Minuten abzählte, bis es vier schlug. Sie war sich selber dafür böse, daß sie in trostloser Stimmung war. Doch sie kannte sich: Kurz vor der Erfüllung eines lange und stark gehegten Wunsches brach ihre Vorfreude in sich zusammen – ein Charakterfehler, der sie zwang, ihre Verstellungskünste stark zu entwickeln und zu verfeinern.

Nelly war befangen, als sie an Julias Wohnungstür klingelte, und in dem Augenblick, da die näher kommenden Schritte hinter der Tür verhielten und Julia gewiß die Hand ausstreckte, um zu öffnen – in diesem Augenblick sprang glücklicherweise die alte Aufregung in Nelly wieder hoch, angestachelt durch ein einfaches Mittel: durch die Erinnerung an die glühenden Phantasien, in denen Nelly sich den Verlauf einer Einladung bei Julia ausgemalt hatte. Denn daß man zu Julia nicht uneingeladen ging, verstand sich von selbst.

Natürlich kam es ihr nicht in den Sinn, Nelly durch irgendeine entschuldigende Bemerkung über die trockenen Haferflockenplätzchen, den dünnen Tee oder das sehr mäßig geheizte Zimmer in Verlegenheit zu bringen. Julia war imstande, in jeder Situation Gelassenheit auszustrahlen, die sie unantastbar und nicht nur überlegen – das Wort wäre zu schwach –, sondern erhaben machte. Es kostete sie nichts, den unvermeidlichen Lachanfällen ihrer vierzehn-, fünfzehnjährigen Schülerinnen mit der scheinbar heiteren Frage zu begegnen: Ich wüßte nicht, was es außer mir hier zu belachen gäbe.

Ihre stärkste Leistung muß die beträchtliche, aber geheim-
gehaltene Mühe gewesen sein, die es sie gekostet haben
mag, den weiten Abstand zu überbrücken, der sie als Erscheinung von dem Ideal einer deutschen Frau trennte, das
zu verkünden sie nicht müde wurde. Nicht nur war sie klein,
schwarzhaarig und hatte einen ausgeprägt slawischen, in den
Biologiebüchern ›flach‹ genannten Gesichtsschnitt; darüber
hinaus war sie die einzige intellektuelle Frau, die Nelly in ihrer Jugend gekannt hat (wenn man von Frau Studienrat
Lehmann, der Frau eines wahrscheinlich jüdischen Mannes,
absah); vor allem aber: Sie hatte es nicht für nötig befunden,
zu heiraten und dem deutschen Volke Kinder zu schenken.
Allerdings setzte sie durch, daß man sie mit ›Frau Doktor‹
anredete, nicht mit ›Fräulein‹: Der Ehrentitel ›Frau‹ käme
einer jeden weiblichen Person von einem gewissen Alter an
zu. Im Geschichtsunterricht ließ sie gelegentlich die Bemerkung fallen, die Geschichte Europas – deren Ergebnis leider
Gottes eine heillose Vermischung edelsten mit minderwer-
tigem Blute sei – habe zur Folge, daß man in Menschen, deren Äußeres das nicht vermuten lassen würde, rein germani-
sches Denken und Fühlen, kurz: eine germanische Seele an-
treffe. – Derartige Sätze, die du zögernd niederschreibst,
weil sie leicht erfunden wirken könnten, gingen Julia ganz
natürlich über die Lippen. Selbstverständlich sprach sie
auch in einer Unterhaltung zu zweit darüber, daß Deutschland jetzt alle seine Kräfte anspannen müsse, auch die seiner
Jugend, um die Entscheidungsschlacht gegen seine Feinde
zu gewinnen. In ihrer Klasse aber – eben darüber hatte sie ja
mit Nelly reden wollen – beobachtete sie in letzter Zeit Anzeichen von Zügellosigkeit, von Verstößen gegen die ele-
mentaren Regeln der Disziplin, Grüppchenbildung.
Nelly mußte Julia zustimmen, vorbehaltlos, in allen Punkten, wie sie ihr immer zugestimmt hatte. Aber soll man mit
dem blassen Wort ›Zustimmung‹ bezeichnen, was doch viel

eher ein Bündnis war, ein Einverständnis von Grund her, dabei allerdings doch auch, soweit es Nelly betraf, eine Art von Gefangenschaft? Nelly lernte die Liebe zuerst als Gefangenschaft kennen.

Nach dem Unterricht stand sie vor der Schule. Böhmstraße. Wie du es angekündigt hattest, fandest du sie mühelos, wenn auch die Zufahrtsstraße vom Warthe-Ufer aus, quer durch den Stadtkern, radikal verändert, was heißt: modernisiert worden ist. Begradigt, verbreitert. Es war die dritte Nachmittagsstunde. Das Stück Straße vor der Schule lag zum Glück im Schatten der gegenüberstehenden Häuser. Die Bäume (du hättest geschworen: Rotdorn; aber auf den Fotos wurden es dann unter der Lupe Linden, die allerdings frisch, das heißt vor etwa zwanzig Jahren gepflanzt sein konnten) vertieften den Schatten. Dem Schild neben der Eingangstür konntet ihr entnehmen, daß die Schule heute eine Pädagogische Lehranstalt ist.

Julia pflegte, anders als die meisten Lehrkräfte, den Ausgang zu benutzen, der den Schülerinnen der niedrigen Klassen vorbehalten war. Sie hielt sich meist in ihrer Bibliothek, nicht im Lehrerzimmer auf und wahrte eine Distanz zu den anderen Lehrkräften der Schule, deren Achtung sie sicherlich, deren Zuneigung sie kaum besaß. Menschen, die nicht verbergen können, daß sie sich für vollkommener halten als andere, werden nicht geliebt. Nelly dagegen – wie alle vernichtet durch den unüberbrückbaren Abgrund zwischen Julias Vollkommenheit und der eigenen Fehlbarkeit –, Nelly stand vor der Schule (angeblich auf eine Freundin wartend, die Mappe auf das niedrige Mäuerchen gesetzt, das die Rasenfläche einfaßt), damit ein Blick von Julia, ein Gruß von ihr sie vor anderen auszeichnete und vor sich selbst erhob. Hingabe war eines von Julias Lieblingswörtern. Nelly fühlte sich in der Lage, Julias Anforderungen wenigstens in diesem Punkte zu erfüllen. Unter den Frauen, die sie kannte, führte keine ein Leben, das sie sich für sich selber wünschen oder auch nur vorstellen konnte: außer Julia. (Julia! Julia! sagte Charlotte. Wenn Julia zu dir sagt: Spring aus dem Fenster, dann springst du, ja?) Nelly lauschte auf die Geräusche, die aus Julias Küche kamen, als wirtschafte dort jemand herum. Sollte es wahr sein, daß eine ältere Schwester ihr die Wirtschaft führte? Julia machte keine Anstalten, die Geräusche zu erklären.

Die Frage war nicht, ob sie mehr von Nelly erwartete als von anderen: Das verstand sich von selbst, da Nelly keine Mühe hatte, im deutschen Aufsatz oder im Geschichtsvortrag zu glänzen, wofür Julia sie strenger zensierte als andere, was ganz in der Ordnung war. Eher schon konnten kleine Sonderaufträge als Vertrauensbeweis und Auszeichnung gelten: daß sie Nelly die Vorbereitung einer Klassenfahrt übertrug oder sie darum bat, einen Jungen aus ihrem Bekanntenkreis, der fürchten mußte, die Aufnahmeprüfung für die Oberschule nicht zu bestehen, durch Nachhilfestunden auf diese Prüfung vorzubereiten.

Einen Höhepunkt von Vertrauen stellte es natürlich dar, als Julia, verantwortlich für den Ablauf der Feier zu Führers Geburtstag in der Aula, Nelly die zentrale Gedichtrezitation übertrug: ›Wenn je dem Volk / die Flut seiner Not / bis zum Munde schwillt, / greift Gott / aus dem Reichtum der Männer, / die ihm immer bereitstehn, / den Tauglichsten / mit seiner eigenen Hand, / stößt ihn / gnadenlos, wie es scheint, / in den lichtlosen Abgrund, / schlägt ihm / tödliche Wunden, / und überhäuft sein Herz / mit der bittersten Qual / all seiner Brüder.‹

Lenka sagt: Das nenn ich Gedächtnis. Ich werde kein einziges Gedicht länger als ein Jahr behalten. Eine Probe bestätigt: so ist es. Auch vom ›Osterspaziergang‹ nur Bruchstücke. Dafür ein unzerstörbarer Vorrat von Küchenmädchenliedern und Moritaten aus der frühen Kindheit, auch Spanienlieder von alten Platten, die man auf dem neuen Gerät nicht abspielen kann, und Morgenstern und Ringelnatz. (Sie liegt tagelang und hört Musik. So willst du das Jahr beschließen? fragst du. – Laß mich, sagt sie. Das letzte Jahr war nicht gut. – Du meinst deine Faulheit? – Ich meine, daß ich mich zu gewöhnen anfange. – Woran? – Daran, daß alles Pseudo ist, am Ende auch ich selbst. Pseudo-Menschen. Pseudo-Leben. Oder merkst du das nicht? Oder bin ich vielleicht nicht normal? Oder haben vielleicht die recht, die sich darüber keine Gedanken machen? Manchmal fühle ich, wie wieder ein Stück von mir abstirbt. Und wer hat schuld daran? Bloß ich?

Die Angst um sie, eine neue Art von Angst, springt in dir hoch. Ganz anders, denkst du, ganz anders müßte geschrieben werden.)

Wie jeder Liebende verzehrte Nelly sich nach dem unwiderlegbaren Beweis von Gegenliebe, der nicht an Verdienste geknüpft sein darf. Gewiß: Es ist vorgekommen, daß Julia eine Stunde für sie allein hielt, und es war eines der außerordentlichsten Abenteuer ihrer Schulzeit. ›Was gibt's bei den Asen? / Was gibt's bei den Alben? / Niesenheim rast. / Beim Rat sind die Götter.‹ – Von den dunklen Strophen der Edda über die nordischen Heldensagen, deren Lichtgestalten blutrünstig, doch niemals von niedrigen Motiven geleitet waren, bis hin zu jenem düster-tragischen Recken Hagen von Tronje, dem Treuesten der Treuen, der sein Schwert in das Blut der Feinde seines Herrn taucht; der trotzige Hagen, der die Reue nicht kennt und aus dessen Sterbelied Julia auswendig zitieren kann: ›So sei'n verflucht die Weiber! / Weib ist, was falsch und schlecht; / Hie um zwei weiße Leiber, / Verdirbt Burgunds Geschlecht! / Und käm', der Welt Entzücken, / Ein zweiter Siegfried her / Ich stieß ihm in den Rücken / Zum zweitenmal den Speer.‹

Nelly, die endlich, am Ende dieser Stunde, von Julia voll an-

geblickt wurde, verbarg, was sie begriffen hatte: Julia haßte
es, eine Frau zu sein. Nelly, das mußte sie sich schließlich zugeben, war auch davon weit entfernt.

Am Ende einer Gedankenkette, deren einzelne Glieder
aufzuzählen zu weit führen würde, siehst du ein Bild: Nelly
im sogenannten Herrenzimmer, am Fußende der Couch, in
die verbotene Zeitung vertieft, das ›Schwarze Korps‹, in der
sie nachmittags gegen vier lesen konnte, ohne Gefahr zu laufen, dabei ertappt zu werden. Sie liest dort – es scheint
Herbst zu sein – einen Bericht über jene ›Lebensborn‹ be-
nannten Einrichtungen (deren eine Filiale übrigens, wie du
viele Jahre später erfuhrst, im ehemaligen Haus Thomas
Manns in München etabliert worden war): Häuser, in denen
blonde, großgewachsene, blauäugige SS-Männer mit eben-
solchen Bräuten zum Zwecke der Zeugung eines reinrassi-
gen Kindes zusammengeführt wurden, welches dann, wie
das ›Schwarze Korps‹ rühmend hervorhob, von seiner Mutter dem Führer zum Geschenk gemacht wurde. (Keine Rede
davon, daß dieselbe Organisation Kinderraub im großen Stil
in den von der Deutschen Wehrmacht besetzten Ländern
betrieb.) Der Schreiber des Berichts, das hat sich dir eingeprägt, setzte sich in teils scharfem, teils höhnischem Ton mit
jenen überlebten Vorurteilen auseinander, die an einer derartigen, idealistischer deutscher Männer und Frauen würdigen Handlungsweise Anstoß nahmen.

Wahrheitsgemäß soll gesagt sein, daß Nelly, als sie den Artikel gelesen hatte, das Blatt sinken ließ und deutlich dachte:
Das nicht.

Es war eine jener seltenen, kostbaren und unerklärlichen
Gelegenheiten, bei denen Nelly sich in bewußtem Widerspruch zu den geforderten Überzeugungen sah, die sie doch
gerne geteilt hätte. Das schlechte Gewissen, wie so oft,
prägte ihr den Augenblick ein. Wie sollte sie ahnen, daß das
Ertragen eines schlechten Gewissens unter den waltenden

Verhältnissen eine notwendige Bedingung zur inneren Freiheit war? Ein Mädchen von dreizehn Jahren, saß sie da, eingeklemmt zwischen der Mahnung der Mutter, sich nicht ›wegzuwerfen‹, und der Weisung des ›Schwarzen Korps‹ zur unbedingten Hingabe für den Führer. Alles, was mit ihrem Geschlecht zu tun hatte, war über jedes erträgliche Maß hinaus kompliziert. Sie hatte ein Buch gelesen, in dem ein Mädchen des Dreißigjährigen Krieges, Christine Torstenson, sich absichtlich im eigenen Lager mit der Pest infizierte, um dann ins Lager der Feinde zu gehen und, indem sie sich ›hingab‹, ihnen die Seuche zu bringen. Das nicht! hatte Nelly am Ende gedacht, begeistert und beklommen. Sie lief in die Küche, um sich aus Haferflocken, Zucker, Milch und Kakao einen süßen Brei zu rühren, den sie in sich hineinschlang, während sie blicklos, die Zeitung auf den Knien, aus dem Fenster sah.

Auf dem Schulhof (den du am 10. Juli 71 betreten hast, indem du rechts an der Schule, dem roten Backsteinbau, vorbei durch die schmiedeeiserne Pforte gingst, die immer noch nur angelehnt ist) – auf dem Schulhof ist Julia, wenn sie Pausenaufsicht hatte, mit ihren langen Schritten, die Hände auf dem Rücken, eine vorgezeichnete Bahn abgegangen, in ihren flachen Schuhen mit schiefgetretenen Absätzen, den Strümpfen, die bis hoch in die Wade hinauf gestopft waren. Ihr aufmerksamer Blick war überall. Streitfälle gab es in ihren Pausen nicht, sie hatte auch niemanden zu ermahnen wegen verbotenen Ballspielens, Schneeballwerfens, ungebührlichen Betragens. Manchmal winkte sie eine Schülerin zu sich heran, um ihr Fragen über ihr Privatleben zu stellen: Ob ihre Mutter aus dem Krankenhaus zurück sei, ob der Vater von der Front geschrieben habe, wie es – bei Mädchen, die auswärts wohnten – mit Zimmer und Wirtin bestellt sei. Man konnte sehen: Die Frechsten, die sich heimlich über sie lustig machten, waren zahm, wenn sie sie entließ. Wenn man

nicht mitlief, sondern sich mit dem Rücken an die rote Back-
steinwand der Turnhalle lehnte (an jene Stelle, vor der jetzt
eine Bank steht, auf der an dem Sonnabendnachmittag, als
du nach so vielen Jahren den Schulhof betratest, ein unter-
setzter Mann in blauem Arbeitshemd saß und sich ausruhte:
der Hausmeister des Pädagogischen Instituts) – wenn man
nicht mitlief, konnte man erkennen, daß einzelne Schülerinnen oder ganze Gruppen von ihnen die Bahnen, die sie auf
dem Schulhof zogen, auf Julias Bahnen abstimmten, so daß
sie sich an bestimmten Punkten kreuzen oder zeitweilig par-
allel miteinander laufen mußten. Oder daß sie einander
nicht berührten. Nelly wollte nicht eine von vielen sein, die
niemals einer Anrede gewürdigt wurden. Deshalb blieb sie
stehen und durfte erleben, daß Julia, als zur Stunde geklin-
gelt wurde und der Schulhof sich leerte, an der Schultür Posten bezog, sie, Nelly, die als eine der letzten hineinging, ab-
paßte; daß sie sie leicht um den Oberarm faßte, während sie
mit ihr gemeinsam die zehn Steinstufen bis zum Parterre des
Schulhauses hinaufstieg, sogar vor der Tür der Bibliothek
stehenblieb, um mit ihr über das Versagen der Klasse beim
letzten Aufsatzthema zu sprechen.
Nicht daß Nelly versagt hätte: das war beim Deutschaufsatz
nicht zu erwarten, Julia verlor kein Wort darüber. Wie kam
es aber, daß viele über ›Volk ohne Raum‹ oder ›Nordischer
Geist in antiker Dichtung‹ flüssig schreiben konnten, ein so
einfaches Thema wie ›Der erste Schnee‹ aber ganz und gar
nicht bewältigten? Nelly wußte es nicht, und was sie vermutete, hätte sie nicht ausdrücken können: daß es um vieles
schwieriger ist, über sich selbst zu schreiben als über allgemeine Ideen, die einem geläufig sind. Sie erinnerte sich genau: Als sie jenen Sonntag beschrieb, an dem dieses Jahr der
erste Schnee gefallen war, hatte sie keine Sekunde aus dem
Auge verloren, für wen sie diese Beschreibung anfertigte.
Über jeder Zeile lag ein Hauch von Unwahrhaftigkeit, sie

hatte ihre Familie eine Spur zu idyllisch, sich selbst um mehr als eine Spur zu brav geschildert: Genau so, wie sie glaubte, daß Julia sie zu sehen wünschte. (Die Heuchelei und daß sie ihr schwach bewußt blieb, ebenso wie die Sehnsucht nach Aufrichtigkeit: Vielleicht war das eine Art von Rettung? Ein Rest von Eigenleben, an den sie später anknüpfen konnte?)

Um Julia zu gewinnen – oder zu täuschen, das schien dasselbe zu sein –, hatte sie sich aller plumpen Manöver zu enthalten und die anspruchsvolle Lehrerin, der nicht leicht zu schmeicheln war, mit einem Gespinst feinster Art zu umgarnen: Blicke, Gesten, Worte, Zeilen, die haarscharf neben den aufrichtigen Empfindungen lagen, doch niemals ganz mit ihnen zusammenfielen.

Daher kam es wohl, daß Nelly nach den Augenblicken höchsten Erhobenseins – nachdem Julia ihr verabschiedend die Hand auf die Schulter gelegt und in ihrer berühmten Art und Weise zugenickt hatte –, daß sie schon, wenn sie dann die Treppe zu ihrem Klassenraum hinaufstieg, in sich zusammenfiel und eine Traurigkeit sie überkam, die sie fürchtete und vor sich selbst nicht wahrhaben wollte. Es durfte nicht sein, daß die höchsten Glücksmomente, auf die sie doch hinlebte, jedesmal in Leere endeten – um nicht Enttäuschung zu sagen: ein Wort, das sie nicht dachte. Sie ließ sich in ihre Bank fallen, sie zeigte kein Interesse an den englischen Exercises von Miß Woyßmann, es war ihr egal, welche Zensur die ihr für ihre Übersetzung einschrieb, sie rückte mit ihrer Freundin Hella über einem Blatt Papier zusammen und spielte ›Misthaufen‹.

Um diese Zeit fiel es Charlotte Jordan auf, daß ihre Tochter sich die Nagelbetthaut um ihre Fingernägel in kleinen Fetzen von den Händen abriß, was sie ihr natürlich – allerdings erfolglos – verbot.

Den eigentlichen Schulhof hast du gar nicht betreten. Du

bist nicht weiter gegangen als bis zu der Hausecke, dann hast du den Hausmeister sitzen sehen. In den Ferien betritt man die Schulhöfe nicht. Es sei denn, es wäre Krieg und man hätte als Schülerin einer höheren Klasse eine Woche lang Luftschutzwache, man schliefe zu viert in einem mit Feldbetten ausgestatteten Klassenraum, koche sich seine Mahlzeiten in der Schulküche. Nach Doras Anweisungen, die als einzige von ihnen kochen konnte, hatten sie Klöße gemacht und sie da drüben, im hinteren Teil des Schulhofs, unter den unerhört gewachsenen Linden verspeist. Julia, die Leiterin der Wache, saß an der Schmalseite des einfachen Brettertisches und lobte die Klöße. Der Sommer muß heiß gewesen sein. Sie hatten sich in der Teigmenge vergriffen, der Rest der Klöße wurde nachts heimlich in der Cladow versenkt, ungeachtet des großen Plakats, das in der Küche hing: ›Kampf dem Verderb!‹

Tagsüber waren die Fliegeralarme noch selten, abends saß man im Dunkeln unter den Linden und sang, was Julia sich wünschte: ›Hohe Tannen weisen die Sterne‹ oder ›Kein schöner Land in dieser Zeit‹. Julia fragte, was jede von ihnen werden wolle. Dora dachte an den Beruf der Krankenschwester, Hella würde ihres Vaters Buchhandlung übernehmen, Marga, die aus Berlin evakuiert war, wollte ihr Zeichentalent verwerten. Nelly sagte: Lehrerin. Julia nickte. Nelly hatte lange auf die Gelegenheit gewartet, Julia den Wunsch, ihr nachzueifern, zu offenbaren. Jetzt hatte sie es getan und fürchtete im gleichen Augenblick, daß Julia sie für anbiederisch halten könnte.

Aus einem offenen Fenster des Nachbarhauses jenseits der kleinen saftiggrünen Schlucht, an deren Grund die Cladow fließt, kam Musik. Jemand ließ laut das Radio laufen, eine Flöte spielte, dann setzte mit schnell ansteigender Tonfolge das Klavier ein. Unvermutet griff die Melodie dir ans Herz — falls man sich so noch ausdrücken kann, wenn einem die

Tränen kommen. Es schien dir unerträglich, daß du die Frau – du stelltest dir eine junge Frau vor –, die in dem Zimmer da oben die Musik hören mochte, nicht kennenlernen, ja nicht einmal sehen solltest. Du wolltest nichts anderes als dich auf die kühle grüne Cladow-Böschung hocken, die heute wie früher von Farn und Efeu ganz und gar bewachsen ist, die Augen schließen, auf die Musik hören und dabei endlich dich selbst vergessen. Denn nur, wenn man sich selbst vergißt, schließt sich für kurze Zeit der Riß zwischen dem, was zu sein man sich zwingt, und dem, was man ist.

(Die Wächter von den Toren des Bewußtseins abziehen: Schiller, der besser als irgendeiner gewußt hat, wovon er sprach. Das große und vielschichtige Problem der Selbstzensur. Ganz anders muß geschrieben werden. Das Austrocknen, Verdorren, abgeschnitten von den sogenannten Quellen. Wenn die Sehnsucht, die Notwendigkeit, gekannt zu werden, mehr zu fürchten ist als alles. Als sei die Selbstbewachung und Selbstbespitzelung ein Exklusivleiden der berufsmäßig Schreibenden und nicht die allergewöhnlichste und allgemeinste Erfahrung der Zeitgenossen, die sie kaum noch wahrnehmen, die viele leugnen, welche für die verbreitete Apathie, die schwerlich zu leugnen ist, andere Gründe anführen.)

Das Tagebuch, das Nelly in jenen Jahren geführt hat, wurde zum Glück oder Unglück bei Kriegsende im Kanonenofen der Gastwirtschaft des Dorfes Grünheide bei Nauen verbrannt, wo die Familie Jordan – ohne den Vater, der in sowjetischer Gefangenschaft war – nach der ersten dreiwöchigen Fluchtzeit Quartier gefunden hatte. Das kommt mir jetzt aber weg, bestimmte Charlotte Jordan – die natürlich das Tagebuch ihrer Tochter heimlich mitlas –, ehe die Familie, da die Rote Armee zu ihrer Offensive auf Berlin ansetzte, erneut auf die Landstraße ging. Mit einem Feuerhaken hob sie die drei inneren Eisenringe der Deckplatte des Öfchens an und überwachte den Feuertod des gefährlichen Heftes: Wenn der Russe das bei uns findet, sind wir erledigt, dumm und offenherzig, wie du bist! Nie hat später ›der Russe‹ Papiere bei der Familie Jordan vermutet und gesucht, doch du hast es nicht über dich gebracht, die Vernichtung dieses unersetzlichen, aber gewiß entlarvenden Dokumentes wirklich zu bedauern.

War schon die Rede davon, daß Julia blaue Augen hatte? Hellblaue Augen, behaupteten die einen, kornblumenblaue Augen die anderen. Diese Augen richtete sie, eindringlich, wie es ihre Art war, an jenem Januarnachmittag in ihrer Wohnung auf Nelly, als sie endlich zum Kern ihres Gespräches mit der Schülerin kam: Sie wollte ihr ins Gewissen reden. Der Ton wurde nicht tadelnd, blieb aufmunternd und verständnisvoll. Genau der Ton, der – was Julia natürlich wußte, und Nelly wußte, daß sie es wußte – einen direkten Zugang zu Nellys ›Innerem‹ hatte.

Ihre Freundin Hella und sie: Im vergangenen halben Jahr, von dem Julia sprach, habe es da mehrfach Grund zu Beanstandungen gegeben. Nicht gerade in ihren Stunden, aber das wäre ja auch noch schöner. Beide lachten. Aber Fräulein März zum Beispiel beklagte sich ernsthaft über ihr mangelndes Interesse an Mathematik, das sie offen zeige. Ach, die März? gab Nelly durch einen Blick zu verstehen. Jedermann an der Schule begriff, daß sie die einzige ernst zu nehmende Rivalin von Julia war, ein kühler naturwissenschaftlicher Typ, Herrenschnitt, Brille, unbestechlich. Nelly fürchtete sie. Ihr Blick wurde akzeptiert und maßvoll erwidert. – Studienrat Gaßmann sei erschüttert gewesen, daß sie sich die Freiheit genommen habe, in seiner Stunde zu essen. Ach, Studienrat Gaßmann! Wenn der den Rücken dreht, war doch in der Klasse sowieso der Teufel los. – Julia wußte Bescheid und ließ den Punkt fallen. Gutgut, reden wir vom Wesentlichen: Julia wollte, daß sie über ihr Verhältnis zu ihrer

Freundin Hella nachdachte und daß sie Schlußfolgerungen aus diesem Nachdenken zog.

Julia hatte, wie immer, den Finger auf den wunden Punkt gelegt. Für Nelly, fünfzehnjährig, stand im Vordergrund nicht die Sorge um den Ausgang des Krieges – daß Deutschland ihn verlor, war ja außerhalb des Menschenmöglichen –, sondern die Sorge um den Verlust der Freundin. Hella neigte zur Treulosigkeit. Gerade jetzt hatte sie sich einem Mädchen namens Isa zugewandt, die nach Julias Worten ›wenig Geist, dafür überreichlich andere Vorzüge‹ aufwies, und sie zwang Nelly, wenn sie sie nicht verlieren wollte, zu Zugeständnissen, die ihr gegen den Strich gingen. Julia brauchte wirklich keine Einzelheiten anzuführen. Nelly verstand schon: Spuren von Unbotmäßigkeit. Flüchtig dachte sie, daß Julia übersehen hatte, von welcher Seite ihr die wirkliche Gefahr drohte – nicht von Hella und Isa mit ihrem Hang zu frechen Streichen, mit ihrer Zettelwirtschaft in den Stunden und ihren Geheimkonferenzen in den Pausen, die immer um ein paar Jungennamen kreisten: sondern von Christa T., der Neuen aus der Friedeberger Gegend, die nichts von sich hermachte und die Julia nicht nötig hatte und der Nelly gerade zu Beginn der Weihnachtsferien ein halbes Versprechen abgebettelt hatte, daß sie ihr schreiben werde. Darüber zu Julia kein Wort. Statt dessen verständig sich zeigen wie immer, und doch, wenn auch absichtslos, mit einem Anflug von Distanz. Der reichte aus, um aus Julia jenen Satz herauszuholen, auf den Nelly so lange vergeblich hatte warten müssen: Wir beide wissen ja, was wir aneinander haben, nicht wahr?

Der Satz kam zu spät, zweifellos, und er hatte seine Wunderwirkung beinahe schon eingebüßt. Nelly hätte es sich nicht zugegeben, aber es kam der Verdacht in ihr auf, Julia könnte berechnend sein.

(Merkwürdigerweise sollen Julias letzte Worte, ehe sie auf

einem Transport nach Sibirien an Typhus verstarb, gelautet haben: Wie Gott will. Dies ist verwunderlich, weil sie niemals Spuren religiösen Empfindens zeigte, solange Nelly sie kannte. Übrigens soll sie sich auf diesem Transport vorbildlich, das heißt hilfsbereit bis zum Opfermut, verhalten haben: eine Mitteilung, die wenigstens teilweise eine Frage beantwortete, die Nelly sich nach dem Krieg öfter stellte, nämlich, ob auch ein sogenannter ›ehrlicher Idealismus‹ Julias Auftreten mit bestimmt hatte; ob sie sich sofort verleugnen würde, wie fast alle, die Nelly damals sah, oder ob sie sich ›treu blieb‹, was immer das heißen mochte.)

Dann wieder die Straße, durch die der Wind fegte. Es war stockdunkel geworden. Der Besuch bei Julia hatte nicht ganz gehalten, was Nelly sich von ihm versprochen hatte – das Übliche. So sprach ein Teil von Nelly zu dem anderen Teil, denn es war ihr zur Gewohnheit geworden, sich selbst laufen und reden und handeln zu sehen, was bedeutete, daß sie sich andauernd beurteilen mußte. Es hinderte sie oft daran, von der Leber weg zu reden oder durchzugreifen, wo es nötig gewesen wäre. Einmal traf sie auf der Ludendorffstraße ein Mädchen aus ihrer Jungmädelschaft, die fast nie zum Dienst erschien und daher von ihr, Nelly, einen brieflichen Verweis erhalten hatte. Dafür ließ sie sich nun auf offener Straße von der Mutter herunterputzen, die ihr deutlich sagte, ein so junges Ding wie sie habe ihrer Tochter nichts zu befehlen. Und Nelly, anstatt ihr Recht geltend zu machen, stimmte der Mutter eilig zu, weil derjenige Teil von ihr, der nicht auf der Straße stand, sondern von oben her den Vorfall beobachtete, ihr sagte, daß sie sich schämen solle.

Gehen wir ein paar Schritte. Lassen wir das Auto stehn. Bei der Hitze, sagt Lenka. Wo kann man denn hier mal baden? Jedenfalls nicht hier, nicht am Hindenburgplatz, der um die Ecke liegt und sich, das hast du wohl schon gesagt, zu seinem Vorteil verändert hat durch wilden Grasbewuchs, durch die

Sonnabendnachmittags-Kartenspieler auf den Bänken im Schatten der inzwischen erwachsenen Bäume, die den Platz säumen. Ein Bild, in das man hineinpassen möchte. Die Schnapsflaschen unter den Bänken. Kinder auf dem Schoß und zu Füßen der Väter. Breithüftige, großbusige junge Frauen zu viert auf einer Bank, ihre Säuglinge im Arm.

An der Südostseite des Platzes, die an die ehemalige Böhmstraße grenzt, versammelte sich damals mittwochs und sonnabends Nellys Jungmädelgruppe, ›trat an‹. Auch Nelly ließ ihre ›Schaft‹ antreten, der Größe nach in Reihe zu einem Glied, ließ durchzählen, erwartete immer unruhig das Ergebnis, weil an der Vollzähligkeit ihrer Einheit die Befähigung einer Führerin gemessen wurde, kommandierte ›Rechts um!‹ und ließ die Dreierformation bilden, um der Schar- oder Gruppenführerin, die jetzt erst auftauchte, Meldung zu machen. Danach erfolgte der Abmarsch zu den Dienstübungen. Nelly wie die anderen Führerinnen nicht in der Kolonne, sondern links außen neben ihrer Einheit. Links, links, links, zwei drei vier. Ein Lied. ›Heute wollen wir's probieren; / einen neuen Marsch marschiern, / in den schönen Westerwald, / ei da pfeift der Wind so kalt.‹

Die Rücken der Kolonne. Das Straßenpflaster. Die Häuserfronten. Aber kein einziges Gesicht. Das Gedächtnis versagt auf unglaubwürdige, man muß sagen, peinliche Weise. Auch kein Name mehr, weder von Vorgesetzten noch von Untergebenen.

Diesen Tatbestand merkwürdig zu nennen, läßt die Sprache nicht zu. Merkwürdig scheinen nur Gruppen- und Massenbilder gewesen zu sein: Marschierende Kolonnen. Rhythmische Massenübungen im Stadion. Volle Säle, die singen: ›Heilig Vaterland / in Gefahren. / Deine Söhne sich / um dich scharen. / Von Gefahr umringt, / heilig Vaterland...‹ Ein Kreis um ein Lagerfeuer. Wieder ein Lied: ›Flamme empor!‹ Wieder keine Gesichter. – Ein riesiges Karree auf dem Marktplatz, gebildet aus Jungmädeln und Pimpfen; der Standort ist aufgeboten und angetreten, man hat auf den Führer ein Attentat verübt. Kein einziges Gesicht.

Darauf warst du nicht vorbereitet. Die Schule, die Straße, der Spielplatz liefern Gestalten und Gesichter, die du heute noch malen könntest. Wo Nelly am tiefsten beteiligt war, Hingabe einsetzte, Selbstaufgabe, sind die Einzelheiten, auf die es ankäme, gelöscht. Allmählich, muß man annehmen, und es ist auch nicht schwer zu erraten, wodurch; der Schwund muß einem tief verunsicherten Bewußtsein gelegen gekommen sein, das, wie man weiß, hinter seinem eigenen Rücken dem Gedächtnis wirksame Weisungen erteilen kann, zum Beispiel die: Nicht mehr daran denken. Weisungen, die über Jahre treulich befolgt werden. Bestimmte Erinnerungen meiden. Nicht davon reden. Wörter, Wortreihen, ganze Gedankenketten, die sie auslösen konnten, nicht aufkommen lassen. Bestimmte Fragen unter Altersgenossen nicht stellen. Weil es nämlich unerträglich ist, bei dem Wort ›Auschwitz‹ das kleine Wort ›ich‹ mitdenken zu müssen: ›Ich‹ im Konjunktiv Imperfekt: Ich hätte. Ich könnte. Ich würde. Getan haben, Gehorcht haben.

Dann schon lieber: keine Gesichter. Aufgabe von Teilen des Erinnerungsvermögens durch Nichtbenutzung. Und an Stelle von Beunruhigung darüber noch heute, wenn du ehrlich bist: Erleichterung. Und die Einsicht, daß die Sprache, indem sie Bennennungen erzwingt, auch aussondert, filtert: im Sinne des Erwünschten. Im Sinne des Sagbaren. Im Sinne des Verfestigten. Wie zwingt man festgelegtes Verhalten zu spontanem Ausdruck?

TMÜ, sagt Lenka.

Was soll das wieder sein?

Ihr steuert auf das kleine Café an der Ecke zu, das neu ist. Drinnen ist es ziemlich leer, ein Mann sitzt am Klavier, der Kaffee kostet zehn Złoty. Ihr bekommt ihn türkisch, stark und gut, in großen Tassen. Dazu Erdbeertörtchen. Es kommen ein paar betrunkene Halbwüchsige herein. Der eine belästigt zwei Mädchen am Nachbartisch. Die Kellnerin, eine füllige, gut aussehende Frau im mittleren Alter, redet scharf und nachdrücklich auf die Jungen ein und weist ihnen die Tür. Ohne viel Widerrede torkeln sie hinaus, der eine fällt draußen noch schwer gegen die große Scheibe.

Auf den Gesichtern der drei Frauen erscheint jener Ausdruck von Widerwillen und Überlegenheit gegenüber dem unzurechnungsfähigen Männlichen, der den Frauen heute so geläufig ist.

TMÜ ist ein neuer Fachausdruck aus der Biologiestunde und heißt: Tier-Mensch-Übergangsperiode. Da stecken wir mittendrin, sagt Lenka, oder? Mancher mehr Tier, mancher schon mehr Mensch.

In jener Zeit malte sie zusammengekauerte Menschen in Kapseln, einen jeden für sich. Hin und wieder ein eingekapseltes Paar. Und traurige Selbstporträts. Neulich erzählte sie dir, in welchem Traum oder Alptraum sie lange umherging: Eine Filmkamera beobachtete jede einzelne ihrer Handlungen bei Tag und bei Nacht, und ein großer Kinosaal voller ahnungsloser Leute, die von der Straße hereingekommen waren, einen beliebigen Zweistundenfilm zu sehen, wurde gezwungen, sitzen zu bleiben und ihren, Lenkas, Lebensfilm auf einer riesigen Leinwand zu verfolgen. Tage- und wochenlang. Lästig war kein Ausdruck, sagte sie, für diese Leute und, wie du dir denken kannst, auch für mich. – In solchem Augenblick den Ausruf: Das kenn ich! zurückzuhalten ginge wohl über Menschenkraft. Sie zog die Augenbrauen hoch: Was heißt das? Du hast auch das Gefühl gehabt, gefilmt zu werden? – Das nicht, so technisch dachte ich nicht. Das Kamera-Auge war in meinem Fall Gottes Auge und das Dauerpublikum Gottvater selbst. – So lange hast du also an Gott geglaubt. – Geglaubt hört sich an, als wäre

Nichtglauben möglich gewesen, aber das war es nicht. Was übrigens ist der Unterschied zwischen dem Auge Gottes und dem deiner Kamera?

Darüber wollte Lenka nachdenken.

Vielleicht können wir nichts anderes tun, als den nach uns Kommenden unsere Behinderungen zu vermelden. Davon reden, was einem geschieht, wenn alle Wege, die einem offenstehen, in falsche Richtungen führen. Vielleicht sollte es dir um Verluste, die Nelly erlitt – unwiderruflich erlitt, wie du heute weißt –, doch leid tun. Vielleicht sollte es dir leid tun um das Kind, das sich damals verabschiedete: von niemandem gekannt und als derjenige geliebt, der es hätte sein können. Das sein Geheimnis mitnahm: das Geheimnis von den Wänden, in die es eingeschlossen war, die es abtastete, um jene Lücke zu finden, die ihm etwas weniger Angst machte als die anderen – aber doch auch noch Angst genug. Eine Angst, die sich damals in einem durchdringenden, andauernden Gefühl von Selbstfremdheit zu erkennen gab und deren Spur eben darin besteht, daß sie die Spuren löschte: Einem Menschen, der nicht auffallen will, fällt bald nichts mehr auf. Der entsetzliche Wille zur Selbstaufgabe läßt das Selbst nicht aufkommen.

Lutz und Lenka stritten sich, du hattest den Zusammenhang verloren. Lutz sagte, sich gegen das Bestehende aufzulehnen, könne natürlich heroisch sein; aber es habe doch immer einen Beigeschmack von Komik. Das Bestehende beweise einfach durch seine Existenz sein Recht auf Bestand.

Wie kamt ihr darauf? fragtest du.

Vom TMÜ her, sagte Lenka. Lutz ist ja konservativ. – Realistisch, sagte Lutz. Während ihr Romantiker seid.

Als ihr aus dem Café kamt, war dir elend. Nicht weit von dem Punkt, an dem ihr wieder in euer Auto stiegt, nicht mehr als drei Minuten entfernt, muß in der ehemaligen Franz-Seldte-Straße die Gaudienststelle der Hitler-Jugend gelegen haben, ein zweistöckiges Haus, das du zur Not wiedererkannt hättest. Nelly hat es nie ohne Herzklopfen betreten und nie ohne Erleichterung verlassen. Zeit hättet ihr gehabt, wenn es nun auch später als sechzehn Uhr war und ihr endlich in euer Hotel wolltet. Niemand hätte widersprochen, wenn du den kleinen Umweg vorgeschlagen hättest. Aber es fiel dir nicht ein.

Ein Versäumnis, das du erst heute bemerkst.

11

Endlösung.

Es ist nicht mehr festzustellen, wann du dieses Wort zum erstenmal gehört hast. Wann du, als du es hörtest, ihm den Sinn gabst, der ihm zukommt; Jahre nach dem Krieg wird es gewesen sein. Noch später aber – bis heute – hast du bei jedem stark qualmenden hohen Schornstein ›Auschwitz‹ denken müssen. Der Schatten, den dieses Wort warf, wuchs und wuchs. Sich ohne Rückhalt in diesen Schatten stellen, gelingt bis heute nicht; denn die Vorstellungskraft, sonst nicht faul, schreckt vor dem Ansinnen zurück, die Rolle der Opfer zu übernehmen.

Für immer sind die Betroffenen von den Nichtbetroffenen durch eine unüberschreitbare Grenze getrennt.

Am 31. Juli des Jahres 41 – einem Ferientag, heiß wahrscheinlich – mag Nelly, wie sie es liebte, in ihrer Kartoffelfurche im Garten gelegen haben, unter den Schattenmorellen, lesend, während eine Eidechse sich auf ihrem Bauch sonnte. Vielleicht sprang sie dann auf, als aus dem Radio, das sommers in der Veranda stand, nach der Fanfare für die Sondermeldungen vom weiteren Vormarsch der deutschen Truppen in Rußland die Rede war. Ihr Vater war nicht mehr dabei. Sein Jahrgang wurde nach dem Polenfeldzug demobilisiert, er selber, Bruno Jordan, ›garnisonsdienstverwendungsfähig Heimat‹, als Unteroffizier in der Schreibstube des Wehrbezirkskommandos in L. eingesetzt.

So oder wenig anders verging ihr der Tag, an dem der Reichsmarschall Hermann Göring den Chef der Sicherheitspolizei und Leiter des Sicherheitsdienstes (SD) Reinhard Heydrich im Auftrag des Führers mit der ›Endlösung der Judenfrage im deutschen Einflußgebiet in Europa‹ betraute: denselben Heydrich, an den am 24. Januar 1939 – Nelly ist keine zehn Jahre alt – der Befehl zur Vollstreckung der Endlösung im deutschen Reichsgebiet ergangen war.

Beide Daten – das eine jährte sich dieses Jahr, 1974, zum fünfunddreißigstenmal – hätten, eher als manche andere, ihren Gedenktag verdient.

Dieser Eichmann, fragte Lenka neulich, wer ist denn das eigentlich. Ihr verstummtet. Dann verlangtest du, ihr Geschichtsbuch zu sehen. Neunte Klasse, sagte sie und suchte es unlustig unter den abgelegten Schulbüchern in einem Karton im Keller.

Der faschistischen Diktatur in Deutschland sind fast hundert Seiten gewidmet. Der Name Adolf Eichmann, davon überzeugtest du dich, wird nicht genannt. Zweimal wird Heinrich Himmler erwähnt, davon einmal mit dem Ausspruch: ›Ob die anderen Völker in Wohlstand leben oder ob sie verrecken vor Hunger, das interssiert mich nur soweit, als wir sie als Sklaven für unsere Kultur brauchen. Anders interessiert mich das nicht.‹

Posen – heute Poznań –, wo diese Rede am 4. Oktober 1943 vor SS-Gruppenführern gehalten wurde, lag lausige hundertdreißig Kilometer von Nellys Heimatstadt entfernt. So weit nach Osten ist sie als Kind nicht gekommen. Du gibst Lenka aus der gleichen Rede ein paar Sätze mehr: ›Es ist grundfalsch, wenn wir unsere ganze harmlose Seele mit Gemüt, wenn wir unsere Gutmütigkeit, unseren Liberalismus in fremde Völker hineintragen.‹ Lenka sieht dir über die

Schulter, gemeinsam lest ihr, was man nicht vorlesen kann: ›Von euch werden die meisten wissen, was es heißt, wenn hundert Leichen beisammenliegen, wenn fünfhundert daliegen oder wenn tausend daliegen. Dies durchgehalten zu haben und dabei – abgesehen von Ausnahmen menschlicher Schwäche – anständig geblieben zu sein, das hat uns hart gemacht. Dies ist ein niemals geschriebenes und niemals zu schreibendes Ruhmesblatt in unserer Geschichte ...‹ Lenka schweigt.

In ihrem Geschichtsbuch ist auf der Seite 206 das Lagertor von Auschwitz-Birkenau abgebildet (Lenkas Assoziation ist: Franci. Franci aus Prag, die sie seit ihrer frühen Kindheit liebt, ist durch dieses Tor gegangen). Darunter stehen vier Zitate aus einem Briefwechsel zwischen der I.G. Farben und dem Konzentrationslager Auschwitz betreffs einer Lieferung von Frauen aus dem KZ an das Werk zu Versuchszwecken, für die ein Stückpreis von 170 Mark festgesetzt wird; 150 Frauen sterben an den Versuchen, wird präzis mitgeteilt. ›Wir werden Sie in Kürze betreffend einer neuen Lieferung benachrichtigen.‹ Lenka hat keine Assoziation. Was ist ihr I.G. Farben?

Dir ist I.G. Farben der ausgedehnte Gebäudekomplex aus roten Backsteinen, der Mitte der dreißiger Jahre rechter Hand von der Friedeberger Chaussee gebaut wurde, ein weitläufiges Gelände mit Produktionsstätten, in denen die letzten Arbeitslosen der Stadt Arbeit und Brot fanden (Stellungsangebote im ›General-Anzeiger‹!). Im Krieg standen auf dem Gelände auch die Wohnbaracken der Wolga- und Wolhyniendeutschen, die der Führer heim ins Reich geholt hatte, damit sie bei I.G. Farben arbeiten und zu Weihnachten von den Jungmädeln – Nelly unter ihnen – mit selbstgestrickten Schals und Fausthandschuhen und selbstgebackenen Pfefferkuchen beschenkt werden konnten. Die wolhyniendeutschen Frauen weinten, wenn die Jungmädel ›Heitschibumbeitschi‹ sangen, sie wischten sich die Augen mit den Zipfeln ihrer schwarzen Kopftücher, die sie auch in der Stube umbehielten (aber was heißt hier Stube: Es waren Barackenräume mit rohen Holztischen und Doppelstockbetten, in denen es übel roch), und sie bedankten sich unter Tränen für die schönen Geschenke, und manche machten Anstalten, den jungen Fräulein'die Hände zu küssen. Nelly ging nicht gerne in die Baracken, aber sie sah ein, daß sie sich nicht davor drücken durfte.

Auf Seite 207 in Lenkas Schulbuch im Format 14 × 9 eine ›Karte der faschistischen Konzentrationslager in Europa während des zweiten Weltkrieges‹. Auf dieser Karte gibt es keine Städte. Bezeichnet sind Nord- und Ostsee und die großen Flüsse, namentlich benannt sind die sechzehn durch größere schwarze Punkte als Hauptlager kenntlich gemachten KZs. Fünf von ihnen sind durch Unterstreichung als Vernichtungslager gekennzeichnet. Die Karte ist gesprenkelt von kleinen Punkten (›Nebenlager‹) und Kreuzchen (›Ghettos‹). Du spürtest körperlich, wie Lenka zum erstenmal begreift, in welcher Landschaft ihre Mutter ihre Kindheit verbracht hat. Die geographische Lage der Vernichtungslager Chelmno, Treblinka, vielleicht auch Majdanek, macht die Annahme wahrscheinlich, daß Transporte mit Menschen, die für diese Lager bestimmt waren, auch über L. geleitet wurden, das ja an der Ostbahnstrecke lag. Die für Auschwitz und Belzec bestimmten Züge werden die südlichere Streckenführung benutzt haben. Niemals hat Nelly von einem ihrer Landsleute hierüber ein Wort gehört, während des Krieges nicht und auch nicht danach. Aus ihrer Familie arbeitete niemand mehr bei der Deutschen Reichsbahn.

Soviel sie wisse, sagt Lenka, hatten die allermeisten aus ihrer Klasse – letzten Endes auch sie selbst – diese Karte nicht allzu gründlich, jedenfalls ohne tiefe Anteilnahme betrachtet.

Es sei, sagt sie, nicht das Gefühl in ihnen aufgekommen (oder erweckt worden, denkst du), diese Karte ginge sie mehr an als andere Dokumente in diesem Buch. Dein heftiges, mit Mißfallen gemischtes Erstaunen fällt in sich selbst zurück, als ihm in dir die Frage begegnet, ob es denn eigentlich zu tadeln, ob es nicht vielmehr zu wünschen sei, daß diesen Kindern kein Schuldgefühl mehr aufkommt, welches sie zwingen könnte, die Karte genauer anzusehen. – Bis ins dritte und vierte Glied – die grausige Formel des Rachegottes. Aber darum geht es nicht.

Du hast sie, wie sie scharenweise über den früheren Appellplatz auf dem Ettersberg zogen, ungerührt ihre Frühstücksbrote und Äpfel essen sehen – ein Anblick, der nicht Empörung, sondern Staunen und Bangigkeit in dir weckte. Es hat dir auch jemand zu erklären versucht, daß es zweckmäßig, material- und kostensparend gewesen sei, die ehemaligen SS-Kasernen beim Lager Buchenwald in eine Art von Touristenhotel umzubauen. Er sprach nicht direkt von Gastfreundschaft, aber darauf lief doch hinaus, was er sagte, und die Frage, ob er wirklich glaube, jemand – ein ausländischer Tourist zum Beispiel – könne bei Nacht in diesem Hause ein Auge zutun, verstand er nicht. Ehrlich, sagte er, das versteh ich nicht. Deinen Vorschlag, heutige Besucher des ehemaligen Konzentrationslagers sollten gehalten sein, für die wenigen Stunden ihres Aufenthaltes auf Essen und Trinken, Gesang und Kofferradiomusik zu verzichten, fand er lebensfremd. Ehrlich, sagte er, das geht an der Wirklichkeit vorbei. Man muß die Menschen nehmen, wie sie sind.

Wann mag der Nachhilfeunterricht bei Studienrat Lehmann gewesen sein? Jedenfalls nach dem 31. Juli 1941. Sicherlich auch nach jenem 20. Januar 1942, dem Tag der sogenannten Wannsee-Konferenz, an der nun endlich Adolf Eichmann teilnehmen darf (wenn auch als Rangniedrigster) und – zu seiner unaussprechlichen Beglückung – die Staatssekretäre aller einschlägigen Ministerien und andere hohe Chargen in fast euphorischer Einmütigkeit jenem Plan zustimmen sieht, dessen Durchführung ihm Gelegenheit geben soll, sein ganzes Können und all seine Talente zu entfalten: Europa ›von Westen nach Osten‹ auf Juden ›durchzukämmen‹.

(Adolf Eichmann, Lenka, erkundige dich nach ihm. Der Mann, der es nicht ertrug, erfolglos zu sein; der sich bis zu seinem Ende, auch über seinen eigenen Tod, in Redensarten erging: Meister und Opfer jener tödlichen Art von Sprachregelungen, die den einen die ersehnte absolute Gleichschaltung, den anderen die Vernichtung bringen – durch jene, die mit Hilfe der gewissenlos gemachten Sprache morden können, ohne Gewissensbisse zu empfinden. Weil sie nur noch empfinden können, was erwünscht ist. Adolf Eichmann als der Gefährlichste, dem ›normalen‹ Verhalten von Zeitgenossen am nächsten Stehende. Der sich der staatlicherseits vorgeschriebenen Umwertung aller Werte vollkommen unterwarf und der bis zu seinem Ende seine Schuld nur in seinem Gehorsam sah – und dieser sei ihm doch als Tugend anerzogen worden.)

Deiner Erinnerung nach war es im Winter, als Herr und Frau Studienrat Lehmann, langjährige Kunden des Jordanschen Geschäfts, eines Nachmittags mit Charlotte im Herrenzimmer saßen und, mehr und mehr sich erregend, von ihrer Herkunft zu reden begannen. Merkwürdiger- und unerklärlicherweise hat Nelly die ganze Zeit über dabeigehockt, vermutlich auf Wunsch der Mutter, die dem Studienratsehepaar ihre Tochter als Schülerin hatte offerieren wollen und nicht voraussehen konnte, welchen Verlauf das Gespräch nehmen würde. Aber es lag Studienrat Lehmann sehr, sehr am Herzen, zu beteuern, daß seine Dispensierung aus dem Schuldienst wegen angeblicher rassischer Unzuverlässigkeit auf einem verhängnisvollen Irrtum beruhe, den er, Lehmann, in einer Fülle von Eingaben an die zuständigen

Behörden, zuletzt an Herrn Himmler persönlich, aufzuklären sich bemühte.

Studienrat Lehmann trug Kopien der Dokumente bei sich (und zwang Charlotte Jordan gegen deren Wunsch, sie einzusehen), aus denen zweifelsfrei hervorging, daß die – allerdings jüdischen – Eltern, die ihn aufgezogen hatten, nie und nimmer seine natürlichen Eltern gewesen waren; daß vielmehr eine fast lückenlose Beweiskette für seine Behauptung sich erbringen ließ, ein schlichtes Mädchen rein arischen Blutes, inzwischen leider verstorben, sei seine uneheliche Mutter gewesen. Ein Mädchen, das zu intimerem Umgang mit nichtarischen Männern keine, aber auch gar keine Gelegenheit gehabt hätte. Was ihn, Lehmann, betreffe, so sehe er dem Ergebnis der Untersuchung mit allergrößter Ruhe entgegen.

(›Kälte wie noch nie ist eingedrungen.‹)

Nelly vergaß nicht die weißen, flatternden Finger, wie sie in den Papieren herumfuhren, und das gespenstische Gelächter, das Studienrat Lehmann anschlug, als er fragte, ob er denn vielleicht aussehe wie ein Jude? Studienrat Lehmann hatte ein helles, rundes, etwas teigiges Gesicht und spärlichen rotblonden Haarwuchs, und Charlotte Jordan bestätigte ihm hastig, so sah kein Jude aus. Sie beeilte sich dann, das Gespräch auf die Kochkiste zu bringen, die die Lehmanns nach den Stromsparempfehlungen der Presse konstruiert hatten (Rubrik: Kampf dem Kohlenklau!). Frau Studienrat Lehmann, Fremdsprachenlehrerin wie ihr Mann, im Zuge der Sippenhaftung ebenfalls vom Schuldienst suspendiert, hatte es in der Handhabung dieser Kochkiste zu beachtlicher Fertigkeit gebracht und war bereit, Interessenten ihre Tricks zu verraten.

Nelly hatte nichts dagegen, daß Herr Lehmann ihr die Aussprache des englischen Konsonanten ›r‹ beibrachte, die ihr nun mal nicht gelang. Einsichtig unterwarf sie sich an Lehmanns ovalem, mit einer Filethäkeldecke belegtem Wohnzimmertisch den Zungenübungen, die, obwohl das Zäpfchen-R ihr unerreichbar blieb, zu einem befriedigenden Ergebnis führten. Übertrieben wäre die Behauptung, sie habe keinen Augenblick vergesssen können, daß ihr Lehrer unter dem Verdacht stand, Jude zu sein. Doch er selbst mit seiner übermäßigen Freundlichkeit, die bis zur Unterwürfigkeit ging, ließ keine Unbefangenheit aufkommen. Der Schweiß lief ihr von den Händen, wenn sie Herrn Lehmann gegenübersaß, und durchfeuchtete ihr Englischbuch. Sie wurde das Gefühl nicht los, daß der Lehrer Angst vor ihr habe, und sie begriff, daß sie ihm diese Angst auch durch ihrerseits übertriebene Freundlichkeit nicht nehmen konnte. Jedes Wort, das zwischen ihnen gewechselt wurde, kam ihr falsch vor. Aber es war undenkbar, die Qual dieser Stunden einfach zu beenden, da ja die Lehmanns sich jetzt durch Stundengeben über Wasser halten mußten.

Nelly beneidete Bruder Lutz, der, unbeschwert von Gefühlszwiespalt, sich von Herrn Lehmann das Lispeln abgewöhnen ließ, indem er ein einziges Mohnkörnchen mit der Zungenspitze so lange in seiner Mundhöhle umhertransportierte, bis die Zunge von selber die Stellung fand, in der das scharfe S gesprochen werden kann.

Daß die Mutter Mut bewies, ihre Kinder zu den Lehmanns zu schicken, bedachte Nelly damals nicht. Sie habe es skandalös gefunden, sagte Charlotte später, wie man zwei bewährten Lehrern ihre langjährigen treuen Dienste dankte. Sie hätten ihr auch leid getan. Ob sie es glaubte oder nicht, was der Studienrat mit seinen Papieren zu beweisen suchte, das wußte sie nicht mehr so genau. Jedenfalls drohte ihren Kindern von diesen Leuten keine Gefahr, soviel stand für sie fest. Und höheren Orts hätte sie im Falle eines Verhörs steif und fest behauptet, Studienrat Lehmanns Unterlagen hätten sie von seiner arischen Abstammung überzeugt.

Nelly hat gegen den Mann, der vielleicht ein Jude war, keine Abneigung empfunden. Daß er ihr leid tat, gestand sie sich nicht ein. Ein durchdringendes Gefühl von Peinlichkeit vergiftete ihr die Zusammenkünfte, je häufiger Studienrat Lehmann es für nötig hielt, die Berichte des Oberkommandos der Deutschen Wehrmacht mit zustimmenden Kommentaren zu versehen. Der Russe zwingt den Deutschen nie, sagte er, und Nelly, die aus vollem Herzen seiner Meinung war, mußte sich doch fragen, ob nicht wiederum die Angst es war, die ihn zu solchen überbetonten Äußerungen trieb.

Es war ihr unsagbar widerwärtig, wenn man vor ihr Angst hatte. Aber ganz undenkbar wäre es ja gewesen, dem Studienrat durch ein offenes Wort – zum Beispiel: Aber seien Sie doch ruhig, ich glaube Ihnen ja! – ein für allemal die Angst zu nehmen. Gerade so ein Wort hätte die Peinlichkeit auf die Spitze getrieben und einer Flut gegenseitiger Beteuerungen Tür und Tor geöffnet.

Eine junge Frau, die damals noch nicht geboren war, erzählte dir vor wenigen Tagen eher beiläufig, sie habe, nach einem vortägigen Saunabad in einer sehr engen Badezelle, nachts zum erstenmal in ihrem Leben geträumt, sie werde vergast. Merkwürdigerweise habe sie dabei ein Kind auf dem Arm gehabt, ihr Kind, obwohl sie doch kinderlos sei . . . Danach habe sie nicht wieder in die Sauna gehen können. Dumm von ihr, sicherlich. Aber es sei so über alle Maßen schrecklich gewesen, im Traum.

Von Heinrich Himmler weiß man, daß er ein strenger, genauer, frommer Mann gewesen ist. Genauso könnte man den Vater des Rudolf Höß beschreiben, jenes ersten Kommandanten von Auschwitz, dessen Aufzeichnungen du genau vor einem Jahr (wir schreiben inzwischen März 1974) zum erstenmal gelesen hast, und zwar während eines Kuraufenthaltes mit Diätvorschriften, langen Spaziergängen, sportlichen Übungen, Saunabädern (dies war das Stichwort für die Assoziation) und Massagen. (Zuerst müssen die Eltern von Massenmördern dasein, ehe es Massenmörder geben kann.) Das Buch, welches die Bibliothek nur ausnahmsweise entleiht, lag auf dem kleinen weißen Tischchen. Die Lektüre zog sich in die Länge, du schaltetest andere Bücher ein. Die Ärzte, die auch den Lesestoff der Patienten zu begutachten pflegten, wogen das Buch in der Hand, legten es zurück, hatten nichts einzuwenden. Die meisten von ihnen sind inzwischen jünger als du, manche Namen, die sich deiner Generation eingeprägt haben, sagen ihnen nichts mehr.

Es wäre sicher zuviel gesagt, daß du in dieser Lektüre unbewußt nach einem Mittel gesucht hättest, dir deine Arbeit, diese hier, selber aus der Hand zu schlagen. Nur warst du unglücklicherweise aus Mangel an technischen Schreibhilfen gezwungen, mit eigener Hand Auszüge aus diesen Aufzeichnungen zu machen, die ihr Urheber, eben der Kommandant von Auschwitz, in den Monaten vor seiner Hinrichtung in einem polnischen Gefängnis niederschrieb. Es geschah nichts Auffallendes, wie das Versagen der Hand. Jene vernünftige innere Instanz funktionierte weiter, die auch dazu da ist, auseinanderzuhalten, was bei Strafe des Verrücktwerdens nicht vermischt werden darf. Sie trennte den Vorgang des Abschreibens von dem des Schreibens; die Vorstellung dessen, was hätte sein können, von der Erinnerung an wirklich Geschehenes; die Vergangenheit – soweit das möglich ist – von der Gegenwart. Das heißt, sie hielt die Kommandohöhen besetzt, die unsere geistige Gesundheit kontrollieren.

Worüber sie keine Macht hatte: die geheime Zersetzung durch das schleichende Gift der Verzweiflung. Was sie nicht verhindern konnte, waren kleinere, nicht das ganze Gefüge gefährdende Fehlleistungen, wie: gewisse Träume, nach de-

324

nen an Schlaf nicht mehr zu denken ist; plötzliche, unvorhersehbare Verwandlungen harmloser Szenen ins Grauenhafte (wenn, ein Beispiel zu nennen, in der Schlange der vor der Küchenklappe Wartenden die Redewendung ›bis zur Vergasung‹ fiel); der erneut aufkommende Zwang, Personal und Belegschaft des Krankenhauses nach dem Gesichtspunkt ihrer Verwendbarkeit als Komplicen bei Massenverbrechen einzuteilen: ein Begriff, der ja nicht nur das Verbrechen an Massen, sondern auch das massenhafte Auftreten von Tätern und Mit-Tätern bezeichnet. Sosehr auch gewisse Entdeckungen, vorab die von der Brauchbarkeit des Gases Zyklon B als Massenvernichtungsmittel für Menschen – das zuerst an 900 sowjetischen Kriegsgefangenen im alten Krematorium von Auschwitz ausprobiert worden war –, auf den Kommandanten Höß ›beruhigend wirkten‹, ›da ja in absehbarer Zeit mit der Massenvernichtung der Juden begonnen werden mußte, und noch war weder Eichmann noch mir die Art der Tötung dieser zu erwartenden Massen klar. Nun hatten wir das Gas und auch den Vorgang entdeckt‹.

Was verlangst du von Lenkas Geschichtsbuch? Daß es den Lauf der Zeit aufhält? Unglückliches Bewußtsein auf die kommenden Generationen überträgt? Verhindert, daß all und jedes, auch die Greueltat, verblaßt?

Neulich, genau heute, Anfang März 1974, vor vierzehn Tagen, sagte Bruder Lutz während einer Geburtstagsfeier in der Familie (alte Fotoalben, Erinnerungen): Den Emil Dunst, den hätt ich damals umbringen können. Den hab ich gehaßt wie die Pest.

Die Kinder hatten keine Ahnung, wer Emil Dunst gewesen war: Der Großonkel von euch, der die Bonbonfabrik hatte. Unter den Fotos war eines, das sein Grab zeigte, Tante Trudchen fotografiert leidenschaftlich gerne reich geschmückte Gräber naher Verwandter. ›Hier ruht fern der

Heimat mein lieber Mann . . .‹ (Das sah Tante Olga ähnlich.)
Mensch, sagte Bruder Lutz, Emil Dunst, das war dir ein
Früchtchen. Kannst du dich erinnern, wie er im Sommer 45
– wir schliefen in Bardikow noch in der Scheune – plötzlich
auftauchte, um uns schon von weitem zuzurufen: Daß euer
Vater tot ist, das wißt ihr ja wohl? Den haben die Russen
doch umgebracht. – Mensch! Erwürgen hätte ich den können. Mit Gas hat Emil Dunst es vormals selber versucht. Die
kleinen lustigen Flämmchen rund um die Bonbontische,
welche die Masse warm und geschmeidig hielten, waren ja
Gasflämmchen. Wenn man den Gashahn öffnete, ohne die
Flämmchen anzuzünden, dazu den Tisch rundum mit Dek-
ken verhängte, dann erlangte das Gas unter dem Tisch eine
Konzentration, die ohne weiteres ausreichte, um zwei Personen – Onkel Emil Dunst und die früher schon erwähnte
Frau Lude – ins Jenseits zu befördern. So drückte Gottlieb
Jordan, Heinersdorf-Opa, es dann aus: Die haben sich ins
Jenseits befördern wollen. Schubiack, der! Sein Gefühl un-
terschied genau zwischen einem Unglücklichen und einem,
der sein Selbstmitleid zur Schau stellte.
Heinersdorf-Opa hat die beiden gefunden. Ein Anblick, den
er seinem ärgsten Feind nicht wünscht. Er, jawohl; er selber
hat sie unter dem Tisch hervorgezogen und hat später oft
und oft gesagt: Hätt ich sie man bloß liegenlassen. Hätt dem
Mädel viel erspart.
Das Mädel ist Tante Olga, die nicht imstande ist, ihren Mann
vor die Tür zu setzen, wie Charlotte Jordan es damals im
Sommer 45, mit Emil Dunst nach eigener Aussage ohne
weiteres getan hätte, hätte sie nur eine Tür gehabt, vor die
sie ihn hätte setzen können. So hat sie ihn nur angefahren,
als er ihr den Tod des Mannes meldete: Halt doch dein un-
gewaschenes Maul!, und er, der nicht leicht zu kränken war,
hat ungerührt erwidert: Na bitte. Wer nicht hören will, muß
fühlen.

In der freien Natur verkommen die Sitten schnell. Immerhin lag Charlotte eine wenn auch unsichere Nachricht vor, daß ihr Mann lange nach dem Tag, an dem er laut Emil Dunsts Aussage erschossen worden war, an einem weit entfernten Ort noch lebend gesehen wurde.

Die lange vergessenen Gesichtszüge des Emil Dunst sind dir immer wieder hinter dem Buch des Auschwitz-Kommandanten erschienen, als Antwort auf die Frage, ob du jemanden gekannt hast, der in diesem Buch eine Rolle spielen könnte. Emil Dunst! Er hätte den Anforderungen genügt. Du erinnerst dich, wie bestimmte Worte aus seinem Munde kamen. Polackenpack. Judengesindel. Russenschweine. Er paßte an jeden Platz der Vernichtungsmaschinerie, die jener Höß beschrieb. Er paßte an die Rampe. Unter die Begleitmannschaft. Unter die Selektionierer. Unter die, die die Gashähne aufdrehn. Als Aufseher an die Verbrennungsöfen. Er paßte unter die Mannschaften, die abends in ihren Quartieren zusammenhocken und ihr Selbstmitleid in Schnaps ersäufen. Daß du es nicht vergißt: Auch vom ›inneren Schweinehund‹ hat er oft gesprochen, den Rudolf Höß so erfolgreich in sich überwand.

Nur eines hat ihm allerdings gefehlt: die Tüchtigkeit. Traurig zu sagen: Emil Dunst war faul. Eichmann und Höß waren überaus fleißige deutsche Männer, von ihrer Arbeit besessen und über nichts so verzweifelt wie über Unverständnis und Nachlässigkeit in ihrer Umgebung, die sie hinderten, diese ihre Arbeit musterhaft auszuführen.

Die Alliierten, als ihnen die ersten Nachrichten aus den Vernichtungslagern zugeleitet wurden, haben sie nicht veröffentlicht. Grund: Sie konnten nicht an sie glauben. Sie wollten sich nicht der Greuelpropaganda schuldig machen. Wir Heutigen trauen Menschen alles zu. Wir halten alles für möglich. Wir wissen Bescheid. Vielleicht ist dies das Wichtigste, was unser Zeitalter von den vorangegangenen trennt.

Vielleicht ist es unerläßlich, daß dieses Wissen wieder verlorengeht.

Jetzt: Auftritte, die Nelly, mühelos, wie es scheint, absolvierte.

Beim Harmloseren anzufangen: Lazarettsingen. Die ehemalige Heil- und Pflegeanstalt an der Friedeberger Chaussee war im Krieg Lazarett. Keiner fragte sich, wo die Irren geblieben waren, in deren Betten nun die Verwundeten lagen. Unter Anleitung der Gruppenführerin Christel hatte auch Nelly mit ihrer Schar ein schönes Programm einstudiert, eingedenk der stillschweigenden Übereinkunft, daß Verwundete leichte Kost brauchten. Der ›General-Anzeiger‹, dessen Korrespondent ein Lazarettsingen schildert, verzeichnet kein einziges Kampflied der Bewegung, auch nichts Kriegerisches, dafür: ›Ich bin ein Musikante‹ und ›'s ist mir alles a Ding, / ob i lach oder sing, / i hab a Herzele wie a Vögele, / darum lieb i di aa so ring.‹

Hoho-Rufe und Beifall der Leichtverwundeten. Die Schwerverwundeten, in deren Saal es süßlich roch, obwohl alle Fenster aufstanden, und die nur ein einziges Lied hören durften, wünschten sich: ›Rosemarie, Rosemarie, sieben Jahre mein Herz nach dir schrie.‹ – Nelly sah an den Einbuchtungen der Bettdecke, daß manchen von ihnen Gliedmaßen fehlten: Beine, Arme.

Am Ende sangen die Jungmädel auf dem Flur für alle ›Lili-Marleen‹, bis auch den letzten die Rührung überkam. ›Wenn sich die späten Nebel drehn ...‹ Und ganz zum Schluß sangen die verwundeten Kameraden in ihren Betten den Jungmädeln als Dank ihrerseits ein Lied. Sie sangen: ›Argonnerwald, um Mitternacht, / ein Pionier steht auf der Wacht, / Ein Sternlein hoch am Himmel stand, / zeigt ihm den Weg ins ferne Heimatland.‹ Sie hörten nicht auf zu singen. Sie blickten an die Decke, es war dunkel geworden, die Jungmädel mußten sich davonschleichen, hinter ihnen sangen die Verwundeten: ›Fern bei Sedan / auf der Höhe / steht ein Infantrist auf Wacht, / neben seinem / Kameraden, / den die Feindeskugel tödlich traf.‹

Am Abend ist es immer am schlimmsten, sagte die blonde junge Schwester, die den Jungmädeln den Ausgang zeigte. Charlotte, die ihre Tochter bei offenem Fenster erwartete, sagte bloß: Wer gibt den armen Ludern ihre heilen Knochen zurück!

Nun war es aber weit nach sechzehn Uhr, an jenem Sonnabend, dem 10. Juli 1971, in G., vormals L. (es war die Stunde nach jener Erholungspause in dem neuen Café). Nun konnte man aber endlich ins Hotel.

Nelly hat als Kind weder dieses noch ein anderes Hotel betreten, Lenka gibt sich weltläufig beim Empfang des Schlüssels. Eure Zimmer liegen im Parterre. Die Tageshitze hängt in den Räumen. Durch Analogieschlüsse aus dem Russischen könnt ihr zum Glück den polnischen Hinweis auf eine Dusche im ersten Stock entziffern. Schlüssel bei der Rezeption. Da gehn wir mal zusammen hin, ja?

Okay.

Duschen wie diese, sagt Lenka dann, findet sie schau. Ohne alles Brimborium, einfach mit graublauer Ölfarbe gestrichen, und am Fußboden der Lattenrost. Sie dreht die Hähne voll auf, erlaubt dir, ihr den Rücken abzuseifen, du sagst, Fräulein Hering, sie erwidert: Wart's nur ab. Sie singt aus vollem Halse. ›Wir singen alle otschen karascho.‹ Du gibst zu bedenken, die Kabine könnte nicht schalldicht sein. I like you, sagt Lenka darauf.

Dann sieht sie sich mit Badekappe in dem Spiegel, der schnell beschlägt. Ohne Haare, sagt sie, könnte sie in jedem Horrorfilm auftreten. Später übergibt sie ihrem Onkel die Schlüssel zur Dusche, verkündet ihren Entschluß, ein bißchen zu pennen, und legt sich auf das Bett am Fenster, das durch die Nachttische von deinem getrennt ist. Du bist fast eingeschlafen, da sagt sie mit wacher Stimme: Genaugenommen könnte man Heulkrämpfe kriegen.

Du weißt sofort, was sie meint.

Wenn sie daran denke, daß vielleicht gerade jetzt, während sie gemütlich im Bett liegt, irgendwelche Amis irgendwelche Leute aus einem vietnamesischen Dorf umbringen, dann finde sie sich selbst zum Kotzen. Brauchst nichts zu sagen, sagt sie, ich weiß, daß ich Blödsinn rede, aber vielleicht ist es noch schlimmerer Blödsinn, ruhig zu schlafen, während diese Sachen passieren.

Vielleicht sei überhaupt das allerschlimmste, daß alle Leute sich an alles gewöhnen können.

Was dir zuerst einfällt und was du unterdrückst, sind Beschwichtigungen. Du willst nicht, daß sie jetzt schon irre wird. Du willst nicht, daß jetzt schon jener Ausdruck von Eingeweihtsein auf ihrem Gesicht sich bildet, den du von dem deinen nicht mehr herunterkriegst: Erzählt mir bloß nichts! Ich durchschau das sowieso!

Nicht zuletzt der Fähigkeit, sich zu gewöhnen, sagst du, verdanke aber die Menschheit ihr Überleben als Gattung.

Ist mir alles klar, sagt Lenka. Und wenn die Menschheit sich jetzt an diese Sachen gewöhnt, die sie als Gattung umbringen? Na? Was nun? Sag mal was.

Ja, sagst du. Vielleicht, daß man selber die Verrücktheit nicht in sich reinlassen darf.

Beg your pardon?

Ich meine die vielen Leute, die felsenfest glauben, was die meisten denken und tun, sei normal.

Ach die, sagt Lenka. Kenn ich.

Und?

Gar nichts und. Die gehn mir unheimlich auf die Nerven. Aber leid tun können sie mir auch.

Und du hast keine Angst, wenn du ganz was anderes denkst als sie?

Angst? sagt Lenka. Wo ich doch sehe, was mit denen los ist?
Und wenn sie dir auf den Leib rücken, ernsthaft?
Dann krieg ich eine blödsinnige Wut und fange an zu brüllen.
Aber daß sie recht haben müssen, weil sie doch die meisten sind – die Idee kommt dir nicht?
Nee, sagt Lenka. Ich bin ja nicht lebensmüde. Oder wie seh ich das: Kommt dir die Idee?
Von mir wollten wir eigentlich nicht reden. Wie wär's mit Schlafen?
Ablenkungsmanöver, sagt Lenka.
Das Zimmer lag zum Hof. Ein Kraftfahrer rangierte seinen Wagen in eine schattige Ecke, dann wurde es still.
Übrigens, sagte Lenka noch, schon leise, ich hab mich neulich sehr mit Ulli gestritten.
Und worüber?
Wir haben doch ›Mario und der Zauberer‹ gelesen. Ich find es eines der tollsten Bücher, nebenbei gesagt. Ich hab gesagt, aus unserer Klasse würde dem Zauberer keiner widerstehen.
Und Ulli?
Der hat mich beschimpft: Warum ich mich ausnehme. Ob ich soviel klüger sei als die anderen. Bin ich ja nicht. Aber ich glaub, den würde ich durchschauen.
Würdest du? sagst du noch, fast schlafend und merkwürdig zufrieden. Was dann kommt, kennst du ja, es ist wieder dieser Beerdigungszug. Diesmal bewegt er sich auf einem weißen Kiesweg hart am Rande der Ostsee entlang, rechter Hand siehst du die ganze Zeit über kleine Wellen mit weißen Schaumkronen, den Strand. Vorne an der Spitze des Zuges spielt eine Kapelle ›Unsterbliche Opfer‹. Die Leute um dich herum, die alle schwarz gekleidet sind, aber keinen Anstoß an deinem grauen Alltagsmantel nehmen, nennen dir die Namen der prominenten Teilnehmer an der Beerdigung.

Aber du kennst sie ja. Aus einer Tonsäule am Wegrand hörst du die Stimme eines bekannten Reporters, der fast weinend ausruft: Nun betritt er den Saal, der für ihn mit so vielen teuren Erinnerungen verknüpft ist ... Wieso Saal? denkst du, weil du ja weißt, was kommt: Der Zug stockt vor einem riesigen unbehauenen Feldstein am Rande des Friedhofs, auf dem nichts steht als ein Name: Stalin. Die Leute im Trauerzug sind jedesmal verwirrt: So ist er schon tot? Er liegt da schon? Und wen beerdigen wir eigentlich?

Wann, fragst du H., dem du den Traum zum erstenmal erzählst, werden wir auch darüber zu reden beginnen? Das Gefühl loswerden, bis dahin sei alles, was wir sagen, vorläufig und dann erst werde wirklich gesprochen werden?

H. glaubt, daß ihr leben müßt mit euren Traumschichten aus den verschiedenen Zeiten. Daß ihr euch hüten müßt, in Träumen zu leben: Dann hätten diese Zeiten euch untergekriegt. Er, der für alles ein Zitat hat, zitiert den Meister Eckhart: Die entscheidende Stunde ist immer die gegenwärtige. Du, sagt er, lebst auf Zukunft hin. Ich nicht. Ich lebe heute, jetzt. Jeden Augenblick.

Die schwersten Schäden, die man euch zugefügt hat, werden nicht zur Sprache kommen. Die lebenslangen Folgen des Kindheitsglaubens, einmal werde die Welt vollkommen sein.

Im April 1940 liest Nelly im ›General-Anzeiger‹, daß die Holzsandale erfunden ist: ›Wir laufen bezugsscheinfrei.‹ Rezepte für fleischloses Frikassee und einen Leberwurstersatzaufstrich. Papierschlacht der Hitler-Jugend (an der sie selbst sich mit Säcken und Handwagen beteiligt): Rundfunkverbrecher wurden zu Zuchthausstrafen verurteilt. Ein Foto, Kamerad Frau: Mütter am Pflug. Zum Einsatz kommt der modernste Nahaufklärer der Welt: Focke-Wulf 189. Gefallenen-Anzeigen bedecken mehr als eine Zeitungsseite. ›Geliebt, beweint und unvergessen!‹ Das V-Zeichen wird zum Symbol des Sieges an allen Fronten. Herbst 1941: ›Das Schicksal der Sowjets vollzieht sich in diesen Herbsttagen.‹ Als Weihnachtsmärchen gibt das Stadttheater für seine kleinen und großen Besucher den ›Däumling‹. Nelly sieht Hans Albers in ›Trenck, der Pandur‹, Heinz Rühmann in ›Hauptsache, glücklich!‹, Willy Birgel in ›... reitet für Deutschland‹, Luise Ullrich in ›Mutterliebe‹, Ilse Werner in ›U-Boote westwärts‹.

Wir schreiben das Jahr 43.

In der Vorweihnachtszeit richten die Führerinnen des Jungmädelstandorts für die Offiziere und Unteroffiziere der Genesungskompanie eine Weihnachtsfeier im ›Weinberg‹ aus. Charlotte hat Pfefferkuchen gebacken, Schnäuzchen-Oma Pulswärmer gestrickt. Auf den Tischen liegen weiße Papiertischdecken. Ein Tannenbaum mit Lichtern. Gemeinsames Absingen von Weihnachtsliedern.

Nellys Tischherr ist ein beinverletzter Unteroffizier namens Karl Schröder. Er ist der erste Mann, der sich ihr in aller Form vorstellt, wozu er sich halbwegs vom Stuhl erhebt und eine Verbeugung andeutet: Gestatten? Er hat schwarzes Haar, das ihm in einer kühnen Ecke in die Stirn wächst, und blasse, bläulich schimmernde Wangen. Er ist es peinlicherweise, der sich am eifrigsten an den Spielrätseln beteiligt, die von den Jungmädeln in Form von Scharaden vorgeführt werden. Er ruft die Lösung als erster in den Saal, schnipst dabei mit dem Finger wie ein Schuljunge. Nun darf er sich als Belohnung ein Lied wünschen. Da wünscht er sich: ›Was müssen das für Straßen sein, wo die großen / Elefanten spazierengehn, / ohne sich zu stoßen.‹

Er ist aus Brandenburg an der Havel. Nichtsdestotrotz könne er jodeln, sagt der Unteroffizier, der einmal für kurze Zeit bei einer Gebirgsjägereinheit gewesen ist. Man fordert ihn auf, seine Kunst zu zeigen. Sofort jodelt er und wird stark beklatscht. Nun sei er doch so ein lustiges Haus, sagt er zu Nelly, als sie bei Likör und Schnaps sind, aber bei Frauen habe er kein Glück. Dafür sei er bei seinen Vorgesetzten gut angeschrieben. Alles könne der Mensch eben nicht haben, obwohl es ihn manchmal hart ankomme, so alleine.

Er ist schon dreiundzwanzig.

Er hat kleine, sehr schwarze Augen. Wenn sein Arm, den er um Nellys Stuhllehne gelegt hat, ihre Schulter berührt, entschuldigt er sich und nimmt den Arm weg. Unsereins zieht eben immer den kürzeren, sagt er. Nächste Woche kommen wir sowieso alle an die Ostfront, dann Heimat ade.

Die Herren Offiziere bekommen vom Dienstrangältesten eine Stunde Ausgang, um ihre Damen nach Hause zu bringen. Nelly warnt den Unteroffizier vor dem weiten Weg, aber es ist ihm Ehrensache, sie zu begleiten. Darüber hinaus ein echtes Herzensbedürfnis. Ob sie ihm das glaube? Er fragt, als hinge von ihrer Antwort sein Leben ab. Sie könne einfach nicht ahnen, was diese Stunden für ihn bedeuteten. Nelly weiß ungefähr, was sie empfinden müßte. Ihr Wissen ist für die Katz. Sie konzentriert sich darauf, mit dem hinkenden Unteroffizier Schritt zu halten. Sie überlegt, ob es angängig ist, ihren Arm aus dem seinen zu lösen, oder ob man einem verwundeten Frontkämpfer die Stütze nicht entziehen darf. Sie muß ihn hindern, sie zu küssen, was allerdings keine allzu große Mühe macht. Es stellt sich heraus, daß er ideal veranlagt ist und das gleiche bei ihr voraussetzt. Der Mond, sagt er, wenn er da so ruhig am Himmel steht und Wolken fahren darüber hin, das gibt mir was. Ob es ihr auch was gebe. Ja, sagt Nelly. Schon. – Er hat gewußt, daß zwischen ihnen eine Seelengemeinschaft bestand. Das habe man nicht oft, sie könne ihm das glauben.

Charlotte Jordan liegt, wie erwartet, trotz der Kälte im Fenster und trägt ihr Teil dazu bei, daß der Abschied sich nicht in die Länge zieht. Karl Schröder weiß Gefühl in seinen Händedruck zu legen. Sie hören von mir, sagt er noch.

Charlotte weist ihre Tochter darauf hin, daß sie erst vierzehn ist und daß Soldaten, ehe sie an die Front kommen, auf nichts und niemanden Rücksicht nehmen, in gewisser Hinsicht. Nelly weiß das doch. Dann solle sie den Unteroffizier nicht wiedertreffen. Charlotte würde die Absage ohne weiteres selbst übernehmen, aber als Karl Schröder anruft, ist Nelly zuerst am Telefon. Ihr Bescheid trifft ihn hart, aber nicht unvorbereitet. Menschen wie er haben kein Glück. So erlaube er sich denn, ihr für ihren ferneren Lebensweg alles erdenklich Gute zu wünschen. Ob er hoffen dürfe, daß hin und wieder ein Gedanke von ihr ihm nacheilen werde. – Er dürfe hoffen.

Nun denn: Auf Nimmerwiedersehen.

(In diesen Tagen – März 74 – veröffentlichen die Zeitungen ein Foto von einem Appell auf der chilenischen KZ-Insel Dawson. Mit der Lupe erkennt man den Ausdruck der Gesichter – finster, verschlossen –, unter ihnen den Ausdruck auf dem Gesicht des José Toha Gonzales, Vizeministerpräsident unter Allende. Das Foto zeigt ihn noch lebend. Du versuchst dir die Leute vorzustellen, die den im Rollstuhl Sitzenden erwürgen werden. Es müssen Durchschnittsgesichter gewesen sein. Aber darf man seine europäische Erfahrung auf andere Kontinente übertragen? Kennt man in anderen Gegenden der Welt den Folterer noch unter den Alltagsgesichtern heraus? Und wenn, wäre das ein Vorzug zu nennen?)

Die Gesichter der Zeugen im Auschwitzprozeß 1963 im Römer von Frankfurt am Main. Die I.G. Farben haben in ihrem werkeigenen KZ – Monowitz – die durchschnittliche Lebenserwartung eines für sie arbeitenden Häftlings auf vier bis sechs Monate angesetzt. Die SS hat ihnen zugesichert, daß alle schwachen Häftlinge abgeschoben werden können. SS und I.G. arbeiten das wirtschaftliche Akkordsystem gemeinschaftlich aus, die I.G. nimmt Anteil am Ausbau des Strafsystems. Gerade diesen Platz zum Bau eines Werkes hat der Werkleitung ein Gutachten empfohlen, weil ›die Bodenverhältnisse, Wasser und Kalk, und das Vorhandensein von Arbeitskräften – z. B. Polen und Hälftlinge des KZ Auschwitz – die Anlage der Fabrik begünstigten‹.

Und abends die Fragen der jungen Leute, Studenten in Frankfurt, die sich in ihren spärlich möblierten Wohnungen über den Prozeßverlauf ereiferten: Sie scheinen am Grund eurer Seele oder eures Gewissens ein schauerliches Geheimnis zu vermuten. Ihre Forderung nach der Auslieferung deines Geheimnisses traf dich unvorbereitet. Du warst daran gewöhnt, schauerliche Geheimnisse und das Unvermögen oder die Weigerung, sie mitzuteilen, bei den Älteren vorauszusetzen. Als ob die Pflicht, an die eigene Kindheit Hand anzulegen, dir erlassen werden könnte. Dabei rückte wie von selbst im Laufe der Jahre jenes Kinderland in den Schatten der Öfen von Auschwitz.

Das Geheimnis aber, nach dem wir suchen, ist die platte Geheimnislosigkeit. Vielleicht ist es daher unauflösbar.

Im Herbst 1943 hockte Nelly in einer Reihe mit Ukrainerinnen beim Kartoffellesen auf den Feldern der Domäne. Was sie den Fremden gegenüber empfand, war nicht Mitleid, sondern Scheu, ein starkes Gefühl von Anderssein, dem kein Geheimnis zugrunde lag, sondern Julia Strauchs Geschichtsunterricht: Anders heißt wertvoller. Nelly dürfte ihre Kartoffeln nicht mit einer Ostarbeiterin in den gleichen Korb lesen. Hat sie sich Gedanken gemacht über die Suppe, die aus einem besonderen Kübel für die ukrainischen Mädchen geschöpft wurde? Wäre ihr die Idee gekommen, aufzustehen, über den Abgrund von dreißig Schritten zu den Ostarbeiterinnen zu gehen, die am gleichen Feldrand saßen, und einer von ihnen den eigenen Essennapf zu geben, in dem Fleisch schwamm?

Das schauerliche Geheimnis: Nicht, daß es nicht gewagt,

sondern daß es gar nicht gedacht wurde. Vor dieser Tatsache bleiben die Erklärungsversuche stecken. Die übliche Gedankenlosigkeit des Satten gegenüber dem Hungrigen erklärt es nicht. Furcht? Gewiß, wenn da überhaupt eine Versuchung bestanden hätte. Die Versuchung aber, das Selbstverständliche zu tun, kam nicht mehr an sie heran. Nelly, unschuldig, soviel sie wußte, vorbildlich sogar, saß da und kaute ihr Fleisch.

Immerhin hat nicht sie sich bei Julia beschwert, als der Gutsaufseher, ein beinamputierter Invalide, die deutschen Mädchen in Gegenwart der Ukrainerinnen wegen nachlässiger Arbeit beschimpfte. An ihr wäre es gewesen, Julia in Kenntnis zu setzen, denn sie leitete die Arbeitsgruppe. Aber sie schämte sich wegen der schludrigen Arbeit vor den Ukrainerinnen, die mit keinem Blick zu erkennen gaben, ob sie den Vorfall verstanden hatten. Ihre Freundin Hella dagegen informierte Julia telefonisch, und der Aufseher mußte sich am nächsten Morgen bei ihnen entschuldigen. Nelly schämte sich, das war alles.

Eines Nachts benötigte ihre Mutter in Abwesenheit des Vaters – Kameradschaftsabend im Wehrbezirkskommando – dringend ärztliche Hilfe. Die Sache, von der Nelly nur vage Vorstellungen hatte, duldet so wenig Aufschub, daß Nelly gegen elf von ihrer Mutter geweckt wird, deren Blässe und Gesichtsausdruck sie zu Tode erschrecken. Sie hat sich nur das Nötigste überzuziehen und Frau Blankenstein zu holen. Nelly fliegt. Frau Blankenstein scheint Bescheid zu wissen und stellt keine Fragen. Ins Telefon hinein sagt sie dann: Aber schnell, schnell. Die Frau verblutet ja.

Verblutet. Aber die Mutter ist doch nicht verwundet. Man trägt sie auf einer Trage hinaus. Daß sie, Nelly, ein großes Mädchen sei und sich entsprechend zu verhalten habe, kann sie ihr noch sagen. Frau Blankenstein fügt dem ›groß‹ noch ein ›tapfer‹ hinzu, ehe sie geht.

Nelly hat eine Stunde lang auf den Vater zu warten. Es stellt sich heraus, daß für die Weitergabe bestimmter Informationen zwischen Tochter und Vater die Worte fehlen. Der Vater scheint so wenig überrascht wie Frau Blankenstein. Also hatte die Mutter recht, als sie sich beklagte, er habe sie allein gelassen, obwohl er wußte, es ging ihr nicht gut. Nelly will seine Verlegenheit und Bestürzung nicht noch durch Schuldbewußtsein steigern. Sie sieht, ihr Vater ist der Lage nicht gewachsen. Ihm eine Erklärung abzuverlangen kommt nicht in Frage. Ihr Unvermögen, miteinander zu reden, kommt an den Tag. (Es war aber eine Nachtszene: Vater und Tochter in der Schlafzimmertür, trübes Licht, das Bett der Mutter zerwühlt, das des Vaters unberührt; Nelly im Schlafanzug, der Vater in Unteroffiziersuniform, ohne Mütze. Halbe Sätze.) Der Vater umspannt mit der Hand den Oberarm seiner noch nicht erwachsenen Tochter. Wird schon alles gut werden. – Dann schickt er sie ins Bett.

Am nächsten Tag muß sie hören, daß es so, wie es gekommen ist, am allerbesten war: Noch ein Kind, erbarm dich, in diesen Zeiten! Das sagt Tante Lucie zu ihrem Vater, der der gleichen Meinung ist. Der Mutter geht es besser, viel besser. Nelly darf sie besuchen. Ich weiß, was los war, sagt sie: Ein Kind.

Wenn du es weißt, dann ist es ja gut, sagt Charlotte.

Mehr soll darüber nicht geredet werden.

Nelly darf endlich gehen und sich die Haare abschneiden lassen. Die Friseusen kichern untereinander über ihre Unbeholfenheit. Die Krause wird zu stark. Aber das mache ja nichts, dann halte sie länger. Nelly steht lange vor dem Spiegel und zieht an ihren Haaren. Davon werden sie weder länger noch glatter. Vor dem Schlafengehen bindet sie sich ein Tuch fest um den Kopf, das die Haare in Form halten soll. Wenn sie im Bett liegt, muß sie sich neue Frisuren ausdenken, die sie schöner machen würden. Sie weiß nicht mehr, wie sie ihre Glieder bewegen soll, um ihr Ungeschick zu verbergen. Sie versteht die Mädchen nicht, die einfach durch ihren Gang zu verstehen geben, daß sie in Einklang mit ihrem Körper sind.

Vom Wehrbezirkskommando kommt Richard Andrack, Bruno Jordans Freund, der von Beruf Fotograf ist, und knipst die Familie Jordan vor ihrer hellen Hauswand. Jeden einzeln, dann alle gemeinsam. Als er Nelly ihr Foto gibt, sagt er: Nun, hier zeigt sich's ja, wer in der Familie die Schönste ist. Unteroffizier Andrack ist ihr eigentlich sympathisch. Auf dem Foto sieht man, wie die eingelegten Falten der Bluse über der Brust aufspringen.

Was man nicht sehen kann – Nelly lacht auf dem Bild –, ist eine Art Auszehrung, die rapide schnell um sich greift und auf die Nelly, die sich nichts erklären kann, mit Anfällen von Schwermut antwortet. Es will ihr nicht gelingen, die Beschädigung der Fingernagelränder einzustellen. Mußt du dir denn selber weh tun, Kind!, aber sie kann es nicht lassen, obwohl sie fühlt, daß sie etwas Verwerfliches tut. Sie bestraft sich durch den Entzug der Süßigkeiten. Dann plötzlich holt sie sich, fast ohne Vorsichtsmaßnahmen zu ergreifen, den Schlüssel zum Lagerraum und versorgt sich mit großen Mengen von Borkenschokolade, die sie im Bett aufißt. Dabei ist ihr gräßlich wohl. Sie kann es körperlich spüren, wie ihre Achtung vor sich selbst weiter schwindet.

Am nächsten Tag geht sie mit bloßen Füßen zehnmal über den eisernen Fußabtreter vor der Haustür. Gott sieht alles. Es ist nicht wahr, daß die Strafe die Sünde aufhebt. Lieblosigkeit ist ein schauerliches Geheimnis.

12

Hypnose.

Griff nach dem Wörterbuch, das, gut und gerne seine fünf deutschen Pfund schwer, links hinter dem fremden Schreibtisch, an dem du sitzt, auf einem hölzernen Pult liegt: ein Gegenstand, den du zum erstenmal in dieser amerikanischen Studierstube in Gebrauch siehst. ›Random House Dictionary of the English Language‹. Stichwort Hypnosis: ›An artificially induced state resembling sleep, characterized by heightened susceptibility to suggestion.‹

Eine objektive Darstellung: Subjekte sind nicht hineinverwickelt. Erfüllung des Ideals: Nobody ist involved. Doch ist dies nicht die Art Hypnose, von der hier die Rede sein soll, denn ›künstlich erzeugt‹ wurde sie nicht. Unter den englischen und deutschen Büchern des abwesenden Professors C., dessen Haus ihr für die Dauer eures Aufenthaltes in den Staaten bewohnt, findet sich der Kleine Deutsche Brockhaus, der es auch in einem Punkte anders und besser weiß als sein amerikanischer Konkurrent: Den ›schlafähnlichen Zustand mit erhöhter Empfänglichkeit für Suggestion‹ verzeichnet unter dem bewußten Stichwort auch er, dann aber braucht er einen Relativsatz zur Erhellung der Beziehungen: ›... in den ein Mensch von einem anderen, bisweilen auch durch sich selbst, versetzt wird.‹

An einem nebensächlichen Wort hakst du dich fest, es scheint auf dich zuzutreffen: versetzt. Genau das. Neun Flugstunden, während die Beleuchtung immer die gleiche blieb, nach Westen, in eine Zeitzone, die um sechs Stunden gen Morgen hin verrückt ist, auf den Breitengrad von Madrid und in ein Koordinatensystem, an dessen Schnittpunkten todsicher eine Dollarnote liegt, mit ihrer klein, aber deutlich aufgedruckten Behauptung: In God we trust.

Ende der Seite. Das amerikanische Schreibmaschinenpapier, gedrungeneres Format als der gewohnte DIN-A-4-Bogen, bleibt dir zwei, drei Zeilen schuldig. Das macht natürlich nichts, Mr. Random. Nur daß man gewahr werden muß: Nicht der liebe Gott selber hat es so verfügt, daß eine Schreibmaschinenseite 210 × 297 Millimeter messen soll. Oder daß es null Grad sind, wenn Wasser zu Eis gefriert. Zum erstenmal wird dir bewußt, welche Anmaßung darin steckt, zu den eigenen Maßen DIN zu sagen, was vielen bedeutet: Das Ist Norm. Und doch: Ein im Celsius-Meßbereich der Welt aufgewachsener Mensch braucht gewiß eine lange Reihe von Jahren, ehe er die Fahrenheit-Skala nicht mehr als widernatürliche Zumutung empfindet. (Herausgefallen aus den gewohnten Halterungen. Ein herausgefallenes Kapitel.)

Zu Ihnen gesagt, Mr. Random: Amerika – was immer das sein mag – nötigt den Besucher, ein gut Teil der Aufmerksamkeit, die er seiner Arbeit zuzuwenden gedachte, auf alltägliche Verrichtungen, Besorgungen, ja die primitivste sprachliche Kommunikation zu richten. Amerika macht müde, Mr. Random.

Hypnose aber ist bei Nellys Konfirmation getrieben worden. Ihr war es gar nicht natürlich, daß sie konfirmiert wurde. Ihre Freundin Hella, die sich ›gottgläubig‹ nannte, wurde ja auch nicht konfirmiert. Deshalb ist man noch lange kein Heide, das sagt übrigens auch Julia. Dagegen sei es doch Heuchelei, wenn man das ganze Leben über nie in die Kirche geht, sich aber konfirmieren läßt. Entweder – oder, findet sie. Ihr Vater sieht das Problem gar nicht, und ihre Mutter, die Nellys Hartnäckigkeit in Überzeugungsfragen kennt und fürchtet, weicht auf Schnäuzchen-Oma aus: Die würde es nicht verwinden, wenn Nelly sich nicht konfirmieren ließe. Es stimmt: Zur Kirche geht sie gerade auch nicht, aber sie glaubt an Gott und all das. Also tu uns den Gefallen. An Gott glaubt Nelly auch. Aber daß es ihr nichts ausmachen würde, jeden Mittwochmorgen von acht bis neun zum Konfirmandenunterricht ins Gemeindehaus zu gehen, das wäre glatt gelogen. Nach der dritten Stunde bei Pfarrer Grunau wiederholt sie dringlicher ihren Wunsch, nicht konfirmiert zu werden.

Was ist passiert?

Nichts. Soll sie sagen, daß sie sich vor Pfarrer Grunaus über dem Bauch gefalteten Händen ekelt? Sie begreift schon: Des Pfarrers Hände sind kein Argument. Oder daß man beim Beten den Kopf senken soll. Erhobenen Kopfes kontrolliert Pfarrer Grunau das Senken der Konfirmandenköpfe. Er gibt es immerhin nach einiger Zeit auf, strafend ihren Namen zu nennen. Gott, wie Nelly ihn sich vorstellt, will kein Zeichen von Unterwürfigkeit. Daß Nelly die Hände, anstatt sie vorschriftsmäßig zu falten, nebeneinander auf die Stuhllehne ihres Vordermannes legt, entgeht dem Pfarrer. Charlotte Jordan findet, man soll sich nicht zu gut sein, zu tun, was alle tun. Daran ist noch keiner gestorben.

Natürlich stirbt man nicht daran, daß man die Zehn Gebote auswendig lernt: Du sollst Gott fürchten und lieben . . . Pfarrer Grunau hat eine ölige Stimme, die im gleichen frommen Text urplötzlich einen drohenden Ton annehmen kann. Ich glaube, daß mich Gott geschaffen hat samt allen Kreaturen – die Länge dieses Satzes reicht aus, des Pfarrers Stimme demütig, dann erstaunt, enttäuscht, drohend, strafend klingen zu lassen, bis er die Bänke der Volksschüler erreicht, bis er Lieselotte Bornow, die sich heimlich die Fingernägel säubert, mit seinem Katechismus auf die Finger geklopft hat. Nelly ist einfach nicht imstande, sich von ihm erklären zu lassen, daß und warum sie nicht ehebrechen soll.

Ziemlich wahrscheinlich übrigens, daß sie ihm gegenüber unfair war. Fair! Falls es ein Warnsignal ist, wenn unpassende Wörter sich in den Text schmuggeln: Was tun? Schärfer aufpassen oder aufhören? Warten, bis du dorthin zurückgekehrt bist, wo es für ›fair‹ keine genaue Entsprechung gibt; wo es zwar etwas wie ›gerecht, ehrlich, anständig‹ bedeuten kann (thank you, Mr. Random!), aber gewiß nicht ›schön, blond, hellhäutig‹? Wo also die Konzentration auf die Arbeit nicht beeinträchtigt wird von Befremden über eine Sprache, die sich nicht scheut, nur die Blonden, Hellhäutigen unter ihren Anhängern für gerecht, ehrlich, anständig zu erklären. Und für schön.

Irritation. Ein einziges Wort, das zu deinem Wortschatz nicht gehört hat, passiert unbeanstandet die Kontrollbehörden. Die Filter, die in den ersten Tagen Ungewohntes streng zu kritischer Kenntnisnahme zurückhielten, scheinen nun durchlässiger zu werden. Wohin kann das führen?

Und was hast du erwartet? Daß ein Ozean, der zu überqueren war, dir nichts anhaben könnte? Daß eine derart drastische Ortsverschiebung dich nicht stören könnte beim Passieren der verschiedenen Zeitzonen, an die du dich fast gewöhnt hast? Daß sie dich bei jenem Weg zurück, der sich nicht in Meilen und nicht in Kilometern, aber letzten Endes doch nur mit europäischem Maß messen läßt, gar nicht behindern würde?

Man weiß: Elektrische Reizungen des Gehirns zwischen Hinterhaupt-, Schläfen- und Scheitellappen aktivieren Episoden aus der Kindheit, die dann, von optischen und akustischen Halluzinationen begleitet, wie ein Filmstreifen zeitrichtig ablaufen sollen. Geruchshalluzinationen scheinen weniger vorzukommen. Aber für Nelly verbindet sich Maiglöckchenduft unweigerlich mit dem Bild eines weißen, gestärkten und gefalteten Taschentuchs, das über ein schwarzes Gesangbuch gelegt ist. Mit Orgelmusik. Und mit einem langen Gang zwischen Kirchenbänken, an dessen Ende der Altar der Marienkirche steht. Mit einem gehemmten, widerwilligen Schreiten – schreiten! nicht trampeln! flüstert Pfarrer Grunau – auf Steinfußboden.

Die Marienkirche habt ihr übrigens nicht betreten. Zweimal, am Abend des 10. und am Abend des 11. Juli 71, habt ihr es versucht, vom Osttor aus, vor dem sich auch die Konfirmanden, Nelly unter ihnen, an einem Aprilsonntag des Jahres 1943 versammelt hatten. Doch am Sonnabend war das Tor geschlossen, und am Sonntagvormittag versperrt die Menge der Gläubigen, die bis auf die Straße steht, den Zugang müßigen Zuschauern, die vielleicht nur eine Erinnerung auffrischen wollen. Gesang drang von drinnen nach draußen und wurde, dünn und zaghaft, von den Menschen an den Türen aufgenommen, die euch den Rücken zukehrten. (In Philadelphia, in der schwarzen Methodistenkirche, drehte sich die ganze Gemeinde nach euch drei Weißen um, als der Pfarrer von der Kanzel herab eure Namen und euer Herkunftsland nannte und die Nächstsitzenden bat, euch zu begrüßen. Sie streckten euch die Hände hin und lachten, und auf einmal hatte das leise gemurmelte ›So glad to see you!‹ einen Sinn.)

Wie an der Schnur gezogen, fuhren alle Köpfe in den dicht besetzten Bankreihen der Marienkirche nach hinten, als der Zug der Konfirmanden den Kirchengang hinunterkam, auf den blutroten Läufer zu, der die Altarstufen bedeckte und auf dem sie dann paarweise niederknien würden, wie sie es gestern noch geübt hatten. ›Wie soll ich dich empfangen‹, spielt die Orgel und singt die Gemeinde. Die Konfirmandinnen sind von der Sorge erfüllt, ob ihnen beim Niederknien kein Strumpfband reißen wird, ob sie sich an der trockenen Oblate und dem sauren Wein nicht verschlucken werden. Bei euch muß man buchstäblich auf alles gefaßt sein, hat Pfarrer Grunau zu ihnen gesagt. Benehmt euch um Himmels willen wie Menschen, solange man euch sehen kann.

Da sind sie wie die Lämmer, schreiten und singen und antworten wie es sich gehört, einzeln und im Chor: Ja, das glaube ich, treten, ohne zu stolpern, vor den Altar, knien nieder, verschlucken sich nicht am Leib und Blut des Herrn, lassen sich Pfarrer Grunaus weiße Hand segnend auf den Scheitel legen, erheben sich und wandeln fromm um den Altar herum. Hinter ihm aber – als die Tafel vom Leidensweg des Gekreuzigten, der ihnen jetzt den Rücken zudreht, sie den Blicken des Pfarrers und der Gemeinde entzieht –, hinter dem Altar also schmeißen sie plötzlich die Arme hoch, biegen sich in lautlosem Gelächter, schneiden sich gräßliche Grimassen (dabei ohne Stockung weitergehend) und tauchen nach zehn, zwölf Sekunden brav mit unschuldsvoll gesenkten Blicken von der anderen Seite her neben dem Altar wieder auf.

Dann war ja noch Hoffnung, meint Lenka.

In dem Restaurant am Markt von G., in dem abends fast nur Einheimische sitzen – meist jüngere Männer, die schon in dieser Stadt geboren sind, die rauchen und Bier trinken, die hinter Lenka hersahen und ihr anboten, ihretwegen an der Theke zusammenzurücken –, an dem Fenstertisch, an dem ihr schließlich doch noch Plätze fandet und zu ein paar mit Fleischsalat und Schinken belegten Brötchen kamt, ergab sich ein Gedankenaustausch über die Lückenhaftigkeit des Gedächtnisses. An eure Verrenkungen hinter dem Altar konntest du dich erinnern, Stalingrad aber, das ja damals erst zwei Monate lang vorüber war, hatte sich nicht tief eingeprägt. (›Mythos Stalingrad!‹ hatte der ›General-Anzeiger‹ am 4. Februar geschrieben, und etwas später: ›Der Opfergang der 6. Armee – heilige Verpflichtung für uns alle!‹) Was Nelly behielt: Daß Fräulein Schröder, die Handarbeitslehrerin, in die lärmende, tobende Klasse hereinstürzte und sie anfuhr: Ob sie sich nicht schämten. Unsere deutschen Soldaten sterben bei Stalingrad, und ihr lacht und singt. Das ist alles. Der totale Krieg wiederum ist akustisch in deinem Kopf verankert: Die Goebbels-Stimme aus dem Radio, die heulend schreit: Nun, Volk, steh auf! Nun, Sturm, brich los!

Aber kein noch so schwacher Anhaltspunkt dafür, daß die Namen Sophie und Hans Scholl, die ja immerhin in den Zeitungen standen, je in Nellys Gegenwart erwähnt worden sind. Daß jemals die Rede gewesen ist vom Aufstand der jüdischen Bevölkerung im Warschauer Ghetto, der in jenen Tagen, da Nelly vor ihrem christlichen Altar niederkniete, auf seinem Höhepunkt gewesen sein muß. (Und wenn nun die Schwarzen in ihren Ghettos sich eines Tages doch erheben? fragst du einen weißen Amerikaner. Bedauernd sagt er: Sie haben keine Chance. Weil sie doch schwarz sind. Man erkennt sie ja. Jeder einzelne von ihnen würde abgeknallt.)

Nellys Einsegnungskleid war dem Brauch entsprechend schwarz, aus Seidentaft, von Schnäuzchen-Oma genäht. Um den spitzen Halsausschnitt herum eine weiße Rüsche: Das hebt. Als das Mittagessen mit allen Verwandten vorbei war – Nelly saß an der Stirnseite des Tisches, ihr Platz war mit grünen Tannenzweigen geschmückt, Schnäuzchen-Oma hatte drei Kaninchen geschlachtet –, da wurde sie traurig. Die Männer saßen rauchend im Herrenzimmer und besprachen die Kriegslage. Die Frauen wuschen das Geschirr ab und schnitten Kuchen auf. Bruder Lutz war im Kinderzimmer in eine verzwickte Konstruktion aus seinem Stabilbaukasten vertieft. Nelly saß im Eßzimmer im Sessel und legte die Hände in den Schoß.

Jaja, sagte Schnäuzchen-Oma. Vorfreude ist immer die reinste Freude.

Die Mutter aber hängte sich ans Telefon und lud Cousine Astrid und Nellys Freundin Hella ein. Zum Kaffee. Damit sie Gesellschaft hat. Schließlich ist es ja ihr Fest.

Gleichzeitig mit Astrid und Hella kam Unteroffizier Richard Andrack, Fotograf.

Lutz, an Andrack mußt du dich noch erinnern! – Mensch,

war das nicht dieser verrückte Hund, der auf deiner Einsegnung den großen Zauberer markiert hat? – Markiert ist gut. Weißt du noch, wie es anfing?

(In der Gaststätte am Markt in G. ist es abends laut, besonders sonnabends, wenn die Mädchen der jungen Männer hereinkommen und sich an die Fenstertische setzen und rauchen und keinen Blick zur Theke hin werfen, während die Burschen anfangen, sich im Lärmen zu überbieten. Da versteht man sein eigenes Wort nicht mehr. Lenka aber wollte es nun genau wissen: Wieso verrückter Hund?)

Zuerst hat Andrack getan, was seines Amtes war: Er hat fotografiert. Mit Blitzlicht natürlich. Der Sonntag war kalt und trübe, auf Außenaufnahmen wurde verzichtet. Gruppenbilder im Herrenzimmer auf der Couch, dann die Konfirmandin mit Eltern, mit Paten, allein. Ihr Haar war gewachsen, es legte sich zu einer sanften Innenrolle. Aus dem rüschenbesetzten Puffärmel kommt hölzern ihr Arm. Anmutig war dieses Mädchen nicht. Ihr Gesichtsausdruck – man sieht ja, sie tut ihr Bestes, ›recht freundlich‹ zu sein – hat dich immer peinlich und zugleich schmerzlich berührt. Die fast dümmliche Grimasse. Der zugleich erschrockene und abweisende Augenausdruck. Das Ungeschick der Gliedmaßen, die nachlässige Haltung. Vor allem aber die unbewußte Trauer, die über der Figur liegt. Eine Vierzehnjährige, die nicht weiß, mit welchen Wörtern und im Namen welcher Götter sie ihre Trauer ausdrücken soll. Die sich im Namen der Götter, denen sie sich unterwirft, für diese heimliche Trauer bestrafen muß.

The Persistance of Memory. Jenes berühmte Bild von Salvador Dali, dem du im Museum of Modern Arts (11 West 53 rd Street, New York) unverhofft gegenüberstandest. Es zeigt, was man nicht für möglich halten würde: Die Landschaft der Erinnerung. Die klaren, doch unwirklichen Farben. Die Inseln, die sich aus dem Meer erheben. Das direkte, helle, doch unheimliche Licht, dessen Quelle nicht preisgegeben wird. Die anhaltende Bedrohung durch das Dunkel. Zwischen beidem die unscharfe Grenze. Totale Stille und Bewegungslosigkeit. Das langwimprige schlafende Auge, das einem Wesen gehören muß, dessen Blick du nicht auffangen möchtest. Der kahle, abgebrochene Baum, der aus einem scharfkantigen Kasten hervorwächst. Und, vor allem, die vier Taschenuhren: Die eine mit geschlossenem Gehäuse, die auf ekelhafte Weise von Ameisen bekrochen ist. Die drei anderen, bläulichen, verformten, die sich – als seien sie aus Wachs, nicht aus Metall – über Kasten, Baum und Schlafauge gehängt, gelegt, geschmiegt haben und auf ihren drei Zifferblättern drei wenn auch nur geringfügig sich voneinander unterscheidende Zeiten angeben – die Sekunde, bei der sie stehenblieben. Ein ironischer Kommentar zu dem Titel ›Beständigkeit der Erinnerung‹. (Gibt es einen Zusammenhang zwischen der Totenkälte, die von dem Bild ausgeht, und dem politischen Zynismus, den sein Maler inzwischen enthüllt hat?)

Die Dauer des Gedenkens.

Die Zuverlässigkeit des Gedächtnisses.

In dem breiten, bequemen amerikanischen Bett, unter der beheizten Decke erwachst du gewöhnlich ohne die Erinnerung an einen Traum, sogar ohne Verwunderung über die Traumlosigkeit. Es scheint sich von selbst zu verstehen, daß auch der Schlaf hier anderen Gesetzen unterliegt als zu Hause. Nur einmal, heute früh, ist dir bewußt, daß du dich im Traum in der Kulisse der Heimatstadt bewegt hast, die Richtstraße hinuntergingst, daß du in einem fremden Haus der ehemaligen Mitschülerin Christel Jugow gegenübergestellt wurdest, die schrecklich an einem Insekt litt, das unter den Lidern ihrer großen braunen Kalbsaugen festsaß und auf keine Weise und durch niemanden zu entfernen war: Man hatte dich geholt, ob du Rat wüßtest. Die Szene spielte in einem großbürgerlichen, konventionell eingerichteten Raum, unter selbstzufriedenen Leuten, während auf der anderen Straßenseite das Gerichtsgebäude mit vergitterten Fenstern war, hinter denen, wie dir die ganze Zeit über bewußt blieb, Gefangene schmachteten. Du reagiertest – im Traum – mit einer dir selbst unerwarteten Härte auf das Leiden der Gleichaltrigen.

Der Traum spielte in keiner von allen möglichen Zeiten, und er bediente sich der Erinnerungslandschaft, um eine gegenwärtige Beklemmung endlich auszudrücken. Totenkälte ging von ihm aus.

(Tagelang liegt dir schon ein lästiges Wort im Kopf, ebenso unübersetzbar wie ›fair‹, obwohl man doch denken sollte, man müßte ihm beikommen können: Es steht auf den meisten Verpackungen der Lebensmittel und heißt ›flavour‹. Geschmack, Wohlgeruch, Blume [des Weins]. ›The flavour of this juice makes your life delicious.‹ Dabei hat, anstatt das Leben köstlich zu machen, der flavour das natürliche Aroma des Saftes zerstört ...)

›Die Abtastschritte der Augenbewegungen bei der Informationsaufnahme werden vom Gedächtnis gesteuert.‹ Augen, die Gewohntes sehen, ermüden also weniger leicht? – Beobachtungen, die auf Grund von Filmaufnahmen mit versteckter Kamera in Supermärkten angestellt wurden, brachten ein unerwartetes Ergebnis: Das Augenblinzeln der Käuferinnen verminderte sich, wenn sie die Kaufhalle betreten hatten, anstatt, wie erwartet, zuzunehmen. Die Masse und Übermacht des Warenangebots versetzte sie in einen der Hypnose ähnlichen Zustand.

Zu den Höhepunkten der Vorführung des Herrn Andrack – die er bald nach dem Ende der Kaffeetafel mit harmlosen Tests begonnen hatte – gehörte jener Augenblick, da Cousine Astrid unter den beschwörenden Worten und Blicken des Fotografen ihre Zitronencreme mit allen Anzeichen des

Abscheus von sich schob, weil sie etwas Widerwärtiges zu essen meinte. Dagegen genoß sie gleich darauf ein Gläschen klaren Wassers genüßlich schmatzend als Eierlikör. Dies war das Zeichen für Pfarrer Grunau, der an jenem Nachmittag reihum einige seiner konfirmierten Schützlinge besuchte, hastig Abschied zu nehmen. Onkel Alfons Radde grinste hinter ihm her. Wasser in Wein verwandeln, sagt er, das darf nur sein Chef.

Doch auch dem Onkel Alfons sollte das Lachen noch vergehn.

War nicht überhaupt er es, der durch die Bekundung von Zweifel die ganze Chose erst ins Rollen brachte? Bruno Jordan hat vermutlich bekanntgegeben: Sein Kamerad Andrack sei ein toller Hecht, ein gefährlicher Bruder, der es fertigbringe, andere Leute, ohne daß die es überhaupt merken, nachts im Kohlenkasten schlafen zu lassen.

Glaub ich nicht, hat Alfons Radde gesagt. Das kannst du einem erzählen, der sich die Hosen mit der Kneifzange anzieht.

Worauf Richard Andrack sich direkt an ihn wandte, und zwar mit der höflichen Frage: Ihre Gattin leidet an Kopfschmerzen?

Tante Liesbeth hat schon immer etwas für höfliche Männer übrig gehabt, für Männer mit Lebensart. O ja. Sie litt an Kopfschmerzen, einer Neuralgie. Unheilbar, wie auch Herr Andrack sicherlich wisse.

Nun, nun.

Aber quälend, Herr Andrack, das müssen Sie mir glauben. Manche Tage bin ich buchstäblich zu nichts fähig. Vielleicht sind Sie kaum imstande, sich das vorzustellen.

Im Gegenteil, versicherte ihm Herr Andrack, er fühle sich durchaus imstande, sich das und gegebenenfalls manches andere vorzustellen.

Mumpitz, sagte Alfons Radde.

Die Männer machten Anstalten, sich ins Herrenzimmer zu verkrümeln. Richard Andrack, der in Zivil erschienen war – einem unauffälligen dunkelblauen Vorkriegseinreiher, den er immer trug, wenn er auf Hochzeiten, Einsegnungen, Kindstaufen fotografierte –, Richard Andrack bat sie höflich, ein Momentchen noch zu bleiben. Vielleicht noch einmal kurz an der inzwischen abgeräumten Kaffeetafel Platz zu nehmen, wenn es recht wäre. Und, rein spaßeshalber – ja, auch Sie, Herr Radde! –, wenn ich Sie bitten dürfte, Ihre beiden Hände mit gespreizten Fingern vor sich auf den Tisch zu legen, und zwar dergestalt, daß jeweils die Spitzen der eigenen Daumen einander, die Spitzen der kleinen Finger aber die kleinen Fingerspitzen der beiden Nachbarn berühren: Ganz richtig, Frau Liesbeth, so daß ein geschlossener Kontaktkreis entsteht. Sie machen das ausgezeichnet, meine Herrschaften, ich danke Ihnen. Nicht immer trifft, wie Sie sich unschwer denken können, mein Experiment auf die erforderliche Sensitivität der Medien.

Damals hat Nelly das Wort ›Medium‹ zum erstenmal gehört und sofort begonnen, ihm zu mißtrauen. (Ihr habt das Lokal am Markt verlassen und sucht auf einem mit neuen Häusern bebauten Territorium der Innenstadt die Reste ehemaliger Straßen, die Luisen-, Post-, Woll- und Bäckerstraße hießen. Bruder Lutz, auf den Andrack nicht jenen unauslöschlichen Eindruck gemacht hat wie auf Nelly, weiß immerhin, daß er schütteres, leicht ins Rötliche spielendes blondes Haar hatte, das er zurückgekämmt trug, und jenes runde, eigentlich nichtssagende, eher bleiche Gesicht des hellen Typus, auf dem man sich sogar Sommersprossen vorstellen kann. Was nicht heißen muß, daß Herr Andrack wirklich Sommersprossen gehabt hat, Lenka.)

Nelly weiß sofort: Sie will kein Medium sein.

Herr Andrack erklärt zuvorkommend, daß sich erfahrungsgemäß unter zirka zwanzig Personen – so viele waren ja mindestens bei Nellys Konfirmation versammelt – ein ausgezeichnetes und zwei bis drei gute Medien befänden, und eben dies werde er mit ihrer freundlichen Zustimmung, die einzuholen er allerdings vergessen hatte, alsbald herausfinden. Sie nämlich, die Herrschaften, die da in trautem Handkontakt um den Tisch versammelt seien, würden sehr bald die größten Schwierigkeiten haben, ihre Hände wieder von diesem Tisch zu lösen. Jetzt schon fühlten sie doch, wie die Hände schwer würden, und immer schwerer, von Sekunde zu Sekunde schwerer, und nun schwer wie Blei. Als lasteten Zentnergewichte auf jeder Hand. Als fließe durch ihre Adern schweres Metall an Stelle des leichten Blutes. Als seien sie an der Tischplatte festgeschraubt. Damit sei es erreicht: Sie können ihre Hände, selbst wenn sie es mit aller Kraft versuchten, nicht mehr anheben.

Also: Versuchen Sie es!

Nelly, die heimlich schon lange ihre Hände Bruchteile von Millimetern über der Tischplatte hatte schweben lassen, riß sie hoch, und andere mit ihr. Heinersdorf-Oma aber, Tante Liesbeth und die längst geschiedene Tante Trudchen, vor allem jedoch Cousine Astrid saßen festgenagelt, sosehr sie mit hochroten Köpfen auch an ihren Händen reißen und zerren mochten.

Nun sehen Sie, sagte höflich und ungerührt Herr Andrack, wie sehr meine Vermutung zutrifft, drei gute, ein sehr gutes Medium. Er behielt für sich, wen er für das ›sehr gute‹ Medium hielt. Vorerst strich er den vier Frauen leicht über die Handrücken und erlaubte ihnen in taktvoll beiläufigen Worten, sich vom Tisch zu lösen und sich ganz und gar frei zu fühlen. Man möge ihm den kleinen Scherz vergeben und ihm erlauben, sich zurückzuziehen.

Aber Herr Andrack, wo denken Sie denn hin! Charlotte als Gastgeberin sprach aus, was alle fühlten. Man rechne mit ihm natürlich noch zum Abendbrot, da er in gleichem Maß als Freund des Hauses wie als bewährter Fotograf geladen sei. Zum anderen aber...

Herr Andrack, bescheiden lächelnd, verneigte sich nach allen Seiten. Zu liebenswürdig, die Herrschaften. Nun denn, ich bin so frei.

Richard, sagte Bruno Jordan da, du kannst doch auch Gedanken lesen!

Nun ja, so würde man es als Laie wohl nennen. Ein Fachmann würde sich etwas anders ausdrücken, nämlich: Es sei ihm gegeben, gedanklich übermittelte Aufträge zu entziffern und, soweit möglich, auszuführen.

Als da wären? fragte Alfons Radde herausfordernd.

Bescheidenste Vorgänge, Herr Radde. Beileibe nichts Außerordentliches. So könnte ich, falls Sie mich in Gedanken darum bitten sollten, Ihrer Frau Gemahlin die Kette vom Hals nehmen und sie Ihnen, soweit gewünscht, überreichen.

Na das wolln wir doch mal sehn.

Onkel Walter, hinreichend unparteiisch und seiner fünf Sinne mächtig, wird Herrn Andrack als Wache beigegeben. Er nimmt es auf seinen Eid, daß man im Kinderzimmer nicht hat hören können, was im Eßzimmer besprochen wurde. Onkel Walter Menzel, inzwischen Betriebsleiter bei Anschütz & Dreißig, hält Spiele wie dieses für abwegig und lehnt jede Verantwortung für etwaige Folgen ab. Komm, komm, sagt Tante Lucie und umfaßt ihren Mann ›schäkernd‹ (so nennt es die Familie: Tante Lucie schäkert nun mal gerne). Sei kein Frosch!

Richard Andrack wird keineswegs unheimlicher, wenn er Gedanken liest. Das Wort ›dämonisch‹ könnte einem nicht in den Sinn kommen. Zwar hält er die Augen nun bis auf einen schmalen Spalt geschlossen, und mit seiner rechten Hand umfaßt er leicht das Handgelenk von Cousine Astrid, die beauftragt ist, die Wünsche der Festrunde Herrn Andrack auf dem Gedankenwege kundzutun. Konzentrieren, Fräu-

lein Astrid! bittet er. Scharf denken. Schärfer! Noch schärfer! Aha...

Nein: Astrid ›führte‹ Herrn Andrack nicht. Ihr war einge-
schärft, sich geistig anzuspannen, körperlich aber schlaff zu
machen, so daß Andrack sie hinter sich herschleifen muß,
wenn er nun darangeht, ihre Gedankenbefehle auszuführen.
Um es vorwegzunehmen: Der Gedankenleser hatte sich
zum Klubsessel zu begeben, in dem Tante Liesbeth Platz genommen hatte; er sollte das dreifarbig geflochtene Seiden-
band aus ihrer Hand nehmen, zum Bücherschrank im Herrenzimmer damit gehen, um es dort zwischen die Seiten eines bestimmten Buches zu legen, aus dem er dann noch eine
ebenfalls festgelegte Textstelle zum besten zu geben hatte:
Ein schwieriger, zusammengesetzter Auftrag zweifellos,
den Astrid natürlich in seine einzelnen Bestandteile zu zer-
legen und nur nach und nach an den Fotografen zu übermit-
teln hatte. Zuerst, beispielsweise, hat sie gar nichts anderes
gedacht als immer nur: Rechts, rechts, rechts. Bis eben Herr
Andrack zu Tante Liesbeth unterwegs war, die er dann, immer halb geschlossenen Auges, mit seiner freien linken
Hand, die schlafwandlerisch suchende Bewegungen aus-
führte, von oben nach unten abtastete – ohne sie natürlich
im mindesten zu berühren –, bis Astrid, wie sie später berichtete, stark und scharf: Halt! dachte, als Herrn Andracks
Hand der Rechten von Tante Liesbeth nahe war.

Danach dachte Astrid so lange Band, Band, Band, bis Richard Andrack eben dieses Band behutsam aus Tante Liesbeths Hand nahm, wozu diese sich nicht enthalten konnte
tief aufzuseufzen.

Später hat Astrid ausgesagt, es sei ›sehr anstrengend‹ gewesen. Die Textstelle, die Richard Andrack wirklich und
wahrhaftig fand und zur sprachlosen Bewunderung aller
Anwesenden vortrug, stand in dem Roman ›Der Löwe‹ von
Mirko Jelusich und kann gelautet haben: ›Der Löwe steht

auf einem hohen Sockel, so daß er geradewegs in des Herzogs Zimmer hereinzublicken scheint. Er hat den Kopf hoch aufgeworfen, und jeder Muskel seines vorwärts strebenden Leibes ist gespannt, als sei er im Begriff, sich auf einen Feind zu stürzen. Die Augen funkeln zornig, und Kampfbegier und das stolze Bewußtsein unüberwindlicher Kraft sprechen aus seiner Haltung.‹

Schön! sagt Tante Lucie. Aber fast alle fühlen, es ist nicht nur schön, es ist ergreifend schön, und aufregend obendrein. Tante Trudchen sind direkt Schauer den Rücken rauf und runter gelaufen. Es fehlt ihr, seit sie geschieden ist, doch ein bißchen an ausgefallenen Erlebnissen. Nur Charlotte Jordan findet nicht nur Trudchens Entäußerung, sondern die ganze Veranstaltung in hohem Maße unpassend und sähe es gerne, wenn sie zu einem schnellen Abschluß käme.

Doch Herr Andrack – ein wenig ermüdet, das schon, aber infolge Gewöhnung an Konzentration doch nicht übermäßig angestrengt – kann Tante Trudchen die dringliche Bitte, noch eine Probe seiner ›wirklich unglaublichen‹ Fähigkeiten zu geben, einfach nicht abschlagen. Nur erbittet er sich als Führerin dieses Mal Fräulein Nelly, in der er einen starken, unverbrauchten Geist vermutet. Irgendeine Art von Schädigung – dies sagt er lächelnd zu Charlotte – ist ja in keinem Falle zu gewärtigen.

Bruder Lutz, der bei Herrn Andrack im Kinderzimmer Wache hält, vermeldet, sie hätten die ganze Zeit lang über verschiedene Panzertypen gesprochen.

Herrn Andracks warme Hand umspannt Nellys Handgelenk. Sie ist angehalten zu denken. Sie denkt. Die Wörter laufen Gefahr, wie lebende Wesen aus ihrem Kopf zu springen. Bravo, Fräulein Nelly. Ich verstehe. Jawohl. Ich verstehe genau.

Herr Andrack zieht Nelly zum Büfett an der Rückwand des Eßzimmers. Er schneidet ein Stück von der Cremetorte, die

dort noch steht, hebt es vorsichtig auf ein Goldrandteller-
chen und überreicht es, indem er sich tief verbeugt,
Schnäuzchen-Oma. Während sie nun aber die Torte verzehrt, gibt Herr Andrack, immer noch Nellys Weisungen
folgend, den bei Kommiß und Hitler-Jugend beliebten
Tischspruch zum besten: Es ißt der Mensch, es frißt das
Pferd, / doch heute sei es umgekehrt!

Auch Onkel Walter muß anerkennen, daß es sich hier um
eine Leistung handelt. Alle Achtung. Nelly erklärt auf Befragen, soweit sie wisse, habe sie am Schluß nicht mehr in
genau abgegrenzten Wörtern gedacht. Vielmehr habe zwischen ihr und Herrn Andrack eine Art Gedankenstrom bestanden. Herr Andrack ist ganz genau der gleichen Meinung. Er hat Fräulein Nelly zu danken. Fast wäre es dahin
gekommen, daß er ihr die Hand geküßt hätte, aber Charlotte, in einem Zustand erhöhter Wachsamkeit, weiß gerade
noch zu verhindern, daß man sich lächerlich macht. Nelly,
Kind, du bist wohl so lieb und holst die Zitronencreme.

Sie gönnt mir nichts, sagt Nelly in der Küche vor sich hin.
(Wie jeder Einkauf hier, fordert der Einkauf eines neuen
Farbbandes einen ausdrücklichen Entschluß. Was zum Beispiel heißt schon ›Farbband‹? Typewriter ribbon. Der Besitzer des großen Ladens in der College Street, ein Indonesier,
ist nach deinem ersten fachunkundigen Versuch, dich in den
Dutzenden von Farbbändern verschiedener Typen zurecht-
zufinden, mit der obligatorischen Verkäuferfrage: Can I
help you? dir zur Seite. ›No Purchase needed!‹ steht als
Schild hinter seiner Ladentür, aber er gibt nicht Ruhe, bis
auch für die geborgte Reiseschreibmaschine Marke ›Olym-
pia‹ das passende Farbband gefunden ist.)

Damals, im Sommer 1971 (mein Gott! Beinahe drei Jahre
ist es her!), an jenem unmenschlich heißen Sonnabend, der
abends um acht immer noch warm genug war, habt ihr nicht
einmal annäherungsweise herausfinden können, wo einst-

mals die kleinen Sträßchen nördlich des Marktes verlaufen sein müssen. Lenka, nicht wie ihr mit den Veränderungen vertraut, die Städte nach ihrer Zerstörung durchmachen, bestritt rundweg, daß hier einmal kleine Straßen gewesen sein konnten. Aber du zeigtest ihr zum Beweis die Relikte des zerstörten Stadtkerns: den Eingang der Poststraße zum Beispiel, mit dem alten Postgebäude, das auch heute die Hauptpost der Stadt ist. Insgeheim suchtest du in der Priesterstraße – die fast vollkommen verschwunden war – nach jenem alten Laden, vor dessen Schaufenster Nelly an jedem Mittwoch, wenn sie von der Konfirmandenstunde kam, lange stehenblieb. Sie suchte auch Vorwände, hineinzugehen. Es gab dort alles zu kaufen. Schreibwaren, die Nelly immer schon faszinierten, dazu Hauchblätter, Buntpapier, Radiergummis, aber auch jede Art von Krimskrams, Faschingsartikel im Februar, und Silvesterscherzartikel nach Weihnachten. Kleines Spielzeug und sogar billiges Geschirr und Wirtschaftswaren. Das Steintreppchen, das neben dem Schaufenster zu der in die Häuserfront zurückgezogenen Ladentür führte, war mit Schrubber, Besen und Mop garniert. Eine Ladenglocke läutete einen Dreiklang. Es erschien eine kleine graue Frau, als setze sie sich beim Klang der Glocke aus dem Staub in der düsteren Tiefe ihres Ladens zusammen, um jedermann zu Diensten zu sein. Wahrhaftig, sie sagte: Was steht zu Diensten? Bei dieser kleinen grauen Frau hat Nelly ihr erstes Tagebuch gekauft, das sie später verbrannte. Manchmal hatte sie große Lust, die Frau, die niemals eine Miene verzog, mit einem unerhörten Wunsch in Erstaunen zu versetzen. Doch es lag im Bereich des Denkbaren, daß sie – hätte man zum Beispiel ›Mondstaub‹ verlangt – aus einem der hundert Fächer, die rings die Wände umgaben, wortlos ein Kästchen hervorgeholt, es neben die altmodische Waage auf den Ladentisch gestellt und gelassen gefragt hätte: Wieviel darf's denn sein?

›Bei einer Gedächtnisstörung stirbt das Neue vor dem Alten, das Komplizierte vor dem Einfachen. Vergessen werden zuerst: allgemeine Ideen, dann Gefühle und Sympathien, schließlich Handlungen – zuerst volitive, dann automatische Handlungen.‹ – Früh auf Kanal 8, Sender Cleveland, die Morgenschau ›Today‹. Die Interviewerin, eine gescheite, berühmte Frau, die ihren Wert dadurch beweist, daß sie jährlich genauso viele Dollars beim Fernsehen macht wie der höchstbezahlte Mann, unterhält sich mit einem Anthropologen, welcher soeben seine Beobachtungen bei bestimmten afrikanischen Stämmen, die seit Generationen unter akutem Nahrungsmangel leben müssen, veröffentlicht hat: Er fand das soziale Gefüge dieser Stämme bis auf den Grund zerstört. Totaler Ausfall – ›Vergessen‹ – der Überlieferung: keine Geschichte also; Zerfall aller sozialen Strukturen bis auf zeitweiligen Zusammenschluß winzigster Gruppen zwecks Nahrungsbeschaffung; der Forscher muß es ablehnen, diese Zusammenschlüsse ›Familie‹ zu nennen. Dreijährige Kinder werden ausnahmslos sich selbst überlassen: Leb oder stirb. Auch nicht die Ansätze ›allgemeiner Ideen‹, religiöser oder kultischer Handlungen oder Vorstellungen hat der Autor entdecken können. Nicht die Spur des Versuchs, sich den nicht eßbaren Teil der Welt zu erklären. Auch ›Gefühle und Sympathien‹ vergessen: hemmungsloser Futterneid zwischen Mann und Frau, Mutter und Kind, Älteren und Jüngeren. – Wie die Tiere, sagt die gescheite Interviewerin. War der Forscher ohne Nahrungsmittel zu den Hungernden gegangen? – Natürlich. Er wollte sie unter unverfälschten Bedingungen studieren. – Die Interviewerin zieht den Schluß, daß ein Überleben von Menschen also auch ohne sozialen Zusammenschluß möglich ist. Gleich danach sieht man sie für eine renommierte Handschuhmarke Reklame zum Mother's Day treiben: Gloves that make your mother's hands young.

Die kleinen Leute, pflegte Nellys geliebte Lehrerin Juliane Strauch zu sagen, die kleinen Leute und die kleinen Wörter haben es in sich. Mit den kleinen Leuten meinte sie sich selbst, mit den kleinen Wörtern die Bindewörter, mit denen man allerhand anstellen, zum Beispiel die Aussage eines Nebensatzes in ihr Gegenteil verkehren kann. Nelly brachte es darin zur Meisterschaft. ›Niemand liebte ihn, obwohl er sich so sehr darum bemühte.‹ – ›Niemand liebte ihn, weil er sich so sehr darum bemühte.‹

Und so weiter.

Meyers Neues Lexikon aus dem Jahr 1962 zu dem Stichwort ›Idee‹: ›Die Idee ist keine selbständig existierende Wesenheit (wie etwa der Idealismus lehrt), sondern sie existiert nur im Bewußtsein des Menschen als abstrakte Widerspiegelung ...‹ Halten wir uns an die kleinen Wörter: ›Nur‹, nach Hermann Paul ein Adverb mit einschränkender Bedeutung, ursprünglich im Sinne von ›wäre nicht, es sei denn‹ gebraucht. ›Ideen existierten nicht, wäre es nicht (es sei denn) im Bewußtsein des Menschen.‹ Vorstellbar sind Zeiten, die, weniger unsicher und kaltschnäuzig und vulgär als die unseren, dafür ehrfürchtiger, in ihre Lexika schreiben: Erstaunlicher-, großartigerweise existieren im Bewußtsein des Menschen allgemeine Ideen. Sie spiegeln die Wirklichkeit abstrakt wider, können aber auch, entweder als richtige Teilergebnisse eines fortschreitenden Erkenntnisprozesses oder, im ungünstigen Fall, als falsche Projektionen der Realität, ja als Wahngebilde, das Handeln einzelner und großer Massen von Menschen bestimmen.

Einer von Julias unumstößlichen Aussagesätzen, an dem nicht herumexperimentiert wurde, hieß: Die germanischen Stämme besiegten das Römische Reich, weil die Germanen kampfgewohnt und gestählt, die Römer dagegen in einem Schlemmerleben verweichlicht waren. In diesen Tagen erst hat der Präsident der Vereinigten Staaten, der sich hüten

wird, die Anbetung des Wohlstandes durch seine Landsleute zu kritisieren, da er um seinen Präsidentenstuhl fürchtet, persönlich den Satz umgekehrt: Obwohl die Römer
reich waren, wurde ihr Land eine leichte Beute der Barba-
ren; es mangelte ihnen an einer großen allgemeinen Idee.
Er, der Präsident, sei gekommen, Amerika seine Idee zu-
rückzugeben. Dir scheint, er glaubt das, unbeirrt durch Wa-
tergate.
Der Rest der alten Stadtmauer von G. – vormals L. – ist
sorgfältig konserviert worden. Er wurde als Motiv in das Fo-
toheft aufgenommen, das es an allen Kiosken zu kaufen gibt.
Auf dem Foto ist im Hintergrund das ehemalige Volksbad
zu sehen. Im Volksbad wurde nicht geschwommen oder ge-
badet, sondern es wurde mit Hilfe der Sportlehrer die allgemeine Idee der körperlichen Ertüchtigung und charakterli-
chen Stählung durchgesetzt. Von Nelly soll hier nicht die
Rede sein, Wasser war ja ihr Element, sie holte ja beim
Wettschwimmen das Letzte aus sich heraus, auch wenn sie
dann nicht mehr alleine aus dem Becken kam. Die Rede soll
sein von Erna und Luise, beide spitznasig, klapperdürr
und maßlos ungeschickt, zu jeglicher Leibesübung untauglich, vor den Schwimmstunden aber in panischer Furcht. Sie
konnten ja noch mit dreizehn, vierzehn kaum schwimmen,
all die jahrelangen Anstrengungen von Fräulein Kahn waren vergebliche Liebesmüh gewesen, und sie hatte ja
schließlich ihre Zeit auch nicht gestohlen. Bucki, sagte sie
also, kümmer dich mal um die beiden Hungergestalten aus
Indien. Bucki war die beste Schwimmerin der Klasse. Sie
war Bannmeisterin im 100-Meter-Brustschwimmen, sie allein war kompakter als Erna und Luise zusammengenommen, und in diese Klasse war sie geraten, als sie mit dreizehn
Jahren sitzenblieb. Bucki trat vor die beiden unglücklichen
Figuren hin und sagte in ihrer rauhen Art: Also dann wolln
wir mal. Bucki war Rettungsschwimmerin und zog abwech-

selnd Erna und Luise aus dem Becken, wenn sie am Absaufen waren. Es herrschte die Meinung, man lerne am sichersten schwimmen, wenn man ins Wasser geworfen werde, und zu Ernas und Luises Besten wäre es ja zweifellos gewesen, wenn auch sie hätten schwimmen können. Alles gut und schön, sagte Fräulein Kahn, aber man ist nun mal kein richtiger Mensch, wenn man nicht schwimmen kann.

Fräulein Kahn war beliebt, weil sie gerecht war. Sie hatte ihr dunkles Haar zur sogenannten Entwarnungsfrisur hochgekämmt und erschien auch im Lehrerzimmer nie anders als im Trainingsanzug. Gesunder Geist im gesunden Körper, sagte sie, nie was davon gehört? Na also, dann mal hopp! Am häufigsten hörte man von ihr den Satz: Man ist ja schließlich kein Unmensch! Ihr Vorname war Rosa. Sie führte alle Übungen, die sie von ihren Schülerinnen verlangte, selbst musterhaft vor. Während einer Klassenfahrt mit Rädern fuhr sie Dorle, deren Rad zusammenbrach, zwanzig Kilometer weit auf ihrem Gepäckträger nach Hause. Ihr zweithäufigster Satz war: Bangemachen gilt nicht! Weniger häufig sagte sie: Das Kind schaukeln wir! und manchmal: Rosa macht das schon. Sie war Führerin in der Organisation ›Glaube und Schönheit‹.

Über Kameradschaft ging ihr nichts. Wenn sie irgend etwas auf den Tod nicht vertragen konnte, so war es, daß man sie belog. Mitten in der Nacht trat sie in den Schlafsaal der Jugendherberge, gerade rechtzeitig, um zwei Mädchen der Klasse durchs Fenster einsteigen zu sehen. Nächtliche Stelldicheins! sagte Rosa Kahn schneidend. Während man ihr doch hoch und heilig versprochen hatte, ihr Vertrauen nicht zu enttäuschen! Nun, da die Damen anscheinend nicht müde seien: In drei Minuten antreten zum Nachtmarsch! – Sie sprach mit Nellys Klasse wochenlang kein Wort.

Geblieben ist: Eine Überempfindlichkeit gegen Massenübungen, tobende Sportstadien, im Takt klatschende Säle.

Die leeren Straßen, leeren Kinos in der Zeit, da die Fußballweltmeisterschaft über den Bildschirm geht. – Welche
Idee wurde hier, indem sie die Massen ergriff, zur materiellen Gewalt? Die Idee, ohne eine Idee auszukommen. (›The
new idea for a new car!‹)
I don't see me in your eyes any more. . .
In Ihren Augen, Fräulein Astrid, lese ich wie in einem aufge-
schlagenen Buch. – Nach einigen Zwischenversuchen mit
Magnetismus (meine Hände sind magnetisch; indem ich
über Ihren Kopf streiche, ziehe ich Sie an Ihren Haaren nach
hinten) hat Richard Andrack sich auf Astrid konzentriert.
Das ideale Medium.
Der kleine Spaß mit der Zitronencreme, den ihm die Haus-
frau verzeihen möge, gehörte zu den harmloseren Proben,
obwohl es natürlich ein Jammer war, daß Fräulein Astrid auf
diese Weise um den Genuß der herrlichen Speise kam. Dafür trank sie eben Wasser als Eierlikör: Herr Andrack ent-
schädigte sie, das mußte man ihm lassen.
Er war sich ja selbst darüber im klaren, daß seine Zumutungen an die junge Dame etwas heikler Natur waren. Das
sprach Herr Andrack freimütig aus, nachdem er Nellys Cousine mit drei, vier beschwörenden Sätzen, die den ungewöhnlich intensiven Blick seiner blaßblauen Augen unter-
stützten, in Tiefschlaf versetzt hatte. Er ließ sie also, augen-
scheinlich schlafend und ihrer selbst nicht bewußt, in ihrem
Stuhl sitzen, während er Zeit fand, sich mit einer kleinen
Ansprache an sein Publikum zu wenden – besonders an Onkel Walter Menzel, der ein finsteres Gesicht zog und mehrmals versucht hatte, den Blick seiner elternlosen Nichte, für
die er eine Verantwortung fühlen mochte, von ihrem Betö-
rer abzulenken und ihn, zum Zwecke der Willensstärkung,
auf sich selbst zu ziehen. Herr Andrack nahm ihm das gar
nicht übel. Voll und ganz verstand er die Vorbehalte des
Laien gegen seine Disziplin. Für niemanden, sagte er, sei es

eine Schande, wenn er eine Kunst wie die seine bei der ersten Begegnung mit ihr etwas heikel, ein wenig anstößig, vielleicht sogar zügellos finde. Er sagte freimütig, was Onkel Walter dachte. Er war aber überzeugt, daß selbst Skeptiker mit der Zeit die segensreiche Wirkung der Hypnose anerkennen würden.

Darauf brachte er schier unglaubliche Beispiele für Heilungen, die er selbst durch Hypnose bewirkt hatte: nicht, um sich zu brüsten, sondern nur um der Gabe, die ihm von höherer Stelle verliehen war, Gerechtigkeit widerfahren zu lassen und um jedermann seiner lautersten Absichten, Fräulein Astrid betreffend, zu versichern.

Zunächst allerdings stach er Astrid mit einer desinfizierten Nähnadel in den Oberarm – ein Experiment, bei dem nicht sie, sondern ihre Tanten laut aufschrien. Sie nämlich, versicherte Andrack, fühlte keinen Schmerz. Dafür erzeugte er – immer nach dem Ausgleichprinzip – eine leichte Verbrennungsröte auf ihrem Handrücken, indem er mit einer kalten stumpfen Stricknadel behutsam darüberstrich, wobei er allerdings die Nadel für ›glühend‹ erklärte. Man hätte sich wohl fragen müssen, ob nicht das Medium im Begriff war, zum Opfer zu werden. Doch niemand – außer Charlotte, ihrem Bruder Walter und ihrer Tochter Nelly – war noch in der Stimmung oder in der Lage, sich derartige Fragen zu stellen. Ihr Teil war es, zu staunen und zu bewundern. Nellys Teil, sich unheimlich angezogen und zugleich unheimlich abgestoßen zu fühlen. Und die zügellosen Bewunderer zu verachten. Astrid sang – schlafend –: ›Auf der Lüneburger Heide, in dem wunderschönen Land!‹ Sie begab sich ins Herrenzimmer und tanzte allein einen hingebungsvollen Walzer. Sie sprach auch fehlerfrei das Weihnachtsgedicht ›Von drauß vom Walde komm ich her‹ – dies alles, wie Herr Andrack ausdrücklich betonte, Vorführungen aus Fräulein Astrids eigenem Repertoire, das sie allerdings ohne seine

Veranlassung zu dieser Zeit und an diesem Ort wohl nicht zum besten geben würde. Er mache sich erbötig, falls die Herrschaften dies wünschten, Leistungen ganz anderer Art aus seinem Medium hervorzulocken.

Ach ja! sagte Tante Trudchen dringlich.

Woraufhin Astrid zu ihr ging und ihr eine Ohrfeige gab.

Nun – das war stark, man war sich einig. Nur fand man es schwierig, auf angemessene Weise darauf zu reagieren. Die Trägerin der mehr als ungehörigen Handlung – Astrid – war ja offensichtlich in einem höheren Sinne abwesend und nicht verantwortlich zu machen; ihr Inspirator, Herr Richard Andrack, lächelte, als habe er die Unart eines Kindes abzubitten: Ich garantiere, sie weiß von nichts, wenn sie aufwacht! – Außerdem war er hier zu Gast. Es schien geraten, den Vorfall in seinem Sinne aufzufassen und zu belächeln.

Dann stieg Cousine Astrid auf den Tisch.

Viel fehlte nicht – nur schnelles Zupacken von allen Seiten verhinderte das Schlimmste –, und sie hätte sämtliche Gläser mit einer einzigen Fußbewegung vom Tischtuch gewischt. Jetzt war ein Wort am Platze, das bisher niemand ausgesprochen hatte: hemmungslos. Wenn ein Mädchen erst mal auf den Tisch steigt, war Charlottes Ansicht, dann muß man mit allem rechnen. Astrid exerzierte nach den Kommandos des Unteroffiziers Andrack auf dem Tisch wie ein Rekrut. Rechts-, Links- und Kehrtwendungen schienen ihr genauso im Blut zu liegen wie das Grüßen mit und ohne Kopfbedeckung, der Parademarsch auf der Stelle (mein Tisch! sagte Charlotte vorwurfsvoll, aber nicht sehr laut) und der Gewehrpräsentiergriff, den sie gewiß niemals voher geübt hatte.

Nelly sah, daß ihre Cousine alles konnte und alles machte. Sie sah, daß es im Bereich des Menschenmöglichen lag, vor allen Leuten auf den Tisch zu steigen und, da Herr Andrack die Anregung dazu gab, einen Bauchtanz vorzuführen. Cousine Astrid war schon immer anders gewesen als sie. Nelly aber hatte allen fortgesetzten Versuchen des Herrn Andrack, sich ihrer zu bemächtigen, wacker und bewußt widerstanden. Es wäre ihr als ein Makel erschienen, so leicht verführbar zu sein.

Trotzdem mußte sie sich fragen – nicht gerade in ausdrücklichen Worten, doch im wortlosen Gespräch mit sich selbst –, ob es sich eigentlich lohne, jeder Verführung zu trotzen. Ob es nicht ganz amüsant wäre – oh, mehr als amüsant: betörend, lustvoll –, sich unter den magnetischen Händen des Herrn Andrack einfach nach hinten sinken zu lassen; er fing einen ja auf. Vor aller Augen auf den Tisch zu steigen und sich zu wiegen, wie es die Cousine jetzt tat.

Zugleich wußte sie: Das war ihre Sache nicht. Ihre Sache war, die eine zu beobachten und ein wenig zu beneiden, den anderen zu durchschauen. Und alles – die geheime Sehnsucht, den Neid, das Gefühl von Überlegenheit – vor jedermann zu verbergen.

Nun zielte Cousine Astrid auf Herrn Andracks Geheiß mit einem Besenstiel, den sie wie ein Gewehr anlegte, in die Menge der Verwandten. Die Kugel, wäre sie abgeflogen, hätte Onkel Walter mitten ins Herz getroffen.

13

Dreizehn ist eine Unglückszahl.

Flucht wider Willen – auch eines der Stichworte, auf die ein Leben sich festlegen ließe. (›Wer sich seiner Vergangenheit nicht erinnert, ist dazu verdammt, sie zu wiederholen.‹)

Im Idealfall sollten die Strukturen des Erlebens sich mit den Strukturen des Erzählens decken. Dies wäre, was angestrebt wird: phantastische Genauigkeit. Aber es gibt die Technik nicht, die es gestatten würde, ein unglaublich verfilztes Geflecht, dessen Fäden nach den strengsten Gesetzen ineinandergeschlungen sind, in die lineare Sprache zu übertragen, ohne es ernstlich zu verletzen. Von einander überlagernden Schichten zu sprechen – ›Erzählebenen‹ – heißt auf ungenaue Benennungen ausweichen und den wirklichen Vorgang verfälschen. Der wirkliche Vorgang, ›das Leben‹, ist immer schon weitergegangen; es auf seinem letzten Stand zu ertappen bleibt ein unstillbares, vielleicht unerlaubtes Verlangen. Herr Andrack hat noch spätabends, als Cousine Astrid endlich vor ihm fliehen wollte, mit einem einzigen liebenswürdigen Satz (Aber Fräulein Astrid! Es wird Ihnen doch nicht im Ernst einfallen, uns zu verlassen!) die unverschlossene Flurtür für sie verriegelt, so daß sie Nelly bitten mußte, ihr zu öffnen. Gegen Mitternacht, als beinah alle Gäste – auch Andrack – gegangen waren, setzte sich Nelly ihrem Onkel Walter auf den Schoß und mußte sich dafür von ihrer Mutter zurechtweisen lassen: Sie müsse sich daran gewöhnen, daß sie kein Kind mehr sei. Eine Ahnung kam ihr, was das bedeuten konnte, und es tat ihr leid.

In G., am Abend jenes überheißen Sonnabends, als ihr durch die Richtstraße zum Hotel zurückgingt, eintauchtet in die roten, violetten, grünen Vierecke der Leuchtreklame, fing Lenka sich auf offener Straße mit ihrem Onkel Lutz zu balgen an. Du sagtest: Kalbert nicht!, und Lutz hielt inne: Sind das nicht Schnäuzchen-Omas Worte? Das war dir nicht bewußt gewesen.

Lenka, schon jetzt größer, als Nelly es je werden sollte, verglich ihre Körperhöhe heimlich mit der Größe der vorbeischlendernden jungen Männer, die sich – kaum daß sie den notdürftigsten Anstand wahrten – unverhohlen nach ihr umdrehten, worauf sie natürlich nicht zu achten schien. Das Spiel war angelaufen. Lutz machte dich mit Blicken darauf aufmerksam, du verzogst die Mundwinkel – Anerkennung und Resignation –, und H. sagte: Jetzt geht das alles noch mal von vorne los! Darüber wurde ein bißchen gelacht. Lenka beherrschte schon damals – wahrscheinlich immer schon – die Kunst des Weghörens. Sie zeigte ihr berühmtes undurchdringliches Gesicht.

(Jetzt, drei Jahre später, in diesem wechselhaften Sommer des Jahres 1974, nachts, wenn Lenka aus der Spätschicht kommt, vor Müdigkeit erloschen. In zehn, fünfzehn Minuten, während deren sie stumm, unfähig zu reden, dasitzt, kehren Farbe und Leben in ihr Gesicht zurück. Wie sie dann, während sie langsam ein paar Erdbeeren ißt, zu sprechen anfängt, in einzelnen Sätzen, zwischen denen lange Pausen sind. Sich fragt, ob es nicht überhaupt eine Zumutung ist, daß einzelne Leute – ich zum Beispiel, sagt sie – darauf bestehen, eine Arbeit zu finden, an der sie Spaß haben. Was ja Dreiviertel aller Menschen nicht können, sagt sie: alle die Leute in den Betrieben.

Sie beschreibt, wie Angst und Wut in ihr hochkommen, wenn der Automat, der ihr pro Schicht zehntausend Widerstände zur Codierung zuführt, mit einem monotonen, gemeinen Klicken Ausschuß produziert, falsch codierte Widerständekörper – daß man so was Totes ›Körper‹ nennt! –, auf denen die Farbringe in verkehrter Reihenfolge erscheinen oder unkenntlich ineinanderlaufen. Manchmal, sagt sie, sehe sie sich nach einem Riesenhammer um, den Automaten zu zerschlagen. Was die anderen mit ihrer Wut machen, fragte sie sich, zum Beispiel der junge intelligente Mensch, der sie ablöst, der seit zehn Jahren an diesem Automaten steht. Einer müsse die Arbeit ja machen, sagt er. Übrigens wurde sie gut bezahlt. Schichtarbeiter kriegen ihr Mittag für fünfzehn Pfennig, das ist eben Sozialismus, sagt Lenka.

Die anderen, sagt sie, sitzen heimlich im Nebenraum am Fernseher und sehen sich die Fußballweltmeisterschaft an, egal, ob sich die Automaten, wenn sie Störung haben, die Seele aus dem Leib klingeln. Dann läuft der Liebscher, ein

Sehschwacher, der diese Arbeit nicht mehr lange machen kann, wie ein Verrückter zu allen Automaten und bringt sie in Ordnung. Er muß sich selber beweisen, daß er unersetzlich ist. Dafür schieben sie es auf ihn, wenn ein Posten Ausschuß zurückkommt: Das war der Liebscher, der kann doch sowieso nicht mehr richtig sehen.

Beschissen, sagt Lenka. Findest du, daß man das mit Leuten machen kann?

Der Liebscher freut sich drei Tage lang, wenn ich ihm zum Abschied die Hand gebe. Er hebt mir immer die Hälfte von der Flasche Milch auf, die uns der Betrieb kostenlos liefert, weil wir mit gesundheitsschädlicher Lösung arbeiten müssen, von der ich regelmäßig Kopfschmerzen kriege. Vielleicht auch wegen der Hitze: mindestens neununddreißig Grad, durch die Trockenöfen. Das macht dich fix und fertig. Die Ventilatoren sind schon lange kaputt, aber die Frauen kriegen dafür eine Zulage und bestehen nicht auf der Reparatur.

Findest du, daß Leute das mit sich machen können? Ihr ganzes Leben lang? Jeden Tag acht Stunden?

Dabei wäre es Unsinn, sagt sie, wenn sie selbst, bloß aus schlechtem Gewissen, dasselbe täte. Aber eine Frechheit bleibt es doch, einfach wieder wegzugehen. Dabei wisse sie jetzt schon: Sie werde in ein paar Wochen noch daran denken, aber so schlimm wie heute werde es ihr schon nicht mehr vorkommen. Alles verblaßt, sagt sie. Warum muß das so sein?

Es gibt Sachen, die unlösbar sind. Und das muß nicht mal an dir selber liegen, oder?

So ist es, sagst du. Antagonistische Widersprüche.

Sie sagt: Hör auf.

An jenem Abend in G. – früher L. – seid ihr sehr müde gewesen und um halb zehn – vollständig dunkel war es noch immer nicht – ins Bett gegangen. Lenka hat sich gleich, ohne das Buch ›Hiob‹ von Joseph Roth anzurühren, auf die Seite gelegt, der Wand zugedreht. Jedes der Betten stand an einer der Längswände des kleinen Zimmers. Die beiden Nachttische paßten genau in die Lücke zwischen ihnen. Vor jedem Bett lag ein grau gemusterter Läufer aus Bouclé. Zu Füßen der Betten gab es ein Tischchen mit abstehenden Beinen und zwei von jenen unbequemen Stuhlsesseln, die wir in den fünfziger Jahren in unsere östlichen Nachbarländer exportiert haben. Der Schrank rechts neben der Tür. Die Nachttischlampe, wie in allen Hotels Nachttischlampen: klein, unpraktisch und düster.

Bemüht, sowenig wie möglich mit den Blättern zu rascheln, hast du noch ein paar Minuten in der Zeitung gelesen, die ihr von zu Hause mitgebracht hattet. Die Schlagzeilen, die du dir später in der Potsdamer Landesbibliothek aus dem Blatt herausgeschrieben hast, lauteten: Höhere Ansprüche an die Arbeit der Gewerkschaften. – Ostseewoche mit Friedenskonzept. – Den guten Beispielen Massencharakter verleihen. – Soll in Zukunft der Nachwuchs der Arbeiterklasse nur noch aus den Hochschulen kommen? – Weltniveau muß täglich neu erkämpft werden. – Aus Angst krank: 30 Prozent aller Patienten leiden unter neurotischen Fehlhaltungen. – Starben Saurier nach Polwechsel?

(Eine Meldung von heute, dem 26. Juni 1974: Das schwedische Friedensinstitut stellt in einer Studie fest: Der Atomsperrvertrag habe versagt. Es sei nicht gelungen, andere Länder vom Besitz von Atomwaffen auszuschließen. Auch verbrecherische Gruppierungen könnten sich in den Besitz spaltbaren Materials bringen.)

Du machtest die Augen zu und sahst ein deutliches und getreues Bild des Marktplatzes von L., wie Nelly ihn gekannt hat, und es fiel dir schwer, dir den Marktplatz heraufzurufen, wie er jetzt ist und wie du ihn eben gesehen hattest. Lenka, die du schlafend glaubtest, fragte plötzlich, ob du ›irgendwelche Heimatgefühle‹ hättest. Gerührt, daß sie sich um deine Stimmung sorgte, hast du ihr überzeugend versichert: Nein. – Dir fiel ein, daß Lenkas Frage auch ein schonendes Urteil über die Heimat enthielt, die ihr vorgeführt wurde. Sie konnte sie wohl nicht sehr anziehend finden.

Es gelang dir nicht, einzuschlafen, dabei konnte man müder nicht sein. Das Zimmerfenster stand offen. Der Dachrand des niedrigen Hinterhauses begrenzte den immer noch hellen Himmel, an dem tatsächlich, wenn auch für dich nicht sichtbar, der Mond aufgegangen war. Das merk ich mir. Das sind die Sachen, die man sich merken kann. Das andere vergeht.

Heimweh? Nein! – Das hörte sich gut an. Nur daß der Satz schon fertig war, lange ehe Lenka ihn hören wollte. So daß man nicht mehr wußte, ob man log oder die Wahrheit sprach. Da ein anderer als dieser Satz seit vielen Jahren überhaupt nicht in Frage kam.

In dieser Nacht in der fremden Stadt mit ihren fremdsprachigen Geräuschen begreifst du, daß die Gefühle sich rächen, die man sich verbieten muß, und verstehst bis ins einzelne die Strategie, die sie anwenden: Wie sie, indem sie selbst sich scheinbar zurückziehen, benachbarte Empfindungen mit sich nehmen. Nun verbietet sich schon nicht mehr nur die Trauer, das Weh – auch Bedauern ist nicht mehr zugelassen und, vor allem, die Erinnerung. Erinnerung an Heimweh, Trauer, Bedauern. Die Axt an der Wurzel. Da, wo die Empfindungen sich bilden, in jener Zone, wo sie noch ganz sie selbst, nicht mit Worten verquickt sind, dort herrscht in Zukunft nicht Unmittelbarkeit, sondern – man scheue das Wort nicht – Berechnung.

Und nun, wenn die Worte dazutreten, harmlos, unbefangen, ist alles schon vorbei, die Unschuld verloren. Der Schmerz – vielleicht vergißt man ihn jetzt – ist noch zu benennen, zu fühlen nicht mehr. Dafür, in Nächten wie diesen, der

Schmerz über den verlorenen Schmerz... Zwischen Echos leben, zwischen Echos von Echos...

Die Linien – Lebenslinien, Arbeitslinien – werden sich nicht kreuzen in dem Punkt, der altmodisch ›Wahrheit‹ heißt. Zu genau weißt du, was dir schwerfallen darf, was nicht. Was du wissen darfst, was nicht. Worüber zu reden ist und in welchem Ton. Und worüber auf immer zu schweigen.

Du stehst auf, ohne Licht zu machen – sehr leise, um Lenka nicht zu wecken –, und nimmst eine Schlaftablette.

Nachts bin ich ein besserer Mensch (ein Zitat). Besser heißt in dieser Zeit: nüchterner, mutiger – eine Verbindung, die bei Tage selten geworden ist. Nüchtern und vorsichtig – ja. Mutig und kopflos – ja. In jener Nacht, bis die Tablette zu wirken begann, bist du nüchtern und mutlos gewesen – was etwas anderes als feige ist – und mit der rasch verfliegenden Fähigkeit begabt, dich zu durchschauen und es zu ertragen. Das Buch würdest du nicht schreiben können, und du wußtest, warum.

Du kennst die Gegengründe bis heute, sie sind nicht gegenstandslos. Der nicht zu begründende Umschlag kam am nächsten Morgen. Die Hitze schon um sieben. Frisches Erwachen nach wenigen Stunden Schlaf. Alles war anders. Der Luxus vollkommener Aufrichtigkeit – warum sollte er gerade dir ausgesucht sein? Dieses unzeitgemäße, absondernde Glück – das einzige, das diesen Namen verdient? Erleichtert warst du, beinahe los und ledig der Gewissenslast der allzu Glücklichen.

Tun wir nicht alle, was wir eigentlich nicht können, wissen darum und reden nicht davon, weil es unsere einzige Hoffnung ist?

Der Traum jener Nacht hatte mit den Phantasien vor dem Einschlafen scheinbar nichts zu tun; erst später, heute, liegen die Zusammenhänge offen. Du sahst dich als Mann, mit Eigenschaften und Fähigkeiten ausgestattet, die dir in deiner wirklichen Gestalt abgehen. Es schien, du könntest alles, was du wolltest. Drei Frauen verschiedener Lebensalter kamen vor, mit denen du befreundet gewesen bist und die alle an Krebs gestorben waren. Sie schienen auf dich nicht zu achten. Doch fühltest du wohl, daß sie dich auf eine ganz ungehässige, aber intensive Art beneideten, und da wußtest du es selbst mit einem starken Schuldbewußtsein, wie sehr beneidenswert du doch warst.

Montag, der 1. Juli 1974. Ein General Pinochet ernennt sich selbst zum obersten Führer der Nation. Die Namen der vier kürzlich ermordeten Chilenen, die gestern in der Zeitung standen: Jose, Antonio Ruz, Freddy Taberna, Umberto Lisandi. Fast genau vierzig Jahre früher hat der ›General-Anzeiger‹ berichtet, daß vier Kommunisten aus L. vor dem Reichsgericht wegen Zersetzungsarbeit verurteilt worden seien. Fast genau neununddreißig Jahre früher standen Namen im ›General-Anzeiger‹, deren Trägern man wegen Unwürdigkeit die deutsche Staatsbürgerschaft aberkannt hatte: Bertolt Brecht, Hermann Budzislawski, Erika Mann, Walter Mehring, Friedrich Wolf, Erich Ollenhauer, Kreszentia Mühsam (die, was nicht verschwiegen werden soll, in der Sowjetunion, wohin sie geflohen war, später in ein Lager kam und erst in ihren letzten Lebensjahren die Verwaltung von ihres Mannes literarischem Erbe wieder übernehmen konnte). In anderen Ländern und Erdteilen haben vor vierzig Jahren die Leute, in deren Zeitungen deutsche Namen standen, das Blatt zusammengefaltet und es neben ihre Frühstückstasse gelegt. Dieser sich wiederholende Vorgang steht dir vor Augen, während du die Zeitung von gestern zusammenfaltest und sie in den Zeitungsständer steckst. Gestern ist also in einer Kirche die siebzigjährige Mutter von Martin Luther King ermordet worden.

Auf einer alten, leicht stockfleckigen Karte der ›Provinz Brandenburg‹, die in die Regierungsbezirke Potsdam und

Frankfurt (Oder) zerfällt – einer Karte, die keine Jahreszahl trägt, aber noch nach deutschen und preußischen Meilen mißt und bei C. Fleming in Glogau gedruckt und verlegt wurde –, findet sich südöstlich von Seidlitz und Dechsel der Ort Birkenwerder, dessen Name einem Ortsnamen, den du nur ungenau erinnerst, am nächsten kommt und deshalb hier für diesen stehen soll. Die Karte mag vor der Einführung der norddeutschen Meile im Jahre 1868 gedruckt sein. Birkenwerder bei Schwerin also. Der Ort selbst wird gar nicht in Erscheinung treten. Nur soviel davon: Er muß von Kiefernwäldern umgeben gewesen sein (eine Bedingung, die Birkenwerder gewiß erfüllt). Die Familie von Onkel Alfons Radde, Nelly mit ihr, verbringt eine Woche in einer Art Jagdhütte, die Alfons Raddes Chef, Otto Bohnsack, hier draußen besitzt. Pfifferlinge in unübersehbarer Menge in den Wäldern. Nelly als einzige ist keine passionierte Pilzsucherin. Aber der Wald, Kind, der Wald! Tante Liesbeth geniert sich nicht, ›Wer hat dich, du schöner Wald‹ anzustimmen. Nelly geniert sich, und ihr inzwischen neunjähriger Vetter Manfred geniert sich auch. Nelly entdeckt, daß sie eine Zuneigung zu diesem Vetter nicht mehr vortäuschen muß, sie sondern sich ab, tuscheln und kichern miteinander. Der Wald duftet stark. Vielleicht hatte es am Vormittag geregnet, der Nachmittag des 20. Juli 1944 war, wie ein Sommertag sein soll. Gab es eine Art Birkenzaun um das einfache, dunkelbraun gebeizte Holzhaus? Wie auch immer: Als sie die Pilze aßen, wußten sie es schon, Onkel Alfons hatte die Nachricht aus dem Dorf mitgebracht, das also vermutlich nahe lag. Am nächsten Morgen würden sie natürlich sofort nach Hause fahren. Auf den Führer war ein Anschlag verübt worden.

Halbe Sätze, die in Nellys Gegenwart keine ganzen Sätze werden können. Man wird vor ihr nicht alles gesagt haben. Vorsicht, man kann nie wissen. Vielleicht hat es Blicke gegeben, die bedeuten sollten: Das ist der Anfang vom Ende. Oder Fragen: Ist das der Anfang vom Ende? Nelly kriegte die Blicke nicht zu sehen, die Fragen nicht zu hören.

Zwei Tage später steht sie auf dem Marktplatz in Reih und Glied angetreten. Nun erst recht! ruft der Bannführer. Und daß der Führer, wie man sieht, unverwundbar ist. Das kommt Nelly allerdings auch so vor. Wochenlang tragen sie alle in der Schule die Hitler-Jugend-Uniform, und das, wie Charlotte nörgelt, in Zeiten, da es keine Bezugsscheine für BDM-Blusen gibt und es schier unmöglich ist, eine der zwei weißen Blusen, die Nelly besitzt, immer einsatzbereit zu haben. Nelly findet es nicht übertrieben, daß man die Treue zum Führer auch äußerlich zeigt. Charlotte meint, man sollte Treue nicht durch Blusen zeigen müssen. Nelly schmerzt es, wenn die Mutter über heilige Gegenstände vom Standpunkt ihrer Waschküche aus urteilt.

Gab es – abgesehen von jenem düsteren Ausruf der Mutter, dem die Gestapo ergebnislos nachging und der Nelly ja verschwiegen wurde – in ihrer Umgebung die leiseste Andeutung, daß manche Menschen den Krieg für verloren hielten? Die Frage ist mit Nein zu beantworten. Nelly hat also zum erstenmal Gelegenheit, am eigenen Leib zu erfahren, wie lange es dauert, bis man bereit ist, Undenkbares für möglich zu halten. Ein für allemal lernt man es nie. Jene Zeiten, in denen sie es nicht wagte, aus dem was sie mit eigenen Augen sah, zutreffende Schlüsse zu ziehen, erkennst du an einer besonderen Art von Verlust: dem Verlust des inneren Gedächtnisses. Äußere Vorgänge ja: die ersten Flüchtlingstransporte, die in der Stadt ankommen. Aber weit entfernt ist Nelly, den besonderen Ausdruck in den Augen der Flüchtlinge anders zu deuten denn als Zeichen der Erschöpfung nach einer langen anstrengenden Reise. Es ist, als schiebe sich eine Wand zwischen ihre Beobachtungen und den Versuch, sie zu deuten.

Die Müdigkeit, das scheint festzustehen, ist in diesen Monaten so groß, daß sie sich nicht mehr allein durch die nächtlichen Feindanflüge erklären läßt, von denen man sich eine
Schädigung der Stadt kaum noch erwartet. Die Bombengeschwader, die Berlin zerstören, wenden über L. und drehen
unbehelligt nach Westen ab. Trotzdem weckt Charlotte ihre
Kinder gewissenhaft Nacht für Nacht, zwingt sie, sich anzuziehen und in den Keller zu gehen, der alles andere als bombensicher ist. Man soll das Schicksal nicht versuchen.

Andere Szene: Der Vater sitzt in Hemdsärmeln am Eßzimmertisch, ißt seine Suppe und spricht mit der Mutter von den
französischen Gefangenen, die in einer alten Fabrik untergebracht sind und für deren Bewachung er seit kurzem verantwortlich ist. Da haben sie den Bock zum Gärtner gemacht, sagt er. Einer, der selbst mal Gefangener war, kann
ja Gefangene nicht schikanieren, sagt er. Er kann doch den
Franzosen die kleinen Öfchen nicht verbieten, auf denen sie
sich abends heimlich etwas brutzeln. Er kann auch keine
strenge Leibeskontrolle durchführen, wenn sie von ihren
Arbeitsstellen ins Lager einrücken. Obwohl er jedes Versteck eines Gefangenen aus dem Effeff kenne. Aber er wisse
eben auch, was einem Gefangenen eine Scheibe Brot ist
oder gar ein Stückchen Fleisch. Er kann die Leute nicht wegen Diebstahl bestrafen. Er selbst habe ja – und daran müsse
er immer denken – einst in Frankreich seine Madame ans
Kartenspiel gefesselt, während die Kameraden in ihre Räucherkammer einstiegen: Oh, monsieur Bruno, un filou!

Aber die Geschichte kennen wir doch, sagte Charlotte Jordan müde.

Schon. Bloß daß er jetzt eben immer daran denken müsse.
Nellys äußeres Gedächtnis bewahrte die Szene auf, so wie
der Bernstein Fliegen aufbewahrt: tot. Ihr inneres Gedächtnis, dessen Sache es ist, die Urteile zu überliefern, die man
aus Vorkommnissen zieht, konnte sich keine Bewegung

mehr leisten. Es blieb stumm. Nichts als mechanische Aufzeichnungen.

Dies müßte Lenka verstehen, um zu glauben, daß Nelly jene
Austreibung nie ernstlich hat rückgängig machen wollen. Es
zeigte sich übrigens, daß sie insgeheim – obwohl vollkommen ahnungslos – doch darauf vorbereitet gewesen war. Signale, die nicht Worte waren, hatten sie erreicht. Eines der
letzten war der Blick eines kleinen Jungen. Er kam, wie
seine Mutter, die hochschwanger war, aus Posen – heute
Poznań –, und Nelly, die wie alle Mädchen ihrer Klasse nicht
mehr zur Schule ging, sondern Flüchtlinge ›betreute‹, küm-
merte sich besonders um diese beiden; sie wollte sich nicht
darüber beruhigen, daß eine Frau unterwegs in einer fremden Stadt und womöglich ohne Hilfe ein Kind zur Welt bringen sollte, während sie zugleich nicht aufhören konnte, sich
um ihr anderes Kind, eben den kleinen Jungen, zu sorgen.
Sie holte die Hebamme zu der Frau. Die musterte sie kurz,
aber gründlich, faßte dann ihre Füße an und erklärte: Solange sie so kalte Füße haben, komme die Geburt sowieso
nicht in Gang. Da solle sie sich bloß keine Schwachheiten
einbilden. Nelly versuchte ihre Mutter dringlich zu überreden, den Jungen zu sich zu nehmen, damit die Frau in aller
Ruhe im Krankenhaus entbinden könnte. Charlotte, gewiß
nicht ohne Mitgefühl, wich aus. Als letzten Grund für ihre
Ablehnung nannte sie, so schonend sie konnte, die Möglichkeit, daß sie vielleicht selber bald aufbrechen müßten. Und
wie sollte die Mutter den Jungen dann je wiederfinden?
Darauf konnte Nelly nur grell und verächtlich lachen: grell,
weil diese Möglichkeit so absurd war, verächtlich, weil nun
auch die Mutter, wie alle Erwachsenen, die abwegigsten
Ausreden heranzog, um nur kein Risiko einzugehen, wenn
einmal ein Mensch Hilfe wirklich nötig hatte. Die unterlas-
sene Hilfeleistung an dieser Frau und ihrem Jungen ist Nelly
lange nachgegangen. Diese zwei ihr unbekannten Leute wa-

ren es, an die sie, vierzehn Tage später selbst ›auf der Flucht‹, öfter denken mußte als an alle ihre Freunde, die ihr plötzlich und – wie sie genau zu wissen glaubte – zumeist auf immer entrissen oder, richtiger gesagt, entschwunden waren. Als sie durch Nachzügler erfuhren, am Krankenhaus, wo sich eine SS-Einheit verschanzt hatte, sei gekämpft worden, dachte sie an die Frau, die inzwischen dort liegen mochte (die Einschläge der Geschosse sind übrigens noch heute in der Fassade des Gebäudes zu sehen; du zeigtest sie Lenka beim Vorbeifahren). Ihr Junge aber konnte mit einem Kindertransport Gott weiß wohin geraten sein, und daß seine Mutter ihn je wiederfand, war nicht so sicher. Heute noch, wenn ein westlicher Sender immer noch Suchmeldungen des Deutschen Roten Kreuzes durchgibt, fragst du dich nach dem Schicksal des Jungen und seiner Mutter, aber eine Gewissenslast ist es dir nach all den Jahren nicht mehr.

Das allerletzte Zeichen dafür, daß sie im Grunde Bescheid wußte, ohne unterrichtet zu sein, kam Nelly aus ihrem eigenen Körper, der sich, da ihr eine andere Sprache durchaus verwehrt war, in seiner Weise ausdrückte. Charlotte Jordan, in gewissen Augenblicken zum Gebrauch ungewöhnlicher Wörter fähig, nannte den Zustand ihrer Tochter bündig einen ›Zusammenbruch‹. Womit sie verriet, daß sie dem Kamillentee mit Honig, den sie Nelly einflößte, nicht allzuviel zutraute.

Zuerst weinte Nelly bloß, dann kam das Fieber hinzu. ›Nervenfieber‹, behauptete Charlotte. Es war eben alles ein bißchen zuviel für sie. Aber was denn eigentlich? Diese Arbeit in den Flüchtlingslagern? Nun: Sie übertrieb sie vielleicht ein bißchen, andererseits war sie schließlich kein Hämchen und vertrug einen Puff. Auch an jenem Nachmittag hatte sie im ›Weinberg‹ die Flüchtlingskinder um sich versammelt, nachdem das Geschirr abgewaschen war, hatte ihnen das Märchen vom Fundevogel erzählt, mit ihnen gespielt und gesungen. Julia, Dr. Juliane Strauch, auch hier Herr der Lage, ging mit ihrer großen Roten-Kreuz-Tasche von einer Flüchtlingsfamilie zur anderen, hockte sich zu ihnen ins Stroh und verteilte Medikamente und gute Ratschläge. Es war deutlich, daß sie ein Beispiel gab, und Nelly zögerte nicht, ihm zu folgen.

Ganz und gar genügte als Anerkennung ihr das Kopfnicken, das sie von Julia empfing, als sie, da ein neuer Treck angekündigt wurde, an der Ausgangstür zusammentrafen. Es war dunkel geworden. Beim Abladen ging es wie immer geschäftig, aber doch nicht eigentlich verzweifelt zu, bis plötzlich durch einen unvorhergesehenen Vorfall die allgemeine Stimmung, besonders aber Nellys Gemütslage umschlug. Der Säugling, ein vermummtes Bündel, das ihr aus einem der Planwagen zugereicht wurde, damit sie es an die Mutter weitergab, war tot: erfroren. Die junge Frau erkannte es an Zeichen, die Nelly nicht bemerkt hatte, ohne das Bündel erst aufschnüren zu müssen. Die Frau schrie sofort los, mit jener Stimme, die man nicht oft zu hören bekommt und die einem – in solchen Augenblicken erlebt man die Wahrheit mancher unerträglicher Redewendungen – ›das Blut in den Adern stocken‹ läßt. So hab ich noch nie jemanden schreien hören, war das letzte, was Nelly dachte, danach dachte sie nichts mehr. ›Black box‹ hat man derartige Zustände später genannt, ganz zutreffend übrigens. Das Gehirn ein schwarzer Kasten, unfähig, um Bilder aufzunehmen, geschweige Worte zu formen. Vermutlich – anders kann es ja nicht gewesen sein – ließ sie fallen, was sie gerade in der Hand hielt, zog sich steifbeinig bis zum Gartentor des Lokals ›Weinberg‹ zurück, machte auf dem Absatz kehrt und lief davon. Nach Hause, wo sie zwar lange nicht reden, am Ende aber doch weinen konnte. Das nächste Bild nach der Erinnerungslücke: Das Eßzimmer, sie selbst auf dem alten Sofa liegend, vor ihr die Mutter mit der großen Teetasse.

Am nächsten Tag hat sich die Formel eingestellt, die jeden befriedigt, als Entschuldigung verwendbar ist und den Vorzug hat, nicht ganz falsch zu sein: Nelly hat sich erkältet und muß das Bett hüten. Ein Schnupfen, Kopfschmerzen, Fieber, das natürlich niemand mehr ›Nervenfieber‹ nennt, wie auch das überspannte Wort ›Zusammenbruch‹ dahin zurückfällt, wohin es gehört: in den Vorrat der unaussprechlichen Wörter. Bis es, wenige Monate später, zu größerer Verwendung und für den allgemeinen Gebrauch daraus hervorgezogen wird und auf einmal geeignet scheint, Zeitalter voneinander zu trennen: Vor dem Zusammenbruch, nach dem Zusammenbruch. Da war der einzelne seines eigenen Zusammenbruchs enthoben.

Nelly bekommt Besuch. Sie, krank, ›im Kreise‹ ihrer Freundinnen: Eines der letzten Bilder aus dem Haus an der Soldiner Straße, das wir – es kann sich nur noch um Tage handeln – nun aber schleunigst zu verlassen haben, um es nie wieder zu betreten. Julia Strauch, das weiß sie noch nicht, hat sie schon zum letztenmal gesehen. Es beginnen die unwiderruflichen Abschiede der Fünfzehnjährigen. An diesem letzten Nachmittag sind sie ausgelassen. Sie kichern und glucksen, ohne zu wissen, worüber. Nur als Dora von einem Gerücht erzählt, das in Brückenvorstadt umgeht, wo sie wohnt: Russische Panzerspitzen seien über Posen vorgestoßen, ja, südlich von Frankfurt hätten sie schon die Oder erreicht – da weiß man, worüber man lacht. Russische Panzer an der Oder!

Das Gespräch der Freundinnen hat um den 25. Januar herum stattgefunden, etwa zwei Tage nachdem die Armee des Marschalls Konjew zwischen Oppeln und Ohlau (heute Opole und Oława) die Oder erreicht hatte, während die für Nelly und ihre Freundinnen zuständigen Truppenteile unter dem Befehl des Marschalls Shukow – die Stadt L. zunächst nördlich und südlich umgehend – zu ihrer Zangenbewegung auf Küstrin (heute Kostrzyn) angesetzt hatten. Am gleichen Tage übertrug der Führer dem Reichsführer SS Himmler persönlich den Oberbefehl über die zur Verteidigung der uns interessierenden Gebiete aufgestellte ›Heeresgruppe Weichsel‹; der Tag, an dem Generaloberst Guderian, Chef des Generalstabs des Heeres, den Reichsaußenminister Ribbentrop aufsucht, um ihm – ergebnislos natürlich – ›die Augen über die bedrohliche militärische Lage zu öffnen‹ (Nachkriegsveröffentlichungen Guderians: ›Erinnerungen eines alten Soldaten‹, 1951; ›Kann Westeuropa verteidigt werden?‹, 1951); fünf Tage ehe Rüstungsminister Speer in einer Denkschrift an den Führer – folgenlos natürlich – den bevorstehenden vollständigen Zusammenbruch der deutschen Kriegswirtschaft feststellt; sieben Tage ehe sowjetische Truppen nördlich und südlich von Küstrin die Oder überschreiten, auf deren Westufer sie Brückenköpfe bilden. Fünf Tage ehe Bruno Jordan – mit seinen französischen Gefangenen in Richtung Soldin–Stettin in Marsch gesetzt – in dem Dorf Liebenow von der nördlichen Gruppe der sowjetischen Streitkräfte gefangengenommen wird; vier Tage ehe Nelly und – wenn auch für immer voneinander getrennt – ihre Freundinnen in letzter Minute, bevor die Zange sich schloß, in Küstrin über die Oder gehen. Fünfeinhalb Tage ehe Charlotte Jordan als Insassin des letzten Postautos, das von L. nach Westen fuhr, ebenfalls die Oderbrücke passiert und dabei diejenigen Teile von Küstrin noch unzerstört sieht, die später während des Kampfes um die Stadt vollständig vernichtet werden sollen. (Der Genuß, den es macht, endlich einmal die Sprache so einzusetzen wie ein Marschall seine Truppenverbände: logisch und zwingend. Schlag auf Schlag.)

Die Tatsache, daß Charlotte Jordan ihre Kinder, um die sie sich sonst eher übermäßig ängstigte, alleine, wenn auch von Verwandten begleitet, ins sogenannte Ungewisse fahren ließ, ist in der jahrelang hin und her gewendeten, längst zur Legende erstarrten Familiengeschichte so gut wie nie erörtert worden. Und doch hätte man sich – wäre es mit rechten Dingen und gesunden Sinnen zugegangen, aber das tat es ja eben nicht – über diese einschneidende Entscheidung der Mutter mehr verwundern sollen als über die Tatsache, daß die Bevölkerung über Drahtfunk aufgefordert wurde, ihre Stadt zu räumen. Natürlich stand kein Transportraum zur Verfügung. Die Szenen, die sich auf dem Bahnhof abgespielt haben, mag der beschreiben, der sie miterlebt hat. Am Abend des gleichen Tages, des 29. Januar 1945, wurde der letzte überfüllte Flüchtlingszug von den sowjetischen Panzerspitzen, welche die Stadt südlich umgangen hatten, vor Vietz in Brand geschossen.

In einem Punkt stimmt die Erzählung der inzwischen in alle Winde verstreuten, um einige ihrer Glieder dezimierten und aus persönlichen und politischen Gründen in sich zerstrittenen Familie überein: Der Geistesgegenwart und Findigkeit des Schwagers Alfons Radde war es zu verdanken, daß man zu rechtzeitiger Flucht die Möglichkeit bekam. Nach telefonischer Verabredung in der Dunkelheit der frühen Morgenstunden fuhr er gegen neun Uhr mit einem Lastzug der Firma Otto Bohnsack, Getreide en gros, vor dem Jordanschen Haus vor, um seine Schwiegereltern Hermann und Auguste Menzel, seine Schwägerin Charlotte Jordan und deren beide Kinder Nelly und Lutz ›einzuladen‹, wie der Fachausdruck hieß.

Es war seine große Stunde. Alfons Radde, der zeitlebens um eine geachtete Stellung in der Familie seiner Frau zu kämpfen hatte, erwies sich nun als Stab und Stütze der schutzlosen Frauen und Kinder. Alles verlief planmäßig. Das Gepäck der Jordans – Koffer, Kisten, fest gestopfte Bettensäcke, Kartons mit Konserven aus den Jordanschen Lagerbeständen und sogar ein Butterfäßchen, dessen Inhalt natürlich, als der bitterkalte Winter erst vorbei war, der Verderbnis nicht widerstand, aber auch ranzig noch oder als Butterschmalz sowohl die Familie nährte als auch begehrtes Tauschobjekt war – alles wurde aufgeladen.

Man läßt den Auszug aus der Heimat nicht unbeweint. Charlotte hielt sich zurück. Vermutlich waren ihre seelischen Kräfte von dem Entschluß in Anspruch genommen, der sich erst in ihr entwickelte, während sie noch das Gepäck verstaute. Sie hatte zum Weinen keine Zeit. Nelly kam für Tränen ›vor versammelter Mannschaft‹ nicht in Frage.

Schnäuzchen-Oma dagegen ja. Sie weinte auf eine scheue, verstohlene Weise. Anders die Generation der Tanten: Trudchen Fenske, geschieden, Olga Dunst, deren Mann mit Frau Lude ›auf und davon‹ gegangen war, Liesbeth Radde: Alle sitzen sie im Halbdunkel des Lastwagens – bis auf Tante Lucie, die abgesprungen ist, um beim Aufladen zu helfen – und begleiten jede neue Station, jeden neuen Abschied mit ihren leicht und reichlich fließenden Tränen.

Heute – wir schreiben den 31. August 1974 –, am fünfunddreißigsten Jahrestag des Führerbefehls, der den zweiten Weltkrieg auslöste, widmen die Zeitungen ihre diesem Datum zukommenden Kommentare. Kein neuer Krieg scheint irgendwo in der Welt begonnen zu haben.

Obwohl die verfeindeten Seiten im Nahen Osten weiter rüsten; Zehntausende von Menschen auf Zypern unter den Folgen eines dieser ›begrenzten Kriege‹ leiden, die in Mode gekommen sind (unter ihnen jene alte Griechin, deren Weinen auf dem Bildschirm dich an das Weinen deiner Großmutter erinnert); obwohl in Vietnam gekämpft, in Chile gefoltert wird: Die größten Unglücke dieses Tages sind das Eisenbahnunglück im Bahnhof der jugoslawischen Stadt Zagreb und die Überschwemmungskatastrophe in Bangladesh. Der heutige Tag ist, wie jeder Tag, auch die Spitze eines Zeitdreiecks, dessen zwei Seiten zu zwei anderen – zu beliebig vielen andern – Daten führen: 31. August 1939. Von morgen früh an wird zurückgeschossen. 29. Januar 1945: Ein Mädchen, Nelly, plump und steif in doppelt und dreifach übereinandergezogenen Sachen (geschichtsplump, falls dieses Wort etwas sagt), wird auf den Lastwagen gezerrt, um die in der deutschen Dichtung und im deutschen Gemüt so tief verankerte Kindheitsstätte zu verlassen.

Heute, an diesem heißen Tag, da durch die offene Balkontür das Geraschel der Pappelblätter, fernes Hundegebell und Motorengeräusch eines einzelnen Motorrades hereinkommt. Heute, da dir – ein seltenes Glück – auch das Unbedeutende nur das Gefühl steigern kann, zu leben: das Essen, der Wein am Mittag, die paar Seiten eines Buches, die Katze, das Schlagen der Uhr aus dem Zimmer, in dem H. über seinen Bildern sitzt, die Sonnenreflexe auf dem Schreibtisch. Der Schlaf nach dem Mittagessen und der zwielichtige Traum. Das Gedicht, das du liest, in dem es heißt: Hüte dich vor der Unschuld / deiner Weggenossen. Vor allem anderen aber die fünf Tagesstunden über diesen Seiten, der feste Kern eines jeden Tages, vom wirklichen Leben das Wirklichste. Ohne die sich alles, Essen und Trinken, Liebe, Schlaf und Traum in rasender, angstvoller Eile entwirklichen würde. Das ist richtig und soll so sein. Heute macht es dir nichts aus, dir jenen bitterkalten Januartag zurückzurufen.

Man will nun also abfahren, macht schnell, beeilt euch, es wird spät. Nelly, schon im Lastauto, streckt den Arm aus, ihrer Mutter noch hereinzuhelfen. Die aber tritt plötzlich zurück, schüttelt den Kopf: Ich kann nicht. Ich bleibe hier. Ich werde doch nicht alles im Stich lassen.

Folgte ein Tumult aus dem Wagen heraus, Rufe, Beschwörungen, Schreie sogar – die Großmutter, die Tanten! –, ein Tumult, an dem Nelly sich nicht beteiligte. Es war ja unglaubhaft, was geschah. Folgte ein kurzer Dialog zwischen Tante Lucie und Charlotte, in dessen Verlauf die Obhut

über die Kinder besonders Tante Lucie übertragen wurde –
eine vernünftige Wahl! –, wofür Charlotte versprach, sich
um ihren Bruder, Lucies Mann, Onkel Walter, zu kümmern,
der in seinem Betrieb, Maschinenfabrik Anschütz & Dreißig, ›die Stellung hielt‹. Folgte gleich darauf das Anrucken
des Wagens: Alfons Radde, mit Recht ungehalten, wartete
nun keine Minute länger. Sollte zurückbleiben, wer nicht
mitwollte. Ein schrilles Aufheulen aus dem Wageninnern,
das abebbte, da Charlotte sich schnell aus dem Blickfeld der
Davonfahrenden entfernte. Das Haus sah Nelly noch, die
Fenster, hinter denen die überaus vertrauten Räume lagen,
über den Schaufenstern die roten Buchstaben: Bruno Jordan, Lebensmittel, Feinkost. Zuletzt die Pappel.
Jahre später, als die Betäubung sich aufzulösen begann, hat
Nelly sich jede Minute dieses letzten Tages, den ihre Mutter
in ihrer Heimatstadt verbrachte, vorzustellen versucht. Der
Augenblick, da der Lastwagen ihren Blicken entschwunden
ist, sie wie angenagelt steht.
Nun ist es zu spät. Den Gedanken, daß sie ihre Kinder verloren hat, muß sie sich verbieten. Hastig läuft sie die Treppe
hoch, zurück in die verwüstete Wohnung. Ordnung schaffen, für alle Fälle erst mal Ordnung schaffen. In Schränke
und Fächer zurücklegen, stellen, schichten, was hierbleiben
mußte und herumlag. Das Führerbild von der Wand nehmen
(auf den Schreibtisch klettern, um heranzukommen), es im
Keller stumm mit dem Beil zerschlagen und es im Heizungs-
ofen verbrennen. Plötzlich, als sie in die Wohnung zurückkommt, wie vom Blitz gerührt stehenbleiben: Sie hatte ja
hier nichts mehr zu tun. Sie war ja ganz und gar verrückt, daß
sie hiergeblieben war. Sie wußte ja überhaupt nicht, wohin
ihre Kinder fuhren und wie sie sie je wiederfinden sollte.
Rasend schnell verfielen die Gründe, die sie sich eingeredet hatte: Hüter von Haus und Herd sein, dem Mann für
Hab und Gut verantwortlich sein, den Kindern ihr Erbe er-

halten. Aber das ist ja Wahnsinn, wird sie vor sich hin gesagt haben. Das ist ja kompletter Wahnsinn.

Ihr wurde klar, daß sie Informationen brauchte. Das Telefon war schon tot, die Lage schien ernst zu sein. Ein Einfall: Leo Siegmann, der Buchhändler, Bruno Jordans Freund, ist in der Materialverwaltung der General-von-Strantz-Kaserne. Wenn einer, kann der ihr sagen, wie es steht. Sie dringt, zum Äußersten entschlossen, zu ihm vor. Siegmann, bleich, vernichtet gerade die letzten wichtigen Papiere, danach wird er unverzüglich das Weite suchen: Und wenn er laufen müßte. Die Garnison hat Abmarschbefehl. Ein Blick auf den Kasernenhof überzeugt Charlotte: Alles ist verloren. Sie weiß nun Bescheid. Aus der Traum, sagt sie zu Leo Siegmann. Und wo bleibt euer Endsieg?

Jetzt flieht auch sie.

Lenka tritt ein. Sie muß noch etwas erzählen. Gestern abend, als sie von ihrer Jugend-Tourist-Reise nach Živohošt' bei Prag zurückkam, hat sie etwas Wichtiges vergessen: nämlich, welche Lieder unsere Touristen im sozialistischen Ausland singen. Oder ahnst du, was sie singen, wenn sie sich abends mit Prager Bier vollaufen lassen?

Warum ist es am Rhein so schön, vermutest du.

Nein, diesmal nicht. Diesmal zwei andere Lieder. Das erste: Es gibt kein Bier auf Hawaii, es gibt kein Bier.

Kenn ich, sagst du. Und das zweite?

Lenka sagt: In einem Polenstädtchen. Das kennst du nicht?

Nein.

Aber ich. ›In einem Polenstädtchen, / da lebte einst ein Mädchen, / die war so schön, so wunderschön, / die war das allerschönste Kind, / das man in Polen findt, / aber nein, aber nein, sprach sie, / ich küsse nie.‹

Geht es noch weiter? fragst du. Die Wut und die Lust, in singende Gesichter zu schlagen, die kennst du auch.

Das Lied hat drei Strophen. Von den beiden letzten kannte

Lenka nur Bruchstücke. In der zweiten Strophe, wußte sie, passiert ›es‹. Worauf ›das Polenmädchen‹ sich erhängt, einen Zettel um den Hals, ›worauf geschrieben stand: / Ich hab's einmal probiert / und bin krepiert‹.

Die waren wirklich von uns, Lenka?

Was denkst du denn!

Wie alt?

Zwischen zwanzig und dreißig. – Aber es kommt noch besser. Weißt du, wie die dritte Strophe ausgeht?

Ja?

›Nimm dir ein deutsches Mädchen bloß, / das nicht beim allerersten Stoß / krepieren muß‹.

In diesem Frühherbst wird es abends schnell kühl. Heute geht der meteorologische Sommer zu Ende. Du weißt, daß man es sich nicht wünschen darf, schneller alt zu werden. Im Zeit-Sinn leben! Man muß dem Sinn der Zeit eine Chance lassen, daß er sich einem zeige. Heute vor fünfunddreißig Jahren hat mit der Eroberung von Polenstädtchen durch deutsche Soldaten ein großer Krieg begonnen. Mit einmal ist dir das Interesse dafür abhanden gekommen, zu beschreiben, wie einige Leute – Deutsche – das Ende dieses Krieges erlebt haben. Diese Leute können dir gestohlen bleiben. Ein Lied, in diesem Sommer 74 von Deutschen gesungen, hat dir jede Anteilnahme an ihnen genommen.

Was haben denn die Tschechen dazu gesagt, Lenka? – Die haben nur groß geguckt und gegrinst.

Die Sänger werden keine Zeile dieses Buches lesen. Sie haben nicht hingesehen, als, vor nun schon zwei Jahren, drei polnische Frauen, die im deutschen KZ Ravensbrück ›medizinischen Experimenten‹ unterworfen waren, vor der Fernsehkamera aussagten. Die eine war gegen ihren Willen und ohne Notwendigkeit operiert worden. Der anderen hatte man eine Spritze in die Brust gegeben, die danach hart und schwarz geworden ist und abgenommen werden mußte.

(›Ich mußte immer daran denken, daß ich nie einen Mann haben würde, keine Kinder und kein Zuhause. Nichts.‹) Die dritte war nach gewaltsam verabreichten Injektionen jahrelang über und über von Geschwüren bedeckt. Sie bekam 1950 ein Kind, Jadwiga. Das schrecklich entstellte Gesicht dieses jungen Mädchens erschien plötzlich groß auf dem Bildschirm.

Warum haben Sie sich ein Kind gewünscht! hat die Geburtshelferin, eine Professorin, nach der Entbindung zu Jadwigas Vater gesagt. Es ist doch vollkommen klar, daß diese Verkrüppelung eine Folge des KZ-Aufenthalts Ihrer Frau ist. . .

Jadwiga sprach selbst. Sie weinte. Die dreiundzwanzig Jahre des Lebens auf dieser Welt seien ihr ein fortwährender Alptraum gewesen. Ihr einziger Trost sei, daß sie lernen könne. Sie studierte Mathematik an der Universität Warschau, sie gehe aber nicht in die allgemeinen Vorlesungen, das wäre zu schwer für sie. Sie sagte: Ich möchte leben wie alle Menschen und etwas Gutes für die Menschen tun, das ihnen nützt.

Keine Zeile mehr. Abend.

Im Fernsehen singt ein Chor schwarzer alter Männer: O when the Saints go marchin' in. . .

Bach-Musik.

Das Zugunglück in Zagreb ist auf menschliches Versagen zurückzuführen.

In G. (vormals L.), einem Polenstädtchen, habt ihr am Sonntag, dem 11. Juli 1971, früh gegen neun in einer Milchbar am Marktplatz gefrühstückt.

›Ich habe viel aufgeschrieben, um das Gedächtnis zu begründen.‹ Johann Wolfgang Goethe.

14

Verfallen – ein deutsches Wort.

Blick im fremde Wörterbücher: Nirgends sonst diese vier, fünf verschiedenen Bedeutungen. Die deutsche Jugend ist ihrem Führer verfallen. Der Wechsel auf die Zukunft ist verfallen. Ihre Dächer sind verfallen. Aber die ist doch verfallen – haben Sie das nicht gewußt.

Keine andere Sprache kennt ›verfallen‹ im Sinne von ›unrettbar, weil mit eigener tiefinnerster Zustimmung hörig‹.

Letzte Nacht – du hattest den Wecker falsch gestellt, er klingelte um fünf, müde aber nicht ärgerlich lagst du wach – verfielst du merkwürdigerweise auf ein Gedicht des Weimarers, an das du wohl zwanzig Jahre nicht mehr gedacht hattest: Die Zukunft decket Schmerzen und Glücke / Schrittweis dem Blicke / Doch ungeschrecket / Dringen wir vorwärts. Der Einfall mochte mit den diesjährigen Goethe-Feiern zusammenhängen. Aber gerade dieses Gedicht war nirgends benutzt worden. Es war eine Lust, mit anzusehen, wie es fast unbeschädigt Zeile für Zeile aus dem Gedächtnis aufstieg, die Strophen selbst hervorzubringen und sie zu hören wie zum erstenmal: Und schwer und ferne / Hängt eine Hülle / Mit Ehrfurcht. Stille / Ruhn oben die Sterne / Und unten die Gräber.

Das Gedicht mußte ja wohl in dem kleinen blauen Gedichtbüchlein stehen. Dieses Büchlein, fiel dir ein, während das Gedicht auf einer anderen Ebene deines traumwachen Bewußtseins weiterlief, war der eine von zwei Gegenständen, die du aus jenen frühen Zeiten, an die jetzt die Erinnerung rührt, herübergerettet und mitgenommen hast. Der zweite Gegenstand ist das große breite Messer, unentbehrlich zum Wenden von Eierkuchen, das Schnäuzchen-Oma versehentlich von einer Bäuerin mitnahm, in deren Scheune sie als Flüchtlinge übernachtet hatten. Der Wutausbruch von

Schnäuzchen-Opa, als er es entdeckte: Wir sind doch keine Diebe nicht! – Allen Ernstes verlangte er, man solle umkehren und das Messer zurückbringen.

Gutgut. Gleich morgens nach dem Aufstehen würdest du das Gedicht in dem blauen Buch suchen.

Hier winden sich Kronen / in ewiger Stille, / Die sollen mit Fülle / Die Tätigen lohnen.

Im Halbschlaf fingst du an, Fragezeichen hinter einige Zeilen zu machen. ›Ungeschrecket‹? dachtest du. Und was heißt ›vorwärts‹? Und ›die Kräfte des Guten‹?

Erst als du nach dem zweiten Erwachen die vier Strophen schnell aufschriebst, fiel dir die Lücke im optischen Bild am Ende der letzten Strophe auf. Da fehlte eine Zeile. Erst ein, zwei Stunden später, da eine genaue Suche durch Alltagsverrichtungen aufgehalten wurde, stand sie plötzlich vor dir und bestürzte dich: Wir heißen euch hoffen!

Wie war es möglich, oder vielmehr, was bedeutete es denn, wenn man, da doch sonst das Gedicht intakt geblieben, ausgerechnet eine Zeile dieses Inhalts ›vergaß‹?

Übrigens stand das Gedicht nicht in dem kleinen blauen Buch. Das liegt jetzt neben dir, du kannst es in die Hand nehmen, darin blättern. Vierhundertsechzehn dünne, bräunlich vergilbte Seiten: ›Goethe's Gedichte‹, 1868 in der G. Grote'schen Verlagsbuchhandlung, Berlin, herausgebracht. Bräunlich fleckiges Vorsatzpapier, auf dem rechts oben in der flüssigen, energischen Schrift von Maria Kranhold, die Nelly das Büchlein schenkte, dein früherer Name steht. In der Mitte der Seite aber ist in der altmodischen Sütterlinschrift des vorigen Jahrhunderts mit spitzester zittriger Feder und brauner Tinte geschrieben: Von meinem Bruder Theodor. Und von der gleichen Hand rechts in der Ecke die Jahreszahl 1870.

Der ganze Vormittag wurde darauf verwendet, das Gedicht zu finden. Ein gebildeter Freund, den du schließlich anriefst,

gab ihm die Überschrift ›Maurerlied‹, die zwar nicht stimmte, aber doch wenigstens die Nachforschungen auf die richtige Fährte brachte: Unter dem Titel ›Symbolum‹ steht es ja
als erstes in dem Abschnitt ›Loge‹, ist insofern allerdings ein
Freimaurerlied und hat – dies war nun die größte Überraschung – zwei Strophen, die du nicht zu kennen meintest:
Des Maurers Wandeln / Es gleicht dem Leben... Und so
weiter (Daher die vergebliche Suche nach der ersten Zeile!)
Immer alles schön der Reihe nach, wie Charlotte Jordan sagen würde. Wer langsam fährt, kommt auch zum Markt.
Dem blauen Buch folgen oder zuerst dem Messer? Dem
Messer zuerst, mit dem Treck über die Dörfer. Es gibt viel
mehr Dörfer auf der Welt als Städte, das hatte Nelly vorher
gar nicht so genau gewußt. Die Firma Otto Bohnsack, Getreide en gros, existiert im Februar 45 wahrscheinlich nicht
mehr, genaugenommen. Aber sie steht in großen Buchstaben auf der Seitenplanke des grauen Lastzuges aufgemalt,
der nun, abwechselnd von Onkel Alfons Radde und einem
wehruntauglichen Berufsfahrer gesteuert, zuerst bis Seelow,
dann über Wriezen, Finow, Neuruppin, Kyritz, Perleberg
bis Wittenberge an der Elbe kommt. Er braucht dazu gut
vierzehn Tage, im kältesten Winter, den wir seit langem hatten. Entlang der Strecke gibt es immer mal wieder Leute,
denen der Firmenname aufgefallen ist und die Charlotte
Jordan, die ja bald ihre Kinder suchen wird, fragen kann.
Nelly hatte ihren festen Platz auf einem der Jordanschen
Bettensäcke, der mit der Zeit hart wie Stein wurde, nahe der
Ausstiegsklappe. Sie konnten einen Blick durch das kleine
Zellophanfenster werfen, das in die rückwärtige Zeltplane
eingelassen war. Grauer Schneehimmel, die kahlen Äste von
Kirsch- und Apfelbäumen am Rande der Landstraße und
nur ausnahmsweise ein Stück der Straße selbst. Daß sie die
Oder passiert hatten, wurde mit Erleichterung quittiert:
zwischen sich und den vermutlich nachrückenden Feind

den großen Fluß gelegt zu haben, den der Russe doch gewiß-
lich nie und nimmer würde bezwingen können.

Am Spätnachmittag des ersten Tages, vor den Seelower
Höhen, heißt es abspringen, den Wagen erleichtern, schieben helfen. Die Straße ist schneebedeckt, eisglatt, von
Flüchtlingstrecks verstopft. Der verfluchte Wagen, dem
diese Steigung unter normalen Witterungsbedingungen
überhaupt kein Problem wäre, rückt und rührt sich nicht.
Nelly erwachte für kurze Zeit aus ihrer Betäubung und sah,
was auf der Straße vor sich ging. Die sinnlosen Aktionen,
welche die Wagen nur noch mehr ineinander verkeilten.
Den sinnlosen Hausrat, der auf den Bauernwagen aufgehäuft war, ein Zeichen dafür, daß sie alle sich am Rande der
Verwirrung, um nicht zu sagen, des Wahnsinns bewegten.
Dazu die kleinen Wehrmachtseinheiten, die ihnen entge-
genkamen und sich in den Flüchtlingszug verknäulten: Was
meinten sie eigentlich an der Oder auszurichten?
Immerhin überwanden sie mit Hilfe der Anschubkraft eines
Wehrmachtsfahrzeuges die Seelower Höhen, das Signal
zum Einsteigen wurde gegeben, Nelly hockte auf ihrem Bettensack. Sie wünschte, immer nur weiterzufahren, egal, wohin. Nicht anhalten müssen, nichts mehr sehen müssen. Später hat man die Fluchtwege von Charlotte Jordan und Otto
Bohnsacks Lastwagen zeitlich genau simultan geschaltet,
hat herausgefunden, daß sie sich schon in Seelow nur um
Stunden verfehlt haben: Charlotte nämlich, von der Kaserne nach Hause gekommen, kocht noch einmal Kaffee auf
ihrem Herd – ein paar echte Kaffeebohnen hatte sie in Re-
serve –, dann kommt verabredungsgemäß ihr Bruder Walter. Die letzte Mahlzeit zu zweit am Küchentisch, belegte
Brote. Davon jedem ein paar in die Aktentasche, die sie
mitnehmen, als einziges Gepäck.

Denn nun heißt es laufen. Die Zigaretten – sie rauchen
beide nicht – sind nützlich, um den Fahrer des letzten Post-

autos nach Küstrin zu überreden. Er läßt sie einsteigen. Das ist schon hinter Vietz. Charlotte hat sich schon Blasen gelaufen. Sie haben, jeder für sich, erwogen, daß sie vielleicht nicht mehr über die Oder kämen und von ihren Familien abgeschnitten würden. Später gestehen sie es sich ein, daß sie die Lage realistisch gesehen haben.

Das Postauto fährt nicht weiter als bis Küstrin. Es ist mitten in der Nacht, trotzdem gibt es Leute auf den Straßen. Charlotte fängt an, ihre zwei Fragen zu stellen: Ob hier ein Zug mit gefangenen Franzosen durchgekommen sei und ein Lastwagen mit der Aufschrift Otto Bohnsack und Co. Auf die erste Frage lauteten alle Antworten nein (Bruno Jordan war schon den zweiten Tag in Gefangenschaft), auf die zweite, nach längerer Zeit: Ja. Weiter in Richtung Seelow.

Dort kamen sie, Charlotte und ihr Bruder Walter, am Vormittag an, und der Lastzug, den sie suchten, war eine Stunde früher aufgebrochen. Sie sahen, wo die Ihren genächtigt hatten: unter und neben den Schreibtischen einer Steuerdienststelle. Das mußte ja nun ein Kinderspiel sein, sie zu finden, dachte Charlotte, aber sie irrte sich...

Die Nacht übrigens hatte nicht viel Schlaf gebracht. Das Stroh auf dem Fußboden war das Schlimmste nicht. Viel schlimmer war der rapide Verfall der Sitten, der sich in lautem Gezänk kundtat. Nelly und ihre Angehörigen waren als Flüchtlinge Anfänger; das oberste Gesetz des Flüchtlingslebens hatte sich ihnen noch nicht eingeschliffen: Laß dich durch nichts und niemanden von einem trockenen und warmen Platz vertreiben, wenn du ihn einmal erobert hast. Schnäuzchen-Opa, dessen anfälliges Verdauungssystem der ganzen Familie nur allzu bekannt war, hätt wohl einen Platz gleich neben der Tür haben müssen, um schnell die Toiletten erreichen zu können. Dort aber lagerten kaum verhandlungswillige Schicksalsgenossen aus den östlichen Gauen des Reiches, über die Schnäuzchen-Opa nun mehrmals des

Nachts hinwegsteigen mußte, bis sie anfingen, sich in ihrem breiten westpreußischen Dialekt zu beschweren. Tante Liesbeth wollte ihren Vater nicht von irgendwelchen Hergelaufenen beschimpfen lassen, sie schimpfte zurück. Da machte Schnäuzchen-Opa den Fehler, ein unwirsches Wort gegen seine eigene Tochter zu richten, und löste damit die erste der zahllosen großen Szenen aus, die nach und nach die Eingeweide der Familie bloßlegen sollten und Nelly, die ihnen beklommen, aber aufmerksam beiwohnte, mehr als einmal denken ließ: So ist das also.

So war das also: Tante Liesbeth ließ sich von ihrem Vater nicht mehr den Mund verbieten. Sie zitterte nämlich nicht mehr vor ihm, wie sie als Kind gezittert hatte, wenn er besoffen (Liesbeth! beschwor Lucie Menzel die Schwägerin. Erbarm dich!), jawohl: besoffen nach Hause kam. Und dann nicht wußte, was er tat. – Liesbeth, Mädel! das war Schnäuzchen-Oma, halb aufgerichtet im Stroh. Die sollte aber bloß stille sein, denn woher hatte sie die kleine Narbe an ihrer Stirn? Jawohl: von einer Scherbe der Petroleumlampe, die ihr Mann nach ihr geworfen hatte! – O mein Gott, was du redest.

Die Narbe kannte Nelly ja gut, war oft genug mit dem Finger darübergefahren: Woher hast du das? – Ach Kind, wie man eben zu so was kommt! – So war das also.

Sie verließen Seelow in Richtung Wriezen. Ihre Mutter und ihr Onkel Walter, die falsch kalkulierten, vielleicht auch verführt waren durch momentan sich anbietende Transportmöglichkeiten, wendeten sich in die Ruinenstadt Berlin, die Bohnsacks Lastzug auf der nördlichen Route umging.

Wenn du den Kopf hebst, fällt dein Blick auf einen alten Stich der Stadt L., den dir kürzlich ein Freund geschenkt hat. Er zeigt die Silhouette der Stadt von jenem Standort aus, von dem sie sich am vorteilhaftesten anbietet: von jenseits des Flusses. Wichtige Bauwerke, deren Umrisse sichtbar

sind, wurden von A bis L durch Buchstaben gekennzeichnet.
A ist Der Krug, B Mühlen-Thor, D Färberey. Unter C steht:
Synagoge. Das turmlose hohe Dach der Synagoge ragte also
zwischen Mühlen-Thor und E = St. Mariä-Kirche aus der
Dächersilhouette der Stadt. Auf diese Weise kannst du die
Lage des Bauwerks ungefähr ausmachen und mußt dir nachträglich sagen, daß du bei deinem Besuch im Juli 1971 die
Reste oder wenigstens den Standort der Synagoge am falschen Platz gesucht hast. Ihr seid – nach dem Aufstehn, nach
dem Verlassen des Hotels – am Sonntagmorgen noch einmal
ganz langsam die kleinen Straßen zwischen Bahnhof und
Markt abgefahren, jene Straßen, in denen du die Synagoge
vermutetest, ohne sie zu finden.
Es blieb dann bei dem Espresso am Markt. Man stand mit
seinem Tablett ein paar Minuten in der Schlange, holte sich
ein Glas guten Kaffees, dazu Eier, Brötchen. Lenka bekam
einen großen Becher Kakao. Es schien ein Gesetz zu sein,
daß dir wohl wurde, sobald du dich hier zum Essen nieder-
setztest. Du lobtest den Farbton der Wände – ein helles
Grün –, die praktischen, sauberen Sprelacarttische, die
leichten Stühle. H. fand, du übertriebst das Lob, aber du
zwangst dich nicht dazu. Du zwangst dich zu gar nichts. Am
Ende lobtest du noch die Sonne, die hereinfiel. – Es wird
wieder mächtig heiß, sagte Bruder Lutz. – Du warst es zufrieden, als Fremdling am Fuß der Marienkirche zu sitzen.
Das alles, sagtest du, das ganze Haus, in dem wir sind, hat es
ja früher gar nicht gegeben. Natürlich fingen die Glocken zu
läuten an, der Andrang der Gläubigen setzte ein, später gab
es kein Hineinkommen mehr.
Lenka ließ sich auf dem Autoatlas euern Fluchtweg zeigen.
Es gab einen Disput zwischen Lutz und dir über die Fahrt-
route: Wie hattest du glauben können, ihr hättet Berlin südlich umgangen? So abwesend kann Nelly gewesen sein?
Lutz, der Jüngere, mit dem zuverlässigeren Gedächtnis für

alles Sachliche. Er sagt, lächelnd: Weniger abgelenkt durch Innenleben. Hat doch auch was für sich, findest du nicht? – Aber ja. Immer.

In Wittenberge hatte Nellys Familie – zwölf Personen – ein ganzes Klassenzimmer besetzt. Das wußtet ihr beide.

Und du? fragt Lenka ihren Vater. Sein Finger fährt eine andere Route, die läuft von Süden nach Norden. Von der Saaletalsperre, die er als Luftwaffenhelfer bewacht hat, nach Berlin. Genauer: Berlin-Lichtenberg. Bahnlinie. Denn die Flakgeschütze und ihre Bedienung wurden mit Güterwagen an die Oder geworfen, um dort in den Endkampf einzugreifen. Da wußten wir, daß es Matthäi am letzten war. Hier, sagt H., Bad Freienwalde. In Altranft haben wir dann lange gelegen.

Was heißt gelegen, sagt Lenka. Was heißt geworfen.

Geworfen, das hieß: Wiederum Transport in Güterwagen über Werneuchen, Tiefensee, Schulzendorf – kurz, auf einer verstopften Kleinbahnstrecke. Das hieß für die anderen: Abladen der Geschütze, Weitertransport auf Lafetten bis zur sogenannten vorderen Linie. Die verlief nun also schon diesseits der Oder, bei Neu-Lewin und Alt-Lewin. Das hieß für uns Telefonisten und Strippenzieher, mit der schweren Kabeltrommel über Land gehen, durch die tote Stadt Wriezen, durch die toten Dörfer und die Verbindung zu den vorderen Batterien legen. (Wriezen! sagt Lenka elektrisiert, aber sie wurde beschwichtigt: Deine Mutter ist sieben Tage früher durch die Stadt gekommen, da war sie noch nicht menschenleer. Und wennschon: Begegnungen hätten sowieso nicht stattgefunden. – Lenka sucht nach dem Gesetz hinter den Zufällen.) ›Gelegen‹ heißt: Tagelang am Klappenschrank sitzen, stöpseln; hin und wieder durchrufen, ob die Leitung noch intakt ist. Wenn nicht, sie flicken gehn. Einmal am Tag – du konntest die Uhr danach stellen – das 10,2-Zentimeter-Geschütz loskrachen hören, das auf die

Holzbrücke bei Neu-Lewin eingeschossen war – wo die Sowjets ihren Brückenkopf hatten – und die Brücke jedesmal schwer beschädigte, worauf sowjetische Pioniere sie mit bereitgehaltenem Material sofort wieder ausbesserten. (Lenka sagt, ihr werdet mich für verblödet halten, aber was ist ein Brückenkopf?) Einmal – wir riefen von der Post eines verlassenen Dorfes den Nachbarort an – hatten wir plötzlich am Ende eine russische Stimme. Da haben wir den Hörer fallen lassen wie eine heiße Kartoffel. – Übernachtet haben wir in den verlassenen Schlafstuben und den bezogenen Ehebetten der geflüchteten Bewohner.

Das alles zusammengenommen, Lenka, das heißt ›geworfen‹ und ›gelegen‹.

Lenka ist nicht bei der Sache: Ohne alles das, gebt es zu, wäre keiner von euch auf den anderen getroffen. Vielleicht hättet ihr – jeder von euch – mit einem anderen, einer andern, eine Tochter in meinem Alter, aber das wär nicht ich. Ziemlich bodenlos, nicht?

Kein Kommentar, sagt H.

Lutz aber, ausgerechnet Bruder Lutz, unternahm den Versuch, seine Nichte mit Hilfe der Logik und der Wahrscheinlichkeitsrechnung aus der gefährlichen Nähe des Nihilismus wegzuzerren: Jawohl, er hielt es für unangebracht, sich zu früh in unsinnige Grübeleien zu verbiestern; er sah es nicht gern, wenn sich das Geheimnis seiner Entstehung für einen jungen Menschen auf einen blöden Zufall reduzierte.

Das sagte er dir, während ihr über den Marktplatz von G. zum Auto zurückgingt. – Was schlägst du also vor, fragtest du. Die Vorsehung? Wieder einmal das höhere Prinzip? – Wäre gar nicht so schlecht, sagte Lutz, wenn's noch ginge. Aber die Zeiten sind vorbei. – Und da spannst du dein Netz aus mathematischen Formeln auf, um den Sturz in das große schwarze Loch abzufangen. – Lutz sagte: Hast du schon mal was von ›weißen Zwergen‹ gehört? – Du interessierst dich für Märchen? – Nein doch. Ein weißer Zwerg ist ein Stern mit kleinem Durchmesser und einer geringen absoluten Helligkeit bei hoher effektiver Temperatur. – Ja? – Die weißen Zwerge stellen eine späte Phase in der Entwicklung der Sterne dar. Neuerdings weiß man, daß Sternenmasse, deren Kern durch das Fehlen von Wasserstoff entartet ist, zusammenbrechen kann. Ein derartiger zusammengebrochener Stern bildet im Weltraum ein ›schwarzes Loch‹. Du könntest, mit deinen Begriffen, auch von einem zusammengebrochenen Ereignishorizont reden.

Das bedeutet?

Daß nichts ein solches schwarzes Loch wieder verlassen kann, nicht einmal das Licht. Daß im Mittelpunkt solcher schwarzer Löcher weder Raum noch Zeit, nicht einmal die Gesetze der Physik existieren. Zum Beispiel: Ein Kosmonaut, der mit einem solchen schwarzen Loch in Berührung käme, würde aus der Zeit herausgequetscht, würde zum Punkt. Na?

Hervorragend, sagtest du.

Eben, sagte Lutz. Jetzt seh ich die Gehirnströme meiner Schwester auf Hochtouren kommen.

Vor allem hab ich mich erschrocken. Nicht grauslich erschrocken. Eher, wie man erschrickt, wenn man etwas wiedererkennt, dort, wo man es nie und nimmer vermutet hätte. Ein Sog, meinst du, geht nicht aus von diesem überschweren Nichts?

Eh du zu spekulieren anfängst – sagte Lutz –: Es gibt bisher keinen physikalischen Beweis für die Existenz der schwarzen Löcher. Die Hälfte aller Astrophysiker hält sie für einen Fehlschluß aus der Unschärfe einer Theorie. Für einen Rechenfehler, wenn du so willst.

Du würdest, als Astrophysiker, zu dieser Hälfte gehören.

Ganz recht. Und du würdest dich zur anderen Hälfte schlagen.

Und du hättest, fragtest du Lutz, keine Bedenken, Hilfskonstruktionen aufzurichten gegen die Erkenntnis, daß es die schwarzen Löcher gibt?

Nein, sagte Lutz. Keine. Du überschätzt nämlich beträchtlich die Anzahl der Menschen, die bereit und in der Lage sind, mit schwarzen Löchern zu leben. Mir kommt es nicht unwürdig vor, die vielen anderen, die das weder können noch wollen, bei Laune zu halten.

Wie wär's mit dem Ersatzwort Hoffnung?

Nach Belieben, sagte Lutz.

Du fragtest: Sollte aber nicht Täuschung – auch Selbsttäuschung – erst ganz am Ende der Versuchsreihe erlaubt sein? Weit hinter dem Verlust des Glaubens?

Du sagst es, Schwester. Doch woher willst du wissen, daß wir nicht ganz am Ende der Versuchsreihe sind?

Hör mal, sagtest du: Positionswechsel – das geht gegen die Regeln.

Im Auto wart ihr euch schnell einig, daß man sich heute, in der unerhörten Hitze, die schon wieder aufstieg, dem östlichen Teil der Stadt (Konkordienkirche, Krankenhaus) und ihren nördlichen Ausläufern an der ehemaligen Friedeberger und Lorenzdorfer Straße zuwenden würde.

›Zusammengebrochener Ereignishorizont‹ – das hat sich festgehakt. Nellys Zustand in jenen Monaten könnte kaum zutreffender beschrieben werden. Sie glaubte sicher zu wissen, daß sie nicht mehr nach Hause zurückkehren würde, gleichzeitig aber hielt sie den Endsieg noch immer für möglich. Lieber in absurdes Denken flüchten als Undenkbares zulassen. Sie fauchte ihren Großvater an, der mit seinem zahnlosen Mund den Krieg für ›verspielt‹ erklärte.

Was sie sah, roch, schmeckte, tastete, hörte – verzerrte Gesichter, sich hinschleppende Gestalten, den Mief der wechselnden Nachtquartiere, die laue Kaffeeplörre aus den Blechkannen der Rotkreuzhelferinnen, den Bettensack,

den sie steinhart gesessen hatte, die Flüche und Schimpfwörter bei der Verteilung der Schlafplätze – alles wurde registriert, aber es war ihr durchaus nicht erlaubt, Gefühle
daraus zu formieren wie: Verzweiflung, Mutlosigkeit. Seitdem wußte sie – und vergaß es nicht –, daß Gefühlstaubheit
wie Tapferkeit aussehen kann, denn die rühmte man nun an
ihr: Sie ist ja wirklich tapfer für ihr Alter.

Monate später, im Mai, las sie in den Augen eines US-Offi-
ziers, daß er sie ernstlich für geisteskrank hielt, aber daß sein
beinah erschrockener Blick dies und nichts anderes bedeutete, verstand sie wiederum erst Jahre danach.

Auch daß die Leiden der Älteren von denen der Jungen
scharf getrennt sind, hätte man damals lernen können. Doch
es gab keinen, der nicht selber litt, und darum gibt es heute
keinen zuverlässigen Zeugen. Für die Alten – für die, die seit
Jahren vom Tod gebrabbelt hatten, um den Widerspruch
der Jüngeren zu hören – wurde es Zeit, zu schweigen; denn
was jetzt vor sich ging, das war ihr Tod, sie wußten es gleich,
sie alterten in Wochen um Jahre, starben dann, nicht schön
der Reihe nach und aus den verschiedensten Gründen, sondern alle auf einmal und aus ein und demselben Grund,
mochte man ihn Typhus nennen oder Hunger oder ganz einfach Heimweh, was ein überaus triftiger Vorwand ist, um
daran zu sterben. Der wirkliche Grund für ihren Tod aber
war: Sie wurden vollkommen überflüssig, eine Last für die
anderen, deren Gewicht ausreichte, sie vom Leben zum
Tode zu befördern, besonders wenn sie dieses Gewicht – wie
Nellys Urgroßvater Gottlob Meyer es tat – mittels einer
Schlinge um den Hals an einem festen Nagel an der Wand
aufhängten. Er hat nicht mit Tochter und Schwiegersohn –
den Heinersdorf-Großeltern – weggehn wollen, als sie im
Mai 45 dazu gezwungen waren. Nachbarn fanden ihn und
überbrachten die Nachricht von seinem Tod. Gott sei Dank,
soll Heinersdorf-Oma gesagt haben.

Die Uhr von Urgroßvater, sagtest du auf dem Weg zur Lorenzdorfer Straße zu Bruder Lutz, die hast du nun auch nicht geerbt. – Nein, sagte Lutz. Du – um die hat's mir lange leid getan. Die hätt ich ihm bei seiner Beerdigung gerne nachgetragen, wo er doch keine Orden hatte. Die hätt ich mir gerne an einen Ehrenplatz an die Wand gehängt. Ich weiß noch genau, wie sie aussah und wie es sich anhörte, wenn er den Deckel aufspringen ließ. – Ich auch, sagtest du.

Da ruht kein Segen drauf, soll der Urgroßvater zu Heinersdorf-Oma gesagt haben, als sie, selbst weit über sechzig, ihr Haus verließ. Er hat ja recht behalten. Sie, Nellys zweite Großmutter, ist im Juni 1945 bei Bernau an Unterernährung gestorben, so lautete der Totenschein, und es bedeutete, daß sie verhungert ist. Immerhin bekam sie ein Grab, das gepflegt wird und auf dem man zum Totensonntag einen Kranz niederlegt.

Anders steht es mit den verstreuten Gräbern der drei anderen Großeltern. Schnäuzchen-Opa, der als nächster an Typhus starb und in dem Dorfe Bardikow in Mecklenburg beerdigt wurde, liegt an der Friedhofsmauer. Sein Grab ist nicht gekennzeichnet. Bruder Lutz will es kürzlich auf dem Friedhof von Bardikow an untrüglichen Zeichen erkannt haben. – In Magdeburg verwildert das Grab von Auguste Menzel, seiner Frau, Schnäuzchen-Oma, bei der Nelly gelernt hat, was Selbstverleugnung und Güte ist. Für sie hat eine einfache Grippe genügt. Charlotte Jordan schnitt sich von dem dünnen Haarzopf, der der eingeschrumpften Toten auf der rechten Schulter lag, eine graue Strähne ab und bewahrte sie weiß Gott wo.

Heinersdorf-Opa, Gottlieb Jordan, hatte als einziger ein Ziel, das ihn am Leben hielt: Er wollte achtzig werden. Dies gelang ihm, wenn auch unter widrigen äußeren Umständen, in einer Kammer in einem Dorf der Altmark. Dann sagte er: Nun soll es genug sein, und starb. Über den heutigen Zustand seines Grabes ist nichts bekannt. Es gibt ein Farbfoto, von Tante Trudchen, seiner Tochter, angefertigt, da ist Heinersdorf-Opas Grab mit Blumen geschmückt und von weißen Kieswegen umgeben. Auf dem Grabstein steht der Spruch, den er sich ausgesucht hatte: Mein ist die Rache, spricht der Herr.

Als einziger Gegenstand, der an die Generation der Großeltern erinnert, ist eine von Schnäuzchen-Oma aus guter Wolle gehäkelte Schlafdecke im Familienbesitz geblieben. Manchmal denkt ihr – Lutz und du – an die beiden Geschichten, die Schnäuzchen-Opa seinen Enkelkindern zu erzählen pflegte: die Geschichte von der Schlange und die vom Bären. Manchmal erinnert dich der Geschmack von Grießbrei an den Flammeri mit Himbeersaft, den Nelly bei Heinersdorf-Oma im Sommer am Küchentisch aß. Manchmal sagt einer: Daß er so groß ist, das hat Lutz von seinem Großvater. Manchmal – für kurze Zeit nur noch – entsteht das Bild von Auguste Menzel in einem ihrer Nachkommen.

Die Alten damals, die wußten, wie bald sie vergangen und verweht sein würden, verhielten sich kindisch oder still. Ihre Söhne und Töchter fühlten sich als die eigentlich Betrogenen und die eigentlichen Verlierer, und daraus leiteten sie das Recht her, zu jedermann ungerecht zu sein, besonders aber zu den Alten, die ihr Leben gelebt, und zu den Jungen, die es noch vor sich hatten. Sie aber, sie hatten sich das Leben sauer verdienen müssen, aus dem man sie nun vertrieb. Tante Liesbeth, der man theatralische Ausbrüche zutraun kann, rief es aus, indem sie die Hände hochwarf: Mein Leben ist zerstört! Onkel Alfons Radde, ihr Mann, litt weniger, denn die Voraussetzung seines Daseins war ihm nicht entzogen: Er diente weiter Otto Bohnsack, und sei es ohne Lohn. Er wies seine Frau zurecht. Niemand verstünde sie! klagte die Tante. Tante Lucie bedeutete ihr, sie, die ihren Mann doch bei sich habe, solle nicht undankbar sein. Ach du! sagte

Tante Liesbeth verächtlich. Die anderen Tanten – Trudchen Fenske und Olga Dunst – hockten im Stroh der Wittenberger Schule und verfolgten stumm den Streit. Auch wir, sagten sie zueinander, haben unser alles verloren, ob es nun viel oder wenig war.

Nelly war auf einmal mit einem scharfen Schnitt von den Älteren abgetrennt. Sie sah, für jene war Besitz und Leben ein und dasselbe. Sie begann sich der Komödie zu schämen, die sie zuerst vor anderen, am Ende vor sich selbst spielten.

Eines Tages – ein dunkler Vormittag Mitte Februar – wird vom Schulhof her gerufen, ob hier Leute mit Namen Jordan einquartiert seien. Da weiß Nelly, daß ihre Mutter sie gefunden hat, wirft sich ins Stroh und beginnt zu schluchzen. In der ersten Stunde ihrer Wiedervereinigung, die manche nicht anstanden ein Wunder zu nennen (bei diesen Verhältnissen!), nach den ersten tränenreichen Umarmungen, den ersten Kurzberichten hinüber und herüber, begann der große Zank zwischen den beiden Schwestern Charlotte Jordan und Liesbeth Radde. Ein Zank, der von da an tagtäglich aus kleinen Sticheleien und Wortklaubereien bis zur großen Szene sich steigerte und die zweieinhalb Jahre vergiften sollte, die sie gezwungen waren, mit ihren Familien zusammen zu leben. Dutzende von Haßausbrüchen, Schimpftiraden, Weinkrämpfen, stummen, beklommenen Mahlzeiten. Zwei Schwestern, die einander nichts schenken können.

Nelly konnte damals nicht wissen, daß es nicht in ihrem Belieben stand, ruhig und manierlich miteinander umzugehen. Daß sie an jedem neuen Tag, den der liebe Gott werden ließ – so sagte es Charlotte –, erneut das Schlachtfeld betreten mußten, weil in der grauen Vorzeit ihrer Kindheit die Frage aller Fragen: Was bist du wert? falsch gestellt worden war: Wer ist mehr wert als der andere? Und weil seitdem der Kampf, beschwichtigt bis jetzt durch Trennung und mildernde Umstände, für immer unentschieden zwischen ihnen

402

hin und her ging. (Erst als Charlotte im Sterben lag, brach ein Strom verzweifelter Schwesterliebe aus Liesbeth Radde, die keiner ihr nun glauben wollte außer dir: Durch den Tod der einen Schwester war der Kampf entschieden, die andere konnte endlich lieben.) Manchmal, wenn sie zu streiten anfingen, war es so, als machten sie sich an eine ihnen selbst lästige, ja verhaßte Arbeit, die aber nun einmal getan werden mußte, und wer sollte sie auf sich nehmen, wenn nicht sie? Charlotte, um ein Beispiel zu geben, mußte nur unvorsichtig genug sein – wie sie es in der ersten Stunde nach ihrer Wiederbegegnung in der Schule in Wittenberge war –, die Strapazen zu erwähnen, die sie hinter sich gebracht: Diese Fußmärsche durch das zerstörte Berlin, diese Bombenangriffe, diese Irrfahrten! Schon verfiel Liesbeth in ihren gereizten Ton und suchte die Schwester mit eigenen Leiden zu übertrumpfen. Dann wurde von beiden Seiten ein mit ›schon immer‹ eingeleiteter Vorwurf ins Feld geführt: Schon immer hatte Charlotte die Leistungen der jüngeren Schwester nicht für voll genommen. Schon immer hatte Liesbeth versucht, sich bei der Mutter auf Kosten der Älteren lieb Kind zu machen. (Walter, der Bruder, war immer außer Konkurrenz gelaufen; so sah er jetzt den Entäußerungen seiner Schwestern stumm und neutral zu.) Es kam der Augenblick, da eine der anderen, erfolglos natürlich, den Mund zu verbieten suchte. Schließlich trennte man sich im Zorn voneinander, mit steifem Genick, hackenklappernd, Kopf und Türen werfend.

Es kam vor, daß Schnäuzchen-Oma, die stumm in ihrer Ecke hockte und heimlich die Tränen wegwischte, in die Stille hinein sagte: Nun ruhen alle Wälder. Worauf beide Töchter sich vereint gegen sie wendeten. Als sie starb, meinte jede der beiden, nicht genug auf sie achtgegeben zu haben. Onkel Walter aber, der in West-Berlin lebte und keinen Fuß hinter den eisernen Vorhang setzen wollte,

schickte einen Kranz. Auf dessen Schleife stand in Gold-
buchstaben: ›Der lieben Mutter als letzter Gruß‹. Liesbeth
nahm sich das Recht, das Verhalten des Bruders zu schmä-
hen. Zu erben gab es nichts. Die wenigen schlechten Kleider
von Auguste Menzel wurden teils der Lumpensammlung,
teils der Volkssolidarität zugeführt.

Dieser Sommer ist auch vorbei. Das Rascheln welker Pappelblätter auf dem Balkon, ein schmerzliches Geräusch, sosehr man den Herbst lieben mag. Dieser Herbst ist es also –
denkst du, und zugleich, mit Charlottes Worten: unberufen,
toi, toi, toi! –, in dem der Fluß dieser Erzählung zu seinem
Ende kommen soll: Ein Irrtum, wie sich zeigen wird. Charlotte würde an Holz klopfen, oder an ihre eigene Stirn. 1974.
Der sechste Herbst nach ihrem Tod. Der war beschlossene
Sache, als sie dir das kleine Transistorradio, das du ihr ins
Krankenhaus gebracht, und die Bücher wieder mitgab, wobei sie in einem Tonfall, der keinen Widerspruch mehr aufkommen ließ, sagte: Es gibt Wichtigeres. – Dann hatte sie es
nur noch mit sich zu tun.

Der Herbst, der uns unsere Schwächen einzeln vorführt und
uns unerbittlicher als andere Jahreszeiten das Netz unserer
Gewohnheiten aufdeckt, in das wir verstrickt sind. Ihr fangt
an, euch zu fragen, was alles ihr niemals wissen werdet, weil
ihr nicht darauf eingestellt seid, es zu erfahren. – Lenka,
wenn solche Gespräche anfangen, schiebt ihren Stuhl zurück und geht vom Tisch. Sie duldet es nicht, daß ihre Eltern
über das Älterwerden sprechen, und verrät damit, daß auch
sie das Altern als Schädigung empfindet. Nur will sie nicht
wissen, daß die Schädigung auch dann fortschreitet, wenn
man sie nicht zur Kenntnis nimmt. Sie fragt, ob ihr es wirklich fertigbringt, alle Zustände auf der Welt bis zu Ende zu
durchdenken. Ob nicht die besser dran sind, die sich darüber
›keinen Kopf‹ machen: die meisten. Ob man sie nicht lassen
soll.

Charlotte Jordan war so alt, wie du heute bist, als sie mit Kindern und Eltern eine Stube in der Gastwirtschaft des Ortes Grünheide bei Nauen bezog. Ihr muß vollkommen klar gewesen sein: In den Monaten, die vor ihnen lagen, würde massenhaft gestorben werden. Da muß sie sich vorgenommen haben: Meine Kinder nicht. Die bring ich durch. Das tat sie, und nichts anderes.

Worum weinst du jetzt? Es ist wohl der Herbst, der kraftlose Herbst, wenn eine einzige Gedichtzeile, die du, am Fenster stehend, liest, dir die Tränen in die Augen treibt: ›Ach, mutige Brüder, fort ins Exil!‹ – Verschleierten Blicks siehst du die gelben Pappelblätter, während die Birke sich noch hält, grün. ›Es gibt weder reines Licht / noch Schatten in den Erinnerungen.‹ – Neruda, der Dichter, der einen Herbst, einen Winter, einen Frühling und einen Sommer lang tot ist. ›Bis zu den leeren Fächern / durch die zerbrochenen Türen der Wind gekommen / und hätte des Vergessens Augen tanzen lassen.‹

Aber du weinst nicht um ihn. Du weinst um alles, was einmal vergessen sein wird – nicht erst nach dir und mit dir zusammen, sondern solange du da bist und von dir selbst. Um das Schwinden der hochgespannten Erwartungen. Um den allmählichen, doch unaufhaltsamen Verlust jener Verzauberung, die Dinge und Menschen bisher gesteigert hat und die das Älterwerden ihnen entzieht. Um das Nachlassen der Spannung, die aus Übertreibung kommt und die Wahrheit, Wirklichkeit, Fülle gibt. Um das Schrumpfen der Neugier. Die Schwächung der Liebesfähigkeit. Das Nachlassen der Sehkraft. Die Erdrosselung der heftigsten Wünsche. Das Ersticken ungebändigter Hoffnung. Den Verzicht auf Verzweiflung und Auflehnung. Die Dämpfung der Freude. Die Unfähigkeit, überrascht zu werden. Um das Versagen von Geschmack und Geruch, und, so unglaublich es sein mag, um den unvermeidlichen Verfall der Sehnsucht. Und letzten Endes – zögernd ins Auge gefaßt – um das Verblassen der Arbeitslust. Altweibersommer.

Einmal hast du, ›in Verfolg‹, wie man heute wohl sagt, in Verfolg der Erkundung gewisser Örtlichkeiten aus der Vergangenheitsperiode, von der hier die Rede ist, auch einen Abstecher nach Grünheide gemacht, Grünheide bei Nauen, wohin der Bohnsacksche Lastwagen zunächst von Wittenberge an der Elbe aus weitergelenkt wurde. Man verläßt die F 5 wenige Kilometer hinter Nauen. Die Abzweigung ist durch einen Wegweiser korrekt bezeichnet. Fahrt auf schlechtem Sandweg. Dir kam es immer unglaublicher vor, daß dir heute und hier Ortschaften erreichbar sein sollten, die ›jener Zeit‹ angehörten: Jene frühen Plätze waren dir nicht nur in einer anderen Zeit, sondern auch in einem anderen Land zurückgeblieben. Es war dir eigentlich immer lieb gewesen – nur hast du lange nicht mehr daran gedacht –, nach dem Kriege nur durch Städte zu gehen, deren Lenin- und Stalinalleen du nicht als Adolf-Hitler- und Hermann-Göring-Straßen gekannt hast. Es hätte dir gar nichts daran gelegen, beim Spaziergang einem Lehrer zu begegnen, den Nelly jahrelang mit dem Deutschen Gruß gegrüßt hatte und zu dem du nun ›Guten Tag‹ hättest sagen sollen. Und wenn Einheimische dir in ihren Städten, in die du alle paar Jahre als Neuling kamst, das Konsumwarenhaus zeigten und dazu sagten: Früher Wertheim, dann hattest du ein heimliches, ungerechtfertigtes Gefühl von Überlegenheit.

Grünheide ist ein verwahrloster Ort. Schon die Fassaden des Gasthofs ›Zur grünen Linde‹, der heute fast immer geschlossen ist. Auch nur einen Apfelsaft zu bekommen war unmöglich. Die Linden vor dem Haus sind immer noch zu Kugelbäumen verschandelt, sonst hätten sie damals schon die Fenster jenes Zimmers im ersten Stock verdunkelt, in dem Nelly mit ihrer Mutter, ihrem Bruder und ihren Großeltern ›untergekommen‹ war. Merkwürdig bleibt, daß wiederum

Liesbeth und Alfons Radde mit Vetter Manfred sich im gleichen Haus einquartieren ließen, weil offenbar jede der beiden Schwestern – Liesbeth und Charlotte, die andere im stillen für unfähig hielt, in diesen Zeiten ohne sie fertig zu werden. Was sie sich wiederum bei Gelegenheit vorwerfen konnten.

Das Zimmer muß geräumig gewesen sein. Der Fußboden, den Nelly sehr oft zu wischen hatte – arm kann man sein, sagte Charlotte, aber deshalb muß man noch lange nicht im Dreck umkommen, der Fußboden bestand aus rohen Dielen, die das Wasser aufsaugten und an den Rändern splitterten. Ringsum an den Wänden waren die fünf Betten aufgestellt. In der Mitte stand der große rohe Holztisch, an dem zu den Mahlzeiten auch Tante Liesbeth, Onkel Alfons und Vetter Manfred sich einfanden, die nebenan ihr eigenes, kleineres Zimmer hatten. In der Fensterecke hatten der Karton mit Büchsenmilch und das Butterfäßchen ihren Platz, aus dem die Verwandtschaft sich bediente und aus dem Fremde, falls sie einen Gegenwert eintauschen konnten, bedient wurden.

Nelly kam ihre Lage eigentümlich bekannt vor. Sie wußte von alters her, daß man verzaubert werden kann, nur erstaunte es sie ein wenig – wie es zuerst jeden erstaunt –, daß dies auch ihr passieren sollte. Damals zweifelte sie im Innersten noch nicht daran, daß ihr Glück zustand und daß sie letzten Endes Glück haben werde. Ohne Gemütsbewegung nahm sie es hin, daß die Schule in Nauen, in die Charlotte ihre Kinder sofort geschickt hatte, zum Zeichen, daß wieder Ordnung in ihr Leben kam: daß diese Schule gerade an dem Tag bombardiert wurde, an dem sie ihr wegen der Störungen im Zugverkehr hatten fernbleiben müssen. Nein: Unter den Trümmern einer Schule begraben zu werden – das war ihr nicht bestimmt.

In diesem Augenblick heulen im Nachbarort lange die

Feuersirenen, und kurz darauf kommen von der Hauptverkehrsstraße her die Signalhörner mehrerer Feuerwehrwagen. Daß euch – Leuten deines Alters – jede Sirene immer noch in die Glieder fährt, braucht nicht gesagt zu werden. Wieder – blasser natürlich als in den ersten Jahren nach dem Krieg – geht es im Halbschlaf die Kellertreppe hinunter, legt sich die dumpfe Kühle des Luftschutzkellers, des einstigen Bierkellers, auf die Brust. Wieder das gemeine Motorengeräusch der Bomberverbände und – Onkel Alfons Radde maß die Zeit mit der Stoppuhr: Jetzt! – die Detonationen in dem nahen Berlin, wo, nach Aussage von Charlotte, nur noch Trümmer und Leichen durcheinandergewirbelt werden konnten. (Lenka sagt, das könne sie sich am wenigsten vorstellen: Jede Nacht mit dem eigenen Tod rechnen zu müssen. Die Generationsgrenze liegt wohl auch – und vielleicht vor allem – diesseits und jenseits der Erfahrung, daß man vom Tode bedroht sein kann und doch nicht sterben, Verbrechen begehn oder verrückt werden muß.)

Nelly, eben sechzehnjährig, soll noch knapp zwei Monate im Gefühl ihrer Unverwundbarkeit verharren dürfen. Dann wird es allerhöchste Zeit, daß ein amerikanischer Tieflieger mit gut – aber wiederum nicht zu gut – gezielten Schüssen aus seinem Bord-MG diesem Dämmerzustand ein für allemal ein Ende macht. So lange sitzt Nelly abends vor ihrem Tagebuch an der Schmalseite des Tisches und legt – daran kann kein Zweifel sein, auch wenn das Tagebuch als Dokument verloren ist – ihren Entschluß schriftlich nieder, dem Führer auch in schweren Zeiten unverbrüchliche Treue zu bewahren. Mit Eve, einer gleichaltrigen Evakuierten aus Berlin, die schon länger in der ›Grünen Linde‹ lebt, hockt sie nachts in der Ecke des Luftschutzkellers und trägt in ein grünes Wachstuchbüchlein Liedanfänge ein, die ihnen beiden lieb und teuer sind und die sie nicht vergessen wollen, auch wenn es vorläufig keine Gelegenheit geben sollte, sie zu singen: Kampflieder, Volkslieder, Hitler-Jugend-Lieder. Zweistimmig singen sie: ›Der Mond ist aufgegangen‹.

Die westlichen Alliierten hatten ja nun den Rhein überschritten (›Der Rhein, Deutschlands Strom, nicht Deutschlands Grenze!‹). Der Führer hatte – ohne daß Nelly davon unterrichtet wurde – den später so genannten ›Nero-Befehl‹ erlassen: Sämtliche Verkehrs-, Nachrichten-, Industrie- und Versorgungsanlagen seien beim Rückzug zu zerstören. Unmittelbar betroffen hätte Nelly jene Erklärung des Führers, die den Verlust des Krieges mit dem Untergang des Volkes gleichsetzte: Da die Besten gefallen seien, brauche man auf die Minderwertigen, die übrigblieben, keine Rücksicht mehr zu nehmen. Inzwischen überlegte Nelly bei sich, wie sie sich einer Werwolf-Gruppe anschließen könne, von denen man jetzt munkelte: Ein Zeichen dafür, daß sie sich der wirklichen Lage durch Verzweiflungstaten zu entziehen wünschte.

Um diese Zeit nahm Charlotte Jordan ihre Tochter Nelly als Schutz und Begleitung auf jene nicht ganz ungefährliche Fahrt mit, die der Suche nach Bruno Jordan, dem Gatten und Vater, galt.

Der Zwang, täglich einige Seiten hervorzubringen, kann die Tage überschatten und ihr Leben abwürgen. Einen vernünftigen Grund gibt es nicht für das Gefühl andauernder Überanstrengung. An einem Morgen nach einer schlechten Nacht träumtest du von der Gefährlichkeit deines Berufs. Eine Gruppe grau gekleideter, ganz gleichförmig auftretender Männer, deren Sprecher – gesichtslos wie sie alle – sich von den anderen nur durch ein schmales scharfes Lippenbärtchen unterschied, verschaffte sich Zutritt zu deinem Haus. Sie kamen mit einem Auftrag von einer nicht näher bezeichneten Instanz: Sie wollten dich überreden, einen Text anzufertigen, der ihre ›allgemeine Meinung‹ von den ›Dingen des Lebens‹ mit deinen Worten ausdrücken sollte.

Deiner Fassungslosigkeit glaubten sie mit dem Versprechen begegnen zu können, daß sie dieses Schriftstück an alle Haushalte verschicken würden. Besseres, sagte der Mann mit dem Bärtchen ernsthaft, aber hoffärtig, könnte einem wie dir doch nicht passieren. Oder solle er dir durch Vorlage des Telefonbuches beweisen, wie viele Leser dir im Falle einer Weigerung entgingen?

Die Klarheit und Ruhe nach dem Erwachen (sogar Heiterkeit über die Schläue des Traummechanismus) steigerten sich, als du einsahst, daß du vorerst nicht weiterarbeiten konntest. Das Blatt blieb eingespannt, neun Tage lang hat keiner auf der Maschine geschrieben, ein seltener Vorfall. Die Erleichterung an jenem ersten Tag des selbstverliehenen Urlaubs war ein Gradmesser für den Druck, der vorher geherrscht hatte.

Du gehst umher. Zwischen vier und halb fünf stellst du dich an die Kreuzung der Hauptstraße, wenn die großen Werke Arbeitsschluß haben, und starrst den Leuten, die zu den Bussen rennen, in die erschöpften Gesichter. Beneidest sie, glaubst dich beneidet. Gehst langsam nach Hause und siehst – seit wie langer Zeit – das Licht in der Straße, Herbstlicht, durchsonnt, schnell abfallend in Dämmerung. An der Haltestelle hilft ein sehr junger Mann seiner sehr jungen Frau, die ein Kind erwartet, sorgsam aus dem Bus, und sie lächelt, ein wenig gerührt, ein wenig verlegen. Ein Mädchen hat sich mit seiner weiten Hose in der Fahrradkette verfangen, und ein paar halbwüchsige Jungen mühen sich lange, sie zu befreien. Die Freude über die wiedererlangte Fähigkeit, zu sehen, mischt sich mit der Bedrückung über die Unmoral dieses Berufes: Daß man nicht leben kann, während man Leben beschreibt. Daß man Leben nicht beschreiben kann, ohne zu leben.

Der Widerspruch erklärt hinreichend die Überanstrengung. Wieviel und was von dem, was du jetzt erlebst, wird einst – in zwanzig Jahren – des Erinnerns wert sein? Welches Bild von heute wird sich eingeprägt haben, unauslöschlich wie die Anordnung jener Wehrmachtsbaracken unter märkischen Kiefern, an der Nelly erfuhr, wie die Bedrohung durch das Allergewöhnlichste einem den Atem abschneiden kann?

Stalag heißt Stammlager. Der Name des Oberfeldwebels, von dem Charlotte Jordan Aufschluß über das Schicksal ihres Mannes erwarten konnte, war ihr bekannt. Sie fragten nach ihm und fanden ihn schnell. Beklemmend schon die überhastete Freundlichkeit, die jeder entwickelte – vom Hauptmann an abwärts –, dem Charlotte um den Zweck ihres Kommens anzudeuten, ihren Namen nannte. Eilfertig und überaus zuvorkommend reichte man sie von Hand zu Hand, von einer Unzuständigkeit zur nächsten, bis sie auf zwei Holzstühlen in einer Schreibstube saßen und der Gefreite, ein grauhaariger Mann, der stark hinkte, eilfertig und zuvorkommend davongelaufen war, den Spieß zu holen. Was hatten sie denn an sich, daß man vor ihnen weglief? Kaum ein Raum, den du heute betreten würdest, könnte jenen Grad von Beklemmung auslösen wie jene nüchterne Kommißstube, in der Nelly und ihre Mutter minutenlang schweigend saßen, bis Charlotte, die ihre bösen Ahnungen niemals hat für sich behalten können, aussprechen mußte, was auch Nelly dachte: Dein Vater ist tot.

Das glaubte, es war nur zu deutlich, auch der Oberfeldwebel, ein korpulenter jovialer Mensch. Doch hatte er – was den Umständen entsprechend auch kaum zu erwarten war – keine amtliche Gefallenenmeldung vorliegen, geschweige denn Erkennungsmarke, Soldbuch und die Uhr des Toten: Er hatte doch eine Uhr bei sich? fragte der Oberfeldwebel, und Charlotte Jordan, als käme es darauf an, antwortete wahrheitsgemäß mit ›Ja‹. Nur zu verständlich, daß der Oberfeldwebel es vorzog, mit den Kriegerwitwen schriftlich zu verkehren, anstatt sich mündlich mit einer Kameradenfrau –

so nannte er Charlotte mehrmals – abzugeben, deren Stellung – Kriegerwitwe oder nicht – noch ganz ungewiß war und von der man jeden Augenblick gewärtig sein mußte, daß sie sich ihrer Lage bewußt würde und ins Heulen käme. Was er für sie tun konnte, war: den Zeugen vorführen. Der Schreibstubengefreite brachte ihn schon. Es war ein Gemeiner aus der Mannschaft, die die französischen Gefangenen bewacht hatte und von Unteroffizier Bruno Jordan befehligt worden war. Dieser Mann war der einzige, dem die Flucht geglückt war, als am frühen Morgen MG-Feuer die Dorfstraße von Liebenow entlangstrich und sie alle – Gefangene und die, die bis zu dieser Minute ihre Bewacher waren und in der nächsten selbst Gefangene sein würden – in die nächsten Dorfhäuser trieb. Der schnelle russische Vorstoß im Norden, Sie wissen ja. Ihren Mann, seinen Unteroffizier Bruno Jordan, den er einen ›feinen Kerl‹ nannte, hatte der Soldat zuletzt gesehen, wie er in ein Haus gerannt war. Gebückt, so etwa (er führte es vor), die Arme vor dem Bauch verschränkt.

Also wie bei einem Bauchschuß, sagte Charlotte.

Und der Landser: Ungefähr so.

Seit dieser Stunde war ihr Mann für Charlotte Jordan tot, jedenfalls behauptete sie das, rief es, weinend, auch der jungen Schwiegertochter des Linden-Wirtes entgegen, die ihnen spät in der Nacht öffnete: Frau Krüger, mein Mann ist tot! – Achgottchen, Frau Jordan, kommen sie erst mal rein.

Nelly sah die beiden Frauen sich umarmen, sah die ältere, ihre Mutter, ihren Kopf auf die Schulter der jüngeren legen und stand – wie nun schon üblich bei Katastrophen – stumm und zu Gefühlsbezeigungen unfähig dabei. Sie wußte: Die Mutter hielt den Vater nicht wirklich für tot. Sie aber, Nelly, sie tat es. Und das war verwerflich. Er konnte, das hatte auch der Oberfeldwebel gesagt, immer noch am Leben sein, es stand fünfzig zu fünfzig, das sollten sie sich immer vor Augen halten. Nelly hielt sich an die dunkleren fünfzig. Ein Vater, der zuerst sein Koppel weggeworfen hatte, dem dann – das hatte der fliehende Soldat auch noch gesehen – von einem der französischen Gefangenen ruck, zuck die Unteroffiziersachselstücke runtergerissen worden waren (das war Jean, der Lehrer, der hat Ihren Mann womöglich retten wollen, Frau Jordan!), der die Hände gehoben hatte und dann erst, plötzlich zusammenknickend, mit vor den Bauch gepreßten Händen in das nächste Bauernhaus gerannt war: ein solcher Vater mußte tot sein. In einer Schicht, in die kein Gedanke reicht, wohl aber der Selbstverdacht, war Nelly sich darüber klar, daß er tot sein mußte und warum. Sie schlief fest und lange. Die Mutter durchweinte die Nacht und den nächsten Tag, sie aber, Nelly, setzte sich nachmittags mit einem Buch ans Fenster, löffelte süße Büchsenmilch und las. Sie war sich selbst zuwider, aber sie war ganz ruhig, wie man ruhig ist, wenn man das Ende der Untaten erreicht hat und sich nun nicht mehr steigern kann. Sie erfuhr, daß es eine Sünde ist, Zuschauer zu sein, und wie süß die Sünde sein kann. Sie vergaß die Lektion niemals, und auch nicht die Verführung.

Erst gut ein Jahr später, als sie an einem anderen Ort und wie durch ein Wunder die erste Karte des Kriegsgefangenen Bruno Jordan aus einem Waldlager bei Minsk erreicht, bricht sie in ein nicht zu stillendes Schluchzen aus und erkennt daran, daß und wie stark sie getrauert hat. Und daß es möglich sein müßte, sich zu verzeihen.

Jean, der Lehrer, war es übrigens in der Tat, der Bruno Jordan die Achselstücke herunterriß, als nach dem Feuerüberfall vom Dorfende her die ersten russischen Kommandos zu hören waren. Unteroffizier, weg! soll er gerufen haben, und später, im Keller des Hauses, in das sie gebückt, aber nicht getroffen gelaufen waren, hat Jean, der Lehrer aus einem kleinen Dorf bei Paris sich vor den Deutschen, den ehemaligen Unteroffizier, gestellt, der die Wachabteilung der Kriegsgefangenen geführt hatte und dafür auf der Stelle von einem sowjetischen Kommando erschossen werden sollte. Nicht! hat Jean gesagt, der etwas Deutsch, aber kein Russisch konnte. Guter Mann! hat er gesagt. Der Russe verstand aus dem ganzen deutschen Wortschatz ausgerechnet das Wörtchen ›gut‹ und ließ die Maschinenpistole sinken. Oder er verstand es, im Gesicht des Franzosen zu lesen.

Eine merkwürdige Verkettung von Umständen hat Bruno Jordan das Leben gerettet, darunter an erster Stelle die Tatsache, daß er die Leiden eines Kriegsgefangenen als junger Mensch erfahren und daß diese Erfahrung ihn unfähig gemacht hatte, Gefangene zu schinden.

Bliebe, der Vollständigkeit halber, zu erzählen, wie Bruno Jordan – vielleicht nur dieses eine Mal in seinem Leben – die Gelegenheit bekam, etwas wie Tragik zu empfinden. Er selbst würde es nie so nennen, dieses Wort kommt in seinem Sprachschatz nicht vor. Er sagte: Das muß man sich vorstellen: Du wirst als Gefangener auf einem Lastwagen an deinem Haus vorbeigefahren. Du verrenkst dir den Hals nach deiner Familie, siehst aber nichts von ihr und weißt die nächsten zwei Jahre und sieben Monate nicht, wo sie ist. Ob sie überhaupt lebt. Dann liegst du als Gefangener in der Fabrik, in der du selber vorher Gefangene bewacht hast. Das muß man sich alles mal vorstellen.

Zuletzt, vor ihrem Abtransport in Richtung Osten, lagen die Gefangenen in den Baracken von I.G. Farben, in denen vorher die Wolhyniendeutschen gewohnt hatten. Fahren wir doch mal, sagte Lutz an jenem Sonntagvormittag 1971, in Richtung I.G. Farben. Die Konkordienkirche hattet ihr Lenka gezeigt, auch das Krankenhaus, das Nelly groß, weiß und bedrohlich erschienen war und das in Wirklichkeit ein unscheinbares, graues, noch immer von Einschußlöchern gesprenkeltes Gebäude ist.

I.G. Farben heiß: die ehemalige Friedeberger Chaussee
hoch, in Richtung Alter Friedhof, in Richtung Landesirrenanstalt. In ein paar Sätzen, ohne zu viele Einzelheiten, erzähltest du die Geschichte der verrückten Tante Jette. Es
zeigte sich, daß Lutz nicht wußte, auf welche Art und Weise
man sie zu Tode gebracht hatte. Was war denn Tante Jette
für ihn gewesen? Ein Gerücht, ein zweideutiges Gerücht unter den Erwachsenen. Nun wurde sie, dreißig Jahre später,
für euch alle zu einer unglücklichen Person, einem Spruch
verfallen, dem sie sich nicht hatte entziehen können.
Ganz schön irre, das Ganze, sagte Lenka. Oder findet ihr
nicht?

15

Was machen wir mit dem, was sich uns eingeprägt hat?
Das ist keine Frage, sondern ein Ausruf, ein Hilferuf womöglich. Wozu wir Hilfe brauchen, das unterscheidet uns
mehr als manches andere.
Vor wenigen Tagen – du hattest in einer Schweizer Stadt das
11. Kapitel vorgelesen – kam ein Mann zu dir, ein Deutscher: Ich wollte Ihnen bloß sagen, ich gehöre Ihrer Generation an, und ich kann mit dem Schuldgefühl von damals her
nicht fertig werden. Er fand den Mantelärmel nicht, er hatte
Mühe, sein Gesicht zu beherrschen – ein kräftiger, nicht
weichlicher Mann –, und seine junge Begleiterin, eine Aus-
länderin, sah ihn mit einem Ausdruck an, in dem Mitleid und
Erschrecken gemischt waren.
Wenige Tage später erhob sich einer, an seinem Akzent
kenntlich als Süddeutscher, auch gleichaltrig, und stellte
öffentlich die Frage, ob die Literaten nicht endlich aufhören
sollten mit der Pflichtübung Auschwitz, um statt dessen der
Jugend die feineren Methoden und Gefahren des Faschismus näherzubringen. Ihm widersprach heftig ein fast weiß-

haariger Mann mit einem noch nicht alten Gesicht: auch er ein Generationsgenosse.

Später, unter vier Augen, sagte er, er habe 1936 als Siebenjähriger mit seinen jüdischen Eltern Deutschland verlassen. Er betrieb ein Geschäft in der mittelgroßen Schweizer Stadt, auf deren Boden der Zufall euch zusammenführte. Er habe, sagte er, deutschen Boden nicht mehr betreten wollen. Einmal, durch Freunde angeregt, sei er dann doch mit dem Zug durch Westdeutschland nach den Niederlanden gefahren. Schon wie der Zugkellner vom Gang her das Wort ›Bier!‹ ausgerufen hätte, habe ihn sehr gestört: der Ton, er könne es nicht erklären. In Köln, seiner Heimatstadt, sei er ausgestiegen und durch die Straßen gelaufen. Er habe immer darauf gewartet, daß er etwas empfinden werde, einen Schmerz, vielleicht einen Verlust. Er habe nichts empfunden. Er habe es ängstlich vermieden, Menschen eines gewissen Alters die Hand zu geben. Er habe ja nicht wissen können, was sie vielleicht mit diesen Händen angestellt hatten. Nun sei sein Entschluß endgültig: Freiwillig betrete er deutschen Boden nicht mehr. Übrigens teile er diesen Entschluß zum erstenmal einer Deutschen mit. Menschen wie er, sagst du, seien in den Jahren nach dem Krieg für Menschen wie dich so wichtig gewesen wie das tägliche Brot. Ich weiß, sagt er. Ich weiß. Ihr gebt euch die Hand: Auf Nimmerwiedersehen. Du holst ihn in der Tür ein: Dort, wo du lebst, hätte niemand die Erwähnung von Auschwitz öffentlich als ›Pflichtübung‹ bezeichnen können. Hoffentlich, sagt er. Hoffentlich. Wenigstens nicht öffentlich.

Daß sie eingekreist waren, war offensichtlich, aber Nelly sah es durchaus nicht. Sie hatte ihre Gründe, sich an die Wehrmachtsberichte zu halten und an den Satz des Führers: Berlin bleibt deutsch, Wien wird wieder deutsch, und Europa wird niemals bolschewistisch werden. – In deiner gewiß trügenden Erinnerung kam dieser Satz am gleichen Sonntag aus dem Radio, an dem dann die Jordansche Familie unter ihrem Mittagstisch in Deckung ging, weil nahebei Bomben detonierten, die nun schon – ›schamlos‹, nannte Charlotte Jordan das – am hellerlichten Tage über ihre Köpfe hin nach Berlin transportiert wurden.

Noch heute gelingt es dir nicht, Namen von Militärs und Schlachtenlenkern zu behalten und dich in ihre Pläne hineinzudenken – Zeichen für einen vielleicht tadelnswerten Mangel an Interesse, wenn man in Betracht zieht, daß unsere eigenen Lebenswege damals unsichtbar auf den Generalstabskarten der Heerführer mit eingezeichnet waren und daß jede geringfügige Abweichung von der als ›Fluchtschneisen‹ gekennzeichneten Straßenführung (welche die Flüchtenden selbstverständlich nicht kannten) den sicheren Tod bedeuten konnte. Die 12. Armee unter General Wenck, Hitlers letztes Aufgebot, hat ihren Befehl, die Reichshauptstadt zu entsetzen, nicht ausführen können. Kein Anzeichen dafür, daß dieser Name Nellys Ohren damals erreichte, sowenig wie die Namen Heinrici, Tippelskirch – einander ablösende Kommandeure der Heeresgruppe Weichsel im Norden Berlins, die mit ihren Entschlüssen direkt in Nellys Leben eingriffen: Der eine, indem er versuchte, die bei Prenzlau durchgebrochenen sowjetischen Divisionen noch einmal aufzuhalten, der andere, indem er die Truppe und ›flüchtende Bevölkerungsteile‹ auf die ›geschlossene Frontlinie‹ Bad Doberan–Parchim–Wittenberge bis zum 2. Mai zurückzuführen suchte.

Bei Parchim also und nicht bei Neustadt-Glewe (wie du lange Zeit dachtest, nach der Karte, Autoatlas von 1959, Blatt 5) muß jener wüste letzte Übergang über einen Fluß stattgefunden haben – die Elde –, der mehr als alles vorher den Namen ›Flucht‹ verdiente. Es waren die Wochen, da man von Brücken zu gewärtigen hatte, daß sie mit allem, was auf ihnen war, in die Luft flogen, damit sie dem Feind nicht in die Hände fielen. Und die Parchimer Brücke stand in Gefahr, stündlich von den Russen besetzt zu werden, wonach nicht nur den in voller Auflösung begriffenen Wehrmachtseinheiten, sondern auch den flüchtenden Bevölkerungsteilen der Fluchtweg zur Elbe abgeschnitten gewesen wäre. Folks beide Stuten – die braune Rosa und die fast schwarze Minka mit der weißen Blesse –, die kurz vor dem hastigen Aufbruch vom Gut Herminenaue gefohlt hatten und deren Fohlen gegen den Widerstand des Polen Tadeusz, genannt Tadde, der die Pferde pflegte, erschossen werden mußten, zeigten sich bald nach der Peitschenjagd durch das sumpfige Vorgelände der Brücke (dem gräßlichen Gebrüll der Kutscher, das die Pferde zwang, sich in die Sielen zu legen, so daß die Adernstränge am Hals armdick hervortraten) Zeichen beginnender Erblindung. Daran erinnerst nicht du dich, sondern Bruder Lutz, denn er lernte damals mit Pferden umgehen und entdeckte, daß er ›was für sie übrig hatte‹. Also hat es ihm leid getan, daß die schönen Pferde erblinden sollten, und so hat er sich diese Einzelheit gemerkt.

Datenvergleich. Der zweite Aufbruch der Familie Jordan – das heißt: die Flucht von Grünheide aus – erfolgte nach Lutzens Meinung am Abend des 20. April, also an Führers Geburtstag. Das wäre ein ironischer Schnörkel, aber nachdem Lutz von dir erfahren hat, daß die Amerikaner Schwerin und Wismar erst am 2. Mai besetzten, schloß er nicht aus, daß sie sich ein, zwei Tage nach dem 20. April auf den Weg gemacht haben konnten: in jedem Fall aber vor dem 25., dem Tag, an dem sich die Spitzenverbände der Generäle Shukow und Konjew in Ketzin bei Nauen treffen, dabei auch der Ort Grünheide – dessen nicht geflüchteten Bewohnern es übel ergeht – von sowjetischen Kampfverbänden besetzt wird, der Ring um die Reichshauptstadt geschlossen ist.

Ihr redet über die zweite Flucht, während ihr – an jenem heißen Julisonntag des Jahres 71, an den du dich nun, zu

418

Jahresende 1974, schon mit Hilfe von Aufzeichnungen erinnern mußt – fälschlicherweise ein Stück Straße, die hinter der Konkordienkirche in die Hauptstraße mündet, nach Nordosten fahrt (Straße, die neu zu sein scheint, ihr trefft polnische Armisten beim Straßenbau, lebhafte junge Gesichter, nackte braune Oberkörper): Ihr findet euch an der Rückseite des ehemaligen Zweigbetriebes von I.G. Farben, heute ein Kunstfaserwerk, das sich sehr vergrößert hat. Ihr vergleicht eure Erinnerungen, bittet dann H., zu wenden: Das ist die Straße nicht, die ihr gemeint habt. Richtig findet ihr dann den Einstieg in die ehemalige Friedeberger Chaussee, die in einem steileren Winkel nach Nordosten führt, als ihr angenommen hattet, hohlwegartig zuerst – sie schneidet ja den Südzug der Endmoräne –, sodann mit freiem Ausblick nach links und rechts, nachdem man die Hochfläche erreicht hat. Schiefgewachsene Kirschbäume zu beiden Seiten. (Vor Friedeberg, das keiner von euch je gesehen hat, lagen die Dörfer Stolzenberg und Altenfließ, ebenfalls unbekannt, und liegen heute Różanki und Przyłęk – Namen, die du von der Karte abbuchstabierst, ohne eine Vorstellung mit ihnen zu verbinden.) Jetzt, sagtest du: jetzt seht ihr links das ehemalige Gästehaus von I.G. Farben, rechts die roten Werkgebäude. Langsam bitte. Ja: Hier links der Alte Friedhof, und jetzt gleich anschließend der Park, in dem, ihr seht es durch die Bäume, die alten Häuser der ehemaligen Landesirrenanstalt liegen.

Die Proklamation des Führers, in der er den sowjetischen Truppen prophezeite, vor den Mauern der deutschen Hauptstadt werde ihnen ›das alte Schicksal Asiens‹ bereitet und ›der bolschewistische Ansturm in einem Blutbad erstickt‹ werden, hat die Jordans nicht mehr erreicht. Am gleichen Abend hatten sie einen Handwagen mit ein paar Koffern und Bettensäcken beladen und sich zu fünft – Nelly, ihre Mutter, ihr Bruder, ihre Großeltern – wieder auf den

Weg gemacht, diesmal zu Fuß. Tante Liesbeth und Onkel Alfons Radde mit Vetter Manfred folgten mit eigenem Handwagen. Onkel Alfons Raddes Lastwagen stand nicht mehr zur Verfügung, eines Abends war er ohne ihn nach Hause gekommen: Straßensperren, gegen sowjetische Panzerspitzen errichtet, hatten auch sein Fahrzeug unwiderruflich aufgehalten. Wahnsinn! sagte er aufgebracht, wie soll ich bloß Bohnsacken das plausibel machen? Jedenfalls waren Raddes bei ihrer zweiten Flucht selbst auf einen Handwagen angewiesen; Einheimische, die nicht weggehen wollten, gaben ihn gegen Butter aus Charlotte Jordans Fäßchen. Gegen Abend gingen sie los. Bruder Lutz hat, wie er überzeugend mitteilt, an den Sieg der deutschen Waffen nicht mehr geglaubt. Der Sinn für Tatsachen kann auch bei einem Zwölfjährigen schon ausgeprägt sein. Du natürlich – das sagte er zu seiner Schwester – hast noch stärkeren Tobak gebraucht. Du denkst nach, versuchst, dich zu erinnern. Wenn Nelly irgendwann in der Gefahr schwebte, den Boden unter den Füßen zu verlieren, dann in jener Nacht. Verzweiflung wäre der Ausdruck nicht, verzweifeln zu können bedeutet, man hängt mit der Ursache der Verzweiflung zusammen. Nelly hing mit nichts mehr zusammen. Wo sie jetzt ging – es war dunkel, im Osten und Süden, von Nauen her, flackerte der Himmel rot, nur zwei Himmelsrichtungen blieben ihnen offen, was man so offen nennt –, wo sie ging, stolperte, steckenblieb, war der äußerste Rand der Wirklichkeit. Der Umkreis dessen, was sie noch denken durfte, war auf einen Punkt zusammengeschrumpft: durchhalten. Erlosch der Punkt, das war ihrem Körper stärker bewußt als ihrem Gehirn, stürzte sie über den Rand. Da alle äußere Befehlsgewalt zusammengebrochen war, mußte sie um so genauer der inneren Befehlsquelle gehorchen, die sie, indem sie ihr weiter verrückte Signale zukommen ließ, vielleicht davor bewahrte, auf der Stelle verrückt zu werden.

Du mußtest die Feststellung des Bruders auf sich beruhen lassen.

Die einzigen deutschen Namen, die man in der ehemals deutschen Stadt L. findet, sind die Namen der Toten. Lenka ist nicht dafür, in das Dickicht einzudringen, als das der alte Friedhof sich heute darstellt. Was soll das, sagt sie. Aber es gibt ja Trampelpfade, wenn die auch in Gefahr sind, von Brennesseln und anderem Unkraut überwuchert zu werden. Auf Friedhöfen wächst alles üppig, sagt Lutz. Und ihr versucht Lenka weiszumachen, daß man sich die Gelegenheit nicht entgehen lassen dürfte, einen Friedhof anzusehen, auf dem seit sechsundzwanzig Jahren kein Mensch beerdigt wurde. Darauf, sagt sie, sei sie nicht die Spur neugierig.

Ihr wißt schon, was sie befürchtet: Es könnte euch doch mißfallen (richtiger: verletzen), daß der Friedhof nicht nur verwahrlost – was selbstverständlich –, sondern dazu auch zerstört ist. Ihr verliert kein Wort darüber, aber welche Worte bilden sich in euerm Innern? Du beobachtest dich scharf und findest einen Anflug von Bestürzung, auch Trauer, dem du doch nachgehen willst.

Alle die Grabsteine, auf denen ›Ruhe in Frieden‹ oder in der Sprache der Lutherbibel ›Glaube, Liebe, Hoffnung, diese drei. Aber die Liebe ist die größte von ihnen‹ gestanden hat, in Sandstein gehauen oder in Marmor gemeißelt und mit Blattgold ausgelegt: sie alle, fast alle sind umgelegt. Abgeschlagen die Schwerter der Sandsteinengel vor den Familiengrüften, ihre Flügel, ihre Nasen. Die Grabhügel dem Erdboden gleichgemacht, zugewachsen. Menschen, deren Vorfahren nicht auf diesem Friedhof liegen, benutzen die Pfade, die die Wildnis durchziehen, als Abkürzungswege zu ihrer Arbeitsstelle. Ihr trefft niemanden. Es ist Sonntag vormittag.

Die Grabstätte deiner einzigen Verwandten, die auf diesem Friedhof liegt, deiner Urgroßmutter, einer Caroline Meyer, würdest du niemals wiederfinden. Das Grab hat Nelly nur ein- oder zweimal zusammen mit ihrer Großmutter väterlicherseits, Heinersdorf-Oma, besucht. Schon damals war es, erinnerst du dich, über und über mit Efeu bewachsen, und auf dem einfachen Grabstein hatte fast unleserlich der Spruch gestanden: ›Und wenn es köstlich gewesen ist, ist es Mühe und Arbeit gewesen.‹ Heinersdorf-Oma hatte jedesmal halblaut diesen Spruch verlesen und dazu geseufzt: Das merk dir gut, meine Tochter. Es ist wahr.

Caroline Meyer, denkst du, wird sich in ihrer Ruhe nicht haben stören lassen, falls auch ihr Stein umgekippt wurde und zu ihren Häupten liegt. Zum Glück ist keine Gefahr, daß die Toten auferstehen. Du dachtest, daß du dann nicht das Amt haben möchtest, ihnen zu erklären, warum an den Toten eines Volkes gerächt wird, was die Lebenden einem anderen Volk angetan haben: Daß sie sie in Gaskammern getrieben und in Öfen verheizt und gezwungen haben, sich zu Tausenden vor selbstgegrabenen Massengräbern hinzuknien, so daß das Blut, wenn endlich zugeschaufelt wurde, aus der Erde quoll und der Boden, unter dem auch Halbtote lagen, sich stellenweise zu bewegen begann.

Jetzt sahst du den Grund für Bestürzung und Trauer: Sie galt nicht diesen Toten, die deutsche Namen getragen hatten, sondern jenen Lebenden, Überlebenden, die hergehen mußten, die Steine zu schleifen, die Gräber niederzutrampeln, weil ein Haß wie der, der in ihnen entfacht worden war, nicht einzugrenzen, nicht vor Gräbern anzuhalten ist. – Selten ist dir so wie in der halben Stunde auf dem alten deutschen Friedhof in L., heute G., die vollständige Umkehr deiner Gefühle bewußt geworden, die hervorzubringen eine schwere jahrelange Anstrengung gewesen sein muß (durch die wir so beansprucht waren, daß die Kraft nicht mehr dazu ausreichte, zurückzublicken): Gefühle, die sich jetzt frei und ungezwungen auf der Seite der einstmals ›anderen‹ bewegen und um ihretwillen bestürzt sind, wenn sie sich Gewalt antun müssen.

Lenka, das sahst du an ihrem Gesicht, brauchte keine Nachhilfe, um zu verstehen.

Du warst es wohl, die das opulente, übrigens unversehrte Grabmal von Bäckermeister Otto Wernicke entdeckte. Ob Lutz sich erinnerte, wie ihr Bäcker in der Soldiner Straße hieß? Hieß er nicht Wernicke? sagte Lutz. Beiden fiel euch ein, daß er wirklich in den letzten Jahren vor Kriegsende noch gestorben war, die Zahl 1943 stand auf dem Grabstein. Mensch, Bäcker Wernicke! Er ließ sich ja selten im Laden sehen. Seine Frau hatte kastanienbraun gefärbtes Haar. Nun denken wir noch mal an die beiden vor diesem Grabstein. Brot haben wir ja nicht bei ihnen gekauft, nur Kuchen. Brot hat ja Bruno Jordan selber ›geführt‹.

Ob Nelly in jenen Jahren geträumt hat, weißt du nicht, geschweige denn, was. (Lenka berichtet, sie hat in der Nacht in dem polnischen Hotel geträumt, sie habe sich, bekleidet mit ihren verwaschenen Jeans und ihrem ausgeblichenen Hemd, in eine vornehme Hofgesellschaft eingeschmuggelt, habe unbekümmert als erste – vor dem Eintreffen der königlichen Familie – von dem auserlesenen kalten Büfett gegessen, sei durch diese Tabuverletzung zu Macht und Ansehen gelangt, die sie beide benutzte, um einen jungen Mann und dessen Freundin, einfache Leute, in die erlauchte Gesellschaft zu schleusen, aus der sie selbst aber flüchtete, als sie Teile eines Rokokokostüms an sich bemerkte und sich dabei ertappte, daß sie sich nach der Etikette zu benehmen begann.) Nelly hätte Vernichtungs- oder Allmachtsträume haben können, oder beides im Wechsel.

(Mehr als über anderes wünschtest du darüber Auskunft geben zu können, weil ein innerster Bezirk von diesem Wissen besetzt gehalten wird, der nicht mit gehörigem Anlauf, einem entschlossenen Satz über die Hecke einzunehmen ist.

Getrogen hat die uneingestandene Hoffnung, einmal, nach der angemessenen Anzahl von Jahren, werde jede Dornenhecke sich von selbst in ein Blumenmeer verwandeln, das man unverletzt durchschreitet, um die lange – ›hundert Jahre lang‹ – verwunschene Wahrheit zu erwecken. Es bleibt nichts übrig, als den möglichst getreuen Bericht weiterzuverfolgen.) Die Figuren, denen Nelly und ihre Familie am ersten Morgen ihrer zweiten Flucht gegenüberstanden, waren Herr und Frau Folk.

Du siehst sie noch, kannst sie beschreiben, was heikel ist, weil sie zu stark dem Bild entsprechen, das man sich heute von ostelbischen Gutsbesitzern macht: Er ganz in Loden, mit Gamsbarthut und Krückstock ausgestattet, von apoplektischer Gesichtsfarbe, sie vornehmer, spitzmündig, mit einfachem Haardutt, von einer Dackelhündin namens Bienchen ständig umwedelt. All die Jahre über bist du überzeugt gewesen, das Gut, in dessen Baracken sie für eine Nacht Unterkunft gefunden hatten – Herminenaue, nach dem Vornamen einer preußischen Hofdame, die hier einst ihren Ruhesitz nahm –, habe eben jenen Folks gehört, die am Morgen die neuen Flüchtlinge, unausgeschlafen, ungewaschen, hungrig natürlich, Aufstellung nehmen ließen und sie musterten auf Verwendungsmöglichkeiten hin. Die Blicke hat Nelly behalten und sofort mit Aufsässigkeit beantwortet. Sie war es nicht gewohnt, auf ihren Gebrauchswert als Arbeitskraft hin besichtigt zu werden. Folks ihrerseits hatten für Rangniedrigere keinen anderen Blick zur Verfügung als diesen Leute-Blick. Daß sie aber die Besitzer von Herminenaue gewesen wären, war ein Irrtum.

Kürzlich erst nannten dir die Wissenschaftler, die das Institut für Futterpflanzenforschung Herminenaue leiten, den Namen des ehemaligen Gutsbesitzers, bei dem also Folks, die ihm bekannt waren und von weiter her kamen, mitsamt ihrem Treck ein paar Tage Unterschlupf gefunden hatten.

Die Schüsse, die sie alle an jenem Morgen hörten und die sie zu äußerster Eile trieben, waren tatsächlich Gewehrschüsse, aber nicht von sowjetischen Truppen, wie ihr annehmen mußtet, sondern von einer polnischen Einheit, die tagelang unter schwersten Verlusten versuchte, durch die hier noch massiv konzentrierten deutschen Truppenverbände durchzustoßen. Verstärkt durch sowjetische Verbände, ist es ihr schließlich gelungen, unter weiteren schwersten Opfern auf beiden Seiten. Bei den Erdarbeiten für die Zweitausender-Milchviehanlage, die jetzt auf dem Gelände des ehemaligen Gutes steht, stieß man auf Massen von Skeletten, alle unidentifizierbar. Ein Bauer aus dem Dorf, dessen Name dir genannt wird, war damals über das Schlachtfeld gegangen und hatte von allen Gefallenen, gleich, welcher Nationalität, die Erkennungsmarken eingesammelt und sie an das Internationale Rote Kreuz geschickt. Das Gut wurde bis 1949 sowjetisch verwaltet, als Basis für die Ernährung der Besatzungstruppen. Dann wurde es Volksgut, heute ist es ein bekanntes Zentrum für die Zucht von Fleisch-Milch-Rindvieh, das aus der Kreuzung verschiedener Rassen entstehen soll. Die Zuchtkühe auf der Weide haben Namen wie ›Diät‹, ›Nelke‹, ›Flamme‹, während die zweitausend Rinder in der Milchviehanlage, auf die ihr wegen der Infektionsgefahr nur durch die Tür einen Blick werfen dürft, wie sie stumpfsinnig auf ihrem Melkkarussel stehen, nur durch die letzten Ziffern einer vierstelligen Zahl voneinander unterschieden werden. Die Wissenschaftler zeigten dir die Flecken, auf denen die Flüchtlingsbaracken gestanden hatten. Das Gutshaus ist hell verputzt, das stimmt. Nelly, die es mit ihrer Familie von der Rückseite her erreichte, noch dazu in stockfinsterer Nacht, hat seine Vorderseite, die von einer Veranda eingenommen wird, vermutlich gar nicht gesehen.

Folks suchten einen Kutscher für ihren Futterwagen. In Betracht kam Onkel Alfons Radde. Selbstverständlich konnte er ein Fuhrwerk kutschieren, vorausgesetzt, die acht Personen, die seine Familie darstellten, fänden auf ihm Platz. (Zum zweitenmal wurde er der Retter seiner Verwandten.) Die musternden Blicke wurden abschätzig.

Bon, sagte dann Herr Folk. Ohne Gepäck.

Das nackte Leben, dachte Nelly mit einem unverständlichen Anflug von Genugtuung.

Unmöglich, sagten die Erwachsenen.

Nach einer heftig und hastig geführten Verhandlung verstauten sie das leichtere Gepäck auf dem Kastenwagen, auf dem die Futtersäcke lagen, die schweren Koffer auf einem der beiden Handwagen, dessen Deichsel mit starken Strikken an der Hinterachse des großen Wagens festgebunden wurde. Das Bild, das sie abgaben, war lächerlich, doch darauf kam es nicht an. In Zeiten wie diesen ist der Sinn für Komik Luxus. Übrigens würden sie dem Folkschen Treck langsam folgen, zusammen mit dem Ochsenwagen, der ebenfalls Futtersäcke und die siebenköpfige Landarbeiterfamilie Grund beförderte.

Den letzten beißen die Hunde, sagte Schnäuzchen-Opa.

Man gebot ihm, um Gottes und Christi Willen zu schweigen. Herminenaue, bei Nacht betreten, bei Morgengrauen verlassen, hinterließ kaum einen Eindruck.

Bruder Lutz fing an, Gefallen an Pferden zu zeigen.

Nelly saß im rückwärtigen Teil des offenen Kastenwagens auf ihrem Futtersack. Dir ist, als sei das Wetter überwiegend schön gewesen – wogegen allerdings das durchweichte Gelände vor der Brücke von Parchim spricht. (Es kann sich um aufgetauten Boden gehandelt haben.) An Himmel erinnert man sich immer. Nelly sagte sich, an diese Himmel werde sie sich erinnern, blau und zart. An jenen Abend auch, in einem Dorf abseits von der Hauptstraße, als sie persönlich zum erstenmal von Tiefffliegern beschossen wurde, während sie eine Schüssel mit abgewaschenem Geschirr von einem Bauernhaus über die Straße zur Scheune trug, in der sie übernachteten. Die Mutter riß sie in den nächsten Hausflur. Du erinnerst dich an den Stolz, den Nelly empfand, als sich herausstellte, daß kein Teller zerbrochen war: Sie gehörte jedenfalls nicht zu denen, die einfach alles hinschmissen, was sie gerade in der Hand hatten, bloß weil geschossen wurde. Gerade dafür machte die Mutter ihr schwere Vorhaltungen: Sie sollte das nächste Mal auf Geschirr und alles pfeifen und Deckung suchen. Als ob es Nelly um das Geschirr gegangen war. (Stark widerstrebend beginnt sie zu lernen: Jeder Mensch, auch sie ist verletzbar. Eine Lektion, die andauert.) Die F 5 führt über Friesack, Kyritz, Perleberg nach Nordwesten. Der Folksche Treck wird sie bei Kyritz verlassen haben, um die F 103 bis Pritzwalk zu nehmen und auf Nebenwegen (Triglitz, Lockstädt, Putlitz, Siggelkow) Parchim zu erreichen, die Brücke über die Elde, die dann Hölle und Himmelreich, Leben und Tod miteinander verband und voneinander trennte.

Sooft du später diese Straße gefahren bist, auch im Frühling: Nie hast du den mindesten Anhaltspunkt finden können, an dem du sie erkanntest. Man lernt sehr schnell, eine Landschaft als Gelände, Strauch, Baum und Hecke als Objekte zu sehen, hinter denen man notfalls Schutz suchen kann. Vielleicht ist dir deshalb die Strecke, die Nelly mit anderen Augen ansah, später unbekannt vorgekommen. Übrigens erscheint sie, je weiter nördlich man sie verfolgt, um so ungünstiger, da die Waldstücke, die idealen Deckungsmöglichkeiten, seltener werden und von der Straße zurücktreten. Zu Lenka gesagt (die zu glauben scheint, damals habe man im Gegensatz zu heute ›etwas erlebt‹): Was sich ereignete, war ein Stillstand der inneren Zeit. Nelly hielt ihr Gesicht, ihren Körper hin, und die Leute, die sie traf, und die Ereignisse stürzten in sie hinein wie tote Vögel. Natürlich blieb ihr Zustand unbemerkt, da sie sich den Umständen angemessen verhielt und da unter eigener Lebensgefahr kein Mensch auf das Innenleben eines anderen erpicht ist.

Nelly ist sich selbst uninteressant geworden. Da die Verbindung mit ihr selbst abgebrochen ist, überzieht alles, was ihr begegnet, ein Glanz unheimlicher Fremdheit. Sie, unbewegter Beobachter, wirft einen undurchdringlichen Schatten auf sich, der, wie sich zeigen soll, schwerer auflösbar ist als die blassen huschenden Schatten der feindlichen Flieger über sie hinweg.

Was lange genug andauert, erwirbt sich das Recht, ›chronisch‹ genannt zu werden. Chronische Bindehautentzündung. Chronische Müdigkeit. Chronischer Hang zur Trauer am Abend. Chronischer Arbeitszwang. (Lebensfülle als Arbeitsfülle: Lenka zuckt verständnislos die Achseln.)

Chronische Abhängigkeit von der flimmernden Scheibe. Drei Männergesichter, nebeneinandergestellt, ohne besondere Kennzeichen, Griechen. Folterknechte des gestürzten Regimes. Sie reden. Was sie sagen, ist neu: Man hat sie zu Folterern gemacht, indem man sie folterte. An ihren Leibern hat man die Methoden ausprobiert, die sie an anderen anwenden sollten. Wenn sie, fast wahnsinnig vor Schmerzen, nur noch wünschen konnten, das Gewehr, das an der Wand hing, in den Bauch des kleinen Unteroffiziers zu stoßen, der sie schlug: dann wußten sie selbst, daß sie fertig waren, reif. Nur das Gesicht des einen, der die Schmerzen nicht ertrug, ›schlappmachte‹, aus der Armee ausgestoßen wurde, zeigt Spuren von Unglück. Die Frau eines der Männer, die die Mißhandlungen befahlen, sagt (sie steht da in ihrer Küchenschürze unter der Haustür, hinter sich den halbdunklen Flur, den Kücheneingang, den Herd): Soviel weiß ich: Er ist ein guter Mann. Alles ist Lüge, was über ihn in der Zeitung steht.

Chronische Blindheit. Und daß die Frage nicht heißen kann: Wie werden sie mit ihrem Gewissen fertig?, sondern: Wie

428

müssen die Verhältnisse beschaffen sein, die massenhaft Gewissensverlust zur Folge haben?

In diesen Tagen – Ende Januar 75 – jährt sich zum dreißigstenmal der Befreiungstag des Vernichtungslagers Auschwitz durch sowjetische Truppen. Nelly, die sich nach geglücktem Elde-Übergang bei Parchim höchstwahrscheinlich auf der F 191 in Richtung Neustadt-Glewe bewegt, da der Elbübergang bei Boizenburg ja ihrer aller Ziel ist – Nelly hat Ende April 1945 den Namen Auschwitz noch nicht gehört. Am 21. April trieb die SS-Wachmannschaft 35 000 Häftlinge aus dem Konzentrationslager Sachsenhausen auf einen Marsch, der jetzt in den Geschichtsbüchern als Todesmarsch verzeichnet ist. Auf dem Wege nach Mecklenburg werden fast 10 000 Häftlinge von den Bewachern erschossen. Nellys Treck war diesem Zug voraus, der auf anderen Straßen, aber in der gleichen Richtung sich hinschleppte. Sie hat keinen der Toten gesehen, weiß nicht, ob die Einwohner der Städte und Dörfer, an deren Straßenrändern sie gelegen haben müssen, oder Flüchtlinge, die sie fanden, sie schnell beerdigt haben oder liegenließen. Sie hat dann Überlebende jenes Todesmarsches gesehen. Ihr erster Toter aber war der Landarbeiter Wilhelm Grund.

Herr Folk sagt: Verluste können natürlich nicht ausbleiben. Grunds mußten mit ihrem langsamen Ochsenwagen immer eher auf die Straße als der übrige Treck. Neuerdings nahmen die Tiefflieger ihre Tätigkeit in den frühen Morgenstunden auf. Nelly, in der Scheune bei den Pferden, hörte die nahen MG-Salven und preßte sich an die Wand. Die Pferde, denen man nicht beigebracht hatte, ihre Angst zu beherrschen, gingen hoch. Pferdehufe, Pferdebäuche dicht vor ihren Augen.

Sie schrie wahrscheinlich, wie alle. Es hieß, Pferde würden nicht ohne Not auf Menschenleiber treten, doch zweifelte sie nicht, daß derartige Regeln einem anderen Leben angehörten. Diese Pferde hier, in ihrer Not, würden nicht zögern, sie zu zerstampfen.

Da breitete sich vom Scheunentor her eine unnatürliche Stille aus. Niemand anders als Gerhard Grund, nicht älter als Nelly, Sohn des Landarbeiters, der den Ochsenwagen fuhr, war unglaublicherweise imstande, sie zu erzeugen. Wer in sein Gesicht sah, wurde still. Dann sprach er, mit einer veränderten Stimme. Mein Vater, sagte er. Was haben sie mit meinem Vater gemacht.

Verluste können nicht ausbleiben. Den Leichnam des Wilhelm Grund – ein Geschoß soll ihm die Brust zerrissen haben – hat Nelly nicht gesehen. Als sie zur Landstraße kam, hatte man eine Decke über ihn gebreitet. Zum erstenmal, im Tode, hat Wilhelm Grund den Betrieb seines Brotherrn zum Stocken gebracht, anstatt ihn in Gang zu halten, und die Stockung durfte nicht länger dauern als eine halbe Stunde. Die Grube, die man am Waldrand schnell für ihn aushob, war flach. Zwei polnische Arbeiter trugen ihn in einer Futterplane, so daß sein Körper fast den Boden streifte. Wenigstens einen Sarg hätte er wohl verdient gehabt, flüsterte Frau Grund. Frau Folk ließ ihre feine welke Hand auf der Schulter der Landarbeiterfrau ruhen: Was nicht geht, geht nicht. Frau Grund hatte wasserhelle, bestürzte Augen. Der Tag war sehr schön. Erstes Grün an den Birken, ein Himmel, den man nicht anders als ›licht‹ nennen konnte. Eine schneidende Szene.

Der Tod von Gerhard Grunds Vater bringt Nelly ein Gefühl bei, das sie nicht benennen kann, so wie einem eine Wunde beigebracht wird.

Ein Traum, letzte Nacht: H. sagt dir auf den Kopf zu, du könntest einen Berg von Leichen nicht beschreiben, in seinen Einzelheiten. Ohne zu überlegen, gibst du ihm recht. Er sagt, gerade das müsse ein Autor in diesem Jahrhundert wenigstens können. Du seist untauglich für diesen Beruf.

Berge von Leichen hat Nelly nur auf Fotos gesehen oder in Filmen. Wenn man sie mit Benzin übergoß und verbrannte oder sie mit Bulldozern zusammenschob, verhungerte Skelette. In der Deutschen Wochenschau starb nur der Feind. Chronischer Hang zum schlechten Gewissen. Das Gewissen des Schreibers hat sich, so sieht es aus, nur um die Wahrheit zu bekümmern, ›die reine Wahrheit und nichts als die Wahrheit‹. Da aber die Mitteilung zum Wesen der Wahrheit gehört, produziert er, oft zweifelnd, eine vielfach gebundene Wahrheit: an sich selbst gebunden, den Mitteilenden, und den immer begrenzten Freiheitsraum, den er sich abgezwungen hat; gebunden an den, über den er aussagt, und nicht zuletzt an jene, denen die Mitteilung gilt und die man nur warnen kann: Nicht ›rein‹ – mehrfach getrübt ist die Wahrheit, die sie erreicht, und sie selbst werden sie, durch Urteil und Vorurteil, noch einmal verunreinigen. So mag sie brauchbar sein.

›Die Flucht‹ zum Beispiel – wenig beschrieben. Warum? Weil die jungen Männer, die über ihre Erlebnisse später Bücher schrieben, Soldaten waren? Oder weil dem Gegenstand etwas Heikles anhängt? Allein das Wort . . . Es verschwand später. Aus Flüchtlingen wurden Umsiedler – ein Ausdruck, der zu Recht die im Juni 1945 aus den polnischen und tschechischen Gebieten Ausgesiedelten bezeichnet, die nicht geflohen waren (unter ihnen Nellys Großeltern aus Heinersdorf). Nelly aber und ihre Verwandten näherten sich fluchtartig Schwerin (nannten sich noch Jahre danach ›Flüchtlinge‹) und glaubten zu wissen, wovor sie flohen. Bloß dem Russen nicht in die Hände fallen, sagte Schnäuzchen-Oma. Sie hatte in ihrem Leben keinen Russen gesehen. Woran dachte sie, wenn sie ›der Russe‹ sagte? Woran hat Nelly gedacht? Was sah sie? Das bluttriefende Ungeheuer auf dem Buchdeckel des Bandes ›Der verratene Sozialismus‹? Die Filmstreifen mit den Herden von sowjetischen Gefangenen

– geschorene Köpfe, ausgemergelte, stumpfe Gesichter, Lumpen, zerrissene Fußlappen, schleppender Gang –, die nicht aus dem gleichen Zeug gemacht schienen wie ihre straffen deutschen Bewacher?

Oder sah sie gar nichts? Genügte ihrer Angstbereitschaft der Schrecken, der von dem düster-geheimnisvollen Wort ›vergewaltigen‹ ausging? (Die Russen vergewaltigen alle deutschen Frauen: unbezweifelte Wahrheit. Ein Mädchen, das nicht imstande ist, seine Unschuld zu bewahren. Dunkles Gerangel von Körpern und, sicherlich: Schmerz und Schande, unvermeidlich danach: der Tod. Dies überlebt keine deutsche Frau. Ein Glied mehr in der Kette, die körperliche Liebe und Angst aneinanderfesselt.)

Übrigens hat Nelly Glück. Sie hockt in keinem Keller, in keinem Wohnzimmer zwischen Stilmöbeln, kann sich nicht verkriechen, den Kopf nicht in den Sand stecken. Sie muß gehen, mit eigenen Augen sehen, mit eigenen Ohren hören. Muß den Soldaten sehen, der seinen nackten Oberkörper neben einem der roten mecklenburgischen Bauernhäuser an der Pumpe wäscht, muß hören, wie er den Flüchtlingen, die vorbeiziehen, mit unbekümmerter Stimme zuruft: Wißt ihr's schon? Hitler ist tot.

Wieder ein lichter Tag, der keine Anstalten machte, sich zu verdunkeln. Ein neuer Gedanke: Das Ende der Welt mußte nicht den eigenen Tod bedeuten. Sie lebte. Das war sicherlich unwürdig, doch auch interessant. Entschieden aber war noch lange nicht, ob sie durch Melancholie – die Trauer um ihren schlimmsten Feind – sich selbst zerstören oder ob es ihr gelingen würde, die verkümmerte Fähigkeit, Erfahrungen zutreffend zu deuten, zu entwickeln und zu überleben. Lange Zeit, jahrelang, sollte der Kampf unentschieden hin und her gehen – auch dann noch, als sie selbst ihn längst und eindeutig zu ihren Gunsten für entschieden hielt. (Wie sind wir so geworden, wie wir heute sind?)

Die Straße als Lehrmeister. Einmal sah Nelly schrecklich abgemagerte Frauen in Sträflingskleidung am Straßenrand hocken und sich entleeren, ihr nacktes Gesäß der Straße zugekehrt, gleichgültig, wer da vorbeikam. Sie haben keine Scham mehr, sagte Schnäuzchen-Oma und verriet ein schreckliches Wissen durch das Wort ›mehr‹. Nelly empfand heftig die Scham, die jene verloren hatten. Hätten nicht wenigstens die Bewacher, Männer, sich umdrehn können, fragte sie sich. Auch die schienen alle Scham verloren zu haben, jedoch nicht auf die gleiche Weise wie jene Frauen. Gab es denn mehrere Arten von Scham, von Anfang an? Keiner verlor ein Wort über die Frauen, an denen man vorbeizog (immer vorbeizog), als hätte es sie nicht gegeben. Ihre Blicke, geübt im Wegsehen, zogen sich eilig von ihnen zurück. Was man nicht oder fast nicht gesehen hat, kann man leichter vergessen. Der Vorrat an Vergessenem wuchs. Kurz darauf mußte Nelly mit eigenen Augen sehen, wie die polnischen Kutscher die Zügel aus der Hand legten – es war die Rede davon, daß dicht vor ihnen die Amerikaner, dicht hinter ihnen die Russen seien –, von den Kutschböcken der Wagen heruntersprangen, um zurück, daß hieß für sie: vorwärts, gen Osten, in Richtung ihrer Heimat auf und davon zu gehen. Sie mußte sehen, wie Herr Folk einen Wutanfall bekam und aus alter Gewohnheit den Arm zum Schlag erhob. Wie einer der Polen ihm den Arm festhielt. Wie die Deutschen, Landarbeiterfamilien zumeist, nicht daran dachten, Herrn Folk zu Hilfe zu kommen. Bemerkenswert an diesem Vorgang war die Ruhe, in der er sich vollzog. Nelly konnte sich dem Gefühl von Richtigkeit, das im Ablauf dieser Szene lag, nicht entziehen. Daß die Polen so wenig Triumph zeigten, verwunderte Nelly erst später. Damals kam es ihr noch nicht merkwürdig vor, wenn die Sieger ihrer Freude nicht lauthals Ausdruck gaben. In ihrer eigenen Niedergeschlagenheit erschien ihr die Tatsache, daß sie überlebt hatten, noch kaum als Glück. Der Tonfall, in dem ihre Mutter vom Überleben sprach, verhieß nichts Gutes: Von einem Schlamassel in den anderen, sagte sie.

Im Gegensatz zu der anhaltenden meteorologischen Ordnung griff auf den Straßen unglaubliche Unordnung um sich: Die Deutschen, kopflos flüchtend, entledigten sich ihres Ballasts. Noch Jahre danach hat Nelly von Landschaften geträumt, die unter dicken Schichten von Papier erstickten. Von der Büromaschine bis zum Geschütz wurde an den Straßenrand geworfen, gestellt, abgelegt, was eine moderne Armee brauchte. Entblößung der Eingeweide. Niemand sah hin. Alles unser Geld, sagte Schnäuzchen-Opa, der schweigsam geworden war. – Red, was du verstehst! fuhr Alfons Radde, sein Schwiegersohn, ihn an.

Wenn es danach gegangen wäre, hätten sie alle in Schweigen verfallen müssen.

Auf die KZler stießen sie an einem hellen Mittag. Links von der Straße war lichtes Gehölz, rechts erhob sich eine flache Rasenböschung. Woher sie wußten, daß dies die Oranienburger waren, ist nicht mehr zu ermitteln. Auch sie zeigten übrigens weder Freude noch Glücksgefühle. Teils standen, hockten oder lagen sie, in einigem Abstand von der Straße, im Gehölz, teils hatten sie, Gewehre auf die Straße gerichtet, auf der Böschung Posten bezogen. Es müssen die Kräftigeren gewesen sein, die noch ein Gewehr tragen und damit stehen konnten, die auf der Böschung standen. Sprechen konnten oder wollten sie nicht. Nelly, wenn sie sich später fragte, was in ihren Blicken gelegen hatte, fand am ehesten Gleichgültigkeit, ja Kälte, auch Aufmerksamkeit. Jedenfalls weder Haß noch Freude.

Du bist nicht in der Lage, über das Verhalten jener Männer eine andere Aussage zu machen als die, daß es Nelly erstaunte. Erstaunen aber ist ein geringfügiger Fortschritt, ein wenn auch winziger Lichtblick, gemessen an der Finsternis totaler Fremdheit (›keine Menschen wie du und ich‹), die Nelly bis dahin durchdrang.

Lenka wird nicht begreifen, warum niemand, kein einziger aus dem Flüchtlingstreck, auf die fast verhungerten Gestalten zuging, ein Stück Brot in der Hand. Warum niemand ihnen auch nur ein Wort zurief. Warum sie stumm blieben und nicht anhielten. Sie hatten Angst. Nicht die Angst des schlechten Gewissens: In eigener Todesgefahr kommt schlechtes Gewissen nicht auf. Erst mußten sie sich gerettet sehen, um bereit zu sein, einen gewissen Preis für ihre Haut zu zahlen. (Nicht jeder natürlich. Es stellte sich bald heraus, daß es in allen Völkern gute und schlechte Menschen gibt. – Zitat Onkel Alfons Radde, Onkel Walter Menzel, Tante Trudchen, die Tanten Liesbeth, Lucie, Olga: An den Deutschen haben die andern schon immer ihre Wut ausgelassen. – Die lernen nie was dazu! Zitat Charlotte Jordan, Bruno Jordan, die als einzige aus ihrer Verwandtschaft auch nach der Teilung Deutschlands in der sowjetisch besetzten Zone, später DDR, verblieben.)

Alte Leute! sagt Bruder Lutz. Verlang nicht zuviel von ihnen. – Ihr sitzt Kirschen essend auf einer Bank am Rande der Landstraße zwischen der polnischen Stadt G., die ihr besucht habt, und dem wenige Kilometer entfernten Geburtsdorf von Bruno Jordan. Ihr habt gesehen, dieses Dorf ist eines jener ziemlich wohlhabenden Straßendörfer, die für diese Gegend bezeichnend sind. Ganz schön eigentlich. Es ist der späte Vormittag des 11. Juli 1971, ein Sonntag, wie man weiß. Ihr habt Kirschen bei dem jungen blonden Burschen gekauft, der hinter einem Brettertisch am Straßenrand steht – Jeans, weißes offenes Hemd – und nicht nach Gewicht, sondern nach Tütenmaß berechnet, sechzehn Złoty. Erwünschter hätte kein Platz sein können. Mag es übertrieben klingen: Den Geschmack jener Kirschen hast du nicht vergessen. Das Wort ›erquickend‹ traf auf sie zu, das man sonst nur für Wasser und Schlaf verwenden kann. Die köstlichen Früchte, aus deren Genuß die geschwächten Helden der Sagen ungeahnte Kräfte ziehen und zauberhafte Fähigkeiten. Welche Kräfte du ersehntest, welchen Zauber du herbeiwünschtest, behieltest du für dich.

In diesem Augenblick hatte die Fahrt sich gelohnt.

Die Liste der Wohltaten: Lenka fing damit an. Jeder sollte seine Wohltaten nennen. Du wolltest gleich diese Kirschen an die erste Stelle setzen. Der Einfall wurde als zu augenblicksbezogen zurückgewiesen, aber es blieb dir freigestellt, Kirschen oder was immer du wolltest auf einer persönlichen Liste an jeden gewünschten Platz zu rücken. ›Essen‹ bekam auf der allgemeinen Liste einen sehr guten Rang, ebenso ›Schlafen‹, ›Lieben‹. (Lenka beantragte, Lieben an die Spitze zu stellen, Lieben als Haltung, nicht als Tätigkeit! Und dicht dahinter: Hassen. Hassen als Wohltat? Allerdings. Das sollte sie dann auf ihre persönliche Liste setzen.) Lenka wollte unbedingt ›Leben‹ aufnehmen. Sie stritt sich mit ihrem Onkel darüber, ob ›Leben‹ in dem Sinn, den sie meinte, mehr sei als die Summe aller einzelnen Tätigkeiten, Gefühle, Gedanken, Zustände, die doch, fand sie, nicht immer dazu führten, daß einer lebe. Bruder Lutz sagte, das sei ihm wieder mal zu hoch.

Er wollte ›Arbeit‹ auf die Liste der Wohltaten setzen. Es war euch recht. Lenka protestierte heftig. Sie wollte lieber einzelne Arbeiten aufzählen: malen, singen, mit Kindern spielen, aber wo käme man da hin. Sie enthielt sich der Stimme. Dann sollte, auf Lenkas Antrag, in großen Buchstaben sehr weit vorne Musik genannt sein, und alle Jahreszeiten, außer dem November. Überhaupt Natur. Überhaupt: Regen! Und das Meer. Und Schwimmen. Und Bücher. Und ihre alten zerfledderten Wachstuchlatschen. Und Theater, aber nur manche Stücke. Und Tanzen, aber nur bei manchen Bands (du blamiertest dich mit dem Urgroßmutterwort ›Kapelle‹).

Und ihre ausgeblichene Kutte. Und ihr Bett. Und Bilder. Und, um Gottes willen, ganz an die Spitze: Freunde.

Es uferte aus. Aber wenigstens eines noch, das Wichtigste überhaupt: Freude. Freundlich sein. – Bitte schön.

Lutz hatte seine Einteilungsversuche fallenlassen. Im Juni 46, da war er genauso alt wie Lenka jetzt, da ging er in dem Dorf Bardikow in Mecklenburg zur Schule und hütete nachmittags die Kühe vom Bauern Freese, da hätte ›Brot‹ ganz oben auf seiner Liste der Wohltaten gestanden, gleich nach dem Wunsch, der Vater möge zurückkommen. Im Januar 43, als Nelly so alt war wie Lenka jetzt, hätte sie – es ist nicht sicher, aber wahrscheinlich – die Gunst ihrer Lehrerin Julia Strauch an die erste Stelle gesetzt; und H. in Lenkas Alter, im August 1943, kannte als oberste Wohltat den Wald. Und allein sein können. Und lesen.

Ja. Ihr kamt zwanglos auf den Fortschritt zu sprechen. Kann man solche ›Liste der Wohltaten‹ – eine Spielerei, genaugenommen – als Maßstab für Fortschritt nehmen, wie ihr es anscheinend tun wolltet? Bruder Lutz warnte davor, den technisch-wissenschaftlichen Fortschritt zu ignorieren. Euch warf er geistigen Hochmut vor. – Inwiefern? – Insofern ihr ziemlich ausgefallene Bedürfnisse für normal erklären möchtet und die normalen Bedürfnisse durchschnittlicher Menschen zu gering veranschlagt. Als ob es eine Schande wäre, ein auskömmliches Leben in einer komfortablen Wohnung mit Kühlschrank, Waschmaschine und Auto über alles zu stellen. Als ob nicht alle Regierungen diesem Bedürfnis der Mehrzahl Rechnung zu tragen suchten – bessere Massenpsychologen als ihr, sagte Bruder Lutz. (Jehuda Bakon, vierzehnjährig in Auschwitz, hätte vielleicht die Gunst, sich nach der Arbeit im Lagergelände an den Verbrennungsöfen zu wärmen, die die Wachmannschaft der Kinderkolonne manchmal gewährte, auf der Liste der Wohltaten obenan vermerkt.)

Wie seid ihr von den Segnungen der Zivilisation auf die Deutschen gekommen?

Nicht nur sie, sagte Bruder Lutz, alle Völker seien zu unterdrücken, durch ein Terrorsystem in Schach zu halten, in Kriege zu hetzen, zu unmenschlichen Handlungen zu treiben. Er zählte Beispiele aus der Geschichte der letzten fünfzig Jahre auf. Helden gebe es in jeder Nation wenige, und es sei nicht zur menschlichen Norm zu erheben, sich heldenhaft zu betragen. Die Masse schweigt oder macht mit. Und die Nazis haben ihre größten Schweinereien – die ›Euthanasie‹-Aktion, die Massenvernichtung der Juden – soweit wie möglich vor ihrem eigenen Volk geheimgehalten. (Das stimmte.) Und warum, glaubten wir, hätten sie sich diese Mühe gemacht?

Ja, warum? fragtest du. Weil sie Aufstände befürchten mußten? Einen Generalstreik? Oder eine große Aktion zur Rettung der Juden, wie in Dänemark? Wenigstens passiven Widerstand? Allermindestens die Weigerung, in den Vernichtungslagern Dienst zu tun? (Jehuda Bakon, vierzehnjährig – er zeichnet schon –, wärmt sich an den Verbrennungsöfen, an denen dauerhaft das Schild der deutschen Firma befestigt ist, die sie – womöglich mit Garantie – herstellte: I. Topf, Erfurt.)

Das nicht, das alles nicht. Aber miese Stimmung hätte es schon gegeben, vielleicht auch einen gewissen Schock, und Angst natürlich. Denk doch nicht, sagte Lutz, alle Deutschen seien Sadisten gewesen.

(Ein überlebender ehemaliger Auschwitz-Häftling, befragt, was er über den Charakter der SS-Bewacher aussagen könnte, antwortet: Schwierig, darüber etwas zu sagen. Sadisten nur wenige, die sich natürlich nach vorne schoben, weil sie ihre Veranlagung voll austoben konnten. Die übrigen – zirka 7000 im ganzen –, ich würde sagen: austauschbar.)

Ja glaubt ihr denn, sagte Lutz, während ihr die letzten Kir-

schen aus der Tüte aßet, man könnte unsere Industriezivili-
sation haben – mit allen Bequemlichkeiten, an denen auch
ihr hängt, wenn mich nicht alles täuscht –, die Fließbandar-
beit, die ihr immer noch zugrunde liegt, und obendrein den
›guten Menschen‹ als Massenerscheinung?
Macht euch doch nichts vor.
Charlottes Aussprüche, die nach der Begegnung mit den be-
freiten KZlern düsterer und zahlreicher wurden, mögen
doch ein Ausfluß eines bedrängten Gewissens gewesen sein.
Sie war in Nellys Umgebung fast die einzige Person, die die
Voraussetzung für ein Gewissen besaß: das Vermögen, sich
in Menschen einzufühlen, die nicht zu ihrem eigenen engen
Kreis gehörten. Was sagte sie denn? Sie sagte: Bei Philippi
sehen wir uns wieder. Oder sie sagte: Wohl dem, der frei von
Schuld und Fehle bewahrt die kindlich reine Seele. Sie ma-
gerte ab. Sie steckte ihren Rock mit einer großen schwarzen
Sicherheitsnadel zu, sie trug auch keine Olympiarolle mehr,
ihr Haar, nicht mehr gefärbt, ergraute schnell und war zu einem Dutt am Hinterkopf zusammengezwirbelt, an ihren
dürren Beinen traten die Adern stark hervor: So schritt sie
finster neben dem Kastenwagen her.
Nelly fühlte, daß ihre Mutter ihr fremder wurde durch ihr
Schicksal, das sie um keinen Preis mit ihr teilen wollte: Eine
gut aussehende, lebenspralle Frau von fünfundvierzig Jahren verwandelte sich in einem Jahr zu einer ausgemergelten,
grauhaarigen Alten. (Die Überfunktion der Schilddrüse als
medizinische Erklärung für die katastrophale Veränderung,
für die es natürlich keine fotografischen Belege gibt, wohl
aber genaue Erinnerungsbilder; doch erklärt die Erklärung
das Wichtigste nicht: Was die Schilddrüse zu ihrer erhöhten
Tätigkeit antrieb. Da trafen die Alten es besser, wenn sie
sagten: Aus Kummer fällt sie vom Fleische.)
Die einschneidende Weigerung der Kinder, sich in das
Drama der Mütter einzufühlen. Die Verzweiflungsausbrüche

der Mütter über winzige Verfehlungen, die ihnen die Kinder täglich zufügten, nicht bösartig – gedankenlos. Der Feind rückt einem auf den Pelz, und das Mädel pflückt Blumen! Gänseblumen, mit denen eine Wiese gesprenkelt war. Hast es nicht gehört? Die Amerikaner! Was werden die nun mit uns anstellen.

Zuerst befahlen sie ihnen – durch Zuruf von der Spitze des langen Trecks her –, von den Wagen zu steigen. Sie hielten in einem Hohlweg, den du, sooft du in der Nähe von Schwerin nach ihm gesucht hast, nicht wiederfinden kannst. Das ist dir nicht einmal unlieb. Eigentlich gehört es sich, daß jenen Ort, der für die Erinnerung trotz des strahlenden Maiwetters in ein düsteres Zwielicht getaucht ist, die Erde verschluckt hat. Schauplätze allzu schwerwiegender Ereignisse können sich auf Erden nicht halten. Sie tauchen im Gedächtnis unter und hinterlassen an den Stellen, wo sie wirklich gewesen sind, blasse, unkenntliche Abdrücke.

Nelly hatte große Lust, bockig zu sein. Nicht abzusteigen, die Hände nicht aus den Manteltaschen zu nehmen, nicht durch die sehr schmale Schleuse zwischen zwei lässigen baumlangen amerikanischen Sergeanten zu gehen. Diese unzumutbar schmale Lücke, durch die man sich einzeln schob, um sich nach Waffen abtasten zu lassen, war nun der einzige Ausweg. Nelly empfand es scharf. Charlotte, die ihre Tochter im Auge behielt, zog sie am Arm mit: Keine Dummheiten jetzt. Mit Verlierern wird nicht gefackelt. Zu befehlen haben jetzt die. Daran gewöhn dich, und zwar möglichst schnell.

Das kam ja überhaupt nicht in Frage.

Was die anderen taten, sollten sie mit sich selbst abmachen: über kleinen, schnellen, hell lodernden Feuerchen am Straßenrand die Wehrmachtspapiere verbrennen, manchmal auch Litzen und Tressen, manchmal ganze Offiziersjacken; eilfertig die drei amerikanischen Offiziere grüßen, die in lässiger Haltung, unnahbar und stumm in einem Jeep den Hohlweg entlangfuhren und eine Musterung ihrer Gefangenen vornahmen. Nelly rührte keine Hand. Sie zog auch ihren Blick zurück. Ihr Stolz war ungebrochen. Undurchdringlichen Gesichts, auf dem sie Verachtung zu zeigen suchte, ließ sie sich abtasten; ihre Uhr – die ersten Amerikaner ihres Lebens waren auf deutsche Uhren scharf! –, ihre Uhr hatte sie in die Manteltasche gesteckt: Sie fanden sie nicht. Winziger Triumph. – Auf einmal mußte es schnell gehen. Hopp-hopp, rauf auf die Wagen. Die Pferde antreiben. Ein paar Amerikaner warfen deutsche Wehrmachtsdecken auf die Flüchtlingswagen: Für Nacht! rief einer, das hieß also, daß sie im Freien übernachten würden. Der nächste Sammelplatz war bei dem Ort Warsow. Links von der Straße, auf einer sanft abfallenden großen Wiese, mußten die Zivilisten lagern, rechts wurden die Wehrmachtsangehörigen in einen schnell errichteten Drahtzaunpferch getrieben.

Ein Vergleich der Erinnerungsbilder mit Filmaufnahmen sowjetischer Kameraleute ergibt, wie erwartet: das Erinnerungsbild ist durch Emotionen verzerrt (Scham, Demütigung, Mitleid); es hat die deutschen Gefangenen nicht bis zu demselben Grad verkommen lassen wie vorher die Gefangenen des Feindes; auf dem objektiven Filmstreifen, der verschiedene Etappen des sowjetischen Vormarsches auf die Reichshauptstadt festgehalten hat, sieht man deutsche Soldaten bei der Kapitulation, dann nach ein, zwei, drei Tagen Gefangenschaft: der rapide Verfall der Gesichter, durch Bartwuchs, Abmagerung, vor allem aber durch Stumpfheit, die die Züge auslöscht. Schnäuzchen-Opa, dessen seltene Äußerungen immer unangenehmer werden, sagt von den Gefangenen hinter Stacheldraht auf der anderen Straßenseite: Wie das liebe Vieh auf der Weide. – O mein Gott, wenn der alte Mann doch endlich lernen würde, den Mund zu halten.

Der Maiabend war kalt. Es mußte im Freien abgekocht werden (Aus undurchschaubaren Gründen heißt im Freien kochen ›abkochen‹.) Es mußte dürres Unterholz aus einem parkartigen Waldgelände herbeigeschafft werden, Steine für einen Herdbau, Wasser. Wasser? In den Villen auf der Anhöhe lagen die Amerikaner. Das half nun alles nichts. Charlotte griff sich einen Eimer, drückte Nelly den zweiten in die Hand. Wolln doch mal sehn, ob das Unmenschen sind. Falls was passiert, du rennst weg, um mich ist's nicht schade. Nelly grimmig entschlossen, nicht von der Seite der Mutter zu weichen.

In dem kleinen Haus standen alle Türen offen. Charlotte und Nelly traten in den fremden Hausflur, in dem amerikanische Militärmäntel an den Haken hingen, als gehörten sie dahin. Aus dem oberen Stockwerk kam fremde, kreischende Musik. Jemand sang einen unverständlichen Text mit. Vor der Küchentür ein Haufen leerer Konservendosen. Der fremde unsympathische Geruch. Die leben hier wie Gott in Frankreich.

Als sie sich umdrehten, lehnte in der Tür, die sicher zum Wohnzimmer führte, ein kleiner schwarzhaariger Offizier. Er mußte sie schon eine Zeitlang betrachtet haben. Charlotte, gewohnt, in die Offensive zu gehn, hielt ihren Eimer hin. Wasser, sagte sie. Der Mann schwieg. Er versteht uns nicht. Sag's du ihm auf englisch. Nelly, in dem einwandfreien Englisch, das Studienrat Lehmann ihr beigebracht hatte: Water, please.

Der Offizier verzog keine Miene. Er stieß sich vom Türrahmen ab, öffnete ihnen die Badezimmertür. Bitte sehr, sagte er in akzentfreiem Deutsch. Sie füllten ihre Eimer über der Badewanne, vermieden es, sich in dem fremden, vom Feind besetzten Raum umzusehen. Der Offizier trug ihnen die Eimer bis an die Gartentür. Charlotte sagte: Danke sehr. Bemühen Sie sich nicht weiter.

Der Offizier sah Nelly an. Vielleicht erwartete er, daß auch sie sich bedankte, doch das tat sie nicht. Er fragte: Woher kommen Sie?

Charlotte sagte es ihm. Er nickte, als seien deutsche Ortsnamen ihm geläufig. Er fuhr fort, Nelly anzusehen. Er fragte, wie alt sie sei. Die Mutter antwortete für sie. Er wiederholte, als müsse er sie ausprobieren, die Zahl Sechzehn. Schlimm, sagte er dann.

Merkwürdig war, daß die Trauer in seinen Augen nicht neu, nicht extra ihretwegen entstanden schien. Er fragte noch, zögernd wie alles, aber immer in diesem einwandfreien Deutsch, ob sie etwas brauchten. Nelly fürchtete für die Standhaftigkeit der Mutter, aber Charlotte Jordan wußte, was sie sich schuldig war: Sie dankte. Vielleicht Medikamente? fragte er noch. Zu ihrem Glück war gerade niemand von ihnen krank, das sagte Charlotte. Er konnte sich nicht entschließen, sie gehen zu lassen. Er gab sich innerlich einen Ruck und sagte dann, in einem Tonfall, der nicht recht zu ihm paßte: Es wird auch für Sie wieder besser werden.

Davon wollte nun Charlotte nichts hören. Unser Vaterland ist kaputt, sagte sie, wir alle mit: Das ist der Krieg. Sie sind die Sieger, wir die Verlierer. Wir haben nichts zu hoffen.

Der kleine Offizier erwiderte leise, als schäme er sich: Hitler hat Deutschland kaputtgemacht.

Natürlich, sagte Charlotte, das ist Ihr Standpunkt. Sie werden mir erlauben, den meinen zu behalten. Ich trete keinen mit Füßen, der sowieso am Boden liegt.

Sie hob ihren Eimer auf. Der traurige Blick des Offiziers haftete an Nellys Gesicht. Kurz ehe sie an ihrer Feuerstelle ankamen, sagte die Mutter leise zu Nelly: Er war Jude, hast du das gemerkt? Sicher ein Emigrant aus Deutschland.

Nelly hatte nichts gemerkt. Der amerikanische Offizier, der Jude sein und aus Deutschland stammen sollte, war ihr unheimlich. Sie holten das Wasser nie mehr in diesem Haus.

In der ausgescheuerten Waschschüssel kochte über dem Feuer eine Erbsensuppe. Nelly mußte sehr weit zurückdenken, um sich zu erinnern, wann sie zuletzt offene Feuer in der hereinbrechenden Nacht gesehen hatte: Lagerfeuer vor Beginn des Krieges, Sonnenwendfeuer, noch früher, in der Schlucht. Das war in einem anderen Leben, dachte sie, und war merkwürdig zufrieden mit dieser deutlichen Formulierung. Bruder Lutz, zwölf Jahre alt, konnte sich nicht erinnern, daß im Dunkel Lichter brennen dürfen, sogar offene Feuer, ohne daß ein Luftschutzwart gleich: Licht aus! ruft. Er lief die Feuer ab wie ein junger Hund, er war aufgeregt, als dürfe er an einer verbotenen Unternehmung teilhaben, Charlotte schwebte in Todesängsten. Der Junge wird mir ja total meschugge.

Wie kam der KZler an ihr Feuer? Jemand muß ihn eingeladen haben, gewiß die Mutter. Wahrscheinlich hatte sie gesehen, wie er allein zwischen den Wagen und Kochstellen herumging, manchmal stehenblieb, auf die Leute sah, zu keinem gehörte. Charlotte hatte einen Blick für Menschen, die so herumgingen. Darf ich Sie zu unserem bescheidenen Essen einladen? hat sie gesagt, als käme ein Gast in ihre gute Stube. Er hat sie angestarrt, hat dann gemerkt, daß es kein Hohn war, sondern eine ihm persönlich zugedachte Höflichkeit. Er ließ sich auf einem Baumstumpf nieder. Charlotte gab ihm von ihren sorgsam gehüteten Tellern denjenigen, der noch am wenigsten angeschlagen war. Sie schöpfte ihm als erstem auf. Er aß, daß Nelly dachte, jetzt erst wisse sie, was Essen ist. Er hatte sein rundes gestreiftes Käppi abgenommen. Die Ohren standen von seinem eckigen geschorenen Schädel ab. Die Nase war ein mächtiger Knochen in dem fleischlosen Gesicht. Sich sein wirkliches Gesicht vorzustellen war unmöglich, besonders dann, wenn er die Augen schloß, was er aus Erschöpfung manchmal tat. Dann schwankte er, im Sitzen, das hatte Nelly noch nie gesehen.

Eine Nickelbrille mit den scharfen Gläsern war mit einer schmutzigen Schnur hinter seinen Ohren befestigt. Wenn er die Augen hinter den dicken Brillengläsern öffnete, ahnte man sein Gesicht, sein früheres oder sein künftiges, das wußte man nicht. Nelly sah, daß er nicht lachen konnte. Das war der erste winzige Berührungspunkt zwischen ihnen.

Die Mutter entschuldigte sich wegen der dünnen Suppe. Ach, gute Frau, sagte er, wir sind nicht wählerisch.

Nelly hörte zum erstenmal, daß jemand ihre Mutter ›gute Frau‹ nannte und in einem derart überlegenen Ton mit ihr sprach. Sie, als sei dieser Ton natürlich, sagte: Nicht wählerisch, das will ich gerne glauben. Man hat Ihnen übel mitgespielt. Falls es kein Geheimnis ist: Was hat man Ihnen denn vorgeworfen?

Ich bin Kommunist, sagte der KZler.

An diesem Tag sollte Nelly lauter neue Sätze hören. Was waren die Feuer, die ungestraft im Dunkeln brannten, gegen den Mann, der sich offen selbst bezichtigte, Kommunist zu sein?

Ach so, sagte die Mutter. Aber deshalb allein kam man doch nicht ins KZ.

Nelly mußte sich wundern, daß sich im Gesicht des Mannes doch noch etwas verändern konnte. Zwar konnte er keinen Zorn mehr zeigen, oder Verblüffung, oder auch nur Erstaunen. Ihm blieben nur die tieferen Schattierungen der Müdigkeit. Wie zu sich selbst sagte er, ohne Vorwurf, ohne besondere Betonung: Wo habt ihr bloß alle gelebt.

Natürlich vergaß Nelly den Satz nicht, aber erst später – Jahre später – wurde er ihr zu einer Art von Motto.

Die Nächte im Freien waren kalt. Als ihr die Kirschen aufgegessen habt, wieder im Auto sitzt, in Richtung L. zurückfahrt, schon halb entschlossen, euern Aufenthalt in dieser Stadt zu beenden, erzählt H. seiner Tochter Lenka, wie sie als Gefangene auf einer großen, sanft abfallenden Wiese in

Zelten lagen – westlich der Elbe, die er dann zu Boot überqueren mußte, um flüchten zu können, Richtung Heimat –,
wie ihnen das amerikanische Büchsenfleisch zuwider wurde,
das sie ohne Brot essen mußten, und wie Morgen für Morgen ein Mitgefangener aus seinem höher gelegenen Zelt trat
und in einem langgezogenen, heulenden Ton über das Lager
rief: Deutsche Menschen, alles Scheiße!

H. machte diesen Ton nach, den er über sechsundzwanzig
Jahre im Ohr behalten hatte, und Bruder Lutz sagte überraschend: Der Mann hat nicht unrecht gehabt, das muß ihm
der Neid lassen. H. erzählte weiter, wie er nach der zuerst
mißglückten, beim zweiten Versuch gelungenen Elbüber-
querung nach Hause gelaufen ist, in mehreren Tagesmär-
schen, dazwischen immer bei Bauern sich verdingend, für
einen Tag Essen und Marschverpflegung. Er hatte sich eine
Art Räuberzivil zusammengestoppelt, sah aus wie ein Junge. Die Militärstreifen ließen ihn alle passieren. So ist er den
schweren Hungerlagern entgangen.

Lenka sah, daß immer noch neue Zufälle sich herausstellten,
die eintreten oder ausbleiben mußten, um ihre Eltern später
zusammenzuführen und sie selbst hervorzubringen. Sie
wußte nicht: Sollte man sich nun gar nicht mehr oder sollte
man sich erst recht wichtig nehmen. Im Zweifelsfall immer
die Mitte, sagte ihr Onkel Lutz: Nicht zu sehr, aber auch
nicht zu wenig.

Am dritten Tag wurde das Flüchtlingslager bei Warsow auf-
gelöst. Nur wenige Kilometer lang konnten die Trecks auf
der Chaussee bleiben, dann lenkten Militärposten sie auf
Landwege, die zu entlegenen Dörfern führten. Dort sollten
die Flüchtlinge sich Quartier suchen. Herr Folk, der seine
Landkarte studierte, gab die Losung aus: Großmühlen. Auf
Großmühlen saß Herrn Folks Regimentskamerad Gustav
von Bendow, alter mecklenburgischer Adel. Die Bendows
würden ihre in Not geratenen Freunde nicht im Stich lassen.

Charlotte, die immer aufsässiger wurde, fragte zwar laut: Was gehn denn uns die Bendows an, aber sie konnte schließlich ihre Koffer und ihren Bettensack nicht vom Wagen werfen und sich mitten im Wald auf die Kreuzung zweier Sandwege stellen.

Liesbeth und Alfons Radde fanden, man müsse Folks dankbar sein, die sie mitnahmen.

Soviel wie in die Hand geschissen, sagte Charlotte.

Liesbeth, ihre Schwester, warf ihr vor, daß sie von Tag zu Tag gewöhnlicher wurde. Das mochte stimmen. Als sie nämlich nach einer kurzen, aber schlechten Wegstrecke von fast zwei Kilometern – Koppeln rechts und links des Weges, der von Schlehdornbüschen gesäumt war – auf Großmühlen ankamen; als sie die niedrigen, verkommenen Häuser der Gutsarbeiter betrachtet, die Hunde zur Kenntnis genommen hatten, die mitten auf dem Gutshof mit höllischem Gebell am Drahtzaun ihres Zwingers hochsprangen; als sie das Schloß selbst in Augenschein genommen hatten – einen Kasten, in dem sich lange nichts rührte –, da tat Charlotte abermals den Mund auf und sagte: Meine Lieben, hier sind wir am Arsch der Welt.

Es war die Wahrheit.

16

Reiter über den Bodensee.

Rücksichts-los sein (ohne Sicht zurück) als eine der Überlebensbedingungen; als eine der Voraussetzungen, die Lebende von Über-Lebenden trennt. (H. sagt, im Auto – es ist Sonntag mittag, 11. Juli 71, ihr fahrt in die Stadt G. zurück –: Jetzt habt ihr mir vollkommen die Rücksicht versperrt. Die Jacken im Rückfenster müssen besser verteilt werden. Also fahren wir noch mal bei euch vorbei? – Ja, sagen Lutz und du.)

Frage aus dem Publikum: Und glauben Sie, daß die Vorgänge, über die Sie schreiben, zu bewältigen sind?
Antwort: Nein. (Der Tod von sechs Millionen jüdischen, zwanzig Millionen sowjetischen, sechs Millionen polnischen Menschen.)
Was hat es dann aber für einen Sinn – Zusatzfrage –, immer wieder davon anzufangen?
(Überlebenssyndrom: Psychisch-physisches Krankheitsbild bei Menschen, die extremen Belastungen ausgesetzt waren. Ausgearbeitet am Beispiel von Patienten, die Jahre ihres Lebens als KZ-Häftlinge oder als Verfolgte verbringen mußten. Hauptsymptome: Schwere anhaltende Depressionen mit zunehmenden Kontaktstörungen, Angst- und Beklemmungszustände, Alpträume, Überlebensschuld, Gedächtnis- und Erinnerungsstörungen, zunehmende Verfolgungsangst.
Ausspruch des Arztes, der über seine Untersuchungsergebnisse berichtet: Die Welt der Lebenden und die Welt der Überlebenden sind unendlich weit voneinander entfernt, sie sind durch Licht- oder, richtiger, Schattenjahre getrennt.)
Wer wollte es wagen, ein Datum festzusetzen, neben dem stünde: bewältigt? (Die Freundin, die als Sechzehnjährige von Theresienstadt nach Auschwitz kam, zwei Jahr später vom ›Transport‹ floh, der den Tod bedeutet hätte: Die Wirklichkeit sei für sie seitdem hinter einem Schleier, der nur manchmal, in seltenen Augenblicken, zerreiße. Sie selbst, obwohl nachts von Alpträumen, tagsüber nicht selten von Verfolgungsangst bedroht, sei sich zugleich seltsam gleichgültig geworden. Der Tod war das für sie Bestimmte; daß sie überlebt habe: Zufall. Einem zufälligen Überleben könne man selbst nicht wieder den gleichen Wert beimessen wie einem Leben, das einem nie bestritten worden ist. Schattenjahre.)
Im August 1945 ging Nelly mit Volkmar Knop, dem drei-

zehnjährigen Pfarrerssohn, auf dem Friedhof von Bardikow umher, um einen Platz für Herrn Mau zu suchen, der im Sterben lag. Sie fragte den Jungen, ob es ihm nicht komisch sei, einem noch Lebenden den Todesplatz zu bestimmen. Der Junge, blond, blauäugig, hoch aufgeschossen, erwiderte ernst: Nein. Er selbst, zum Beispiel, könne sich vorstellen, daß er unter jener Trauerweide an der Friedhofsmauer gern und ruhig liegen würde. – Er denke also an seinen Tod? – O ja, oft.

Nelly wußte auf einmal, daß sie lange leben wollte. Der Mensch in ihr, der noch vor drei Monaten aus Verzweiflung hätte sterben mögen, war wie nicht gewesen, das gab es. Aus großer Höhe sah sie sich unten mit dem Jungen gehen, im alten Teil des Friedhofs, wo die Grabsteine einsanken und schief standen und Efeu die Namen der Toten überwucherte. Sie dachte, daß irgendwo einmal ein Stein mit ihrem Namen so in die Erde versinken würde. Zum erstenmal empfand sie in ihrem Körper, der in Sekunden zum Tode hin alterte, was Zeit ist. Sie fragte nicht, wie sie die Zeit verbringen würde, die sie von jenem Stein trennte. Genug, daß es sie gab. Sie erstaunte selbst über die Gier auf Leben, die sie in sich fand. Sie lief an der Friedhofsmauer entlang. Der Duft, Volkmar! Riechst du es nicht? – Klar, sagte Volkmar Knop ernst. Heckenrosen.

Der Horizont um das Dorf Bardikow in Mecklenburg war niedrig, die Apokalyptischen Reiter hielten sich dicht unter seinem Rand. Das Dorf war mit Leuten vollgestopft, die ihre Katastrophe überlebt, und mit solchen, die keine Katastrophe bemerkt hatten. Das steigerte ihre Erbitterung gegeneinander.

Nelly saß an einem Schreibtisch vor dem Fenster des Bürgermeisteramtes und beobachtete den Kampf der einen gegen die anderen. Sie fand, die Menschen seien vorwiegend schlecht, und zögernd nur mischte sie sich ein auf der Seite der Überlebenden, weil sie zu ihnen gehörte. Das Dorfleben war ihre Rettung, aber es lag ihr nicht.

Zweifellos war das Zimmer im sogenannten Schloß von Großmühlen – einem häßlichen kastenartigen Bau mit einem ebenso häßlichen gedrungenen Turm an seiner Südseite – für Nelly und ihre Familie der vorläufig letzte, aber auch der einzige ihnen erreichbare Punkt auf dieser Welt. Stroh, das man auf den Parkettboden schüttete und mit einer Plane bedeckte. Mindestens ein Stuhl mit verschnörkelter Lehne, der Sitz mit einem Gobelinstoff bezogen, muß in diesem Zimmer gestanden haben. Vielleicht mehrere. Kein Tisch, soviel du weißt. (Charlotte Jordan: Vornehm geht die Welt zugrunde. Nelly dachte, sie würde nie wieder in einem Märchen lesen können: ›Und er nahm sie mit auf sein Schloß ...‹, ohne laut lachen zu müssen.)

Schnäuzchen-Oma, die auf dem Schloßstuhl sitzt, die Beine gespreizt, einen Eimer zwischen den Knien, in den sie Kartoffeln schält. Unvergeßliches Bild.

Wann hört der Mensch auf, sich ein Bild zu machen? (Hört jeder Mensch damit auf?) Bardikow ist der letzte Ort, aus dem die Erinnerungen sich als Bilderbogen erhalten haben. Wenn es stimmt, daß der liebe Gott im Detail steckt – und auch der Teufel, selbstverständlich –, dann werden sich beide in den nächsten Jahren mehr und mehr aus dem Gedächtnis zurückziehen. (Ein Gedächtnis ohne Gott und Teufel – was wäre das wert?) Nicht, daß es keine Bilder mehr gäbe: Blitzlichtaufnahmen, auch Abfolgen. Aber ihre Leuchtkraft hat nachgelassen, als seien die Farben der Wirklichkeit nicht mehr von der gleichen Qualität wie früher. Dafür werden andere Erinnerungszeichen – Erkenntnisblitze, Einsichten, Gespräche, Gefühlszustände, Gedankengänge – merk-würdig. Worauf deutet das: Auf Altern? Oder nicht auch auf die Veränderung des Materials, das erinnert werden muß? Daß nicht mehr vor allem die Sinnesorgane das Gedächtnis in Gang setzen (›Ihr glücklichen Augen, was je ihr gesehn!‹), sondern immer häufiger die verschiedenartigen Ein-Drücke aus der unermeßlichen Welt des Unsichtbaren, Untastbaren? Ein Vorrat von Erfahrungen, aus dem Gott und Teufel verschwunden sind und in dem nur noch du selber steckst?

Alles Mumpitz! So spricht Charlotte. Wir sind doch bloß die kleinen Schachfiguren in dem Spiel der Großen. Dabei war sie diejenige, die, ihrer Kinder wegen, ihre Finger immer im Spiel hatte. Natürlich hielt sie ihre Kinder für intelligent, sogar für ›begabt‹, obwohl sie nicht hätte sagen können, begabt wozu. Der materielle Hintergrund für eine ›gesicherte Zukunft‹ war entschwunden, also hatte man jede, auch die abwegigste Gelegenheit wahrzunehmen, die Kinder, zunächst Nelly, ihren Begabungen entsprechend zu beschäftigen. (Charlotte hat die Ausbildung eines Mädchens niemals hinter die eines Jungen gestellt.) Nein, sagte sie der Schwester des Herrn von Bendow, ›dem Fräulein‹, das weit über sechzig war, von grauer Haut-, Haar- und Kleiderfarbe, unter den Kindern ›die Mumie‹ hieß und das weibliche Dienstpersonal auf ihres Bruders Hof kommandierte: nein, meine Tochter ist bereits anderweitig verpflichtet. (Sie selbst, Charlotte, hatte sich längst bei der Mamsell in der Küche unentbehrlich gemacht.) Sie nahm Nelly mit zum Bürgermeister von Bardikow (1,7 Kilometer) und erreichte, indem sie ungeniert Nellys Intelligenz und Anstelligkeit anpries und ihren Blick wiederholt über des Bürgermeisters unordentlichen Schreibkram gleiten ließ, daß Richard Steguweit, ein hagerer, knochiger Mensch von sechzig Jahren, in einem fast unverständlichen mecklenburgischen Idiom Nelly als ›Schreibhilfe‹ einstellte: Aber ohne ›jedwedigen Gehalt‹. Die Gemeindekasse war leer. Frühstück und Mittagessen, das ja.

Der Weg zwischen Großmühlen und Bardikow ist einer der

schönsten Wege, die du kennst. Ein ausgefahrener Sommerweg, heute noch, einseitig von Hecken bestanden, zur anderen Seite hin der Ausblick auf freies Feld, auch Koppeln. Früh um halb acht begegnete Nelly keinem Menschen, von ferne sah sie die Leute auf den Feldern, die begannen sie nach und nach zu grüßen. Denn es dauerte nicht lange, da kannte jeder im Dorf – Einheimische und Flüchtlinge – ›das neue Fräulein‹ vom Bürgermeister.

Obwohl du gewiß nicht das Gedächtnis eines Landvermessers hast: Den Plan von Bardikow könntest du aus dem Kopf aufzeichnen. Nelly fand das Dorf schön. H. sagte später, als ihr es gemeinsam besuchtet, sie sei wahrscheinlich damals der Dorfromantik der Stadtleute erlegen. Daran mochte etwas Wahres sein; aber das Dorf war auch auf eine schwer beschreibbare Weise verändert worden, durch ein paar Zweckbauten der Genossenschaft, die sich auf die industrielle Produktion von Milch und Rindfleisch spezialisiert hat, durch den Abbruch einiger Scheunen, die jetzt überflüssig waren, und durch die neue Zehnklassenschule am Dorfrand. Der Dorfteich gegenüber dem Gasthaus, früher verschlammt, ist ausgebaggert und reguliert, an seinem Rand sind Laubengrundstücke entstanden.

Die Grundrißlinien des Dorfes, die Nelly für seine unveränderliche Natur gehalten hat, wurden korrigiert. Zweckmäßig schon, aber schöner haben diese Korrekturen das Dorf nicht gemacht.

Den Alten Friedhof von L. habt ihr gegen elf Uhr verlassen. Von der ehemaligen Friedeberger Chaussee her fahrt ihr wieder in G. ein, als der Gottesdienst in der ehemals katholischen Konkordienkirche beendet ist. Der Name dieser Kirche hätte heute keinen Sinn mehr, da alle Kirchen katholisch sind: Zweckbauten, verwendbar, solange Menschen glauben müssen. Ihr fahrt durch die neu erbaute Innenstadt – schön ist sie nicht, das mußt du zugeben – und fragt euch, warum die Anschauung, daß Menschen sich nicht durch ihren Glauben, sondern durch ihr Wissen leiten lassen sollten, bis jetzt so wenig Schönheit hervorgebracht hat. Ihr findet keine Antwort, weil die Frage falsch gestellt ist. Sie schließt die Art, den Umfang, die Richtung und das Ziel dieses Wissens nicht ein. Lenka beantragt, das Wort ›zweckmäßig‹ so lange durch ›menschenmäßig‹ zu ersetzen, bis niemand mehr den Zweck des Städtebaus – nur mal als Beispiel, sagt sie – nur darin sehe, jedem Einwohner seine Schlafstelle zu sichern. Das wird zu teuer, sagt Lutz, während du denkst: Vorher müßte man dem Menschen neue Zwecke finden, über seine Teilnahme an der Produktion materieller Güter hinaus: Auf einmal würde nichts zu teuer, denkst du, weil Reichtum kein Wort für Geld wäre und weil ein Mensch, der in neuem Sinne reich wäre, sein Herz nicht an ein Auto hängen müßte, um sich als Mensch zu fühlen . . .

Das schmink dir mal ab, sagt Bruder Lutz. Das ist reines Wunschdenken, was dir jetzt durch den Kopf geht.

Ihr scheint ein eingespieltes Team zu sein, sagt Lenka. Oder gehörte Gedankenlesen früher zur Grundausbildung?

Lutz sagt: Deine Mutter denkt an eine Welt, in der die Menschen nur jene Bedürfnisse entwickeln, die ihre Entfaltung fördern – seelisch und körperlich, verstehst du?

Lenka verstand. Sogar genau, behauptete sie. Sie denke auch manchmal an eine solche Welt. Was ihr Onkel dagegen einzuwenden habe.

Lutz sagte: Ich? Nicht das geringste. Ich mache nur darauf aufmerksam, daß die Entwicklung anders läuft: auf die immer vollkommenere Befriedigung von Bedürfnissen, die nicht alle ›menschenmäßig‹ sind, mein Fräulein Nichte. Die aber von Menschen als Ersatz für das wirkliche Leben entwickelt werden, das ihnen der Produktionsprozeß, wie er noch ist und sein muß, vorenthält. Und wer seine Hand aus reinem Übermut in diesen Mechanismus steckt, dem wird sie abgerissen, die Hand. Weiter nichts. Denn hier walten harte Gesetze, keine Ermessensfragen.

Vielleicht nicht gleich die ganze Hand, sagst du. Den kleinen Finger reinstecken. Ein paar Überlegungen. Und auch nicht aus Übermut. Bloß, weil die Richtung in Selbstzerstörung enden kann.

Bitte sehr, sagt Lutz. Persönliches Risiko. Im übrigen: Ihr könnt denken, was ihr wollt, ihr seid sowieso ›draußen‹. Das ist nicht beleidigend gemeint. Aber wo über diese Dinge entschieden wird, kann, was ihr denkt, nicht zur Kenntnis genommen werden. Da reden Fachleute. Seelische Leiden sind da kein Argument.

Wo Lutz recht hatte, hatte er recht.

Warum geht dir jetzt, da du euer Gespräch – den Extrakt vieler Gespräche – aufschreibst, die Feststellung jenes Arztes ehemaliger KZ-Häftlinge durch den Kopf, den seine Patienten gelehrt haben, daß vielen von ihnen ein Überleben nur im Zustand totaler Automatisation möglich war?

Helden? Es wäre besser für uns, es wäre erträglicher, wir könnten uns die Lager als einen Ort vorstellen, an dem aus Opfern unbedingt Helden wurden. Als sei es verächtlich, unter nicht mehr erträglichem Druck zusammenzubrechen. Man müßte, denkst du – schon wieder unrealistisch –, in den Schulen auch über jene Millionen sprechen, die sich aufgaben und von ihren Kameraden aufgegeben wurden: ›Muselmänner‹. Man müßte, denkst du, auch das Schaudern lehren vor den Erfolgen des Menschenhasses; es steigerte nur die Bewunderung vor denen, die ihm widerstanden.

(Wenn du den Blick hebst, siehst du am Fenstergriff eine kleine bunte Kugel hängen. Eine Chilenin hat sie im Gefängnis aus winzigen Rosen zusammengesetzt, die sie aus Brot formte und anmalte. Sie hat sie einem Mädchen geschenkt, dessen Land ihr Asyl gewährte: Sie soll, lautet der Auftrag, weitergegeben werden an Menschen, die einem einmal Hoffnung gemacht haben. Wie sehr wünschtest du, sie jener Spanierin schicken zu können – Eva Forest –, die aus dem Gefängnis von Yeserias an ihre Kinder schrieb: ›Warum soll ich Euch verheimlichen, daß ich viel geweint habe? Tränen sind, mehr als das Lachen, etwas Menschliches. Ich muß mich sehr anstrengen, um nur zu überleben . . . Ich weiß, daß die Geschichte in Phasen verläuft, und wir leben in einer, die einen zwingt, sich technische Kenntnisse anzueignen. Aber man muß sich stets die große Gefahr vor Augen halten, die besteht, wenn man sich ausschließlich spezialisiert . . . Ebenso wichtig ist es, die Sensibilität auszubilden, und es gibt hierfür kein besseres Mittel als die Kunst – wie sie das Leben beschreibt, abbildet und bezeugt.‹ Diese Frau hat dir aus dem Gefängnis heraus Hoffnung gemacht.)

Das neue Fräulein bei Bürgermeister Steguweit, dessen Häuslerei die erste ist, wenn man von Großmühlen kommt, lachte selten und war gerecht. Ihr Geburtsdatum hütete sie wie ihr innerstes Geheimnis, denn sie begriff, daß alle ihre erfolgreichen Versuche, älter auszusehen, ihr nicht mehr helfen würden, wenn man wußte, daß sie sechzehn war. Ihr langgewachsenes Haar steckte sie zu einem Knoten zusammen, sie übte sich, selbstsicher aufzutreten und streng zu blicken. Respekt muß sein. Wer den verliert, der ist verloren, das merken Sie sich ein für allemal. Die Bitt- und Antragsteller, die ins Bürgermeisteramt kamen, trafen auf eine Respektsperson.

Nelly hat nie erfahren, wie man mit sechzehn ist. Sie kam nicht dazu, sechzehn oder siebzehn zu sein. Ihr Ehrgeiz war es, mindestens wie zwanzig auszusehn und sich keine Blöße zu geben, keine Schwäche zu zeigen. Mühsam holte ihre wirkliche Lebenszeit den Vorsprung, den sie sich abgezwungen hatte, später wieder ein. Aber die Jahre fehlen, für immer. Die Kinder haben es mit Eltern zu tun, die selbst nicht jung gewesen sind. Ruth, Lenka, ohne es zu wissen (vielleicht auch bewußt), belehren ihre Mutter über das Fremdwort ›Jugend‹. Lehren sie den Neid, mildern ihn durch die Gelegenheit zur Mitfreude.

(Als ihr abends spät nach Hause kommt, liegt vor Lenkas Tür ein Blatt. Sie hat sich selbst gezeichnet, wie sie sich im Spiegel sieht, sehr ernst. Auf der Rückseite steht: Ja – ich habe wieder nicht Mathematik gemacht, ich habe wieder nicht mein Zimmer aufgeräumt, wieder nicht geduscht. Könnt Ihr nicht begreifen, daß mir ganz andere Sachen wichtig sind? Es stimmt, sie schreiben mir nicht ›Zum Studium besonders geeignet‹ auf mein Zeugnis. Na und? Werdet Ihr mich deshalb verstoßen?)

Bürgermeister Steguweit war aus Gründen, die Nelly erst allmählich klar wurden, an der Gerechtigkeit gehindert. Er war nicht gut beieinander, beinahe ausgezehrt durch ein Magenleiden. Ein säuerlicher Geruch ging von ihm aus. Die Schicksalsschläge der letzten Monate hatten ihn anfällig gemacht. Am wenigsten hielt er den Annäherungen der wechselnden Besatzungsmächte stand. Mit sämtlichen Kleidern, sogar mit Schuhen kroch er vor ihnen in sein Bett und rief mit zitternder Altersstimme nach einem heißen Ziegelstein, den seine Schwiegertochter Rosemarie Steguweit, geborene Wilhelmi, am Herd bereitzuhalten hatte. Der Stein wurde in Tücher gehüllt und auf des Bürgermeisters Magen gelegt. Nebenan, in der Amtsstube, zeigte indessen Herr Studienrat Untermann der Schreibkraft Nelly Jordan, wie man den Laden schmiß und mit den Leuten fertig wurde. Studienrat Untermann, Flüchtling aus Dresden, wies Nelly ihren Platz an dem kleinen Fenstertisch zu, auf dem auch die uralte Schreibmaschine stand, mit der sie umzugehen lernen mußte. Untermann selbst thronte an der Schmalseite des Mitteltisches. Er hatte eine widerwärtige Art, den Studienrat herauszukehren und die Leute einzuschüchtern. Allerdings sprach er ein Sächsisch, das die Mecklenburger nicht verstanden, er seinerseits nannte das Platt der Bauern nie anders als ›Botokudensprache‹. Nelly, die nach kurzer Zeit beides verstand oder erriet, mußte dolmetschen – ein Triumph, den er ihr nicht verzieh.

Studienrat Untermann hat Nelly allerdings auch das Studium der sogenannten Dorfliste empfohlen, eine Aufstellung aller landbesitzenden Gemeindemitglieder, in schräger, zittriger Sütterlinschrift mit blasser Tinte von Richard Steguweit selber ausgefertigt. Die einheimische Bevölkerung des Dorfes gliederte sich in ›Bauern‹, ›Büdner‹, ›Häusler‹. Aufgeführt wurde der Haushaltungsvorstand einer jeden Familie und die Anzahl der Hektar, die er besaß. Untermann forderte Nelly auf, nachzusehen, unter welcher Rubrik sie ›unsern Chef‹, den Bürgermeister, finde.

Richard Steguweit war als Häusler mit 8 ha Landbesitz verzeichnet. Das sind, sagte Untermann, wieviel Morgen? Na? Richtig: Sage und schreibe 32 Morgen, ein Klacks. Darunter noch das Stück saurer Wiese, das Sie aus dem Küchenfenster sehen können und auf dem unsere liebe Dulcinea – Steguweits Kuh hieß ›Bunte‹, aber Untermann nannte sie niemals anders als ›unsere liebe Dulcinea‹ – beinah krepiert. Und nun lesen Sie bitte vor, was unter dem Namen Pahlke steht. – Unter dem Namen Pahlke, Wilhelm, stand: 74 ha, dazu die Bezeichnung ›Bauer‹. – Sehn Sie wohl. Bodenklasse I, nebenbei bemerkt. Und jetzt dämmert es Ihnen vielleicht, warum unser lieber Steguweit sich aus dem Bette wälzt, wenn Herr Pahlke hier hereintritt, und warum er ruhig liegenbleibt, wenn Mister Forster uns die Ehre gibt. Mister Forster aus Wisconsin geht. Wilhelm Pahlke bleibt. Tja, mein Kind – Untermann konnte es nicht lassen, Nelly auf sächsisch ›mein Kind‹ zu nennen –: Sie müssen noch viel lernen. Mister Howard Forster, Sergeant, befehligte die ›Ami-Truppe‹ (Untermanns Ausdruck) in Bardikow, bestehend aus höchstens zehn Mann. Er kam in die Bürgermeisterei, um Forderungen wegen der Unterbringung seiner Soldaten zu stellen oder um Passierscheine zu unterschreiben und Studienrat Untermann Ami-Zigaretten anzubieten, die der dann in seine Pfeife stopfte.

Das Haus, in dem die Amerikaner ›lagen‹, war das zu diesem Zweck geräumte Haus der Büdners Johann Theek und lag in einer der leicht ansteigenden Seitenstraßen, die alle auf dem Ringweg enden, der hinter dem Dorf herumläuft. Sergeant Howard Forster, ein dunkler, stämmiger Typ, dem eine Haarsträhne ins Gesicht fiel und der sein knappes Dutzend entweder ebenfalls stämmiger oder lang aufgeschossener Männer – kein Neger darunter – nicht sehr straff am Zügel hielt, so daß aus jenem ›Ami-Haus‹ Tag und Nacht wüste Musik drang (›Negerjazz‹, Studienrat Untermann), auch anderer Lärm, und daß die Flaschen und die leeren Konservenbüchsen sich im Vorgarten häuften. Ganz davon abgesehen, daß in manche Dorfhäuser nicht nur leere, auch volle amerikanische Konservendosen Eingang fanden, nebst Zigaretten und Kaffee. Für welche Gegenleistung, brauchte Herr Untermann wohl nicht ausdrücklich zu sagen.

Nein, das brauchte er nicht, mit seiner gequetschten quängeligen Stimme. Aber er dachte auch nicht daran, einzuschreiten, als Bürgermeister Steguweit (›in manchen Dingen schon jenseits von Gut und Böse‹) das neue Fräulein zu Mister Howard schickte, mit einem Schriftstück, das sie vorher mühsam nach Untermanns Entwurf auf der Schreibmaschine getippt hatte und das sowohl den Bürgermeister selbst als auch seinen ›Stellvertreter‹, Untermann, von der Ablieferung ihrer Rundfunkgeräte (1 Volksempfänger, 1 Saba) befreien sollte. Aus dringenden dienstlichen Gründen. Der Text war von Untermann in ein Englisch übersetzt worden, das Nelly nicht weiter beurteilen wollte.

Sie ging also, ungern, nach ›Wild-West‹ – so hieß das Haus der Amerikaner bei ihrer Mutter, und fand ihre Erwartun-

458

gen erfüllt: Im Ami-Haus standen alle Türen offen. Es ist eine der amerikanischen Sitten, an die man sich schneller gewöhnt als an manche andere, die aber besser in ein ölgeheiztes, vollautomatisiertes amerikanisches Einfamilienhaus paßt als in ein mecklenburgisches Bauernhaus, in dem es auch bei geschlossenen Türen ›zieht wie Hechtsuppe‹ (Charlotte Jordan). Musik natürlich, aus Kofferradios. (Wozu brauchen sie die deutschen Radioapparate? Studienrat Untermann: Um die geistige Versteppung der deutschen Nation einzuleiten.) Aus der Stube zur Rechten nach Nellys Eintritt in den ziegelsteingepflasterten Flur: Johlen und Pfeifen. Nicht ›vulgär‹ übrigens, wie Charlotte es interpretiert hätte, auch nicht gefährlich. Eher vergnügt, sogar anerkennend. Ein Blick in eine Kasernenstube. Mecklenburgische Bauernbetten, auf denen am hellerlichten Tag halbnackte Burschen lümmelten (Charlottes Redeweise). Die meisten mit einem Kleidungsstück angetan, das Nelly später ›shorts‹ nennen lernt. Nackte, haarige Männeroberkörper. Hallo, baby, und so weiter.

Nelly, in einwandfreier Aussprache, fragt nach dem ›Commander‹. Lärmender Bescheid: Die andere Tür. Gegenüber. Sergeant Forster trägt zu seinen Shorts ein Turnhemd, hat die Füße auf einen Stuhl mit Rohrgeflecht und gedrechselter Lehne gelegt, kaut Gummi, hört Musik aus einem Kofferradio. Er liest Nellys Schriftstück, schreibt ein Wort darunter und gibt es ihr, nachdem er es gezeichnet hat, zurück.

Das Wort, das Nelly sofort liest, heißt: No.

Nelly sagt: Besten Dank. Auf Wiedersehen.

Der Commander sagt: Bye-bye.

Studienrat Untermann, nach der Lektüre des Wortes ›No‹: Infamie des Siegers. Nellys Schadenfreude. Zwar teilt sie Untermanns Ansichten über ›unser Vaterland‹ (›So werden wir also Zeuge sein, wie sie unser Vaterland zugrunde richten‹), aber ihm persönlich wünscht sie ›alles erdenklich Gute‹, (Charlotte Jordan, die den Studienrat ebenfalls ›genascht‹ hat).

Den Wagen zum Abtransport der Radioapparate des Dorfes Bardikow – einschließlich des Saba von Studienrat Untermann und des Volksempfängers aus der Bürgermeisterei – hat Bauer Pahlke zu stellen, zähneknirschend natürlich, vermutet Untermann. Ein einfacher Kastenwagen genügt. Was unterwegs zu Bruch geht, das ist nicht unser Dampfer. Der Wagen hält vor jedem Haus, Nelly hat an die Türen zu klopfen, die registrierten Apparate einzufordern, die Ablieferung auf ihrer Liste abzuhaken. Auf dem Wagen Studienrat Untermann, der die Geräte verstaut. Alles in allem eine demütigende Angelegenheit, da hat er schon recht.

Noch einmal die Richtstraße (Marienkirche, Abschiedsblicke). Noch einmal die ehemalige Soldiner, noch einmal vorbei am ehemals Jordanschen Haus. Man wiederholt sich. Was also jetzt? Umkehren, oder was? Umkehren. Das ehemals Jordansche Haus nun im Rückspiegel, kleiner werdend. Keiner taktlos genug, zu sagen: Seht euch noch mal um. Keiner gibt seinen Mangel an Empfindung zu.

Die allgemeine Frage, ob man noch bleiben solle, blieb an dir hängen. (Nein, sagte Lenka, zurückhaltend, von ihr aus nicht.) Ihr hieltet am kleinen Alten Friedhof, am Fuß jener mächtigen Treppe, die zwei Straßen unterschiedlichen Niveaus miteinander verbindet und dann, sich teilend, steil hinaufführt zur ehemaligen General-von-Strantz-Kaserne, in der gerade um jene Zeit – vierziger Jahre – ein Mann namens Gottfried Benn Offizier und Truppenarzt war. Am Fuß der Treppe, die Nelly, einmal mit Julia (Dr. Juliane Strauch) hochgegangen ist, plötzlich fiel es dir wieder ein. Auch, was sie gesprochen haben: Ob Nelly einen neunjährigen Fleischerssohn mit großen Wissenslücken auf die Aufnahmeprüfung für die Oberschule vorbereiten wolle. Sie,

Julia, wüßte in allen ihren Klassen niemanden, der sich besser dafür eigenen würde als Nelly, Natürlich gegen Entgelt, fünf Mark die Stunde, da solle sie sich bloß nicht zieren. Nellys dummes Glücksgefühl, hier, auf dieser Treppe. Der schüchterne, dünne blonde Junge des Fleischers. Klaus – richtig: Klaus. Seine Schwierigkeiten mit der Rechtschreibung. Das weiße Briefkuvert am Monatsende, Inhalt: zwanzig Reichsmark. Der große Blumenstrauß der Fleischersfrau – dünn, blond, schüchtern –, als ihr Sohn Klaus die Prüfung bestanden hatte . . .

Nein, hörst du dich sagen – von mir aus auch nicht. Fahren wir.

(Zu Hause wirst du nachlesen bei dem Dichter und Truppenarzt, ›Block II, Zimmer 66‹, der die Stufen jener Treppe gezählt hat: Einhundertsiebenunddreißig, schreibt er. ›Die Kaserne lag hoch, burgartig überragte sie die Stadt.‹ – ›Nichts Träumerischeres als eine Kaserne‹, schreibt er, und: ›Eine Stadt im Osten‹, worüber du jedesmal lachen mußt, denn der ›Osten‹, das war für Nelly Königsberg und Danzig, das war Bromberg, aber doch nicht ihre eigene Stadt: ›Diese östlichen Städte, an Märztagen so grau, so staubverhangen – auf diese Weise sind sie nicht zu deuten.‹ Der Blick des Achtundfünfzigjährigen, womöglich – lustig zu denken – eine Fünfzehnjährige streifend, im Vorübergehen, am Fuß der Treppe: Seltsamkeit unter Seltsamkeiten, die er sah, sie nicht, und die du daher nicht wiedererkennst. ›Straßen, die Hälfte im Grund, die Hälfte auf Hügeln, ungepflastert; einzelne Häuser, an die kein Weg führt, unerfindlich, wie die Bewohner hineingelangen; Zäune wie in Litauen, moosig, niedrig, naß.‹ Wo denn bloß, diese Straßen, diese Häuser, diese Zäune? Wie gerne du sie auch gesehen hättest. H. aber, der diese verkehrte Sehnsucht nicht aufkommen lassen will, sagt, daß du mißverstehst. Das sei alles stilisiert, wie die Beschreibung des Stadtparks: › . . . doch ungeheuer auffallend das Schwanenmotiv. Schwäne – das ist stilisiert!‹ Und doch, und doch... Wie edel. Edel durch Distanz. Fremder Blick, unter leicht hochgezogenen Brauen. ›Wo du auch hinhörst, es ist letzter Klang, immer Ende, finale Lust...‹

Die Stadt als Anlaß, als Motiv, als Zeichen, nicht als Stadt. Du glaubst zu verstehen.)

Studienrat Untermanns Tage auf dem Bürgermeisteramt waren übrigens gezählt. Bruder Lutz, der in Herrn von Bendows Ställen seine Laufbahn als Pferdejunge begann, hat keine Erinnerung an Felix Untermann, fast keine an Bürgermeister Steguweit, nur eine schwache Ahnung, daß der Nazi war. Nazi, sagst du, das weiß ich nicht. Mitglied der NSDAP jedenfalls, daher ängstlich.

Und sein Sohn? War der nicht SS-Mann?

Waffen-SS.

Immerhin. Er kam nicht nach Hause.

Nicht solange wir in Bardikow waren. Seine Frau Rosemarie wartete auf ihn mit den Kindern Dietmar und Edeltraut, aber er kam nicht. Sein Vater hat mehr gefürchtet als gehofft, daß er zurückkäme.

Bruder Lutz kennt noch die Namen einiger Pferde, er weiß noch, was sie gefüttert haben, und er sieht sich mit Gerhard Grund, dem Sohn des erschossenen Landarbeiters, auf dem Futterboden hocken und davon reden, daß sie beide Ingenieur werden wollen. Sie wurden es, beide.

Los geht's, sagt Bruder Lutz. Richtung Heimat.

Das Wort ›Nazi‹ hast du viele Jahre nach dem Krieg nicht benutzt. Nelly wäre es nicht in den Sinn gekommen, Studienrat Untermann einen ›Nazi‹ zu nennen. Der amerikanische Captain, der mit zwei Militärpolizisten und dem unvermeidlichen Sergeanten Howard Forster eines Nachmittags in der Bürgermeisterei erschien, gebrauchte dieses Wort, Nelly hörte es zum erstenmal. Er sprach ein stark amerikanisch gefärbtes Deutsch, so daß Nelly ›Näsi‹ hörte und sich erst später übersetzen konnte, wie der Captain den Studienrat aus Dresden bezeichnet hatte. Vor der Bürgermeisterei hielt ein amerikanischer Armeelastwagen mit einem weißen Stern an der Tür und einem schwarzen Fahrer, der lachend Kaugummis an die Dorfkinder verteilte, die sich um ihn ansammelten.

Das merkwürdigste an der kurzen Verhaftungszene – der ersten, deren Zeuge Nelly war – blieb die Tatsache, daß Studienrat Untermann Bescheid wußte, noch ehe der Captain aus dem Wagen gestiegen, mit seiner Begleitmannschaft den Vorgarten und den Flur des Hauses durchschritten hatte und nach kurzem, hartem Anklopfen ins Zimmer getreten war. Schon als der Wagen hielt, hatte Studienrat Untermann sich von seinem beherrschenden Platz am Mitteltisch erhoben, war bleich geworden und hatte mit wahrhaftig zitternden Lippen gemurmelt: Jetzt kommen sie! Worauf Richard Steguweit, der zufällig im Zimmer war, nichts anderes zu sagen hatte als: Dat schall woll sinn.

Der Captain, der sich schnell unter dem Personal der Gemeindestube orientierte, sagte zu Untermann also den Satz, in dem das Wort ›Näsi‹ vorkam. Untermann kam sofort hinter seinem Tisch hervor, machte einen kläglichen Versuch, ungläubig zu lächeln, wobei ein sehr dünner Speichelfaden aus seinem linken Mundwinkel floß, brachte es noch fertig, von Denunziation zu reden (Eine infame Denunziation, Mister Captain, ich beschwöre Sie!), aber ein empörter Mensch sieht anders aus als ein Mensch, der Angst hat. Untermann hatte Angst. Er ging, wie immer, hinter Nellys Rücken zur Tür, an deren beiden Pfosten je ein amerikanischer Militärpolizist postiert war, er stolperte, wie immer, über ihre Stuhlbeine und machte, endlich doch empört: Ts, ts, ts! – Wie immer. Da fing Nelly zu lachen an. Gegen ihren Willen platzte sie heraus, während die beiden Militärpolizisten mit ihren weißen Handschuhen nach Studienrat Untermanns Armen griffen. Und da zeigte es sich nun, daß Herr Untermann Erzieher war, durch und durch, denn unter der Tür drehte er sich um und strafte Nelly mit dem Urteil: Unreif! Das war das letzte, was sie von ihm zu hören bekam.

Durchs Fenster sah sie ihn in schlapper Haltung zum Lastwagen gehen, dessen Rückklappe heruntergelassen war. Es hockten schon zwei männliche Gestalten auf der Ladefläche, die glichen Untermann in nichts als in ihrer gemeinsamen Angst. Sie griffen von oben zu, zogen, während die Militärpolizisten – weißes Koppel, weiße Schulterriemen, weiße Pistolentaschen – von hinten schoben und sich dann zu den drei Inhaftierten hinaufschwangen. Die Klappe verriegelte Sergeant Forster. Der Captain stieg ein, gab dem uniformierten Neger am Steuer, der, immer kauend, ungerührt und unbeweglich geradeaus blickte, den Abfahrtsbefehl. Der startete mit einem Ruck vom Stand weg, so daß, was auf der Ladefläche hockte, übereinanderfiel. Und dies war das letzte, was Nelly von Studienrat Untermann zu sehen bekam: Am Boden des amerikanischen Lastwagens einen ehemals dicken Mann Ende Fünfzig, in seinem einzigen, ehemals besten grauen Anzug, der um seine Glieder schlotterte, so wie die Backentaschen schlotterten in seinem ehemals feisten Gesicht. Ein Häufchen Elend.

Tschä, sagte Bürgermeister Steguweit. Wo dat so hinhaun deit. Nelly rückte in Untermanns verantwortliche Position auf, ohne ihren Platz im Büro zu wechseln.

Sie wußte nicht, sagt Lenka, und sie könne es auch nicht glauben, daß nicht jedes Mitglied der NSDAP zugleich ein strammer Nazi war. Dein Bürgermeister, sagt sie, hat bestimmt Dreck am Stecken gehabt. Du sagst: Ja. Er war arm. – Es ist zwölf Uhr mittags, der Sonntag im Juli 71, immer noch die Hitze; die ehemalige Friedrichstraße, das Dorf Weprice liegen hinter euch. Was bleibt, ist der Rückweg.

Lenka fragt nach Richard Steguweit, der seine fünfundzwanzig Jahre in mecklenburgischer Erde begraben liegt,
nach dem sonst keiner mehr fragt. Wieso ist er Nazi geworden, wenn er arm war?

Wie lange hat Nelly gebraucht, das herauszufinden? Die
zwei Jahre in Bardikow liefern ihr nur Material für spätere
Schlüsse: Häusler Steguweit, 8 ha, leiht sich vom Bauern
Pahlke, 74 ha, Jahr für Jahr die Zugmaschinen. Als der Bür-
germeisterposten vakant wird – anno 37 –, will Pahlke selber ihn nicht besetzen. Er ist nicht erpicht, in die Partei zu
gehen. Steguweit ist auch nicht erpicht, aber er geht dann
doch und wird Bürgermeister. Pahlke ist fein raus. An Steguweit, der arm ist, bleibt der Nazi kleben.

Wie in schlechten Büchern, sagt Lenka. – Wieso? – Genau
so, wie man sich das vorstellt. – Es läßt sich nicht immer
vermeiden, daß die Wirklichkeit in Büchern mit den land-
läufigen Vorstellungen von ihr übereinstimmt. Das Haupt-
kennzeichen schlechter Bücher ist es auch nicht, daß ihre
Darstellung den gängigen Vorstellungen teilweise entspricht. – Sondern was? – Sondern, daß sie darauf aus sind,
ihnen vollkommen zu entsprechen.

Was heißt das, auf Steguweit angewendet?

Daß Steguweit, Nazi wider Willen, von seinem Sohn Horst
beim Wort genommen wird: Der wird, was der Vater zu sein
nur vorgibt. Und Horst war ein schöner Mann. Eine Licht-
gestalt. Nelly hat wochenlang unter seinem Bild an Rosemarie Steguweits Seite im Schlafzimmer der Eheleute geschlafen. Nelly hat gesehen, wie Rosemarie jeden Abend zu diesem Foto – betete, es gibt kein anderes Wort. Sie hat gesehen, daß Rosemaries erster Blick an jedem Morgen, den der
liebe Gott werden ließ, diesem Foto galt, dem Klein Edeltraut ähnlich zu werden versprach, während Jung Dietmar
ganz nach seiner Mutter kam. Und Nelly hat gehört, wie Richard Steguweit im Streit mit seiner Schwiegertochter den

Sohn verfluchte: Seine Mutter hat er ins Grab gebracht, uns alle wird er ins Unglück stürzen, wenn er zurückkommt. Verflucht soll er sein. Darauf wieder Rosemarie: Sich so an seinem eigenen Fleisch und Blut zu versündigen, in deinem Alter!

Biblische Szenen. Lenka kann das nicht beurteilen, sie hält sich da raus. Die Sonntagsdörfer, durch die ihr fahrt – alles Straßendörfer –, die Gruppe von jungen Leuten, die kurz vor Mittag auf der einzigen Straße flanieren, nach Geschlechtern getrennt. Langweilen sie sich? Sie sehen den Autos nach, die selten vorbeikommen. Sie tragen weiße Hemden und Jeans oder kurze Röcke und bunte Blusen. Wenn Mädchen und Jungen zusammen stehen, dann in Gruppen, nicht paarweise. Wie aufm Dorf bei uns, sagt Lenka.

Nelly begriff als letzte, daß sie in die Lage geraten war, Macht auszuüben. Zum Beispiel oblag es ihr, die Fuhrwerke des Dorfes für Spanndienste einzuteilen – Sandfuhren von der Kiesgrube zur Ausbesserung der gröbsten Panzerschäden an wichtigen Straßen. Nelly war gerecht. Ihr Prinzip war: Pro Hof ein Fuhrwerk, in gleichmäßigen Abständen. Auf dieser Grundlage verfertigte sie die Liste und benachrichtigte die Spanndienstpflichtigen. Da erschien am Nachmittag Schuster Sölle bei ihr, trat ein, ohne anzuklopfen, riß sich die Mütze vom Kopf, warf sie vor sich auf die gescheuerten Dielen und fing an, sie anzuschreien. Nelly verstand das Mecklenburgische hinreichend. Sie begriff, daß Schuster Sölle sie wegen Ungerechtigkeit in der Spanndienstfrage beschimpfte. Er, Sölle, sei nicht mehr der Schmutzfeudel der Behörden. Die Zeiten seien vorbei. – Nelly wußte, daß ›Feudel‹ soviel wie Scheuerlappen hieß.

Nun war ihr Schuster Sölle als einziger Kommunist des Dorfes und als aufbrausender Charakter bekannt. Sie fühlte in sich die Kraft, aufbrausenden Charakteren entgegenzutreten, besonders wenn sie so eindeutig im Recht war wie jetzt. Dies sagte sie auch und erntete Hohn: Sölle schien zu beanstanden, daß Pahlke und Freese und Laabsch, die jeder vier bis sechs Pferde im Stall hatten, nicht mehr Spanndienste leisten sollten als er mit seiner einen halbverhungerten Krücke.

Pro Hof ein Fuhrwerk, sagte Nelly.

Sölle sagte, sie könne sich mit ihrer Liste den Arsch wischen, und ging.

Dann geschah etwas Einmaliges..

Bürgermeister Steguweit erschien voll angekleidet aus seinem Schlafzimmer, schritt wortlos zum Telefon auf Nellys Tisch, das seit kurzem wieder in Betrieb war – Bardikow verzeichnete sieben Anschlüsse –, drehte die Kurbel, wählte eine Nummer und gab dem Bauern Pahlke Änderungen an der von Nelly aufgestellten Spanndienstliste durch, die zu Sölles Gunsten und zu Pahlkes Ungunsten ausfielen. Merkwürdig war: Vom anderen Ende kam kein Widerspruch. Nelly sollte die neue Liste zu Sölle bringen.

Nein, sagte sie. Das sehe sie nicht ein. Da könnte ja jeder kommen.

Tscha, sagte Richard Steguweit. Ein jeder kommt aber nicht, Frollein. Das ist der Unterschied.

Einer der seltenen Träume der letzten traumlosen Zeit: Du sitzt vor einer dir wohlgesinnten Menge und sollst aus einem dünnen Buch vorlesen, das aber in polnischer Sprache geschrieben ist. (Die Sprachen der anderen, vor denen man versagt.) Das dünne Buch, dessen Text du nicht entschlüsseln kannst, dessen Sinn du der Menge schuldig bleibst. Das dicke Buch, in das Jahre deines Lebens eingehen. Das du willst und zugleich nicht wollen kannst. Mit angezogener Bremse fahren. Schädigt den Motor.

Daß du nicht verstandest, was passierte, als der Herzrhythmus entgleiste, aber sofort begriffst, warum es passierte. Das

Organ hatte die heikle, vielleicht gefährliche Aufgabe übernommen, den Zustand schweren inneren Gejagtseins zu
vermelden, den du anders nicht zur Kenntnis nehmen wolltest. Die Sprache unserer Organe, die wir nicht entschlüsseln können, weil wir eisern entschlossen sind, Körper- und
Seelengedächtnis voneinander zu trennen. Die Einsichten,
die zufließen, während die Ärzte Todesangst vermuten und
das Wort ›Erleichterung‹ nicht gelten lassen würden. Ungeheure Erleichterung, obwohl die Spritzen immer noch nicht
wirken. Ausspannen nicht mehr als verbotene Sehnsucht,
sondern als Gebot. Diese Erschöpfung. Kein Grund mehr
zur Verlegenheit, sie hat sich legalisiert. Schwäche, nun ja.
Du mußt sogar lachen über die List des Körpers. (Ein Körper verharrt so lange im Zustand der Ruhe oder der gleich-
förmigen Bewegung auf geradliniger Bahn, solange er nicht
durch eine Kraft gezwungen wird, diesen Zustand zu ändern. Welche Kraft? fragt der Physiklehrer, ein schwer-
kranker Mann, evakuiert aus dem zerbombten Berlin. Nun:
die Schwerkraft. Nun: der Reibungswiderstand der Unter-
lage. Nun: der Luftwiderstand. Oder denken Sie, was man
nicht sieht, könnte keinen Widerstand leisten?)
Erschöpfen von ausschöpfen? Die schwere Versuchung, ab-
zubrechen. Es handelt sich ja nicht um eine Geschichte, die
notwendig zu einem bestimmten Ende führen muß. Oder
welches wäre der gedachte Punkt, bis zu dem sie vorgetrie-
ben werden müßte? Im Krankenhaus, ohne Arbeitslust, unter den ersten, noch unverstandenen Anfällen von Angst,
glaubst du klar zu sehen: Der Endpunkt wäre erreicht, wenn
zweite und dritte Person wieder in der ersten zusammenträ-
fen, mehr noch: zusammenfielen. Wo nicht mehr ›du‹ und
›sie‹ – wo unverhohlen ›ich‹ gesagt werden müßte. Es kam
dir sehr fraglich vor, ob du diesen Punkt erreichen könntest,
ob der Weg, den du eingeschlagen hast, überhaupt dorthin
führt. Es schien dir immerhin nicht wünschenswert, vorher

aus der Welt zu gehen – wovon übrigens keine Rede sein konnte. Heimliche Rechnungen, die nur in Zeiten von Unglauben aufkommen: Unglauben an die Unerschöpflichkeit gewisser Fähigkeiten oder Antriebe. Oder Zwänge.

Ekel vor dem Wort ›schöpferisch‹.

Das Ungelebte ist das Wirksame und zugleich das, worüber schwer zu reden ist. Tief in der Höhle der Erzählung. Schwacher Schimmer vom Ausgang her. Unkenntnis der Natur des Lichts, das dich draußen erwartet.

Steckt denn in der Frage ›Wer bist du?‹ noch irgendein Sinn? Ist sie nicht hoffnungslos veraltet, überholt von der Verhörfrage: ›Was hast du getan?‹, die in dir selbst auf die schwache Gegenfrage stößt: Was hat man mich tun lassen? – Das Verantwortungsgefühl, abgenutzt am nicht Verantwortbaren, das den Fluß der erzählenden Rede zum Stocken bringt. ›Ohne Auftrag kämpfen und das Seine tun?‹ (Lenkas Erinnerung, du habest einmal, als sie krank war, eine ganze Nacht lang an ihrem Bett gesessen, immer, wenn sie wach wurde, habe sie dich gesehen; sie glaubt, auf diese Weise habest du ihr das Leben gerettet, denn vom Morgen an sank das Fieber. Sie weist deine Richtigstellung zurück, daß ihre Krankheit schwer, aber nicht lebensgefährlich gewesen sei; genug, daß sie geglaubt habe und du ihren Glauben ernst genommen hättest. Du verstehst. Sie liefert dir Entlastungsmaterial.)

Nelly also. Ein Fall von Not-Reife, mit sich selbst sehr unbekannt. Erzogen und gewohnt, Notbremsen zu ziehen: Strenge, Konsequenz, Verantwortungsbewußtsein, Fleiß. Unbekannt, was sie damals geträumt haben mag. Sie gab nichts auf Träume. Dafür nahm sie sich tragisch, lernte erst viel später, davon abzulassen.

Von den neuen Behörden in der Kreisstadt kam die Anweisung, eine Einwohnerzählung in den Gemeinden vorzunehmen; Nelly ging von Haus zu Haus und zählte einen jeden, getrennt nach Einheimischen, Flüchtlingen, nach Geschlecht und Altersgruppe, stieg zu Bürgermeister Steguweit auf den alten Zweisitzer, legte in der Kreisstadt ihre Listen vor, setzte ernsthaft ihre Unterschrift neben die vom Bürgermeister ›für die Richtigkeit‹ der Volkszählung und fuhr dann mit einer Aktentasche voller Lebensmittelkarten ins Dorf zurück: Für die haftete sie mit ihrem Kopf. Auf der Rückfahrt erörterte sie mit Richard Steguweit, wie sie sich bei einem bewaffneten Raubüberfall – der ja nicht außerhalb des Menschenmöglichen lag – zu verhalten hätten: Ich alter Mann bleib sitzen, Sie Fräulein, packen die Tasche und fliehn in den Wald. Wenn wir ohne die Karten ins Dorf kommen, bringen die uns sowieso alle beide um.

Vom Wechsel der Besatzungsmächte erfuhr Nelly als erste, durch einen Anruf. Die britische Besatzungsmacht werde Bardikow übernehmen. Sergeant Forster verschwand mit seiner Truppe. Büdner Theek zog wieder in sein Haus, vergrub die leeren Flaschen und Dosen hinter seinem Gartenzaun und begann einen Handel mit Nescafébüchsen, die in einem angerissenen Karton in seiner Mansarde stehengeblieben waren. Und unter anderen, vergänglicheren Waren brachte das Geschäft ihm ein Silberbesteck, eine grünseiden bezogene Stehlampe mit Perlenfransen, ein Ölbild, auf dem ein Waldbach zu Tale floß, über welchen ein Holzbrückchen mit Geländer führte, vor allem aber einen mit Pailetten besetzten schwarzen Umhang für seine zwanzigjährige Tochter Ilselore, die ein bißchen schwindsüchtig wirkte und die er über alles liebte.

Der liebe Gott im Detail, betrachtet mit den frischen Augen der Überlebenden. Wiedererwachte Neugier als untrügliches Lebenszeichen, unabhängig von Stimmungen. Miniaturen. Beispiel: Die britische Besatzungsmacht in der baumlangen, rotblonden Person eines einzelnen radfahrenden Soldaten, der eines schönen Tages im Juni in seiner gelbbraunen Uniform, mit seiner Baskenmütze an des Bürgermeisters Gartentür stand, sein Fahrrad gegen die Hecke lehnte, es dann doch noch anschloß, kurz darauf an die Bürotür klopfte. Seine erste Frage nach dem korrekten Gruß lautete, auf englisch: Ob sie Englisch spreche. Und Nelly, in der zwei Arten von Stolz miteinander stritten, sagte schließlich: Yes. Der Engländer, der in überaus starkem Maße ein Engländer war, bildete nach eigener Aussage eine Patrouille, gehalten, sich bei den Bauern selbst zu verkösten, gegen Bezahlung selbstverständlich. Er wies Besatzungsgeld vor. Nelly hatte vergessen, was ›Schwiegertochter‹ auf englisch hieß, als sie Rosemarie Steguweit mit dem Engländer bekannt machte. Die war bereit, ein Frühstück aufzutragen. Nelly blieb mit dem Sieger allein, beide wortkarg. Er besah sich, fast ohne den Kopf zu bewegen, gründlich jedes Stück der Einrichtung. So stellt er sich nun für immer ein deutsches Bürgermeisteramt vor, dachte Nelly. Aber sie sah nicht ein, daß sie ihm klarmachen sollte, welch ein Zufall es war, daß an der Wand zwischen dem Ofen und der Pendeluhr auf Kanevas gestickt der Spruch hing: Wer Gott vertraut, hat wohlgebaut.

Ein Schrecken: Die unglückselige Rosemarie Steguweit brachte Frühstück für zwei. Schinken und eingemachte Leberwurst. Der Engländer und Nelly übereck an dem großen Tisch, von dem die Papiere weggeschoben werden. Nach einiger Zeit die Erkundigung, ob es dem ungebetenen Gast schmeckt. O yes, thank you. – Schweigen: Nach einer Weile von seiner Seite der denkwürdige Satz: General Montgomery dürfte nicht wissen, mit wem er hier an einem Tisch sitze – Wieso? – Jeder Umgang mit der deutschen Bevölkerung sei ihnen streng untersagt. Fraternisierungsverbot. (Assoziation bei jeder Wiederholung des Brecht-Liedes mit der Zeile: ›Und's wird fraternisiert . . .‹)

Was tut die Vertreterin der deutschen Bevölkerung in diesem Fall? Sie nimmt Teller und Becher, erhebt sich von dem gemeinsamen Mitteltisch und setzt sich, den Rücken zum Sieger (unsere germanischen Vettern!), an ihren Fensterplatz. Der Engländer, der es so nicht gemeint haben will, ißt nun nicht mehr allzuviel, zahlt an Frau Rosemarie, grüßt knapp und geht. Nelly sah ihn auf sein blitzend neues Rad steigen. Er verschwand für immer. Ihr ist es hoher Genuß gewesen, den Befehl des feindlichen Generals Montgomery zu befolgen.

Ziemlich lange denkt sie, sie hat recht getan. Ziemlich lange noch – siehst du heute – stehen Recht und Unrecht nicht in Frage. Personen, die erlösende oder wenigstens aufklärende Worte sprechen könnten, sind leider immer noch nicht in Sicht. Immer noch nur die fünfhundert Leute im Dorf Bardikow, die hundert von Großmühlen, die von der Weltgeschichte nur wissen wollen, daß sie sie ins Elend geführt hat, und die fast alle in Panik geraten, als eines Tages unter Umgehung der deutschen Behörden die britische Besatzungsmacht am Anschlagbrett bekanntgibt, daß sie auf Grund gewisser Vereinbarungen um Mitternacht von der sowjetischen Besatzungsmacht abgelöst werde. (Vom 1. bis 3. Juli 1945 zogen sich die Alliierten auf die vereinbarten Besatzungszonen zurück.) Alle Straßen seien wegen der Truppenbewegungen für Zivilpersonen gesperrt. Die Bevölkerung wird gebeten, Ruhe zu bewahren.

Die Russen kommen. Nachts gegen zwei Uhr klopft es stark und anhaltend gegen die schwer verriegelte Haupttür des Bendowschen Schlosses in Großmühlen. Charlotte sagt: Das kann wieder bloß uns passieren. Ausgerechnet wenn die Russen kommen, müssen wir wie Graf Koks von der Gasanstalt im Schloß wohnen. Tante Liesbeth Radde ist der Meinung, daß es ganz egal ist, wo einer wohnt, wenn die Russen kommen.

Macht denn keiner auf? Charlotte befiehlt ihren Kindern

sich im Dunklen anzuziehen. Sie selbst werde unten nach dem Rechten sehen. Das sah ihr ähnlich.

Die Mamsell flüchtete ins Zimmer, schwer keuchend, und bat, man möge sie verstecken. Die Mamsell war eine korpulente Frau um die Fünfzig mit Augen wie Stecknadelköpfchen und krausem farblosem Haar, in dem eine Unzahl winziger Klemmen steckte. Ihr Mansardenzimmerchen, hatte Nelly sagen hören, sei ein Schmuckkästchen. Jetzt warf sie sich in Kleidern und schmutzigen Schuhen auf Charlottes Lager.

Im Erdgeschoß hatte das Klopfen aufgehört. Bewegung, Laufen. Fremde, sehr fremde rauhe Stimmen. Die jagten in Nelly die Angst hoch.

Es dauerte lange, bis Charlotte wiederkam. Ihr Schwager Alfons Radde prophezeite ihr inzwischen mehrmals ›nichts Gutes‹. Mehrmals brach Tante Liesbeth in nervöse Tränen aus.

Als Charlotte eintrat, brachte sie einen fremden Geruch mit. Das erste, was sie sagte, war, daß die Bendows ›ausgemachte Dummköpfe‹ seien: Die Besatzungsmacht klopft an die Tür, und die sitzen im Salon und machen sich in die Hosen anstatt hinzugehen und zu öffnen und ihnen das Haus zu übergeben.

Woher sie bloß wußte, wie man sich verhält, wenn der Sieger an die Tür klopft. Sie hatte also aufgemacht? – Wer denn sonst. – Und? – Und, und! Sie hatten Frauen bei sich, in Uniform. Die eine, die Deutsch kann, hat mich gefragt: Du Besitzer? – Flintenweiber! – Dann hab ich sie durch die untere Etage geführt. Schöne Zimmerchen, kann ich euch sagen. Die haben sich ausgesucht, wo sie wohnen wollen. – Und? – Jetzt kommt was Komisches. Wißt ihr, was sie verlangt haben? Handtücher.

Man schwieg. Dann sagte Alfons Radde: Da machen die sich Fußlappen draus.

Nee, sagte Charlotte. Das machen die nicht.

Die Tür ging auf. Die Mamsell kreischte. Ein sehr junger russischer Soldat stand da mit einer Taschenlampe. Er leuchtete das Zimmer ab, der Strahl huschte über Nellys Gesicht. Charlotte fuhr die Mamsell an: Nehmen Sie sich zusammen, Menschenskind!, und zu dem Soldaten sagte sie, indem sie wie zu einem Schwerhörigen laut und deutlich sprach: Flücht-lin-ge verstehn? – Ah, gutt! sagte der Soldat und ging. Das Stroh auf dem Fußboden mochte ihm mehr eingeleuchtet haben als Charlottes Erklärung.

Das Schloß wurde zur Kommandantur erklärt und von Deutschen geräumt. Nelly machte für ihre große Familie im Pfarrhaus von Bardikow Quartier. Die Strohschütte auf dem Boden blieb, die Kammern, in die sie gepfercht wurden, wurden immer kleiner. Schräge Wände, Dachluke als Fenster. Zweifellos war es ein Abstieg, auch wenn die Pfarrfrau, Hermine Knop – die ihres Mannes Obliegenheiten versah, solange der in Kriegsgefangenschaft war –, die neuen Hausgenossen mit einem ›Gott zum Gruß!‹ empfing. Sie bat Charlotte, ›Frau Pfarrer‹ zu ihr zu sagen, auch wenn sie womöglich nicht gläubig sei. – Der liebe Gott stellt sich nicht gut mit uns, sagte Charlotte. Das müssen Sie zugeben, Frau Pfarrer. –

Frau Pfarrer Knop glaubte – es war kein Zweifel, sie glaubte –, daß Jesus Christus es mit dem Gebot der Nächstenliebe ernst, bitterernst gemeint hatte. Kein böses Wort kam von ihren Lippen. Aber Freundlichkeit kann man nicht essen, und wo nichts ist, hat der Kaiser sein Recht verloren, und der liebe Gott wohl auch. Tante Liesbeth mußte es eines Tages ablehnen, sich mit den anderen Flüchtlingsweibern um eine Ecke für ihre Pfanne auf dem großen Pfarrherd zu streiten. Man mußte sich entschließen, im Freien abzukochen, das heißt, auf dem Pfarrhof eine Feuerstelle bauen, aus Ziegelsteinen einer alten Feldscheune. Man mußte sich mit den Wolhyniendeutschen, die schon lange im Freien kampierten, nun doch auf eine Stufe stellen. Man mußte lernen, daß man immer noch tiefer fallen kann. Das schmackvollste Zeichen: Schnäuzchen-Oma aß Buletten aus Pferdefleisch und tat, als wüßte sie nicht, was sie aß. Zu Hause hatte sie den Kindern ihre Kasserolle verweigert, in der sie die Pferdewürstchen vom Pfingstrummel wärmen wollten. Nelly sah ihre Großmutter das Pferdefleisch essen.

Nebenan, in der linken Dachkammer, starb inzwischen Herr Mau, der Konsistorialrat aus Posen. Vor zwei Wochen hatte man ihn, der früher ein mächtig ausladender Mann gewesen sein mußte, noch gebückt durchs Haus und über den Hof gehen sehn. Er gehörte zu den Flüchtlingen, die Zutritt zum Wohnzimmer der Frau Pfarrer hatten. Sie besprach liturgische Fragen mit ihm, er war ihr eine rechte Stütze. Seine Frau, ein ältliches, vertrocknetes Mäuschen, huschte klagend umher und beweinte das Rosenthaler Service in ihrem Vertiko in Posen. Die Kinder, auch Nelly, nannten sie niemals anders als Frau Miau, Bruder Lutz und Vetter Manfred gingen so weit, den Spitznamen hinter ihr herzurufen. Frau Mau wusch jeden Tag Pikee-Manschetten und Kragen aus, die sie in ihr einziges mausgraues Kleid einnähte. Nikolaus, ihr Mann, liebte das Adrette.

Nun starb er. Schwer zu sagen, woran. Die Gemeindeschwester Martha vermutete, sein Herz sei nicht das beste. Nie gewesen, jammerte Frau Mau. Doch war ihr Mann immer stark wie ein Baum, das sagte sie mehrmals am Tag: Ist er nicht stark wie ein Baum? Die Kinder hörten auf ›miau‹ zu schreien. Frau Pfarrer Knop nahm geheime Verhandlungen mit dem Tischler des Dorfes auf. Soweit es an ihr lag, sollte keiner ihrer Hausgenossen wie ein Hund in der Erde verscharrt werden. – Nelly also ging mit Volkmar Knop auf den Friedhof, Herrn Mau eine Grabstelle auszusuchen. Die Würde des Todes wurde ihr sehr deutlich, da man dem Ster-

benden einen Raum für sich allein zugestand: die Männer-
kammer, zwei mal drei Meter groß, Schnäuzchen-Opa, Onkel Alfons Radde, Bruder Lutz und Vetter Manfred richte-
ten sich auf dem Vorboden ein. In der Frauenkammer blieb
der Platz von Frau Mau leer, da sie ja das Sterben ihres
Mannes zu überwachen hatte. Sie stellte ihr Jammern ein.
Herr Mau hatte es übernommen, zu röcheln und zu stöhnen.
In der Nacht kam Bruder Lutz vom Vorboden in die Frauenkammer und legte sich schweigend auf den Platz von Frau
Mau, aber die dünne Holztür dämpfte die Todeslaute kaum.
Alle lagen still auf dem Rücken und blickten über sich in die
Dunkelheit. Nelly wünschte, Herr Mau möge nichts emp-
finden.

Lenka behauptet, der Tod gehe anders vor sich, als Lebende
ihn sich vorstellen. (Ihr fahrt durch den Ort, der früher Vietz
hieß: Die Straßen sind jetzt beinahe leer, auf dem Lande ißt
man pünktlich um zwölf. Ihr habt Durst, der Geschmack der
Kirschen ist vergangen. H. sagt: Wartet bis Kostrzyn.)
Lenka hat eine Radiosendung gehört. Leute, die für tot ge-
golten hatten und gerettet worden waren, berichteten über
ihre Erinnerungen an den Todesweg. Sie hätten wie auf einer Leinwand die wichtigsten Stationen ihres Lebens er-
blickt, seien dann aus ihrem Körper ausgewandert, den sie
hätten liegen sehen. – So hätte Herr Mau, sagst du, seinen
ausgemergelten Leib liegen sehen, auf einer Strohschütte,
über die, was den Lebenden nicht zustand, ein weißes Laken
von Frau Pfarrer Knop gebreitet war? – Vermutlich, sagt
Lenka. – Und hat daneben, zusammengesunken, eine Frau
sitzen sehen, die er als Frau Mau erkannte und die er ruhig in
ihrem Schmerz zurückließ? Bei jenem Leib, von dem er sich
ohne Bedauern verabschiedete? – Angeblich ohne Bedauern, sagt Lenka. Die ihren Tod überlebt hatten, sprachen
von einer Aufhebung des irdischen Raum- und Zeitgefühls
und daß sie in eine überströmende Musik- und Lichtemp-

findung eingegangen seien. So daß sie ihrem unvermeidlichen Tod nun mit Ruhe entgegensähen. Ohne Angst. – Schön wär's ja, sagt Bruder Lutz. Wer's glaubt, wird selig. Er erinnerte sich genau an Herrn Maus Sterben. Ihr spracht dann noch eine Weile über das merkwürdige Bedürfnis der Menschen, ihren Leib und ihre Seele voneinander zu trennen, in Leben und Tod. Das Gespräch versiegte wegen Hitze und Müdigkeit.

Als es in der Sterbekammer eine Minute lang still geblieben war, standen alle auf und fanden sich auf dem Vorboden zusammen. Frau Pfarrer Knop kam von unten, voll angekleidet, mit einer Kerze. Sie hatte den Übergang von Herrn Maus Seele in ihren neuen Zustand mit Gebeten begleitet. Sie öffnete nun, wie es ihr zustand, die Tür. Frau Mau hockte neben dem Toten am Boden und sah ihnen entgegen. Frau Pfarrer Knop zog Herrn Mau das Laken über das Gesicht. Das Laken war zu kurz und reichte nicht für die Füße. Nelly mußte unverwandt auf die Füße der Leiche blicken, während Frau Pfarrer Knop das Totengebet sprach. Dir, Herr, in deiner unerforschlichen Güte ...

Lange wurde Nelly von der Frage geplagt, woran man auf derart untrügliche Weise die Füße eines Toten von denen eines Lebenden unterscheiden kann. Und immer noch, wenn du ›Tod‹ denkst, stehen dir vor Augen die wächsernen, nach innen gegeneinandergerichteten Füße des toten Herrn Mau.

Gestorbensein – Überlebthaben – Leben: Woran erkennt man sie? Von den Toten kann man nicht sprechen. Den Überlebenden sind Rück-Sicht und Vor-Sicht versperrt. Die Lebenden verfügen frei über Vergangenheit und Zukunft. Über ihre Erfahrung und die Schlüsse, die sie ihnen erlaubt.

17

Ein Kapitel Angst, und das ist knapp bemessen.

Nimm doch einfach – wer hindert dich? – nimm alle Angst aus deinem Leben weg. Die gegenwärtige, die vergangene: Es wäre, vielleicht, das erwünschte Leben (das von anderen erwünschte): Der Kitt des Jahrhunderts herausgeschmolzen. Es zerfiele in Anekdoten, die alle den Vorzug hätten ›machbar‹ zu sein.

Das Diktat: Du sollst produzieren! verhindert, denkst du, daß die Fähigkeit zu leiden mit der Zeit andere – alle anderen – Fähigkeiten überwuchert. Es hat, willst du sagen, keinen Einfluß auf die Natur des Materials, das du hervorbringst. Dir wird bewußt: Eben das ist falsch. Es macht dich stutzig, daß du es immmer wieder vergißt: Die besondere Natur des Leidens, das ›Angst‹ heißt, ist es, die jene Art von Produkten hervortreibt, in denen du dich erkennst. Wozu es leugnen.

Die Hoffnung, freizukommen.

Befreiung als Prozeß. Als Selbstbetätigung, für die ein Jahrestag nicht angesetzt werden kann. Schreibend den Rückzug der Angst betreiben.

Die noch unbefreiten, noch von Angst besetzten Gebiete: Vorgeschichte.

Am Beispiel der Fremden, Nelly benannt, die herhalten muß als Lieferant jener Einzelheiten, die niemand sich ausdenken könnte. Im August des Jahres 45 wird sie noch einmal – das vorletzte Mal in diesem Jahr – mit ihrer Familie umziehn. Ein Drittel des Dorfes Bardikow, das Pfarrhaus dabei, wird geräumt für eine sowjetische Einheit. Der Soldat, der den Räumungsbefehl in die Bürgermeisterei bringen will, trifft auf eine verschlossene Tür: Nelly hat ihn von ihrem Fensterplatz aus kommen sehen. Sie ist allein in der Stube, die Angst vor dieser fremden Uniform, vor diesem fremden jungen Mann, der ziemlich groß ist, bäurisch aussieht, einen Bart auf der Oberlippe hat, fährt ihr in die Knochen. Die Angst schaltet den Kopf aus, setzt die Beine selbständig in Bewegung: Nelly stürzt zur Tür, durch den Vorflur, an die Haustür, die sie abschließt, kurz ehe der Soldat die Klinke drückt. Sekundenlang die beiden Gesichter, nur durch die Riffelglasscheibe getrennt, verzerrt in Angst und Verblüffung. Dann Wut auf der Seite des Russen.

Banaler Vorgang, über den heute im Kino gelacht würde – ein Beispiel für Fortschritt. Amüsiert würden die Zuschauer dieses immer noch kopflose Mädchen durch die Hintertür hinausrennen und in panischer Furcht über Koppelzäune klettern, über die Viehweiden hinter dem Dorf rennen sehen, während der Soldat so heftig an der Bürgermeistertür rüttelt, daß die Riffelglasscheibe herausfällt und im Flur zerschellt. Während Rosemarie Steguweit sich in den Kuhstall flüchtet und der Bürgermeister selbst nun doch gezwungen ist, seinen heißen Ziegelstein vom Bauch zu nehmen, in seine braunen Kordhosen zu steigen und eigenhändig dem russischen Soldaten zu öffnen. – Komödie bestenfalls, in der das reine Mißverständnis als Handlungsmotor ja erlaubt ist. Jedoch gelacht wird nicht, während man Blut und Wasser schwitzt. Das Dorf hat die Nachricht schon in Gang gesetzt – als Lauffeuer, das schneller läuft als Nelly. Ihre Mutter ist schon in Panik, als sie keuchend beim Pfarrhaus ankommt: Das Fräulein vom Bürgermeister ist von einem Russen bedroht und vergewaltigt worden.

Große tränenreiche Szene.

Am nächsten Tag die unvermeidliche Auseinandersetzung mit dem Bürgermeister wegen der zerbrochenen Scheibe, die Nelly für eine Bagatelle erklärt, während der Bürgermeister darauf besteht, daß sie jeden Besucher der Bürgermeisterei zu empfangen habe, ohne Ausnahme. Im übrigen muß sie den Leuten im Westteil des Dorfes klarmachen, daß sie innerhalb von vierundzwanzig Stunden ihre Häuser zu räumen haben. Und denen, die ihre Häuser nicht räumen müssen, daß sie noch mehr Einquartierung bekommen.

K. L., dein Moskauer Freund, dem du als erstem Russen die Geschichten aus Bardikow erzählst, vermutet, die Räumung des Dorfes wäre nicht als Komödie darstellbar. Das gibst du zu. Obwohl, sagst du, es auch dabei Momente gab ... Frau Pfarrer Knop zum Beispiel, die, von ihren beiden Söhnen flankiert, in aufrechter Haltung vor dem zukünftigen Kommandanten von Bardikow erschien – einem Leutnant –, um zu erwirken, daß das Pfarrhaus zur neutralen Zone erklärt und vom Räumungsbefehl ausgenommen werde. Ihr tragisch gemeinter Auftritt scheiterte vor dem verständnislosen Gesicht des Leutnants Pjotr, doch fand sie einen Abgang in Würde.

Anders als wenige Tage später die alte Stumpen, die dem Kommandanten die Wäsche gewaschen hatte und sich mit ›Heil Hitler!‹ von ihm verabschiedete, woraufhin sie floh, sich versteckt hielt und nach einer Woche, ihrer Exekution gewärtig, von zwei Soldaten vorgeführt werden mußte. Der Kommandant übergab ihr, anstatt sie eigenhändig zu erschießen, bitterernst einen Sack voll schmutziger Wäsche, mit dem sie dann durchs Dorf lief wie Hans im Glück und jedermann mitteilte, sie schwöre auf den Kommandanten. Das war sicher die einzige.

Arbeitet das Gedächtnis mit Vorliebe als Anekdotenspeicher? Etwas in seiner Struktur scheint der Struktur der pointierten Geschichte entgegenzukommen. Eine Struktur ist eine Menge – von Punkten und so weiter –, in der gewisse Relationen geklärt sind. Die Verarbeitung schwieriger Geschichtsabschnitte, in denen gewisse Relationen noch ungeklärt sind, zu Zeitungsanekdoten, aus Anlaß von Jahrestagen. (›Dreißigster Jahrestag der Befreiung‹.) Anwendung der Mischtechnik: Löschen, auswählen, pointieren. Erzählbar bleibt, was der Chefredakteur einer jeden Zeitung annehmen kann: Heilsarmeegeschichten. (So drückt sich der Taxifahrer aus, Herr X: Gehn Sie mir doch vom Leib mit diesen Heilsarmeemärchen!) Sowjetische Soldaten, Suppe austeilend, Kinder rettend, kreißende Frauen ins Krankenhaus bringend.

Was alles nicht bestritten wird.

Was wollen Sie denn: Keine Armee der Welt konnte einen Krieg wie diesen als Heilsarmee überstehen. Die Wirkungen des Krieges sind auch auf diejenigen, die ihn nicht angefangen haben, verheerend. – Dies zu dem Taxifahrer gesagt, Herrn X, der seit fünfunddreißig Jahren in der Nähe wohnt und ›alles an Ort und Stelle miterlebt hat‹. Der zu verstehen gibt, daß er deinen Beruf kennt und nur deshalb den Mund aufmacht: Wenn Sie aber auch nur wissen wollen, was in der Zeitung steht, dann nichts für ungut.

Glaubhaft versichert er, daß er nicht gerne Soldat gewesen ist; wegen Wehrkraftzersetzung sei er sogar zwei Jahre lang eingelocht gewesen und habe deshalb das Ende von dem ganzen Schlamassel, nicht mehr kriegsdiensttauglich, zu Hause erlebt. Sein Nachbar, sagt er, habe ihn noch zuletzt bei der Gestapo angezeigt, weil er ihm wegen seiner führergläubigen Phantasien von der Wunderwaffe übers Maul gefahren war: Die Atombombe? Das ist für uns perdu! Derselbe Nachbar wurde dann, ob Sie's glauben oder nicht, vor unser aller Augen im Keller erschossen, weil er seine Lederjacke nicht ausziehn wollte. Und meine Frau hat sich nach einer Woche den Strick nehmen wollen. Ich hab sie ja auch nicht schützen können, dann wäre ich erledigt gewesen. Aber ich hab ihr gesagt, sie soll durchhalten, es kann ja nicht ewig dauern. Es hat vierzehn Tage gedauert, dann kam die zweite Welle, die Kampftruppen wurden abgelöst, dann kam die Kommandatur, dann kam Ruhe und Ordnung. Ich weiß ja nicht, wie Sie darüber denken, junge Frau: So was kann man doch nicht vergessen. Ja: Wenn sich der Deutsche auch so was hätte zuschulden kommen lassen. Aber ich sage Ihnen: Dazu hatten wir ja auch gar nicht die Zeit! Es liegt uns auch nicht.

Das war zwischen Teltow und Mahlow. Die Fahrt nach Schönefeld würde noch fünfzehn Minuten dauern. Fünfzehn Minuten gegen dreißig Jahre. Zorn zu zeigen würde nichts nützen, das war dir klar, Befremden würde ihn nur in sein Schweigen zurücktreiben. Aber was nützte überhaupt? Im Taxi die deutsche Kriegsschuld beweisen müssen . . . Deine ersten Sätze waren ungeschickt. Herr X bestritt ja die allgemeine deutsche Kriegsschuld nicht, bezweifelte keinen einzigen der Millionen sowjetischer Toten, auf die du die Rede brachtest. Er sagte nicht einmal: Das ist der Krieg. Daß wir angefangen haben: zugegeben. Auch daß die meisten hier ein Brett vorm Kopf hatten, vollkommen vernagelt waren mit ihrem Adolf. Nur: Was die dann mit uns gemacht haben – das steht auf einem anderen Blatt.

In dreißig Jahren ist es nicht gelungen, die beiden Texte, die in Herrn X' Kopf nebeneinander laufen, auf ein und dasselbe Blatt zu bringen. Er fängt an, Einzelheiten zu erzählen, die schlimm sind, du gibst es zu: schlimm; aber, fügst du hinzu, und schämst dich fast, Herrn X Informationen zu geben, die seit dreißig Jahren über Zeitung, Radio, Fernsehen auch in sein Wohnzimmer gedrungen sein müssen und gegen die er sich seit dreißig Jahren gesperrt hat. Es kann doch nicht sein, denkst du, daß er bestimmte Schilderungen nicht gelesen, gewisse Filme und Bilder nicht gesehen hat. Daß ihm nicht ein einziges Mal das Entsetzen angekommen ist. Schauder, Scham. Er hört dir sogar zu, aber man spürt ja, ob der, zu dem man spricht, einem glaubt oder nicht. Das will er nicht wahrhaben, daß die Rechnung der anderen Seite, wenn es ans Aufrechnen ginge, größer wäre. Beträchtlich größer. Was sagt er am Schluß? Nichts für ungut, sagt er noch einmal. Ich habe Ihnen ja nicht zu nahetreten wollen. Aber jeder hat nun mal seine Überzeugung. Und das eigene Hemd ist einem nun mal näher als des Fremden Rock.

Fast hätte Herr X dich dazu gebracht, die Geschichten von Bardikow als eine Kette von Zeitungsanekdoten zu erzählen. (Bestimmt wissen Sie nicht, was Angst ist, junge Frau.) Rechtzeitig fällt dir ein, was in den Gesprächen zwischen dem Moskauer Geschichtsprofessor und dir eines der Hauptthemen war: Die verfluchte Verfälschung von Geschichte zum Traktat. Er ist jetzt schon zehn Jahre tot. Mindestens sechs Jahre lang habt ihr euch gekannt, das ergibt sich aus den Daten der Briefe in der Moskauer Postmappe. Seine Atemnot wurde von Mal zu Mal schlimmer, immer häufiger kamen seine Briefe aus Sanatorien. Deine Besuche bei ihm in Krankenhäusern: in Berlin, in Moskau. (Stalins Tochter, sagte er – er hatte sie gekannt –, habe in einer Welt gelebt, die gar nicht existierte. Der Satz ging dir nach.) Moskau, wie du es vor- oder nachher nie wieder gesehen hast. Das Krankenhaus auf der Anhöhe. Der Garten, in dem sich einzeln oder in Gruppen langsam die Kranken bewegten. Der überraschende Blick auf die Silhouette der Stadt, dunkel vor dem blassen Goldrand nach dem Sonnenuntergang. Der Professor, der bei jedem Abschied dachte, daß es der letzte sei. Dem Selbstmitleid fernlag. Seine Augen, traurig, sein Lächeln. Im Krieg war er als Major Herausgeber einer Frontzeitung gewesen. An der Potsdamer Konferenz hatte man ihn als Beobachter teilnehmen lassen. Du dachtest manchmal, vielleicht habe er zuviel mit ansehen müssen. Dann lächelte er wieder, gab dir seine Artikel. Er glaubte an die Vernunft. Er zitierte Montesquieu, der dachte, ›daß die Vernunft eine natürliche Macht besitzt . . . ‚Man leistet ihr Widerstand, dieser Widerstand ist aber ihr Sieg; noch einige Zeit, und man wird zu ihr zurückkehren müssen.‘‹

Die letzte Begegnung – wenig später starb er – im dunklen

Auto im Park von Cecilienhof, wo er an der Stätte des Potsdamer Abkommens zu einer Konferenz gewesen war. Wie es kam, weißt du nicht mehr, jedenfalls fingst du an, von dem Dorf Bardikow zu erzählen. Von der ›Arche‹, dem Kommandanten Pjotr, den Überfällen. Er wollte mehr hören, alles. Manchmal lachte er, manchmal schwieg er. Am Ende sagte er, wenn er dich um irgend etwas beneide – er klagte nie, hatte nie das Gefühl, etwas versäumt zu haben –, so sei es das: Du würdest die Zeit erleben, da man offen und frei über alles werde reden und schreiben können. Die Zeit wird kommen, sagt er. Sie werden sie erleben. Ich nicht.

Heute weißt du, daß es im Zeitalter des Argwohns das aufrichtige Wort nicht gibt, weil der aufrichtige Sprecher auf den angewiesen ist, der aufrichtig zuhören wollte, und weil dem, dem lange das verzerrte Echo seiner Worte zurückschlägt, die Aufrichtigkeit vergeht. Dagegen kann er nichts machen. Das Echo, auf das er rechnen muß, schwingt dann als Vorhall in seinem aufrichtigsten Wort. So können wir nicht mehr genau sagen, was wir erfahren haben.

Nelly in den Augustnächten in der Scheune der Bäuerin Laabsch, Erna Laabsch, die drei Töchter hatte, Hanna, Lisa, Brigitte, und nur die mittlere, Lisa, hatte einen Anflug von Hübschheit. Die Sterne flimmerten durch das löchrige Dach, da lag Nelly wach zwischen ihrer Mutter, die auch nicht schlief, und Bruder Lutz, der, müde von der Feldarbeit, in Schlaf fiel, wenn er sich ausstreckte. Sie haben den Gesang der ›Russen‹ gehört – unter denen ja, wie sie inzwischen wußten, auch Nicht-Russen waren. Der Gesang war traurig und zugleich bedrohlich, fand sie, und sie hatte Angst in ihrer unverschlossenen Scheune. Die Witwe Laabsch, eine hagere, rackernde, scharfgesichtige Person, verrammelte und verriegelte ihre drei Töchter Nacht für Nacht wie den Goldschatz der Azteken, sagte Charlotte Jordan, der es keine Ruhe ließ, daß sie ihre Tochter nicht einriegeln konnte. Die Russen hatten den Dorfmädchen keine Nescafé-Büchsen zu bieten. Sie aßen schweres schwarzes Brot und liefen in verblichenen, durchgeschwitzten Soldatenblusen durchs Dorf. Manchmal schnappten sie sich ein Fahrrad und führten auf der Dorfstraße Kunststückchen auf. Sie marschierten in einem schnellen Marschschritt, über den sich die Deutschen lustig machten. Ein Mann, den sie alle nur den KZler Ernst nannten, sagte in der Bürgermeisterstube zu ein paar Frauen, die Deutschen seien wohl das einzige Volk auf der Welt, das andere Völker nach ihrem Marschschritt beurteile. Nelly dachte, das habe ich eben auch noch getan. Es kam ihr auf einmal lächerlich und beschämend vor. Die Lieder, die die Russen beim Marschieren sangen, unterschieden sich stark von den Liedern, die nachts über das Dorf kamen. Die Kinder liefen neben der Kolonne her, ahmten den Marschschritt nach und sangen: Leberwurst, Leberwurst, tamtata, Leberwurst!

Um diese Zeit etwa tauchte in Bardikow der Rote Kommandant auf. Sein Name war Fritz Wussagk. Ehe er leibhaftig kam, war er ein Gerücht in den Dörfern, das man glauben konnte oder nicht. Eines Tages aber hielt der legendäre Dogcart vor Nellys Bürofenster. Mit ihm waren sein ständiger Begleiter, ein Individuum namens Franz (Namen sind Schall und Rauch: Nenn mich Franz. Den Chef aber immer: Herr Wussagk, wenn ich bitten darf), und Manne Banding, der ehemalige Hitler-Jugend-Führer von Bardikow, der an der Ostfront seinen linken Arm verloren hatte. Ihn kannte Nelly, weil er ihr nachstellte. Eines seiner braunen Augen hatte in der Iris einen weißen Fleck. Charlotte Jordan fand ihn ›wenig erfreulich‹, und Nelly konnte nicht umhin, ihr zuzustimmen. Jetzt trug er am rechten Arm eine rote Binde mit einem weißen K.

Das K bedeutete ›Kommandant‹, Nelly erfuhr es von Herrn Wussagk persönlich. Ihn hatte nämlich die neue Besatzungsmacht, erklärte er, zum Kommandanten von fünf Dörfern ernannt – er zählte sie auf – und hatte ihm unter anderen sehr weitgehenden Vollmachten das Recht erteilt, in jedem dieser Dörfer einen Stellvertreter zu bestimmen, der für Ruhe und Ordnung zu sorgen, die Bevölkerung vor Banditen zu schützen und die Befehle des Oberkommandanten auszuführen habe. Ob das klar sei.

Wussagk war ein Mensch wie aus dünnen geschmeidigen Stahlseilen angefertigt. Man hatte sofort Furcht vor ihm und sagte sich im gleichen Augenblick: Wieso Furcht? Vor dem schmalen Männchen mit dem schütteren blonden Haar? Mit der schiefen Baskenmütze? Dann drehte er sich im Stuhl um, ein blitzender Blick fuhr einem übers Gesicht, eine der feinen, kleinen Hände zog sich nervös auf der Tischplatte zusammen; man wußte wieder, wovor man sich fürchtete. Alles klar, Herr Wussagk.

In den Dörfern wußte man, der Kommandant frühstückte gerne, und er lehnte auch das Stückchen Schinken nicht ab, das Rosemarie Steguweit aus dem Rauchfang holte, ebensowenig das Töpfchen Schmalz. Er hatte eine blitzschnelle Art, die Abgaben in Empfang zu nehmen, daß Nelly beim erstenmal dachte, eigentlich sei er mehr Zauberkünstler als Kommandant. Für Sonnabend bestellte er zwei Hühner, geschlachtet, ausgenommen und gerupft. Das Fräulein hier werde sie in seinem Auftrag zusammen mit Manne Banding requirieren gehn. Manne Banding grinste auf genau die Art, die Nelly auf den Tod nicht leiden konnte. Sie brachte es fertig, zum Sonnabend zwei Hühner bereit zu haben, ohne daß sie mit Manne Banding requirieren gehn mußte. Sie hatte der jüngsten Tochter der Witwe Laabsch, Brigitte, und Rosemarie Steguweit bloß flüstern müssen, Herr Wussagk, der Kommandant, habe ein unglaubliches Gedächtnis für Leute, die ihm einmal einen Gefallen getan hatten. – Das Laabsche Huhn war allerdings in besserem Futterzustand als das vom Bürgermeister. Kunststück, sagte Rosemarie Steguweit. Die kann doch Körner füttern.

Das Dorf, dachte Nelly, ist eigentlich schlauer als die Stadt. Ohne es sich direkt vorzunehmen, zog sie sich etwas von dieser Dorfschlauheit zu, wie eine unvermeidliche Ansteckung. Sonst gehst du hier sang- und klanglos baden, dachte sie. Und das wollte sie nicht. Es konnte ihr ja egal sein, wie die Bauern hier über sie dachten, aber komischerweise war es ihr nicht egal. Sie wollte ihre Stellung beim Bürgermeister halten, aus Gründen, die sie sich nicht zugab: Die Arbeit machte ihr Spaß. Sie verzog keine Miene, wenn einer der Bauern in ihrer Gegenwart zum andern sagte: Unser Fräulein hier ist auch nicht von gestern! Aber Spaß machte ihr das eben doch.

Womit gesagt ist, daß Angst und Spaß einander nicht ausschließen müssen, solange es sich um eine reale Angst vor wirklich vorhandenen Objekten handelt. Vor den Russen in ihrem Dorf verlor Nelly die Angst – nicht, weil sie sie als Helden, sondern weil sie sie als leicht komische Männer erlebte. (Lenka sagt: Bloß nicht wieder die Eiergeschichte! Du hast deinen Kindern die lästige Wiederholung von Standardanekdoten auch nicht erspart.)

Bei Nelly erschien eines Tages der junge Bursche des sowjetischen Kommandanten. Er hatte scheckiges blondes Stoppelhaar, blaßblaue Augen und ein mit Sommersprossen übersätes Gesicht, und er erklärte Nelly mühsam: Das Dorf habe alle drei Tage zwanzig Eier zu liefern, gegen Bezahlung. Ei – verstehn? Huhn – verstehn? Geld, Mark – verstehn? (Das war vor der Zeit, als Nelly den Burschen einfach Serjoscha, und lange vor der Zeit, als sie den Kommandanten einfach Leutnant Petja nennen wird.) Der strenge Ton des Jungen stand in bemerkenswertem Gegensatz zu seinem Gesichtsausdruck, und Nelly ließ den Burschen wissen, daß sie den Gegensatz bemerkte. Dazu braucht man keine Vokabeln. Der Bursche war auf eine strenge Weise verwirrt und machte Nelly haftbar.

Die hatte sich schon daran gewöhnt, haftbar zu sein für die Ausführung von Befehlen, die weit über ihre Kompetenz gingen. Der Bürgermeister, der wußte, seine Tage in diesem Amt waren gezählt, fand, es sei allein Nellys Aufgabe, die Eier herbeizuschaffen. Nelly zog also mit einem Henkelkorb am Arm los und erbettelte, erdrohte, erzwang von den Bauersfrauen die Ablieferung von Eiern für dreißig Pfennig das Stück: Richard Steguweit sagte, mehr könne man als reguläre Behörde nicht zahlen. Auf dem schwarzen Markt erzielte jedes Ei bis zu zwei Mark. Nelly malte aus, was dem Dorf passieren würde, wenn der Kommandant, den sie als sehr eigensinnig schilderte, die Eier nicht bekäme. Da gaben die Bäuerinnen seufzend zwei, drei Stück.

Mit immer noch dem gleichen Eierkorb am Arm erschien sie dann vor dem Schlagbaum, der den von der sowjetischen Kompanie besetzten Teil des Dorfes von dem anderen trennte. Die Eier und das Stichwort ›Kommandant‹ veranlaßten den Posten, den Schlagbaum vor ihr zu öffnen. (Später winkten die Posten nur, und sie ging unfeierlich um den Schlagbaum herum.) Man wies sie zur Gastwirtschaft ›Zum Grünen Baum‹, in deren Küche für die sowjetische Kompanie gekocht wurde. Fünf Köche, darunter zwei mit hohen weißen Mützen. Der größere dieser beiden, der Chefkoch, war befugt, den Eierhandel abzuwickeln. Nelly schob den Korb über die Theke, er zog aus der Tasche seiner Militärhose unter der weißen Schürze ein Bündel Geldscheine hervor, Besatzungsgeld. Nelly sagte, als stünde sie hinter ihres Vaters Ladentisch: Sechs Mark bitte. Der Koch legte einen Fünfzigmarkschein auf den Tresen. Nelly sagte: Zuviel. Der Koch sagte: Genug. Dies wiederholten sie dreimal. Nelly zeigte auch sechs Finger hoch. Dann wurde der Koch unzufrieden, er sagte: Nun gehn. Nelly nahm den Fünfzigmarkschein. Beim Hinausgehen mußte sie lachen. Vor diesem Oberkoch hatte sie keine Angst mehr.

Der Bürgermeister, der fast nur noch zu Bette lag, wollte mit dem Russengeld gar nichts zu tun haben. Nelly wisse ja, daß die Gemeinde sie für ihre viele Arbeit so gut wie gar nicht bezahlen könnte. Dreißig Mark im Monat, das hieß: ein halbes Brot.

Nelly führte gewissenhaft Buch über das Eiergeld und seine Verwendung, über die Zahl der eingesammelten Eier, die sie übrigens in der Ofenröhre der Amtsstube aufbewahrte, wo sie aber im Hochsommer nicht länger als vier, fünf Tage bleiben konnten. Andererseits war es klug, einen kleinen Vorrat anzulegen, weil der Ertrag der Sammelaktionen schwankte. Die Eier, die alt zu werden drohten, mußten gegessen werden. Von wem? Der Bürgermeister fand auch, das sei Nellys Angelegenheit. Nellys achtköpfige Familie konnte ohne Mühe ein Rührei aus zwanzig Eiern zum Abendbrot aufessen. Nelly bezahlte die Eier gewissenhaft von dem Geldüberschuß aus dem Handel mit dem Chefkoch. Es ging um keine geringen Beträge. Richard Steguweit sagte: Nun werden Sie regulär von den Russen bezahlt. Das war an dem.

Die Witwe Laabsch sagte zu Charlotte Jodan, die sie nicht leiden konnte, weil sie sich nicht von ihr einschüchtern ließ: Ihre Tochter soll ja bei den Russen bekannt sein wie ein bunter Hund. Sie geht ja wohl bei denen ein und aus.

Na und? sagte Charlotte. Schicken Sie doch Ihre Töchter hin, wenn Sie den Mumm dazu haben. Meine Nelly weiß sie zu nehmen. Die Russen sind auch Menschen.

Dann trat, für einige Wochen, der zweite Koch aus dem ›Grünen Baum‹ in Nellys Leben. Er erschien jeden Nachmittag gegen halb vier in der Bürgermeisterei. Anscheinend war sein Küchendienst dann zu Ende. Zuerst erkannte Nelly ihn kaum ohne seine weiße Mütze. Er muß ein Kaukasier gewesen sein, ein dunkelhäutiger Mensch mit schwarzen Augen und krausem blauschwarzem Haar. Er trat ein, grüßte, nahm sein Käppi ab und setzte sich in den abgeschabten Besuchersessel, von dem aus er Nelly ansehen konnte. Da saß er also und sah Nelly an. Ihr war er nicht geheuer. Sie versuchte, sein Anliegen herauszufinden. Er schwieg beharrlich, da gab sie es auf. Er blieb meist eine Stunde lang, spielte mit der Kurbel des alten Telefons, stand dann plötzlich auf, stülpte sein Käppi über, grüßte auf russisch und ging.

Als er zum drittenmal kam, begriff sie. Vor ihm brauchte sie gewiß keine Angst zu haben. Er sollte nur sitzen und sie anstarren, während sie in aller Ruhe – so tat sie wenigstens – schrieb, tippte, Besucher abfertigte, die übrigens die Stunde zwischen halb vier und halb fünf zu bevorzugen schienen und mit Bemerkungen über ihren stummen Gast nicht sparten. Charlotte sagte: Du kommst ins Gerede. Jetzt war es an Nelly, na und? zu sagen. Nicht auszuschließen ist, daß sie sich in Gegenwart des zweiten Kochs, den man im Dorf alsbald ›ihren Russen‹ nannte, ein bißchen herausfordernder bewegte als sonst. Vielleicht auch nicht. Vielleicht versäumte sie es, die Lage auszunutzen. Er saß und sah sie an. Die Struktur ihrer Beziehungen war klar.

Einmal, nach drei, vier Wochen, hatte er die Kurbel des Telefons abgeschraubt, ließ sie neben dem Telefon liegen, stand schnell auf, vor der Zeit, ging grußlos und kam niemals mehr wieder.

Der hat Angst gekriegt wegen dem kaputten Telefon, sagte Onkel Alfons Radde. Nelly bemühte sich, das zu glauben, über den Zweifel hinweg, den sie hegte. Sie sah den zweiten Koch, wenn sie alle drei Tage mit den Eiern in den ›Grünen Baum‹ kam, aber er hielt sich im Hintergrund und blickte nicht zu ihr herüber. Nelly fragte sich nicht, inwiefern er sie enttäuscht hatte.

(Dreiundzwanzig Jahre später, in einer Stadt an der Wolga, nach der zweiten Flasche Sekt im Kulturhaus, ehe der Film anfängt, fragt der Mann, der zu dem Sekt eingeladen hat – ein Journalist, Russe –, ob du das Dorf D. kennst. Es liege in Mecklenburg. Du hattest den Namen dieses Dorfes nie gehört. Er aber hat 45 monatelang in diesem Dorf gelegen, als Sergeant. Es gab dort ein junges Flüchtlingsmädchen, Anna B. Sie war schön. Es könnte doch sein, daß sie noch in diesem Dorf ist, sagt der Mann. Du erbotest dich, beim Rat der Gemeinde von D. anzufragen. Der Mann dachte nach. Ja, sagte er schließlich. Tun Sie das, bitte. Und wenn Sie von ihr Nachricht bekommen, dann fragen Sie sie, ob sie ein Kind hat, das jetzt zweiundzwanzig Jahre alt ist. Und schreiben Sie es mir. – Der Rat der Gemeinde von D. antwortete auf deine Anfrage umgehend, eine Frau namens Anna B. – oder eine Frau, deren Mädchenname Anna B. war – sei in dem Dorf nicht bekannt. Leider. – Unsinnigerweise ist es dir schwergefallen, dem Mann, mit dem du Sekt getrunken hattest, diese Auskunft zu schreiben.)

Es war Herbst geworden, Oktober. Wie seit langem erwartet, wurde der politisch belastete Bürgermeister Richard Steguweit abgelöst, das Gemeindeschild von Steguweits Haus entfernt und am Zaun von Schuster Sölle angeschraubt, der Nelly nicht brauchte, weil seine eigene Tochter ihm bei der Schreibarbeit helfen würde.

Nelly hatte keinen Grund mehr, in den ›Grünen Baum‹ zu gehen. Eine letzte Amtshandlung aber wurde ihr noch abverlangt: Sie hatte als Listenführerin anwesend zu sein, während eine junge sowjetische Militärärztin zwei Tage lang alle Frauen des Dorfes auf Geschlechtskrankheiten untersuchte. Bei Häusler Stumpf am Ringweg war eine Stube ausgeräumt: Sofa, Küchentisch für Nelly, Holzstuhl, Wohnzimmertisch mit Stuhl für die Ärztin, Waschschüssel mit Desinfektionswasser in der Ecke, am Nagel ein Handtuch, das

Frau Stumpf häufig zu wechseln hatte. Auf dem Kanonen-ofen in der Ecke kochte Schwester Nadja Tee. Die Frauen, nach dem Alphabet geladen, standen vor dem Haus Schlan-ge. Die Männer des Dorfes gingen grinsend vorbei. Nelly trank mit der Ärztin und Schwester Nadja Tee, sie redeten miteinander, so gut sie konnten, sie rief die Frauen herein, bestätigte die Identität, hakte den Namen in der Liste ab und lernte es, bestimmte medizinische Ausdrücke in die dafür vorgesehene Spalte einzutragen. Sie verpflichtete sich, den hippokratischen Eid, den sie nicht geschworen hatte, zu ach-ten und niemandem die Namen der sechs oder sieben Frauen zu nennen, die sich als womöglich infiziert zur ge-naueren Untersuchung in die Kreisstadt begeben mußten. Es war ein bedeutsames Erlebnis. Zum erstenmal sah Nelly mit an, wie Frauen ausbaden mußten, was die Männer ange-richtet hatten! Manche – die Pfarrfrau zum Beispiel – wein-ten. Nelly versuchte die Ärztin zu bewegen, Ausnahmen zu machen, vergeblich. Sie erbot sich, für Frau Pfarrer Knop zu bürgen. Die Ärztin sagte streng: Njet. Sie machte ihr be-greiflich, daß Nelly auch für sich selbst nicht bürgen könnte. Das war klar. Die Arbeit der Ärztin war gewiß notwendig und richtig. Aber Nelly fand es überflüssig, jede Frau vor der Untersuchung zu fragen, ob sie verheiratet sei.

Am Abend des ersten Tages sagte die Ärztin: Deutsche Frauen Schweine. Es kam heraus, daß sie von einer unver-heirateten Frau verlangte, sie sollte Jungfrau sein. Durch die Heftigkeit, mit der sie diese These bekämpfte, erfuhr Nelly, daß sie in diesem Punkt anderer Meinung war. Seit wann? Und wodurch? Sie schien sich selbst nicht mehr zu kennen. Sie hatte einen Ekel vor diesem mit Wachstuch bedeckten alten Sofa, auf das sich wie am Fließband eine Frau nach der anderen legte. Sie wußte nicht, wohin mit ihrer Wut.

Da sie bei Steguweits als Hausmädchen blieb – ohne Gehalt, nur für das Essen –, fand sie beim Ausfegen unter den Ehebetten von Rosemarie Steguweit und ihrem vermißten Mann einen Karton mit Büchern, darunter manche, die sie in der Schulbibliothek bei Julia Strauch ausgeliehen hatte. Alle übrigen Hausbewohner – auch der ehemalige Bürgermeister, den der Entzug seines Amts schlagartig gesund gemacht hatte – waren in der Kartoffelernte. Nelly gab den Kindern Edeltraut und Dietmar Spielzeug und setzte sich selbst in den Sessel, der einst Besuchersessel in der Amtsstube gewesen war, um stundenlang, ganze Vormittage lang zu lesen. Noch einmal las sie ›Die Wagenburg‹ von Friedrich Griese, las ›Opfergang‹ von Rudolf Binding, ›Der Arzt von Gion‹ von Hans Carossa und glaubte zu leiden, während sie las. Jetzt erst – zu verwundern ist es nicht – stellte sich jene Art von Schmerz ein, den du ›Phantomschmerz‹ nennen würdest und den Amputierte in dem Glied, das sie verloren haben, zu empfinden pflegen. Es schmerzte sie heftig, was sie nicht mehr hatte und nicht mehr war. Die Bücher lieferten ihr das Gift des Selbstmitleids.

(Interviewfrage: Glauben Sie an die Wirkung von Literatur? – Gewiß, doch wahrscheinlich anders als Sie. Ich glaube, daß jener Apparat, der die Aufnahme und Verarbeitung von Wirklichkeit zu tätigen hat, von Literatur geformt wird; bei Nelly war er – sie wußte es nicht – schwer beschädigt. – Wie sind wir so geworden, wie wir heute sind? Eine der Antworten wäre eine Liste mit Buchtiteln.)

Angst beschreibt merkwürdige Bögen. Sie zieht sich zurück, wenn man sie benennt, und tritt stark hervor bei jedem Versuch, ihr auszuweichen. In allergrößter Angst erzählt man heitere Geschichten, die den Druck über dem Magen – eine genau umschriebene Stelle – nicht auflösen können. Vergiftet von Angst, deren Ursprung du nicht nennen kannst (eine Unfähigkeit, die dich von jeder Anteilnahme ausschließt), träumst du nachts, du lägest in einer abgründigen Höhle, von deren Felswänden es tropft, auf einer Pritsche, bis man dir nach längerer Zeit die Erlaubnis gibt, deine Wohnung wieder zu beziehen. Du stehst vor einer Tür, die du vorher niemals gesehen hast, aber untrüglich als die deine ausmachst. Auf dein Klingeln öffnet ein feiner, gepflegter, weißhaariger Mann, in dem du sofort ›Felix Dahn‹ erkennst (den ›Kampf um Rom‹ muß Nelly in jenen Jahren gelesen haben). Du wirfst einen Blick durch die offene Tür: Dieser Mann bewohnt deine Wohnung. Deinen Anspruch weist er mit einem feinen, erstaunten Lächeln zurück. Allerhöchstens könnte er sich vorstellen, daß du eine ganz gleiche Wohnung in einem womöglich ganz gleichen Nebenhaus innehättest. Du stehst vor deiner Tür und mußt einsehen: Du wirst niemals beweisen können, daß es die deine ist. Es gibt keine Aussicht für dich, je nach Hause zu kommen.

Der Verzweiflung nicht achtend, mit der du erwachst, entschließt du dich, vorerst bei den lustigen Geschichten zu bleiben, bei den Gauner- und Bubenstückchen, an denen unkontrollierte Zeiten reich sind. Man könnte ja immer so weitererzählen. (Wann ihr angefangen habt, über diese Geschichten zu lachen, ist eine andere Frage, eine interessante ästhetische Frage: Ein und dasselbe Material wechselt sein Genre, je nachdem, ob die Leute, die es erzählen und denen es erzählt wird, imstande sind, es traurig oder lustig zu finden.) Fritz Wussagks, des Roten Kommandanten, Hochzeit spaltete die Bevölkerung der fünf Dörfer, die ihm tributpflichtig waren, in zwei Lager: in die wütenden Bauern und die lachenden Flüchtlinge. Denn die Bauern waren es, die das Festmahl zu bestreiten hatten, und das nicht zu knapp, wie Charlotte schadenfroh sagte. Zur Vorbereitung dieses Mahles lief unter den Augen der Besatzungsmacht, aber ohne ihr Wissen eine Ablieferungsaktion landwirtschaftlicher Produkte in größerem Stil an. Fritz Wussagks Braut war ein blasses Flüchtlingsmädchen aus Barkhusen, an dem es drei Auffälligkeiten gab: farbloses krauses Haar, zwei kreisrunde rote Flecken auf den Backenknochen und eine piepsige Stimme. Sie hieß Ilse Wiedehopf, und Wussagk nannte sie in aller Öffentlichkeit ›Ilsie‹.

Die Trauung dieser beiden war die letzte Amtshandlung des Bürgermeisters und Standesbeamten Richard Steguweit, den Nelly aus diesem Anlaß zum einzigen Mal in einem weißen Hemd, einer dicken schwarzen Tuchjacke und mit schwarzem Schlips sah. Von allen schwitzenden Anwesenden schwitzte er am meisten.

Sind Sie, Fräulein Ilse Wiedehopf, bereit, Ihrem Verlobten, Herrn Fritz Wussagk, nach Ihrer Verehelichung eine allzeit treue Ehefrau zu sein? – Ja, piepste Ilsie. Ilsie war eine weiße Braut. Weiß und zu Tränen ergriffen. Aber das war zu erwarten gewesen. Viel unerwarteter kam es für Nelly, daß auch Franz, Wussagks Leibwächter, den Charlotte Jordan ›verwogen‹ nannte (ein durch und durch verwogener Typ), in hemmungsloses Schluchzen ausbrach und daß Wussagk selber (›kalt wie Hundeschnauze‹) den allergrößten Wert auf die feierliche Aufmachung der Amtshandlung und auf strikte Einhaltung aller Formalitäten legte. Es ging das Gerücht, daß er Frau Pfarrer Knop ein Kalb geboten hatte, wenn sie ihn kirchlich trauen würde (ein Kalb, gegen das sie zum Beispiel eine Altardecke eintauschen konnte, die aus der Kirche von Bardikow kürzlich gestohlen worden war). Frau Pfarrer aber verabscheute den Tanz ums Goldene Kalb und schützte zum erstenmal ihre fehlende Amtswürde vor. Sie war ja dann später, ›als der ganze Laden aufflog‹, die einzige, die ›Instinkt‹ bewiesen hatte.

Die Hochzeit des Roten Kommandanten, zu der an die hundert Gäste geladen waren, fand in einer ausgeräumten, frisch geweißten und von zehn Barkhusener Frauen geschrubbten Scheune statt. An jeglicher Art von Fleisch sei die Fülle gewesen, und der schwach verdünnte Sprit sei in Strömen geflossen. Auf dem Höhepunkt des Festes hätten die Damen sich durch gewisse Tänze (auf den Tischen!), die Herren sich durch ein Pistolenschießen auf leere Flaschen beweisen müssen. Der Wussagk mochte ein Erzgauner sein, aber Feste feiern, das hat er gekonnt. Das mußte der Neid ihm lassen. An der offenen Scheunentür drängelten sich die Kinder und Halbwüchsigen von Barkhusen, wurden großzügig verköstigt und kriegten einen starken Schuß Sehnsucht verpaßt nach dem, was sie für ›Leben‹ hielten. Der Wussagk, der Mensch, der versteht zu leben.

Dann war er weg. Die Dramaturgie jener Jahre trat in Kraft: Das unvermutete Auftauchen von Personen, die ihn erkannten, den Mund nicht halten konnten, ein Gerücht in Umlauf setzten, das den neuen Behörden zu Ohren kam, führte zu seiner Entlarvung. Allerdings war er ›vor dem Umbruch‹ in Haft gewesen, aber nicht aus politischen Gründen: Außer Ilsie Wiedehopf konnten noch zwei andere Frauen in verschiedenen deutschen Kleinstädten sich auf eine rechtmäßige Trauung mit ihm berufen. Er war also, wie Charlotte Jordan mit Befriedigung feststellte, ein gewöhnlicher Bigamist. Daß kein Mensch auf dieser weiten Gotteswelt den Wussagk zum Roten Kommandanten ernannt hatte, verstand sich am Rande. Leutnant Petja, der einen Wutanfall kriegte, als er die Zusammenhänge erfuhr, erschien mit dem Burschen Serjoscha beim Bürgermeister, um sich in allerstrengstem Ton zu erkundigen, warum man ihm vom Treiben des Wussagk nicht berichtet habe. Nelly sagte ihm die Wahrheit: Aus Angst, verstehn? Der Leutnant brüllte njet! und knallte beim Hinausgehen die Tür hinter sich zu. Unergründlich, wie Menschen nun mal sind, rechneten die fünf Dörfer es Ilsie Wiedehopf hoch an, daß sie schwor, ihrem Manne die Treue zu halten. Einen Mann, soll sie gesagt haben, der einer Frau eine solche Hochzeit ausrichte – einen solchen Mann lasse man nicht im Stich. Durch und durch schlecht ist er nicht gewesen, sagte Charlotte. Sie hatte mit ihm lange Gespräche geführt, hauptsächlich über mystische Themen, an denen der Rote Kommandant sehr interessiert war. Bei ihren Hamstergängen über Land hatte sie öfter seinen Schutz in Anspruch genommen: In seinem Bereich duldete er kein Banditentum. Wenn die anderen es einem Menschen so leicht machen, ein Strolch zu werden, meinte Charlotte, dann sollen sie sich nicht wundern, wenn er einer wird. Unterwegs zwischen Witnica und Kostrzyn – am Sonntag, dem 11. Juli 1971 (ein Datum, das jetzt, im März 1975, schon so weit zurückliegt, daß es dich entmutigt) –, mittags, auf der Fahrt durch die jetzt menschenleeren Dörfer, fragst du Bruder Lutz, wann ihr eigentlich angefangen habt, Frahms Haus ›die Arche‹ zu nennen. Lutz weiß nichts davon. Er hat Frahms Haus niemals die Arche genannt. Obwohl ihm dieser Name sehr passend erscheint.

Frahms waren ja die einzigen, die sich beim Anbruch des Winters bereit zeigten, noch Flüchtlinge aufzunehmen, zum Beispiel solche, die den Sommer über in einer Scheune lagen, den Unbilden der Witterung ausgesetzt. Freiwillig zog man nicht gerne zu Frahms, das Haus stand zu einsam: zwei Kilometer vom Dorf, zwei Kilometer von der Schwarzen Mühle entfernt, am Schnittpunkt zweier Feldwege, unweit vom Waldrand. Auf die landschaftlich schöne Lage kam es aber nicht an. Es wäre auf eine sichere Lage angekommen. (Es ist nicht zu glauben, daß heute in Frahms Haus nicht mehr als vier, fünf Personen wohnen. Die junge Frau Frahm ist mit ihrem Sohn allein, als ihr kommt. Sie ist die einzige, die ihr nicht von früher her kennt. Sie hat Werner geheiratet, der für die Pflanzenproduktion der LPG verantwortlich ist. Sie führt euch durch das Haus und muß lachen, wie du aus der Erinnerung in jedem Zimmer eine ganze Familie einquartierst.)

Es zeigt sich: Auch Lutz hat den Belegungsplan von Frahms Haus im Kopf. (Bei eurem Besuch 74 sitzt ihr mit der jungen

Frau Frahm in genau dem Zimmer, in dem damals Nellys Familie gewohnt hat. Es ist heute ein modernes Wohnzimmer, wie in jeder Stadtwohnung auch. Als die junge Frau hinausgeht, um die alten Fotoalben zu holen, zeigst du H., wo der große Holztisch stand, um den die Familie sich zum Essen setzte, wo der alte Kachelofen, wo die Betten waren. Die neue Einrichtung irritierte dich und überdeckte deine Erinnerung. Du mußtest die Augen schließen, dann sahst du wieder deutlich den dürftigen Raum, den zerschlissenen Sessel, den Nelly sich ans Fenster rückte, um die drei Föhren auf der anderen Straßenseite anzusehen, die ihr mehr Eindruck machten als alle anderen Bäume vorher. Es schien dir unglaublich, daß sie gefällt sein sollten; du hattest sie H. als untrügliches Erkennungszeichen für die Lage des Hauses geschildert. Sie sind abgeholzt worden, weil sie eine Gefahr für die Überlandstromleitung darstellten, sagte die junge Frau Frahm.)

Lenka behauptet, man könne sich doch nicht sechsundzwanzig Jahre lang die Namen von achtundzwanzig Menschen merken, mit denen man mal zusammen in einem Haus gewohnt hat. (Ihr wart bei der Zusammenrechnung der Bewohner der Arche auf die Zahl achtundzwanzig gekommen.) Ach! sagtet ihr. Nicht nur die Namen! Man sieht sie alle noch vor sich, jeden einzelnen. Sie kamen aus Mecklenburg, Brandenburg, Pommern, Schlesien, Westpreußen, Berlin. Die wirrhaarige ausgemergelte Frau Mackowski, die mit ihren fünf Kindern und ihrem invaliden Mann in der Stube neben Jordans wohnte, nur durch eine dünne Tür von ihnen getrennt, schimpfte auf polnisch, wenn sie nachts auf den Flur trat, um Fräulein Tälchen zu verwünschen – Lydia Tälchen, die in ihrem einzigen Zimmer, das sie mit ihrem unschuldigen Sohn Kläuschen teilte, wechselnden Männerbesuch empfing, und zwar so unorganisiert, daß häufig ein Besucher dem anderen ins Gehege kam und alle zusammen dem Heinz Kastor in die Quere liefen, der in der Kammer über dem Pferdestall wohnte und sich für Lydia Tälchens festen Freund hielt. Es gab also handgreifliche Auseinandersetzungen, nachts, bei den dünnen Wänden und in Gegenwart aller Kinder, besonders der Kinder des Schusters Makkowski, eines hinkenden kranken Mannes, der sich still verhielt und Genüge daran fand, daß er imstande war, seine Frau zu ertragen und fast jeden Schaden zu reparieren, der in dem weitläufigen Haus auftreten konnte.

Ein Sicherheitsrisiko wurde Lydia Tälchen erst später, in den dunklen Winternächten, wenn es darauf angekommen wäre, Tür und Tor zuverlässig zu verrammeln und sie niemals – auch nicht einem Liebhaber als Ausschlupf – zu öffnen. Vorher aber mußte in der Waschküche noch Rübensirup gekocht werden, der KZler Ernst, ein Berliner, der mit seinem deutschen Schäferhund namens Harro im Giebelzimmer wohnte und ein Meister aller Finten war, hatte eine Kuh zu schlachten, Weihnachten mußte von allen gemeinsam in Frahms Wohnstube gefeiert werden, eine Gelegenheit für jeden, mit einem Beitrag zur Unterhaltung hervorzutreten. Irene, die zweiundzwanzigjährige Tochter des Lehrers Ludwig Zabel aus Glogau in Schlesien, sang also, wie sie es auch sonst oft tat, ›Alle Tage ist kein Sonntag‹, und jeder wußte, daß sie an ihren Verlobten Arno dachte, der im Westen vermißt war und dem sie in beispielhafter Liebe und Treue anhing, und sie sang auch die letzte Strophe: ›Und wenn ich einst tot bin, / sollst du denken an mich / jeden Abend, eh du einschläfst, / aber weinen sollst du nicht.‹ (Bruder Lutz, der Dreizehnjährige, ließ keinen Blick von Irene, während sie sang. Ja, sagt er heute noch, die hab ich gut leiden können.)

Dann hatten ›die vier Mädchen‹ einen Kanon vorzutragen: ›Abendstille überall‹. Die vier Mädchen waren Irenes jüngere, blondere und kleinere Schwester Margot, Frahms fünfzehnjährige Tochter Hanni, Herta, die Magd, und Nelly. Unübertrefflich aber und unersetzbar war eigentlich nur die Darbietung von Lydia Tälchen, die nicht davor zurückschreckte, sich diesem Kastor, einem undurchsichtigen Hallodri, beinahe auf den Schoß zu setzen und ihn anzuplieren mit ihren großen braunen Kuhaugen, die sich dann aber, wenn sie an die Reihe kam, mit einer schraubenartigen Drehung in Hüften und Schultern zu erheben und, nach kurzer Kunstpause, ›Mamatschi, schenk mir ein Pferdchen‹ zu geben wußte, und zwar derart innig, daß den meisten die Tränen kamen. Zum erstenmal erfuhr Nelly: Kunst ist imstande, über die Moral den Sieg davonzutragen.

Nelly hat es einzurichten versucht, daß sie neben Lehrer Schadow zu sitzen kam, dem jungen, blassen Menschen, der als erster Neulehrer die Dorfjugend von Bardikow unterrichtete und dem Bruder Lutz noch heute achtungsvolle Worte widmet: Der war nicht der schlechteste. Du, der war schwer in Ordnung. Gehungert hat der, daß die Schwarte knackte. Aber er hat sich von den Bauern nicht mit Speck und Wurst bestechen lassen, ihren Söhnen bessere Zensuren zu geben, als sie verdienten ... Älter als zwanzig, einundzwanzig konnte er doch nicht sein. Wo kam er her, warum war er in keinem Gefangenenlager? Vielleicht war er krank, vielleicht verwundet. Nelly hielt ihn bei sich für ›rein‹ (mein Gott: rein! Das war ihre Bedingung). Sie gebrauchte das Wort nicht, aber so war ihr Gefühl. Natürlich suchte Armin Schadow nicht ihre Nähe, sondern die von Hanni Frahm, die war breit gebaut wie ihre Mutter, fröhlich, geradlinig und arbeitsam, und sie würde, wie sich bald herausstellte, den Lehrer heiraten und hatte ihn auch verdient. Nelly dagegen fügte der Sprüchesammlung an ihrer Bettwand in der Bodenkammer eine Mahnung hinzu, auf weißes Papier geschrieben und mit einer Reißzwecke an die brüchige Wand gepinnt: ›Reif sein heißt leiden können / von lieben Wünschen ruhig scheiden können / und alles Glück den andern gönnen.‹

Im übrigen wurde ihr die unvergeßliche Lehre zuteil: Wenn kein Essen da ist, geht alles ums Essen. Ein für allemal weiß sie über Sirupkochen Bescheid: Über den Geruch, den die vorgekochten Rübenschnitzel abgeben und der wochenlang in Schwaden über Frahms Hof zog, widerlich. Deshalb, Lenka, hat es bei uns niemals Sirupbrote gegeben, was gewiß undankbar und ungerecht ist. Nelly hat keine höhere Eßfreude kennengelernt als die, den ersten Löffel dunkelbraunroten Sirups zähflüssig über das Vollkornbrot fließen zu sehen, das Frahms selber buken und das mit gewöhnlichen Messern nicht zu schneiden war. (Zu schweigen, daß es später dieser Sirup gewesen ist – von dem heimgekehrten Vater zu Nelly ins Lungensanatorium gebracht, von ihr nachmittags tassenweis gelöffelt, der die Heilung des Infiltrats in ihrem rechten Lungenflügel beschleunigte: Sirup, und nicht, worauf andere Kranke schworen, Dachsfett oder der eigene Urin.)

Andere Bilder: Die Mutter, Charlotte, die nun so dürr ist, wie sie werden kann, Haut und Knochen. Ihr fällt es zu, nach Nahrungsmitteln über Land zu laufen. Sie bindet sich ihren schweren, braunen, aus einer Decke gefertigten Rock mit einem Stück Hanfschnur um die Taille, legt sich mehrere Lagen Zeitungspapier in die ausgetretenen Schuhe, stülpt gegen den Regen einen sauberen Sack über den Kopf, wie die Müllersknechte. So läuft sie furchtlos die unsicheren Wege, stundenlang, und wenn sie wiederkommt, oft im Dunkeln, setzt sie einen Beutel Mehl auf den Tisch, ein kleines Stückchen Butter, ein winziges Klümpchen Schmalz. Wie sie es nur macht, Charlotte. Ja: Wo du nicht bist, Herr Jesu Christ, da schweigen alle Flöten! – Das war nun wieder ihr verfluchter Hochmut, den Tante Liesbeth nicht aushält. Sie gibt spitze Widerworte. Wie es weitergeht, weiß man:

Streit. Die Pellkartoffeln in der Einheitssoße zwei (fettarm) werden in vollkommenem Schweigen beim trüben Schein eines Hindenburglichtes verzehrt, düster und wortlos und immer noch bei Stromsperre wird im Flur, den Nellys Familie als Küche nutzt, das Geschirr abgewaschen, stumm und erbittert zieht ein jeder sich auf sein Lager zurück: die Jordans mit Schnäuzchen-Oma in jene Bodenkammer, in deren Mitte der Eimer steht, den jeder, da ihre Nahrung hauptsächlich angefrorene Kartoffeln sind, mindestens dreimal in der Nacht aufsuchen muß.

Bruder Lutz kennt, man kann ihn fragen (und du fragst ihn, am Telefon; er lacht: Das willst du schreiben?), die Kuhgeschichte in allen ihren verwickelten Einzelheiten, wie sie nur ein Mensch vom Format des KZlers Ernst planen und durchführen konnte: ein Mensch wie aus einem Schelmenroman entsprungen. Er hatte unten in seinem Spind seine KZ-Lumpen verstaut, aber er sagte niemandem, wann, wo und warum er im Lager war. Er fand, Traurigkeit half der Menschheit nicht weiter, und Essen und Trinken halten Leib und Seele zusammen. Er lief mit seinem Hund Harro ins Nachbardorf. Dort sollte einem Gerücht zufolge einem Bauern ein herrenloser Ochse zugelaufen sein. Ernst konnte dem mißtrauischen Bauern einreden, das Tier gehöre ihm. Zurückgekehrt, brachte er den Bauern Frahm, der krumme Touren sonst ablehnte, dazu, ihm Futter für vier Tage zu geben, mit dem er ›seinen‹ Ochsen auslösen konnte. Diesen nun wieder, ein erbarmungswürdig klapperdürres Vieh, gab Bauer Frahm auf sein Soll ab, wofür er ein gut genährtes Kalb, eigentlich zur Ablieferung bestimmt, Herrn Ernst überließ, der es unverzüglich notschlachtete und ein Festessen für alle Bewohner der Arche gab. Jeder hatte ein riesiges Stück Fleisch auf seinem Teller. Frahms große Küche faßte die Leute kaum, Mackowskis Kinder, deren ungekämmte Schöpfe zweifellos die Brutstätte für die im Haus umgehende Läuseplage waren, wurden milde geduldet, und auf dem Höhepunkt der Stimmung erhob sich der ernsthafte Lehrer Ludwig Zabel aus Glogau in Schlesien, ein Kalbsbein in der Hand, und schmetterte: ›Trinke, Liebchen, trinke schnell, trinken macht die Augen hell!‹ – Dann stießen sie mit Kalbsknochen an auf das Kalb, das aus unerklärlichen Gründen ›Melusine‹ geheißen hatte. Bauer Frahm und seine Frau saßen am Kopfende der Tafel und aßen vergnügt von ihrem eigenen Kalb. Nelly merkte, daß man auch vom Essen betrunken werden kann.

März fünfundsiebzig. Nachts hochschrecken, wenn die abflachende Schlafkurve von der steil ansteigenden Kurve der Angst geschnitten wird. Eine, neuerdings zwei Schlaftabletten öffnen die Klammer für vier, fünf Stunden. Grundlos, wie du zugibst. Grundlose Angst. Verräterisch der Doppelsinn der Wörter. Undurchschaute Abläufe. Hilfserklärungen. Bei dem Versuch, Unberührtes zu berühren – Ungesagtes auszusprechen –, wird Angst ›frei‹. Die freie Angst macht den von ihr Befallenen unfrei. Eine Uhr, die sich selbst aufzuziehen scheint und so laut tickt, daß der Wunsch gerechtfertigt ist, sie mitten am Tag, mitten in der Arbeitszeit zu übertönen, mit Musik. Johann Christian Bach, Sinfonie g-Moll, op. 6. (›Der tragische Zug, der dieses Werk beherrscht . . .‹) Achtzehntes Jahrhundert, sechziger Jahre. – ›Sei dennoch unverzagt, gib dennoch unverloren.‹ Paul Fleming. Siebzehntes Jahrhundert. Angstreiche Zeiten.

(›. . . das persönliche Bekenntnis eines klassenbewußten Bürgerlichen zu nationalem Denken und Fühlen. . .‹) Anrufung der Schutzheiligen, im Bewußtsein von Mogelei: sie zuständig zu machen für Ängste, die ihnen unbekannt gewesen sind. (›Sein Unglück und sein Glücke / ist ihm ein jeder selbst.‹ Tapferer, glücklicher, gläubiger Mann.)

Die Musik tut, was sie tun soll. Die Fragen lassen sich ruhiger stellen. Nämlich: Handelt es sich um die banale Angst vor den Folgen von Tabuberührungen, um Feigheit also, die durch einen moralischen Akt zu überwinden wäre? (Frage aus dem Publikum: Und warum schreiben Sie nicht lieber über die Gegenwart? – Gegenfrage: Was ist ›Gegenwart‹? Verlegenes Lachen.) Oder ist es die Grundangst davor, zuviel zu erfahren und in eine Zone von Nichtübereinstimmung gedrängt zu werden, deren Klima ihr nicht zu ertragen gelernt habt? Eine Angst von weit her also und von klein auf, vor Selbstverrat und Schuld. Unselige Hinterlassenschaft.

Nachts, in der schimmernden Dunkelheit, von der Einsicht getroffen werden, daß die Notwendigkeit, sich auszuliefern, und die Unmöglichkeit, es zu tun, einander die Waage halten. (Das, was man scheitern nennt?) Gegenstandslos die alltägliche Versuchung, ins Unerhebliche auszuweichen.

Wie würdest du schreiben in der Gewißheit, daß du in zwei Jahren stirbst?

Die Antwort ist nicht dazu angetan, dich zu beruhigen.

Gibt es nur die Alternative zwischen Schweigen und dem, was Ruth und Lenka ›Pseudo‹ nennen (falsch, unecht, unaufrichtig, unwahr)? Du bestreitest es dir, nachts. Du stellst dir vor: Aufrichtigkeit nicht als einmaliger Kraftakt, sondern als Ziel, als Prozeß mit Möglichkeiten der Annäherung, in kleinen Schritten, die auf einen noch unbekannten Boden führen, von dem aus auf neue, heute noch unvorstellbare Weise wieder leichter und freier zu reden wäre, offen und nüchtern über das, was ist; also auch über das, was war. Wo die verheerende Gewohnheit von dir abfiele, nicht genau zu sagen, was du denkst, nicht genau zu denken, was du fühlst und wirklich meinst. Und dir selber nicht zu glauben, was du gesehen hast. Wo die Pseudohandlungen, Pseudoreden, die dich aushöhlen, unnötig würden und an ihre Stelle die Anstrengung träte, genau zu sein ... (›Was du noch hoffen kannst, / das wird doch stets geboren.‹)

504

Wie doch die Angst zurückweicht, wenn man nur anfängt, daran zu denken. Wie die böse Ahnung, daß es dir bald die Rede verschlagen wird, sich auflöst und dafür Lust entsteht. Lust zu reden und, wo möglich und nötig, auch zu schweigen. – Über verschiedene Arten von Angst.

In der Nacht nach dem Gastmahl mit dem Kalb Melusine ließ Lydia Tälchen – es ging schon auf Morgen zu – einen ihrer Geliebten zur Giebeltür hinaus. Es handelte sich um den leicht hinkenden Sohn des Großbauern Voß, der zwar Frau Tälchen ein Ei und ein Schlückchen Milch bringen konnte – im Gegensatz zu Heinz Kastor, der schwer betrunken und ganz mittellos im Giebelzimmer bei Herrn Ernst schlief –, nicht aber in der Lage war, sie gegen physische Gewalt zu verteidigen. Jedenfalls war es weder ihm noch der zarten Lydia möglich, die halboffene Tür, gegen die von außen kräftig gedrückt wurde, wieder zuzukriegen. Russische Laute, die auch die Familie Frahm aus dem Schlaf rissen. Es handelte sich um vier sowjetische Soldaten, die in ihrer Sprache der zitternden Lydia Befehle erteilten und sich untereinander halblaut verständigten. Bei diesem ersten Mal ging es schnell: Lydia, des Russischen unkundig, verstand gleich, was verlangt wurde, öffnete eilig die Tür zur Räucherkammer, jeder der vier packte an Schinken und Würsten, was er tragen konnte, und ehe Frahms noch auf waren, ehe Charlotte und Nelly Jordan aus ihrer Bodenkammer nach unten kamen, war alles vorbei. Zu hören war noch das Geräusch eines Pferdewagens, der wild angetrieben wurde und sich rasch in der Dunkelheit entfernte.

Heinz Kastor erschien und schlug Lydia grün und blau. Da mischte sich keiner ein. Ein Denkzettel konnte nicht schaden. Am nächsten Morgen verständigte Frahm selbst den Leutnant Pjotr, den Kommandanten von Bardikow. Nachmittags saß er in der Küche, Frau Frahm setzte ihm Streuselkuchen vor, er sprach lange und manchmal sehr zornig, und Serjoscha übersetzte lakonisch: Kommandant sagt: Nicht gut. Banditen. Tür zuschließen. Kommandant rufen. Das Haus lag ungünstig. In den Wäldern gab es, wie man hörte, Unterschlüpfe für Gruppen von Soldaten, die sich von der regulären Truppe entfernt hatten. Die meisten der vierzehn Überfälle, die in den nächsten anderthalb Jahren auf Frahms Gehöft verübt wurden, waren folgenschwerer als der erste: Eine ausgedehnte Lehrzeit in Angst. Einzelheiten sind in den beteiligten Familien als Legende überliefert: Wie Charlotte einmal, als sie nachts im Haus die jungen Frauen schreien hörte, auf ihrer Türschwelle eine Flasche Lysol auskippte und dem Einlaß fordernden Soldaten entgegenrief: Typhus! Ein Wort, das in jeder Sprache verstanden wird und wie ein Bannfluch wirkt. Niemand betrat für diesmal das Zimmer, bis auf Herta, Frahms Magd, die neben der Tür zu Boden fiel: Frau Jordan, was haben sie mit mir gemacht.

Leutnant Pjotr ließ die Telefonleitung zwischen Frahms Gehöft und dem Dorf in Ordnung bringen. Im Wohnzimmer stand nun ein Feldtelefon mit direkter Verbindung zur Kommandantur. Zweimal vertrieb der Kommandant, der in wildem Ritt, in die Luft schießend, von Bardikow herüberkam, die Plünderer, ohne sie zu fassen. Beim drittenmal versagte das Telefon: Die Leitung war unterbrochen worden. In der Nacht begriff Nelly, daß man nie glauben soll, man habe ein Gefühl bis zu seiner höchsten Stufe erlebt: Die Angst nicht, also auch nicht die Freude oder die Verzweiflung oder das, was sie damals in den wenigen Gedichten, die sie heimlich schrieb, ›Glück‹ nannte. – Du hast dir von der jungen Frau Frahm die winzige Bodenkammer zeigen lassen, in der Nelly mit den zwölf Frauen des Hauses in jener Nacht hockte, während in dem Schrank, den man vor die dünne Tür gerückt hatte, gewühlt wurde und schwere Schritte und Flüche in der fremden Sprache aus dem Nebenraum kamen. Die Kammer ist jetzt unbenutzt, auch das Feldbett steht nicht mehr darin. Alles ist hell, nüchtern, sauber. Du sahst es ohne Gemütsbewegung an.

Eines Morgens – am Morgen nach dieser Nacht – waren die einzigen Kleidungsstücke, die Nelly besaß, Schlafanzug und Mantel. Sie stand vor Frahms Haus, eine Decke um die Schultern gelegt, und sah die Sonne aufgehen. Es war ihr unbeschreiblich wohl. (Das Wohlsein, das man in extremen Zuständen empfindet.) Redensarten wie ›das nackte Leben‹ kamen ihr nicht in den Sinn. Später verstand sie, was damit gemeint ist.

Es ist die Wahrheit: Mit einem kleinen Gefühl von Enttäuschung nahm sie ein paar Tage später einen Teil ihrer Kleider wieder zurück. Charlotte Jordan wurde aufgefordert, zur sowjetischen Kommandantur in die Kreisstadt zu kommen. Dort gab es einen Raum, der einem Warenlager glich, nur daß keine neuen Waren darin gestapelt waren. Es sei ihr, sagte Charlotte, ungemein peinlich gewesen, wie die anderen Weiber sich gleich auf die Sachen gestürzt hätten. Am liebsten wäre sie umgekehrt. Da sah sie in einer Ecke ihren alten abgeschabten Koffer stehen. Aus einem Berg von Kleidungsstücken zog sie Nellys Trainingsanzug hervor, der allerdings unersetzlich war, und ein paar Decken. Die Aufforderung des jungen Soldaten an der Tür, sich mehr zu nehmen, lehnte sie ab.

Im Flur hatte eine Reihe von Männern in sowjetischen Uniformen Aufstellung genommen. Ein Dolmetscher im Offiziersrang – höflich, aber kühl, sagte Charlotte; jedenfalls ein gebildeter Mensch – forderte die Frauen auf, zu prüfen, ob sie einen dieser Männer von den nächtlichen Überfällen her erkannten.

Charlotte erkannte zweifelsfrei den langen Schwarzen mit der hohen Fellmütze, der auf ihrer Schwelle stand, als sie ›Typhus‹ brüllte. Unbegreiflicherweise hat sie ihn nicht angezeigt. Er habe so einen verzweifelten Blick gehabt. Er habe ihr leid getan.

Onkel Alfons Radde faßte sich an den Kopf. Du kannst einem leid tun, sagte er zu seiner Schwägerin.

Es gab nichts mehr, worüber sie nicht in Streit gerieten.

Erinnerte sich Lutz noch jener Beleidigung, die Alfons Radde eines Tages – es war vor Frahms Haus – gegen die Großmutter, Schnäuzchen-Oma, ausgestoßen hat? Lutz weiß nicht, was du meinst. Nun: Er hat sie ›Pollackenweib‹ genannt. Aus welchem Anlaß, ist dir entfallen. Pollackenweib. Eine tödliche Beleidigung, gegen die Nelly Schnäuzchen-Oma sofort in Schutz nahm. (Ich lasse mir meine Großmutter nicht von dir beleidigen! In der Art. Darauf als Antwort denkbar: Du? Du werd erst mal trocken hinter den Ohren!) Der Genuß, endlich unverhohlen zu hassen.

Diese Erinnerung war kurz vor Kostrzyn aufgekommen, nachdem Lenka erklärt hatte, die Polen seien ihr sympathisch. Inwiefern? fragtet ihr, Lutz und du (H. konzentrierte sich bei der Hitze auf das Fahren). Sie seien lebendiger, fand Lenka. Spontaner. Sie gebrauchten anscheinend Ordnung, Sauberkeit, Disziplin nicht als Waffen gegeneinander. Wie wir.

Wie wir?

Ja. Sie versuchen wohl nicht, sich gegenseitig durch Leistung totzumachen.

Ich weiß ja nicht, sagte Lutz zu seiner Nichte, was du mit totmachen meinst. Aber, sagte er, wenn sie ihren Lebensstandard erhöhen wollen, werden sie nicht umhinkommen, die Leistung als Wert anzuerkennen. Ich glaub's jedenfalls nicht. Was glaubst du überhaupt? fragte Lenka. (Damals muß ihr an Glaubensbekenntnissen gelegen haben.)

Ist das ein Thema bei fast vierzig Grad Celsius?

Sag schon.

Ich glaube, sagte Lutz, nur mal als Beispiel: Unter Berücksichtigung bestimmter physikalischer Gesetze, bei Beachtung des Verhaltens bestimmter Materialien unter festgelegten Belastungen kann man eine Maschine konstruieren, deren Wirkungsweise voraussagbar ist.

Das hab ich mir gedacht, sagte Lenka.

H. beteiligte sich niemals an derartigen Umfragen. Lenka hielt sich also an dich. Zuerst die üblichen Ausweichmanöver: Wie sie darauf komme und so weiter. – Spielt doch keine Violine, sagte sie.

Du bringst deine Mutter in Verlegenheit, sagte H. Kleiner Hinweis am Rande.

Wieso eigentlich?

Weil die Glaubensinhalte generationsgebunden sind.

Dir fiel ein, daß Lenka das Wort ›gläubig‹ nie auf sich beziehen mußte. Dir fielen die grundverschiedenen Glaubensbekenntnisse ein, die du, in Abständen von wenigen Jahren, abgelegt hast. Du überlegtest, daß die Zumutungen, denen deine Generation ausgesetzt war, vielleicht einmalig sind – ein Gedanke, der dich etwas entlastete.

Zum Beispiel – sagtest du, und stocktest gleich, weil ein Glaubensbekenntnis nicht mit ›zum Beispiel‹ anfangen sollte –, zum Beispiel glaube ich, daß es einen Sinn hat, mitzuteilen, was man für wahr hält.

Daran hatte Lenka nie gezweifelt. Sie konnte mit der Antwort nichts anfangen. H. dagegen, der seit einiger Zeit geneigt war, gerade die Fragen zu attackieren, die du für deine echtesten hieltest – H. sagte: Entschuldige schon, aber ohne die Mitteilung ist ja die Art von Wahrheit, die du meinst, gar nicht vorhanden. Also was soll's.

Du meinst, ich stilisiere platte Feigheit zu Zweifeln hoch.

Möglich, sagte er. – Die Schonung, die er während der Fahrt geübt hatte, war vorbei.

Wahrheit! sagte Lutz. Meine Güte, du greifst hoch.

Ich sagte, ›für wahr hält‹, erwidertest du gereizt. Du hältst mich doch nicht für so albern, daß ich fordere, man solle ›die Wahrheit sagen‹, wie die Kinder. Was wir meinen, ist: Wahrheit als Bezugssystem zwischen Leuten.

Was ist jetzt auf einmal los, sagte Lenka. Könnte mir vielleicht einer sagen, wovon ihr redet?

Wir reden davon, sagtest du, immer noch in pikiertem Ton, daß es noch andere Wahrheiten gibt als: Zwei mal zwei ist vier. Und ich frage mich, warum man diese Wahrheiten so spät erkennt und warum es so schwierig ist, über sie zu sprechen.

Ach so, sagte Lenka. Danach habe ich aber nicht gefragt. Ich wollte ja bloß wissen: Glaubt ihr, daß ein Mensch sich von Grund auf ändern kann?

Heiliger Bimbam, sagte Lutz.

Ihr fuhrt nach Kostrzyn hinein, um ein Lokal zu suchen. Die Stadt ist ja vollkommen zerstört gewesen. Sie wurde wieder aufgebaut. Ihr gerietet in ein ödes Neubauviertel: ein paar Zeilen Betonhäuser in einer trostlosen Landschaft. In dem einzigen Lokal, das heiß und voll war, gab es um zwölf Uhr noch nichts zu essen. Ihr trankt einen Saft und machtet euch davon. Lenka bekam keine Antwort auf ihre Frage, sie bestand auch nicht darauf. Einer der Fälle, da du wegen Befangenheit das Thema, das sie anschlug, nicht verstandest. Die Gedankenreihe, die dir durch den Kopf ging, hätte ihr nichts genutzt: Sich von Grund auf ändern. Ein ›neuer Mensch‹ werden. Filme, in denen ihr den ›neuen Menschen‹ beklommen agieren saht. Dies sollte er sein? Der neue Mensch als eine Vision, der nachzustreben so hoffnungslos wie unerläßlich ist. Die neue Schicht von Ängsten, die sich über die alte legt: Wieder scheint es vorherbestimmt, daß ihr versagen müßt. Die Älteren, die die Achseln zucken: Wie empfindlich, wie schwächlich diese junge Generation ist ... Lenka blieb allein mit den Zweifeln an ihrer Person.

Die Rolle der Zeit bei der Auflösung von Angst.

K. L., dein Moskauer Freund, bestand darauf, daß du ihm das Alarmsystem genau beschriebst, das bei Frahms installiert wurde. Er ließ es dich aufzeichnen. Ihr saht: Seine Erfindung setzte Konzentration und Erfolgszwang voraus, sein Funktionieren erforderte reibungsloses Zusammenspiel von Mensch und Technik. Zuerst wurde durch eine dicke, vom Dorftischler angefertigte Falltür, die gegen Äxte und Brecheisen unempfindlich sein mußte, das obere Stockwerk des Frahmschen Hauses gegen das untere hermetisch verschließbar gemacht. Danach wurde ein Wachplan aufgestellt, der die Männer abwechselnd zu nächtlichem Außendienst, die Frauen zum Telefondienst einteilte. Die dritte Einrichtung – eine originale Erfindung von Bruder Lutz, für die alle Hausbewohner ihn nicht genug loben konnten – beugte dem Ausfall der Telefonverbindung vor und bestand aus drei leeren Sauerstoff-Flaschen, die in der uralten mächtigen Kastanie auf Frahms Hof aufgehängt und durch Seile, an denen Eisenklöppel befestigt waren, mit einem Bodenfenster in Frahms Haus verbunden waren: Sie gaben, wenn man die Seile rhythmisch zog, einen gewaltigen Lärm.

K. L., der genau nachfragte, eine Lücke im System herausfinden wollte, gab es dann auf, schrie anerkennend: Molodetz! Danach habt ihr unbändig lachen müssen und euch lange nicht beruhigen können. Künftige Überfälle, erzähltest du ihm, liefen nun nach folgendem Schema ab: Der Mann auf Außenwache hört zum Beispiel nachts – meist zwischen eins und zwei, wenn es am dunkelsten ist – ein Fuhrwerk näher kommen. Er gibt ein lautes Signal auf seiner Trillerpfeife und verkriecht sich in einem vorbereiteten Versteck. Die Frau, die drinnen Telefonwache hat, reißt die Wohnzimmertür auf und brüllt aus Leibeskräften: Alarm!, um das Haus zu wecken. Danach stürzt sie zurück zum Telefon und informiert die Kommandantur. Alle Einwohner der Arche, die in den unteren Stockwerken geschlafen haben, begeben sich im Dunkeln schnell und leise in das obere Stockwerk, wo sämtliches Gepäck jeden Abend deponiert wird. Nelly ist dafür verantwortlich, daß alle Hausbewohner oben sind, ehe die Falltür geschlossen wird. Sie gibt Onkel Alfons und Lehrer Zabel das Kommando: Tür schließen. Die Falltür fällt, der Schlüssel wird zweimal in dem schweren Eisenschloß gedreht, der Riegel vorgelegt.

Zugleich erfüllt ohrenbetäubender Lärm die Luft: Bruder Lutz nämlich betätigt vom Bodenfenster aus die Seile, welche die Klöppel an die Sauerstoff-Flaschen schlagen. Zwei Kilometer entfernt erwacht das ganze Dorf. Der Kommandant Pjotr schwingt sich, gefolgt von Serjoscha, aufs Pferd, verschießt, während er im Galopp näher kommt, ein Magazin aus seiner Maschinenpistole in die Luft und sitzt später schwitzend und fluchend in Frahms Küche.

Während du dies alles K.L. erzähltest – in dessen Wohnzimmer, in dem neben vielen anderen Fotos auch eines hängt, das ihn als Kapitän der sowjetischen Armee im Kriege zeigt –, hast du manchmal vor Lachen nicht weitersprechen können. – Schreib das auf, schrie er, schreib das bloß auf!

Die Nächte nach den vereitelten Überfällen in Frahms Küche. Das schwarze, steinharte Brot. Das Messer, dessen Schneide hauchdünn geschliffen ist. In der Mitte des Tisches das Glas mit eingeweckter Leberwurst, deren Geschmack von keiner Wurst je wieder erreicht werden kann. Das Feuer im Herd. Heiße Suppe vom Vortag. Heißer Malzkaffee. Aufgeregtes Gespräch. Jeder muß jedem mitteilen, wie geistesgegenwärtig und zweckmäßig er sich verhalten hat. Der Mann vom Außendienst wird gefeiert. Lehrer Zabel zeichnet dem Leutnant Pjotr auf dem Küchentisch ihren Fluchtweg von Glogau aus auf, um festzustellen, ob und wo sie beinahe auf Pjotrs Einheit getroffen wären. Irene Zabel verliest den letzten Brief, den sie von Arno, ihrem Verlobten, bekommen hat: Er hat sich aus einem amerikanischen Gefangenenlager gemeldet! Mein liebes Mädel, so fängt er an, und Irene sagt: So hat er mich schon immer genannt. Im Hinterzimmer liegt Frahms Großmutter im Sterben. Gleich wird der Morgen kommen. Über den Ställen – die jetzt abgerissen sind, weil sie nicht mehr gebraucht werden – hebt sich immer schneller ein grauer Streifen. Bauer Frahms wird in die Hände schlagen und sagen: Also Kinnings, man wedder ran! Der Kommandant wird sagen: Rabota! und wird aufstehn und sich verabschieden. Dieser und jener – Nelly zum Beispiel, die ja schon ›lungenkrank‹ ist und der ärztlicherseits eine Dauerliegekur verordnet wurde – legt sich noch einmal ins Bett.

Die Angst beschreibt merkwürdige und unberechenbare Kurven. Packt zu, läßt los. Angst als Zange.

Jetzt kann dir nur noch Selbstdisziplin helfen. Geregelte Tagesabläufe, strenge Arbeitszeiten. H., der deine Bemühungen um Distanz nicht glaubt. Nicht weiß, daß man, die Angst loszuwerden, fast jeden Preis zahlen würde. Das Problem liegt in dem ›fast‹, es ist dir klar. (Was, zum Beispiel, ist der Preis für Distanz?)

Was da vorgeht, möchte man wissen. Suche nach der zutreffenden Formulierung als eine der höchsten Befriedigungen. Tage, da sich jeder Ansatz zu Befriedigung in der Säure der Selbsterkenntnis zersetzt: Die Formulierung, ehe sie sich bildet, wird als verfälscht zurückgewiesen.

Pest, Hunger, Krieg, Tod: die altmodischen Apokalyptischen Reiter. Drei von ihnen kennst du, wenn man für die Pest eine andere Seuche, den Typhus, gelten läßt. (Der Nelly das Blut aus der Nase treibt, sie umwirft, auf ein Bett, das die Nacht durch schwankt, wie bei hohem Seegang. Der sie aus der Zeit wirft – Zeitlosigkeit als ein milchiger Fluß – in eine Region, in der keine Instanz, die sie bisher kannte, irgend etwas zu sagen hat. Sie überlebt die Nachricht von ihrem eigenen Tod, die die Mutter im Dorf drei Stunden lang in Schrecken versetzt. Als sie den Entschluß fassen kann, gesund zu werden, ist sie es. Angst hat sie nicht gehabt.)

Daß die Angst unter den Reitern der Apokalypse fehlt ... (Paul Fleming, ›An sich‹: ›Was dich betrübt und labt, halt alles für erkoren, / Nimm dein Verhängnis an, laß alles unbereut.‹ Rührung, aber kein Neid auf Vorfahren, denen ein neuzeitliches Erlebnis fehlt: Sich selbst nicht annehmen können; nicht wissen, was das heißen soll: ›An sich‹.) ›In den Himmeln der Selbstverleugnung‹, steht in einem Brief, sei die Angst unbekannt. Allerdings auch die Liebe. So wäre die Angst als Wächter gesetzt vor die Höllen der Selbsterfahrung?

(Nachricht: Große Offensive der Streitkräfte Nordvietnams, die jetzt den Norden Südvietnams besetzt halten.) Spätnachmittag. Fahrt in die Bezirksstadt, auf der neuen Straße. Der Horizont linker Hand ist blutrot, davor die Stadtsilhouette, kahles Astwerk, Türmchen. ›In dieser Beleuchtung ist jede Landschaft schön.‹ Du weißt es, empfindest es nicht. In deinem Kopf rennen immer die gleichen Gedanken. Vielleicht, sagst du, ist es die Angst, sich selbst zu zerreißen, wenn man sich von der Rolle lösen muß, die mit einem verwachsen war. – Gibt es eine Alternative? – Nein, sagst du. Und doch ist eine Wahl. (Soll das Gefühl der Echtheit nur noch durch Angst zu erkaufen sein, die echt ist, keinen Zweifel an sich aufkommen läßt?)

Warum, sagt H., müssen wir immer denken, wir hätten alles in der Hand? Uns vernichtet fühlen, wenn wir merken, es ist nicht so?

Der dunklere, immer noch rote Horizont euch im Rücken, vor euch der Vollmond, kaltes Licht über der Stadt. – Nachts träumst du, daß du an H. eine Postkarte schreibst, deren Text du nach dem Erwachen Wort für Wort von einem Film in deinem Kopf ablesen kannst. Lieber H., hast du geschrieben, jetzt bin ich nicht mehr der alte Adam, sondern ein neuer. Jetzt ist alles von mir abgefallen. Dein alter Adam. Ihr lacht, daß Angst, wenn sie sich verabschiedet, auch Humor beweisen kann. Es war der erste Tag, an dem man den Frühling roch. ›Und in dem Abgrund liegt die Wahrheit‹, sagte H. ironisch. Weißt du, wer das gesagt hat? Du glaubst es nicht: Friedrich Schiller.

18

Die Zeit läuft. Wir leben nicht oft wirklich.

Irgend etwas in dir behauptet, daß diese beiden Sätze – von denen der eine auch der Ausruf eines Radiosprechers bei einer Sportspartakiade, der andere die Klage eines Hypochonders sein könnte – zusammengehören. Der verschiedene Stoff, aus dem Sätze gemacht sind. Der verschiedene Stoff der Zeiten.

Es ist dahin gekommen, daß du dich konzentrieren mußt, um dich an den Fernsehfilm von gestern abend zu erinnern. Blaß, blaß. Dagegen: Gestochen scharf Steguweits Küche, der Herd, an dem Nelly die landesübliche Mehlsuppe rührt – ohne Zucker und ohne Salz –, die gußeiserne Pfanne, in der sie Bratkartoffeln braten lernt, ohne daß die Zwiebeln anbrennen müssen. Jetzt notierst du dir schon den Ablauf der Tage, manchmal sogar das Wetter und seine Umschläge, in der Hoffnung, aus der Notiz: ›Viel zu kühl, aber manchmal sonnig‹ werde sich später einmal ein Lebensfeld erschließen. Wann, das denkst du nicht mit. Wenn ›Zeit‹ sein wird, sich zu erinnern, was heißt: ungelebtes Leben nachzuleben, oder ›aufzuleben‹. Wie man alte Sachen aufträgt, einen Aktenberg aufarbeitet. (Der Wetterrückschlag in diesem Frühjahr 75, nach einem Winter, der wieder einmal keiner war; der Stimmungsrückschlag; der Rückschlag in der Grippewelle, auch jüngere Leute sollen an Kreislaufversagen gestorben sein.)

Dein Verdacht ist: Wir leben in einer schneller verderblichen Zeit, in einer Zeit aus anderem Stoff als jene haltbaren früheren Zeiten. (Wegwerfzeit.) Die verschiedenen Zeiten, die verschieden schnell fließen. Die Gegenwartszeit, die sich zu dehnen scheint, die nach Minuten gemessen wird (›Der Kampf um jede Minute‹), deren Stunden sich schleppen, deren Jahre aber fliegen und das Leben im Fluge mitnehmen. Dagegen die Vergangenheitszeit, kompakt, heftig, konzentriert, wie zu Zeitbarren eingeschmolzen. Sie läßt sich beschreiben. Die nackte, bloße Alltagszeit der Gegenwart läßt sich nicht beschreiben, nur ausfüllen.

Es ist ja menschenunmöglich, sagen die Leute, daß man jeden Krieg auf der Welt innerlich mitmacht. (Im Vorfeld von Saigon schlagen die Raketen der FNL ein.) Wenn sie ihre Importschuhe gekauft haben (wenn wir unsere Importschuhe gekauft haben), steht neben der Kasse ein Behälter, manchmal durchsichtig, meist halbvoll, auch größere Scheine: Solidarität mit Vietnam, mit Angela Davis, mit Chile. Das Denken der Zeit – man könne alles durch Geld auslösen – verführt zu der Annahme, man bezahle für sein Nichtbetroffensein. Ein Schluß, der wiederum das unsinnige schlechte Gewissen voraussetzt: daß man eigentlich dabeisein müßte. Eine Vermutung: Die Vorstellungskraft von uns Spendenden hält mit der Spende nicht Schritt.

Die Vorstellungskraft der Bürger der Weltmacht Amerika, die es nicht gelernt haben, in den Gesichtern der von ihnen bombardierten oder bestochenen Völker zu lesen, muß davon ausgehen, daß ein jedes Kind dieser Erde sich glücklich schätzen kann, in der amerikanischen Zivilisation aufzuwachsen: Daher der Mangel an Verständnis dafür, daß andere ihre Baby-Brücke aus Südvietnam obszön finden.

Zwischen Kostrzyn und Słubice habt ihr im Auto gesungen,

trotz der Hitze. ›Die Herren Generale‹, habt ihr gesungen, ›die Herren Generale, die habn uns verraten, die habn uns verraten.‹ Und: ›In dem Tal dort am Rio Jamara‹. Und das Lied vom guten Kameraden, dessen Text sie in Spanien auf Hans Beimlers Tod umgedichtet haben – Lenka kannte es nicht. ›Eine Kugel kam geflogen / aus der Heimat für ihn her. / Der Schuß war gut gewogen, / der Lauf war gut gezogen, / ein deutsches Schießgewehr.‹

Lenka kamen nicht die Tränen. Sie sagte: Scheiße.

Nelly hat das Jahr 45 hindurch kein einziges dieser Lieder kennengelernt. Sie hat ihr grünes Kunstlederheft weitergeführt, in das sie sich ganz andere Liedanfänge notierte. (›Eine Trommel geht in Deutschland um‹ – ›Wenn alle untreu werden . . .‹) Noch zwei, drei Jahre, dann wird sie singen – unter ihren Füßen das Pflaster einer Stadt, deren Namen sie jetzt noch nicht einmal gehört hat: ›Bau auf, bau auf‹. Und sie wird sich bemühen, die Lieder aus jenem grünen Heft, das übrigens abhanden gekommen ist, zu vergessen. Es gelingt niemals. Die einander überlagernden Schichten der Lieder.

Der Tod, ein verläßlicher Zeitgenosse, der es übernommen hat, die Erzählung zu gliedern. Als Nelly aus dem Typhuskrankenhaus zurückkommt, liegt Schnäuzchen-Opa im Sterben. Die Mutter scheint, mehr als vom bevorstehenden Tod ihres Vaters, von der Tatsache entsetzt, daß ihre Tochter Nelly Läuse mitgebracht hat. Kopfläuse. Im Krankenhaus hatten alle Läuse, aber das ist ja kein Trost. Charlotte schrubbt ihr die Kopfhaut, streut Läusepulver darauf, umwickelt den Kopf mit einer weißen Binde. So bandagiert, unempfindlich gegen die Lächerlichkeit ihrer Erscheinung, geht Nelly zu ihrem Großvater, Schnäuzchen-Opa. Hermann Menzel, einundsiebzig Jahre alt.

Zum Sterben hat er eine schmale Kammer für sich allein, das kennt Nelly schon. Als sie eintritt, ist der Raum erfüllt mit seinem Röcheln. (Heute ist diese Kammer leer und sauber und aufgeräumt, wie alle Bodenräume in Frahms Haus.) Schnäuzchen-Opa liegt auf dem Rücken – des sogenannten natürlichen Todes scheint man immer auf dem Rücken zu sterben –, das Kinn zornig hoch gegen die Decke gereckt. Sein gelblichweißer Bart, der wild gewachsen ist, umwuchert einen Totenschädel. Auf der Bettdecke die unruhigen Hände: Totenhände. Nelly denkt an die Hornhaut an Daumen und Fingerkuppen der rechten Hand, die ihm der Umgang mit der Schusterahle eingebracht hatte. Schmilzt die Hornhaut der Sterbenden?

Das Rasseln und Röcheln, als käme es nicht von ihm. Nelly bleibt an den Türrahmen gelehnt stehen. Sie faßt ihren Großvater nicht an – wie sie später die tote Großmutter, die tote Mutter berühren wird –, es scheint ihr unmöglich. Nach wenigen Minuten geht sie, verfolgt von dem Röcheln, das auch auf der Treppe zu hören ist. Sie setzt sich auf die obere Treppenstufe und zwingt sich zu denken: Mein Großvater stirbt. Aus seinem ganzen Leben, das sie sich vorzustellen versucht, fällt ihr jetzt nichts anderes ein als die Verzweiflung, die ihn durchdrungen haben muß, als damals, in Bromberg, ›die Guste‹ seine Werbung nicht hatte annehmen wollen. Als er, ein junger Schustergeselle, ihr gedroht hat, er werde sich im Wald erhängen. Als dann wieder sie (Schnäuzchen-Oma) mit ein paar Freundinnen in den Wald lief, ihn zu suchen: Denn das war so einer, ein Verbiesterter, der hätte es wahr gemacht. Nelly stellt sich ihre Großeltern am Ende ihres Lebens zum ersten Mal als junge Leute vor, die durch Wälder laufen, behende, schlank, von Leidenschaften getrieben.

Nicht zum ersten Mal mußte Nelly sich sehr verwundern, wie selbstverständlich alle Geschichten zu laufen scheinen, wenn man ihr Ende kennt: Als hätten sie nie die Wahl gehabt, sich ganz anders zu entwickeln, zu anderen Schicksalen, anderen Personen hinzuführen. Sie weinte nicht um den Tod Hermann Menzels, sondern darum, daß er nicht dazu gekommen war, sich selbst zu kennen und von anderen gekannt zu werden.

Schnäuzchen-Oma wich nicht vom Sterbebett ihres Mannes. Am Abend des dritten Tages kam sie zur Tür herein, als alle beim Abendbrot saßen. Jeder wußte, was das bedeutete. Sie ging sich die Hände waschen und setzte sich an ihren Platz. Charlotte tat ihr Suppe auf, Nelly schob ihr ein paar gepellte Kartoffeln zu. Alle schwiegen. Nach einigen Bissen ließ sie den Löffel sinken und sagte: Man sollte es nicht meinen, aber wenn man so lange zusammen gelebt hat, ist es nicht so einfach.

Dies war der einzige Nachruf für den ehemaligen Schustergesellen und späteren Reichsbahnschaffner und Fahrkartenknipser Hermann Menzel, den Nelly zu hören bekam. Zum Friedhof ließ man sie nicht mitgehen, nicht bei der Kälte, nicht in ihrem Zustand. Einen Vormittag lang stand die Bahre mit der Leiche des Großvaters in Frahms Flur, der ja Nellys Familie als Küche diente. Sie sah auch noch einmal, als das Laken gehoben wurde, für Sekunden sein Gesicht. Sie sah, so streng wie das Totengesicht hätte das Gesicht des Lebenden niemals sein können. Die Mutter bekam einen Ausbruch von Verzweiflung und schlug sich die Fäuste gegen die Stirn, weil Nelly ihre Läusekappe verloren hatte und sich nun die ›Nissen‹ über die ganze Wohnung verbreiten konnten. Nelly dachte bitter: Als ob dies ein Grund wäre, so verzweifelt zu sein. Ein Grund wäre gewesen, dachte sie, daß ein Mensch, der einmal jung gewesen war und verbissen gierig auf sein Glück, aber arm blieb und weit unter seinen eigenen Erwartungen, dann zu trinken anfing und die Frau schlug, um die er sich früher fast erhängt hätte: daß ein solcher Mensch nun so dalag.

Nelly wollte nicht wahrhaben, daß die Mutter sich vielleicht aus genau den gleichen Gründen die Fäuste an die Stirn schlug.

Liebe und Tod, Krankheit, Gesundheit, Angst und Hoffnung haben eine starke Spur in der Erinnerung hinterlassen. Was durch die Filter des seiner selbst unsicheren Bewußtseins getrieben wird – gesiebt, verdünnt, entwirklicht –, vergeht beinah spurlos. Die Jahre ohne Gedächtnis, die diesen Anfangsjahren folgen werden: Jahre, in denen das Mißtrauen gegen die sinnliche Erfahrung um sich greift. Niemals haben Menschen so vieles vergessen sollen, um funktionsfähig zu bleiben, wie die, mit denen wir leben.

(Die Zeit läuft. Vier, fünf Jahre, die in diese Papiere hineingelaufen sind, blindlings, wie dir manchmal scheint. Vier, fünf Jahre, in denen sich, ungeachtet der Versuche, ihr Wachstum zu bremsen, die tote Zone in dir ausgebreitet zu haben scheint. Die Zahl der Gewohnheiten unaufhaltsam zugenommen hat. Der Hang zur Übereinstimmung. Die Anstrengung, dagegen anzuleben, sich im Gesicht abzeichnet. Das Altersgesicht, das sich vorbereitet. Ein Ausdruck, der anzeigt, daß die unvermeidlichen Verluste nicht ohne Widerstand hingenommen werden. Der gute Grund für die grundlose Erschöpfung, die kein Schlaf aufhebt. Wer hat wissen können, daß es darauf ankommen würde, im Rückblick nicht zur Salzsäule, nicht zu Stein zu erstarren. Was bleibt: Wenn nicht ungeschoren, wenn nicht mit heiler Haut, so doch überhaupt, irgendwie aus dieser Sache herauskommen.)

Wiedereröffnung der sogenannten Oberschulen zum Winter hin. Charlotte besteht darauf, daß die Schule abgeschlossen wird. Zeugnispapiere hat sie ja gerettet. Gerettet hat sie auch ihr Verlangen nach einer höheren Bildung für ihre Kinder. Nelly will Lehrerin werden, und das soll sie auch. Eine Frau Wrunk, entfernte Verwandte der Frahms, die in der Stadt wohnt, ist bereit, ihre Couch an Nelly zu vermieten, vorausgesetzt, daß die mal nach ihren Kindern sieht und im Haushalt mit anfaßt. Frau Wrunk arbeitet auf dem Ernährungsamt, ihr Mann – aber das weiß sie noch nicht – in einem sibirischen Bergwerk. Wieder einmal lernt Nelly nur das Foto des Hausherrn kennen: eines schmalen blonden Menschen, dem die beiden Jungen, acht und zehn Jahre alt, nachgeschlagen sind. Auf norddeutsche Weise kühl, aber anständig und sehr sauber allesamt, vor allem ehrlich.

Nelly bemerkt von der ersten Stunde an ihre Fremdheit in der guten Stube, die nie angetastet wurde, die reine Unnatur. Die Gesetze der guten Stube gelten für sie nicht mehr. Sie nascht in der Speisekammer von Frau Wrunks Pudding. Sie schneidet von der Dauerwurst vom Lande dünne Scheiben ab und ißt sie ohne nennenswerte Gewissensbisse. Frau Wrunks zuerst fragende, später durchdringende Blicke erwidert sie unverfroren. Verdrossen kehrt sie morgens den Teppich in der Wohnstube ab. Die Beziehungen zwischen ihr und der wirklich sehr netten, anständigen Frau Wrunk trüben sich allmählich, schuld ist vor allem die Art und Weise, wie Nelly sich in der Wohnung umsieht. Das muß sich Frau Wrunk nicht bieten lassen für ihre Gutmütigkeit.

Die Schule lag am Pfaffenteich, da liegt sie noch heute. Es gab Schichtunterricht, früh die Jungen, nachmittags die Mädchen, und umgekehrt. Unter den Bänken wurden Briefe liegengelassen: Wenn die Besitzerin diese Platzes nicht abgeneigt ist ... So wurden Ehen gestiftet. Ute Meiburg, die hinter Nelly saß – sie kam aus Stettin –, hat in dem Briefeschreiber ihren späteren Mann kennengelernt. Hand in Hand gingen sie mittags an den ›Bürgerstuben‹ vorbei – heute ein in ländlichem Holzbankstil renoviertes volkstümliches Lokal –, in dem Nelly an immer dem gleichen Tisch saß und vier glasige Pellkartoffeln in der Einheitssoße drei zerdrückte. Es war ihr unbegreiflich, wie ein unnahbar stolzes Mädchen wie Ute sich auf Grund einer derartigen Annonce mit einem Jungen treffen konnte. Ausführlich besprach sie mit Helene aus Marienburg – die langes schwarzes Haar und tiefblaue Augen hatte, eine seltene, anziehende Mischung – diesen Fall, den sie beide ganz gleich beurteilten, unbeschadet ihrer Freundschaft mit Ute. Alle drei waren sich einig, daß ihnen durch Deutschlands Niederlage das Lachen verlorengegangen war. Niemals würden sie sich an die unsinnigen roten Spruchbänder in den Straßen, an die grün gestrichenen Zäune um die sowjetischen Objekte, an Hammer und Sichel im Stadtbild gewöhnen. Über die neuen Filme in der ›Schauburg‹, in die ihre verlegenen Lehrer sie führen mußten, konnten sie nur lauthals und höhnisch lachen. Kein Jahr früher hatten sie in ihren verschiedenen Städten Schlange gestanden, um Kristina Söderbaum in ›Die goldene Stadt‹ zu sehen.

Helenes schöne Augen wurden im Verlauf des Winters immer größer. An einem der ersten warmen Märztage lief sie mitten im Deutschaufatz an die Wasserleitung, ließ sich den kalten Strahl über die Pulsadern laufen. Maria Kranhold, die Lehrerin, wunderte sich sehr, weil ja die Klasse kaum geheizt war und man in den Mänteln saß. Doch, ihr sei warm, sagte Helene und kippte um. In der großen Pause brachte ihre Mutter ihr eine Scheibe Brot von der neuen Zuteilung. Es stellte sich heraus, daß Helene drei kleinere Geschwister hatte und dazu übergegangen war, immer weniger zu essen.

Der Aufsatz behandelte den Marquis Posa in Schillers ›Don Carlos‹. Maria Kranhold hatte ihnen ins Gesicht hinein behauptet, dieses Stück sei – wie übrigens auch der ›Wilhelm Tell‹ – in den letzten Jahren des Nationalsozialismus an den deutschen Schulen nicht mehr behandelt worden, schon wegen eines einzigen Satzes: Geben Sie Gedankenfreiheit, Sire! – Alle, besonders aber Ute, Helene und Nelly, hatten diese Behauptung erbittert bestritten. Eine Verleumdung, daß an ihren Schulen nicht der ganze Schiller behandelt wurde.

Nelly gab sich Mühe, einen möglichst doppeldeutigen Aufsatz zu schreiben: Die besondere Freiheitssehnsucht eines jeden Volkes, die von anderen Völkern weder geteilt noch verstanden werden kann, weder früher noch heute. Was sie ärgerte: Die Zwei bekam sie von der Kranhold nicht wegen des Inhalts, sondern für ›geschraubten Stil‹. Gegen Ende der Stunde sagte Maria Kranhold in einem anderen Zusammenhang: Ihr wäre es in der braunen Zeit als ein Höhepunkt der Freiheit erschienen, wenn sie die Fahne mit der Spinne nicht hätte grüßen müssen. Sie habe sich diese gefährliche Freiheit genommen, erschlichen, erlistet: Niemals habe sie vor der Hakenkreuzfahne den Arm gehoben. Wenn man ›Freiheit‹ sage, müsse man wenigstens wissen, daß die Freiheit der einen die Unfreiheit der anderen bedeuten könne. Dergleichen hörte Nelly zum ersten Mal von jemandem, der nicht im KZ gesessen hatte. Sie wollte die Kranhold nicht leiden können. Die Kranhold sagte niemals ›die Nazis‹, wie die anderen. Vor dem Umbruch habe sie ›die Nazis‹ gesagt, jetzt ekele es sie an, wie plötzlich alle dieses Schimpfwort gebrauchten. – Maria Kranhold war eine gläubige Christin. Wenn Sie wollen, sagte sie zu Nelly, besuchen Sie mich.

Sie wohnte nur zwei Straßen von Nelly entfernt. Du bist die Straße neulich langsam hinuntergefahren, wußtest die Hausnummer noch, zweifeltest dann aber doch, ob du das richtige Haus sahst. Maria Kranhold ist vor langer Zeit in den Westen gegangen.

Es ist Nellys heimlicher Stolz, daß sie in dieser Stadt außer den vierundzwanzig Mädchen aus ihrer Klasse und einem Dutzend Lehrer keinen Menschen kennt und von keinem gekannt wird. Sie übt sich in dem Spiel: fremd, fremder, am fremdesten. Durch eine Mogelei auf dem Wohnungsamt – Herrn Wrunks Rückkehr stehe unmittelbar bevor – kommt

sie zu einem schmalen eigenen Zimmer bei der Witwe Sidon, Fritz-Reuter-Straße, und hat endlich die letzte Leine
zwischen sich und dem Dorf Bardikow gekappt.

Die Fritz-Reuter-Straße ist von kühner Häßlichkeit, das war
Nelly recht. Es war ihr recht, daß sich keine der Mietskasernen von allen anderen in der Straße unterschied. Sie verschwand jedesmal im Torweg ihres Hauses, in dem es stank
wie die Pest, wie in einem Versteck. Sie war fasziniert von
der vollkommenen Gleichgültigkeit der Witwe Sidon gegen
alles im Leben, die Tatsache ausgenommen, daß ihr Sohn
Heiner, der sechzehn war, wie ein Rabe in ihrer Speisekammer stahl – ohne Rücksicht darauf, ob die Mutter ver-
hungern mochte oder nicht. Nelly hörte die Witwe Sidon in
ihrer eiskalten Stuben nebenan mit dem Ausklopfer hinter
ihrem Sohn her um den Tisch jagen. Der lief, von Lachanfällen geschüttelt, zum Schein mit, bis es ihm zuviel wurde, er
der Mutter den Ausklopfer aus der Hand wand und ihn aus
dem Fenster schmiß, fünf Stockwerke tief, auf die Fritz-
Reuter-Straße hinunter.

Der war sonst auch nicht so. Das sind die Zeiten.

Der Satz hakt sich in Nelly fest, einen Tag und eine Nacht
lang wird sie ihn nicht los: Der war sonst auch nicht so, der
war sonst auch nicht so. Morgens tritt sie an das Fenster, das
fast bis zum Fußboden herunterreicht, hält sich am Fenster-
kreuz und blickt auf die Straße, auf das Gewimmel von Leuten, die zur Arbeit rennen. Sie erschrickt nicht über die Gedanken, die ihr wie von selber kommen, aber sie weiß, daß
sie sie nicht ausführen wird. Sie wird wie jeden Tag zur
Schule gehen und sich mit der Kranhold streiten.

Die Kranhold wiederholte ihre Einladung. Am Nachmittag
geht Nelly, sie verachtet sich selbst dafür, zum erstenmal zu
ihr hin.

Es ist der erste wärmere Tag des Jahres, März. Maria Kranhold wohnt mit ihrer Mutter im ehemaligen Pfarrhaus, der

Dienstwohnung ihres Vaters, der Pfarrer war. Nelly sagt, um ihren Besuch zu erklären, sie käme mit den neuen Aufgaben in Mathematik einfach nicht zurecht, die Geometrie sei ihr immer schon unverständlich gewesen. Sie könne sich niemals etwas Räumliches hinter einer Formel vorstellen. (Der Defekt hat sich bis heute nicht vermindert.) Maria Kranhold unterrichtet die seltene Kombination Deutsch-Mathematik. Nelly teilt ihr mit, daß sie ihre Mathe-Lehrer eigentlich nie habe leiden können. Die Kranhold bietet ihr ungerührt ihre andere Hälfte, die Deutschlehrerin, zum Leidenkönnen an. Zufällig hat sie gerade Tee fertig – Brombeerblättertee, der dem schwarzen noch am nächsten kommt – und eine Art Gebäck aus Haferflocken und dunklem Mehl, mit Sacharin gesüßt. Ihre Mutter, die einmal im Hintergrund auftaucht, weißhaarig und gebeugt, versteht sich auf Sparrezepte.

Es ist gerade ein Jahr und drei Monate her, daß Nelly bei einer anderen Lehrerin, Julia, in der Schlageterstraße in L. Haferflockenkekse gegessen hat. Das Zimmer dort war genauso von Büchern umstellt wie dieses ehemalige Studierzimmer von Maria Kranholds Vater. Die Kranhold sagt, es könnten, wenigstens zum Teil, die gleichen Bücher gewesen sein, sie ist zwanzig Jahre jünger als Julia, sie hat braunes, nicht schwarzes Haar, trägt auch einen Knoten. Ihr Gebiß ist stark ausgebildet. Das blaue Leinenkleid mit dem weißen Gürtel hätte auch zu Julia gepaßt.

Nelly fragt plötzlich, ob sie, Maria Kranhold, wirklich glaube, Menschen wie ihre Lehrerin Julia Strauch hätten sie all die Jahre über wissentlich belogen. Sie ärgert sich sofort über ihre Frage.

Maria Kranhold ließ sich mit der Antwort Zeit. Sie mag sich innerlich zu höchster Vorsicht ermahnt haben. Vorsichtig wiederholte sie zuerst einmal das Wort ›belogen‹, mit fragender Betonung: Belogen? Das wäre wohl zu einfach gedacht, sagte sie dann. Belügt man denn andere, wenn man selbst – wenigstens teilweise, was sie für das wahrscheinlichste halte – an Lügen glaubt?

Nun sei allerdings Glauben keine Entschuldigung, sagte die Kranhold dann. Man müsse sich schon ansehn, woran man glaube. Über die wichtigsten Dinge sei ja niemand belogen worden. Habe Hitler nicht von Anfang an mehr Lebensraum für das deutsche Volk gefordert? Das sei für jeden denkenden Menschen der Krieg gewesen. Habe er nicht oft und oft gesagt, er wolle die Juden ausrotten? Er hat es, soweit er konnte, getan. Er hat die Russen zu Untermenschen erklärt: Als solche wurden sie dann behandelt, von Leuten, die glauben wollten, daß es Untermenschen waren. Und Leute vom Schlage ihrer alten Lehrerin Juliane Strauch sind sich mit ihrem Daran-Glauben selbst in die Falle gegangen. Wer soll sie dafür freisprechen, daß sie ihr Denken in Urlaub geschickt haben?

Julia, sagte Nelly, hätte keinen Menschen umbringen können, da sei sie sicher.

Möglich, sagte die Kranhold. Aber sie hat Ihnen ein schlechtes Gewissen gemacht, wenn Sie sich sagen mußten, daß sie keinen umbringen könnten.

Nelly schwieg.

Sie hat gemacht, sagte die Kranhold, daß Ihr Gewissen sich umgekehrt hat, gegen Sie selbst. Daß Sie nicht gut sein können, nicht einmal gut denken können ohne ein Gefühl der Schuld. Denn wie sollten Sie das Gebot: Du sollst nicht töten, oder die Forderung: Liebe deinen Nächsten wie dich selbst! vereinbaren mit der Lehre von der Minderwertigkeit der anderen?

Und Sie? fragte Nelly. Wie haben Sie das denn vereinbart?

Schlecht, sagte Maria Kranhold. Sehr schlecht. Immer am Rande des Zuchthauses, immer am Rande des Verrats an Gott und den Menschen, die mir anvertraut waren. Aber angebetet habe ich die fremden Götter nicht: So habe ich allerdings auch nicht die Entschuldigung, daß ich an sie geglaubt habe.

Nelly wunderte sich, daß sie überhaupt verstand, wovon die Kranhold sprach. Die fragte sie noch, ob sie die ›Iphigenie‹ kenne. Wirklich nicht? Einer der sonderbaren Erwachsenenblicke, Blicke, die Nelly in den nächsten Jahren öfter zu spüren bekam. Die Kranhold schenkte ihr ein Reclamheft. Nehmen Sie das mit. Lesen Sie.

Nelly lag auf dem Bett in der schmalen kalten Kammer der Witwe Sidon. Sie las. Hinaus in eure Schatten, rege Wipfel ... Sie empfand nichts, bei keinem der ihr fremden Worte. Ihr Goethe war der, den ihre Lehrerin Julia Strauch ihr mit klingender Stimme vorgetragen hatte: Feiger Gedanken / bängliches Schwanken, weibisches Zagen, / ängstliches Klagen / wendet kein Elend, / macht dich nicht frei. / Allen Gewalten / zum Trotz sich erhalten, / nimmer sich beugen, / kräftig sich zeigen, / rufet die Arme der Götter herbei.

Heute nacht, in einem durch Grippe gesteigerten Fiebertraum, stahlst du aus einem unverglasten Schaufenster ein paar rehbraune Wildlederhandschuhe mit langen Stulpen. Mit Glacéhandschuhen anfassen, dachtest du dabei. Du befindest dich als Agentin in einer feindlichen Stadt und stehst vor der Aufgabe, dir eine Reiseausrüstung zusammenzustehlen. Als nächstes brauchst du eine Reisetasche. Da siehst du auch schon ein gut ausgestattetes Lederwarengeschäft; es wird einfach sein, den Beutel mitzunehmen, den du schnell ausgesucht hast (denselben, der auf eurer Polenreise im Gepäckraum des Wagens lag): Auf einmal wird dir klar, du bist in der Poststraße von L., deiner Heimatstadt. Dein Agentenauftrag ist dir entfallen. Trotzdem wirst du in eine abenteuerliche Handlung verwickelt, in deren Verlauf du dich gezwungen siehst, zwei Menschen im Traum zu erschießen, Bösewichter der schlimmsten Sorte, der eine von ihnen als Arzt getarnt.

Im Aufwachen überlegst du, was die Verletzung des bisher ungebrochenen Tabus – des Traum-Mordes – zu bedeuten hat. Warum du dich in der eigenen Stadt als Spion siehst, mußt du nicht fragen.

Die Zeit läuft. Nelly muß jetzt krank werden. Sie muß endlich zusammenbrechen. Die Struktur, die scharf den Zufall regiert, muß klar hervortreten. Im Januar hat man sie – das sind die Gesetze des Zufalls – neben eine Neue gesetzt, Ilsemarie aus Breslau. Die hat ein großflächiges, zugleich durchscheinendes Gesicht, leicht krauses, mittelblondes, geschecktes Haar, zu Zöpfen geflochten und aufgesteckt. Sie hat tiefe Schatten unter den Augen und kräftige Hände mit schmalen Handgelenken. Sie hat eine lässige Art, die nicht zu ihr paßt. Nelly ist angezogen und abgestoßen, wie sie nicht Zusammenpassendes vereint. Sie hat eine leicht rauhe Stimme und eine zögernde Redeweise, die Ute und Helene für ›Mache‹ halten.

Im Frühjahr fängt Ilsemarie entsetzlich zu husten an. Richtiger, ihr Dauerhusten, an den man sich gewöhnt hatte, tritt in ein neues, entsetzliches Stadium ein. Maria Kranhold rät ihr nachdrücklich, zum Arzt zu gehen. Ilsemarie zuckt die Achseln. Nelly begreift nicht, wieso ihr Blick – offenbar gegen ihren eigenen Willen – spöttisch wird. Sie hat braune Augen. Zu braunen Augen paßt kein spöttischer Blick. Etwas an Ilsemarie wird von Tag zu Tag aufreizender. Nelly und sie stecken ihre Köpfe über den Büchern zusammen. Manchmal hat Nelly sich ein Stückchen lateinischen Textes der Einfachheit halber aus dem Buch abgeschrieben, um ihn zu Hause zu übersetzen. Vedetis nos contenti esse. Certo vos dignitatis esse. Pustulo ut diligentia sitis.

Die hat die Sätze in ein gelbbraunes Heft notiert, auf dessen Umschlag in schwarzer Schrift ›Brief-Tagebuch‹ gedruckt ist und das sie, einer kleinen Einklebemarke zufolge, für 75 Pfennig bei W. Klee Nchfg., Inh. G. Schepker, in Hagenow

in Mecklenburg gekauft haben muß. Die Mehrzahl der Seiten ist mit Rilke-Gedichten beschrieben. Dazwischen stehen kommentarlos Sätze von Maria Kranhold. Und auf den letzten Seiten rechnet sie über mehrere Monate hin ihr monatliches Budget von 100 Mark ab. Nicht alle Posten sind heute noch verständlich. Es ist schier unmöglich, daß sie im Januar des Jahres 1946 10 Mark 55 in die Leihbücherei getragen haben soll. Wahrscheinlich gab es eine Einschreibegebühr. Aber wo lag die Bücherei? Welche Bücher entlieh sich Nelly? Theater kostete 4 Reichsmark – welches Stück? –, ein Gang ins Kino 1,10 RM. Grundausgaben: 30 Mark Miete, Wochenendfahrt nach Bardikow 2,80 Mark. (Die Entlausungsbaracke auf dem Bahnhofsplatz. Die krabbelnden Finger der Schwester an Kopf und Nacken. Der kleine weiße Entlausungsschein, der zum Bezug der Fahrkarte erst berechtigte. Die kurze Fahrt in den zugigen, mit Brettern verschlagenen Eisenbahnwagen. Die Mutter, die an der Bahnstation auf sie wartet oder ihr durch den Wald entgegenkommt. Die schönste Stunde der Woche: Der Weg durch den Wald, der anfängt, grün zu werden.) Ein Arztbesuch hat sie im März 3 Mark gekostet: Hatte sie sich nicht auf der Bahn die Krätze an den Händen zugezogen? Aber welche Art Impfstoff verkaufte man für 70 Pfennig? Zahnpulver also war für 13 Pfennig zu haben, und einmal steht das seltene Wort Fleisch vor dem unverständlichen Betrag von 48 Pfennigen ... Nelly hat im Febuar 1 Mark zum Friseur getragen, da hat sie sich ihr Haar abschneiden lassen, wollte wieder jung aussehen. Später kommt sie monatlich mit 2,75 Mark Friseurgeld aus. Hafermehl, aus dem sie jeden Abend ihre Wassersuppe kocht, kostet einen Groschen. Durch Stundengeben muß sie sich den merkwürdigen Betrag von 18,75 RM verdient haben: Welche Stunden? Wem gegeben?
Keine Ahnung.

Leider ist das Foto, für das sie 3 Mark bezahlt, nicht erhalten geblieben.

Tischgespräche. Lenkas Klasse hat im Biologieunterricht über die Hungerkatastrophe diskutiert, die der Menschheit droht, hat Gegenmaßnahmen erwogen, von der Empfängnisverhütung bis zur totalen allgemeinen Abrüstung. Die beste Schülerin, die den sagenhaften Zensurendurchschnitt von 1,1 hält und in mehreren gesellschaftlichen Organisationen aktiv arbeitet, die trotz strengster Auswahl anstandslos zum Studium der Humanmedizin zugelassen ist – sie also gibt am Ende zu erwägen, ob man, vor die unlösbare Aufgabe gestellt, eine zu geringe Nahrungsmenge unter eine zu große Bevölkerung zu verteilen, nicht zuerst den Alten und unheilbar Kranken das Essen entziehen solle.

Die Bestandteile der Ein-Gen-ein-Enyzm-Hypothese wird Lenka vermutlich vergessen. Jene Stunde, in der eine Mitschülerin eine Selektion der Alten und Kranken für einen bevorzugten Hungertod ins Auge faßte, wird sie behalten. Moralisches Gedächtnis? Wie du aus Maria Kranholds Mathematikstunden nichts mehr weißt, dich aber genau jener Minute erinnerst, den Platz angeben könntest, da Nelly ihre Lehrerin weinend auf der Straße traf. Monate später schrieb ihr Maria Kranhold in die Lungenheilstätte den Grund für die Tränen: Sie hatte wieder keine Kartoffeln für ihre schwerkranke Mutter auftreiben können. Von dem Augenblick an, da die Lehrerin vor ihr geweint hat, nannte Nelly sie nie mehr ›die Kranhold‹, sondern immer ›Maria‹, und sie hörte sich an, was Maria Kranhold zum Stichwort ›Diktatur‹ einfiel. Nelly erfuhr, sie habe zwölf Jahre lang, anscheinend ohne es zu merken, in einer ›Diktatur‹ gelebt.

Die Stadt Phnom Penh ist ›gefallen‹ – so nennen es die anderen. Wir sagen: ›eingenommen‹, ›befreit‹ und machen uns kaum noch klar, daß es von Zufällen abhing, die sich vor dreißig oder fünfundzwanzig Jahren ereigneten – Verwandtschaft westlich der Elbe zum Beispiel, die Nellys Familie vollkommen abging –, im Bereich welcher Sprache man blieb und dann heimisch wurde. Dreißigster Jahrestag der Befreiung. Ohne Anführungsstriche. Anführungsstriche würden den Satz zweihundert Kilometer weiter nach Westen rücken. Die Schulen des Industriegebietes, das drei Gemeinden umfaßt, mit roten und blauen Fahnen zum Stadion. Abordnungen der Volksarmee und der sowjetischen Streitkräfte in Ausgehuniform. Schalmeienkapellen. (›Von all unsern Kameraden / War keiner so lieb und so gut / Wie unser kleiner Trompeter, / Ein lustiges Rotgardistenblut.‹) Redefetzen vom nahen Versammlungsplatz her, russisch und deutsch. Vorgefertigte Satzteile aneinandergefügt. Lautsprechermusik, überlaut. ›Wacht auf, Verdammte dieser Erde‹ als Gesang.

Vor der Tribüne mit den zwei Singegruppen seid ihr auf dem kleinen viereckigen Platz beinah die Ältesten. Niemanden sonst scheint es zu stören, daß der linke Lautsprecher den Ton unerträglich verzerrt. Junge Leute in Gruppen, Kutten, Jeans. Vereinzelt bei den Mädchen die neuen Strickhütchen mit dem gewellten Rand. Volksarmisten und sowjetische Soldaten in getrennten Grüppchen. An einer Stelle Annäherung: gemeinschaftliches Betrachten von Bildkarten. Ein rühriger blonder junger Sowjetsoldat arrangiert Gruppenbilder, fotografiert. Sowjetische Soldaten mit Volksarmisten, gemischte Reihen, hintere Reihe eingehakt, vordere Reihe kniend. Drei sowjetische Flieger, die eben auf den Platz gekommen sind, stellen sich beim zweiten Foto schnell und wortlos dazu. Die Singegruppe der Erweiterten Oberschule singt vom Herrn Pastorn sin Kauh. An den Bockwurstständen herrscht Andrang. Die Feuerwehr ist angerückt, um das Lagerfeuer zu bewachen, dessen Holz schon aufgeschichtet ist. Die Sonne, rot, im Untergehn, hinter dem lichten Birkenwäldchen.

21. April 1975. Zum dreißigstenmal jährt sich der Vorabend der Befreiung dieser Orte des Kreises Potsdam. Ein Veteran mit schlohweißem Haar und Ordensspangen auf der Brust hinkt, glücklich lächelnd, zum Rand des Platzes, wo bei einem Wartburg die Mitglieder der Ortsparteileitung stehen. Zwei Mädchen, die eine blond, die andere schwarz, mit hochtoupiertem Haar und Lacklederjacken, sind von sowjetischen Soldaten umringt, reden lebhaft mit einem jungen Offizier, russisch und deutsch. Nebenan auf dem Asphaltplatz bereitet die Band ihren Auftritt vor. Der Jugendtanz beginnt um sieben. Lenka sagt, sie wird dann mal rübergucken, wenn auch die Musik sicher zum Schuheausziehen sein wird.

Ganz schöner Nachmittag, sagst du zu H. Ja, sagt er, ganz schön eigentlich.

Ilsemarie aus Breslau war doch zum Arzt gegangen. Sie würde nun lange krank sein. Eine verhärmte Mutter erscheint in der Schule und spricht im Flur mit Maria, man sieht sie weinen. Eine Woche später zeigt das Gesundheitswesen an, daß es zu funktionieren beginnt: Die ganze Klasse ist zur Röntgenuntersuchung aufgefordert. Nelly ohne Vorgefühl zum erstenmal hinter dem Apparat, vor dem sie später Angst haben wird. Nach drei Tagen die Karte mit der Aufforderung, sich noch einmal vorzustellen. Ein älterer Röntgenarzt mit Goldrandbrille und welligem grauem Haar, der ihre Oberarme hält, sie hinter der Röntgenscheibe dreht und wendet, die Arme seitlich über den Kopf heben läßt, einatmen, ausatmen. Licht an. Sie können vorkommen.

Tja. Wie alt sind Sie? Siebzehn? (Zwei mütterliche Schwestern, die den Chor bilden: Dafür ist sie aber wirklich tapfer! – Wieder dieses Mißverständnis: Betäubt ist nicht tapfer.) Folgt eine Aufklärung, wie hochgradig ansteckend ihre Freundin Ilsemarie gewesen sei, die sich jetzt schon in einer Lungenheilstätte befinde. Ihr eigener Befund nun, ›Fräulein

Jordan‹: Der erste Verdacht habe sich leider bestätigt. Es wäre freilich auch ein Wunder gewesen, wenn sie sich nicht angesteckt hätte, bei dem Ernährungszustand, bei der Nähe des Kontakts. Ein Infiltrat also, was das ist, erkläre ich Ihnen gleich. Einmarkstückgroß übrigens. Kirchkerngroß wäre uns lieber, aber andererseits hätte es ja auch eine Kaverne sein können, nicht wahr. Günstige Heilungsaussichten, durchaus.

Und wieder die Schwestern: Wirklich sehr verständig, für ihr Alter.

Nelly spuckt in das blaue Schraubglas. Viel Fett essen wäre natürlich das allerbeste. Eine kleine Zusatzkarte werden Sie sogar bekommen. Auf dem Lande? Nun, das ist doch ausgezeichnet. Also: liegen, liegen, liegen. Ihre Schule wird von uns benachrichtigt.

Vernünftig, sagen mitfühlend die Schwestern.

Die Tbc-Beratungsstelle befindet sich heute noch in der gleichen Straße, im gleichen Haus wie damals. (Der gußeiserne Türgriff, den du versuchsweise anfaßt.) Ihre Inneneinrichtung wurde modernisiert. Nelly behält von ihrem Heimweg ein paar graue Hausmauern scharf im Gedächtnis. Mitte Mai bricht die Ausgabenliste im ›Brief-Tagebuch‹ mit dem Betrag von 0,50 Rpf. für die Leihbücherei ab. Betäubt, nicht tapfer, macht Nelly am Nachmittag die letzten Schularbeiten, während sie das schnell wachsende Bedürfnis in den Schulterblättern spürt, sich endlich hinzulegen, das sie nicht mehr verlassen wird. Gefaßt – nimmt sie sich vor –, gefaßt und verständig wird sie sich am nächsten Tag von Maria verabschieden. Niemandem wird sie ihren Händedruck aufdrängen, niemandem ins Gesicht hauchen. Sie soll sich zurückziehen, das ist es, was der Zufall will. Die mütterlichen Schwestern hätten gestaunt über den Aufruhr in ihrem Innern, die Ablehnung des verfluchten Zufalls, das Selbstmitleid.

Aber sie dachte nicht daran, an der Krankheit umzukommen, das war ihr nicht bestimmt. Daß ihre Mutter dieses geheime Wissen nicht mit ihr teilte, war ihre größte Sorge. Die ließ sich, erwartungsgemäß von diesem neuen Schlag gefällt, neben dem Sandweg von der Bahnstation zum Dorf ins Gras sinken, schlug die Hände vor das Gesicht und brachte erst nach langer Zeit die Frage heraus, warum ihr auch das noch angetan werden müsse. (Die Kinder als des Schicksals Waffen gegen die Mütter, Nelly kannte diese Rolle und haßte sie gründlich.) Schon, als Frahms Haus in Sicht kam, hatte Charlotte die notwendigen praktischen Maßnahmen in ihrem Kopf fix und fertig.

Es geschah alles, wie sie es bestimmte. Ein Feldbett wurde hinter der Fliederhecke in Frahms Apfelgarten aufgestellt, da lag Nelly die schönen Tage über. Die Mutter traf mit Frau Frahm, die ein mitfühlender Mensch war, ein Abkommen: Gegen die zwei der Mutter verbliebenen Goldarmbänder und Ringe lieferte die Bäuerin täglich ein Viertelliterchen saure Sahne, die Nelly nachmittags mit Zucker und eingebrocktem Schwarzbrot aß. Nelly, inmitten fleißiger Leute zu einem Drohnenleben verpflichtet, geriet nun endlich, die Bücher studierend, die Maria Kranhold ihr schickte (unter ihnen jenes kleine blaue Buch mit Goethe-Gedichten), an die Hand und in die Hände der Dichter. Sie sprach nicht darüber, doch manchmal dachte sie, daß sie eben dafür krank geworden war. (Die meisten Gedichtzeilen, die du auswendig kennst, hat Nelly in jenen Jahren in sich aufgenommen. ›Aus Morgenduft gewebt und Sonnenklarheit / Der Dichtung Schleier aus der Hand der Wahrheit.‹)

Mäander, ›laufende Hunde‹, die sich in den Schwanz beißen. Die rennenden Hunde der Gewissensfragen, die von den Dichtern scheinbar zum Stehen gebracht werden. Höchstes Glück der Erdenkinder sei stets die Persönlichkeit! Nelly glaubt übereinzustimmen. Sie fragt den KZler Ernst, ob es denn im KZ wirklich so schlimm gewesen ist. Ach Gott, sagt der, was heißt schlimm. Ordnung und Sauberkeit, das war oberstes Gesetz. – Man wußte nie, was der ernst meinte. Nicht jeder ist wie ich, sagte er. Ich bin durchgekommen, siehst es ja. Nelly folgt dem plötzlich aufgekommenen Bedürfnis, über die Gedanken Buch zu führen, die, abgelöst von dem, was sie für ihre Person hält, durch ihren Kopf laufen. Mäander. Nebeneinander stehen Herrn Ernsts Ausspruch über das KZ und ein Gedicht von Friedrich Hebbel: ›Welt und Ich‹. (›Im großen, ungeheuren Ozeane / Willst du, der Tropf, dich in dich verschließen?‹) – Sie sah nicht, daß sie komisch war. (Wann wird sie näher heranrücken? Wann werden du und sie im Ich zusammenfallen? Das Ende dieser Aufzeichnungen anzeigen?)

Im August wurde das Stück gegeben: Die Heimkehr des Vaters. (Die Post als Ankündigerin großer Schicksalswenden. Die erste schmutziggraue Karte aus einem Waldlager bei Minsk mit der Nachricht: ›Ich lebe‹ hatte, fast ein Jahr zuvor, die Mutter an den Rand eines Zusammenbruchs gebracht. Diesmal nun das Telegramm mit einer schlichten Mitteilung über Zeit und Ort der Ankunft von Bruno Jordan, dem Totgeglaubten: Grundvorgang jener Jahre.)

Der Tag war sehr heiß. Schnäuzchen-Oma weinte seit den frühen Morgenstunden bei jedem Anlaß. Nelly konnte keine Zeile lesen und wanderte im Haus umher. Tante Liesbeth, verschönt durch uneigennützige Mitfreude, buk einen Kartoffelkuchen. Nelly hatte sich in den letzten Jahren, wenn sie durch das Wegpusten einer Wimper einen Wunsch frei hatte, immer nur das eine gewünscht: Er soll zurückkommen. Nun kam er, und es wäre unsinnig gewesen, das nicht Freude zu nennen, was sie empfand.

Er kam mit dem Fuhrwerk, das Werner Frahm, der Sohn des Bauern, für ihn angespannt hatte. Warum trat Nelly, als Irene Zabel durchs Haus rief: Sie kommen!, derartig zögernd aus der Giebeltür ins Freie? Der Auftritt, der ihnen bevorstand, mußte von durchdringender Peinlichkeit sein. Der Vater hätte im Dunkeln kommen sollen, unangemeldet und allein. Wenigstens hätte man den Menschenauflauf vor der Giebelseite verhindern sollen, und allermindestens den qualvollen Mißgriff, den die drei Mädchen sich leisteten – Irene und Margot Zabel nebst Hanni Frahm –, indem sie von Herrn Ernsts Giebelfenster aus zweistimmig ›Kein schöner Land in dieser Zeit‹ sangen, zur Begrüßung des Heimkehrers.

Denn mit dem Auftritt der Hauptfigur – mit dem Augenblick, da Nelly den ›Vater‹ sah – kippte die Szene boshaft ab ins Aberwitzige. Merkwürdigerweise hatte Nelly es geahnt. Märchen bereiten uns von klein auf darauf vor: Der Held, der König, der Prinz, der Geliebte wird in der Fremde verwunschen: als ein Fremder kehrt er zurück. Kann sein, die Daheimgebliebenen bemerken die Verwandlung nicht, und ihm allein obliegt die schwere Aufgabe, sich ihnen als der andere, so nicht Geliebte zu offenbaren. Dem verwunschenen ›Vater‹ hatte man ehrlicherweise in der Fremde eine von Grund auf andere Gestalt verliehen.

Was da, gestützt von Werner Frahm und Charlotte Jordan, vom Wagen kletterte, war ein altes, verhutzeltes Männchen mit einem Bärtchen auf der Oberlippe, mit einer lächerlichen Nickelbrille, die hinter den Ohren von schmutzigen Leinenschlaufen gehalten wurde, mit einem kurzgeschorenen, eisgrauen runden Kopf, von dem die Ohren abstanden, angetan mit einer schlotternden Montur und zu großen, entsetzlich untauglichen Stiefeln. Wenn ein Fremder eintrifft, kann ja von Rückkehr keine Rede sein. Auch von Wiedersehensfreude nicht, höchstens von Verlegenheit und Mitleid. Von Erbarmen. Das aber ist es nicht, was die Siebzehnjährige für den heimkehrenden Vater empfinden will.

In der Stille, die sich ausbreitete – nur aus dem Giebelfenster sangen sie beharrlich ›Der Mond ist aufgegangen‹ –, puffte und schob man Nelly, zu tun, was ihre Tochterpflicht war: Dem Vater gegenüberzutreten, ihn zu umarmen, seine knochigen Schultern zu umfassen, sein zuckendes, unbekanntes Gesicht dicht vor sich zu sehen, die Zahnlücke in seinem Gebiß. Den säuerlichen Geruch einzuatmen, der von ihm ausging. (Seitdem vielleicht diese Furcht vor der Erfüllung von Herzenswünschen, was natürlich deren Hemmungslosigkeit nicht mäßigt, eher steigert, nach einer undurchschaubaren Seelenalchimie.)

Die Mutter, Charlotte Jordan, war verstört. Sie wiederholte mit dem immer gleichen törichten Gesichtsausdruck, sie hätten einander nicht erkannt. Sie seien auf dem Bahnsteig mehrmals aneinander vorbeigelaufen: Erst jetzt – da sie kaum in Spiegel blickte –, erst an dem leeren Blick ihres Mannes, der durch sie durchging, erfuhr sie ihre eigene Verwandlung in eine Unkenntliche, zugleich mit der Einsicht, daß der, den sie erwartete, den sie den anderen als einen Besonderen beschrieben, dessen Bild sie herumgezeigt hatte: daß der nicht wiederkehren würde. Mit einem Schlag verlor sie sich selbst und den Mann. Nur wenn man diese Verluste im Auge behält, kann man ihr Verhalten in den nächsten Wochen begreifen. Sie war sechsundvierzig, er neunundvierzig Jahre alt. Bruno Jordan erhielt den Platz bei seiner Frau in dem breiten Bauernbett in der Bodenkammer, und es ist wahr, daß Nelly manchmal wach wurde von ungeduldigen, abweisenden Worten der Mutter und enttäuschten, bitteren des Vaters.

Tante Liesbeth als einzige war auf der Höhe des Augenblicks. Was Nelly nicht erwartet hätte: Sie hatte begriffen. Als alle um Bruno Jordan an Frahms Küchentisch herumstanden und schamlos zusahen, wie er mit einem verbogenen Blechlöffel, den er aus seinem schmutzigen Beutel gezogen hatte, Frau Frahms Suppe schlürfte, taub und stumm vor Gier; als Nelly allein in dem verschlissenen Sessel in der Stube saß, da war es Tante Liesbeth, Liesbeth Radde, die hereinkam, nach ihr zu sehen. Gegen ihre Natur verzichtete sie auf größere Gesten, berührte sie leicht an der Schulter, sagte: Du wirst sehen, dein Vater wird wieder der alte. Den päppeln wir schon auf. Für diesen Augenblick hat Nelly der Tante eine untilgbare Dankbarkeit bewahrt.

Nelly, noch nicht eingeweiht in die Sünden der Lieblosigkeit, beobachtet lieblos und über sich selbst entsetzt ihren Vater, der immer noch in Gefangenschaft, immer noch gefesselt ist von den Bedürfnissen seines Leibes. Nicht nur, daß er keinen Teller Essen abschlagen, auf keinen Brotkanten aus der Bauernküche verzichten kann – den Hunger eines Mannes, der neunzig Pfund wiegt, können die anderen, mögen sie dreist hungrig sein, sich nicht vorstellen –: Der Gesichtsausdruck mit dem er die Suppe holen geht, den Kanten nimmt, verletzt Nelly so wie seine ängstlich-rechthaberische Art, um den Blechlöffel zu kämpfen, um die skurrile Blechschüssel, die Charlotte aus seinem Beutel fischte, um das Stück Steinzucker, in einen dreckigen Lappen gewickelt, um die Fetzen von Fußlappen.

Nelly begreift es nicht, daß sie nicht mehr in Zeiten und an Orten lebt, wo der Dichter ›Zeit‹ auf ›Persönlichkeit‹ reimte und ein Ausrufezeichen hinter seine Anmaßung setzte. Nelly mißt ihren ums Haar verhungerten Vater mit falschem Maß.

(Altern als der Zwang, sich selber nachzumachen. Dem abgeschmackten Hang zur Wiederholung nicht entrinnen, gegründet auf der Angst vor der Angst, die sich mit den Jahren ein immer tieferes Bett gräbt. Nicht der Besonnenheit entgehen, der die Bestechlichkeit auf dem Fuße folgt: So, denkst du, muß Lenka dich sehen, und hältst ihr gereizt die Fehler vor, die erschreckend genau das Gegenteil der deinen sind. Wieder geht sie weg und kommt nicht zur Zeit. Da bist du allein zu Haus. Ein Buch fällt dir in die Hände, das wie ein scharfer Griffel den Filz der Gewohnheit aufritzt. Da trittst du vor die Tür. Mondlicht und laue Luft, und im Gebüsch am Kanal singt die erste Nachtigall des Jahres. Die Bautätigkeit in ihrer Nähe hat sie nicht vertreiben können. Das banale Wunder, auf das du jeden Tag gewartet hast und das du hingerissen erkennst. Der Zauber, ohne den leben zu müssen schauerlich wäre.)

Es war Nelly nicht unlieb, den Platz im Sanatorium zu bekommen, als es kälter wurde. Sie wollte unter die Leute, bei allen Anlässen. Ihre Neugier, das wußte sie schon, galt mehr den Tiefen als dem, was andere ›Höhen des Lebens‹ nannten. Das war vielleicht die Ur-Sache hinter der merkwürdigen Bestätigung, die sie aus der Krankheit zog. (Sie hatte sich, vermittelt durch den Bazillus, eine Infektion zugezogen, die unheilbar war: Das geheime Wissen, daß man sterben muß, um geboren zu werden.)

Daher mußte sie lachen, als das schöne weiße, moderne Krankenhaus in der Stadt (das Zweibettzimmer, in dem Ilsemarie schon auf sie wartete, als Überlegene, Eingeweihte, zu Hause in den Bräuchen und der Sprache der Lungenkranken) – als dieses Haus, kaum war sie eingezogen, binnen drei Tagen für ein sowjetisches Lazarett geräumt werden mußte. Die Resignation der Ärzte, die Panik der Schwestern, die leicht fiebrige Aufregung der Kranken erheiterten sie innerlich, während sie äußerlich mitspielte. Mitflatterte, mitlamentierte, mitstahl: ein vollständiges Besteck und eine dicke weiße Wolldecke. Von dem Besteck ist das Messer noch übrig, in dessen Griff die Initialen des Krankenhauses eingraviert sind. Mit seiner hauchdünnen, biegsamen, vorne leicht gekrümmten schartigen Schneide hat es jahrelang alles Brot und alle Wurst im Haus geschnitten. Die Decke wurde zu einem Dreiviertelmantel für Nelly verarbeitet, dem zum Vollmantel genau jenes Stück Kante fehlte, das man wegen der groß eingewebten, wiederum das Krankenhaus bezeichnenden Schrift hatte abschneiden müssen.

Nelly und ihrer Mutter gingen jedes Verständnis für Zeiten ab, in denen man Wolldecken durch Webekanten für andere Zwecke verdirbt. Immerhin wäre sie ohne das kurze Mäntelchen – das sagten sie sich oft, auch später – nicht über den Winter in Winkelhorst gekommen, denn dieser Winter von 46 auf 47 war noch einmal unmäßig kalt, und Nelly sollte laut Anordnung des Doktor Brause aus Boltenhagen die tägliche Liegekur durch Spaziergänge im Freien ergänzen. Im Freien pfiff nun der Wind von der Ostsee her, die, nur wenige Kilometer entfernt, von den Patienten niemals gesichtet wurde. Dagegen sahen sie an bestimmten klaren Abenden über den Dassower See hin die Lichter von Lübeck, wenn sie sich auf einen bestimmten Hügel hinter dem Schloßpark stellten. Nelly ging oft auf diesen Hügel, aber du hast vergessen, nach ihm zu suchen, als du wieder nach Winkelhorst kamst. Zuerst irrtest du auf einem falschen Grundstück umher, nahe beim Dorf gelegen (wo in deiner Erinnerung das Schloß lag), wolltest dir einreden, am richtigen Platz zu sein, verknipstest einen halben Film gegen deinen Zweifel, bis zwei alte Männer auf der Straße euch über den Irrtum aufklärten, den Weg zum Schloß wiesen, das ja zwei Kilometer vom Ort entfernt liegt und heute ein Pflegeheim für Geisteskranke ist. Es war unbegreiflich, wie du das vergessen, die beiden Gebäude hattest miteinander verwechseln können. Allein die wunderbaren uralten Bäume auf den Rasenflächen beim Schloß hätten sich unvergeßlich in die Erinnerung eingraben müssen. (Allerdings hat Nelly, die von Oktober bis April hier war, sie niemals belaubt gesehen.) Langsam gingt ihr um das Schloß herum. Er war ein trüber, nebliger Tag, nicht kalt. Auf dem Podest der Eingangstreppe, die von der Seite her ins Haus führt, saßen Patienten mit Schwestern. An einen Pfeiler gelehnt ein junges Mädchen, das sich in regelmäßigen Zehnsekundenabständen mit einer verzweifelten Gebärde an den Kopf griff, unentwegt, Hunderte von Malen an jedem Tag.

Der Park, in einem ungesunden Sumpfgebiet gelegen, vermodert. Schon damals waren sich alle einig, daß Lungenkranke hier nichts zu suchen hatten. Genußvoll besprachen sie ihre ungute Lage auf langen Spaziergängen. Nelly ging mit den Mädchen aus ihrem Zimmer oder mit Herrn Löbsack, der mit ihr regelrechte Verabredungen traf. Sie, die wußte, daß er ein spöttischer, kalter, dazu unschöner Mensch war – und schwerkrank, schwer ansteckend, wie die Oberschwester ihr warnend mitteilte –, sie ging gewissenhaft zu den Treffpunkten, empfand gewissenhaft eine kleine Aufregung, wenn sie sich im Haus begegneten, wenn er ihr im Speisesaal über den Tisch ein Zeichen gab, eine kleine Beschämung, wenn er sie warten ließ, aber keine Freude, neben ihm zu gehen, anderen Paaren am modrigen Schloßteich zu begegnen, kein Bedürfnis, seine roten Hände mit den starken Handgelenksknochen zu berühren oder von seinen aufgeworfenen, meist spöttisch verzerrten Lippen berührt zu werden. Sie sah von der Seite seinen Adamsapfel arbeiten, wenn er sprach, und sie wußte, daß er genausowenig Lust hatte, ihr Haar oder ihr Gesicht anzufassen. Sie trafen sich in dem unausgesprochenen Einverständnis, daß es nicht darauf ankam und daß ihnen die Vorspiegelung von Lust und Liebe vorläufig zu genügen hatte. Daß die einzige Lust, die ihnen freistand, die Hingabe an ihre gefährliche Schein-Existenz war. Nelly spürte den Sog der Verführung und sah keinen Grund, ihm zu widerstehen.

Knirschende, bittere, allmählich durch Mark und Bein gehende Kälte, die von außen und innen kam und die Kranken spöttisch und gleichgültig machte, anfällig für hastige, unstabile Verbindungen. Jaja, die Männerchen, sagte die Oberschwester zu den Frauen in dem großen Eckzimmer, das sie ›Eispalast‹ tauften, weil die Temperatur nie über null Grad stieg.

Die Oberschwester, eine rundliche, strenge Person, ein Drachen, aber der Wahrheit meist ziemlich nahe, wußte, wer gesund werden und wer sterben würde, eher und genauer als die beiden Ärzte – eben jener wöchentlich einmal aus Boltenhagen herüberkommende Röntgenarzt Doktor Brause, den seine Ohnmacht grämlich gemacht hatte, und das Fräulein Doktor, eine Jungsche, Langhaarige, die zuviel vom Leben versäumt hatte, sich abends ein paar Kollegen aus den Dörfern einlud, zum Trinken und Singen (Orgien, sagte die Oberschwester; das nenne ich Orgien), die im Morgengrauen über das Balkongeländer kotzte und am nächsten Mittag mit verquollenen Augen zur Visite kam.

Das Beste wäre, Sie nähmen zu, sagte Doktor Brause, und dann lachte er höhnisch wie über einen obszönen Witz. Hin und wieder legte er allerdings einen Pneumothorax an, dem blonden Fräulein Lembcke zum Beispiel, das Kavernen und Streuungen im linken Lungenflügel hatte und nach mehreren Blutstürzen schwer bettlägrig war, heiser sprach, was hierorts übel vermerkt wurde, aber am meisten darunter litt, daß es nun schon monatelang sein schönes blondes Haar nicht hatte waschen können, worauf seine traurige Mutter Birkenhaarwasser brachte und ihm mit angefeuchteten Wattebäuschen die Kopfhaut abrieb. Als Fräulein Lembcke aus dem Eispalast in eines der Schwerkrankenzimmer verlegt wurde, nahm Nelly die Gewohnheit an, ihr vor dem Abendbrot ›Romeo und Julia auf dem Dorfe‹ von Gottfried Keller vorzulesen, bis die Oberschwester sie, taktlos, wie sie gewöhnlich war, auf den Gang hinausrief, um ihr in hörbarem Flüsterton den Umgang mit den Schwerkranken, Schweransteckenden zu verbieten. Auf diese Weise erfuhr Nelly, daß die Oberschwester sie nicht unter die rechnete, die sterben würden (merkwürdigerweise verbot sie Ilsemaries neuer Freundin Gabi, einem zarten, blassen Mädchen, dessen Röntgenbefund nicht der Rede wert war, niemals, in die Zimmer der Schwerkranken zu gehen, sogar dort zu singen), daß sie aber auch nicht jenen zuzuzählen war, die ungestraft Gott versuchen dürfen. Zwar besuchte Nelly Fräulein Lembcke weiterhin, nicht nur, weil die weinte über das Urteil der Oberschwester, das sie ganz richtig erriet, sondern weil sie mit der Gefahr spielen wollte. Immerhin hielt sie sich näher bei der Tür und las kürzere Abschnitte, jetzt aus dem ›Fähnlein der sieben Aufrechten‹. Was in den Büchern stand, kam ihr wirklicher vor als ihr blasses, kaltes Leben in diesem Haus, unter diesen Leuten.

Fräulein Lembcke blieb am Leben und versieht vielleicht heute noch ihren Posten als Versicherungsangestellte.

Gabi starb.

Hundertmal sang sie in den Krankensälen mit ihrer klaren, reinen Stimme ›O mein Papa ist eine wunderschöne Clown‹ und ›Das Karussell, das dreht sich immer rundherum‹. ›Drum steige ein‹, sang sie, ›und fahr mit mir, ich fahre einmal, zweimal, dreimal um das Glück mit dir.‹

Ihr Bett stand zwischen den Betten von Nelly und Ilsemarie. Nachts erzählte sie, wie sie und ihre feine, schlanke Mutter im Krieg die Nachricht bekommen hatten, daß ihr Vater, ein Oberleutnant, gefallen war. Wie sie aus einer pommerschen Kleinstadt hatten fliehen müssen, dann unterwegs irgendwo mit Typhus bei einer boshaften Wirtin gelegen hatten, die sie beschimpfte und ausplünderte. Wie ihre Mutter starb und sie nun auf der ganzen Welt keinen Menschen hatte außer einer alten Tante in Grevesmühlen.

Doktor Brause, dem seine unheilbar Kranken sonst gleichgültig zu sein schienen, wurde grob zu Gabi, nach jeder neuen Durchleuchtung gröber. Dann entschloß er sich zum Pneumothorax, obwohl er, wie er aufgebracht sagte, an diesem Gerippte kaum die Stelle für den Einstich der Nadel finden konnte. Gabi, aufgepumpt, hatte zwei Tage lang Atemnot, dann sang sie wieder: ›Mein Herz, das ist ein Bienenhaus.‹ Man konnte sie nun abends in einem der halbdunklen kalten Gänge mit einem rothaarigen Jungen namens Lothar stehen sehn, eine Tatsache, die entgegen den Gepflogenheiten des Hauses übersehen und ihr gegenüber niemals erwähnt wurde. Nur Fräulein Schnell, eine alte Jungfer, die sich morgens im Bett sitzend ihr Barthaar zupfte, hielt es für angebracht, ins Blaue hinein von der erprobten Treulosigkeit der Rothaarigen zu sprechen, wonach Gabi unter der Bettdecke weinte und Nelly und Ilsemarie ein langes, lautes und rücksichtsloses Gespräch über den Neid der Besitzlosen miteinander führten.

Betroffen, aber nicht ernsthaft gefährdet sein – auch das kann zur Lebensformel werden. Nelly probierte sie aus. (In der dritten Person leben . . .) Es kam ihr leicht vor, Distanz zu halten. Es sollte niemals mehr irgendeinem Menschen möglich sein, sie ernstlich zu treffen.

Słubice. Hier sollte man doch, meintet ihr, irgendwo essen können. Langsam fahrt ihr durch verschiedene Straßen. Katzenkopfpflaster, zu Kugeln geschnittene Weiden. Vergebliche Suche nach einem Lokal. Also doch weiter zur Grenze. Die Oder in der Hitze des hohen Mittags, gleißend. Auf beiden Seiten schnelle Abfertigung. Du blickst aus dem Seitenfenster, während eure Ausweise von dem DDR-Grenzsoldaten kontrolliert werden. Aus einem Nest in der Dachrinne des Grenzerhauses ist ihm ein junger nackter Vogel vor die Füße gefallen. Er lebt noch. Der Grenzer schiebt ihn mit dem Stiefel beiseite. Du sagst: Sie sind aber roh. Er fragt: Soll ich mich vielleicht auch noch um jeden toten Vogel kümmern? Soll ich vielleicht meine Mütze darunterhalten, damit keiner aus dem Nest fällt?

Da hat er recht, das kann er nicht.

Im Interhotel von Frankfurt (Oder) bringt man euch ein

vorzügliches Essen, wenn ihr auch lange darauf warten müßt, weil eine westliche Reisegesellschaft fast das ganze Lokal besetzt hat und alle Kellner in Anspruch nimmt. Ihr könnt die Sprache der teuer und papageienhaft gekleideten, meist älteren Leute nicht ausmachen. Portugiesen, sagt die Kellnerin verächtlich. Geben an wie Graf Koks. – Die Männer haben schwere Augenlider und schlaffe Züge, die Frauen grell geschminkte, scharfe, gereizte Gesichter. Viel Gold an Händen und Hals.

Ob die sich selber schön finden, fragt sich Lenka. Ihr Onkel, Bruder Lutz, gibt ihr den guten Rat, die seltene Gelegenheit zu nutzen und sich lebende Exemplare einer herrschenden bürgerlichen Klasse anzugucken. – Das gibt mir nichts, sagte Lenka.

Heute, keine vier Jahre später, werden die Ergebnisse der ersten Wahlen nach der Niederschlagung des Faschismus in Portugal kommentiert.

Die Toten in Winkelhorst wurden in eine kleine Kapelle im Schloßpark gebracht. Es gab immer Patienten, die darüber wachten, daß die Leichen mit den Füßen zuerst aus dem Haus getragen wurden, damit sie nicht gleich den nächsten nach sich zögen. Es gab immer welche, die Wetten darüber abschlossen, daß sie um Mitternacht in die Kapelle schleichen und den Toten an den Füßen berühren würden; es gab solche, die die Erfüllung der Bedingungen kontrollierten, und andere, die dem Gewinner der Wette fünf Mark zahlten. Als Frau Hübner, die Mutter von Klaus und Marianne, gestorben war (auf deren Wangen Nelly die berüchtigten Totenrosen hatte aufblühen und vergehen sehen), verhinderte Herr Manchen, ein älterer Ostpreuße, durch seine Autorität im Männersaal allerdings jede Wette. Dafür klopfte es in den drei Nächten, in denen die Tote noch über der Erde war, an das im ersten Stockwerk gelegene Fenster des Männersaals ›Andreas Hofer‹, in dem zwischen Herrn Manchen und

545

Herrn Löbsack auch der zehnjährige Klaus schlief. Und in der letzten Nacht tat es drei schwere Schläge an des Jungen Bett, so daß alle aus dem Schlaf fuhren. Jetzt hat sich deine Mutter von dir verabschiedet, sagte Herr Manchen da.

(Unverkennbar: Dieses Mädchen, das immer noch Nelly heißt, entfernt sich, anstatt allmählich näher heranzukommen. Du fragst dich, was geschehen muß – was geschah –, sie zur Umkehr zu bewegen. Sie kann jetzt in der ungeheuren Kälte auf der großen weißen Schneefläche unter der riesigen Eiche stehen, hinaufstarren in das mächtige Astwerk, denken, im Sommer – wo immer sie dann sein mochte – wollte sie sich dieses Baumes erinnern, und dabei gleichzeitig auf der Haupttreppe sein – genau da, wo neulich jene Wahnsinnige stand, die sich alle zehn Sekunden an den Kopf greifen mußte – und sich unter der Eiche stehen sehn, wissen, was sie denkt, und sich im Sommer an die fällige Erinnerung erinnern wollen.)

August. August aus der Nähe von Pilkallen. Eines Tages teilt er Nelly mit, er habe sie sich als Beschützerin ausgesucht. Er war zehn Jahre alt, ein plumper, vierschrötiger, schwerfälliger Junge. Der Ausdruck seiner braunen Augen – ›Hundeaugen‹ – machte den anderen Kindern und den Erwachsenen Lust, ihn zu quälen. Seine Briefe (die ältesten, die du aufbewahrst). ›Jetzt ist keiner mehr da, dem ich das Besteck abwaschen kann‹, schreibt er nach ihrer Entlassung. Die Orthographie der Briefe beweist, daß Nellys Versuche, ihn lesen, schreiben und rechnen zu lehren, jämmerlich gescheitert waren. Seine tapsige, zudringliche Werbung, seine Eifersucht auf die anderen, hübscheren, klügeren Kinder. ›Wenn ich erst meine Tanten gefunden habe und wenn ich erst bei ihnen bin und wenn ich erst groß bin und Schneider bin, dann näh ich dir einen warmen Mantel, und den schick ich dir, damit du immer an deinen lieben August denkst.‹ (1947 meldeten sich seine Tanten aus dem Westen, August fuhr zu ihnen, er müßte jetzt vierzig Jahre sein. Vielleicht ist es ihm geglückt, Schneider zu werden.)

(Du träumst ein einziges Wort: Panzerung. Dazu siehst du beim Erwachen eine Statue, deren goldschimmernde Oberfläche von Rissen durchzogen wird. Der lebendige Körper unter dem Panzer und das Gesicht werden nicht sichtbar.)

›Hannelore ist nun auch schon lange tot, und auch Herr Löbsack und die Oma Radom, und meine Blutsenkung ist wieder schlechter geworden, und ich habe in einer Woche 500 Gramm abgenommen, aber mein Sputum ist negativ.‹

Hannelore war das kleine fünfjährige Mädchen, das Nelly pflegte, als die Schwestern nacheinander diese entlegene Gegend, dieses schaurige Haus verließen. Hannelores Lieblingsausspruch war: Meine Güte, fünf Bonbons in einer Tüte! Sie sang ›Kauf mir einen bunten Luftballon‹ und hatte Tage, an denen sie sich nur mit ›Frau Prinzessin‹ anreden ließ. Die Frauen im zweiten Frauensaal sagten, sie könnten Hannelores Husten nachts nicht mehr ertragen, aber die Oberschwester drohte dem Fräulein Doktor mit Kündigung für den Fall, daß sie das Kind in ein Einzelzimmer legen ließ. Als das Hannelorchen zu wimmern anfing, wenn Nelly ihm das Fieberthermometer einführte; als Nelly, so geübt sie inzwischen war, den Puls des Kindes nicht mehr finden konnte; als sie sein Gewicht kaum noch spürte, wenn sie es anhob, um das Laken unter ihm glattzuziehen; als seine Blutsenkung, die Nelly abzulesen gelernt hatte, die höchste im ganzen Haus blieb; als keine List, kein Bitten mehr einen Löffel Suppe hinter seine Zähne brachten: da wollte Nelly eines Tages nicht mehr zu ihm reingehen. Da blieb sie einfach im Bett liegen, als alle spazieren waren. Sie zog sich ihre dicke Strickjacke an, Handschuhe, legte ihr weißes Mäntelchen auf die Füße und las in Dantes ›Göttlicher Komödie‹. Die Oberschwester kam herein, Nelly las. Die Oberschwester zog die Decken zurecht, montierte, daß sie auf dem Kanonenöfchen schon wieder Brot geröstet hatten, fragte, ob es denn möglich sei, daß Elisabeth mit der Hühnerbrust neuerdings mit diesem schwerkranken Herrn Heller flanierte. Ja, ja, die Männerchen. Dann wollte sie gehen: Nelly rief ihr nach: Überhaupt, wie komme ich denn dazu! Die Oberschwester zog maßlos überrascht die Augenbrauen hoch, was ihr ein überaus törichtes Aussehen gab, und sagte: Das wisse sie allerdings auch nicht. Das müsse Nelly schon selber wissen. Nelly stand auf, heulend lief sie in den Waschraum, wusch sich die Tränen ab, heulte weiter, trocknete sich das Gesicht und ging zum Hannelorchen; das sagte schwach: Schon dacht ich, du kommst nicht. – Meine Güte, Prinzessin, sagte Nelly. Drei Bonbons in einer Tüte! – Fünf, sagte das Hannelorchen. – In einer der nächsten Nächte starb es.

Nelly betrieb ihre Entlassung. Sie aß jeden Nachmittag eine große Tasse von dem Sirup, den ihr der Vater, der sich selbst wieder ähnlich wurde, in einem Eimerchen gebracht hatte. Davon nahm sie zu, deformierte sich und vergrößerte ihre Aussichten, für entlassungsreif zu gelten. Anfang April sprach Doktor Brause das ersehnte Urteil, da ging sie weg, hundertfünfzig Pfund schwer. Eine zwiespältige, aber notwendige Leistung.

Dies scheint das Ende zu sein. Alle Zettel sind von deinem Tisch verschwunden. Seltsam, daß es heute ist, der 2. Mai 1975. Der Tag, an dem von der Pappel alle braunen Blatthüllen auf einmal abgesprungen sind. (Der dritte Tag, nachdem in einem fernen Land, an einem anderen Punkt des Erdballs die endlos erscheinende Kriegszeit von dreißig Jahren vorüber ist.)

Die Julireise nach Polen ist fast vier Jahre her. Zwischen vier und fünf Uhr nachmittags kamt ihr zu Hause an. Lenka erklärte sich zufrieden, wieder ›da‹ zu sein, als sie die Treppen hochging, während H. das Auto in die Garage fuhr, Bruder Lutz die Taschen hochtrug, du die Sonntagszeitungen aus dem Briefkasten nahmst und dir klarmachtest, daß eure Reise nicht länger als sechsundvierzig Stunden gedauert hatte. Du ahntest, wenn auch nicht in ihrer vollen Schärfe, die Bewegungen voraus, welche die Arbeit in dir hervorrufen würde.

Je näher uns jemand steht, um so schwieriger scheint es zu sein. Abschließendes über ihn zu sagen, das ist bekannt. Das Kind, das in mir verkrochen war – ist es hervorgekommen? Oder hat es sich, aufgescheucht, ein tieferes, unzugänglicheres Versteck gesucht?

Hat das Gedächtnis seine Schuldigkeit getan? Oder hat es sich dazu hergegeben, durch Irreführung zu beweisen, daß es unmöglich ist, der Todsünde dieser Zeit zu entgehen, die da heißt: sich nicht kennenlernen wollen?

Und die Vergangenheit, die noch Sprachregelungen verfügen, die erste Person in eine zweite und dritte spalten konnte – ist ihre Vormacht gebrochen? Werden die Stimmen sich beruhigen?

Ich weiß es nicht.

Nachts werde ich – ob im Wachen, ob im Traum – den Umriß eines Menschen sehen, der sich in fließenden Übergängen unaufhörlich verwandelt, durch den andere Menschen, Erwachsene, Kinder, ungezwungen hindurchgehen. Ich werde mich kaum verwundern, daß dieser Umriß auch ein Tier sein mag, ein Baum, ein Haus sogar, in dem jeder, der will, ungehindert ein- und ausgeht. Halbbewußt werde ich erleben, wie das schöne Wachgebilde immer tiefer in den Traum abtreibt in immer neuen, nicht mehr in Worte faßbare Gestalten, die ich zu erkennen glaube. Sicher, beim Erwachen die Welt der festen Körper wieder vorzufinden, werde ich mich der Traumerfahrung überlassen, mich nicht auflehnen gegen die Grenzen des Sagbaren.

Christa Wolf

im Luchterhand Literaturverlag

»Christa Wolf, nach dem Tod der Anna Seghers die bedeutendste DDR-Schriftstellerin, in beiden Deutschländern gleichermaßen anerkannt, hat sich in die Klassizität hochgeschrieben.« *Profil, Wien*

Ansprachen
96 Seiten. Gebunden
Dieser schmale, aber gewichtige Band vereinigt die bisher nicht publizierten Reden Christa Wolfs sowie öffentlich gemachte Briefe und Reflexionen aus den letzten Jahren.

Die Dimension des Autors
Essays und Aufsätze, Reden und Gespräche 1959–1985
960 Seiten. Leinen

Gesammelte Erzählungen
228 Seiten. Gebunden
Auch lieferbar als SL 361

Kassandra
Erzählung. 160 Seiten. Gebunden
Auch lieferbar als SL 455

Voraussetzungen einer Erzählung: Kassandra
Frankfurter Poetik-Vorlesungen
SL 456. Originalausgabe

Kein Ort. Nirgends.
SL 325

Kindheitsmuster
SL 277
»Eines der großen Prosawerke der späten deutschen Nachkriegsliteratur ... Wer aber den Familienroman sucht, hier ist er, wer Zeitgeschichte durch Anschauung begreifen will, hier ist sie, vorgelebt.« *Konrad Franke*

Lesen und Schreiben
Neue Sammlung
Essays, Aufsätze, Reden
SL 295

Nachdenken über Christa T.
Einmalige Sonderausgabe
Mit einem Nachwort von Hans Mayer
248 Seiten. Leinen
Auch lieferbar als SL 31

Störfall
Nachrichten eines Tages
SL 777. Originalausgabe
»Christa Wolfs Chronik, die persönliche Trauerarbeit, wie sie schon einmal in *Nachdenken über Christa T.* versucht wurde, mit einer kühnen Reflexion der gesamten Zivilisationsgeschichte verknüpft, ist ihr persönlichstes, ihr radikalstes, ihr schwärzestes Buch – vielleicht ihr (bislang) bestes.« *Frontal*

Unter den Linden
Erzählung. SL 249

Christa Wolf/Gerhard Wolf
Till Eulenspiegel
SL 430

Christa Wolf:
Materialienbuch
Hg. von Klaus Sauer
Neu überarbeitete Ausgabe. SL 265

Autorinnen und Autoren der DDR

im Luchterhand Literaturverlag

Eine Auswahl

Brechts Lai-tu
Erinnerungen und Notate von
Ruth Berlau.
Hg. und mit einem Nachwort von
Hans Bunge. Mit zahlreichen, zum
größten Teil unveröffentlichten Fotos
336 Seiten. Gebunden.
Auch lieferbar als SL 698

Brigitte Burmeister
Anders oder
Vom Aufenthalt in der Fremde
Roman
288 Seiten. Gebunden

Daniela Dahn
Kunst und Kohle
Die ›Szene‹ am Prenzlauer Berg
Berlin, DDR. Mit zahlreichen Fotos.
SL 785. Originalausgabe

Christoph Hein
Drachenblut
Novelle. SL 616

Horns Ende
Roman. 268 Seiten. Leinen.
Auch lieferbar als SL 699

Passage
Ein Kammerspiel. 80 Seiten. Brosch.

Wolfgang Herzberg
Ich bin doch wer
Arbeiter und Arbeiterinnen eines
›Volkseigenen Betriebes‹ in Berlin
erzählen ihr Leben zwischen
1900 und 1980
SL 790. Originalausgabe

Hermann Kant
Bronzezeit
Geschichten aus dem Leben des
Buchhalters Farßmann
176 Seiten. Leinen.
Auch lieferbar als SL 735

Die Summe
Eine Begebenheit. 192 S. Leinen

Helga Königsdorf
Respektloser Umgang
Erzählung. 116 Seiten. Leinen

Irmtraud Morgner
Amanda
Ein Hexenroman. SL 529

Leben und Abenteuer der
Trobadora Beatriz nach Zeugnissen
ihrer Spielfrau Laura
Roman. SL 223

Christine Müller
James Dean lernt kochen
Männer in der DDR
Protokolle. SL 648

Inge Müller
Wenn ich schon sterben muß
Gedichte. 136 Seiten. Gebunden

Brigitte Reimann
Die geliebte, die verfluchte Hoffnung
Tagebücher und Briefe. SL 646

Helga Schubert
Anna kann Deutsch
Geschichten von Frauen
SL 557. Originalausgabe

Helga Schütz
In Annas Namen
Roman. 272 Seiten. Leinen.

Autorinnen und Autoren der DDR

im Luchterhand Literaturverlag

Eine Auswahl

Anna Seghers
Das siebte Kreuz
Roman. SL 108

Transit
Roman. Sonderausgabe
Mit einem Vorwort von Heinrich Böll
312 Seiten. Gebunden
Auch lieferbar als SL 263

Überfahrt
Eine Liebesgeschichte. SL 442

Das Vertrauen
Roman. SL 624

Anna Seghers – Wieland Herzfelde
**Gewöhnliches und Gefährliches
Leben**
Ein Briefwechsel aus der Zeit des
Exils 1939–1946. Mit unveröffent-
lichten Fotos und Faksimiles sowie
einem Essay über »Frauen und Kinder
in der Emigration« von Anna
Seghers im Anhang. 208 Seiten. Geb.

Gerti Tetzner
Karen W.
Roman. SL 212

Fred Wander
Der siebente Brunnen
Erzählung. Mit einem Nachwort
von Christa Wolf
SL 542. Originalausgabe

Maxie Wander
Leben wär' eine prima Alternative
 Tagebuchaufzeichnungen
und Briefe. SL 298

Christa Wolf
Die Dimension des Autors
Essays und Aufsätze, Reden und
Gespräche 1959–1985
960 Seiten. Leinen

Kassandra
Erzählungen. 160 Seiten. Gebunden
Auch lieferbar als SL 455

Nachdenken über Christa T.
Einmalige Sonderausgabe. Mit
einem Nachwort von Hans Mayer
248 Seiten. Leinen
Auch lieferbar als SL 31

Störfall
Nachrichten eines Tages
SL 777. Originalausgabe

**Voraussetzungen einer Erzählung:
Kassandra**
Frankfurter Poetik-Vorlesungen
SL 456. Originalausgabe

Christa Wolf/Gerhard Wolf
Till Eulenspiegel
SL 430

Gerhard Wolf
Der arme Hölderlin
SL 362

Im deutschen Dichtergarten
Lyrik zwischen Mutter Natur und
Vater Staat
SL 626. Originalausgabe

Große Erzählerinnen

im Luchterhand Literaturverlag

Eine Auswahl

Natalja Baranskaja
Das Ende der Welt
Erzählungen von Frauen
SL 581

Woche um Woche
Frauen in der Sowjetunion
SL 268

Adelheid Duvanel
Anna und ich
Erzählungen
106 Seiten. Gebunden
Auch als SL 662

Das verschwundene Haus
Erzählungen
88 Seiten. Gebunden

Barbara Honigmann
Roman von einem Kinde
Sechs Erzählungen
117 Seiten. Gebunden

Helga Königsdorf
Mit Klischmann im Regen
Geschichten
SL 463

Respektloser Umgang
Erzählung
116 Seiten. Gebunden

Katherine Mansfield
Seligkeit
Erzählungen
SL 803

Christa Reinig
Gesammelte Erzählungen
SL 656

Helga Schubert
Anna kann Deutsch
Geschichten von Frauen
SL 557

Das verbotene Zimmer
Neunzehn Geschichten
SL 492

Helga Schütz
Festbeleuchtung
Erzählung
SL 382

Anna Seghers
Aufstand der Fischer von
St. Barbara
und andere Erzählungen
SL 349

Der Ausflug der toten Mädchen
Erzählungen
SL 288

Die Kraft der Schwachen
Neun Erzählungen
SL 469

Sonderbare Begegnungen
Erzählungen
SL 518

Steinzeit
Wiederbegegnung
SL 549

Überfahrt
Eine Liebesgeschichte
SL 442

Vierzig Jahre der Margarete Wolf
und andere Erzählungen
SL 443

Anna Seghers

im Luchterhand Literaturverlag

»Wer irgend etwas wissen will von seiner, von unserer Geschichte, bei der Seghers kann er's finden, deutlicher als in den Lehrbüchern, näher, beklemmender.« *WDR*

Aufstand der Fischer von St. Barbara
und andere Erzählungen. SL 349

Der Ausflug der toten Mädchen
Erzählungen. SL 288

**Crisanta
Das wirkliche Blau**
Zwei Geschichten aus Mexiko
SL 386

Drei Frauen aus Haiti
SL 671

Die Entscheidung
Roman. SL 577

Die Gefährten
Roman. SL 358

Der Kopflohn
Roman aus einem deutschen Dorf im Spätsommer 1932. SL 234

Die Kraft der Schwachen
Neun Erzählungen. SL 469

Die Rettung
Roman. SL 395

Das siebte Kreuz
Roman. SL 108

Sonderbare Begegnungen
Erzählungen. SL 518

**Steinzeit
Wiederbegegnung**
SL 549

Die Toten bleiben jung
Roman. SL 304

Transit
Roman. SL 263

Überfahrt
Eine Liebesgeschichte. SL 442

Das Vertrauen
Roman. SL 624

Vierzig Jahre der Margarete Wolf
und andere Erzählungen.
SL 443

Der Weg durch den Februar
Roman. SL 318

Ausgewählte Erzählungen
Hg. und mit einem Nachwort
von Christa Wolf
372 Seiten. Gebunden

Transit
Sonderausgabe. Mit einem Vorwort
von Heinrich Böll
312 Seiten. Gebunden

**Anna Seghers – Wieland Herzfelde
Gewöhnliches und gefährliches
Leben**
Ein Briefwechsel aus der Zeit des
Exils 1939–1946
Mit Faksimiles, Fotos und dem
Aufsatz *Frauen und Kinder in der
Emigration* von Anna Seghers im
Anhang.
204 Seiten. Gebunden

Von Frauen über Frauen

Sammlung Luchterhand

Giuliana Pistoso
Erinnerungen einer
kleinen Italienerin
Mädchenjahre unter Mussolini
SL 661
»Dieses romanhaft-wahre Buch
wird von einem rebellischen Humor
getragen, der unverfroren die Fami-
lien- und Geschichtsmythen ent-
weiht: Wir haben es mit einer unter-
haltsamen Lebensgeschichte zu tun.
Das Buch ist einzigartig im Tonfall.
Und es gibt etwas Neues, bisher Unbekanntes preis: Versäumnisse, Fru-
strationen, Verspätungen auf der
Ebene der Gefühle, der Sexualität
und der kulturellen Entwicklung
einer jungen Frau in einer Zeit der
Politisierung des Privaten.«
Corriere della Sera

Helga Schubert
Anna kann Deutsch
Geschichten von Frauen
SL 557. Originalausgabe
Helga Schuberts bevorzugtes Thema
sind Frauen. Doch »die Larmoyanz
mancher sogenannter ›Frauenlitera-
tur‹, geht ihr völlig ab« *(Deutsche
Welle)*. Die Lebensgeschichten, die
sie mit unnachahmlicher, treffender
Lakonie erzählt, machen oft lachen
– und immer nachdenklich.
»Da wird nichts verschlüsselt, durch
literarischen Aufputz verschönt.
Mit wenigen charakteristischen
Details erfaßt Helga Schubert
Menschen . . . Sie ist eine

Frau, die sich in verbotene Zimmer
wagt und Türen aufstößt, auch für
den Leser. Mutig, lebensklug.«
DIE TAT

Maxie Wander
»Guten Morgen, du Schöne«
Frauen in der DDR. SL 289
1978 zum erstenmal erschienen, ist
Maxie Wanders Protokollsamm-
lung in kurzer Zeit ein Bestseller
der Frauenliteratur geworden – und
ist es bis heute geblieben. Ein Buch
von Frauen über Frauen.
»Maxie Wander hat die Arbeit unter-
nommen, auch scheinbar unwichtige
Details zu notieren. Dabei hat sie
ein Buch von gewaltigem Material-
wert (im besten Sinn) hergestellt,
ein Buch ohne Koketterie mit den
angeblich ›kleinen Leuten‹, ein
Buch, das mir die Schwächen meiner
Arbeit deutlicher macht als manche
Kritik.« *Thomas Brasch, Der Spiegel*

Gabriele Wohmann
Ausflug mit der Mutter
Roman
SL 213
Im Mittelpunkt steht die Mutter,
die ihren Mann verloren hat. Ihre
erwachsenen Kinder kümmern sich
um sie. Wider Erwarten reagiert die
Mutter auf die neue Situation natürlich, richtet sich eine Art zweites
Leben ein. Die Tochter dagegen
muß sich mit der jetzigen Lage
abfinden.

Neue Literatur

im Luchterhand Literaturverlag

Marianne Herzog
Suche
216 Seiten. Gebunden

»Gehen können oder flüchten müssen. Dieser Unterschied kann ein Leben verkehren«, schreibt Marianne Herzog in ihrer biografischen Selbstnotiz.

»Meine Brandmale sind Trennungen.« Der schmerzlichsten von allen geht sie jetzt nach. Sie sucht ihren Sohn, der, seit er zwei Jahre alt ist, bei Adoptiveltern lebt. Nur in wenigen erinnernden Erzählstücken gibt sie, verletzlich, ohne Larmoyanz, etwas preis von der Härte ihres gemeinsamen früheren Lebens. Keine Anklage, keine Entschuldigung. Auskünfte von gewollter Kargheit, die sich gerade dadurch für immer einprägen.

Sie stößt bei ihrer Suche auf Mauern, bei den Behörden, bei den Adoptiveltern, bei den eigenen Leuten daheim.

Marianne Herzog hat die Suche nicht aufgegeben. Sie ist sich dabei selbst auf der Spur. Brockenweise trägt sie Spuren zusammen. Lange Zeit hatte sie einen Zusammenhang zwischen der Teilung des Landes und der Trennung von ihrem Sohn gesehen. Im letzten Teil ihrer Arbeit entdeckt sie einen Zusammenhang, der tief in die Vergangenheit beider deutscher Staaten zurückgeht.

Anja Tuckermann
Mooskopf
Erzählung
112 Seiten. Englische Broschur

Was ist das, eine Vergewaltigung? Ein gewöhnlicher Zwischenfall, und manchmal steht's in der Zeitung? Etwas, das immer nur anderen passiert? Anja Tuckermann, in Westberlin lebende Autorin Jahrgang 1961, erzählt in ihrem ersten Buch von der Anstrengung einer jungen Frau, nach einer Vergewaltigung Ekel und Angst zu überstehen und – mit Wut und Verachtung – zu begreifen, was ihr geschehen ist: Sie fühlt sich nicht als Opfer, sie ist in ihrer Würde verletzt. Anja Tuckermann, die 1987 das Alfred Döblin-Stipendium erhielt, erzählt die Geschichte mit ungewohnter Deutlichkeit, rüde »in direkt kindlicher Unbeschwertheit« und mit bösem Witz.

Frauen der deutschen Romantik

in der Sammlung Luchterhand

Karoline von Günderrode
Der Schatten eines Traumes
Gedichte, Prosa, Briefe, Zeugnisse
von Zeitgenossen
Hg. von Christa Wolf. SL 348
Karoline von Günderrode (1780–
1806) gehört zu den zu Unrecht vergessenen Dichterinnen deutscher
Sprache. Sie war Zeitgenossin
Hölderlins, den sie verehrte, ohne
ihn zu kennen, und von Novalis;
befreundet mit Clemens und Bettina
Brentano, Carl von Savigny, Achim
von Arnim. Christa Wolf versucht
in ihrem großen Einleitungsessay
herauszuarbeiten, inwieweit die
Zeitumstände beitrugen zu dem
Entfremdungs- und Vergeblichkeitsgefühl, das für die Generation der
Günderrode bezeichnend ist. Es gelingt ihr dabei aber auch, die vergessene Vorgängerin an ihren Platz in
der Literaturgeschichte zu stellen.

Caroline Schlegel-Schelling
»Lieber Freund, ich komme weit her
schon an diesem frühen Morgen«
Briefe. Hg. und mit einem Essay
eingeleitet von Sigrid Damm
SL 303

Rahel Varnhagen
Jeder Wunsch wir Frivolität genannt
Briefe und Tagebücher
Hg. von Marlies Gerhardt
SL 426
150 Jahre nach dem Tod von Rahel
Varnhagen sind die Briefe und
Tagebücher dieser Frau so
gegenwärtig wie damals. Unter den
»jungen Leuten von 1800«, in einer
Generation von Frauen, die durch
Schreiben hervortreten, ist Rahel
Varnhagen »die Fremdeste, Komplizierteste und Gebrochenste«. Die
vorliegende Auswahl läßt unmittelbar erkennen, wie nahe uns diese
›radikale Selbstdenkerin‹ ist. Vom
Leben und von der Persönlichkeit
Rahel Varnhagens gibt die Einleitung der Herausgeberin ein deutliches Bild.

Rahel Varnhagen/Pauline Wiesel
Ein jeder machte seine Frau aus mir
wie er sie liebte und verlangte
Ein Briefwechsel
Hg. von Marlis Gerhardt. SL 708
Pauline Wiesel gehört zum Umfeld
der Berliner Romantik. Sie ist keine
Intellektuelle, sondern bekennt sich
offen zu ihrer libertinen Lebenspraxis, die sie zur Femme fatale, zu
einer Abenteurerin macht. Frauen
wie Pauline Wiesel gibt es sonst in
der deutschen Romantik nicht. Sie
ist eine singuläre Persönlichkeit. In
ihrer Korrespondenz, vor allem in
den Briefen an Rahel Varnhagen,
reflektiert sie ihre Lebenspraxis,
ohne ihre abweichende Position und
Moral zu verschleiern.

Lebenszeugnisse

in der Sammlung Luchterhand

Hanns Eisler
Fragen Sie mehr über Brecht
Gespräche mit Hans Bunge
Mit einem Nachwort von Stephan
Hermlin. SL 679
»›Unter den sehr klugen Leuten,
denen ich im Laufe meines Lebens
begegnete, war Hanns Eisler wahrscheinlich der klügste‹ schreibt
Stephan Hermlin im Nachwort ...
Es ist eine Bibel des dialektischen
Denkens, ein Manifest der phanta-
stischen Vernunft und ein Lehrbuch
der amüsierten Selbstkritik. Wär' ja
nun schön, wenn man schreiben
könnte, daß das, was Eisler so sagt,
zum Beispiel zur Barbarei der Mar-
xisten in ästhetischen Kategorien,
gegessen, begriffen, korrigiert sei,
daß man es hier mit einem interes-
santen Dokument vergangener Fehler zu tun habe. Schön wär's. Aber
ich schwöre, daß ich künftig mit
niemandem mehr über Ästhetik dis-
kutieren werde, der dieses Buch
nicht gelesen hat.«
Matthias Altenburg, Konkret

Brechts Lai-Tu
Erinnerungen und Notate von
Ruth Berlau
Hg. und mit einem Nachwort von
Hans Bunge. SL 698
»Dies ist keineswegs nur eine
Materialsammlung für Literatur-
wissenschaftler, Bühnenhistoriker,
Theaterleute über Brechts
Mitarbeiterin und erste

Theaterphotographin für seine berühmten ›Modellbücher‹, sondern
dies ist vor allem das Buch einer
Frau, das Buch über eine Frau, das
Protokoll der Ausbeutung durch
einen Kämpfer gegen die Ausbeutung – und es ist die Geschichte
einer großen, also tragischen
Liebe.«
Rolf Michaelis, Die Zeit

Per Olov Enquist
Strindberg
Ein Leben
Aus dem Schwedischen von
Verena Reichel
SL 601
Mit seinem Gespür für dramatische
Pointierungen gelingt Enquist ein
Porträt Strindbergs, das dem Leser
einen anregenden Einstieg in eigene
Strindberg-Lektüre eröffnet.

Maxie Wander
Leben wär' eine prima Alternative
Tagebuchaufzeichnungen und
Briefe
SL 298
Das Buch beginnt mit der Eintra-
gung »9. September 1976. Einzug
in die Frauenklinik der Charité.
Eine Stunde im Keller warten.« Ein
Jahr später, im November 1977,
stirbt die Autorin an Krebs. Dazwi-
schen liegen Briefe, Tagebuchnoti-
zen, Erinnerungen einer lebhaften,
jungen Frau.

Briefe und Tagebücher

in der Sammlung Luchterhand

Briefe und Tagebücher sind oft eine
unschätzbare Quelle: Die Schreibenden berichten in ihnen von dem,
was sie wirklich meinen und denken. Für die Leser ergeben sich daraus aufregende Erkenntnisse, neue
Blickwinkel, ungeahnte Einblicke
in das Wesen von Menschen.

»Amerika ist ein freies Land ...«
Auswanderer schreiben nach
Deutschland
Hg. Wolfgang Helbich
Mit zeitgenössischen Illustrationen
SL 541. Originalausgabe

Peter Jürgen Boock/
Peter Schneider
Ratte – tot ...
Ein Briefwechsel
SL 575

Karoline von Günderrode
Der Schatten eines Traumes
Gedichte, Prosa, Briefe
Zeugnisse von Zeitgenossen
Hg. Christa Wolf
SL 348

Fanny Mendelssohn
Italienisches Tagebuch
Hg. Eva Weissweiler
SL 607

Giuliane Pistoso
**Erinnerungen einer kleinen
Italienerin**
Mädchenjahre unter Mussolini
Aus dem Ital. von Gudrun Jäger
SL 661

Brigitte Reimann
**Die geliebte, die verfluchte
Hoffnung**
Tagebücher und Briefe
SL 646

Caroline Schlegel-Schelling
**»Lieber Freund, ich komme weit
her schon an diesem frühen
Morgen«**
Briefe
Hg. Sigrid Damm
SL 303

Rahel Varnhagen
**Jeder Wunsch wird Frivolität
genannt**
Briefe und Tagebücher
Hg. Marlis Gerhardt
SL 426. Originalausgabe

Rahel Varnhagen / Pauline Wiesel
**Ein jeder machte seine Frau aus mir
wie er sie liebte und verlangte**
Ein Briefwechsel
Hg. Marlis Gerhardt
SL 708. Originalausgabe

Maxie Wander
Leben wär' eine prima Alternative
Tagebuchaufzeichnungen
und Briefe
SL 298